MEMORY HOUSE
记忆坊文化

人的初心是一颗种子,
耐心等着它,总会长出些什么.

夏茗悠 著

/ 全三册 / 上

三年十班

Reset in July

班

江苏凤凰文艺出版社
JIANGSU PHOENIX LITERATURE AND
ARTS PUBLISHING

Contents

目录

仿佛夏天的一场阵雨，
云自由落体。

冰晶化成温柔的水。
杂乱无章的，措手不及的，
却开始流光溢彩的——

不是梦境。

还有没有一点能切实攥在手心的东西，

特别的羁绊，

只有两个人知道的秘密？

"棉花糖"和"因为你"。

第一话

Reset in July

————————

一个没礼貌，一个没骨气，是绝配

[1] 蚂蚁们不知道关于人类的一切

9月3日，开学。

校园水泥路面反射的盛夏阳光太刺眼，花坛外沿躺着两只蝉的尸体。

每个班门前都聚着三三两两聊天的女生，漂亮爱打扮的穿裙装校服，限定款运动鞋；偏文艺的穿小白鞋。

偶尔有异常兴奋的男生追跑而过，楼道里一阵喧嚣，又归于宁静。

芷卉靠着墙走得很慢，起初还视野明亮，渐渐地，采光越来越差。

唯一门外无人的班级在走廊尽头。

蓝底白字的班牌悬挂在门楣上，正对着刚抬起头的她，像是在打招呼，那种常见的规制配色又像是在冷漠地拒绝着什么。

芷卉不自觉地后退了一步。

三年K班。

每个年级有11个班级，编号从A到K，只有A班不分科，聚集了全年级名列前茅的精英，选科实行走班制。

其余10个班按照选科进行排名分班，中间段班级的优劣排位有时会有些争议，究竟是物理三班更强还是化学三班更强有待商榷，但不管在所有的历史班，还是所有的文科班，甚至是全年级范围内衡量，K班都是毋庸置疑的最差班。

临近高考还在吊车尾，说得残酷一点，这个班的学生几乎已经被放弃了。

连教室位置都处于最北面的角落，仿佛南美原始森林中的某个部落。

没人关心教室里有没有巨型蝙蝠。

芷卉一进教室就打了个寒战，但不是什么灵异事件，空调的排风口正在她头顶呼呼地大造声势。

她降低视线环顾四周，墙上满是涂鸦，课桌排列得歪歪扭扭。

环境是脏乱了一点，好在没有蝙蝠。

教室前排的同学普遍精神涣散，目光如丧尸般空洞，打游戏的打游戏，吃零食的吃零食，各干各的，没人发出声音。

相比起来，中间区域就闹腾多了，有几个男生在打篮球，没错，在教室里传球，也不怕砸到花花草草。

坐在篮球飞行轨迹下的女生们也过于淡定了，还有人做着对镜补眼线这种精细活。

校篮球队长钟季柏却没参与打篮球，看起来他在打女生，或者被女生打。

空调遥控器在他手里被举高，跟他打闹着的马尾辫女生只是纤瘦，不算娇小，但男生很高，她跳了两次都没够到。

他狡黠地把遥控器换到另一只手，几乎要把女生揽到怀里了，转个身又反将她逼到墙边，得逞般笑起来。

又来了，芷卉心想。

钟季柏是个笨蛋。

篮球打得很好，花边新闻多，成绩很糟糕。

从上高中起，他就一直待在最后一班，好像也没有想要努力学习走出差班的愿望，反正靠体育特长就能上不错的大学，但他笨的点不在这里。

他笨在不知道制服衬衫外随便罩一件黑色运动外套也让他看起来很精神，不知道和女生抢遥控器不能采用抢球战术，不知道这个把人压靠在墙的姿势叫"壁咚"，不知道自己的一双可爱笑眼电力过强，他一咧嘴，全世界的花都开了。

学校里追着他的女孩子前赴后继，这不能简单用长得帅来解释，他自己却总不明白。

几秒的停顿让他眼角余光扫见了芷卉："哟！你还真来我们班了？"

分班表上白纸黑字敲定的事，被他一问好像还有的挑。

芷卉懒得回答，半是因为注意到和他打闹的女生是谁。

她转过脸来，白到发光的小脸上描着狭长秀气的眼，尖尖的眼角显出几分倔强叛逆的气质，与人对视有点凌厉，白眼一翻反而带着娇俏。

芷卉理论上知道云萱应该也在K班，早有心理准备，但到了眼前还是略有点不知所措，半晌才迟疑地对她憋出一句："早。"

云萱冷着脸，没理她，注意力回到钟季柏身上，继续和他抢遥控器去了。

芷卉讨了个没趣，走向倒数第二排，看起来是无人的座位。

隔着过道坐在她右边的男生正戴着耳机摆弄一个怪机器，几个人围着他，像是在发电报。就在芷卉落座的一刻，他突然叫出声，把方圆三米内的女生们都吓了一跳。

"劲爆！A班有个人主动要求转来K班。"

关键词中带着"A班"，引得芷卉微微侧目。

一个瘦高得像电线杆的男生凑过来从他的一只耳朵里摘走耳机："真的假的？什么毛病？让我听听。"

"电报男孩"对凑过来的其他人兴奋道："英语组那帮老师都炸锅了。"

芷卉听懂了，那怪机器大概是他们鼓捣出来偷听办公室的小玩意儿，但这不是重点，关键是——

"是谁啊？"有人代表大家问了。

"听不清，反正是男生。"

这更吊人胃口，让她暂时忘了进这最差班的生理不适。

A班男生？会是谁？

她猜是陈凛，这位同学前两学年凭考试成绩根本没资格进A班，只因他姑妈是教工，受到照顾，才一直以年级600多名的成绩硬挤在A班。

也许升高三后他受不了"鸡立鹤群"的心理压力，或者他姑妈工作调动了？

"电线杆男孩"却有不同的猜测，转头对前排一个围观女生笑道："顾钦钦，是不是江寒要为了你转到我们班来？"

名叫顾钦钦的女生是个大眼睛的小可爱，被点到名字时一脸蒙。

芷卉对她有点印象，她以前老是来A班找江寒，两人好像是青梅竹马的小伙伴。

江寒头脑发热转到K班也不是没可能。他算是A班的异类，理科成绩很好，但和理性不沾边，成天调皮捣蛋，完全没长大，A班里违纪写检讨次数最多的就属他。那么孩子气，干出什么也不会太让人意外。

芷卉翻翻眼睛，眼下A班最大的意外是自己吧，还有闲情为别人的事操心？

上课铃响了，教室里的学生们却没有准备上课的迹象，照样吵嚷打闹。

云萱抢遥控器时失去重心，不小心扑倒在钟季柏怀里，动静太大了，注意到的其他男生开始起哄。

就在这个瞬间，班主任进了教室。

偏偏这么巧，云萱抱着钟季柏是她进门看见的第一个画面，这让她在讲台边怔了一秒。

班主任蹙起眉，把教案摔在讲桌上，厉声喝道："在闹什么？！"

全班终于安静下来。

云萱红着脸推开钟季柏，指着他手里的遥控器："我……想把空调温度调高点，实在太冷了。"

钟季柏被推得往后一个趔趄，一边坐回座位，一边扇动着篮球背心，对班主任说："男生都觉得很热啊。"

班主任微眯起眼，声调降下来，语气中透着冷淡："我以前说过多少遍了，教室里的空调是公共物品，遇到这样的分歧，一定要举手表决，少数服从多数。"她环顾教室，用短暂的沉默展示威严，才重新开口，"同意把空调温度调高的举手。"

云萱高举起手，除她之外其他人都没反应。

温度明明过低了，芷卉本想举手支持她，却因为畏惧班主任而没敢举手，还打了一个轻微的喷嚏。

饶是如此，当班主任富有威慑力的目光向她投过来时，她还是吓得埋低了头。

K班班主任吴淑娅高挑漂亮，名校研究生学历，这在高中教师中并不多见，很受学校重视。今年她才27岁，也许是怕人们因她年轻就看轻她，反而比很多年长的老师手腕更强硬。

她在这届高一时曾兼任训导工作，那时就已经是让全年级闻风丧胆的存在。

两年来就连K班也被她收拾得服服帖帖。

虽然进校时这班里人人都不是省油的灯，但经过她的一番整治，到高二下学期已很少有违纪现象，成绩虽不见起色，但好歹不那么爱惹事了。

听说几乎每个月都有人被她处分、停学。

来这里的第一节课，芷卉已经领教了她的"战斗力"。

班主任把目光转回云萱身上，淡淡地说："那温度就保持不变了。"

云萱再不敢吱声，钟季柏在一旁得意地翘着椅子。

班主任拿起词汇手册继续道："今天是英语早自习，下面开始听写单词。"

低分贝的抱怨声在班里弥漫开。

云萱小声嘀咕："一大早就听写……"

钟季柏高高举起手把班主任的火力吸引过来："吴老师，今天有新同学，不先自我介绍吗？"

置身事外的芷卉吓了一跳。

这也太不要脸了。

为了逃避听写单词，居然把朋友送出去"祭天"。

班主任停顿一秒，问全班："你们还有谁不认识她？"

原本还有些噪声的教室立刻鸦雀无声。

因空调制冷而过低的温度仿佛又下降了一点。

班主任看向当事人："京芷卉，这里有谁你想认识？"

芷卉飞快地把头像拨浪鼓一样摇了起来。

班主任盯着她看了看，垂下眼漫不经心道："正好这学期班长病休，你既然来了，就由你暂时担任班长吧。"

"我？"芷卉条件反射般脱口而出，"我不行。"

意识到不妥后，她立刻追加了补充说明："老师，我是分班考那天被车撞了才考砸的，很快就会申请补考回A班去。"

班主任饶有兴趣地放下了手中的词汇手册。

"回A班？那为什么现在不申请？"

芷卉支支吾吾："我……我的护身符弄丢了。"

这说法像小石子掉进湖里激起了圈圈涟漪，教室里不少学生轻声哄笑着，回头看她。

芷卉有种大事不妙的预感。

班主任脸上出现了一种嘲讽式的微笑："京芷卉，知道为什么你以前在A班每天中午都能吃到热的饭菜吗？因为学校规定后五个班级必须晚十分钟下课。公平的待遇没有激励作用，温和的教育只会误人子弟。知道你天真在哪儿吗？已经不再是天之骄子，却还念念不忘你的护身符。"

每个问句之后，芷卉都拿不准该不该回答，原来都是设问，她低着头如坐针毡。

班主任的"演说"还没完，她走下讲台，在大家的座位之间踱步："接受现实是你们到K班要学的第一课。中国18岁到34岁因自杀而死亡的人群里，一部分就是因为没来得及在成年之前学会接受现实，对生活抱着不切实际的幻想，眼高手低，才会产生难以承受的失望。"

芷卉感到毛骨悚然，低着头大气不敢出，谁知她话锋一转又回到自己身上。

"京芷卉，你不要人在K班，心系A班。既然竞争失败出现在这里，就和这里的其他人没有区别。在一天就要遵守一天这里的规矩。"说完这些，她回到讲台环顾教室，"有没有人反对京芷卉担任班长？"有点刻意地拖长了音调，"请举手——"

这次，没有一个人举手。

连芷卉自己都没举手。

她哪还敢举手，连呼吸都是错。

这结果让班主任挺满意，她说："拿出听写本。"

全班同学翻开作业本的动作都像被按了加速键。

"accident"（事故、意外）"anxious"（忧虑的）"appreciate"（感激、欣赏），正在此时，教室前门突然被拉开，年级主任洪亮的声音从走廊上传来，听起来语气分外无奈："小吴老师，有个学生非要从 A 班转来你们 K 班，你安排一下吧。"

饶是班主任刚整顿过纪律，同学们还是扔下听写，交头接耳地小声议论起来。

座位靠走廊的学生伸长了脖子也只能看见转班生的书包一角。

从A班转到K班，从唯一的尖子班转到文科最差班，完全不合逻辑，不管是谁都不正常。也许因为事先听见了风声，此刻芷卉反而不似其他同学那么兴奋，刚被班主任训了一顿，还有点蔫蔫的。

为什么要这样转班？

看不见门外转学生的同学们只好看班主任，企图从她看见那人的反应中找些蛛丝马迹。

班主任放下词汇手册转头看向门外，在接下来的几秒钟，露出了一种她脸上前所未有的新表情。

别说芷卉与她交集不多，就是在座的其他资深K班同学也没见过班主任的这种神色。

她惊慌失措了。

为什么呢？

通常来说，惊悚片远比悬疑片更刺激。

导演神情严肃地在一旁举着喇叭大喊："各部门请注意，男主角出场时的发型、眼神、表情、神态、手势、站位……一切都要趋于完美。"

一切都不重要。

因为男生走进来，芷卉只看见了他左手肘处缠绕着的醒目的白色纱布。

为什么呢？因为——我？

她的手突然吃不住力，水笔甩出去意外击中了"电报男孩"的脑袋，又"叮"的一声掉在地上，造成了此刻教室里唯一的声音。

像恒星爆炸前短暂的急剧塌缩。

几秒钟彻彻底底的静寂。

直到有个小胖子同学猛地代表大家惊呼出声："谢井原？"

班里的混乱喧嚣再也不是班主任板起脸所能控制的了。

班主任自己都还没缓过劲来。

谢井原，万年第一谢井原，每次总分超过第二名四五十分的那种万年第一，拿遍数理化竞赛最高奖。

在圣华中学两年，校园里几乎没有学生把谢井原视为自己的同学，潜意识中就觉得他和自己不属于同一个世界。

有一种关于宇宙维度的设想直观而有趣：蚂蚁们生活，蚂蚁们忙碌，蚂蚁们不知道关于人类的一切。但是高维生物突然跑来对低维生物进行降维打击的时候，这种有趣就变成恐怖了。

连一直优哉游哉翘着椅子的钟季柏都翻了车，差点摔倒。

班主任努力尽着老师的职责，做好大混乱中的领路人："大家安静一下，今天还有一位转班生，谢井原，想必大家都认识。"她对谢井原示意了一下芷卉身后的空位，"你先去坐吧。"

谢井原脸上没什么表情，目不斜视地走向最后一排座位。

全班同学像向日葵一样追着他齐齐转头，场面有点好笑。

但芷卉笑不出来，她不巧坐在他的视野正中央，他的目光对她来说是迎面而来的飓风，吹得人睁不开眼。

她的心里瞬间变拥挤了。

阳光下草长莺飞，万物倏然膨胀。花蜜流过茎叶，彩虹穿透雾霭，蒲公英高扬，尘埃落定。整个生态系统一起呼吸——

声动如雷。

男生走到她斜前方突然停住，弯腰捡起了她的水笔。

她的心跳漏了一拍。

但他把笔放在她桌上后没有停留，径直走到她身后坐下了。

再无意外。

像每个灾难片的开始，主角和未知世界都有些不为人知的交集。

[2] 一个没礼貌，一个没骨气，是绝配

芷卉已经习惯了在忙乱的高中生活中分出神去关注谢井原。

他的获奖喜报总是隔三岔五就悄悄出现在布告栏，除了晨会上那些广而告之的，还有更多未曾声张的，她捡起过更多面包屑，自认为比别人了解他更多一点。

可大家都称他为"冰箱"，长年表情冷漠，不苟言笑，除了学业不关心任何事情，拒人于千里之外。班里其他同学的名字，他可能一个也不知道。

在这所书呆子不太受欢迎的学校，他几乎没有人缘可言。除了每次考试后在大红榜单的顶上让人羡慕一番之外，大家对他的印象只剩下靠窗的座位上，那个总是用左手撑着头做题的无言少年的模糊轮廓。

偏是芷卉对他的默默注视比别人更多一点。

因为两人家住得近，芷卉乘公交车上学，经常能看见他骑单车上学，看着看着，就习惯成自然。

身边几个关系近的闺密很快觉出端倪，经常嘻嘻哈哈把她往他身边推去，大扫除时故意向他借一张报纸，放学后在门口邀请他参加班级聚会，可是无一例外都以悲剧收场。

每次芷卉刚一开口，他就飞快地走远。

让她不禁怀疑，他对她是不是有些厌恶。

最明显的一次，学校文艺演出晚会上芷卉表演自弹自唱的节目，她清楚地看见一到自己的节目，谢井原就从观众席站起来走掉了。

唱得有那么难听吗？真没礼貌！

芷卉气得从心里把他删个干净，第二天却又把他从回收站拉回原位。一个没礼貌，一个没骨气，真是绝配。

就这样的交集，同班两年没有过形成回合的对话，但也没影响她继续举着一个"单箭头"，直到高三分班考的那天早上。

她本来有三个日常小迷信：

只要戴着护身符考试就能取得好成绩。

只要赶上六点一刻的130路公交车就不会迟到。

只要在车上看见谢井原，就会幸运一整天。

可是分班考这天……

运势不佳。

先是出门前忘了戴护身符，快走到公交车站时才发现，事关重大考试，她不得不掉头回家去拿，临出门还被妈妈一个劲儿地唠叨丢三落四。

紧赶慢赶挤上公交车，临窗坐下就看见了谢井原，她还以为今日背运已经结束，谁知刚发了十分钟的呆就被司机大叔叫醒。

车抛锚了。

祸不单行，她匆匆忙忙冲下车，莽莽撞撞地直接跳进了某辆自行车的行驶路线。

"哐——"一声巨响。

只剩下倒地的女生和男生，已经变形的单车和飞速旋转的车轮。

芷卉硬撑着地面坐起来，膝盖剧痛，血从校服的裙摆下渗出。带着不满，她抬眼去看这位骑车过快的肇事者，却愣住了："你？"

谢井原蹙着眉，抛过来一个有杀气的眼神，吓得女生把认亲寒暄的话全吞回了肚子里，自己挣扎着从地上爬起来。

男生有过一瞬犹豫，是不是该上前扶她，快碰到她的胳膊时又缩回了手。她看起来动作麻利，自力更生没问题。

他先一步站起来，借着身高优势，起初是眼睑顺势垂下来，目光触及女生，便立刻像触电似的飞快甩向别处。

"先处理伤口吧，药店不远，路过时看见了，就两个路口，能走吗？"说这些话时，他的语气好像是公事公办，带着疏离。

芷卉试着走路，疼得龇牙。

"你等着。"男生回身把自行车扶起，可是因为车胎变形，车推不动。

明白了他本想帮忙，芷卉脸红到耳根，摆着手："不用麻烦。考试要迟到了，我得赶紧去下个车站等车。"

"离这儿最近的车站472.75米，你走过去需要6分钟，130路车15分钟一班，最近一辆你怎么也赶不上，下一辆还早，赶也没用。"男生面对她目瞪口呆的傻表情，有点无奈地说下去，"先等我帮你把酒精敷料买过来。"

话音未落，一辆130路车从他们身边疾驰而过，好像努力想验证什么似的。

四下安静。

虽然理科再不行的高中女生，应该也能领悟"路程＝平均速度×时间"这种儿童数学公式，但问题是，怎么让人家理解你没事就一边骑车一边计数的怪异行为呢？

谢井原在安静中轻叹口气。

芷卉回过神，急忙弯腰捡起书包，再捡起被甩出书包的手机，一看时间。

"还有10分钟，肯定来不及了，不……"

也是太过焦急，她竟忘了对方是谁，下意识带出哭腔连发一串埋怨质问："你怎么这个点才骑到这里？怎么骑这么慢？怎么我迟到你也迟到呢？"

男生对她的埋怨置若罔闻，把自行车搬到路边锁住："第一场考英语，你急什么，反正英语是你的强项。"

"是唯一的强项，唯一的！"她这才想到最可怕的部分，失神地抱起头，"完了，听力。"

这行为也太像卡通人物了。

男生憋着笑走过去，突兀地在她面前蹲下，侧头道："上来吧。"

"啊？"这举动意外地让她冷静下来。

"我背你过去。"他的语气坚定得不容置疑。

竟然变成了这样的交集。

比想象中的还多一点……

在考场门口分开时，芷卉才注意到他的手肘受了伤，还一路背着自己到车站，有点不好意思："你、你的手……"

"哦，没关系，只是左手而已。"言下之意是不影响答题。

管不了那么多了，女生急匆匆转身，一瘸一拐地扶着走廊的栏杆跳过去，突然听见身后传来一句："芷卉……"

她惊异地回头，他居然知道她的名字，称呼时还亲昵地去掉了姓氏。

男生一向被认为是面神经瘫痪的脸上浮现出淡淡笑意，像极了从云层里一寸寸渗出来的阳光。

他简单说了句："加油。"

转身时，他有点懊恼，明明记得对方有个少见的姓，却一时卡壳怎么也想不起具体是什么了。该事件的突发之处在于，他没想过有朝一日会和京芷卉说上话。

如果你不曾对她说什么"芷卉，加油"，英语科目的传奇少女京芷卉是一定会加油的，可你居然施展着让女生丧失抵抗力的迷人笑容，多此一举。

那么必然地，所剩无几的宝贵考试时间，她也没能好好利用，注意力根本没法集中。

浪漫的邂逅在现实生活中通常都没有续集。

站在分班榜单前的芷卉这样沮丧地告诉自己。头往左转看见的"谢井原 三年A班"和头往右转看见的"京芷卉 三年K班"，形成了鲜明对比。

身边的议论纷纷甚至也不是围绕意外爆冷的她而展开。

"谢井原这次居然不是年级第一，好像是以中下名次险进A班的嘛！"

"消息不灵了吧！据说是因为英语那科迟到一个半小时，只勉强答了70分的题目。"

"英语单科70分都能进A班！是不是人啊！"

"数理化三门满分吧？"

"不是，别的功课也发挥失常了。"

"对啊对啊，我也听说英语之后的两门，他只拿了130多分的成绩。"

"那又是什么原因？"

"不知道，大概英语没考好影响情绪了吧。"

不可能！他的情绪从来不会受任何事影响。这也是无论考试题出得多么刁钻，他都能保持全胜纪录的原因啊。

同班两年的芷卉实在太清楚这家伙的可怕之处了。

那，是什么原因导致他发挥失常了？

她脑海中突然闪现出别人想穿脑袋也猜不到的正确答案——

左手肘的伤。

做题时习惯用手肘抵着桌面手撑着头的谢井原，肯定被不间断的下意识举动带来的疼痛搞得毫无思路吧。

说到底，一切都是冒冒失失突然跳下车的她的错。

她活该去K班。

原以为是两条平行线，但其实分属于两个平面。

从某些角度看去，一度以为相交，却还是不可避免地各有各的轨迹。

谁知半个月后，他竟然主动转来了K班。

芷卉控制不住自己多想一点……

他怎么知道地上那支水笔是自己的？水笔飞出去，和他进教室几乎同时，难道他一进门就看了自己？

想多了吧？

想太多了。

下课铃一响，前座的钟季柏马上回过头代表群众发问。

"冰箱，你怎么回事？干吗转到我们班来？"

他俩是上下楼邻居，钟季柏一向对外自称是谢井原的铁哥们儿，谢井原可没承认过，不过对他确实比对其他人纵容点，好歹有问必答。

他做着题，眼皮也没抬："A班太吵，待不下去。" 随着钟季柏高声追问"什么情况啊"，几个好事的男生在谢井原周围聚起来。

谢井原这次停下笔，抬起眼："你问京芷卉。"

几个人集体看向芷卉。

她连汗毛都竖起来了，盯着手里的笔，没有抬头，不敢吱声。

实际上，她也不清楚是怎么回事，怎么听起来对方像是寻仇来的？

大家又看回谢井原，钟季柏的神情充满了困惑。

谢井原继续说："你问她分班考那天撞车是我的错吗，问问她跟A班人是怎么说的。"

芷卉心里"咯噔"一下，是自己大嘴巴没错了。分班考结果出来之后，她给李悦、时唯那几个玩得好的闺密通通打电话倾诉过——当然省略了他背着她去车站的部分。女生们大概觉得她会考砸都怪谢井原，于是开学抱团责怪他了。

钟季柏看看芷卉又看看谢井原，过半晌大笑起来："哈哈哈，搞了半天是你把她撞了啊！你这不是要人命吗？她妈知道她被分到K班，当场把她的书包从19楼扔下去。她最近半个月可是处于水深火热中。你这罪魁祸首被A班挤对，一点都不冤。"

芷卉心虚地打断："行了，你少说两句。"

钟季柏把问题扔回给她："那你还回A班吗？"

她没说，心里却打定主意，当然得回，高三可不是感情用事的时候。

[3] 他当然知道答案

课间，芷卉经过楼梯转弯处，看见两个眼熟的女生刚下了楼，是以前的A班闺密。

芷卉眼前一亮，追下去："小悦！小悦！"

李悦回过头，见是芷卉，笑容变得有点尴尬，反而加快了步伐："哦，芷卉，好久不见。"

芷卉想像过去那样上前挽着她的手臂走，却有点追不上。

"谢谢你们为我打抱不平，其实你们错怪谢井原了……不过反正我很快就会回A班的。"

李悦这才略微放慢脚步："回来？年级统一考过试，怎么还能转班？"

"我准备申请补考，一定没问题。他们没理由因为我缺考英语听力部分影响了分数，就逼我待在K班。"

"可复旦自主招生的名额是按班级分配的啊。"

"自主招生？开始了吗？"

"快开始了。"

芷卉想了想，为什么她突然提起这个？

"有影响吗？按成绩，我不管在哪个班都能拿到名额吧。"

"说得对。"李悦有点敷衍，很快转移了话题，"K班怎么样？"

"别的还行，就是班主任有点阴阳怪气、恐怖兮兮……不过管他呢，反正我也不会久留。"

也许是自己过于敏感，芷卉觉得李悦似乎不想和自己走在一起，追赶起来有点费劲。

"那就祝你好运了。"连祝福都不太真诚，没等芷卉继续说什么，她就摆摆手结束了对话，"拜拜。"

芷卉站在原地看她们跑出教学楼，有点失落，一转身，看见刚被提及的"恐怖兮兮"的班主任正站在台阶上盯着自己，也不知她听见了多少。

她逆着光，显得更不友善。

芷卉心里发怵，倒退一步。

到午餐时就已验证，疏远不是她的错觉。

按班主任强调的规矩，K班要晚10分钟开饭。芷卉去食堂时窗口前已经没几个人在排队了，菜也剩得不多，她端着餐盘环顾食堂，看见李悦和另外两个A班女生坐在一起。她走了过去，可没等走近，三个女生就都站起来端着餐盘离开了。她们显然是看见了啊，不至于连个招呼也不打，像避瘟神一样吧？

这还不够。

芷卉一个人孤零零地坐着，云萱从她身边经过时嘲讽道："你是应该回A班。你和她们是一类人，翻脸比翻书还快。"

芷卉对着她的背影争辩："她们只是吃太快了。"

云萱没有回头。

钟季柏原本没想和女生坐一块儿，芷卉这边动静太大，他只好展开精神扶贫，坐了过去："哎，你现在怎么混得这么惨？你和A班那三个不是闺密吗？"

芷卉生气，埋头吃饭。

钟季柏讨了个没趣，一抬头，见谢井原还站在一旁犹豫："坐啊，你俩是结仇了还是怎么的？"

谢井原只能坐下。

芷卉和他短暂对视，有点尴尬。

钟季柏继续着他课间未尽的游说："要我说，你干脆别回去了，A班有什么好啊，在哪儿不能考大学？"

芷卉冷淡地白他一眼："你考个我看看。"

他拉出谢井原做挡箭牌："人家冰箱可是因为你才转来K班的，你却闹着要回去，多不仗义。"

芷卉看向谢井原："对……对不起，我只说是被你撞了，没想到她们会——"

"没事。"谢井原没等她一句话说完就打断了，语气一如既往地冷淡，好像忙于吃饭，不愿废话。

当初笑着说"加油"的是谁啊！

芷卉泄气地数起了米粒。

好在钟季柏所在之处永远不缺戏剧性。他们三人正低头吃饭，突然杀出个女生，她端着盘盖浇饭以拙劣的演技撞上钟季柏，连他的餐盘也打翻了，最后假摔在大家身边："对不起、对不起……哎呀……我……"

三个人同时起身跳开，以防被溅到汤汁。

如此明显的碰瓷，钟季柏也不是第一次遭遇了，他无奈地仰天长叹："你们女生怎么不是撞车就是撞人！我这两年就没有好好吃过一顿午饭！这么多空位，你干吗非得和我们挤？你快走吧。"

芷卉忽略了他对自己的影射，绷不住笑起来。

"碰瓷"少女见讨不到关注，反遭了抢白，只好灰溜溜地走了。

钟季柏拿起饭卡："你俩收拾一下，我再去买份饭。"

芷卉和谢井原按嘱咐收拾残局，取餐巾纸时两人的手意外碰在一起，又像触电一样同时收回。芷卉壮起胆抬起头，正好和他对上视线，但对方没给她太多时间对视，马上看向了别处。

没事才怪，他是很讨厌她没错了。

自己到底哪儿招他讨厌，芷卉百思不得其解，晚上做作业又难免分神去想。难道是因为成绩太差？

她看了看书架上的相框，里面是她和李悦她们的合影。

也并非那么难理解吧，照片上看起来很亲密的闺密，因为她们被分在两个班就自然疏远了，学霸和学渣之间本来就没太多共同语言。在谢井原眼里谁不是学渣？就她还不识趣，一个劲儿往他跟前凑。

妈妈没敲门就进了房间，把芷卉吓得一个激灵，赶紧低头假装在做作业。

好在她没注意，自顾自打开了话匣："芷卉啊，阳明中学开始发复旦自主招生表了，你们学校呢？"

"还没开始，今天李悦说名额按班级分配。"

"那你跟老师要求转班了吗？"

"没，今天还没有。"

妈妈的眉毛拧了起来："别拖拖拉拉的，赶紧去申请补考，那种垃圾班谁知道能分到几张表。"

"可我……"芷卉支吾着，"护身符还没找到……"

妈妈一听更生气了："你怎么这么多事儿？没有护身符还不能考试了吗？"

"考不好。"她唯唯诺诺。

"荒唐！那你倒是找啊。掉在哪儿了，去找回来！"

于是更荒唐的情节就此展开，升上高三的第一天，大半夜，芷卉打着手电筒独自徘徊在空旷的马路边，苦苦搜索着那条"救命"的手链。

她算是粗心的女生，冒失乐观，基本不怎么顾影自怜。

遇上这样有些凄凉的场景，普通人看了都会觉得心酸。

她没有，只觉得犯困，边找边揉眼睛，到车祸现场后脚步不由自主地慢下来。

那么点血迹大概已经被灰尘覆盖了。

地上剩一道擦痕。

谢井原的自行车修好了吗？

修车时想起她了吧——

这个京芷卉虽然聒噪，但看在把她撞伤的分上就原谅她吧。

芷卉只笑了一秒。

也许人家早忘了，只有她紧抓着这不愉快的意外当奇遇，念念叨叨这么久，好像在期待什么。

天天骑车上学，自行车当然修好了，修车费460元。

付钱时谢井原想过应该找京芷卉索赔，至少一半。

当然肯定不能真这么做，他虽然情商低了点，但也没低到这地步。

不过稍稍想象一下京芷卉被索赔时的表情也很有意思。她往常惊讶时，眼睛能有硬币那么大，又圆又空洞。

"小井，我听季柏的妈妈说你转去K班了，怎么回事啊？"

男生回过神，是妈妈端着牛奶进了房间。

他放下笔："记得我跟你说过分班考那天撞了同班同学吗？"

"啊，对了，伤得怎么样？要不要去看看人家？"

"没那么严重，不过她因为缺考了英语掉进了K班。"

谢井原妈妈似乎已经忘了自己的来意，悲天悯人起来："天哪，这孩子也太可惜了。"

男生觉得有点好笑，故意打趣："怎么我去K班你不觉得可惜……"

"你是因为她才主动要求转班的？"

谢井原突然不太想欺骗，没有拿出事先准备好的否认，垂眼想了想："受害者在朝北的教室，肇事者在朝南的教室待得良心不安。"

"你做得对。"妈妈一向宽容，果然不以为意，接着笑道，"K班有意思吗？"

"还行。"

"那就是说比A班好？"

男生有点好奇："为什么？"

"每次问你A班，你都说'就那样'。'还行'比'就那样'高一个层次吧？"

他在笑这方面吝啬，只扯了扯嘴角："差不多。"

"没有更糟就太好了。"妈妈离开时为他关上了门，"不要太辛苦，11点半要按时睡觉。"

"知道了。"

谢井原继续做题，却第一次静不下心了。

钟季柏说得没错，A班K班，在哪儿不能考大学。对谢井原来说，这不算太难的选择题，一念之间，留下可以，转班也不过是对整个英语办公室焦急劝阻的老师来一句"我考虑得很清楚"。

但他不仅没考虑清楚，甚至在还没腾出思路来的时候就已经做了决定。

开学第一天，他在A班教室里感到似有什么不妥，盯着她的空座位许久许久，最后收拾书包去办公室找了年级主任。

像晨昏交替一样自然。

只能用开始个新实验来说服自己，可世界上哪有这么心血来潮的实验？既没有设想过实验目标，也没有设计过实验条件。

为什么要对她说"加油"？

为什么一进教室就先看她的反应？

为什么捡到了她的手链却没有及时还给她？

他当然知道答案，只是不知道冲动会如此来势汹汹。

他警惕地望向自己笔袋中芷卉的猫头鹰手链，这才后怕起来。

[4] 集体不在乎荣誉，你还坚持什么？

前一天晚上满马路找手链折腾到太晚，早晨芷卉背着书包走进教室时，因睡眠不足有点萎靡，径直走到座位想坐下，才突然发现隔壁座位多出个大活人。

柳溪川没穿校服，埋头吃着米粉，在一教室的整齐校服中显得格外醒目。

印象中……她根本不是圣华中学的学生啊！

芷卉迅速排查着自己的记忆——柳溪川，阳明中学校花。

从公开投票评选校花这件事就能看出这学校多么不务正业，同样是市重点中学却奉行素质教育，全校几十个社团玩得风生水起，校园、校服都漂亮，像偶像剧里的私立学校，柳溪川与这种画风完全匹配。

因为学区文艺演出，她们打过好几次交道。柳溪川弹钢琴是专业水准的，为人爽朗爱开玩笑，听说成绩也不错，只是总惹是生非，在阳明中学深受同学欢迎，却不受老师待见。

芷卉挠挠头，花了好几秒判断出不是自己眼花，记忆也没出错，诧异道："柳溪川？你怎么在我们学校？"

柳溪川早看见她了，想打招呼却开不了口，努力把那一大口米粉咽下去后，才轻描淡写道："哦，我转学了，你们校长挖我过来冲状元。"

听起来是个理由，可……

"可这里是K班，年级最差的班。"来这儿冲状元？

柳溪川继续吃着她的米粉，口齿含糊不清："嗯，我刚发现了。本来觉得在新学校跟着熟人比较好，所以跟教务说'芷卉在哪个班，我就去哪个班'。"

这学转得也太草率了吧。

芷卉有点尴尬："不好意思啊，我分班考出了点意外。"

"没关系，听说谢井原也在这里，我就放心了。"她听说过谢井原的大名实属正常，笑出一张八卦脸凑过来却让人意外，"没想到你俩……嘿嘿……"

芷卉红着脸从书包里拿出东西："你都听说了点什么……"

云萱突然从窗口探进头来喊道："柳溪川！奶茶也比较好喝，要帮你订吗？"

柳溪川嘴里的米粉还没吃完就忙着回答："好啊，珍珠多一点，谢谢。"

云萱转过身头低头用手机拨号。

先是和谢井原有过前缘，这又和云萱臭味相投。

云萱明明是自己的旧识，她来K班之后还没说上话，柳溪川一来俩人却迅速打成一片。芷卉心里有点不爽："你还真是自来熟。转学生不是要从前门进来自我介绍吗？"

正说着，谢井原就从前门走进来，经过芷卉身边时看见了柳溪川，也没露出过度惊讶的神色，只问了句："你这是，转学了？"

"嗯。"柳溪川还以为他准备追问点什么，谁知他就那么冷淡，当即结束话题，去后排落座，没再说话。

看来她对谢井原还不怎么了解，芷卉莫名觉得占了上风。

柳溪川倒不觉得，转回头说："看，该认识的都认识。"

芷卉还想开口，上课铃已经响了，班主任踩着点出现在教室门口，拍了拍门，神情阴森。

云萱她们匆匆跑进教室，却还是没逃过班主任的数落："预备铃都响了，还在疯疯癫癫。还有人在打电话！课代表赶紧把作业收齐交上来。班长，你过来一下。"

芷卉不敢怠慢，果断起身出门等着。

60多岁的数学老师笑眯眯地进教室走上讲台，开始在黑板上抄写例题。

班主任还在门口"恋战"："高三也该有点高三的样子，人家A班的学生把上厕所的时间都用来背英语……柳溪川你不要再吃了！"

柳溪川没领教过她的厉害，继续吃了一大口，把嘴塞得满满的，才把米粉整碗端进书桌的抽屉里。

班主任一通无差别呵斥，她离开好一会儿，班级气氛持续压抑，只剩下数学老师写粉笔字的声音。

直到数学老师从黑板前转过身，打趣说："听见你们班主任说的了吗？把上厕所的时间都用来背英语，那上厕所之外的时间要用来做数学啊。"

教室里同学们才哄笑起来。

走廊上，班主任听见笑声，下意识地皱着眉往教室方向瞥了一眼，对芷卉交代道："你的任务就是尽快把参加校运会的人员名单统计好，交给体育老师。"

高三，运动会这种鸡肋活动谁要参加。

也不知道班主任这么积极是图什么。

有了前车之鉴，眼下看班主任心情又不好，芷卉不敢再贸然推辞，只好硬着头皮答应："好的……"

"我们班成绩已经垫底了，体育上再输给其他班，面子上说不过去。"

原来是图面子。

芷卉担心自己做不好，开始铺垫困难："可是，都已经高三了，我怕大家对体育不会很积极。"

"不然为什么让你做好动员工作呢？"班主任一句话噎得她半晌无语。

"我和他们还不太熟……"

"你不会还想着回A班吧？"

芷卉可怜巴巴："我在A班也没当过班长啊。"

班主任冷着脸，把她看得透透的："你不要耍小聪明，分班考试制度实行这么多年，不会为你开补考的先河，要是人人都要求补考那还得了？"

"怎么可能人人考试当天出车祸？"

"车祸、生病、家人去世……实力不够的人永远不愁找不到借口。你见过高考落榜申请补考的吗？"

"高考确实没有，可是分班考……"芷卉看看左右，放低音量当个秘密说下去，"去年吧，还有前年，我们A班的陈凛就是单独补考进来的。"

班主任的神色中却连一丝讶异都没有："你看见他补考了吗？"

"没有，可是大家都这么认为……"

"大家不还都认为你稳进A班吗？"

芷卉愣了愣，低下头："对不起。"

"陈凛本人告诉过你他是参加补考进的A班吗？"

"没有，可他平时成绩总在年级600名以后……"

"那你看见他的分班考成绩也在600名以后吗？"

"没有，对不起。"

班主任乘胜追击，咄咄逼人："你的平时成绩总在年级前50名，不也来K班了吗？"

芷卉接不上话，唯有重复一遍"对不起"。

这逻辑水平太牛了。

她教什么英语啊，她应该教计算机编程。

而此时，李悦妈妈的加急电话已经打到了英语办公室。年级主任又是A班班主任，被她缠着质问，有点焦头烂额："补考？没听说过啊……不可能，京芷卉现在在K班，没有的事……你放心，李悦这次肯定有推荐名额的。"

挂断电话时，K班班主任恰好进办公室，年级主任赶紧叫住她："小吴老师，京芷卉要求补考回A班了？"

班主任微怔："她是有这个念头。"

"哎呀，那可麻烦了，学生家长都得闹起来。她真要补考进来，名次怎么排啊！"

班主任释然："我告诉她转班不现实了。"

年级主任如释重负，但忽然又眼珠一转："她妈妈联系过你吗？"

班主任一边坐回自己的工位，一边回道："没有。"

"要是联系你，你就让她直接跟我通电话。"

班主任对他主动接手麻烦的动机不明所以，但还是点点头。

下午第二节是体育课，老师将排球扔出去，让女生分两组打练习赛。队列迅速解散，大家自动走向排球网两侧，唯有芷卉和溪川两个新来的僵在网中间。

云萱在一侧向柳溪川招招手："溪川，这边这边！"

柳溪川摆摆手："我打不好。"说着转头看芷卉，"你去吧。"

芷卉看了云萱一眼，有点胆怯："她们不欢迎我，我在旁边看着就好。"

"为什么啊？"柳溪川好奇。

云萱又喊了一遍，柳溪川只得扔下芷卉向云萱她们跑去。

体育老师一声哨响，练习赛开始。

老师见场边的芷卉膝盖上还贴着个小纱布，便没说什么，只朝她走过来，从手里的记事板中翻出那张她刚交上去的A4纸："你们班参加长绳的人数不够，团体项目不能少于12个人。"

芷卉大吐苦水："根本没有人愿意参加啊，老师。"

"别的班都没问题，怎么就你们班凑不齐人？必须参加，强制参加！"

芷卉被烈日晒着，越发烦躁。

与此同时，场上云萱对面那组的顾钦钦突然倒地，同伴们围住她。老师赶紧跑上前："怎么回事？"

身边的女生代为回答："顾钦钦扭伤了脚。"

老师与她一起扶着顾钦钦离开，临走前招呼芷卉："京芷卉，你过来补上。"

芷卉微怔，随后勉为其难地上场站在顾钦钦的位置。

练习赛重新开始。

云萱与两个同伴交换眼色，连续三次朝芷卉的方向大力扣杀，导致她接不住球。第三次，芷卉奋起反击跳跃接球，却被同组的何琳撞倒。

她单手撑地，手掌被擦破出血。

何琳却毫无歉意地从她身边走了过去："接不住就让开点好吗？"

芷卉叹口气，知道这都是云萱的主意，只好自认倒霉。

不就是个运动会报名吗？和自己有什么关系？芷卉只想赶紧交差了事。

体育课一结束，她就抱着长绳和班牌直接跑上讲台，宣读名单："跳长绳的人是：我、钟季柏、云萱、柳溪川……"

"哦，我不能参加。"柳溪川正抱着半个西瓜在吃，听见自己的名字立刻抬头打断。

同学们坐在座位上，用一种看马戏表演的神色冷眼旁观。

芷卉有点不耐烦："必须参加，强制参加。"

"你有什么权力强迫别人参加？"云萱挑衅地发话。

现在可不是和她吵架的时候，芷卉急于争辩："不是我规定的！我现在作为班长……"

云萱打断道："你这个班长又不是票选的，我觉得柳溪川比你更适合当班长。"

"云萱你不要无理取闹。"芷卉的语气近似恳求，终于让云萱暂时偃旗。

"反正我不跳长绳。"溪川倒不是故意作对，只是总结陈词，继续吃瓜。

芷卉还想较真，钟季柏突然嬉皮笑脸地插嘴打圆场："她不跳就换个人嘛。"

芷卉不想理他，继续逮住溪川不放："我不知道你们阳明是怎么……"

钟季柏依然嬉皮笑脸，言语却变得有点攻击性："阿京啊，这就是你不对了，人家既然转来我们班，就不要老一口一个'你们阳明''我们圣华'的了。"

芷卉急了："可她把自己当我们学校的人了吗？"

云萱冷笑反问："你把自己当我们班的人了吗？"

芷卉忍着怒，放缓语气："这个运动会，我们班没人愿意参加，说实话，我自己都不想参加，那能怎么办？该填的坑还得一个个填上，要不怎么交差？"

云萱追击道："回你的A班去啊，谁让你在这儿交差了？"

芷卉不想正面迎战云萱，专心对其他人展开劝诫："我们其他人，多少都象征性报了一两个项目，可是唯独柳溪川。"她就是对这么多人帮她说话耿耿于怀，"她连唯一的团体项目……"

柳溪川眨眨眼睛，还没明白自己怎么成了火力集中点。但火力很快就被分散了，孟冬一直是云萱的好跟班，率先开火："我可没报啊，你别给我擅自记上去。"

云萱得意地接嘴："我也没报过。"

她的另一位固定跟班何琳则挑衅般高高举起手："我请病假。"

芷卉反唇相讥："你现在请半个月以后的病假？"

偏偏还有个听不懂画外音的顾钦钦举手跟风："还有我，也请病假。"

芷卉被气得翻白眼："你们到底有没有集体荣誉感？"

这场面用"四面楚歌"来形容都不过分了。

谢井原突然在教室最后一排的座位上开了口。

"京芷卉，集体不在乎荣誉，你还坚持什么？"

他的声音太有穿透力，教室里一时四下安静。

他原有"皇帝不急太监急"之意，想讽刺"集体"，可"集体"平均智商太低没听懂，偏是芷卉又羞又恼也没听懂，以为他也跟着作对，当场扔下长绳，拿着班牌冲出了教室。

谢井原不疾不徐地放下笔，从后门跟出去。

就像电影里常会出现的解除误会的画面，谢井原在楼梯口及时拉住了芷卉。

女生一转头就带出了哭腔："你们了解柳溪川吗？你们才认识她几天？为什么一个个都在帮着她说话？！"

谢井原的语气平平淡淡："我没有在帮她说话，我是在帮你想办法。"

他太直白，把"她"和"你"对立起来，让女生间那点小心思无处遁形。

她还垂死挣扎，想把这种对立扯回冠冕堂皇的集体荣誉。

"这不是个人恩怨！"

有声嘶力竭的女生反衬，谢井原的平静堪比机器人："不讲个人恩怨的时候，你的号召力远比现在强得多。"

被突然夸赞的女生瞬间冷静下来。

这才发现，他说长句时声音太温柔了。

她不禁深呼吸。

谢井原依然心平气和，毫无自觉："现在整个班只有她一个女生对你有好感，你干吗非要针对她？"

她勉强承认："我看她人缘莫名其妙比我好，不服气行吗？"

"赌气有意思吗？你做班长，就需要有人支持。你好好跟她商量，多一个盟友有什么不好？"

他平常说话时声音竟这么过耳难忘，其实根本不需要贴学神标签，更用不着附加外貌，只用这声音去广播台读篇稿子都足够收获许多迷妹，"声控"可能会跪下磕头。

芷卉不是"声控"，已感觉与他对话集中不了精神去听内容。

他三言两语就能让人丢盔弃甲，只剩下孩子气的嘟囔："你说得好像很有道理，可我就是生气。"

像撒娇。

谢井原却还误以为自己有理有据，继续劝道："你和柳溪川，我从高一就都认识。你们是最出色的女生，出色的女生应该和出色的女生做朋友，而不是敌人。"

过犹不及。

"你怎么会高一就认识她？"

"演讲竞赛，你眼睛受伤缺席的那次。"

女生喃喃地把心声直接说了出来："早知道才不让你替我去。"

"她的平衡能力很差，最不擅长体育，参加运动会除了丢脸起不了任何作用。她这个人又不会表达……"他忙着劝解，没注意女生的脸已经逐渐阴沉。

再好听的声音，她也听不下去了。

芷卉抬起头直击命门："她不会表达，那你是怎么知道这些的？"

谢井原一愣，终于语塞。

原来他并非不善言辞，为其他女生做说客时也可以如此长篇大论，温柔可亲。

芷卉哽咽苦笑："我突然发现，我连你也不认识了。"

她把手里的班牌塞进男生怀里，转身下了楼。

就像每个电影里澄清失败的画面那样，男生停在原来的楼层没有再追她。

这个K班，从头到尾，翻过来掉过去，再也没有什么值得留恋了。

大概是心如死灰反而壮了胆，芷卉从楼上下来直接冲进英语办公室，对年级主任开门见山："马老师，我要补考，我要转回A班。"

班主任也注意到她，一头雾水地回过头。

年级主任面露难色，跟班主任交换了一下眼神，再对她说："哎呀，想从K班转到A班不太可能，这可不是我一个人说了算的。"

"反正谢井原转出来了，A班现在缺一个人。"芷卉认真分析可行性，"只要我补考成绩优秀，怎么不能回A班？"

年级主任却不像她那么坚定："但复旦自主招生的推荐表是按班级分配名额的。你现在要求转回A班去跟他们争名额，A班的同学和家长都不会答应。"

"我知道是按班级分配，就算在K班，我也能拿到名额啊。"

年级主任欲言又止，最终才说："A班25个名额，K班只有2个。"

芷卉这才脸色突变，已有不祥的预感，慌张地看向班主任，音量也降了一半："那K班内部怎么分配？"

"按成绩——"班主任稍作停顿，冷冰冰地道，"给谢井原和柳溪川。"

[5] 要得到瞩目，应该先证明自己当之无愧吧

心不在焉时，芷卉会不由自主地停下吃饭的动作，不是拨米粒就是转碗。妈妈最讨厌她这个习惯，准确地说是最讨厌她发呆，从她小时候起就是这样，只要她两眼放空就被敲头。妈妈说这是暴露智商的表现，她喜欢小姑娘眼睛闪亮、神采奕奕的灵光样。

今天她倒是没被敲头，妈妈只是用筷子敲敲她的碗边："问你话呢！吃饭发什么呆！"

"嗯？"这才回过神来。

"复旦自主招生的名额有没有消息啊？"

"没有。"

要是被妈妈知道真相，她肯定暴跳如雷，去学校找老师撕个腥风血雨也是有可能的。现在大局未定，还没到发纸质表格的时候，也许还有什么转机。

芷卉还抱着侥幸心理。

"会不会是你消息不灵，别的班早就定名额了？"

芷卉摇摇头，心虚地闷头扒了几口白米饭。

她没得到预期的答案，气不打一处来，又另生是非："你到底还想在这个垃圾班待到什么时候？怎么还没去找马老师要求补考？"

"马老师……今天去区里开会了。"

"那就找其他老师啊！"

"别的老师不管用。"她的声音越来越小。

妈妈察觉到反常，只是没想过她在撒谎："你是不是不敢去找老师？这有什么好怕的，完全是正当要求。你要再这么畏畏缩缩的，我明天直接去学校找马老师……"

"明天马老师也在区里开会。"芷卉急忙接嘴。

"那他到底哪天在学校？"

"我不知道……"

"你不会问吗？这个总可以问其他老师吧！"

芷卉支吾着："我明天问。"

妈妈不满地把饭碗一搁："真是被你气死，考试考试掉链子，一点这样的小事也今天拖明天，明天拖后天，什么都办不成。掉进K班还不敢让你爸知道，你赶快给我解决了。"

怎么解决?

金鱼不慎跃出了鱼缸,熟悉的世界近在咫尺,只是你再找不到回去的办法,只能愣愣地瞪着眼,独自承受氧气退散。

数学老师示意大家把书翻到中间,只有芷卉一动不动,在人群中过于醒目。老师停止讲课,叫了她一声,她还是毫无反应,连谢井原都从后排探出头想看看她是怎么回事。

柳溪川推了推她的手肘。

她猛地回神,才发现大家都在看着自己。

她看看柳溪川面前的书页,也把书翻到那一页。

老师继续上课,下课后见她仍趴在座位上发呆,猜她魂不守舍应该是遇到了难题,便踱步过去,隔着钟季柏的座位面朝她坐下:"新生代表。"

芷卉抬起头,神情有些困惑。

"你是入学典礼上作为新生代表演讲的那个学生吧?"

芷卉确实是那次演讲一战成名的,在台上因为怯场把准备好的演讲词忘了个一干二净,台下新生又吵得要命,好像说什么都没法吸引他们的注意。她索性丢开稿子来了段英文即兴演讲。这对她来说并非难事,她从双语幼儿园读到双语初中,英语说得非常流利。这一下效果显著,大多数老师、学生都对她有了深刻印象。

她迟疑着,点点头,不知数学老师此时突然提起演讲是什么意图。

"那时候演讲多自信啊,现在怎么了?垂头丧气的,一点都不像你。有什么不开心的事?说出来听听。"

何必提当年辉煌,对比之下如今格外心酸。

芷卉叹了一口气:"再好的演讲能有什么用?考不上复旦还不是要被妈妈骂死。"她垂下眼,"刘老师,我没拿到今年复旦自主招生的推荐名额。"

老师惊讶地问:"怎么会连你都拿不到?"

"按班级分配,K班只有两个名额,可是我的成绩只能排第三。"

"没关系,后面加把劲儿,我觉得吧,以你自己的能力不用加分也能考上复旦。"

眼下这种无关痛痒的安慰并不能解决任何实际问题。

芷卉情绪低落地摇摇头,再次趴回桌上:"我完蛋了。"

"如果你真觉得这个推荐名额对你很重要,可以私下去找年级主任商量商量,说不定还有回旋的余地。"

芷卉"噌"地坐起来,整个人都精神了:"什么回旋余地?"

老师慢吞吞地继续说下去："公开说有50张申请表，其实总共差不多有60张，据我所知，年级主任那里应该还留了机动的10张。"

"真的吗？刘老师，你可不可以帮我跟马老师说说情？"

老师慈祥地笑起来，拍拍她："这个，我去说不太合适。除了你自己去争取，其他人帮你，性质都会变，就算得到了名额，在别人眼里也是走关系得来的。"

芷卉又没了主意："我自己？怎么争取啊？"

"我也不知道。"老师笑了笑，"但我想，要得到瞩目，应该先证明自己当之无愧吧。"

女生蹙眉不解。

老师补充道："就像当年你的演讲一样。"

芷卉好像明白了什么，一溜烟跑出教室。

正是准备早操的时间，《运动员进行曲》循环播放着，芷卉踩着节奏，感到备受鼓舞。她匆匆跑到英语办公室，在门口往里探了探头，年级主任的座位空着，班主任的位置也没人。

她犹豫着进了门，问旁座的C班班主任："邵老师，请问马老师去哪儿了？"

邵茹抬起头："马老师不在吗？哎？"环顾四周，"刚才还在，可能去操场了吧。"

女生谢过她，正准备离开，就被班主任叫住了："找马老师什么事？"

原来她刚才并非不在，只是正弯腰捡掉在地上的试卷。

芷卉被吓了一跳："没、没什么事。"

"没什么事你早操时间到处乱跑？"

"我赶得上早操。"

班主任并不打算就这么轻易放过她："赶不赶得上早操不是重点。我不希望你一个K班学生，遇到困难总是求助A班班主任。你有任何问题，不管是个人学习方面，还是班级工作方面，要么自己解决，要么来找我，我才是你的班主任。"

真服了她，在管辖权方面这么锱铢必较。

芷卉在心里嘀咕，嘴上只能道歉以求尽快脱身："对不起，吴老师，我没想要……"

"你现在就可以直接跟我沟通。"班主任好像看穿了她的口是心非。

"我……我是想问……"女生随机应变，"运动会那两天高三放学时间。"

班主任觉得有点意外，放下笔往后靠向椅子："问这个干吗？"

芷卉把理由编下去："因为是双休日，有同学说要上校外补习班。"

"全校是四点放。"班主任想了想，"我们班自习到五点半，要上补习班的让家长给我打电话。"

"啊？为什么？"

"防止有人溜去网吧。"

芷卉忘了自己的来意，在放学时间上争取起来："这也太不公平了。"

班主任反而不想再跟她多废话："不自觉的班级没资格谈公平。没别的事，你可以走了。"

今天踩着《运动员进行曲》前往操场的人群中，女生们回头的频率格外高。

谢井原发现了。

大概和钟季柏非要一路勾着他的肩有关。

钟季柏身高一米八七，脸却只有巴掌那么小，用女生们的话来说，"头身比"格外惊人，他走进教室，教室都会显得空间变小，引人瞩目到集体安静三秒。细究起来，他并不是长辈们认可的那种浓眉大眼的正统帅哥，只不过热情活泼爱运动，总是笑成眯眯眼，又经常撩人于无形，是那种可爱的类型。校文艺活动常由京芷卉和他一起主持，这种严肃场合他又意外地能撑起正装制服。这种反差俘获了无数少女心。

谢井原平时做惯了"小透明"，突然被他拉进焦点，有些不自在。虽然因为是邻居，而钟季柏又有着非凡的黏人本领，两人关系一直不错，但在学校不同班就几乎没交集。眼下他这是越发得寸进尺了。

"怎么没看见笨京出来做操？"

"找她干什么？"

"你没发现？昨天和大家吵完架，今天她一直闷闷不乐。我要让她体会到我们班的温暖啊。"

谢井原充满怀疑地瞥他一眼："怎么让她体会？像这样勾肩搭背吗？"

钟季柏起了恶作剧的心，反将一军："是啊，你不要吃醋。"

谢井原微怔，转而理解了对方的准确意思，并不是指吃京芷卉的醋，而是指吃他钟季柏的醋。这家伙毫无性别意识，像个小学生，偏偏这种以小学生思路说出的胡话有时反而歪打正着。

他忍不住低头笑。

前面频频回头的女生群体突然爆发出一阵骚乱。

看来是谢井原自己对"小透明"的理解有些偏差。

从前大家只是觉得谢井原冷眉冷眼，傲慢得让人迫于压力绕道走，但谁能否认他清秀英俊的脸才是本校女生最热衷向友校同学吹嘘的点，她们一万次对天发誓"真人比偷拍的照片帅"，一万次为他辩解"没有翻白眼，这不是白眼"。

现在他居然被钟季柏勾着走，笑起来温温柔柔好脾气，原以为他们风马牛不相及，没想到他们居然有同框得如此和谐的一天。

全圣华女生深感此生圆满，本校故事今日可以完美剧终了。

[6] 失去的好处在于，能让人变得清醒

芷卉没赶上这段剧情，即使做操时，她也在伸长脖子四处搜寻着年级主任的身影。

体育老师走到她身边叫了两遍，才让她回过神："东张西望的，在看什么？"

芷卉从观礼台边年级主任的身上收回目光，跟上节奏认真做操。

"你们班参加运动会的名单呢？"

芷卉都快忘了这件事："还没……统计好。"

"赶紧的啊，全年级就差你们班没交了。K班就是K班，什么事都拖拖拉拉的。"

广播操结束，年级主任和别的老师一起朝教学区的方向走，体育老师还想逮着芷卉再唠叨两句，她没给他机会："我会尽快的，我现在就去统计名单。"

广播里播放着《运动员进行曲》，芷卉跟随人流移动，明明看见年级主任离得不远，她却怎么也挤不到前面去。

就这样一路紧赶慢赶也没追上，途中钟季柏看见她叫了一声，她也没听见。因为广播声音太大，她叫年级主任，年级主任也没听见。

好不容易进了教学楼才把年级主任堵住，芷卉一手撑腰，半弯着身体喘了会儿气，语速很快："马老师，给我张自主招生考试推荐表吧。我知道这次分班考试我没考好，但综合以往的考试成绩，我是有资格拿这张表的。K班名额实在太少了，如果谢井原和柳溪川没有空降K班，我肯定也能拿到推荐名额。"

可是广播声压过了她说话的声音，年级主任听得断断续续，根本没听明白："你说什么？"

芷卉急促地喘着气，重新整理思路，言简意赅提高音量："马老师！给我一张复旦推荐表吧，我知道您还藏了一些机动名额！"

非常凑巧，《运动员进行曲》就在她说完前半句时戛然而止，于是偌大的

教学楼只剩下她高呼的后半句话久久回荡，四周的学生都驻足看向她，场面十分尴尬。

年级主任恼羞成怒："你胡说什么！哪有什么机动名额！"

芷卉注意到所有人都在看她，于是放低音量："对不起，老师，我只是想要张推荐表。"

"推荐表已经分配完了。"

"我听说公开的有50个名额，另外还有非公开的10个……"

围观的同学窃窃私语，钟季柏刚走到门口，在人群外围看见芷卉，停下来没急着回教室。

年级主任有点窘迫："你听谁说的？"

芷卉犹豫着，决定不随便出卖老师："大家都这么说……"

"你们少道听途说。"年级主任生气地扫视了一圈围观同学，"心思都给我用在学习上。"

他说完拂袖而去，周围交头接耳的学生也渐渐散开，只剩芷卉蒙在原处，不知道自己哪儿做错了。

钟季柏见她一直愣着，过去拉了拉她，小声耳语："就算真有非公开名额，你给公开了，他就更不会给你了啊。"

女生这才恍然大悟。

年级主任回到办公室还愤怒难平，第一时间就拽着K班班主任告状："你们班那个京芷卉，简直无法无天！"

班主任对京芷卉的无法无天毫不意外，抬头时语气淡淡的："她又闯了什么祸？"

"她刚才公然指责我私藏推荐名额，真是口无遮拦！"

"复旦推荐名额吗？"班主任蹙眉，"她怎么还在闹？"

"她这么吵吵嚷嚷，影响多不好！"年级主任看起来急需她的支持。

班主任沉默点头。

"到处宣扬，搞得我假公济私似的！我留名额是为什么？还不是为了学校！"

"是，她不懂事。"

"按成绩分的50张表是对好学生的奖励，剩下的10个机动名额是要捞一捞录取线边缘的学生，她京芷卉两边不靠，你让我怎么处理？"

这说辞班主任也不是第一次听了，她礼貌性地附和道："我理解。"

"你理解没用，你要让她心服口服嘛。按这次成绩排名，她确确实实就是没入围，不过她考复旦还比较稳，有别的同学比她更需要这个加分。"

下一节正好是英语课，班主任收拾教材准备去教室："我会让她明白的。"

"对，你劝一劝她，要有大局观。"

班主任离开后，年级主任松了口气，喝着水自言自语："她家长也真是不上心，一次都没来找过我，看来还是不在乎这个推荐名额啊……"

班主任几乎是把教案摔在讲桌上的，虽然距离上课还有两分钟，但K班学生仅察言观色也知道大事不妙，都以最快的速度飞奔回座位。

"上课前说两件事情，关于复旦大学的自主招生报名表……"

芷卉听见"自主招生"这个关键词，条件反射般抬起头。

"每个班都有限定推荐名额，我们班有两个。"班主任稍作停顿，"谢井原、柳溪川，下课到我办公室来拿表。"

谢井原意外地抬头，只能看见芷卉的后脑勺，她蔫蔫儿地低下头。

"这个推荐表，是按照各班成绩排名分配的。没拿到推荐的同学，应该先检讨自己是不是有资格，而不是成天去想些歪门邪道浑水摸鱼，这只会造成大家的困扰和麻烦。"她说着把目光转过来，指向某个特定对象，"京芷卉，明白了吗？"

同学们好奇地偷偷回头看她。

芷卉倍感难堪，声音微弱："明白了。"

钟季柏比别人多了解一点前因后果，觉得班主任这样往人家伤口上撒盐有点过分，故意装无知打岔调笑："表不够分就再打印一张嘛。"

班级里响起零星笑声。

班主任却没有半点幽默细胞，剜了钟季柏一眼："任何入场券都不是无限量的，非要挤进自己力所不及的考场，很快也会被淘汰出局。"

同学们一个个被唬住，不敢再随便发出声音。

班主任继续说教："人生中的每一次成功都是马拉松的终点，需要全程努力，光想着在最后关头跳一跳是没用的。但失去的好处在于，能让人变得清醒，知道哪些不属于自己……"

芷卉从小就是优等生，从没当众受过这种委屈。她狠狠咬住牙，把指甲掐进手心，才忍住没在这一教室看热闹的目光中如他们所愿地落下泪来。

云萱趁班主任不注意，拿出手机在桌肚里给妈妈发去微信："重大新闻！京芷卉没拿到复旦自主招生的名额，还被班主任训了一顿！"

得到了消息的云萱妈妈掩饰不住笑意，给她回了条微信："知道啦，你安慰安慰她吧。"

她知道云萱可没那份闲心，而她自己放下手机第一件事就是换件漂亮衣服，匆匆赶往京芷卉家——这来之不易的以牙还牙的机会怎么能放过呢？

　　云萱妈妈和芷卉妈妈本是大学时代的闺密，从前两家住得近，平时交往多，两位妈妈都有些爱较劲，云萱成绩比芷卉差，芷卉是典型的"别人家的孩子"，云萱妈妈因此常年憋着一口气。两年前云萱爸爸生意失败需要还债，不得已卖了房子重新在郊区购置住处，云萱妈妈要强，跟芷卉家来往的次数明显减少了。

　　因此这天听见敲门声，芷卉妈妈打开门，看见是云萱妈妈站在外面，一时微怔。

　　"悦琼啊，家里酱油没了，借我一点。"云萱妈妈笑着说。

　　芷卉妈妈疑惑片刻："从你家到我家11公里，你过来就为了借酱油？"

　　对方笑嘻嘻跟进了门："我应该想个更好的借口再过来，这不是觉得搬家后好久不联系了吗？"

　　芷卉妈妈满腹狐疑，走进厨房。

　　"听说芷卉现在又跟我们萱萱同班了，多好呀。"云萱妈妈用寒暄的语气说道。

　　芷卉妈妈拿着酱油出来，顿时明白了对方的来意。

　　"恐怕同班不了多久了，芷卉很快就会转回A班的。"

　　"哦。"她看起来有些失望，"分班考砸了还能转班啊……有钱人家孩子就是不一样。"

　　"这和家庭条件没关系，我们芷卉本来就有实力，只不过是一次考试失误。"

　　"也是啊，有实力。不过我怎么听说芷卉没拿到复旦自主招生的名额，还被老师训了呢？"

　　"复旦名额下发了？"芷卉妈妈疑惑道。

　　"哎？你不知道吗？"云萱妈妈装作恍然大悟，"孩子肯定没敢告诉你，K班的复旦自主招生名额分配完了，听说是排不上她。"

　　芷卉妈妈出奇地愤怒："这怎么可能？"

　　云萱妈妈松松地拉住她的手："你别生气啊，云萱考不好的时候你不也常劝我放宽心吗？谋事在人，成事在天。你们家芷卉已经够努力了，上不了复旦不代表将来……"

　　芷卉妈妈六神无主，拿起包："不行，我得去趟学校。"

　　芷卉妈妈杀到英语办公室时，谢井原和柳溪川正在听班主任说填表需要注意的事项。

"要用钢笔填写……"

女生小声插嘴:"黑色水笔可以吗?"

班主任白了柳溪川一眼,根本不想理她,继续说下去:"填写过程中注意不要有涂抹。"

敲门声响起,三人同时看向门外。

办公室门开着,芷卉妈妈在门口探头探脑:"马老师在吗?"

班主任起身:"马老师已经下班了,请问您有什么事?"

谢井原从她进门就认出了她,介绍道:"阿姨,这是我们K班班主任,我现在也和京芷卉同班。"

这没头没脑的介绍让芷卉妈妈一头雾水。

首先——

这位少年,你是谁?

芷卉妈妈把他从头打量到脚,脑袋里警钟长鸣——要万分警惕芷卉在K班早恋。

早前在A班时,芷卉妈妈当然对"万年第一"谢井原的大名如雷贯耳,但名字和人从来没对上号,作为家长,她对孩子的长相也没那么执着关心,只记得叫谢井原的学生是芷卉学业上难以战胜的竞争对手。

总之,眼下是敌军,将来想通了则是威胁指数满点的敌军。

听这意思,对方是京芷卉的妈妈,鉴于京芷卉没拿到复旦推荐表而自己拿到了的前情,以柳溪川的高情商,第一反应是把手中的推荐表藏到身后。谢井原却没有这种觉悟,还大大咧咧把推荐表拿在面前,急得柳溪川在心里翻了一百个白眼,想当场捶死这猪队友。

芷卉妈妈大步走进来和班主任握了握手:"您好。"

"您好,您是京芷卉的妈妈?我姓吴,我们副校长也姓吴,所以您叫我小吴就行。"

芷卉妈妈开门见山:"小吴老师,听说我们家芷卉没有分到复旦的自主招生名额?"

"推荐表是按成绩发的,我也没有权力剥夺别人辛苦得来的机会。"

"按成绩发,芷卉怎么可能拿不到?"

班主任终于逮着机会嘲讽,微笑起来:"我不知道京芷卉同学是怎么跟您说的。虽然她一直瞧不上K班,闹着要转回A班,但就是在K班她也不算名列前茅,至少按成绩是没有拿推荐表的资格。"

芷卉妈妈难以置信，经班主任的目光提示，终于注意到谢井原手上的自主招生推荐表，拧着眉头，目光在两个学生脸上来回扫视。

言下之意是，这男生比芷卉的成绩还好？

是敌军没错了。

[7] 他来打探虚实，你得留个心眼

芷卉妈妈在英语办公室吃了瘪，气冲冲地下楼，正值放学时分，学生们都走出教室准备离校。而芷卉时运不济，在走廊上被逮了个正着。

"妈，你怎么……"

芷卉妈妈大声嚷嚷："你还想瞒我到什么时候？"

那架势仿佛生怕不被人围观。

同学们纷纷停下，捂着嘴小声谈论。

柳溪川和谢井原紧随着从英语办公室出来，溪川不太喜欢激烈的场面，想继续往前走，被谢井原拉住。加上他之前的猪队友行径，溪川对他有了点怨气，这个人怎么总是情商这么低？

芷卉妈妈动作迅猛，芷卉手里抱的书掉了一地，她顾不上捡。

"转不了班还拿不到报名表，别人都兴冲冲地看你好戏了，我还被你蒙在鼓里！"

"妈，我……我觉得自己能解决。"

"别再说什么要靠自己了！这样下去搞得一场空，你耽误得起吗？！"

在教室里被当众羞辱都没有落泪的芷卉红了眼眶："对不起，我只是不想让你们担心。"

"你瞒着骗着就能让我少担心了？"

围观的人越来越多，溪川被谢井原烦得不行，硬把他拖离事发现场。

云萱和顾钦钦是住校生，准备去校外买点晚上吃的零食，正好经过这里。

顾钦钦同情道："京芷卉真可怜。"

云萱倒不以为意："谁让她是A班优等生，对优等生当然要严格要求了。"

教室里空无一人，溪川生谢井原的气，连收拾书包的动作都有点粗鲁。

她早看穿这两人之间流动着什么情愫，本来两情相悦的事轮不到谁插一杠子硬做催化剂，可世界上哪有谢井原这种弱智，女孩子最难堪的时候，谁希望一回头看到喜欢的人正在围观？

谢井原毫无自觉，跟出教室："柳溪川你等一下。"

溪川烦他，跑得更快了。

"我有点事请你帮忙。"

"我拒绝。"她心里说的是"去死吧"。

谢井原拽住她："你难道不好奇是什么事？"

柳溪川转过身，没有好脸色："我对你找麻烦的能力有信心。"

男生好言相劝："帮个忙，参加运动会吧。"

这倒让溪川有点意外，她愿闻其详。

她继续朝前走着，步速却不似之前："你看，果然没好事。"

"考虑考虑，随便报个简单的项目。"

"你这是强人所难。"

"我对你挑战自我的能力有信心。"

溪川白他一眼，幽幽地说："我运动差到什么境界，你可能没有概念。小学一年级两人三足比赛，我拖累其他14个同班小朋友摔得鼻青脸肿，医务室的红药水都供不应求。"

谢井原傻笑："那时候你才6岁。"

"你玩过两人三足吗？激烈程度为零，竞技难度为零。"

"实心球呢？你中考体育也及格了吧。扔出去就行，不计较成绩。"

以他这进度，走到校门口都不够他拐弯抹角的。溪川揪着逻辑漏洞激他："那就更奇怪了，不计较成绩，为什么非得是我？光走个过场，你自己也能凑数吧。"

"你人缘好，你报了项目，很多人就会跟风报名。"他真是找借口达人。

"噢——"溪川眼珠转转，"不过我记得统计报名的任务是交给班长的，你操什么心？"

"你刚才也看见了，她现在自顾不暇。"

"你这算什么？"溪川支起一张八卦脸，"同窗情？"

谢井原移开目光："毕竟是我害她到K班的。"

溪川装作事不关己："我可没害她到K班，就别算上我了。"

男生好像急了，央求道："柳溪川……"

"求人帮忙要坦诚，闪烁其词可不行。"女生索性停下来逼他回话。

谢井原犹豫道："班主任总刁难她，出于同情你也……"

"你看我像同情心泛滥的人吗？"溪川打断他的借口，掉头就走，"京芷卉又没有缺吃少穿，还轮不到被我同情吧。"

"要怎么样你才肯帮忙？"他言简意赅。

她笑起来："要是成人之美，我倒可以考虑。"

谢井原终于听懂她的言外之意："你就想逼我承认一些事。"

女生装起了无辜："嗯？你刚才说什么我没听清。"

绕了这么大弯，原来在这里等着。

男生无奈地叹口气，一字一顿地说："我承认。"

"早说嘛！"女生莞尔一笑，继续走自己的路。

钟季柏在校门对面靠在自己的自行车上等谢井原，看见他和柳溪川一起出校门，已经准备好了一肚子玩笑。

谢井原过了马路朝他走去，接住他扔过来的车钥匙。

"让我等你，搞了半天是为了跟柳溪川说悄悄话。"

"不是什么悄悄话，就是让她给个面子参加运动会而已。"谢井原开了锁推着车走。

"她答应了？"

谢井原想了想："应该算答应了。"

钟季柏停下车，揶揄道："那你的面子还真大。没想到啊，你的女生缘突然变这么好。"他话音未落，一个穿着二年级校服的女生演技拙劣地撞上他的车："对不起，对不起。"

钟季柏气不打一处来，伸着手恐吓道："赔钱，赔精神损失费。"

学妹有点尴尬了，继续说着"对不起"，溜得很快。

谢井原笑出声："女生缘谁比得过你？天天出碰瓷惨案。"

"说到惨案，你刚才错过大戏了。笨京她妈在学校里当众发飙。"

"我看见了，她妈一向这么彪悍。"

"一向？我以前只听芷卉整天抱怨，没亲眼见识过。刚才看了，觉得她可能和吴女士旗鼓相当。"

吴女士？

男生迟疑了一秒。

听着像是K班班主任。

谢井原在心里做了个比较，觉得还是吴女士的战斗力更强。

他对钟季柏补充说明："以前我们A班，她、李悦、时唯、杨晓枫那几个女生的妈妈都挺强势，家长委员会的，不过搞文艺活动的时候她们也出了不少力。"

"我还是喜欢你妈这类，好说话，有少女心。"

"她那是少女心？她那是少女病吧。"谢井原忍不住嘀咕，平时他深受其害。

"给你妈打个电话，今天多做一口饭。"钟季柏果然目的性很强。

男生拧着眉："你怎么又蹭饭？"

"总不能在家吃土吧？"

"你爸妈这次出差也太久了吧。"

"哪是出差啊，我妈在美国待产，我爸去照顾她了。"

谢井原愣了半晌："你都快高考了，你爸妈去美国生二胎？"

"什么时候生也不是我说了算啊。"

"你先滴血认个亲吧。"他拿出手机，拨通，"妈，是我。小傻子说晚上要来吃饭。"

钟季柏凑过来，耳朵贴在手机背后听，井原妈妈说："今天没饭啊，今天我和'欧巴'有应酬，你们自己吃泡面吧。"

而谢井原有些无奈："行吧。"挂断电话，问钟季柏，"听见了？"

男生哈哈笑起来："你妈喊你爸'欧巴'。"

谢井原闭眼，微笑："你听错了，而且我说的是'自己吃泡面'那句。"

钟季柏继续笑："我肯定没听错。"

他妈最近确实沉迷韩剧。

谢井原觉得这简直是人生耻辱，不想和他废话："吃你的泡面去。"

"你想吃哪种？"钟季柏热情搭讪。

"不关你事。各回各家，别老黏着我。"

"一个人吃泡面多辛酸！我怎么忍心把你扔在家过这么辛酸的生活？"

谢井原停下单车回头认真质问："能不能独立一点？你一个18岁的男生，天天比我妹还黏人，吃在我家，赖在我家，玩在我家。你在我家的时间比我还长，脑子里想什么呢？"

"想你啊，宝贝。"钟季柏笑容灿烂地答道。每次他讲道理站不住脚了，就剑走偏锋大胆告白，让人无言以对。

谢井原闭上眼生无可恋，想着自己为什么会同时拥有柳溪川、钟季柏两个"珍贵损友"。

芷卉家吃晚饭的气氛前所未有地紧张。

女生全程低着头，如鲠在喉。分班和自主招生的事没能瞒住爸爸，爸爸可是一家之长。饭桌上叹息声此起彼伏，成了"批斗"大会。

"你倒是说说，连A班都回不去，你想怎么自己解决复旦自招推荐表的事情？"妈妈说。

　　"我听说年级主任留了机动名额，今天去问他要了。"

　　妈妈更生气了："要得到吗？"

　　芷卉沉默。

　　爸爸抬起头："算了，吃饭的时候不要骂小孩，骂她也不能解决问题。"

　　妈妈也陷入沉默。

　　爸爸转头问芷卉："年级主任那儿还有机动名额？"

　　芷卉老实点头。

　　爸爸对妈妈说："你明天再去一趟学校，该打点的打点一下。"

　　女生着急地插嘴："我不要靠关系拿表。"

　　妈妈一句话堵回来："你现在还有的挑？"

　　女生小声嘟囔："你让别人怎么看我？"

　　妈妈理直气壮："怎么看你？你现在要面子了，掉进K班的时候怎么就没觉得丢人？"

　　一时间，大家都陷入沉默。

　　爸爸再开腔："在自己学校活动应该比去复旦活动更容易。"

　　妈妈点头附和："用不着找复旦，我去找找年级主任应该就行，他既然留了机动名额……"

　　正在此时，沙发边电话铃响了。芷卉妈妈起身走过去接电话："喂？"

　　隔了数秒，她放下电话，看向芷卉："你同学谢井原。"

　　半个月前在布告栏看分班结果时一样的心情又出现了，彼此之间清晰的分割线又描摹了一遍。这通电话似有强调效果，对方家里此刻说不定在庆祝，而自己这边……

　　女生有点心烦意乱，走过去拿起电话。他说："我是谢井原。"

　　流年中一点一滴累积起来的熟悉，面对面说话时终于了解的动听声音，如今在遥远的某处，隔着门或窗，墙壁或栏杆，百转千回地绕过来，也能辨出那特质属于他。可声音穿过电话线，沉重地敲击在她心上，忽然变得陌生，不知是空间不对，还是时间错位。

　　女生张开口，声音还犹犹豫豫地悬在喉咙里，对方的声音却又像浪潮一样压过来："你想报复旦什么专业"。

　　"专业？"女生愣了愣，"新闻吧……"

　　还没搞清前因后果，对方就已经挂断了电话。

女生一头雾水，回到饭桌。妈妈着急地追问："谢井原找你干什么？"

"他问我想报什么专业。"

"他为什么问你专业？"

"我也不知道。"

妈妈回过神来："他怎么还说是你同班同学？"

撞车的事和闺密们挤对他的事，女生不知该从何说起，只好用"莫名其妙"概括："呃……他也莫名其妙地转到K班了。"

线索齐全了，妈妈顿悟白天见到的男生是谁，K班比京芷卉成绩好的男生还能有几个？她皱着眉分析形势："我今天看见他已经拿到自主招生表了，以后你们不只是同学，也是竞争对手。他来打探虚实，你得留个心眼。"

"至于吗？"芷卉又没心没肺地讪笑。

爸爸插嘴道："别担心，自主招生表你也会有的。"

女生认真较着劲儿："哎呀，我都说了不需要找关系，按我自己的成绩明明就……"

妈妈举起筷子要打她："你还顶嘴？说一句顶十句！"

女生归于沉默。

爸爸接着说："所以你就更不用有什么心理负担了，我们只是拿回你该拿的东西。爸爸一定要帮你搞到复旦的表！"如此这般信誓旦旦。

芷卉知道，他也许会成功，多半是花钱找人去打点。

她脑子里混沌成一团，人好像悬浮起来。

大半生命在单纯的校园里度过的女生，听到"钱"这个字眼都会脸红着避开，更不用说面对成人世界里人们早习以为常的利益筹码——用钱去换推荐表，去换轻松升学的机会，去换取和喜欢的人在一起。

她心烦意乱，放下碗筷，起身回房间："我吃好了。"

[8] 我想考交大

谢井原家可没人跟他庆祝。或许因为他在学业上没让父母操过心，到了高三的关口，家人也没觉得是件大事，且不说没人认真研究过高考政策，就连平时看新闻听见高考相关的消息时也会无差别调台，甚至忘了家里有个考生。

什么自主招生，什么推荐名额，父母一概不知，他也懒得提。

填完报名表，刚放下笔，敲门声就响了，他起身开门，不出意外地看见了抱着个枕头站在门口的钟季柏："我来了！开始吃泡面吧！"

"吃泡面你带枕头干吗？"谢井原追在他身后进了房间。

钟季柏自顾自地往里走，找沙发坐下："我怕吃完面太晚，天黑了不方便回家嘛。"

"你家不就在楼上，天黑你乘电梯都有障碍？"

"你不知道吗？"

谢井原倒想听听他又要编什么瞎话："我该知道什么？"

"我家隔壁的阿姨说，最近小区里风水不行，一到晚上就会看到不干净的东西，不宜出门。"

"眼睛不好看眼科，怪什么风水。"

"每个人都有自己害怕的东西，你有吗？你肯定有，我就怕天黑后的室外，你能不能换位思考一下？"

"那你先让个位。"谢井原把他的大长腿从沙发前拨开，打开茶几下的抽屉，拿出两包泡面，起身去了厨房。

钟季柏见晚饭已有着落，翻看茶几上的报名表："你这都是些什么表啊？"

谢井原从厨房跑回客厅："你把表放下。"

难得看见他紧张的神色，钟季柏觉得好奇，笑起来："怎么了？我随便看看。"

"放下放下，自主招生推荐表，你看不懂，也不需要看。"

"哦——这就是吴女士不给笨京的那个表？"

谢井原从他手中抽回表格，放进了卧室。

"让我看看怎么了？这么小气，我就看看你的证件照帅不帅。"

"没你帅。"

"那不一定啊，你是我心目中最帅的。"

谢井原回厨房端了泡面出来："嘴甜也没用，我家没有空房间给你睡。我妹的卧室你进都别想进，难说有什么机关、地雷之类的。"

谢井原的表妹麦芒在阳明中学读高二，平时住校，因为一些家庭变故，周末回谢井原家住。

"没事，我可以睡沙发，沙发这么大这么软，不好好利用太浪费了。"

"赶紧吃，吃完回家。"

钟季柏开吃："我爸妈已经把我托付给你了，你要对我负责。"

"你爸妈让我教你数学，我现在教，你愿意学吗？"

"愿意学，然后呢，你会教吗？"

谢井原冷笑："教啊，教你这水平的数学我还绰绰有余吧。"

"我想学的多了，可不只有数学。"

"学什么非得留下学一晚上？"

"一晚上哪够啊。"

谢井原无语，起身进卧室："你留下可以，不要影响我。"

钟季柏笑："你家电视能接游戏吗？"

"打游戏可以，不要开声音。"谢井原的声音从卧室里传出来。

钟季柏用遥控器打开电视："明天早上你等我一起上学吧。"

芷卉进教室时还在垂头丧气。实际上，群众的议论从半小时前就已经开始了。

一大早，梁涉摆弄着自己的机器，双手捧住耳机听着，又突然放下耳机，蹿到顾钦钦座位旁："劲爆！谢井原把他的复旦推荐表让给京芷卉了，班主任要发飙了。"

坐在周围的同学同时听见，赶紧过来凑热闹。

顾钦钦问："怎么这都能让啊，他是不是喜欢京芷卉？"

"多半是吧。"梁涉转头问疑似知情人士钟季柏，"你跟他关系好，他是喜欢京芷卉吧？"

钟季柏眨眨眼，摇摇头："我觉得可能性不大，两个世界。"

顾钦钦反问："不喜欢干吗把表让给她？"

"他之前不是一直护着柳溪川吗？我看'谢柳'可能性比较大。会不会是因为柳溪川转学把京芷卉的名额占了，谢井原才让表的？"有男生提问。

顾钦钦马上跟风附和："对啊，也有可能。"

钟季柏眼尖，看见芷卉背着书包出现在教室门口，赶紧给大家使眼色："嘘！来了来了！"

当事人走进教室时，班里的议论声已经停止，只剩下部分同学的目光追着她转。

芷卉疑惑地问："怎么了？"

梁涉问："谢井原呢？"

"干吗问我？"芷卉莫名其妙地反问。

云萱倒是有点酸意："有的人真好命，自己没实力，朝男生勾勾手指就能坐享其成。"

芷卉觉出了反常，思绪像棉絮，轻得不着地。谢井原进教室时她还在胡思乱想，思路突然被吴女士冲天的怒火吼断："谢井原！京芷卉！你们两个出来！"

女生被吓得差点从椅子上掉下去，用了几秒勉强回过神，跟在淡定的男生身后忐忑地走出教室。所有的同学都在行注目礼。

"你搞什么鬼！"

几张文件被丢在男生身上反弹落地。

"这个吗……我要这个有什么用？"

男生把手从裤子口袋里抽出来，严肃了一些。

"你被学校寄托了这么大希望，万一高考……"

男生居然不顾怒发冲冠的老师，轻笑着摆了摆手："我不会让学校失望。倒是她呀……"他指指身边一头雾水的芷卉，"一不小心就从A班掉到K班，说不定要让学校失望。"

芷卉听了半天也没明白过来，只好默然地探身去看被吴女士丢了一地的东西。手指刚要触碰到，血液却猛然涌上大脑。

第一志愿——广播电视新闻？

谢井原？跟自己撞专业？

她的动作明显慢下来，脑子在飞快地转，不明白。她拾起几页，感想无非是再多加几条"谢井原连申请作文都写得这么认真""连奖项都填那么满""快赶上高考报名的重视程度了"。

她渐渐预感到不对劲。

"××杯全国英语竞赛一等奖、上海市重点中学英语竞赛一等奖……"分明是自己得过的奖项啊。

谢井原他……

她立刻反应过来，翻到第一页去证实。那三个字像银针般瞬间刺进她的眼睛。

在原本该写着"谢井原"的地方，像什么植物一样茂盛地生长出来，丝线一样的笔迹，带着男生特有的大气写出来的，是她的名字。

京芷卉。

吴女士呵斥道："学校给你的推荐名额，是让你这么用的？"

男生面不改色："既然给了我，我就有权让给更需要的同学。"

"你觉得你用不到，应该交还给学校重新分配。"

"最终还是要给京芷卉，我只不过跳了个步骤。"

男生一句一句反驳，终于让老师意识到和他斗嘴没有胜算。

"你！你们给我在这儿写检讨，1000字，写不完别回来上课。"她抄起那堆报名表就离开了。

芷卉从没进过训导室，老老实实地写起了检讨。但谢井原坐在对面，她没法认真专注。过半晌，她主动问道："为什么要把名额让给我？"

自主招生考试考的是线上加分，过录取线后选专业用的，就算他可以凭奥数奖项保送，拿多点保障也不碍事。打游戏也没见过捡了98K就不想要八倍镜的，反正她是理解不了。

谢井原有备而来，对答如流："我想考交大，复旦的推荐表对我没意义。"

"要是班主任生气了，到时候不给你交大的推荐表怎么办？"

谢井原埋头写字："那也考得上。"

"哦。"

这么胸有成竹就有些让人讨厌了……

芷卉低头写检讨，又停笔，忍不住偷看谢井原："我的个人信息你怎么知道得那么详细？"

谢井原点点自己的太阳穴："一向过目不忘，有用的没用的都在脑子里。"

那她这算是有用的还是没用的？

芷卉沉默片刻："那……推荐表上的自我推荐信，你是怎么写的？"

谢井原不解："嗯？"

芷卉刚才扫了一眼，只记得他的字迹很漂亮，没看清具体写了些什么："我是说我们俩平时接触不多，你对我也不怎么了解，有点好奇你会怎么推荐我。"

"别太认真，是从网上抄的范文。"

"哦，那还是要谢谢你。"

两人又沉默无语，低头写检讨。

你为什么要对我好？

这个问题在心中反复困扰，可是芷卉没有问出来的勇气，又或者只是害怕得到与自己的期待截然相反的答案，某种原本暧昧的温柔在一瞬间被打击得溃不成军。

她却想不透，这世界上许多真相都与自己听见看见的截然相反。

有这样一个男生，像突然启动了开关，亮在你灰暗的毕业班生活里。温暖又忧伤的气息在灼热的空气里慢慢弥散。因为某一个表情，欢呼雀跃，血液沸腾。又因为某一个词，冰冻三尺，呵气成霜。

于是，就从最初的懵懂中缓慢地苏醒过来，弃茧成蝶，长成内心细密的少女模样，却依然探不出对方的种种反常。

为什么总说时间第一，又浪费那么多时间为她写申请作文？

为什么记得与她有关的一切？

为什么要把推荐表让给她，为什么要写下她的名字？

为什么他要对她这么好？

芷卉不自觉地停下笔，向办公桌对面的男生定定地看去，喃喃自语："不过我为什么也得写检讨啊？"

谢井原没忍住笑，而他笑起来——相当有杀伤力。

[9] 她说只要全班一致举手表决通过就可以

年级主任看着手里的推荐表，吴女士站在一边控诉道："你看看这叫什么事？谢井原在他的表上填了京芷卉的申请材料，他说他不需要。"

"什么？哪有这么胡闹的！K班都这么乱来吗？"

这话吴女士可不爱听，反唇相讥："这跟K班可没关系。能主动从A班转过来，本身也不是省油的灯。"

年级主任放下表："算了，谁让他成绩好呢？"然后从抽屉里拿出一张空白表格，"再拿一张给他吧。"

"他犯了错，反而让两个人都受益？"

"那还能怎么办？"

"既然他对复旦自主招生无所谓，那就如他所愿好了。"

"不给他表？年级第一不能参加自主招生，这说不过去吧。"

"机会只给珍惜的人，他必须懂这个道理。"

"这样好吗？那小吴老师……你就看着处理吧。"

敲门声响，两人向门外看去，芷卉妈妈站在门口，径直走进来："马老师，吴老师。"

年级主任马上站起身："是芷卉妈妈啊，找我有什么事吗？"

"马老师，芷卉之前一直都是你班里的学生，她的学习情况你最了解了。我还是想为芷卉争取一个复旦自主招生的推荐名额……"

年级主任立刻打断："她有名额了啊，谢井原已经把自己的推荐名额让给她了！"

芷卉妈妈尴尬道："是吗……怎么没听她说？"

"早上才出的事。"年级主任马上把手里芷卉的推荐表出示给她，"你看，都填好了。"

芷卉妈妈面露难色："那还有芷卉回A班的事情……"

年级主任看表："我还有个会要开，小吴老师你帮我接待一下，我先走了。"

"哎，马老师……"

年级主任又转身拿过会议簿，对吴女士低声嘱咐："这也是你们班学生家长，一定要好好沟通。"

话都没说完就脚底抹油溜了。

没想到两大"女战神"第一次正面交锋这么快就意外地展开了。

吴女士留芷卉妈妈坐下："虽然我理解你们家长都认为进A班高考才有保障，但芷卉的情况特殊，我个人觉得她留在K班也许更好。"

芷卉妈妈使用了尽可能委婉的表达方式："你是K班的班主任，可能不了解A班的情况，我们芷卉已经适应A班的节奏了。"

"芷卉在K班担任班长，在A班担任不了吧？"

芷卉妈妈愣了愣，转而笑起来："这都高三了，当不当班长也无所谓。我甚至希望她专心学习，少参与活动。"

"按照惯例，在高三下学期被评为优秀学生干部，能获得高考加分20分的奖励。"

"20分，这么多？"

"而且这20分是原始分加分，比自主招生的线上加分含金量高。"

芷卉妈妈转转眼睛，看起来有点动心："那这个优秀学生干部，有什么选拔标准？"

班主任微笑道："首先当然得是学生干部。"

"可是高三有11个班，11个班长。"芷卉妈妈迟疑道，"不会有11个加分名额吧？"

"名额只有一个，你坐一会儿，我把选拔条件材料找给你。"

班主任说着起身去橱柜翻找。

与此同时，溪川和谢井原留下来值日，在走廊里一人擦一扇窗户。

"今天做得不错啊。"女生别有深意地表扬道。

"什么？"

溪川笑道："让表啊，后来你是怎么告白的？"

男生困惑地停下动作，看向她："什么告白？"

女生压低声音："表都让了，难道你没有顺势告白？"

他更加不解："谁说让表就一定要同时告白？"

"那你怎么解释让表的动机？"

"我说我不想考复旦，想考交大，所以不需要推荐表。"

"呃……照你这么个喜欢方式，你和芷卉的关系……"溪川恨铁不成钢地摇摇头，"跟小猪佩奇和小羊苏西有区别吗？"

"我和佩奇性别不同。"谢井原回答。

"但我觉得你们物种相同。"溪川皱眉。

芷卉收拾好书包准备回家，离开教室时看见溪川和谢井原你一言我一语地聊着天，顿时不太开心了。他把推荐表让给她，固然令人心生涟漪，但她顺位第三，排着队自然也轮到了，不让她还能让给谁，非要扯上交情有点牵强，更何况她知道其实也不存在什么交情。

过去在A班，他对谁都冷淡，是个独行侠，那也就算了，凭着粉丝心态还能傻呵呵地仰望下去。

可现在她知道了，他不是对谁都冷淡，和溪川明明能正常交流，亲疏高下立见。

溪川长着精致的瓜子脸，好看到能做明星，又飒又灵巧，比校园里一般的漂亮女孩优秀得多。同龄男生最喜欢这种模样，比起来，芷卉是更受长辈喜欢的社会主义接班人模样。

溪川走在谢井原身边，画面一秒就切换到了温暖美好的青春电影，每一帧都能截图做桌面。

而芷卉，像个被困在婆婆妈妈生活剧里的女儿，在青春期跟大人吵架后离家出走，不断制造家庭矛盾那种，和浪漫恋情的画风完全搭不上边。

说曹操，曹操到，这边正想着婆婆妈妈生活剧，一走出校门，芷卉抬头就看见妈妈的车停在校门口，妈妈见她出来摁响了喇叭。

平时她都是自己坐公交车上学放学，妈妈怎么又来学校了？

芷卉爬上车，嘟囔道："我就'瞒骗'了一次，不至于从此被全程监控吧？"

"不是来找你的，刚才去见了你们班主任。"

"你也太心急了，复旦推荐的事已经解决了。"

"我知道。"妈妈转过头皱着眉，"不过谢井原为什么要把名额让给你？"

"他要考交大。"芷卉回答得理所当然。

"选文科考交大？"

芷卉一愣："我也不知道他是怎么考虑的。"

"不管别人了。我本来想跟马老师要求让你转回A班，不过现在看来K班也有K班的好处。"

"K班有什么好处？"

"你在K班当上了班长，下学期就有资格争取优秀学生干部，高考会有20分的原始分加分。"

芷卉笑出声来:"做什么梦呢!优秀学生干部不给A班班长,反而给K班班长?"

"你们吴老师说所有班长是公平竞争的。"

"死心吧,我不可能竞争得过时唯。"

"你比时唯差在哪儿了?"

"人家已经稳坐A班班长三年了,你说差在哪儿?"

妈妈火冒三丈:"你怎么这么没志气!连你们小吴老师都说条件满足的情况下,一定尽力帮你争取。"

"满足什么条件?"

"很简单,她说只要全班一致举手表决通过就可以。"

"那更得死心了,她明显是在忽悠你。"

"怎么说?"

"她每次都用举手表决来压人,事实就是,K班每个人都冷漠自私,从来没有一个人会举手。"

"这不还有一个多学期的时间吗?你努力搞好同学关系。"

"根本不可能实现的,这比裸考复旦还难。"

"裸考复旦,你还好意思说。要不是你的成绩靠不住,我能操这么多心?离了护身符就能考砸,你敢保证你在高考考场上不出一点状况?"

女生不再吱声。

妈妈趁热打铁:"你现在手里攒的筹码越多就越有底气,能争取的加分,为什么不努力一下?考不上复旦,那可不只是丢人的事。高考是人生的分水岭,环境能彻底改变一个人,身边是什么人,你就会变成什么人。掉进三流大学最先丢掉的就是进取心,一辈子就只剩混吃等死了。"

这厢正被唠叨着,那厢,溪川和井原正好做完值日肩并肩从校门走出来。

芷卉遥遥望着,被激得有点转了心意,胸中涩涩的:"就算我愿意努力争取,可是K班的人都那么难搞,我有什么办法?"

"脑子都不好使的差生有什么难搞的,你带点零食给他们分分还不行?"

女生哭笑不得:"零食?你当他们是幼儿园小孩吗?"

"零食对你不就管用?"

零食被一股脑放在讲桌上。

芷卉不知该怎么开口,好像投食喂麻雀,小心翼翼地隔了距离站在旁边观察。好在没尴尬多久，溪川这个小吃货是不需要吆喝就能自然被吸引的。

芷卉等她走近，张罗着把一袋膨化食品塞进她怀里："随便拿，我请客。"

又有几个同学跟着围过来，开始挑零食。

总是跟着云萱的一个长相较凶的女生，不屑地瞥了她一眼，走过去："无事献殷勤，非奸即盗。"

芷卉急忙对其他同学解释："这不是马上就要运动会了吗，大家辛苦了，犒劳大家。"

云萱走进教室正遇上这一幕，立刻拔高音调："听见了吗？运动会没报项目的不能吃啊。"

芷卉尴尬地对其他人补充道："都能吃。"

"她的东西也敢吃，不怕中毒吗？"云萱从溪川身边经过。

溪川倒是不受影响，吃得不亦乐乎。其余几个犹豫不决的女生见这架势，不想与云萱为敌，又放下了零食。

到头来能收买的人，只有柳溪川一个。

[10] 真不喜欢笨京？那你喜欢谁？

芷卉注意到，入学几天了，溪川还没有校服，在人群中显得有点格格不入。于是好人做到底，课间她主动提出陪溪川去一趟后勤处。但尺码为165cm的女生校服本来就是最抢手的，到今天已经一件也找不出来了，又不可能让工厂单独为她补做。

后勤处老师轻描淡写地说让她明年再来。

芷卉替她着急："明年我们都毕业了。"

"都高三了，将就将就吧，反正也穿不了几天了。"后勤处老师心里还觉得她小题大做，殊不知K班整天生活在吴女士的白色恐怖下。

平时溪川不穿校服也就算了，顶多让她看着碍眼。过几天运动会走队列入场时全场校服，溪川一个异端破坏了画面，吴女士肯定火冒三丈，芷卉几乎能想象出她揪着"特殊化"上纲上线的样子。

"去年我没长高多少，没订新校服，上一套还是高一时买的，要不我回去找找，你应该穿得了，就是有点旧，但总比没有好。"往回走时芷卉盘算着。

"别麻烦了，反正你们学校的校服也不好看。"溪川反而乐得不用穿。

"不是好不好看的问题，你是没领教过'灭绝师太'的威力。"

"又不是我不买，缺货怎么能怪我？这是正当理由啊。"

"没法跟她解释，你一开口，她就会说你狡辩。"

溪川突然停住脚步："你提醒得对。"

芷卉一头雾水："我提醒什么了？"

溪川转身走回后勤处，对后勤老师撒娇道："老师，你帮我开个证明吧。"

十分钟后，两人离开后勤处再回教室。芷卉瞥一眼溪川手里的那张纸："太牛了……我有生以来第一次见这么滑稽……又严肃的证明……她居然给你盖了个公章。"

纸上就一句话"校服缺货不是柳溪川的错"，显得敷衍了事，却加盖了"圣华中学后勤处"的公章。

溪川高兴地把证明书放进口袋，继续吃着零食："我的说服力强吧？"

"磨人能力一流。"

她狡黠地冲芷卉挤挤眼："那……要不要我发挥特长帮你'抓壮丁'？"

"什么壮丁？"

"运动会报名啊。"

芷卉喜出望外："你真愿意帮忙？"

"小意思。"

这证明书没能让吴女士笑出来，溪川觉得这位老师有点缺乏幽默感。

吴女士本来已经够怨愤了，又不好发作，谢井原的检讨正好撞到了枪口上。

"都是些什么乱七八糟的！"

谢井原跟进办公室，一脸平静。

年级主任笑着打趣："小吴老师怎么了，一大早就发这么大火？"

吴女士从办公桌上顺手拿起检讨书递给年级主任，控诉道："你看看这群学生多难带，让他写检讨，他写了什么？！"

谢井原对年级主任解释："我完全按吴女……吴老师的要求写的，1000字。"

好险，称呼差点被钟季柏带歪了。

"可你写的叫检讨吗？检讨是让你承认错误，检视自己的不足，你全篇没有认过一次错。"

"没错怎么认错？"

他理直气壮，一脸困惑，把班主任气得够呛。

"你是不是觉得成绩好就可以为所欲为了？"她转头对年级主任道，"你看他，写了1000多字来论证让让表是最佳策略。"

年级主任认真看着检讨，挠挠头："这个嘛……"

吴女士对谢井原说："回去重写，直到认识到自己的错误为止！"

姜还是老的辣，年级主任转转眼睛，拿着检讨阻止吴老师："我看哪，还不如就把这份检讨书贴到布告栏展览，让全校师生都看看他有多不像话。"

他知道让谢井原写几千字检讨都不在话下，可他们优等生更爱面子，这样才能治他。

吴女士想了想，把检讨扔还给谢井原："现在就去贴。"

其实年级主任也当了谢井原的班主任整整两年，但对他的了解还是有些偏差，更准确地说，他对这些中学生普遍叛逆的了解还有偏差。

以谢井原的情商，他根本理解不了贴出这张检讨为何会让自己颜面扫地。

其他学生也不会觉得这有多出格。看见年级第一在贴检讨，几个人好奇地驻足围观。

钟季柏从远处看见井原，开心地跑过去："哦！没想到你也有贴检讨的一天！英雄难过美人关啊，啧啧。"

男生专心贴上最后一张胶条，回过头："美人？你吗？"

"去去去！明知道我指的是京芷卉。"

谢井原自顾自朝教室方向走去："哦，你三句话不离她是想逗什么英雄？"

钟季柏被绕晕了，原地思索片刻才追上他。

"别想转移话题，在说你跟笨京呢。"

"我跟京芷卉八竿子打不着。"

"那么重要的推荐名额说让就让，八竿子打不着？骗谁呢！"

谢井原停下脚步："凭她的成绩，她本来就有资格，因为我来了K班才影响了她，让给她是应该的。"

"你转班也是为了她。"

"转班原因第一天就解释过，还在老调重弹？"

"行啊，不提那个，就说她因为运动会报名和大家吵架的事，你也过分上心了吧。"

"她是被迫做班长，号召大家参加运动会又是老师强加的任务，你要是多点同情心的话也会帮她。"

"平时也没见你多热爱慈善事业……"

预备铃响了，谢井原加快步伐。

钟季柏又黏上去揽过他的肩："真不喜欢笨京？那你喜欢谁？"

"你啊。"

钟季柏推开他半米远："不认识你。"

云萱的闺密阵容通常是固定的。长得凶的孟冬说话铿锵有力，看起来就不好惹。文静的何琳长着窄窄的桃花眼，看起来有点小心机。看着最有亲和力的女孩全名拗口复杂，被大家叫绰号"啾啾"，人如其名，是个不起眼的小跟班。

课间，几个女生经过走廊回教室，透过玻璃窗看见芷卉和溪川正坐在傻白甜顾钦钦的前排跟她说话。

云萱大发感慨："班长大人开始做运动会动员了，拿着鸡毛当令箭倒学得很快。"

孟冬笑道："我还挺好奇有几个人会吃她那套。"

"我赌……"何琳转转眼睛，也笑，"一个，也就顾钦钦单纯。"

孟冬带着点得意地说："那让我们活动活动，确保不超过一个吧。"

"别忘了算更单纯的柳溪川。"云萱至今仍对溪川的"叛变"耿耿于怀。

孟冬这才想起来，冷笑道："柳溪川真蠢，几包薯片就被收买了。"

三人说着进了教室，停止嚼舌根，眼睛还盯着芷卉的方向。

芷卉正绞尽脑汁地做着顾钦钦的思想工作："如果你担心下午没法溜出学校去玩，那完全不成问题。"她拿出项目日程表在对方面前展开，"所有田径比赛几乎都安排在上午。"

溪川的语气更具煽动性："最晚的在十一点半，绝对不会影响你下午的安排。"

"田径啊……"顾钦钦有点笨笨的，努力跟上两位学霸的思路，"可是我长得矮，跑不快。"

"你就随便跑，重在参与，谁会对高三生的体育成绩有要求啊。"芷卉说。

"最后一次高中运动会了啊，没下次了。"溪川补充道。

"跑得慢肯定会输得很惨，我也……"她还是犹犹豫豫，"不想被笑话。"

溪川笑出声："都是菜鸡互啄，谁笑话谁啊。"

"可是……"她焦灼地环顾四周，"大家好像都不参加啊。"

芷卉拍着胸脯："我已经说服好多人了，最后大家肯定全都会参加。"

她还是拧着眉毛犹豫："溪川你呢？"

"我参加100米赛跑和长绳比赛了。"

顾钦钦惊讶："你参加长绳比赛？那不是会一直中断吗？！"

溪川尴尬地笑嘻嘻："我可以甩绳。"

"哦……那……"顾钦钦冥思苦想，跟风道，"我也参加100米赛跑。"

芷卉说："100米有她就够了，你参加4×100米接力吧。"

顾钦钦又犹豫起来："接力啊……"

"接力更好呢，如果你愿意跑第一棒，后面同学就能把你落下的成绩追回来，这样也显不出你跑太慢了。"

顾钦钦费劲思考："是吗……"

溪川以退为进："不然你跟我换也行，你跑100米，我跑4×100米。"

"不要换不要换。"顾钦钦慌张地摆摆手，给自己留条退路，"我就跑接力！"

可算是成功说服了一位。

两位起身跟顾钦钦击了个掌，又把注意转向了正在座位上做作业的文樱。

这女生总是脸色苍白，柔柔弱弱，看起来不难说话。

芷卉跨坐过去："文樱，你可以考虑报一个运动会项目吗？"

没想到她抬头看了两人一眼，什么也没说，又低下头继续做题。

芷卉和溪川交换了个困惑的眼神。

芷卉又发起新一轮试探："简单点的就行，你会不会跳长绳？"

文樱还是无动于衷，一个字也没有。

坐在不远处的云萱倒是大声说道："没看见别人都当你是空气吗？干吗对每个人都道德绑架？"

芷卉碰了个钉子又被抢白，一时有点尴尬。

溪川对芷卉道："先换个人吧。"

[11] 我们班没有团支书

溪川早看出云萱和芷卉有点不对付。她私下问过芷卉，云萱怎么敌视她到跟零食过不去的地步。芷卉没有正面回应，只说云萱对自己有点误会，而溪川小题大做了。

疑惑还没解开，解惑的人就自己送上门来了。

溪川从厕所出来的时候，云萱就在洗手池边等着，故意左顾右盼："京芷卉怎么不跟你一起上厕所？"

溪川没听出她在嘲讽，蹙眉困惑："都高中了，还有这个传统？"

"毕竟现在说你们好到穿一条裤子也不为过。"

溪川反应过来，笑笑："你似乎对她特别不满？"

"京芷卉不是什么好人。"

"不好？体现在哪方面？"

"体现在……"云萱一时语塞，这才发现自己没想好说辞，好在还能急中生智，"伪善……对，她很虚伪，跟她相处的时候会让你感觉你是她的BFF（Best friend forever，永远是最好的朋友），但其实你只是她的临时背景板，除了陪衬没别的作用。"

溪川找到重点："你跟她相处时间很长？"

"哪有人能长期忍受她。"云萱没好气。

"没什么深交却老是下负面结论，你们之间好像真的有误会啊。"

云萱苦笑道："是误会就好了。"

溪川平时最不喜欢女生间流行的背后嚼舌根，严肃起来，伶牙俐齿："云萱，如果你真为我好，把我当朋友，就应该把潜在威胁毫无保留地告诉我，而不是这样含沙射影，让我自己凭揣测去取舍。"

云萱沉默片刻，也感觉到溪川不是那种几句话就能拉拢的，没再说什么就走了。

溪川的好奇心却被撩得更强烈了，学校里她找不到能一起八卦的熟人，病急乱投医竟找上谢井原。

谢井原从词汇手册上抬起眼："过节？没有吧……她们俩……好像风马牛不相及。"

"我倒觉得……"溪川说，"云萱对芷卉的敌意更类似于……'粉转黑'？"

"什么'粉转黑'？"

溪川朝他翻了个白眼："这你都不懂！不是吃瓜群众那种普通厌恶，是真情实感被辜负后的反攻倒算。"

虽然听着绕，但男生勉强领悟了。

"你们女生也太复杂了，看不顺眼还分这么多类动机。"

溪川反唇相讥："你们男生也太迟钝了，芷卉被狙击都搞不清楚原因。"

"你这么敏锐，不如向她本人打听线索。"

"我怎么打听？"溪川没好气，"'京芷卉，云萱为什么跟你有仇？'这么问，谁会说实话啊。"

没想到半路杀出个顾钦钦，小姑娘路过听见是自己掌握独家线索的八卦，就来了精神："啊，这个我知道！肯定是因为钟季柏。"

溪川转过头："钟季柏？"

"高一高二的时候，钟季柏和京芷卉就总是一起主持各种文艺汇演。那时候大家公认他们是一对嘛，除了看节目，就是看他们。钟季柏是篮球队队长，京芷卉是啦啦队队长……再加上两个人关系不错，不管真假，反正在我们吃瓜群众眼里，他俩就是一对。虽然钟季柏每次都否认，说只是哥们儿。但是云萱对钟季柏的喜欢那么明显，肯定会不开心呀。所以她对京芷卉当然没什么好脸色了。"

溪川往教室里瞥去，正好云萱和钟季柏在打闹，男生要抢女生的作业抄，女生不让，两人追追打打，画面看着挺甜的。

她觉得顾钦钦的论点非常站得住脚。

钟季柏和京芷卉？

谢井原绝对相信他俩不是一对，钟季柏压根连性别意识都不怎么有，不管男生女生在他眼里都只是小伙伴。

京芷卉喜欢钟季柏吗？

他觉得也不像，潜意识里就不这么希望。

但是挡不住云萱会以为他俩是一对，说不定是真的。

这看起来……谢井原想了想，判断为不关自己的事。

数学课上到一半，芷卉才发现自己最后一页第14~17题这四道大题全空着没写，赶紧小声对柳溪川求救："完了完了，我大题忘做了，快给我抄一下。"

前排，云萱听得清清楚楚，动了使坏的小心思，故意用尺子连击抽屉。

这声音果然吸引了数学老师的注意，下意识地往那个角落踱了几步。

钟季柏紧张起来，用手肘碰云萱："小声点。"

云萱不再敲了，但也没阻止数学老师继续往这边走。

芷卉本来正埋头苦抄着，发现老师走过来，飞快把溪川的试卷扔回去。

钟季柏也突然坐正，装作无事发生。

数学老师在芷卉和钟季柏身边的过道上停住了脚步："13题，还有不明白的吗？"

教室里无人回应。

老师把手中的试卷翻了一面，轻敲芷卉的桌子示意："京芷卉，你来说一下第14题的解题思路。"

芷卉磨磨蹭蹭站起来，把卷子翻过来，卷面上刚抄了一点，她双手压住下面空白的部分，试图掩饰。

"嗯……14题……"

数学老师等了一会儿不见她开口，看了眼桌上的试卷，发现了端倪，疑惑道："昨晚作业太多了吗？"

他退回前排去翻前面钟季柏的试卷，也没做，又发现他的试卷下面还压了一张试卷，是谢井原的。

他笑起来："哈哈，有的同学不仅没做完，还在抄别人的。"

云萱没想到会连累钟季柏，惊讶又懊恼，小声说："你怎么抄这么慢？"

钟季柏白了她一眼。

数学老师对芷卉正色道："数学本来就是你的弱势科目，再不重视起来，小心高考吃大亏。"

她惭愧地低着头。

他又对钟季柏说："还有你，有什么不懂的，我就在办公室，抄不是办法。"

钟季柏默默挨批。

"就算文化课对你没那么重要，也不要彻底放弃。"

钟季柏赶紧表态："知道了，老师。"

数学老师把谢井原的试卷还到他本人手里："课都上一半了，卷子还在别人桌上，你怎么听讲？"

谢井原有点冤，试卷是上个课间云萱趁他不在，擅自从桌上拿走塞给钟季柏的，课是上一半了，他却并不知道自己的试卷在哪儿。

好在数学老师脾气好，这只是课上一节小插曲。两个漏做作业的糊涂虫下课前就把剩下的题补完了。

比起来，吴女士就显得不太宽容。

即使是课间，只要她出现时看见教室里闹哄哄的，就自带凶煞气势。

她进门前稍作停顿，学生们随着看见她的先后顺序迅速收声回位，像麦浪一样柔软地卧倒。

芷卉本来正拿着运动会报名单在跟隔一条过道的梁涉软磨硬泡，一看见吴女士，想说的话从声母和韵母中间斩断。

刚拿着篮球站起来的钟季柏又坐了回去。

只有溪川一个人还在不知危机地吃饼干，简直像只爬到猫头鹰身边吃桉叶的考拉。不过她的座位靠窗，身材高挑的芷卉和钟季柏成了替她阻隔老师视线的天然屏障。

吴女士的语气中透着不满："通知交团费已经一个星期了，听说就差我们班，团支书干什么去了？"

教室里四下安静，学生面面相觑。

钟季柏接话道："我们班没有团支书啊。"

"哦。"吴女士微怔，到底是经过风浪，轻描淡写地又找回了气场，"那现在选，有谁毛遂自荐吗？"

她环顾一圈，整个班级没有反应。

钟季柏跟云萱窃窃私语："我赌五块，没人理她。"

云萱翻个白眼："要赌就赌点大的。"

"我要是赌绕教室爬五圈，你输了会爬吗？"

"去死。"

"没人的话，我就点名了。钟季柏，就你吧。"吴女士说。

钟季柏嬉皮笑脸："我？可我连团员都不是啊。"

大家低声哄笑。

吴女士没笑："那就柳溪川来担任。"

柳溪川赶紧把饼干塞进抽屉："老师，我也不是团员。"

她不悦地皱眉："你怎么也会没入团？"

溪川俏皮地歪过头："肯定是因为别人比我更有资格呀。"

教室里又一阵低声哄笑。

吴女士更加不爽了，她看向芷卉："班长，你推荐一下吧。"

所谓事不过三，她已经碰了两次钉子。

芷卉暗叹自己怎么又撞枪口上了。

生死存亡之时，分秒都被拉得很长，感官的敏锐度紧急提升。这一隅小空间里仅存的声音是，后排男生做题的笔在演算纸上滑动，沙沙作响。他做题总像抄题，流畅得一气呵成，毫不费力。现在是做题的时间吗？还真是事不关己。

"我……"她迟疑着，"对大家还不是很了解。"

她能预感到，吴女士又要拿自己开刀发泄个够。

身后的沙沙声突然停止，淡定又好听的男声响了起来。

"既然没人愿意，那我来当团支书好了。"

芷卉一惊。

同学们迅速回头诧异地看向谢井原。

唯独溪川除外。

显然，就连吴女士也喜出望外，不慎打翻了一盒白色粉笔。不过就趁第一排同学走上前帮忙收拾腾出的这几秒，她又恢复了镇定。

"好，以后谢井原就是我们班团支书。"

吴女士一出门，班里立刻炸了锅。

云萱把手伸到钟季柏面前："给钱。"

给钱事小，钟季柏回身问谢井原："你没事吧？"

男生耸耸肩。

溪川从中嗅到一丝不寻常的八卦气息。

[12] 他大三会不会谈恋爱我都怀疑

八卦的第一要义，就是必须全面搜集周边信息。

溪川把钟季柏和芷卉两人拖到教室外的长廊里。

"谢井原做团支书，你们干吗都一副吃了跳跳糖的表情？"

"他过去两年拒当班委无数次，今天居然毛遂自荐。"芷卉说。

"我没在A班，都对他呛老师的事迹耳熟能详。"钟季柏补充。

溪川往嘴里塞着膨化食品，含糊地说："他看起来没那么叛逆啊。"

"也不能说是叛逆……只是冷淡了点。"芷卉说。

"让老师颜面扫地的那种冷淡。"钟季柏再次补充。

"高一刚开学的时候，马老师就让他做A班的代理班长，被他以'学习太忙没时间'为由冷淡拒绝。马老师不死心，劝他说当班长是对自己的锻炼。"

溪川捧场地追问："那他怎么说？"

"让老马先退还工资，义务工作锻炼锻炼。"

"哈哈哈，犀利！说是锻炼其实还不是白干活！"

"现在你知道他今天多反常了吧。"

溪川迷之微笑："开窍了嘛。"

钟季柏好奇："开什么窍？"

溪川意味深长地看了芷卉一眼："这可轮不到我说。"

这别有深意的一眼却被芷卉错过了。

也许是提起从前的事让她有些感慨。两年时光，大多数情况下都是芷卉缠着谢井原说了一堆，他却一言不发地回避掉，点个头都能让她高兴好久。

细究起来，他主动对自己说的话总共不过两句，都没什么意义，一次在晨练时间的教室门口叫她让道，一次在大扫除扫地时叫她让道。

如果都做了班委，至少能多谈论一些"关于运动会，你有什么想法"或者"这个月的月考成绩，请帮忙统计一下"这类话题。

唉，在想什么呢！少女心太弱智了。

校园里想入非非的女生可不止京芷卉一个。

吴女士课间经过布告栏，看到几个低年级女生聚集在前面指指点点，推搡笑闹着。

"谢学长太帅了！让的是复旦推荐表啊！"

"写检讨都这么有理有据，果然是学霸呀。"

"我要是有学霸让表，高中三年也算值了。"

吴女士始料未及，检讨书示众竟是这种效果，顿时火冒三丈，直接越过三人头顶一把将检讨书扯了下来。

小姑娘们莫名其妙，回头一脸蒙地看着她。

"有这工夫做梦，不如多读点书。"吴女士将她们一个个斜睨过去。

等到吴女士冷着脸走远了，其中一个才嘟嘟囔囔发出声："这是哪班的老师啊，这么凶……"

少女心太弱智了，吴女士也是这么认为的。

当事人对这场因自己而起的战争一无所知。

午休时他正在数学办公室和老刘讨论题目。

数学老师姓刘，是退休返聘的老教师，教两个班数学，还带数学竞赛。竞赛班学生平时都叫他老刘，不叫老师，显得亲近。他有点像个老顽童，不管纪律，也不摆老师的威风。

校内广播响了，办公室里也听得见："请各班班长和团支书速来109会议室开会。"

"广播叫我去开会……"谢井原第一时间收起书站起来。

"听见了，去吧，团支书。"

团支书这个称呼有点新鲜。

谢井原琢磨了几秒钟，考虑是否有讽刺的成分。

上个课间，办公室里就有年轻老师惊异地提过谢井原自告奋勇当团支书的离奇事件，老刘倒不觉得意外。他搞不懂就这么一件小事，怎么能上升到让年轻老师和学生们一传十、十传百的地步。

无意中一抬眼，见谢井原走出办公室向右转弯，老刘喊住他："方向反了。"

"啊？"男生一脸困惑。

老刘提醒道："广播里不是说和班长一起开会吗？"

109室确实在数学办公室的右边，但K班教室在左边。

谢井原愣了愣，很快恍然大悟，转身往正确方向去了。

老刘笑着摇摇头，谢井原人缘差，大家都以为是因为傲，可他觉得不是。一个人的时间精力就这么多，谢井原对学业过度专注，在其他方面花的心思自然少，对同龄人来说正常的社交经验他没有，礼貌的为人处世之道，他只是没那么容易想到，并不是完全排斥去做。

广播在循环播放。

芷卉却还在座位上没有动。

广播响起之前，其实她正好一直盯着讲台前的广播音箱发呆。班长、团支书一起参会本来就是圣华的传统，什么事情都是两人商量，她真有点期盼能顺理成章地起立转身，对坐在后座却说不上话的他说句"一起去开会吧"。

谁知盼什么来什么，有几秒她还以为是自己出现了幻觉。

只不过现实总不尽如人意，谢井原不在座位上。

等到广播停了，座位依然是空的，芷卉坐不住了，扯扯钟季柏后背的校服："谢井原呢？"

男生往后看过来："不知道。什么题不会做，我教你。"

"去去去。"芷卉把他推开，"广播通知开会。"

"自己去呗，他听见了也不会去开会。"

芷卉情绪有些低落。

她忘了自己了解的谢井原，以往就算开校会，也总不见他的人影。谢井原的叛逆很有分寸，以不影响别人为原则，老师一般也就睁只眼闭只眼不追究了。

她看看表，拿起笔记本往门外走，前几步没看路，一抬头差点撞上谢井原。

两人都是急刹车，各往后退了几步。

"你等我一下。"谢井原没顾上尴尬，加快步伐回座位放书。

芷卉退到一旁呆呆地看着，以为他也要拿个笔记本去做会议记录，谁知他换了张去年静安区的数学模拟卷，回身面对女生满脸的诧异做了点解释："半小时正好。"

她早就知道，考试时间两小时的试卷，他通常半小时到40分钟就能做完，而去年静安区模拟考题相对简单。

可这位学霸，您也太争分夺秒了。

开会时说点悄悄话的希望破灭，会议记录的任务也完全交给班长了。

但芷卉还是挺容易满足的，能同去同回就好。失望或者高兴，她就是一点也藏不住，跟出去时颠了几步，带起一阵风，额发微扬。

她笑起来总是毫无保留，像向日葵在日出瞬间的抬头。

谢井原借着在门口等她的瞬间回看一眼，又迅速垂下眼去，把目光移开。

到底还是不太熟，芷卉没想到两人光是并肩走着，气氛也能尴尬成这样。头扭向两边，视线落点可以是树叶、花坛、窖井盖，但连眼角余光都不能有一丁点给到对方。

"这学期第一次班委会，不知道会说些什么。"女生试图开启话题。

"应该是运动会的事情。"

"也是。"

她心里有些懊恼，一向是尬聊小能手的自己，到这么关键的场合怎么思维短路了。

走出几步，她又不甘心地搭讪："哎，你为什么又愿意做团支书了？"

"节约时间，免得僵持着全班都没法下课。"

她想了想，小声嘀咕："可当了团支书以后不会浪费更多时间吗……"

谢井原无言以对，没想到她还能找出自己的逻辑漏洞。

他也知道事不过三，吴女士当时逮住她就是想掀起一阵腥风血雨，或许是为了替她解围，又或者只是突发奇想，如果自己主动提出做团支书，那么身为班长的女生会有什么反应？当班长是她的一个心结，有了意想不到的搭档能不能改变一点她的印象？因为想知道，就只能别扭地给自己讨来了新任务。

但归根结底，这些理由没有一个说得出口。

客观上看来就是冷场。

芷卉尴尬地东张西望，看见顾钦钦和江寒并肩从楼下穿过校园，她像抓住一根救命稻草似的飞快转移话题："看，顾钦钦和江寒。"

谢井原看过去，没有放慢脚步："怎么了？"

"他们俩也太肆无忌惮了吧，不怕被老师看见。"

"看见又怎么了？"男生莫名其妙。

"谈恋爱被抓到就惨了！"

"你怎么知道他们在谈恋爱？"

女生被他一问，突然也不确定了："他……他们不是走在一起吗？"

"你我不也走在一起吗？"他反问道。

这次她是真的语塞了，还伴着面红耳赤。

你知道这是谢井原，虽然话有歧义，但他肯定没别的意思，快醒醒。

谢井原果然没觉出有什么不对，这次冷场换他来打破："你的腿伤怎么样了？"

"嗯？"芷卉回过神，"快好了。运动会之前肯定能恢复好，不然我报的项目就要落空了。"

"别逞强，让别人上吧。"

"哪还有别人呀，总共也没几个人报名。"她说着顿了顿，贼溜溜地看向对方，"你要不也报一个项目？"

"好。"

答应得这么痛快，让她一肚子的说服戏都落了空。

她露出有点讶异的神色："你是认真的？"

"你那是什么表情？"他看了出来，"在你眼里我是钉子户吗？"

"没有没有。"她飞快地摆手，"只是我以为你不会想参加的。"

"那你没发现以前每次A班集体活动我都参与了？"

芷卉低头想了想，谢井原是否参加，她好像没特别注意，想当然就觉得他不会参加："是吗……我只记得陈凛每次有集体活动都唱反调，时唯也不敢管他。"

男生若有所思点点头："学到了，原来唱反调才有存在感。"

"不是这个意思……"芷卉反而窘迫起来。

男生极力敛住笑意，朝前走了。

他没想到京芷卉会在教室里等，看她后来的表情应该是在等吧。但他也不是百分百确定，他是单纯回去拿考卷的，大概留百分之一的念头认为京芷卉还没走。可事后一想，那是京芷卉，按她的性格，她不仅会等，可能还会找。换成他自己，他肯定拔腿就走。他想了想做人的差距，还没进步到想出别的。

刚踏进会议室，就迎来意料之中的一阵唏嘘。像谢井原和京芷卉这两位怎么能代言K班？开学以来，谢井原从A班转K班，又让表，又主动当了班委，话题不断，俨然已成"流量小生"。

A班班长时唯向芷卉招招手："阿京，这里这里。"

芷卉坐过去，谢井原溜到后排找角落坐下，这次她心里没起涟漪，反正他打定主意来做题，这人一做题就如入无人之境，坐在身边还是天边并没有区别。

"什么情况？谢井原不仅被你拐到K班，你们还双双做了班委……"时唯顶着一张八卦脸熟络地靠过来，"你俩高三谈恋爱？"

"你看谢井原那样子，他大三会不会谈恋爱，我都怀疑。"

时唯在芷卉的示意下一回头，谢井原面无表情，写字手速极快，仿佛一个做题机器，而且自带恐怖谷效应。

"他会起来蛮会的啊，让表的事传得沸沸扬扬。"

"让表是因为他想考交大。"

时唯瞬间连瞳孔都放大了："他想考交大？"女生抱住头，"哦，我完了！"

061

芷卉知道她的意思。

时唯理科好，数学尤其好，以交大为第一志愿。

"他想考交大不影响你考交大啊。"她宽慰道。

"可能专业也会撞车……"时唯忧心忡忡，"不行，我得去要张复旦推荐表。"

"这么紧张干吗？乐观地想，你和他也许会成为大学同班同学呢！"

时唯一脸无奈，心想：我又不是你，谁跟他成为大学同学能乐观起来？

"那也是以后的事，眼下只是竞争对手。想想你和李悦当初玩得多好，一上高三不也只能求自保吗？"

芷卉觉得奇怪："她……怎么自保了？"

时唯愣了片刻，试探道："你不知道吗？听说你要补考回A班，李悦她们三个闹得最凶，她妈天天往英语组打电话。"

芷卉不知道，知道了也做不出正确反应，半张着嘴，半晌没说出话。

[13] 再用一次吧，那种热血

柳溪川举着饮料坐到云萱的座位上，戳戳正在低头看漫画的钟季柏。

"你，体育委员不参加个项目说不过去吧。"

"我已经参加7个了，你还想怎样？"钟季柏头也没抬。

"没有集体项目……"

"和你有关系吗？"

"和芷卉有关系啊，帮帮忙，再跳个长绳怎么样？"

"太娘了，不适合我。"

"帮帮忙，没人参加的话，芷卉肯定又要被吴女士狂批。"

云萱进教室时，刚巧看见溪川举着饮料在自己座位上对钟季柏软磨硬泡的一幕，满腹狐疑地靠近。溪川看见她了，理直气壮地说："云萱，我找钟季柏有点事，你先坐我那儿吧。"

她不太情愿地坐到后排去玩手机，耳朵其实好奇地竖着。

钟季柏还在敷衍："我一个人参加也解决不了问题呀，你也说是'集体项目'了。"

"哎呀呀，'校草钟'人帅话不多，体育样样灵，光迷妹就能塞爆整个运动会，组个长绳队算什么挑战。"

钟季柏控制不住得意了："好吧好吧，虽然你夸得很违心，但你说的都是事实。"

溪川刚松了口气，就看见云萱身子前倾关注着这边，趁机试探道："云萱，你要来跳长绳吗？"

"不要。"云萱退后道。

溪川转转眼睛："男生钟季柏带队，女生就只有你了，没人比你俩更合适。"

云萱怀疑她是不是把自己当傻子了："跳长绳从来没有分男女领队的传统吧？"

"你答应就有了。"溪川脸皮厚得惊人。

钟季柏也回过头，笑着对云萱说："来吧，我可不能一个人出糗。"

云萱白了他一眼："谁要和你一起出糗？要跳肯定得赢。"

溪川挑着眉毛："这么说是答应啰？"

"我只是不想让你们输得太难看。"云萱嘴硬。

回教室的路上，路过A班。芷卉往里面看了一眼，又有点心烦意乱了。

谢井原看出来："在烦什么？"

"呃……运动会。"

男生又续上了先前因她发呆而断掉的话题："所以时唯跟你讲完'A班风云'，你只担心运动会？"

她叹了口气："我想不通，到底哪里得罪李悦了。"

又走出几步，男生才斟酌着开口："不仅没得罪过，而且要我说……你高二为了让她留在A班，还在老师办公室做'演讲'，挺仗义的。"

他指的是高二那次分班考，考砸的是李悦。A班一直是35人，李悦那次排年级36名，芷卉跑去向马老师求情，好一番闹腾。本来高二一个班多少人也无关痛痒，从此A班就成了36人。

这件事除了李悦、芷卉和马老师，应该没其他人知道。谢井原总是一副生人勿近的调调，大概也不会有人传话给他，更何况听他的形容，仿佛他就在现场。

她讶异地转头看向他，又有点难为情："我不知道你当时在场。"

男生不在意地自嘲："习惯了，我就是这么没存在感。"

"不不不，可能我当时一心热血去了。"

"再用一次吧……那种热血。"

"什么？"她愣了愣。

"你的运动会难题就能迎刃而解了。"他知道她的演说总是特别有煽动力。

"不要吧……"她明白过来，面露难色，"在K班发表长篇大论跟对牛弹琴有什么区别？"

"没开口就把人都当牛，当然不灵。"

"是他们先拿我当异端。"女生不服气地争辩，语气转而又软下来，"上次吵过一架，还有什么办法让人留下来听我说话？"

"趁课前都在的时候。"

芷卉有些局促："我其实……不太行，一遇到重大场面就胆怯，办公室那次纯属一时冲动。"

"可你入学时的英文发言也很惊艳。"

"那个吧……"其实也另有隐情，"我是被人从后台硬推出来的，不然连上台的胆都没有。你看前两年自愿报名的演讲比赛，我就一次也没参加过。"

谢井原若有所思："哦……非要硬推？"

"是啊。"她无奈地笑笑，"赶鸭子上架嘛。那可能已经是死亡前的回光返照了。"

"有那么严重？"谢井原笑。

"精心策划的演讲，我连话可能都说不出。"

他大概懂了，路上没再劝。

可是不管怎样，芷卉心情好了不少，原来困境当前，能和他这么顺畅地聊天。他这个人其实性格没那么高冷，口才也还好嘛。

她仰头看天，一团白白胖胖的可爱云朵，像猪的形状，却一点不笨拙，反倒活跃得很，一会儿在这边，一会儿又飞奔去那边。

和与他初识时看到的云层好相像，她顿时觉得神清气爽。

他们进教室时预备铃已经响了，同学们在座位上乱作一团，干什么的都有。

两人从后门走进教室。芷卉回座位坐下，没注意到谢井原径直走向了讲台。

"大家静一下……"他说。

芷卉和其他同学一起诧异地抬头。

谢井原继续说道："关于运动会报名，刚才学校开了会，班长有些想法需要传达。"

天哪！这么狠！说来就来！

女生惊慌失措地起身，连椅子都带倒了："啊，我……"

谢井原向芷卉使了个眼色，示意她上讲台说话。

打脸来得太快，此刻的芷卉还是希望他高冷一点为好。

再拖下去，她又要被班里同学讨厌了。她深呼吸，一鼓作气走上讲台："运动会的事，我之前态度不好，有点急躁，向大家道歉。"

还有很多同学交头接耳，根本没在听，偶尔向她瞥去一眼，脸上也写满不耐烦。

"我并没有想逼着大家去拿名次，但这毕竟是高中最后一次运动会，我们还有八个月就要各奔东西。高中三年，给我们留下深刻印象的不会是上课和考试，而是全班一起参加过的集体活动，从高一的军训、合唱、集体舞、学农，到高二的艺术节、跨年晚会，再到高三的成人仪式，还有每一年的运动会……"

教室里终于逐渐安静下来。

"在我们三十岁、五十岁、七八十岁的某一天，想起高中时代的每一次全心投入，每一次和同学们并肩作战，绝不会感到遗憾。尽管我们是K班，总是被贴上百无一用的标签，甚至连自己都破罐子破摔，认定就算努力也不会成功。"

所有同学看着她，若有所思，沉默着。

"可是如果一开始就放弃，将来连热血的回忆都没有。十八岁就已经衰老，是多可悲的一件事。"

她短暂停顿。

"一个班报名人数达不到学校要求，并不是天大的过错，对批评和指责也完全可以充耳不闻。说到底，在乎我们的只有我们自己，需要对得起的也只有自己。我这是最后一遍统计报名人员，全凭大家自愿。"

几秒内班里静谧得近乎诡异。

溪川在座位上开腔，把气氛带活跃起来："就算体育像我这么烂的，都报名甩长绳了。大家就积极点嘛！我们长绳组还差4个人。"

第一排有女生发言："我可以。"

何琳也难得地举了手："算我一个。"

钟季柏在后排翘着椅子："我好像本来就在你的名单里。"

芷卉看向溪川，溪川朝她眨眨眼睛，之前她说把钟季柏忽悠进来的事包在她身上，看来已经搞定了。

"我可以报个接力。"梁涉说。

班里最胖的男生自嘲道："我这吨位还是报铅球吧。"

大家一阵哄笑。

芷卉与谢井原交换眼神，松了口气，拍拍胸口感慨劫后余生。

老刘走进教室，大家赶紧各就各位准备上课。其实他已经在门口等了一会儿，目击芷卉的动员现场。

老刘把书放下，和善地笑起来："班长说得对啊，到了我这把年纪再回忆学生时代，真的只记得集体活动了。"

大家来了兴趣，开始七嘴八舌。

"您还是学生那会儿有什么集体活动？"钟季柏插嘴问。

"上山下乡啊，集体干农活。"

全班哄笑。

"干农活不累吗？"

"就像你们这么大，同龄人聚在一起才有乐趣，苦和累不记得。我们这代人要不是小时候吃得差，肯定比你们这代身体素质好，经常锻炼嘛。"

钟季柏颇有点自豪："我也经常锻炼。"

老刘笑眯眯："你是体育生当然锻炼，我是说他们大多数人。"说着他指指全班，"每天一坐就是十几个小时，动都不动。"

梁涉开玩笑："运动和学习一样，也要讲天赋的，我们又不像钟季柏那么四肢发达……"

附近几个女生纷纷笑着接茬："头脑简单！"

"那你们就错了，运动是相当考验智力的。肢体的协调，那不是随随便便就能做到的。"老刘笑眯眯，"所以钟季柏同学的智商应该相当高才对……"

钟季柏得意："那是……"

他接着说："比如说跑步，除了做好赛前热身之外，跑步时还要注意摆臂，要快速有力，不要离身体太远，转弯的时候外侧手臂摆的力度要更大，以求得最大的加速度。"

"那扔铅球有什么技巧？"

"虽然实践证明，速度和力量已经成为掷铅球的核心素质，但预摆时一定要提高支撑反作用力，左脚内侧蹬地，腰部肌群带动上体反向转体270度，形成重心向右脚平移的双支撑，在最高点前一瞬出手，获得最好的抛物线。"

芷卉问："跳长绳呢？"

"那就更复杂了。"他走回讲台前，把数学书拿起来点了点，"学好数理化，走遍天下都不怕。"

绕了这么远，又被带回去上课了，大家边笑边发出感慨声："哎——"

芷卉笑："老师您的套路太深了吧。"

第二话

Reset in July

———

野生麻雀有良心，但态度老忽冷忽热也让人吃不消

[14] 亲密时形影不离，所以疏远会显得落差更大

谢井原最近的确成了"流量小生"。

他有传奇加身，在"长得帅"的基础上又平添魅惑。崇拜和喜欢混在一起，变成来势汹汹的流感，击倒低年级学妹不计其数。

早晨他刚进学校，拉开储物柜门，劈头盖脸地掉出了一堆花花绿绿的信封，哗啦啦散了一地。

谢井原内心感到有些无力。

这也……太能塞了。

要知道储物柜只有一条缝，不是一个投递口。

这种对钟季柏而言习以为常的事，让他多少有些不适应。怎么会一夜之间突然变得受欢迎？他想不明白。

"学长，操场对面左数第三棵树下见。"钟季柏凑过来偷看他手中拆开的那一封，"呃——学校里还有哪棵树没成告白专用地？"

"你怎么看见树都能兴奋起来？"谢井原把信塞给他，面无表情地锁上柜门，背起书包就走。

已经习惯避重就轻小能手的套路，钟季柏忽略了关于树的干扰话题："我明明是对你兴奋，第一次收到这么多情书吧？访问一下，什么感觉？是不是乐开花了？"

"你不是经常收到吗，你很高兴？"

"你这人真没劲儿。"他摸摸脑袋,假装感到危机,"看来我校草的位置要让人了。"

"我对校草不感兴趣。"

钟季柏想到了什么:"对校草不感兴趣,那是对校花感兴趣了?"

谢井原不置可否,压根懒得回应。

钟季柏发现了新大陆:"原来,你喜欢的是……"

这也没能留住谢井原的脚步。

芷卉和溪川到得早,正在离储物柜不远的后门口说话,谢井原进教室得经过她们,钟季柏一副参透惊天机密的表情,跟在后面。

溪川难免怀疑:"你俩怎么神秘兮兮的?"

芷卉也好奇起来。

"学妹组团来给冰箱送情书,你们说他的魅力是不是越来越大了?"

芷卉、溪川异口同声:"是啊。"两人对视一眼,继续异口同声揶揄道,"越来越帅了……"

两人不约而同地笑了起来,溪川在芷卉肩上猛拍一下。

芷卉诧异:"嗯?"

"你要走桃花运了。"

"为什么?"

溪川转转眼珠:"如果异口同声,一定要拍一下,被拍的人走桃花运,拍的人走财运。"

"你还信这个?"

"日常迷信。"

谢井原被一群损友嘲得不好意思,戴上耳机,其实还是听得见。

芷卉朝溪川使使眼色:"被送情书都面无表情,你见过谢井原其他表情吗?"

"见过啊,演讲比赛前疯狂紧张。"

"怎么紧张的?快给我讲讲!"

谢井原用凶狠的眼神警告了溪川,颇具威慑力。

溪川不敢造次:"你……还是自己去问他。"

钟季柏凑过来:"我也要听,我也要听。"

"马上就要月考了,还在走廊里嘻嘻哈哈!"一群人被吴女士的厉声训斥轰回了教室。

同学们纷纷迅速蹿回到自己座位，佯装翻开手边的书本。

吴女士又狠狠剜了一眼刚落座的四人，开始训话："有了一点成绩就沾沾自喜，一时领先不代表次次都能领先。"

溪川小声嘀咕："又被她针对了。"

芷卉小声回应："是在说我。"

吴女士似乎察觉到了这边的小动作，又把目光转过来："在K班找到点优越感根本不值得你们沾沾自喜。不进步就等于退步，别人用你休息的时间来拼命往前赶，你们一点都不觉得惭愧吗？"

"学习也是要劳逸结合的嘛……"这种时候，也只有钟季柏敢对吴女士撒娇。

"劳逸结合至少得跟上大部队的进度，都吊车尾了也不反省反省自己时间都浪费在哪里了，等进了坟墓，有的是休息的时间。"

钟季柏吐舌头。

"社会有多残酷，高考就有多残酷……"吴女士继续滔滔不绝下去。

溪川再次压低声音："有她的地方最残酷。"

"附议。"芷卉点点头。

洗脑训话太无聊，溪川在抽屉里摆弄起了手机："接下去……我们得一起准备复旦自主招生考了吧？"

芷卉惊讶地侧过头来："有什么能准备的？"

女生把手机上的搜索结果对芷卉晃了晃："有了，书单。"

溪川很天真地以为照着书单去校图书馆就可以一次性把书找齐，其实圣华和阳明两校的情况有些差异。阳明是寄宿制高中，许多学生有去图书馆上晚自习的习惯，图书馆利用率非常高，也更成规模。比起来，圣华这边的图书馆，至多算个图书室，馆藏量有限。

芷卉知道，既然参加过自主招生的学姐发的这个书单是公开信息，A班的诸位肯定早就行动起来了。而《哲学简史》那类书，全部库存也不会超过5本。

两人果然从图书馆无功而返。

溪川抱怨道："圣华也太穷了。"

"A班有30多人呢，馆藏有多少都能一扫而空。你可能想象不到，以前有过几次抢参考书的经历，我们班还有人去其他班借学生卡把书借光，这样别人就借不到了。"

"怎么会有这种风气？"

"一开始只是极个别的人竞争意识过强，但是在那种环境里，经历过一次，发现'还有这种操作？'，下次抢先去做的人就会更多，好像动手晚了一定会吃亏，然后自我辩解要点小聪明也是情势所迫。"

芷卉正说着，眼角余光突然瞥见李悦三人组从转弯处与自己擦肩而过。

几乎条件反射般，她停住脚步，回身叫道："李悦！"

五个女生同时在走廊上停下。李悦也回过身，眼神有点闪烁："怎么了？"

芷卉张了张嘴却一时没说出话来，回想起时唯在班委会上透露的内情。

自保吗？

就在她发呆的当下，李悦默默把手中的三本《哲学简史》藏到自己身后。

她们三个人就已经借走了五本书。

芷卉注意到了，苦涩感从心脏出发，直抵每一根神经末梢。

李悦因紧张而催促："有什么事吗？"

态度十分冷漠。

芷卉莫名地有点想哭，摇了摇头，勉强挤出个笑脸："祝你考试顺利。"

李悦竭力不去看她所在的地方，转身离开前摆出一张厌烦脸，仿佛理解不了芷卉喊人又说没事。但她的厌烦，是内心有愧的人为了掩饰心虚而强装出的厌烦，只有先指证对方举止怪异，才好撇清自己的嫌疑。

芷卉还在原地停了片刻。

溪川察觉到她们几人短暂的沉默中有秘而不宣的较量，好奇地问："什么人啊？"

"竞争对手。"芷卉表面平静，挽过溪川的手肘回北边教室去。

女生间的友情总是有点复杂，亲密时形影不离，所以疏远后会显得落差更大，没有"不咸不淡"的中间带。

芷卉总是搞不懂那种突转，又很重视友谊，因此遭遇过格外多的挫败。

小学时要好的闺密突然有一天拒绝了她分享的糖果，她就思前想后两个礼拜，想自己做错了什么。又过了几天，爸爸从东京出差回来带了文具礼物，特地嘱咐她给朋友们一人一份。

芷卉很焦虑，猜测闺密大概又会拒收，却说不出两人间出了什么问题。因为要面子，她非要装出傲慢的样子，表现得好像是她不想送，而不是对方不愿收。

爸爸批评她古怪小气，她又觉得委屈，最后哭哭啼啼好一通，闹得鸡飞狗跳。

妈妈忍不住去向对方父母打听孩子间是不是闹了矛盾，才知道是对方家长教育了孩子，"女孩子不能随便收别人给的零食"，完全与芷卉无关。

上高中后，她也有过类似经历。有一阵，时唯突然对她冷淡起来，外出同游的邀约被拒绝，找借口时也闪烁其词。渐渐地，除了上课时她都见不着时唯的人影了。孤独之余，她有点莫名其妙，心里免不了反省自己又是哪里做得不好。

是组织班级活动太积极，抢了时唯的风头，还是做化学实验时找李悦组了队而忽略了时唯？

时间点碰巧在时唯看出她喜欢谢井原之后不久，她甚至怀疑，是不是时唯认为这是件丢份儿的事，对她有些谴责？

揣测久了，她自己心里积怨也多了，赌气似的故意和李悦她们走得更近，频繁相约出去玩，唯独冷落时唯一个人，连一起叫外卖也不喊她。

内心戏如此丰富，时唯却从头至尾浑然未觉。

半个学期过去，芷卉才知道，原来是时唯有了些其他烦恼，和她半毛钱关系也没有。

中间还有些来来往往的女孩，她掏心掏肺地认定她们是朋友，实际上只是一厢情愿。

从小到大，因为升学、性格，还因为遇到像李悦这样的女孩，她们在她没有察觉的时候就已经变成另一个人，她曾经要好又不再亲密的朋友多的是，人成长起来，很快就不会再像小时候那么敏感脆弱了，新朋友总会再有。

柳溪川算新朋友吗？

笼络全班作战计划的笔记本上，在她的名字旁边，芷卉打上了第一个意为成功的标记。

可是没有正常人会在高三交朋友吧，几个月后大家就要去不同的大学，甚至是不同的城市，聚少离多，这也许就是妈妈一直在说的人生分水岭。

云萱的名字就在溪川名字的上一行，她选择把目光移开了，动作和李悦面对她时如出一辙。

书架上最醒目位置的相框中，放的是她和李悦她们的合照，可她记得叠在后面的是一张她和云萱的合照。

它一直藏在那里，她也不太懂自己为什么没把它扔掉，只是选择把它挡住。

和云萱疏远的原因能找到很多，既强调了自己的无奈，说起来也能理直气壮，可潜意识里她说服不了自己。

——你是应该回A班，你和她们是一类人。

[15] "你还说她不擅长运动。""明者因时而变。"

芷卉站在公交车朝自行车道的一面，她还是有碰运气的习惯。

她家距离学校14站，其中的6站路程中，透过车窗有可能看见谢井原骑车上学。

公交车走得快些，芷卉就看着他和他的车慢慢后退，消失在最后一扇窗后。公交车减速，停在斑马线前等红灯，他又透过最后一扇窗冒了头，又慢慢回到她的视线里。

他从来没有看公交车的习惯。

幸运与否已经不重要了，重要的是她和他有了真正意义上的交集，而不是永远隔着玻璃相望，只不过时间有些不巧，高三本应心无旁骛。

她有时会贪心地想，线与面的延伸总是从一个点开始。

云萱和另外三个女生围在溪川座位边有说有笑。看到芷卉背着书包进门，占了她座位的顾钦钦起身让开。

芷卉走到跟前寒暄："在聊什么，这么热闹？"

云萱、孟冬和何琳这才看见她，立刻表情冷漠，四散开去。

溪川马上缓解尴尬，打着圆场："听说周四的月考要全年级打乱分考场。我刚才在讲我高一期末考试因为打乱考场进错了教室，稀里糊涂又做错了试卷。"

"期末考试不一直是全区统考吗？高一也没分文理科，怎么会做错考卷？"芷卉把书本从书包里一一拿出。

"进的是高二的考场。"

芷卉动作停住："总分多少？"

溪川笑笑："很烂，数学、英语都才90多分，幸好只有第一天走错了考场。"

高一学生做高二试题能及格已经超强了，她拍拍胸口："难怪我妈的'尖子生小雷达'覆盖了阳明，却从来没搜索到你。比起成绩，你更是凭传奇而声名远扬啊。我就乏善可陈了，成绩不拔尖，关于全年级打乱考场的悲惨经历，也只有紧张得吐过早饭。"

溪川没觉得自己这算什么优点，于是随便笑笑。

预备铃一响，吴女士就踩着铃声准时走进来，环顾四周，教室里鸦雀无声，有几个位子空着，她皱起眉头。

钟季柏和另一个男生一前一后出现在教室门口，吴女士板着脸厌恶地看了两人一眼，用眼神示意他们进教室。

"都什么时候了，还迟到！不指望你们月考考多好，至少先端正态度。"
她又一脸严肃地开始了例行演说，同学们眼神涣散，正抓紧最后机会慢慢醒神，
"学习是世上最低风险的投资，付出多少就能收获多少。考试就是为了检验
你们……"

这时，她看见芷卉在转抄笔记。

"京芷卉，你这么用功，连老师讲话的时候都在学习，却还拿不到第一名的
原因是什么？"

芷卉尴尬地迅速合上课本和笔记本。

"结束学业对你们来说，极有可能只是换个地方做失败者，想要摆脱仰望别
人的处境，高考是你们唯一的机会。你们中的大部分人，没有殷实的家底，也没
有出众的容貌，甚至连一项足以养活自己的专长都没有……"

溪川不敢说话，递过来一张纸条："我看她老是针对你，你以前是不是得罪
过她？"

芷卉写道："谁知道啊，前两年跟她没什么交集，可能影响她在K班称王
了吧。"

吴女士看见芷卉的笔杆还在运动着，喝道："京芷卉！"

"在！"芷卉被吓一跳，立刻把纸条随手塞进笔记本，站起来。

吴女士阴沉着脸瞪着她："下课到我办公室，拿考场分配表。"

"是。"

芷卉坐下，舒了一口气。

考场分配表刚被张贴出来，溪川就不太满意地撇撇嘴："你们都是四五个人
同一个考场，为什么就我和冰箱两个人同一个考场？"

"你俩学号排最后，人不够了呗。"

她怏怏不乐："我还以为能跟你在一起。"

孟冬和何琳在黑板右侧布告栏看完分配，走到云萱座位边。何琳说："你跟
我同考场，孟冬跟我们不同。"

云萱闻言没什么反应，还是被霜打了一样，反正单人单桌，也不能抄答案，
跟谁一个考场都无所谓。她翻了翻词汇手册，估测了一下自己的水平，估摸着自
己这回又得歇菜，深深叹了口气。

何琳捅捅她，安慰道："月考嘛，临时抱佛脚就好了。"

"那也得有脚可抱啊，连个复习重点都没有，我看我这次又得歇菜。"云萱

再次叹气，突然又想起什么，直起脖子，"哎，你们记过课上讲的短语吗？"

孟冬和何琳对视，两人微笑着看向云萱。

"你觉得我们像记笔记的人吗？"

云萱脖子一软，又趴下了："看我丧得，都病急乱投医了。"

两人又哄了她半天，她恢复精神起身跟着去上体育课，三个人一路叽叽喳喳。

"乐观点，反正你总比孟冬强，孟冬一整本词汇手册总共认不出9个单词。"

孟冬拧着脖子争辩："我认识100个！"

"4000个单词认识100个，你还好意思这么大声……"云萱说她。

芷卉一直在座位上竖耳听着，抬头见三人的身影消失在门口，起身不经意地环顾四周，随手将自己的笔记本放在云萱的桌子上，离开了教室。

体育老师把课腾出来练运动会集体项目，留下班长和体委组织，乐得回办公室吹空调。

钟季柏发自内心地鄙视长绳运动，自己都不愿为此类项目流汗，不帮倒忙就算迁就了。

重任自然又落在了芷卉肩上，相应地，积怨的落点自然也成了她。

同学们排成一长串，一个接一个地往长绳里跳。轮到顾钦钦时，她还没准备好就被后面挤在一起的同学推了出去，她慌乱起跳，不慎被长绳抽到绊倒。

芷卉赶紧从队列中冲出来上前扶起她："没事吧？"

顾钦钦皱着眉，小声说："膝盖擦破了。"

芷卉递上湿巾让她擦拭："钦钦你先休息一会儿，等好一点再练。"

云萱冷笑一声，走过去拉起顾钦钦："腿受伤了，还练什么练啊。"

芷卉无奈："那……钦钦你去树下坐。"然后转头对众人说，"其他人继续。"

钟季柏厚着脸皮讨饶："班长，我们腿也酸了，也让我们休息会儿吧。"

芷卉有点骑虎难下，云萱幸灾乐祸地看着她等待再一轮攻击。

她犹豫了一会儿："难得有一节体育课能腾出时间来练习，大家再坚持坚持吧。"

"高三的体育课就是让大家在学习之余放松的，现在还得被逼着练这练那。"云萱抢白道。

"跳绳跟英语课比起来，应该轻松很多吧。"

"是啊，轻松到磕破膝盖摔破腿？"

溪川见这两人又要掐起来，果断上前把她们分开，拉过顾钦钦："钦钦之前跳得挺好的，刚才是被挤得乱了阵脚，大家尽量别挤前面的同学，不求快，但求稳。"

芷卉附和道："没错，重在参与。"

云萱不依不饶地开了口："既然重在参与，那大家也就别卖力了，散了先休息吧。"

大家听了，正想一哄而散，被芷卉拦下："你这叫敷衍了事，我们虽然不求名次，但既然报了名就得认真对待。"

云萱双手抱胸："我们够给你面子了，配合了你大半节课，这么热的天，大家休息一会儿怎么了？"

同学们也配合着她怨声载道，云萱看着众人得意。

芷卉努力让自己保持平静，好言相劝："这节课没剩多少时间了，一会儿其他人还要进行单独项目的练习，现在集合大家就是为了赶紧练完长绳。"

云萱又掀起新一轮争吵："照你这么个魔鬼训练法，一个比赛下来，大家不是伤残就是中暑。"

"我怎么魔鬼了啊，难道钦钦是我绊倒的吗？"

"别把自己撇得那么清，你不逼着人家参赛，她今天能摔伤吗？"

"你这是无理取闹——"

云萱还想吵，被溪川拉住："哎呀呀，有话好好说嘛。"她又看向芷卉，"不如全体休息5分钟？"

芷卉妥协，点点头。

"想买水的同学可以去买水，早点回来。"溪川转头对云萱说，"先扶钦钦去那边坐吧。"

云萱冷哼一声，和几个女生扶着顾钦钦走到操场旁的树荫下坐，K班学生散开，各自寻阴凉处休息去了。

芷卉有点无语，本来高三还要特地练习运动会集体项目就很荒诞。

特地抵触练习就更荒诞了。

她心里清楚得很，她和云萱无非是借机生事，就争论焦点而言，没什么大不了的。

偏偏云萱要找碴儿，芷卉又经不住激，忍不住针锋相对。

敌意摆在明面上，一个眼神就预示开战。

溪川拖着芷卉去了便利店，她自己要吃雪糕，芷卉顺手买了瓶饮料。两人出来逛了没几步，溪川突然神神道道地跳起来："突然想起忘了打个电话，我们一会儿在操场会合。"

"哎！哎！"芷卉没反应过来，看她一溜烟就蹿了老远，一头雾水，一转身，她看见谢井原站在两步开外，也莫名其妙地看着溪川，芷卉好像有点明白了。

难道是为了躲谢井原？谢井原有什么好躲的。

不可怕嘛。

芷卉指着女生飞奔的背影打趣："你还说她不擅长运动。"

"明者因时而变。"男生倒是知道溪川为什么开溜，内心有点无力。

既然碰上了，好像只能一起回操场，两人信步往前走。芷卉问："那你呢？这时候不该练一练羽毛球吗？"

"我但凡有一丁点羽毛球天赋，也不会等到成年了才被发掘。"

"你天赋技能满点的领域已经太多了，给其他人留点活路。"

谢井原反问："倒是你，不是应该和大家一起在练长绳吗？"

芷卉想起刚才那场胶着的争执，脑子都要液化了："别提了，我们班的凝聚力是个难题。"

"好事。"

"啊？"她以为自己听错了。

"你刚才说的是'我们班'。"谢井原标了个重点。

"入乡随俗而已。"想起自己之前的那些话，她有些不好意思，急着转移话题，"你要不要去围观我们练长绳？"

"可以吗？"

"当然。"芷卉俏皮地朝他挤挤眼睛，"你也属于'我们班'呀。"

谁知一波未平一波又起。

他们一起回到操场，发现K班和A班两群人对峙着，剑拔弩张。

[16] 野生麻雀也是有良心的

芷卉急忙跑上前："怎么回事？"

梁涉怒气冲冲："他们抢我们地盘！"

林峰是A班体委，长得一点也不像优等生，非常社会。芷卉从前就怀疑老马让他做班委是一种招安策略，免得他带头生事。

眼下他正抱着胸："我们过来的时候可是一个K班的人都没看见啊。"

啾啾指着林峰，向芷卉告状："班长，我们俩一直在这儿，他们班过来二话不说就占了。"

林峰上下打量她一眼，嘲笑道："不好意思。"说着比了比身高，"还以为你俩是高一新生在这儿溜达闲聊呢。"

A班的女生们都跟着笑起来。

芷卉板着脸对林峰说："现在告诉你了，这地方是我们先来的，刚才只是中场休息，你们可以去找其他场地了吧。"

云萱沉默地看着芷卉，眼神捉摸不定。

林峰抬抬下巴："你说是你的就是你的啊，地上也没写你们的名字吧。"

溪川姗姗来迟，吃完最后一点雪糕，站在人群边缘，打算先了解一下剧情。

芷卉很坚决："我们在这儿练20分钟了，体育老师能做证。讲讲先来后到。"

"你是不是因为回不了A班就故意跟我们对着干啊，还是索性破罐破摔？"林峰还在用嘲讽的眼神看她，"不过你在这个垃圾班混得不错嘛，Queen of Garbage（垃圾女王），唯我独尊啊……"

云萱愤怒："说谁垃圾呢！"

A班人再一次哄笑起来。

林峰忍住笑："就是个比喻，别当真。"可他分明就是看垃圾的眼神。

云萱彪起来，指住他的鼻子："你、再、说、一、句。"

林峰梗着脖子，正想继续掐架，就被谢井原松松地勾住。男生垂着眼，低音就响在他耳侧："借一步说话。"

A班没能劝得住林峰的人，都知道他邪魅猖狂，他自己也知道其他人都不敢招惹他，还挺得意。不过谢井原是个例外，他太神秘、太边缘化，学神的存在感又太强，让人摸不清深浅。

林峰收了收脾气，乖乖跟着他走到一边去了。

A班和K班的人暂时休战，散开一点，大家都不约而同地看着两个男生站在不远处交谈。

溪川悄悄问芷卉："A班那个男生也太嚣张了吧，追过你被拒？"

芷卉被逗笑："没有啦。他是体委，职责所在。不过成绩被我压了两年，也有点公报私仇。"

溪川点点头："难怪呢，我还以为A班所有人都这么狂。"

"A班也有很多正常人。"芷卉看着对面A班的阵营，喃喃道，"江寒、小秋都不错，还有人看起来冷漠，但其实……"

高一有一次雨下到黄昏放学时，教室里只剩下她和谢井原两个人。

芷卉听见谢井原那边有动静，转头去看，他做完一本书上的习题，准备换一本，表情没有全神贯注时那么严肃。

芷卉迅速分析了一下形势，机不可失。

她热情搭讪："谢井原你也没带伞啊？"

谢井原停下手里的动作抬眼，神色怔怔的，盯着芷卉一秒，转开目光一秒，又看回来一秒，眉头还微蹙着，好像被什么困扰。接着，他以最快的速度收拾所有书本文具，背起书包离开了教室。

我是谁？

我在哪儿？

我做错了什么？

芷卉全程呈呆滞状态。

他反应太大，动作太快，她都没来得及有什么感觉，他就已经不见了人影。

后劲却是存在的，从男生跑掉后的五秒开始，她什么感觉都翻涌上来，委屈、沮丧、莫名其妙。

她不禁自省，这么一句话也不至于招人讨厌，是她的表情过于谄媚显得很廉价吗？

可她就这性格，喝"成长快乐"长大的，跟所有人都想亲和一下，喜欢身边每个人都开开心心的氛围。不爱笑的，她去逗笑；不爱说话的，她要特地跟他多说话。

由于这个天性，从幼儿园到初中，她都是班长，集体群嘲孤僻学生那种事绝不会在她的班级里发生。谁孤僻，她就特别黏谁护谁，软磨硬泡，一个都不能少。

对谢井原，一开始她确实好奇也确实崇拜，除此之外真没有其他企图。虽然她不是班长，但一个班级35人，总是只有34人发出声音，这让她很介意，很难受，天性不允许。

关爱孤僻少年就像散养野生麻雀，撒点米，暗中观察他吃不吃，还得注意保持距离，靠太近不仅会吓跑他，可能连碗都给你打翻。

她甚至因为见过两次钟季柏和谢井原一起骑车上学，跑去和K班的钟季柏打成一片，侧面打听这位同学有没有身世悲惨的隐情。钟季柏说谢井原家是街道评选的"五好家庭"。

这未免也太荒诞······

一个有谢井原的家庭怎么能评上"五好家庭"······

最多"四好"。

谢井原能做到"邻里融洽，友爱互助"？

真想去向他们街道举报。

她没心情做作业了，蔫蔫儿地趴在窗口发呆等雨停，过了一会儿，看见谢井原在楼下顶着书包穿过校园，更心塞了。

他宁愿冒雨离开也不愿和她同处一室。

芷卉气到内伤，只好回去继续做作业。

又过了半个多小时，天色逐渐明亮，雨终于停了。她走出教室忽然愣住，门口地上放了一把撑开的伞，彩虹色。

温暖的夕阳斜射进走廊，在地面画出方格，不偏不倚地铺满整个伞面。

她收起伞，望向走廊尽头，那里空无一人，只有阳光。

一瞬间，她什么都明白了。

谢井原带了伞，只是在教室继续自习，她突然的提问让他不好回答，也让他知道她没带伞，被困在这里。

要把伞让给她这种话，他不知道该怎么开口，推辞谦让起来，场面又会变得很胶着，万一最后搞成共用一把伞的局面就更尴尬了。所以他什么也没说，觉得自己走了，她一出门看见伞自然明白。

事实也的确如此，只不过阴差阳错，晚了半小时，伞没用上。

虽然没用上，但是芷卉激动得差点去操场跑圈。

野生麻雀也是有良心的。

"还有人看起来冷漠，但其实只是单纯爱做题。"她出神地笑起来，想说的本来是"其实心里很暖"，又觉得太肉麻了。

爱做题？溪川神情呆滞，猜到她说的是谢井原，可是······

这有什么好笑的？

这对璧人太智障了。

她不好直说。

两个男生一起回到人群中，林峰显得有些底气不足："走走走，这次就先让给他们吧。就当考前攒人品了。"

A班众人虽然困惑，但也没有坚持，陆陆续续地离开场地。

芷卉喜出望外，谢井原对她比了个"OK"的手势。

班长大人受了鼓励，兴奋地高举一只手对四周呼喊："三年K班这里集合！"

云萱回到教室，看见桌上放着芷卉的笔记本，愣了愣，坐下翻起来，其实什么也没看进去。

她挺佩服京芷卉的，她想跟你亲近的时候，你怎么闹怎么吵都赶不走她，语言攻击她一般都能屏蔽掉，还能觍着脸不断过来各种示好。

实际上两人之间的感情还没有好到她表现出来的这个地步，但她表现出来的热情很容易让人习惯，所以她想疏远的时候根本不用说什么，只要变得不热情，对方就能体会到了。

云萱想想这些就生气，完全是套路。

可芷卉这个人吧，其实情商在均线以下，是不够创造套路的，只能说天生套路。

但天生套路更讨厌，干了坏事，她都根本不知道自己错在哪儿，像个二傻子似的以为从头再来就行。

别提多气人了。

芷卉进门时见云萱正在翻笔记本，觉得她气消了，看见和解的希望在朝自己招手，开开心心地回座位开始大声拼读单词。

云萱听见声音，不禁微微侧头看了她一眼，回想起一些往事。

初中的时候，云萱渐渐跟不上学业，整天对着英语课本抓耳挠腮，那些单词像天书一样，她怎么都记不住。芷卉总让她试试词根记忆法。别说词根了，就是站着记、坐着记、躺着记，她都试过了，没用，天生记性不好。

后来芷卉突发灵感，发现她记乐谱很厉害，听过一遍的歌，她马上就会对着歌词唱。

"那是音乐嘛，有旋律的，而且记乐谱比记单词有意思多了。"

"看来你的听觉记忆比视觉记忆更好啊，这样吧，我读给你听。"

云萱怀疑："能行吗？"

芷卉说"试试呗"。一试就试了整个初三，所有中考词汇都是芷卉读了无数遍才让云萱记住的。

可时过境迁，这招就未必管用了。

芷卉还在拼读单词，云萱突然起身把笔记本扔回她桌上："真是小看你了，少惺惺作态。"

周围其他学生纷纷回头围观。

芷卉半晌没说出话来。

只要不是反应特别迟钝，正常人都察觉到了芷卉和云萱之间暗流汹涌。

男生也不例外。

晚上备考复习时，钟季柏坐在茶几另一头缠着谢井原聊天。

"我们班女生太彪了，今天你没来操场之前，因为小钦钦磕破点皮，云萱和芷卉大战了三百回合。"

云萱、芷卉、顾钦钦，关键人物齐全了，提示太过明显，饶是情商低如谢井原者都想起前不久顾钦钦贩卖的小道消息。

钟季柏对云萱和芷卉的矛盾津津乐道，还真有点讽刺性。

谢井原头也没抬，冷笑一声："怎么可能是因为顾钦钦？想想也知道是因为某个男生吧。"

"谁啊？"

"你不会想知道的。"

"我不想知道的？那不就是你吗？"

谢井原无语。

钟季柏视无语为默认，来回打量谢井原，意味深长地道："我就说嘛，她们撕A班撕不过，为什么内撕就能突破自我、战斗力爆表？"

"女生的事，你关心那么多干吗？"

"女生我不关心，我关心你啊。你说你，跟芷卉从A班到K班，藕断丝连不够，心里还惦记着柳溪川，现在呢，连云萱都卷进来了。你在台风眼，你知道吗？"

"台风眼很平静啊。"他说的是常识。

但钟季柏没常识，以为他在自我撇清："你是平静了，不觉得周围都是血雨腥风吗？"

"我看你好像对血雨腥风特别兴奋。"

"因为芷卉和云萱都是我'兄弟'啊，我'兄弟'都因为你斗起来了，我能袖手旁观吗？"

"她们都是你'兄弟'，那我是你什么？"

"你是我亲爱的。"

谢井原停下手中的笔："我非得每天听你废话吗？"

钟季柏得出了他自以为的结论："我有理由怀疑你在故意吸引我的注意。"

谢井原的解题思路彻底被他搅了，憋了两秒："明天要月考了，你复习了什么？"

钟季柏顿住："你这个不解风情的男人，怎么哪壶不开提哪壶？"

"你不是说想学的挺多，白天晚上都不够吗？"男生翻起了旧账。

"我复习地理了。"

"干吗复习地理？"

"我比较能看懂。"

谢井原沉默数秒："这次考4+1，不考地理。"

"真的吗？"钟季柏一派天真表情。

"你上课干什么去了？"

"想你走神了，看，都是因为你。"他又开始鬼扯，"你赶紧给我补习。"

"明天就考试了，你连语、数、外的书都没翻过，我给你补习？我给你补魔吧。"

"能补一点是一点嘛。"

谢井原无奈，把英语词汇手册扔过去："你先把单词背了。"

钟季柏翻开词汇手册看了看："背哪个？"

谢井原撑着头，实在哭笑不得："背、哪、个？"

[17] 原本是一骑绝尘，如今变成神仙打架

高三第一次月考，本来只能算个小考。

但这次谢井原有点压力。

他留意过柳溪川平时做题的状态，和他一样，她做数学题是不带停顿的，扫一遍题目立刻直接往下写解题步骤。

和他不一样的是，柳溪川分一半心啃牛肉干。

柳溪川边啃牛肉干边做题，能做到和谢井原差不多同时收工。

一开始以为她只是跳步骤，写得不仔细。

仔细看过一次……

起码六道题是用微积分做的。

要脸吗？

天理何在？

谢井原平时搞竞赛，虽然主要是训练思维，但高数是要涉及的，不过他不会在学校普通的考试中用，一来不确定老师给不给分，二来……身为高中生，要有点高中生的职业道德。

话说回来，数学这方面，本身文科数学简单，到了一定水平几乎是拉不开差距的，柳溪川和他应该是同一水平。

语文、英语、历史三科，死记硬背的部分，柳溪川反而弱；自由发挥的部分，她能发挥得更好。

但她的耐性是真差，一篇作文开头字还清秀，800字以后简直无法辨认，卷面整洁可能影响判分。

综合考虑得出结论：第一，总分第一可能换人；第二，一二名差距会在五分以内。

胜败乃兵家常事，谢井原参加竞赛也不能保证每次摘金。但在圣华考试上的这个第一反而不一样，焦虑感来自"连击中断"，多少会有点遗憾，也影响后续的坚持。

考试时谢井原坐柳溪川前排，第一科照例是语文，收卷时他忍不住看了两眼——这里答案选A，那里选C，然后是作文，写得比他长。

作文的字写得东倒西歪，不怎么像女生的考卷。

"'苟利国家生死以'的下一句是什么？我死都没想出来。"女生看似颇为懊恼。

"岂因祸福避趋之。"男生平静地答道。

"原来是这句。"她懊悔地拍起了自己的脑袋。

"反正五句中选填四句就够了。"话刚出口，他就觉得有些不妥。但究竟不妥在哪里又说不清。

放学回家时再回想起这段情景，他才发现，她好像从头到尾都没有把这当成考试，没有把他当成竞争对手。大概是不妥在此。

他还有点竞争意识，溪川似乎一点都没有。

溪川望见芷卉倚在远处走廊上看资料复习，灵机一动："想不想知道芷卉是怎么评价你的？"

谢井原愣了一秒："怎么说？"

他循着溪川的目光看向对面走廊，和正在背书的芷卉眼神对上。芷卉一察觉到四目相对，立刻用书遮住脸，让人有点困惑。

"你猜啊！"

谢井原转身准备进教室："不说就算了。"

"你闹什么情绪呀？这一句两句说不清楚，考完告诉你。"

谢井原继续往教室走，溪川跟在后面满脸坏笑。

芷卉那边却没这么轻松，考试期间她频繁下意识地去摸左手手腕，摸了个空之后就会更焦虑一点。

幸运符也许并不能带来幸运，但缺少了可能更容易带来厄运。

休息时间，隔着教学楼，她遥遥望见溪川和谢井原在教室外走廊聊天。一个是和一般同学简直不在一个世界的学神，另一个是校长挖来冲状元的种子选手，而她自己什么也不是，不算天才，只是个通过用功努力勉强让老师家长满意的俗人。

溪川先走出考场，男生加快了几步追上她："你说考完告诉我的。"

"什么？"

"芷卉。"他提醒道。

溪川这才想起来："芷卉对你的评价啊？"

"她怎么说的？"

"她说你帅。"

"别造谣。"

溪川理直气壮："分配考场那天早上在教室门口当你面说的。"

男生无奈："那是玩笑。"

溪川笑："哈哈，我就想干扰你一下，看来我得逞了。这么在意呀？"

她确实得逞了，谢井原在下午考试时多少有点在意这件事。

谢井原无奈："你这是，不正当竞争。"

难得有嘲讽他的机会，溪川才不会放过："不是我说你，你都不跟人家多说说话，人家怎么给你评价呀？"

"我没你那么多话。"

谢井原从笔袋里拿出芷卉的手链看了看，黑色的手绳上穿着猫头鹰。猫头鹰，他记得是种通常被认为不太吉利的动物，用来辟邪的吗？他正胡思乱想着，传来敲门声。

"我进来了？"是妈妈的声音。

他把手链顺手放进更近的书包侧袋。

她端着果盘进来，已经看见了："藏什么呢？"

"没什么。"

妈妈装作不在意，放下果盘，随即立刻伸长脑袋看向书包。

谢井原迅捷地用身体挡住，有点无奈了："妈……"

妈妈的表情很受伤："你小时候吃零食收集到附赠的稀有卡片，都会带回来炫耀给我看，现在长大了，跟妈妈都无话可说了……"

"你记错了，那是我妹。"他不记得自己做过那些，想来非常符合从小寄住在他家的表妹的风格。

"反正你还是小时候可爱。"妈妈不死心地追问，"那是什么啊？女生送的礼物吗？"

谢井原快绷不住了："你想多了。"

"也对，哪有女生会喜欢你呢？冷冰冰的，说话也不考虑别人的感受……"失望的妈妈开始人身攻击。

"确认一下，我是亲生的吧？"

"所以你受欢迎我才放心。"

"高考当前呢，妈。"

"一年后有四级当前，两年后有六级当前，三年后你得准备考研吧？工作后也时刻都有挑战……"妈妈好像逐渐认真起来，"为了追求成功而忽略生活，永远都没有尽头。"

比起成绩，父母一直更担心他情商低，不会做人。

"明白。"井原笑笑，"别担心，我做人没你猜得那么差劲。"

"阿姨，他比您想的更差劲。"钟季柏倚在门口接嘴道。

谢井原才想起他又赖在这儿不回家了，回过头："我怎么差劲了？"

"你把自主招生的推荐名额让给一个女生，又看上了另一个女生，然后还整天被低年级一堆女生围观，你告诉我这不叫差劲？"

谢井原无言以对。

井原妈妈对钟季柏打趣道："你们班同学挺活泼啊。"

谢井原趁机反击："都是他带坏的风气。"

双休日之后月考成绩就公布了。谢井原和柳溪川并列第一，也是文科班第一。K班同学对柳溪川成绩这么好倍感惊讶，她平时吊儿郎当的样子，走到哪里都吃着零食，没见她拼命刷题，爱打扮，爱偷懒，虽然课上被老师点名时没有回答不了的问题，但总让人觉得只是侥幸过关，压根不像优等生。

其他班同学就更震惊了，这一整天从布告栏红榜前急速扩散的话题是"谁是柳溪川""就那个不穿校服的"。很快他们又发现她是刚转来的阳明校花，一张清纯倔强的明星脸。过去两年，从来没有人能在成绩上接近谢井原。哪怕是现在，谢、柳并列第一的情况下，两个人还是总分甩开文科班第二名30多分。

原本是一骑绝尘，如今变成神仙打架。

要命的是这两人从名字配对到同框画面都特别和谐，三年K班突然在传闻中变成一个冒着粉红泡泡的梦幻班级。

芷卉身为柳溪川的同桌，当然知道她的成绩应该在自己之上，毕竟是冲状元的种子选手，但也有点意外，没想到她能飙到谢井原前面。

是的，柳溪川在谢井原之前，因为出现并列的情况，红榜按名字的首字母分先后。

芷卉自己也在榜上，班级第三，文科十二，全年级三十三。

整张榜上只有年级前五十名，她在中位线之下，又退步了。

课前数学课代表忙着发试卷的时候，吴女士正好在整顿纪律，还特地强调了一句："我们班第三，就连文科班前十也排不进了……"

这话配合她刚拿到的试卷上密度不低的红色叉叉，特别扎心。

她瞥了一眼身边溪川的考卷，149分。

压轴题被扣了一分，考卷上却没打叉，可能只是因为跳了得分步骤。

同桌的女生看出她情绪低落："月考而已，不过是阶段性检测，下个月再好好发挥呗。"

她勉强笑笑："你跟谢井原真是同步，考个试还并列。"

芷卉自己英语是149分，作文扣了一分，但和数学149分相比，总觉得含金量不高。或许是因为她一贯英语强，全年级都知道她英语强，人人都见怪不怪了。

英语考卷上没什么需要订正的，数学考卷是知道错了却不会订正。

她百无聊赖地翻翻英语笔记本，自己和溪川上课传的小纸条掉了出来。

人和人的智商差距就是这么大，明明是一起走神一起传纸条的朋友，考试成绩却不一样。

她望着纸条出神。

"我看她老是针对你，你以前是不是得罪过她？"

"谁知道啊？前两年跟她没什么交集，可能影响她在K班称王了吧。"

她惊出一身冷汗，云萱不会以为自己和溪川是在说她吧？

芷卉突然明白她前些天翻过笔记后立刻翻脸的原因了。

芷卉抬头看向云萱的座位，她不在教室。

钟季柏从后排翻出谢井原的试卷想借来订正，也不禁感慨："看看，我们班的两个年级第一，谢井原和柳溪川这是双剑合璧啊。"

几个同学纷纷围过来瞻仰学霸的考卷。

顾钦钦也凑过来："你别又乱搭配！冰箱的官配是芷卉。"

芷卉正在喝水，听到这句有被呛到。她胡乱地拧上瓶盖，起身就往外走，却一不小心撞上了课桌，闷哼一声，逃也似的出了教室。

钟季柏察觉到她的异样，看着她跑远才压低声音："我乱搭配？谢井原都默认了喜欢柳溪川，你们千万别跟笨京说。"

顾钦钦不信："怎么可能？"

"我也不信，他之前不是还把推荐表让给京芷卉了吗？"梁涉说。

"那是谢井原为了缓和柳溪川和笨京的关系，不想柳溪川在K班树敌啊。我跟谢井原从小就认识，他可是亲口跟我说只对校花感兴趣的。你们想啊，我们圣华又没有公开评选过的校花，所以'校花'指的是谁？"

顾钦钦若有所思："溪川倒是阳明公认的校花，难道冰箱真的喜欢溪川？那芷卉怎么办？"

钟季柏装得一本正经："所以叫你们别说呀，都别八卦了啊，错题订正没有？"

到底是谁发起的聚众八卦啊！同学们冲他发出不齿的"嘁——"声四散而去。

[18] 野生麻雀有良心，但态度老忽冷忽热也让人吃不消

溪川在老师们心中却远不如在同学们心中受欢迎。

吴女士和年级主任在一起回办公室的途中聊起："我觉得柳溪川并不具有冲状元的实力，她很浮躁、懒散，又骄傲。"

"可她这次是文科班第一啊，去年区统考也超过我们学校第一了。"

"我知道校长引进她是为了最后有个亮眼的成绩，我不否认她的确属于第一梯队，但你看看我从阳明打听来的更多的排名数据。"

她把手里的成绩单资料递给年级主任。

"她一直在非重点班，有时考试连非重点班前三都进不了。我们都知道高考第一梯队最后拼的是心态，稳定是个重要判断依据。所以柳溪川，怎么说呢……"

年级主任也蹙眉摇了摇头："走钢丝啊。"

吴女士点头道："其实最不稳定的因素，还是她至今没把学籍转过来。"

数学老师与两人擦肩而过，听见对话内容，稍稍放慢了步伐。

"那现在怎么办呢？"年级主任在办公室门口停下来。

吴女士却加快步伐进了办公室，打开自己电脑的显示器，压低声音："再没有比他更稳定的学生了。"

显示器是条始终保持在最高位的直线——谢井原一直以来的考试排名汇总。

"谢井原?"年级主任困惑起来。

"这次考试,他确实和柳溪川不相上下,但以往历次考试他的排名实在漂亮太多。"

"这是当然。"年级主任笑,"他就没下过年级第一。"

吴女士趁热打铁:"当初动员柳溪川从阳明转来,是因为谁也没想到谢井原会转文科。"

年级主任摆摆手:"不是文理的问题,关键是谢井原拿过奥数金奖,已经进入保送范围了,不用参加高考啊。"

"所以我的意思是……"她语速放得缓慢,"为什么要给他这个保送名额呢?"

年级主任不解,但很快恍然大悟。

吴女士又以退为进:"不过这当然还得由您定夺,从学校层面综合考虑嘛。"

年级主任陷入了思索。

放学后,钟季柏在操场打篮球,见谢井原背着书包来找自己,下场喝水。

钟季柏有不少低年级的小迷妹,她们平时总爱来看他打球,眼下发现他走向谢井原,看台上发生一阵男生看不懂的骚乱。

"什么时候回家?"

"你先回吧,我今天要加练,这个周末就要去阳明打比赛了。"

"市高中联赛到现在,你们哪边赢得多一点?"

"阳明暂时比我们多赢一场,过了这周末可就不一定了。"

谢井原故意哪壶不开提哪壶:"你们跟阳明打比赛的最好成绩难道不是平手吗?"

"别说出来嘛,要对自己有信心。他们下一届的王牌做交换生出国了。"

谢井原揶揄道:"丢不丢人?你们的胜利都以人家缺席为前提。"

钟季柏反呛:"你们学业组更丢人,考不过柳溪川就把人家挖墙脚弄过来。"

男生挑起眉,较真起来:"我考不过柳溪川?你开什么玩笑?我就是不擅长史政,有本事她跟我比理化。"

"行行行,你最棒了,宝贝。"钟季柏敷衍道。

谢井原懒得理他,转身就走。

"哎？我记得去年咱们圣华就得了一块奥数金牌，阳明几块来着？四块吧？圣华竞赛班有点菜啊。"这个攻击直击要害。

谢井原回过身退着走了几步，笑着冲他放狠话："你晚上别回来了！"

很难理解，远处看台上众迷妹的兴奋程度宛如炸了一颗手雷。

数学课后老师正准备离开，看见溪川又停住，冲她招招手："柳溪川，你来一下。"

"你的学籍还没转过来吗？"

提起这个，溪川就嫌烦："隔三岔五就在打电话催，但阳明那边的老师说转学籍没那么快。"

"那你抓紧吧，这些手续可是越拖越麻烦，将来如果没学籍的话，你只能回阳明高考了。"

溪川不太在意："嗯，知道了。"

数学老师又加重语气："千万别大意了，要把这件事放在心上。"

她一头雾水地点点头，回了座位。

芷卉也好奇："刘老师找你说什么？"

"提醒我赶紧转学籍。"

"你怎么到现在还没转好啊？"

"我打过电话，阳明那边要么说管学籍的老师今天不在，要么说让我抽空回去一趟，还有老师劝我干脆别转了。"

"阳明当然不愿意放你这个尖子生走了。"

"其实我无所谓，在哪边高考都没关系。"

她是无所谓，谁知因此倒霉的成了别人。

A班的江寒出现在教室后门口："谢井原，马老大让你去一趟办公室。"

年级主任笑眯眯地示意谢井原坐，他笑起来让人有种不好的预感。

"今年的全国数学联赛马上就要开始了，这次学校慎重考虑之后还是决定选拔你去参加。"

谢井原愣了愣，他现在在文科班，虽然理论上能拿到保送资格，但保送也有各大学组织的面试，以前学校从没有让高三生继续参赛的先例。

"马老师，我都高三了，复习紧张，很难兼顾。"

"你大赛经验丰富，又拿过一等奖，相信不会占用你太多精力，你是最合适的人选。"

“我拒绝。”

年级主任长叹一口气：“你要知道学校选择你，不仅是看中你的实力，也是给你一个机会。为学校拿了奖，你的保送也能一并解决。”

谢井原听出他在暗示什么。

“我已经够格保送了。”

“够格的人不止你一个。”年级主任慢吞吞地说道，“可保送名额有限，竞争是很激烈的。”

“说说看，谁够格跟我竞争？”

“蒋璃。”

谢井原差点笑起来：“她最远走到冬令营，二等奖。”

“但她现在选理，而你选文。理科生凭奥数奖项保送才名正言顺。”

这说法根本站不住脚。

谢井原反问：“既然奥数奖对文科生没用，我又何必参赛？”

“那不一样，你为学校争得额外荣誉，保送就是奖励。”

男生垂眼分析了局面，再开口：“也就是说，如果我不参赛，或者参赛后没拿到一等奖，学校都不打算让我保送。”

“你很聪明，一点就通。”年级主任笑着拍了拍他的肩，“为学校，也为自己，全力以赴。”

谢井原高二时拿到IMO金奖（International Mathematical Olympiad，国际数学奥林匹克竞赛），当时清华招生办的老师很看重他，其实他本来已经不需要读高三，更不用参加高考。

可当时父母有些犹豫，让他自己慎重考虑。

从小学三年级开始，他的天赋就明显异于同龄人，没有从那时就跳级速成，现在自然也不会以此为第一选择。

高考是人生的必经之路，当时的他不想借竞赛跳过这项体验。

可是今非昔比。

首先，历史不是他的强项，文科数学又不能体现他的优势，选文科对他来说是环绕立体式的吃亏。

其次，竞赛和高考完全不是一个思维体系，全身心投入竞赛只会更大程度地侵占他复习语文、历史、英语的时间，甚至对高考数学都没什么帮助。

但对学校来说，这确实是横竖都赚的策略。

逼谢井原参赛，他的底子摆在那儿，没丢几个月，也许有机会为学校添个高中联赛一等奖。

即使他没拿到一等奖，学校也可以顺理成章找借口不给他保送名额，他参加高考还有机会成为文科状元。

保送非要学校推荐这流程到底谁发明的？意义何在？

他有点想学柳溪川转校。

"借我看一下数学月考压轴题……"芷卉转过身，看他少见地在发呆，伸手在他眼前摆了摆，"哎！"

谢井原回神："怎么了？"

芷卉指指自己试卷上做错的压轴题："压轴题。"

他从抽屉里找出自己的试卷递给她。

她拿了试卷并没有急着转身回去："你不高兴？"

他摇摇头："没事。"

"低气压都写在脸上了。"

他笑笑："因为奥数竞赛之类——"没等他把话说完，芷卉已经充满崇拜之情地雀跃起来："今年又要参加奥数竞赛吗？好厉害！"

谢井原微怔，苦笑："会影响高考复习的。"

芷卉做了个元气满满的手势："你一定可以兼顾！"

男生有点无奈。

说到底，如果京芷卉在分班考中没有考砸，他就不会有眼前的麻烦了。

但即使在这时候，他也没意识到这充分条件在逻辑上并不成立。就算京芷卉考砸，他不跟着转班明明也不会有麻烦。

他心烦意乱，最后垂下眼睑，语气显得冷淡："我现在不想谈这个，特别是跟你。"

"我怎么了？"芷卉怔住。

他轻轻点了点她手里的试卷："你管好自己。"

广播响起："请全体高三学生到演讲厅集合……"

他第一时间起身从后门离开。

芷卉看着他的背影从门口消失，感觉心里堵着了。

野生麻雀有良心，但态度老这么忽冷忽热的也让人吃不消。

高三年级动员大会。

演播厅里副校长口若悬河，嘴里不断蹦出"升学率""重点率""一本率""二本率"之类的饶舌词语。年纪主任坐在旁边面带微笑，频频点头。

学校创造过这样的辉煌啊！几乎每个学生心里都冒出诸如此类畸形的自豪感，也没想过不论过去怎样辉煌，都跟他们没有直接关系。少数头脑清醒者，比如芷卉，当然在想别的事情。

演播厅的舞台以深青色幕布为背景，一般人都以为那从来不拉开的两块布后面是结结实实的墙面，也许还不太美观，由于粉刷得粗糙，留下了一些形状各异的鼓起的包，所以才要用幕布遮起来。

这是正常人的逻辑。

真相往往出乎常人意料。高二值周时负责打扫演播厅和艺术楼卫生的芷卉知道，幕布的后面其实是一块巨大的玻璃，玻璃外面是幽静的小花园，有矮小却葱郁的绿色植物和怪石堆砌的叫作假山的东西，往外，是厚实的褐红色砖墙，与学校建筑的整体风格相一致。再往外，就是学校旁边住宅区里白色的楼房了。

她盯着舞台上蛊惑力非凡的副校长，思绪却已经飘向别处。

一连几天，她没和谢井原说上话，先前做运动会动员时的默契仿佛一场幻觉。

中间隔了月考，有人欢喜有人忧，因为成绩和名次的差距，她与他的距离也显得远了。

他今天的态度好像回到高一高二时，对她避之不及。

她烦躁得手心冒汗，瞅准时机偷偷溜出了演播厅。要去的地方自然是背面的花园。

只是有些事预料不到。

她一脚踩进小花园，就看见熟悉的男生倚着秋千架背对阳光，手里拿着词汇手册。两人第一时间四目相对，连做出点不痴呆的表情都困难。这地方平时很少有人，她本来以为是无人知晓的"私人属地"，现在却变成了两人的"共有财产"。

尽管对视时间只有短短两秒，谢井原也看出了她的不开心。

京芷卉的情绪都是写在明面上的，开心时眼睛熠熠生辉，不开心时眼睑垂着，会回避看人。

他大多数时间猜不出她为什么开心，为什么不开心。

但现在他很清楚，是因为自己。

转班不是她逼他转的，选文科也不是她逼他选的，非要把眼下进退维谷的局面和她捆绑在一起，太牵强了。明明没有联系，是他希望存在联系，有碰瓷嫌疑。

更何况京芷卉月考三十三名，对她来说不算好成绩，她的心情本来也好不到哪儿去，可她转过头来对他笑，给他鼓励，除了时机不对，哪里有错。

他在心里骂过自己，赶在女生转身逃窜之前把她叫住了。

"哎？"芷卉在被点名的瞬间停步，保持一个不标准的弓步，手下意识地划拉了两下，姿势不太好看。

"对不起，刚才我态度不好。"谢井原说。

这个歉道得干脆利落，出人意料。

会干脆利落说"对不起"的谢井原突破了她的想象。

京芷卉同学，请控制好内心的雪崩。

别再眨眼了，看起来蠢。

还有弓步也快收一收。

赶紧想句话说。

她想起来有必要解释一下自己没生气。

还有必要解释一下自己不是因为生气才掉头就走。

因果关系完全颠倒了。

"我只是不知道哪儿惹你生气了，以为你不想跟我说话。"

"不是你的问题。"他有点苦笑的意思，不想围绕这个话题继续纠缠，停顿片刻，"你怎么也翘了动员大会？"

"太无聊了。"她耸耸肩，"高考还需要动员吗，谁不是拼尽全力的？而且听那些去年前年高考重点率数据对我们又没有实际帮助。"

"我记得你以前在A班最'循规蹈矩'了。"

芷卉笑着自嘲："可能因为现在是K班差生，破罐破摔了吧。"说到从A班到K班的角色转换，她突然想起，"对了，那天体育课上你跟林峰说了什么悄悄话？他转身就老实地把场地让给了我们班。"

"用月考数学压轴题做交换条件。"

"你怎么会提前知道考题？"女生惊呼出声。

"这次是许老师出卷，他每个人出题都有偏好套路，我能猜个大概。"

懊恼的表情写在芷卉脸上："早知道也让你透个题给我！"

男生笑起来："对高考也没有实际帮助，高考题我可猜不中。"

"这倒是。"她感慨道，"真羡慕你对数学得心应手，我可能是数学白痴，连解题过程都看不懂。"

"哪一步？"

芷卉微怔："嗯？"

"压轴题从哪里开始看不懂？变形转化成方程有唯一解问题？"

为什么突然提起压轴题？

芷卉这才想起上次对话中断在问压轴题这里。

她被逼着自己努力回忆："那里懂了，但是后面……"

"第三问可以先画个图，设函数h(x)=y=1/t−a的图像在函数m(x)=y=2/(t+1)的图像下方……"

这个人把解题步骤记在脑子里吗？还口述？

"等等，我记一下……"她有点庆幸自己参加动员会还带了笔记本，急忙在秋千上坐下。

轮到年级主任说话时，学生们已经都昏昏欲睡了。

"你们现在要做的就是和命运搏斗！"

准确地说，现在更要紧的是与瞌睡搏斗。

"不仅要学会全盘兼顾，还要懂得主动出击，偏科是你们现在最大的敌人，得意只会让所有的努力化为乌有。高三，是千军万马过独木桥，谁能够屏住最后的一口气坚持住……"好像是故意为自己的讲话设计效果，他说到这里，按下手里的遥控器，身后的幕布徐徐打开，"谁就能拥有优秀的成绩和美好的未来，拨云见日……"

在幕布完全拉开之前，他就已经做出了示意让大家看他身后图景的手势。

学生们先是觉得阳光刺眼，接着看见小花园里的谢井原和京芷卉。

瞬间全场骚动，亢奋起来，开始惊呼起哄，掀起了圣华建校以来从未有过的高考动员会高潮。

年级主任一头雾水地转身，愣住了。

两人根本听不见会场内声音，浑然不觉地讨论着数学题。

男生正用树枝在地上画出函数图像："这个交点是，二分之一……"他无意中一抬眼，瞥见了演讲厅里无声的极端混乱，停顿一秒。

事已至此。

他继续说下去："三分之四，而这两个函数都是减函数，解不等式可得a大于等于三分之二。所以a的取值范围是三分之二到正无穷。"

背对演播厅的女生恍然大悟，抬头弯起眼睛："作图果然直观多了。"

[19] 其实天时地利人和，没一个条件满足

芷卉和谢井原跟着年级主任进办公室，吴女士已经正襟危坐在里面，冷着脸

把眼皮一抬，女生吓得打了个哆嗦。

年级主任还没坐下就嚷嚷开了："高考就在眼前了，你们竟然还早恋，太不像话了！"

女生赶紧解释："没有没有，我们没有早恋。"

"还狡辩？全年级师生都看到了！"

谢井原的语气还是一如既往地平静："只是正好同时出现在那里。"

"哪儿来那么多'正好'，明明是你们俩约好的。"

男生不紧不慢："真要是事先约好，就不会定在那么容易被看见的地方了。"

年级主任一想也对，以这两位的智商不至于蠢到这地步。

他停顿片刻，换了个罪名："那别的同学怎么不会出现在花园里？人家都在参加高考动员大会，就你们俩到处闲逛！"

恋爱误会是澄清了，很显然，年级主任余怒未消，谢井原看清了说什么都无济于事，懒得再开口。

"我……我不是闲逛。"芷卉灵机一动，想起谢井原带了词汇手册，"是去背单词，动员大会浪费时间嘛……"

年级主任讽刺："你倒是很珍惜时间。"

她没听出言外之意："是啊，我现在一门心思只想考复旦，怎么可能谈恋爱？"

"这还没考上复旦呢，就把学校不当回事了！全年级大会是你想逃就能逃的？要是人人都这样无组织无纪律，那不就乱套了！"

芷卉马上认错："是我们不对，下次一定认真开会。"

年级主任又昂起头，看向不吱声的谢井原："我看有些人还没有认识到错误。"

芷卉赶紧拽拽他的衣角。

男生有点无奈："认识了。"

年级主任满意地顺了顺气，做出总结陈词："高考当前，学校组织活动都是用心良苦的，怕你们心态不稳，才把大家聚在一起鼓舞士气。你们作为好学生，更应该带头做好榜样，积极参与，而不是以学习为借口，随心所欲，自由散漫。"

"知道了，马老师。"芷卉飞快地回答。

"这次你们俩的行为给三年级造成极其恶劣的影响，回去一人给我写一份1000字的检讨……"他想了想，大概是觉得威慑力不够，又补充道，"再有下次，得叫家长！"

吴女士想起前车之鉴，赶紧插话："谢井原就别写检讨了，罚他在操场上跑八圈吧。"

年级主任附和："对对对，我都给忘了，照吴老师说的做，去吧。"

两人准备离开，年级主任又开口叫："谢井原。"

芷卉担忧地看了他一眼，先行离开。

"竞赛报名下周截止。"

有些事本来稀里糊涂地也就过去了，他不愿想明白，没必要想明白，可非要提纲挈领来定性就没法违心否认了。

他是对京芷卉有好感，因此做了些反常的事，也付出了代价，但没到求解"恋"还是"不恋"的程度。

而跑步的时候特别适合胡思乱想。

京芷卉生日在冬天，还没到。

她还是未成年人。

成年人追未成年人，一想感觉怪怪的。

高一高二时都有男生追京芷卉，同班的、外班的、高年级的、低年级的。

追她的，她一个也没答应，说明她是发自内心不感兴趣。她平时总是扎在女生堆里，男生要跟她单独相处一下都找不着机会。

和她交集多的男生只有钟季柏，但两人坐一起，气氛像泡幼儿园。

在班里她年龄偏小，可能没那根神经。

也可能是她喜欢女生。

哦，不是吧。

但他实在想象不出京芷卉最后会成为什么样的男孩的女朋友。

回到自己这儿，他要在追她的集合里凑个人头吗？

高三，发什么神经。

谢井原跑完步，在水龙头下冲头发降温，柳溪川神不知鬼不觉冒出来："芷卉答应跟你交往了？"

这花边新闻到底是怎么传的啊？

男生有点无语，抬起头一本正经地说："对，刚去英语组拍了结婚照。"

关键词：英语组。

删了"英语组"还有点可信度。

女生皱了皱眉："在小花园，你没告白啊？"

"当然，没有。"

"那你单膝跪地干吗呢？"

"我……"谢井原回想了一下，"蹲着画图。"

"什么图？"

"函数图。"

太煞风景了。

柳溪川极度失望，感觉冷冷的雨水在脸上拍，无形的。

什么姿势什么视角才能正好产生这样的视觉效果啊。

百年一遇。

"那你为什么被罚跑？"

"官方说法是因为缺席动员大会。"

谢井原关上水龙头，往教学楼方向走。

溪川追在后面抱怨："我搞不懂。天时地利人和，从礼堂看过去简直是童话场景。"

"童话是幻想类儿童文学。"

溪川白他一眼："行，你成熟。你没事约她去小花园干什么？"

"我和她都不知道对方会去。她只是开会烦了，我也只是一如既往觉得开会浪费时间。"

"那更应该珍惜天赐良机啊。"

他感觉自己已经挺珍惜了，至少道歉了。

"你觉得我这个人怎么样？"他突然来这么一句。

溪川没敷衍，认真想了想："你啊……绰号贴切，冰箱呗。不过智商在线，沟通不难。"

他有点感慨："要不是高三，成绩变成重要标签，京芷卉这类在学校人际圈金字塔尖上的女生，是不会和我这种角落生物产生交集的。"

溪川保持机械的迈腿动作，偏着头一脸难以置信地盯着他，无语。

你平时不照镜子吗？

不知道自己有个贴吧吗？

你"角落"一个给我看看。

谢井原一点没品出她眼神里一言难尽的意思，挺认真地说："我不知道你有没有体会过距离感，大家分明都在说中文，你却听不懂那些流行语，而你说的，他们也听不懂，一句话就能让全场制冷。慢慢地，就算善良的同学怕你被冷落，有心提问，你也最好用一两个字快速回答，以免打乱他们的聊天节奏。"

看来他是真的不照镜子。

溪川只好跟着认真起来，开解道："哪儿有那种差距，你太敏感了。我觉得你和芷卉交流完全没问题。"

谢井原说："在我们二年A班，那个善良的同学通常就是京芷卉。"

溪川一时语塞，过半晌："那是以前，你跟以前不一样了。"

"不一样的是她。她现在有点迷茫困惑，不太像她。但我知道她很快就能找回耀眼的状态，前提是我不去扰乱。"

好像话题有点向过于严肃的方向偏离。

溪川停住脚步，笑着揶揄："说得这么冠冕堂皇，其实是没有勇气吧？"

"非要逼我承认……我就认了。"他也停下来，回身看看她，"那种让她黯淡的勇气，我是没有。"

柳溪川没接上话，想不出能说什么。

情况太复杂了。

谢井原这也不能完全算自我认知障碍，至少有一半是事实。他确实和同学没共同话题，制冷能力强。这一点，溪川特别能理解，她高一追剧逛街打游戏的时候，成绩动不动就掉出年级前五十。遇上重要考试，昏天黑地学习一个月，再往回翻微博热搜都看不懂了。谢井原没有一次考试不是第一，没有竞赛不拿名次，可想而知。

京芷卉那边呢，最近也确实流年不利，每天手忙脚乱，看着已经使出吃奶的劲儿了，月考名次还不理想，再加上高三，在K班，其实天时地利人和，没一个条件满足。

学校往常的运动会都被安排在周六，今年因为素质教育试点比阳明搞得好，有领导过来视察，所以调整到工作日周五。是直接安排在周五还是跟周六调休，还经过了两轮讨论，最后校长拍了板，说周五运动一天都腰酸背疼的，周六上课也没心思，干脆放假了。

全校学生欢呼雀跃，感觉多赚了一天假，运动会的气氛也接近秋游。

一大早入场式是穿礼服走的，接着是男生短跑到长跑项目，芷卉估算时间差不多该准备了，在看台上喊女生4×100米的选手去检录，可怎么喊都只有三个人。

芷卉问孟冬："顾钦钦呢？"

梁涉在一旁听见，插嘴："她看江寒跑完步就跟他一起出校了。"

"出校？"芷卉呆住，"怎么出校？"

"宿舍区后面侧门有个栏缝特别大，钻过去。"

这都是属老鼠的吗？

芷卉有点着急："去哪儿？去多久？还回来吗？"

梁涉耸肩摊手："我哪儿知道。"

顾钦钦该不会看江寒跑完步，一激动以为自己也跑完了步吧。

芷卉一边对手上的报名表，一边扫视剩下的女生，看看谁报的项目少还能临时顶一下。

她看见正在吃牛肉干的溪川，跨了四级看台坐到她身边去："顾钦钦溜了，估计赶不上接力了，你能不能替她跑一棒？"

溪川牛肉咬了一半，突然停住："怎么又盯上我了！"

"危急时刻，是朋友就该拔刀相助嘛。"

"危急时刻，是朋友就该绝交。"

芷卉双手合十："拜托拜托，其他人都有两个以上项目。"

"谢井原呢？谢井原没有。"

芷卉无奈："这是女生接力。"

"可我平时都跑最后一名。"

"没关系，你跑第一棒，我们后面追上来。"

溪川勉为其难："那我跑第二棒吧，弯道落后没那么直观。"

在鸡贼方面，她真是天赋异禀。

反正芷卉是高兴了。

"你说了算。"

[20] K班可以算得上是一群超越了人类经验的"废柴"

谁知到了检录处又横生枝节，碰上他们高一时那个事儿精体育老师了。

这体育老师见溪川既没有穿校服也没穿运动服，眼生得很，对照K班报上来的人名也没有她，怀疑她是其他学校来的外援。

芷卉好说歹说，以班长身份担保她就是同班同学也不管用，被断然拒绝："她不行，换个人吧。"

"什么眼光？"溪川咬着牛肉干边走边说，"我这弱不禁风的样子像外援吗？哪个想不开的班级请我这样的外援。"

"他就是找碴儿。"芷卉解释道，"'仇女癌'，尤其针对长得漂亮、体育不好的女孩。以前他带我们一年A班的时候就像跟我们有血海深仇，他喊出列，我们反应慢一秒加跑800米。"

"你体育还好吧。"

"主要是时唯、李悦她们被逮着折腾。"

说曹操，曹操到，芷卉刚提到时唯，就看见时唯刚在厕所换了衣服从面前蹿过去，身上穿着运动服，手里拿着刚换下的制服。

芷卉灵机一动把她叫住，简要解释了缘由，借来制服在溪川面前比画一下："你俩差不多瘦，能穿。"

"哪个老师这么闲？"时唯问。

"王美丽。"芷卉说的是绰号。

时唯笑："我猜也是他。这么事儿的老师全校找不出第二个了。"

"想想我们班灭绝师太。"芷卉说的是吴女士当训导主任时的绰号。

"不一样。"时唯说，"灭绝师太逻辑在线，王美丽是胡搅蛮缠。"

溪川换好制服，被芷卉往检录处一推："老师老师，我们班换人了！"

"王美丽"老师抬头瞥溪川一眼，没好气："你当我傻吗？穿上校服，我就不记得她长什么样了？"

看来长得太有辨识度也未必是好事。

计划破产。

折腾半天成了无用功，接力成员还是三缺一，芷卉叹着气："怎么办啊，临时抓人，肯定没人愿意来跑。"

"那不一定。你考虑考虑云萱。"

"她？比一般人更不可能。"

"她体育挺好，多参加一个项目不成问题。"

芷卉犹犹豫豫，这才坦言："她跟我关系不好。就算她有余力，也绝对不会帮我。"

"你不用出面，曲线救国懂不懂？"

女生疑惑："怎么救？"

她挤眉弄眼："让钟季柏去求她，准行。"

"钟季柏面子这么大？"

"云萱喜欢他呀，你这都不知道！"

"你怎么知道的？"

"傻子都能看出来。我之前就是用钟季柏说服她参加长绳比赛的，我看再用一次也行得通。"

傻子都能看出来，那她岂不是连傻子都不如？

但云萱喜欢钟季柏？认真的吗？

芷卉半信半疑："还有这种事……"她心想钟季柏还是比较好说服，"那我试试。"

云萱有点气急败坏了。

京芷卉这位漂亮小姐光是做做战前动员还过得去，动真格要管人出成绩可不行。换句话说，只能当啦啦队队长，当不了教练。长绳练习到后期，都是云萱在场上吼叫，她起了胜负欲，自然而然接管了大局。

但是K班人废就废在不合常理。

按常理，学习欠佳的同学，在运动上应有特长。但除了钟季柏，她也没看见其他人存在这种迹象。大家都是在中考的千军万马中过了独木桥进的市重点，学习天赋不算差，落到年级垫底，懒比笨更像是主因。懒这特性不会局限在学习方面，也体现在生活方面。云萱只能每天和同学们各种各样的牛皮糖式请假斗智斗勇。

又一个常理，在某个学习领域非常出色的同学，一般在其他领域也不会显得太笨，接受能力总是共通的吧。但柳溪川一个金光闪闪的学霸，竟然能经过十几天的训练还学不会摇绳，如此简单的一件事，就是办不到。云萱内心无力，怀疑她的技能树被误点过"手滑"一项。

总之，K班可以算得上是一群超越了人类经验的废柴。

在赛前最后一次练习中，长绳再次从柳溪川手中飞走，她像只母鹅一样"哎呀哎呀"笨拙地追出去。京芷卉笑眯眯地宽慰"比赛的时候注意点就好了"，其余同学还在互相确认："这次进步了吧？一百几个？"

云萱看着这一派其乐融融的景象，非常想和他们同归于尽。

所以说，人心急躁容易出错。

"143，144……"

比赛进行到一半，似乎都挺顺利。

没想到云萱自己脚下打滑出了错，在快要轮到的时候碰了前排同学的肩，对方重心不稳，在勉强通过的情况下勾了绳，毫无疑问，长绳又从怎么也抓不紧的溪川手里飞走了。

紧绷着的神经松弛下来，看那条褐色的蚯蚓似的东西在半空画出扭曲的线条，无数细小的尘埃被顺带扬了起来。

一瞬间，却又好像被加上慢镜头。

是朝自己抛来的暴烈——即使心知肚明，也来不及做出任何反应，镇压，或闪躲。

云萱感到神经有点钝钝的。

闭上眼睛。

有人拉住她的胳膊，把她护在身前。

耳畔"啪"一声短促的响声。想象中应该抽打在自己脸上的绳索不知去向。

混乱中云萱的思绪依旧不顺畅，在结束之后回想才显得不合情理。绳索明明是向自己的脸颊飞来，怎么会在半途折转了方向？

同学们很快各就各位重新投入。

她的目光在人群中飞快地穿梭。男生的白色校服，肩膀位置有一道鲜明的泥印，直延伸向胳膊，变成了一道红色的痕迹，从皮肤上突兀出来。

原来，那一刻是他挡在她面前。

比赛继续进行。

哨声响起，体育老师一个个班走过去统计个数，K班第四名，虽然拿不到奖牌，但还是群情激昂。

云萱穿过欢呼跳跃的人群找到钟季柏："你……你的手没事吧？"

男生不以为意地低头看一眼伤口："还行，早知道要挨抽，今天就多穿几件了。"

"谢谢你啊。"她有点忸怩。

"不用，我也正好想让你帮个忙呢。女生4×100米缺个人，你能不能去顶一下？"

云萱顿了顿，有一瞬间不悦，几秒后恢复神色："哦，我会去的。"

"谢了。"男生大人咧咧地跑远了。

云萱看着他的背影，许久才转身，一回头，芷卉就在面前。

"4×100米？"她挑挑眉。

芷卉满脸堆笑："你能来帮忙就太好了……"

对方冷淡道："别假惺惺的。"

"什么意思？"

"装什么装？你明知道让钟季柏来说情，我就不会拒绝。"

芷卉心虚地跟在她身侧，亦步亦趋："我当然知道他跟你同桌，有点交情啊。"

"利用别人的喜欢达到目的，你满意了吗？哦，我差点忘了，这是你一贯的作风，见缝插针，再过河拆桥。"

"我实在找不到人，才让他当说客。而且我觉得这是好事……"芷卉说着，顿了顿，"如果你真的喜欢他。"

云萱转弯后加快步伐："你少管闲事。"

芷卉追上去："我支持你！"

她停下来瞪她一眼："你离我远点。"

芷卉却没有照做，追着她一路，回到跑道。

云萱见她没有离开的意思，越发烦躁："我现在要去跑200米决赛，你别再黏着我了，我喜欢谁都跟你没关系。"

"我敢肯定他也喜欢你。"

云萱忍不住呛道："知道了，你每天晚上寄生在他脑子里。"

"不用寄生，傻、傻子都看得出来。他跟你同班三年，关系不错，老是逗你，为什么只逗你一个人？"

"就算你猜对了，我也没必要非得告白。"

"你不想跟他交往吗？"

"我对我们的关系非常满意。"

"自欺欺人。"

"就现状来说确实满意。"

芷卉正色道："我不觉得你在离校那天就能突然变勇敢。"

云萱停住脚步，和她保持距离："话是没错，但我讨厌由你来说。"

她转身加快步伐，芷卉比她腿长，很快又追上去。

"在我眼里你是最好的。"芷卉脱口而出。

云萱瞬间愣住，好像又有那么一点点动容，那表情转瞬即逝，她低下头掩饰起来，回身继续快走，音量却比先前小了不少："谁知道你安的什么心，无非是想看我出丑。"

芷卉才没有那么容易放弃，继续追着她穿过碧玉似的操场草坪。

与此同时，吴女士正在K班看台上用刺客般的目光四处搜寻京芷卉的身影，没找到人让她非常不悦，剩下的其他人就成了她迁怒的对象。她对眼前几个跑跑闹闹的男生吼道："你们怎么永远学不会安静？"

男生们很委屈，这又不是上课时间。

吴女士大概希望全班都是谢井原。

谁知溪川此刻正在看台上跟其他女生评论埋头做题的谢井原："谢井原也太奇葩了，运动会那么吵还有心思做题。"

孟冬往那方向瞥一眼，见怪不怪："那是在我们班，他在A班就不显得奇葩了。"

溪川疑惑，站起来看向另一头的A班。真的！那边所有学生也都在埋头做题，场面壮观。

她低头对孟冬笑："看起来像一大片农作物。A班到底是文科班还是理科班？"

"A班没分科。"

"那就是毋庸置疑的最优班了？"

"整个班都像人工智能，什么时间该做什么是预设程序，前一秒还在看台上做题，下一秒就可以去跑道上拿名次。"

连溪川都自愧不如："自我管理能力真强。"

"不觉得很乏味吗？"孟冬问。

溪川笑，让她现在静下心在看台上做题，她可做不到："是有点。"

吴女士在四周转了一圈又回到K班方阵，忍不住问梁涉："班长人呢？"

男生四下张望："跑步去了吧。"

她见没希望找到芷卉，临时抓住团支书："谢井原，你负责收一下广播稿。"

"哦。"男生抬起头，反应了两秒，依然坐在座位上，只放大点音量对全班说了句"交广播稿了"，就又继续低头做题去了。

吴女士被气得岔了气，跺着脚下了看台。

[21] 我最近开始变得迷信了，很多事是命中注定的

溪川刚吃完一包薯条，闻言爬到谢井原身边去坐："我老在想你那天说的话，我觉得你犯了个错误。"

"什么？"他照旧不抬头。

"你不懂人和人是会互相影响的。芷卉变了，有一部分是因为你。"

谢井原对这话题感到意外，放下笔："这我知道。"

"我不是说负面的那部分。我不熟悉二年A班的芷卉，只了解三年K班的芷卉。她阳光又无私，在人群中闪耀，还不只如此……小时候我爸爸告诉我，善良才是天下无敌的特长。我不知道其中有多少是你的功劳，但我认为你绝对不是拖她后腿的那个人。"

男生沉默了长长的几秒："我确实是导致她来K班的原因。"

"塞翁失马，焉知非福，对吧？"

他垂下眼睑没有说话。

"我最近开始变得迷信了。很多事是命中注定的，比如芷卉注定和A班大多数人不一样，你也不一样。"

"哪里不一样？"

溪川笑笑："感情太丰富，不像人工智能。"

这听着新鲜，还是第一次有人说他感情丰富。谢井原又没话了，而刚好在这时候，云萱和芷卉两人从看台下蹿出来，一前一后跑进了他的视野。

当然，以他们的距离，他听不见两人在说什么，只见她们拉拉扯扯。

云萱在观礼台前停下："你烦不烦啊！"

"你相信我，我和钟季柏搭档主持活动两年了，很了解他。当然，我更了解你……"

云萱突然反过来走到芷卉面前，语气咄咄逼人："呵，现在了解我了。我们家生意失败欠债卖房搬家的时候，你在哪儿？我爸妈吵架，我离家出走的时候，你在哪儿？我一个人在医院照顾我妈的时候，你在哪儿？我连个说话的人也没有，这都是因为你把我拉黑了！"

芷卉小声反驳："我没有拉黑你，是你拉黑了我。"

"是你先在心里拉黑了我！我才用手机拉黑了你。你忘了自己从入学那天起就决定抛弃我吗？我可没有忘。"

"是我不对，我道歉……"她小心翼翼地观察着对方的表情。

"我才不接受你的道歉，滚蛋吧你。"

云萱扭头就走，芷卉再跟上拽她衣袖："不要因为讨厌我而影响你的决定。"

谢井原在看台上费劲地眯起眼："她们俩在干吗？"

"谁啊？"溪川顺着谢井原的视线也看见了拉扯中的芷卉和云萱，"哦，据我所知，云萱之前对芷卉有点猜忌，不过都已经冰释前嫌了……"

她话没说完，云萱冒出个将手中的空矿泉水瓶扔向芷卉的动作，非常清晰。

空瓶没砸到芷卉，擦着她耳畔直接飞上了A班看台，但表意明确。

这让信口开河的溪川有点尴尬："呃……你也知道女生……比较骄傲……"

芷卉有些灰溜溜的，无意间回眸一瞥，恰好扫见K班看台上，谢井原和溪川坐在一起。

谢井原不敢和芷卉对视，赶紧抬头望天。溪川以为天上突然出现什么，也抬头望天。

两人的距离过于近，动作又过于一致，让芷卉反而有点恼，等她回过神，云萱已经走远了。

溪川盯着一无所有的天际，问谢井原："你在看什么？"

"没什么。"

半空中突然出现了一张脸，何琳伸着头怯生生地问："那个……广播稿是交到这里吗？"

谢井原马上起立："是的。"

云萱这下跑不掉了，上了跑道各就各位，她的位置在最内圈，靠草坪一侧，芷卉就堵在草坪上对她话痨。

"你三岁向蒋小胖告白那次，我就没支持你，小学那次向大队长告白，我也没支持你，我的标准很高的。"

云萱已经被她烦得精疲力竭，懒得再动嘴了。

"但钟季柏他真的很不错，虽然他一边找你打打闹闹，一边英雄救美。"

云萱和选手们一起做着起跑预备动作，发令枪响，大家如离弦之箭，此处的"大家"包括阴魂不散的京芷卉。

她在草坪上都能追上来，云萱心态崩了，恨自己为什么腿比她短。

幸好不远处的老刘迎面跑来，向芷卉吹哨，笑着警告："京芷卉！严禁跑得比选手快！注意安全！"

这才把喋喋不休的唐僧赶走。

芷卉悻悻而归，准备之后的接力，去女厕所换了运动短裤，拎着袋子里的校服回了趟教室，没想到正碰上谢井原。他堵在自己的座位上翻着柳溪川的抽屉。

她看了半天："你在找什么？"

谢井原抬头："柳溪川让我帮她拿一下防晒霜。"

"你特意回来给她拿防晒霜？"

"回来换书，顺便。"

芷卉的语气已经有点不高兴了："那她在干吗？"

"收广播稿。"

"什么广播稿？"

"吴女士找不到你就抓我干活。"

芷卉语速缓慢，冷着脸："你帮她拿防晒霜，她帮你统计广播稿，你们倒是配合得挺默契。"

谢井原显然没有听懂她的言外之意，反而抓住这根救命稻草："你知道防晒霜长什么样吗？"

女生俯身从溪川抽屉里迅速找出防晒霜，扔到他面前的桌上。

107

谢井原的视线落在低处，正好看见她膝盖上的伤疤，没头没脑地冒出一句："你还是别上场了。"

"为什么？"

"你的腿。"

芷卉晃了晃腿："已经好了。"

提起这个，他还有点内疚，毕竟是因为他受的伤，没想到留下伤痕了，他皱皱眉："还是换人跑吧，你这样硬撑其实也跑不快，万一再摔跤了，还得有人去照顾。"

这话也说得太瞧不起人了，本就因防晒霜堵着一口气的芷卉顿时炸毛。

"借您吉言！我绝对不会摔跤！"

说着，她把装校服的塑料袋砸在桌上，转身冲出教室，留下谢井原独自在原地一头雾水。

谢井原换了书，带上防晒霜，又磨蹭了一会儿正准备出教室，钟季柏一进门就对他笑开了："你又惹笨京了？她气得在外面破坏绿化。"

"我没惹她。"谢井原压根没想过自己就是问题根源，想也想不通，万分坚定地甩了锅，"她肯定是进门前就不爽，我看她跟云萱追打一天了。"

"那不还是你的锅？"

谢井原欲言又止："行，你说是就是吧。"

"哎，你那个拍鸡毛比赛第几轮被淘汰的？"

"闭嘴。"

"娇羞什么呀？你的运动水平怎么样我还没数吗？"

"你的运动水平我也清楚啊。听我妹说，那个，上周对阳明的比赛，好像还是咱们圣华输了？"

钟季柏咬牙切齿："麦芒这个小叛徒，吃了我的零食，嘴还这么不牢。"

"你拿零食收买零食黑洞，那是战略性失误。"

钟季柏回座位坐下，放下手里的东西："你帮我看一下后背，刚才被长绳抽到了，挺疼的。"

谢井原边问边折回去："柳溪川抽的吗？"

"谁知道啊，没看清哪边松的手。"

谢井原掀开他领子往后背上看。

同班的男生马超扭着腰走进来，看见两人古古怪怪："你们在干吗？"

钟季柏淡定道："大惊小怪。男人的友谊，懂不懂？"

马超从抽屉里拿了瓶矿泉水喝着，摇摇头："真诡异。"

"破了点皮。"谢井原一边往门外走，一边叮嘱，"你还是去医务室处理一下吧，夏天伤口容易感染。"

"这么严重吗？那我卧床不起了，你要照顾我。"

"行啊，你要是有耐心卧床，我就有耐心照顾你。"谢井原加快步伐。

钟季柏果然没有放过他，飞快地跟出去，从口袋里拿出一张便签扔给他："那今晚吃这些吧，我想吃。"

谢井原扫一眼，把便签还给钟季柏："你得寸进尺啊。"

"特殊时期，我是伤员，你就不能对我好一点？"

"至今没把你扫地出门就已经够好了。"

"就当满足我的生日愿望。"

"今年生日还是明年生日？你今年的愿望份额，前年已经用掉了。"

"后年的，可以吧？"

"成年人都是不过生日不许愿的。"

"我后面还有4×100米接力、200米决赛、400米、3000米要跑，还有跳高跳远，现在负伤在身，要是晚上没点念想，名次肯定不好看。"

这简直是赤裸裸的要挟。

谢井原无奈地伸手，钟季柏赶紧笑嘻嘻地重新奉上菜单。

"有两个我不会做。"

没想到他还真厚颜无耻："不着急，离吃饭还有好几个小时，你可以慢慢看菜谱研究。"

谢井原扬了扬手里的书："我还要不要做题了？"

"你最棒了，肯定能兼顾的。"

谢井原无言，盯着他。

钟季柏乐观地飞跑远去："我现在觉得浑身充满了力量！我去比赛了！晚上见！"

谢井原内心无力，还不忘追加一句："先去医务室。"

芷卉在花坛边揪了一堆树叶，闷闷不乐地回到看台，给参与接力赛的女生分配任务。云萱全程把头别向虚空，看也不看她。闹别扭是冷战也算好了，偏偏她还要从中作梗，芷卉把她排第二棒，她马上跳出来反对，理由只是不想接芷卉的棒。

做班长的苦口婆心："最后一棒需要冲刺，你刚跑完200米，体力可能跟不上……"

云萱白眼一翻:"我的情况我知道,不用你提醒。"

"要不换成第三棒?"

"不是最后一棒我不跑。"

置这种气到底对自己有什么好处?芷卉拗不过她,只好作罢:"好吧,好吧,那……何琳,你跟云萱换一下,好吗?"

[22] 真奇怪,我好像昏睡了整整两年

接力次序矛盾刚解决,吴女士又插一杠子,冷言冷语地在一旁嘲讽:"换排位有什么用,也不见你们拿个名次。"

平时芷卉当然不敢反驳,可眼下无名之火积压在胸口,忍不住顶嘴:"吴老师,我们集体长绳拿了第四名。"

"第四名,连领奖台都上不去,还好意思挂在嘴边。"

"钟季柏的项目还没决赛呢,还有好多男生田径类……"她的话还没说完,就被打断。

"整个上午输得一败涂地,下午还有什么可期待的?K班K班,就没有一样优势上得了台面。"

云萱刚才还在和芷卉较劲,遇上吴女士变着法地打击人,又模糊了立场,忍不住插嘴:"也许只是我们的优势没在这里展现。"

"那你们的优势潜伏期未免太长,我教了你们三年都没发现。"

云萱不服气:"当然了,您的衡量标准只有成绩和名次,再教十年也不可能真正了解我们。"

"恐怕没有老师会想再教你们十年。"

吴女士烦得要命,真恨自己带的班怎么这么多女孩子,她们的优势就是吵架数第一。

云萱正想反驳,却瞥见芷卉正崇拜地看着自己,发现自己居然在帮敌军摇旗,别过头不再说话。

芷卉顶上阵来:"至少大家上场的时候都在努力,我觉得这就已经很可贵了。"

吴女士又从鼻子里哼出一声:"努力之后获得成功才能被称作努力,不然那就是无用功。"

芷卉嘟囔道:"有人拿第一,就肯定会有人拿倒数第一啊,不能因此就否定其他人的付出吧。"

"那你们努力付出去跑倒数第一吧。"

芷卉还要开口，听见广播通知"请参加接力赛的同学到赛道就位"，只好带领大家下场准备。

吵架以吴女士班师得胜告一段落，她转了几个小时逮不到京芷卉干活，积压的怒气终于得以纾解。

几个女生却不承认自己铩羽而归，只是战了个平手。

吴女士时不时跳出来一通无差别扫射，客观上似乎有助于增强集体凝聚力，让大家统一战线，成功消除了内部矛盾。

芷卉站上跑道，往隔了整个操场的方向望去，不确定云萱对自己的怨恨有没有稍稍减少一点。伴随着发令枪响，女孩们急速奔跑。

校园广播却突然扰乱军心："三年K班谢井原来稿，为4×100米接力赛的京芷卉同学加油。"

什么鬼？

芷卉被惊得差点左脚绊右脚。

"你栖于九月苍茫的洪流上，理想长于跑道一万丈。你梦中胜利的远方白茫茫，希冀不惧脚步的惆怅……"广播声在耳畔绕，"你在赛场上乘风破浪，头戴彩云，步伐响响。坚毅的灵魂在远航，去拥抱你日复一日的梦想……"

开什么玩笑。

这不是他。

谢井原怎么可能是这么张扬浮夸的风格。印象中的他总是冷静内敛，偏是这样，一个有温度的眼神才让人心生波澜，一字一句都显得珍贵。所谓吉光片羽，是带着稀有的附加意义。

因为如此，既然如此。

为什么她又总是被错位的表达惹恼，明知他不那么擅长表达。

她迈着步伐反思着，好像也没那么生气了。

退一万步说，好歹是万年第一，公开告白的文采哪可能这么差，显然是谁在恶作剧。

她稳稳地把接力棒递到何琳手里，停下来撑着膝盖大口喘气。

可她心里还是觉得委屈。

谢井原在想什么，她总是一点都猜不到，偶尔他不小心说几句带着歧义的话，她却不敢往歧义方向理解。

绝大多数时候他不苟言笑，让身边每个人不可避免地认为自己被讨厌了。

来这么一个横空出世的"惊喜"，她却努力把瞬间紊乱的心跳镇压回去。

这才是悲哀。

她有点晕眩了，直到脑袋被什么硬物轻轻触碰才回过神，抬眼一看，是钟季柏在给自己递矿泉水。

男生揶揄道："第一次见你跑那么快，分享一下心得啊。"

芷卉直起身，接过水猛灌了几口："第一棒很重要，我不反应快点，后面的运动员会有压力。"

他坏笑着："不是因为谢井原的广播稿？"

她佯装无动于衷："少装蒜，别以为我不知道是你的恶作剧。"

男生一脸无辜："和我有什么关系？"

"别装。"

"真不是我。"

芷卉懒得跟他缠斗："云萱跑最后一棒，你拿着水去终点等她。"

"为什么让我去？"

"她有话要和你说。"再怎么助攻，也只能在这里止步了。

钟季柏虽然怀疑其中有诈，但脚步还是迈向了赛道终点。

与此同时。

K班看台上全体同学一致望向谢井原，有些人对他竖起大拇指，有些人意味深长地点头。任凭他如何澄清"不是我写的"，大家皆不采信。

梁涉起了个头："哎，4×100米接力，有四名选手你知道吗？怎么就单单给班长写广播稿啊？"

几个男生附和着哄："就是！"

"我没有写过广播稿。"当事人再次重申，反而让大家笑得更厉害。

简直是跳进黄河也洗不清，谢井原放弃抵抗，目光从人群中揪出鬼鬼祟祟正偷笑的溪川："你干的？"

"稍稍代劳抄了几张广播稿。"女生痛快承认，"不用谢我。"

"几张？"

溪川翻着眼睛回忆，伸出两只手："还有十张。"

男生无奈："你想写就写，署我的名干吗？"

"那能一样吗！听我的稿，她顶多跑成小卡车，听你的稿，那就是火箭啊。"

"听不懂你在说什么。"

"总之，是为你做了一点微小的贡献。我个人认为，非常真诚地传达了你的心意。"

男生若不是及时低下头，恐怕掩饰不住嘴角泛起的笑意。

他确实脸皮薄，公开告白这种事做不出来，但这不代表有人代劳他不领情。京芷卉小孩子个性，没心没肺的，有点惊喜能雀跃半分钟，来点打击也就沮丧半分钟。

能让她开心半分钟也是好的，等醒过神来——

她大概也不会特别在意少个仰慕者。

K班从芷卉的第一棒开始一路领先，好多女生见胜利在望，都忍不住跳下场跑过草坪去加油。云萱在震耳欲聋的欢呼声中第一个撞线，力气在最后一秒从地表泄走，好胜欲终于被满足。

她回望着终点，受气氛感染有点热泪盈眶。

一瓶水被递到面前，云萱抬头，见是钟季柏，没控制住情绪，脸红到耳根："谢谢。"

好在男生粗枝大叶，压根没瞧出端倪，只问："笨京说你有话跟我说？"

她是有话想说，话到嘴边却突然喘不过气。

"我……我呼吸困难。"

操场外缘那一排树下，这里离各教师办公室最远，老师们一般逛不到这边来。

他们一前一后走到这里。

云萱回过身，迎上钟季柏"干吗这么大费周折"的表情，突然有点退缩，差点想掉头就走。

但他微蹙着眉，语气温和地追问一句："嗯？想说什么？"又让人走不开。

云萱深呼吸，眼一闭，心一横："我、我喜欢你很久了。"

钟季柏愣在当场，眼睛瞪得好像要脱眶而出。

云萱抬起眼睑看他，又飞快地闪开："从第一天走进K班开始，排座位分到和你同桌的时候，我整颗心都快要跳出来了。"

不知为何，她说着说着，心绪逐渐平静下来。

"真奇怪……我好像昏睡了整整两年……"

温柔的秋风把她的刘海轻轻拂起。

"明明就坐在你身边，却从来没想过告诉你……"

男生打断道："好啊，那就交往吧。"

云萱一脸错愕地抬头，他的表情全然不是平时插科打诨时的模样，既不开怀，也不亲切，仿佛突然以光速离自己远去，眉眼都不是她熟悉的状态。

见他冷漠到不带一丝温度的神色，她有种不祥预感。

果然他接着说："不过，要等到一百年以后。"

女生一颗心坠到谷底，不知所措地看着他与自己拉远物理距离。

她真是太不知天高地厚，才会觉得自己和其他女生不一样。

不过是冲昏了头脑。

她清醒多过失落，只觉得刚才跑步用尽了全力，这会儿肾上腺素消失殆尽，腿吃不住力，不得不在路边坐下。

芷卉从一开始就偷偷摸摸地跟在墙后探头探脑，云萱也早就注意到了。

这会儿芷卉终于现身跑过去，战战兢兢地坐在她身边，不太敢给她一个拥抱，欲言又止半天，像干了坏事的小学生："对不起，我没想到他这么差劲。"

云萱的眼圈红红的，没反应。

"他好像根本听不懂你在说什么，也不能理解你的感觉，我真傻，两年都没发现他是这种人。"

云萱木然地盯着地面，依然没有回答。

"不知道说出来能不能让你好受一点，我比你更惨，我喜欢的男生甚至很讨厌我。"

云萱终于有了反应，扭过头看向她："哪个男生？"

"谢井原。"

"开什么玩笑？"云萱眨巴眨巴眼睛，努力调动停摆的思维，语气机械得如同语音助手，"谢井原一看就喜欢你，要不怎么会为了你转来K班？"

"就像我觉得钟季柏一定喜欢你，要不怎么会为你挡长绳？"

云萱又沉默了。

"因为我对A班的朋友提过。是谢井原撞了我，所以我缺考掉进K班，她们为此谴责他是肇事者，烦得他受不了才转班的。"

云萱忍不住说过去："A班那些只是同学，算不上朋友，她们也不是为了你。"

芷卉想了想："可能吧，反正谢井原现在肯定更讨厌我了，他刚才还诅咒我摔跤。"

虽然她知道他只是情商低，没有恶意，但或许是看云萱太伤心了，忽然间变成卖惨大会，不比告白被拒更惨，起不了安慰作用，口不择言也就成了诅咒。

云萱疑惑不解："不是写广播稿了吗？"

"那一听就不是他写的，他是个冰箱。"

"我看已经不制冷了。"云萱半合眼睑，模仿谢井原一贯的表情和语气，

"京芷卉，集体不在乎你，我在乎你。"

模仿得太像，篡改过的台词又过于狗血，芷卉笑出声："神经。"

正在此时，她们身后远处看台上传来一阵巨响。两个女生闻声左顾右盼，同时站起来张望。

"怎么回事？"云萱问。

距离太远，看不出发生了什么，芷卉迟疑地摇头："遮阳棚塌了？"

"是A班吧？"

"是A班。"

[23] 说到底，她一点都不想成熟

顾钦钦看起来甜甜美美不像有心计的样子。为什么答应了要跑接力，临场又变卦？

攻略作战本上她的名字已经被画过表示成功的红圈了，如今又打了个问号。

芷卉把脸支得变了形，注意力却全然不在这个名字上。

女生间的友谊看似复杂，其实只是微妙，因为敏感得旗鼓相当，一个眼神可以预示分道扬镳，一个笑容又能冰释前嫌。

她想的就是云萱。

云萱潇洒率真，有少女心也有少年气，芷卉承认，比起她，自己不够磊落，很少直抒胸臆，总是拐弯抹角、词不达意，差距还不只如此。

入学典礼的演讲台边，是云萱从手腕上摘下猫头鹰手链说是护身符塞进芷卉手里，又把她从侧台硬推出去，她紧张得卡了壳，鼓励打气比爱心的人也都是云萱。作为朋友，云萱没半点对不起自己。

问题就出在分了班。

芷卉很快就融入了新的集体，在A班有了新的闺密，而云萱还傻傻地等在原地。放学时云萱拿着两份关东煮等在校门口右侧。李悦她们在左侧朝自己招手，芷卉稍作犹豫，选了朝夕相处的那边。

渐渐地，云萱每次约她出去玩，她总是和新朋友另有聚会，云萱发过来的聊天微信，她的回复时间也越来越延迟。

云萱说这些举动意味着她在心里把她拉黑。

其实算不上拉黑，芷卉觉得只是顺其自然。生活中总会有些朋友因距离而疏远，联系人中的一些没闹过别扭吵过架，也会慢慢变成一个沉默的名字，再打招呼也不用重新申请验证，但你知道彼此不会再打招呼了。

115

是带点成熟意味的灰色关系，也没有特别撕心裂肺的谁对不起谁。

云萱却不依不饶地穷追猛打，说到底，她一点都不想成熟。

晚饭时妈妈唠叨起她和同学相处的问题，虽然要笼络人心，不过也别浪费太多时间："你们不是一类人，毕业后，你跟他们的人生就不会再有什么交集了。"

但以后的事谁说得准。

她以为和云萱之间隔了九个班级，已经离得够远，可一夜间她又被打回原形，示过好吵过架，好像不用多余的磨合，又回到能聊起暗恋对象的亲密。

大陆板块还会漂移呢。

妈妈说，待在那种差班，说明没有自我管控能力，学习是最简单的事情，连学习都做不好的人能有什么出息。

芷卉反驳道："在K班未必学不好，年级第一不是也在K班吗？"

"说到这个。"妈妈又絮叨起来，"你要防着点谢井原，K班不比A班，分到的资源有限……"

女生有点无语，学渣不是一路人，学霸又得防着，横竖自己不能有朋友就对了。

难怪妈妈没什么朋友。

星期一早读课，云萱不在座位上，芷卉有点在意。她平时住校，按理说不会迟到。问过同样是住宿生的顾钦钦，钦钦摇着头说没看见。

在意的人不止芷卉一个。

吴女士进了教室，钟季柏恶作剧般举起手："老师，我要举报！云萱迟到。"

幼不幼稚？芷卉在后座踢他椅子。

男生回头咧嘴一笑。

没想到吴女士轻描淡写道："云萱嘛，被记过处分，停学两周。"

前后座的两人同时严肃起来，正襟危坐看向讲台。其他同学也纷纷抬头。

还是钟季柏发问："为什么？"

"运动会引发事故，造成A班同学受伤，最开始是她用矿泉水瓶砸了A班同学才引发矛盾，捅了这么大的娄子，当然要付出代价。"

芷卉心急地举手："老师，云萱不是故意的，她扔瓶子的本意是跟我闹着玩。"

吴女士顿时恼火，京芷卉以为她求情管用吗？闹着玩也要讲分寸，她正好觉得这群女生没一个有分寸感。

"不管有意无意，造成了后果就应该承担责任！"

"那为什么真正闹事的A班和B班不用担责？"

吴女士愣了愣："那不一样，他们要备考。"

"我们也要备考。"芷卉说。

吴女士把矛头指向了全班："你们看看自己散漫的状态，像在备考吗？"

教室里一些人这才坐直。

芷卉还想再说什么，被溪川拉了拉衣角小声劝道："没用的，都是借口。"

"不能就这么算了，云萱只不过扔了个空瓶，她怎么知道A班和B班后来会闹到砸塌遮阳棚？飓风过境怪蝴蝶扇动了翅膀吗？"下课后芷卉依然愤愤不平。

谢井原头也不抬，从后排抛来一句："你别管这事了。"

"为什么不管？云萱这是受到了不公平待遇啊。"她忍不住回头转向后排。

溪川见气氛有点紧张，急忙插嘴："估计云萱自己都不会在意吧，以她的成绩反正上不了重点大学，停学两周其实也没什么影响。"

"不仅是影响成绩，处分记录在档案里会影响她的将来。"

溪川说："我看云萱也不像对将来有规划，而且你俩不是一向有点不对盘吗？怎么突然又上演姐妹情深的戏码了？"

芷卉瞒不下去，也觉得没有再瞒的必要，小声开口："我们，其实是发小。"

溪川瞪圆了眼睛："啊？那她干吗老为难你？现在的发小都这么相爱相杀？"

"我和她一起报考圣华，我被分进A班，她在K班，A班的人向来看不起K班，我为了面子……疏远了她。"她言简意赅，"但是我一直都很后悔。"

居然还有这种前史。

谢井原诧异地抬头看她一眼，回想她高一进校时的状态，和同班同学迅速打成一片，但的确没见她有其他班朋友。

当时没觉得反常，因为大家都知道她来自那个有名的小班化教育的私立初中，其他大部分同学来自公立初中，她的母校毕业生本就少，一大半高中就出国了，剩下的分散在全市二十来个市重点里，一个初中同学没有也不足为怪，没想到本校K班居然藏了一个。

溪川有点为难了："那你打算怎么办？"

"我一定不会让她停学的。"她坚定地说，心里却没底，也不知有什么办法能说服吴女士，要撤销处分还得吴女士帮着她说服年级主任。

芷卉特地买了两杯关东煮去寝室看云萱，她在收拾衣服准备回家。和溪川预想的一样，云萱自己并不在乎，说是两星期就当放假，反正本来也考不上什么好大学。

她记得云萱小时候有文体特长，一直都想考上海戏剧学院。云萱却说她妈反对，不让她当演员，因为演员太复杂不好找对象。

怎么每个妈妈都这么不可理喻？

两人坐在床边嘀咕，感情是增进了，却没想出什么撤销处分的实际对策，直到溪川也跑来凑热闹。

小鬼灵精眼珠转了转："学校摆明要袒护重点班，如果我们把他们一起拉下水呢？"

大课间做完广播操后，年级主任在观礼台上开始宣读对云萱的处分，刚说到"停学"两个字，芷卉就从方阵中蹦了起来："马老师，我要举报！"

年级主任眯起眼睛四下张望寻找声源。

芷卉本来就站在K班前排领操的位置，两三步就蹿上观礼台，把一头雾水的年级主任从话筒前挤开："我是高三K班的京芷卉，同样参与了此次事件，我自愿接受处分。"

怎么宣读处分还有抢麦的？

这倒是开天辟地头一回。

台下一片哗然，同学们看热闹不嫌事大，脸上都现出丰富生动的表情，一扫先前的萎靡。

谢井原事先完全蒙在鼓里，看向芷卉的眼神有些担心。

溪川则在人群中偷偷给她比了个大拇指，也不管她看不看得见。

年级主任蒙了几秒才反应过来，挠挠自己额头："你干什么？赶紧下去！"

芷卉不但没下去，还把话筒从年级主任的眼皮底下拎到一旁。

"但是我也希望A班、B班引发事故的同学能站出来一起领处分……"

学生们兴奋得开始起哄。

她继续说道："圣华中学自建校以来，一向秉承平等自由的治学理念，我相信学校绝对不会因为成绩差别就区别对待学生，希望老师们一视同仁，公平处理。"

帽子扣这么大，让年级主任不好潦草搪塞，他面色难看地解释："当时的场面比较混乱，讲不好具体是谁引发的事故。"

"如果找不到始作俑者，那我觉得A班、B班全体学生都应该为此负责，接受处分。"芷卉将话筒对准年级主任，"马老师，您觉得这样处理好不好？"

年级主任有点骑虎难下："呃……这个。"

台下A班、B班学生炸开了锅，难以置信地交头接耳。

"京芷卉发什么疯！"

"在K班待久了，脑子坏了吗？"

"我也得领处分？我是围观群众啊！"

A班因为是她从前的同班同学，愤怒比B班更胜一筹。

年级主任把芷卉直接从观礼台上拎回了办公室。

"对学校的处分有意见可以私下提，现在这是干什么？逞英雄啊！"

芷卉往吴女士那边瞥了一眼："我跟吴老师提过……"

吴女士马上打断了她，话却是对年级主任说的："是我没有管教好学生。"

谢井原没跟着大部队回教学区，而是绕到办公楼，刚走到英语组门口，就被已经躲在门外偷听的溪川拖到她身后。

"这位同学，偷听能不能讲点技术？哪有你这么大大咧咧的。"

谢井原没说什么，乖乖贴墙站着。

里面传出芷卉的声音。

"马老师，我只是陈述了事实，圣华的治学理念是……"

话没说完就又被年级主任挥着手吹胡子瞪眼打断了。

"你知道校训校规还能干出这事？现在学习本来就紧张，你闹成这样是想干吗？登月造反哪？"

溪川回头用手肘戳戳谢井原："你觉得能成功吗？"

"你支的招？"

"嗯。"

"你怎么自己不出头呢？"谢井原用眼角斜看她。

"芷卉的地盘，芷卉的发小，你懂不懂啊。"

"地盘？"男生忍不住笑起来，"怎么标记的？"

溪川脑海里闪过动物界通行的标记方式，踹了谢井原一脚："滚。"

谢井原没滚，指了指办公室："刚进去那个，A班李悦。"

[24] 就您这眼力见儿，基本告别谈恋爱了

溪川又竖起耳朵专注听墙角。

"你说的是实话？"年级主任问。

119

叫李悦的女生点头："很多人都看到了。"

"叫他来一趟办公室。"

李悦匆匆跑出办公室，没注意到贴墙偷听的两个人。没过几分钟，一个男生进了英语组。

谢井原继续场外解说："A班李元。"

该男生对肇事元凶的指控矢口否认。

年级主任说："你身为优等生，竟然带头挑事，知不知道这个影响有多恶劣？"

"真不是我。"他想了想，突发灵感，"马老师，我知道了，起头扔东西的是林峰！"

年级主任将信将疑："林峰？你真的看到了？"

"就是他，我想起来了。"

谢井原差不多已经能预见将会发生什么连锁反应，没悬念。

他一边笑着摇头，一边决定滚了，谁知从办公室门口经过时被年级主任逮个正着。

"谢井原！你去A班把林峰叫来。"

林峰对老马的召唤习以为常，倒是对谢井原被支使来跑腿十分惶恐，向英语组飞奔而去。

江寒看见谢井原也诧异："怎么回事？"

"马老大找他。"谢井原倚着走廊扶手随口问江寒和时唯，"到底是谁最先乱扔东西？"

江寒耸耸肩："不清楚，那时候我和钦钦早溜出校了。"

谢井原的目光转向时唯。

时唯笑："就算知道是谁也不会告诉你，你看我们俩像那么容易叛变的人吗？"

谢井原走到她跟前一手支着窗台，低声循循善诱："你不是京芷卉的闺密吗？"

"对啊。"班长见招拆招，笑眯眯反问，"那你是京芷卉什么人？我干吗告诉你啊。"

谢井原无语，听见身后响起的女声很熟悉："张启，你们班主任找你。"

他回头一看，柳溪川也被差来跑腿了。

谢井原对时唯接着说："你们班叛变的人有的是，打小报告都展开多线了。"

时唯刚想反呛，团支书从前门露了个头，语气中的敌意明显："谢井原，回你的K班去。"

策反失败。

回英语组的途中，溪川一直笑。

谢井原诧异："好好的，怎么又疯了？"

"最后让你回K班的是班长男朋友？"

"谁？"谢井原很快反应过来，"不，那是团支书。"

"团支书追班长？"

谢井原又一愣："你在影射什么？A班没有。"

"你们A班太暗流汹涌了。"溪川又笑起来。

"暗流？"男生一脸蒙。

溪川恨铁不成钢地睨他一眼："谢井原你要是真喜欢京芷卉，以后别那样跟女生说话。"

谢井原依旧一头雾水："哪样？"

"靠那么近，站窗口，耳语。"

"有什么问题？"

"画面太美，令人眼瞎。"

再追问下去，谢井原都要觉得自己像个智障了，他选择闭嘴。

横跨两栋教学楼，下三层，转弯四次。

他自己好像想明白一点："你的意思是，京芷卉和时唯的闺密关系不那么真诚，对吗？"

到底是什么样的思路才能得出这么离谱的结论啊！

溪川差点当场吐血。

谢井原的不着调属性藏得很深，深到他自己都不知道。

溪川非常想直言：就您这眼力见儿，基本告别谈恋爱了。

她只好换了个婉转的表达方式。

"错远了。"

等她和谢井原回到英语组门外偷听，不仅办公室里A班人简直挤得站不下，连办公室外的前排偷听位置也被占了。

一溜小跑先到的张启正在喊冤："马老师，我承认我参与了，但起头的绝对不是我啊。"

"好几个同学都指认你了，你说实话，我还能考虑从轻处罚。"

"那是指认吗？那是造谣啊！我也是看林峰被砸才开始往B班扔东西的，谁让我有颗友爱之心。"

年级主任用文件夹对着他的脑门拍了一记："这算哪门子的友爱！林峰自己都说是你先动手的。"

张启震惊地转身，从人群外挑出林峰："你出卖我？"

林峰懒懒地耸肩："本来就是事实。"

"别仗着操场没监控就扯淡。"

"你看我被砸才扔的？谁扯淡？狗扯淡！"

"翻脸不认人，是吧？你行。马老师，我说错了，不是林峰被砸，是林峰砸人。林峰就是起头的，我有证据。"

"有证据早拿啊。"

"他扔去B班的鞋，捡回来的时候跟别人拿错了，他现在脚上穿的两只码数不一样，你让他脱鞋验。"

全体低头看林峰的鞋。

"我大小脚，鞋码不一样犯法啊？"

"但B班肯定有人看到最先飞过去的东西，这么骚包的颜色，一眼就能认出来。问问他们就知道了。"

林峰急了："马老师，这种漏洞百出的推理，你可不能信。我认为最先举报同学的人才可能是罪魁祸首，想掩饰犯罪事实的动机很明显嘛。"

这招祸水东引用得及时，一时间办公室里的各位都开始回忆谁才是第一个打小报告的。

"我看到最先进办公室的是余贺。"

"这锅我不背，我是被赵知瑞叫来的。"

"我才不是第一个，我进办公室的时候，马老大这儿已经有四个人了。"

年级主任顿了会儿："李悦，你最先说是李元起的头，有没有其他同学看见？"

全体又看向李悦，安静两秒，突然炸锅。

"李悦你不是吧，还是你叫我统一战线闭嘴的。"

"你当时根本没去买水，我不举报李元，难道举报你吗？"

"那我又做错了什么，活该被举报？"

"李悦你别转移重点，贼喊捉贼玩得溜啊。"

"你们别想冤枉我，林峰你扔的是鞋，跟扔纸的性质能一样吗？纸能伤人吗？"

"别吵了！"年级主任被吵得血压升高，烦躁地揉了揉太阳穴，拍了拍桌子，"都闭嘴！马上就高中毕业了，看看你们像不像大学生？是不是要回小学重读？"

所有人安静下来。

"A班、B班凡是扔过东西的，不论先后，全部给我回去写1000字检讨。"

还有人想抗议，年级主任指过去："再说就2000字。你，京芷卉，你跟云萱3000字。"

芷卉乐着央求："一视同仁啊，老师。"

"见好就收吧。"年级主任瞪她一眼。

整风肃纪抓典型的事，最后变得不痛不痒。年级主任整个上午都沉着脸，越想越奇怪，以前在A班，京芷卉算得上是模范学生乖乖女，最近却接二连三写检讨："她胆子怎么突然那么大？是不是谁帮她出主意了？"

"也许是。"吴女士说。

"是不是你们班那个，钟季柏？"

吴女士想了想："他虽然心思不在学习上，但没坏心眼，应该想不出这种主意。"

"那个孟冬呢？你不是说她挺会闹事的？"

"孟冬跟云萱关系是不错，但跟京芷卉就一般了，抱团的可能性不大。"

K班经常被吴女士拎到办公室训话的也就那么几个人，年级主任只记得这两位的名字，再提不出其他选项。

吴女士自己提名一个："会不会是柳溪川？"

"柳溪川？"

"柳溪川在阳明可是有过先例的，带着学生会瞎闹，学校都拿她没办法。"

年级主任想起来了："啊，那个，我也听说过。"

阳明和圣华的办学风格差异极大。

阳明把素质教育推向极致，任课老师只教课，学生管学生，全校负责管理学生会的只有两位老师。这种自主管理的做法，从前是阳明校长最引以为豪的。

不过他们学校在考场上也不逊色，因为全校实行寄宿制，每天晚自习上到九点，学习时长取胜，高考重本率和圣华不相上下。

阳明在学生自主管理体系下一直运转良好，直到去年秋冬学期，担任学生会主席的男生忙着参加高中数学联赛，外出集训了。柳溪川代行其事，因一次打架冲突事件处罚不公，与老师产生分歧，矛盾愈演愈烈，最后激化到全体学生干部

123

停工抗议，严重影响了学校的运转。阳明这才开始反思，把管理权完全交给这群没过叛逆期的冲动孩子是否合理。

圣华之类的重点中学乐得看了场热闹，柳溪川在这场闹剧中声名鹊起。让她更出名的是后来四次区统考的文科第一，阳明都不知该拿这小叛逆分子怎么办才好了。

留着吧，爱作妖；走了吧，又可惜。

最好是能去其他学校读完书回阳明高考，所以才变成眼下的局面。

从她进K班第一天起，吴女士就没看好过她，早觉得她是个刺头了："柳溪川太散漫，一点规矩也没有，又喜欢耍小聪明，这种主意十有八九是她出的，带得京芷卉那几个人也越来越不像样。"

"这不行啊，你得对她们敲打着点。K班学生成绩不好就算了，还带头搞这种事，传出去让其他学校笑话。"

她上次闹腾就让阳明成了笑话，年级主任隐隐担忧，在圣华重演一遍，他可吃不消。

领了年级主任强调的任务，吴女士决定速战速决。

弱小而无辜的柳溪川紧盯讲台前墙上的时钟，肚子都快饿瘪了。

分针动了一格，十一点五十分。

下课铃响。

政治老师刚开始收拾教案，她已经从座位上蹿了起来。

吴女士一秒没差地出现在门口："柳溪川你干吗去？"

女生愣住："吃饭啊。"

"开学第一天，我就强调过班规，后面五个班要晚十分钟吃饭。"

溪川的肚子又咕咕叫了两声。

"开学第一天我还没来，怎么可能知道。"

"那你现在知道了。"

"知道了，而且要对这条所谓的规则提出抗议。"

"在K班就得遵守K班的规矩，没什么商量余地。"

"意思是……学校把学生分成了三六九等？教育司知道圣华是这种办学方针吗？"

"这可不是学校分的，是大家的成绩自然分出了实力等级，相应地，享受的待遇也会随之变化。就像工作后，能力高低自然决定薪酬，这也是通行的社会法则，世界上从来没有绝对的公平。"

吴女士唠唠叨叨一席话，她全是跳着听的，

"偷换概念谁不会？我认为更接近'按劳分配'的做法是，根据老师的教学水平决定老师的饭量。"

全班低声议论起来。

她接着说："而根据学生成绩决定吃饭时间不是社会法则。我们和A班学生交了同样多的学杂费，理应享受同样的资源、同样的待遇，因为我们学生在学校里是消费者和被服务者，而不是劳动者。"

吴女士立即反击："最初学校给每位学生的资源待遇都是相同的，没错，是谁造成了现在的'区别对待'？还是你们自己啊。自己不努力学习，落在K班，当然不得不遵守K班制度，不公平、不平等都是你们自己的选择。只有弱者才会天天嚷着要求公平，什么时候听见强者感慨不公平了？"

"吴老师您记错了吧，我可不是因为成绩差才转学的。"

吴女士双手抱臂往门边挪了挪："我不管你在阳明怎么样，但这里是圣华，你别把在阳明的坏毛病带过来影响同学。"

"我影响他们什么了？"

吴女士提高音量，看向芷卉、云萱："不要以为我不知道今天操场闹事是谁出的主意。"

溪川笑，低声道："原来是因为这个。"

吴女士看回柳溪川："也不要以为成绩好就能为所欲为，在我的班级里，分数不能代表一切，就算你考上状元，不懂规矩带坏同学，在我看来也是不及格的学生。"

还有完没完了？

谢井原抬头插了句嘴："一边让成绩好的班级受优待，一边说分数不代表一切，太矛盾了吧。"

吴女士语塞，愣住。

溪川笑着指了指墙上的钟："晚十分钟的吃饭时间也已经到了。"

吴女士警告道："总之下次别再让我看见你们提前出来。"

[25] 我觉得谢井原对柳溪川不太一样

柳溪川叫上芷卉、云萱去吃饭，芷卉却在座位上磨蹭，让她先走。

"我还不太饿。"

"那我先去占位子排队，看看今天吃什么。"溪川起初没放在心上，谁知芷卉又推了一句："那个，我和云萱今天想订外卖。对吧，云萱？"

云萱有点蒙："嗯，对啊。"

订外卖本来也可以一起订。

但溪川感觉到气氛有点不对，僵持了一两秒，肚子太饿，只好先不纠缠。

芷卉和云萱走在去侧门拿外卖的路上时，云萱看她快快不乐，才问："你怎么了？"

"我觉得谢井原对柳溪川不太一样。"

云萱不以为然："不会的。"

"他俩在一起就特别有话说，我都插不上嘴。你没注意吗？谢井原刚才还帮她说话。"

"是啊，他俩确实走得近。但他也给你让过表呀，全校轰动啊！"

芷卉苦恼于怎么还有这么多人没跟上剧情，当初要是谢井原在广播里公告一句，她就不用一遍遍解释了。

"那是因为他想考交大。"

云萱的解决方法简单粗暴："你要是不喜欢柳溪川，我去帮你排挤她。"

芷卉笑："得了。"

"让她收敛点，别总在谢井原面前晃。"

这大概很难实现，和芷卉一样，她的座位就在谢井原面前。

而且话说回来："她对我还挺好的。"

"你不怕谢井原被抢走吗？咱们最近别理她了。"

"千万别，我才没那么小心眼。"

芷卉也就跟闺密随便嘀咕两句，并不想真的拿出什么反击措施。

云萱也有烦心事："谢井原还好，钟季柏才气人！之前刚拒绝过我，结果我回来上课，他跟不记得似的还欢呼起来了，不知道在想什么。"

"是啊，他早上还举报你迟到。"

"他是人格分裂了吗？"

谢井原在自行车棚取车，一抬头见钟季柏跟一伙男生成群结队从眼前走过去。

其中有几个眼熟的是篮球队的，但一群人招摇过市的架势显然不是去打篮球。

不务正业。

"钟季柏！"

钟季柏回了头，看见了他，站在原地没动，两人间的距离有30米。

"回家，打游戏。"谢井原又喊一声。

钟季柏依然没动，神情有点犹豫。

"赶紧的。"谢井原催促。

钟季柏没辙，跟身边哥们儿商量了几句，朝谢井原跑过去，大部队没等他，出了校门。

他到了谢井原跟前，谢井原说："我上楼拿书包。"

这句话你不能在远处说完直接上楼吗？

谢井原拿了书包下楼。

钟季柏问："你今天不开心？"

"开心。"

"你开心的时候才不会主动找我打游戏。"钟季柏停顿，"因为谁啊？京芷卉？"

谢井原经过提醒才觉得自己确实有理由不开心，顺着他的话说了下去："不知道怎么我又惹她生气了。"

"确定？上午不还好好的？"

"对，上午还好好的。刚才最后一节课测验，她压着答题纸一小时不传给我。"

"哇，这也行？那你告老师啊。"

谢井原笑起来："告状这种事只有你做才可爱。"

"就冲你夸我可爱，我也要替你报仇。以后测验我都直接把考卷传给你，跳过笨京，不给她。"

"你几岁啊？"

秉着言出必行的原则，谢井原晚上真的陪钟季柏打了两局游戏。

游戏打完，气也顺了。

谢井原一边看考纲，一边问他："你今天是要出去闹事吧？"

钟季柏看着他愣了愣，觉得他那么瞄一眼就洞悉真相挺神奇："去阳明堵人。上次赛场上有点摩擦，没想到他们事后报复把我们队张磊打了，高二的张磊。"

"阳明的谁？"

"你不认识，一年级小屁孩。"

"一年级？"连谢井原都诧异好几秒，"这才入学一个月。"

"是啊，欠不欠修理？"

"你也知道，那你三年级去打一年级是不是以大欺小？还带人，丢不丢人？"

"我没想打他，就想吓唬吓唬……你等等。"钟季柏刚想起来，"吓唬得怎么样也不报告一下，我打个电话。"

打完电话，他的脸色更难看："打起来了。丢人丢出银河系。"

"你怎么不先向我妹打探一下敌情？"

钟季柏没理他这茬，沉浸在自己的世界里："星河滚烫，圣华没法待了，我要转学去阳明。"

谢井原笑道："所以我把你叫回来是对的，三年级适合隐退江湖，免得晚节不保。"

"说不定我去了就赢了。"

"可这又算什么辉煌战绩？"

钟季柏答不上来。

关于隐退江湖的说法，其实是谢井原自己的心声。

不提钟季柏他们体育领域一岁一个世界，就是竞赛这方面形势也危机重重。

谢井原高一就进了春季的全国集训，当时圣华甚至没有国际赛事的经验。高二时他拿到IMO金奖算水到渠成。本来高三打算功成身退，也算圣华竞赛界元老了，没想到马老大突然折腾这么一出。

他没法跟任何人说，心里也悬得紧。

局限在圣华竞赛班范围内，高一新生谭皓、崔璨、祁寒他们的水平，也已经超过了高三的蒋璃，感觉都是那种从小学开始就朝竞赛之路狂奔的，中间没有蹉跎和探索。

谢井原拿不准在丢了专业几个月后重上战场会发生什么，除了怕耽误高考复习，其实他还有这层顾虑。

他答应了去参赛，跟老马谈的条件是走到冬令营为止。

他自觉不是天赋异禀。

柳溪川不知从哪里得到消息，知道了他被老马逼去参赛，可能是在数学组偷听了议论，一路跑过来追问："你是不是只有参加竞赛才能拿到保送推荐？"

"拿到名次才有保送。"谢井原实话实说。

"什么时候比赛？"

"寒假，不过先要集训一段时间。"他自动忽略了十月的初赛。

"那这段时间你的高考复习怎么办？"

"暂搁。"

"万一没名次呢？"

"没保送。"谢井原顿了顿，进一步补充说明，"只有被保送，我才能选理科专业，不然只能参加文科高考。"

柳溪川的眉头拧起来："我实在看不懂圣华这种操作。阳明那边高三参加竞赛的不是没有，但都是保送打底。"

"很容易看懂吧。醉翁之意不在酒，就是为了逼我参加高考。"

"那有没有后悔过转来K班？"她接着说，"如果在A班，你就不必纠结于文科理科了。"

"转来K班的时候，我都考虑过了。"

"结果还不是没逃出马德堡的魔爪，智者千虑必有一失啊。"

谁？

哦，马德堡，年级主任有点谢顶。

柳溪川这张口就来的水平和钟季柏有一拼。

全年级百分之九十叫出圈的绰号都是钟季柏起的。

"自己选的困难模式，不打穿有什么意思？"

"帅！"她停了两秒，又起了八卦之心，"那你打算告诉芷卉吗？"

"当然不说，她除了自责，一点忙也帮不上。"

"更帅了。"

没什么话好说，两人沉默地走了一会儿，柳溪川突然来了句："我倒是有个办法。"

"什么？"

"等着，我去帮你把保送名额要回来！"

女生转身屁颠屁颠往教学楼跑。

谢井原不觉得这事还有什么转圜的余地，只是挺感动的，柳溪川的成绩和他相当，很多事情也更理解一点。

溪川跑到英语组门口发现马德堡不在，但吴女士应该也能做主，马德堡的思路经常被她带着走。

还在琢磨谈判策略的时候，吴女士已经看见她了，叫了句："进来。"

溪川走进去："吴老师，我想跟您说说谢井原竞赛的事。"

吴女士扔下笔看着她，没接话。

"我听说谢井原要去参加竞赛，不然就没有保送资格。"

"这个是学校的决定。"吴女士语气淡淡的。

"但这对谢井原来说并不合适，集训本来就耽误复习时间，万一没拿到名次，他不仅丢了保送资格，对高考影响也很大。"

"这不是你该管的事。"

"能不能把保送名额还给谢井原？"

溪川一脸江湖义气的表情让吴女士不爽了。

前两天他们还为了几点吃饭抱团对抗老师，性质一样恶劣。

"柳溪川，我跟你说了，这是学校领导经过慎重考虑做的决定，谢井原既然答应了，就说明他已经做了选择，不需要你来替他操心。"

"您把保送资格还他，我立刻就把学籍转过来。"

"你这是什么意思？"

"如果不把保送资格给谢井原，我就不转了。"溪川说。

吴女士盯着她看，享受这个片刻，微笑起来："嗯，那你就别转了。"

第
三
话

Reset in July

——

震惊！谢井原的朋友圈全是女孩！

[26] 我只有会做和不会做的

"十一"假期作业多得仿佛寒假。假期一过完,紧接着又是月考,没什么喘息的机会。考试的时候芷卉就感觉不太好,成绩下来,果然比上次更差了点。还是班级第三,文科第七。年级排名却下滑到第三十五。

吴女士刚公布排名情况,又通知从下周开始每周都要测试,也要进行总分排名。

这么一来,周测和月考的紧张程度没区别,考试更密集了。

"我真的完了。"芷卉被这消息打击得趴在桌上起不来。

溪川把小熊糖往她面前推了推,以示安慰:"考试密集也有密集的好处,一次没考好,很快就能翻盘。"

"不存在的,下次只会比这次更差。"

"你的问题到底出在哪科?"

"数学。"

溪川把她的试卷抽过来看看:"这个题型,你上次考试不是做对了吗?"

"都是因为护身符丢了。"

"护身符?玄学先不要扯,你这还是考试发挥的问题,心理因素。谢井原!"她回头叫道。

男生借了溪川的语文试卷,在订正阅读,如入无人之境。

溪川踢踢他的课桌,又叫了两遍。

谢井原看过来。

"你给芷卉传授一下数学考场经验。"

男生勉为其难地思考片刻："第一遍先做完全有把握的，犹豫不决的先跳过，第二遍再回头来做，这样心理压力小，不耽误时间。"

谢井原说完看着芷卉，溪川也转过头看着芷卉，眼神在问"有没有一点帮助"。

芷卉眨眨眼睛。

沉默几秒，她才有点困惑地开口。

"数学……哪种算犹豫不决的？"

"你没有犹豫不决的吗？"溪川问。

"我只有会做和不会做的。"

溪川埋怨的目光转向后排："你怎么教的？"

"我怎么知道，我都会做。"

溪川想了想，自己考场上的犹豫不决之处只有一点：是继续检查，提前交卷，还是睡觉。

"不过考试的时候除了压轴题，你还有不会做的？"谢井原发现了重点。

芷卉一脸茫然："当然有。"

"那不行。"

"啊……"芷卉感觉很受打击。

溪川皱着眉，敲敲谢井原的桌面："注意一下说话方式。"

男生没理她，继续问芷卉："你有错题集吗？"

芷卉被吴女士的通知打击之前正好在整理，飞快地从桌上拿过来："在这里。"

谢井原翻看她的错题集洗了洗眼睛，自从看了柳溪川的魔幻试卷，他的眼睛一天比一天贬值严重。

"你把考场上不会做的圈出来，粗心错的不算。"错题集被交还到京芷卉手里。

女生转身去努力回忆了，听见身后又飘来对话声。

"'缘故和圣诞'什么意思？"

"豪放和志趣。"

"就不能把字写好点？你这样让我没参照系了。谁知道你因为卷面难看丢了五分还是十分。"

"以前没我的时候，你生活不能自理？"

"以前没你的时候，我选物理。"

"别说得好像你选物理就赢定了，我选物理，你可能万年第二。"

"是吗？"男生把语文试卷订正完还给她，出了教室又很快回来，手里四套空白数学、物理卷，分给她两套，"比吧。"

一直竖着耳朵的芷卉惊得坐直了："你俩怎么同时犯病！"

那两位没按时服药的已经埋头进入战斗了，没回答。

B班物理老师和老刘都好说话，事后给他们批了考卷。谢井原物理、数学都满分。柳溪川其实也不差，数学146分，物理142分，加上语文、英语差的6分，差他18分。

这件事在年级里很快传开。

按这分数，理科班第一名差谢井原32分，理科数学和物理考不过柳溪川这位纯纯的文科生，脸实在不知该往哪儿搁了，连带身为A班班主任的马老大都感到丢人。

还有个跟"理科""A班""第一"任何关键词都挨不上边的人——京芷卉心里闷得发慌。

不会做的题都圈出来了，可是再也没找到机会给谢井原看。

他做完两套试卷又等着批改，早把错题的事忘了，芷卉不知道怎么起头。

她也不知给他看了能怎样，三言两语就把她点化成柳溪川，可能吗？

柳溪川和谢井原的名字被相提并论，从高三传到高一，学术级别递减，八卦级别递增，热度持续了两天。

星期三天气好，芷卉坐在小花园的秋千架上晒着太阳背政治。

谢井原去英语组的时候路过，往这边看了一眼，转了方向朝她走来，一到阳光区域，他身上就被染上一层毛茸茸的暖意。

芷卉听到动静抬起头，见他迎着阳光往这边走，望得有点出神。

"京芷卉，我正好有事问你。"他的目光轻盈地掠过她，落向墙上的红砖，"你有柳溪川的微信吗？"

"啊？"

"柳溪川的微信。"

她感到心坠下去，人很疲倦，想立刻面朝下扑到床上。

但是他说话的语气总这么温和，让人没法拒绝，她只好在校服口袋里摸手机。

他盯着她拽住衣襟的那只手，不知在期待什么，是她拿出手机后的交谈还是手机里的内容。

她再也看不懂他了。

高一、高二时在她的单方面努力下，她好像掌握了获得他避之不及的反应的唯一钥匙，避之不及总好过面无表情。

最近他变得受欢迎，她反而感到有针对性地受了冷落。

手机没找到，大概落在课桌抽屉里。

与此同时。却有手机铃声响起，不是自己的，她抬眼盯着谢井原，他也没反应，转而四下环顾时，她被吵醒了。

现实中星期三是个阴雨天，早晨出门时下着雨，眼下已经停住。

公交车上不知谁的手机持续响个没完，主人没接听的意思，估计是因为手伸不过去。

车厢里太拥挤。

每到下雨天，上海的公交车就挤得人脸都看不清，路况也不好，司机一脚油门，一脚刹车，乘客们东倒西歪。

芷卉庆幸自己从始发站上车，还有位置坐。

不过有个穿初中校服的女生把书包背在胸前，老是撞着她的脸颊。看她胸前的校徽，那学校比圣华还远两站。

芷卉不抱希望地往靠窗那边让了让，腾出思绪来想事。

梦有梦的起因，这种梦不是第一次出现了，抑郁纠缠着她，不放过每个小憩之机。

有时她梦见他用柳溪川的名字全拼做电脑开机密码，有时又梦见他把自主招生名额让给了柳溪川。

其实也不算噩梦，只不过是对现实的映射，像电影里的各种演绎，一遍遍倔强地重复主题——现实中谢井原和柳溪川有些默契，而她只有旁观的份。

这时候，她突然看见有只手伸进别人的外套口袋夹出钱包，因为情绪低落，她的反应有点迟钝，等目光聚焦，钱包已经消失在大家身体的缝隙间。

"哎……小偷！"脱口而出。

她的音量不小，顿时引发了局部小骚动，附近乘客纷纷查看自己的手机钱包。

"啊，我钱包丢了！"失主是个年轻女孩，没穿高中校服却背着书包。

芷卉飞快地扫视她四周，辨认出那只从螺纹袖口里伸出的手，一把捉住："是他拿的！"

众人循声望去。

穿咖啡色运动夹克的男子20多岁，长相和表情都凶，对她一挑眉，比她声音还大："你不要血口喷人！"

芷卉被吓得脖子一缩，硬着头皮顶回去："就是你，我看得清清楚楚。"

场面一时陷入僵局。

过了几秒，有其他乘客发出声音："哎？这里有个钱包，是你的吗？"

失窃女孩回头一看，好心人正从脚下捡起钱包，连忙说："是的是的，是我的。"

"这不是自己掉了吗？！"被指认的小偷更加理直气壮。

"可是……"女孩为难地展示一下被掏空的钱包，"钱没了。"

芷卉马上反应过来，死死抓住小偷的袖子："就是他偷的，我亲眼看见！"

"松手！"男子边说边甩开她的手，"我还说是你偷的呢！"

失主女孩心里也有数，但不敢惹事，转身安抚芷卉说："算了算了，没多少钱，证件能找回来已经很走运了，谢谢你。"

芷卉看看近在眼前的几个人，几乎都是中小学生，都没有出头较真的意思，她窝火地鸣锣收兵，往位子上坐实了。

直到下车，她一直面朝窗外，但冥冥中能感觉到有人盯着自己。

大概是因为太不自在，她下错了站，提前了一站，但距离学校也不远，步行五分钟的路程。

下车后她知道被盯上不是错觉，借着转弯的机会，她微微侧头，不远处跟着个咖啡色的人影。

想报复吗？

在这人来人往的马路上，学校附近，能怎样？

为什么要这么执着地跟着？

对方手里有刀吗？

如果直接追上来伤人，身边这些同学能及时救人吗？

她脑子里塞满一堆问号，没有一个句号。

她用余光偷瞄了三四次，那人还紧追不舍，距离越来越近。

这种时候，应该直面挑战吧，不是都那么说吗，犯罪分子一般是欺软怕硬的。

想到这里，她也不怕了，心一横，深吸一口气，攥着书包背带转过身，高声道："你想……"

打好腹稿的话被突然冒出来的路人的动作截断。

在自己的手被对方从书包上摘下来牵住，往反方向拽去的这个瞬间，她只看清了一个穿圣华藏青色制服外套的残影。

男生腿长，走得快，以芷卉的步幅，她不得不跑起来。

被拖出一段距离后，她才看清是谢井原。

她脑子里终于有了句号。

就在她脑内存被格式化的这几秒，对方像是为了彰显亲密，把简单的拉手动作变成了十指相扣，与此同时，伏在她耳边说："三个人，你打不过。"

到底是什么给他造成的错觉，让他认为她这一转身是想打架？

前一秒还在心动慌乱，这一秒却被逗笑，芷卉赶到他身前去："那，跑快点。"

换成谢井原被她拖着跑了一路。

路上到处是积水，她敏捷地选择每一步落脚点，但视线被她遮了一半的他有点措手不及，等看见水坑时已经来不及变更预定落点，不是每次都能完美避开。

三五百米的距离，引无数同校同学侧目，等到在校门口喘着气慢下来再回头看，小偷早被甩到不知哪儿去了，也许从疯跑的开始，他们就没有追。

秋天，下雨，天亮得晚，这会儿太阳才完全升起来。

他们回头时视线与对面建筑物玻璃窗反射的阳光相掠。

重新聚焦后，四目相对，他觉得她脸上类似游戏通关后那种兴奋又单纯的一笑，比阳光还耀眼一点。

谢井原说："感觉你在运动会上保存了实力。"

"才没有。"芷卉意识到他的手心被自己冒的汗弄得湿漉漉的，尴尬地松开了手。

谢井原当然注意到了这个突兀的动作，但也不知道什么才算正确反应，索性当作没觉察，保持着正常距离进了校门。

"还是得注意自我保护。"他认真嘱咐。

"嗯。"她偷偷在右手袖子上擦掉左手心的汗水，一抬头，他又恢复了面无表情的调调，黑色瞳孔却迎着晨曦闪烁碎光，使她突然读懂了他的两难。

要如何表达对她勇敢善良的敬意，却不鼓励她冒险？

言辞积弱，在此刻远远无能为力。

"我知道了。"她认真补充。

她忘了说谢谢。

[27] 不宜阅读，也不宜理解

目击证人柳溪川一冲到座位就狂摇前座的云萱："今日头条！谢井原和京芷

137

卉手拉手上学！"

"谢井原吗？他怎么突然这么主动？"

"全球变暖让万年冰山融化了呗，我在马路对面看得一清二楚。"溪川信誓旦旦。

云萱尴尬地讪笑。

溪川马上觉出端倪："你和钟季柏怎么了？"

云萱叹了口气："运动会那天，我表白被拒绝了。"

"怎么回事？他是不是疯了？连你都拒绝？"

"这有什么不正常。"

"他怎么说的？"

"他说……要跟他交往，得等一百年以后。"

溪川愣了愣："怎么能这样说？人品也太差了吧！"

"他只是不喜欢我，人还是挺好的。"

"好什么好，你被停学那天早上，他只顾着举报你迟到。"

"我知道，不怪他。"云萱往桌上趴下来，"我只是想不明白，他又不喜欢我，干吗老欺负我呢？"

"想不明白别想了，何必为这种渣男费心思。"溪川义愤填膺。

"他也不是什么渣男……"

"你就别为他辩护了。"溪川握紧拳头，做了个夸张的宣战姿势，"你放心，我会为你报仇的。"

话音刚落，芷卉就放下书包落座："报什么仇？"

钟季柏也风风火火地跑进来，从抽屉里拿出作业开抄。

云萱不好再继续这个话题，也不想参与关于芷卉的桃花运的八卦，转了回去。

溪川对芷卉指了指云萱的背影，又指了指钟季柏的背影，双手食指画个爱心，做个抹脖子伸舌头的表情。

芷卉立刻明白是"两人恋情宣告死亡"的意思，苦恼地点点头。

溪川替云萱抱不平，就算钟季柏不喜欢云萱，但他平时的所作所为引人误解是事实，又不是幼儿园同学，一到需要认证的时候就撇清关系说是好朋友，可拒绝人用这么刻薄的说法，哪像好朋友。

她故意提高嗓门用钟季柏能听见的音量说："有的人自以为长得帅就到处乱撩，除了单纯善良一时被骗的，谁能看上他啊？"

芷卉读懂她的挤眉弄眼，总结道："典型渣男。"

"渣穿地心。"

"不知珍惜。"

"不配被爱。"

"注定孤独。"

两人一句句话赶话，钟季柏却无从觉察，全神贯注地抄作业，反倒是云萱听了尴尬起来，在座位上如坐针毡。

而后排的谢井原比芷卉还要晚一步进教室，不知道两个女生又为什么掀起血雨腥风，但他扪心自问没做亏心事，应该不是冲自己来的。

只是觉得挺神奇，她们怎么那么容易同仇敌忾。

本来被女生拉着跑这种事不常见，他心里的起伏都还没平息下来，谁知对方到了教室直接切换进了另一种氛围。

下过雨，教室像个蒸笼。他坐在平常的位置上，却感觉有点不自在。

芷卉为了和溪川说话不时转过头。

以他的视角能看见她下颌附近一点侧脸，看不见表情。

余光的另一边缘，自己鞋面和裤腿上的碎泥点清晰可见。

目光收回来，在眼前的考卷上寻求平衡。

"宁、静、平、安……"

谢井原知道她乘130路公交车上学，但不知道她在哪站上车，等他上车时她已经睡熟了。

睡姿挺有趣的。

这是他头一回见人在车上坚持保持侧睡。

她坐在靠车内的位置，后脑勺对着靠窗坐的乘客，倒是能够有效避免睡着后脑袋不自觉滑向人家肩上，不过一个急刹车后就直接撞上扶手，她醒了。

"没有畏惧……"

会有其他女生坚持不依不饶地抓小偷吗？他很少乘公共交通工具，没亲眼见过，理论上而言应该有。

但眼下，近在咫尺，只有她最执着，失主的劝阻却让她尴尬起来。

其实他当时有点同情，怕她因为这件事对人性失望。

可是她很快就毫无保留地笑了，没有任何不悦，奔跑时每一步都坚定。

她特别阳光。

"不仅积聚了原有的冒险……而且有所突破……"

这到底是篇什么阅读理解？

他回过神认真再扫一遍。

"中国沿海城镇的名称，多用宁、静、平、安等字。"

"只有上海、临海算是中性的，没有畏惧海洋的意思。"

"它不仅积聚了原有的冒险、开放、包容等品质，而且有所突破。"

好吧，一点毛病也没有。

而第一题是——

加点词"特别"具体是指什么？

指什么……

这题没法做了。

以他目前的心理状态，不宜阅读，也不宜理解。

月考后课表有所调整，数学成了连堂课，换了种上法。第一节课做模拟卷，第二节课对答案加讲解，老刘想立刻得到正确率反馈，于是每报完一道大题的答案就让做对的人举一次手。

对没完没了的举手，谢井原稍微有点烦躁，但很快注意力就被转移了。

京芷卉从倒数第四题开始就没再举手，错误率挺高的。

倒数第二和第三题有好几个K班学生还在举手，梁涉、文樱等。

文樱竟然也在举手？

谢井原停下来想了想，一直觉得她不太引人注目，更准确地说是不想引人注意，其中有微妙的区别。

比起"全班把她当累赘"，她身上体现出来的更像是"她把全班当累赘"的自我孤立意识。

他以为文樱即使做对了也不会举手。

京芷卉大概没注意这些人，最后四题，每次老师让举手时她都埋着头，偶尔抓抓脑袋，肢体语言显示出她的慌乱。

他略微有些在意，好奇她错的程度，不经意挺直了腰，想越过她的肩去看看考卷。

没想到她突然把脸转向后面，两人眼神对了个正着。

"你做对了吗？"

谢井原往溪川那边瞥一眼，睡着了，难怪。

他点点头。

"借我看一下。"

男生把自己的试卷往前推了推。

芷卉自力更生拿走试卷，动作幅度尽量小地转回去。

一口气这才换过来。

虽然她已经够小心翼翼，但两次转身在全员静止的教室里还是很显眼。

老师敏锐地点了名，让她说说压轴题的解题思路。

芷卉其实因为忙着订正倒数第四题，错过了老师对倒数第三题的讲解，等她终于把倒数第三题搞明白，老师已经把倒数第二题也讲完了，她借来谢井原的试卷正在研究，哪里顾得上最后一题，只好起身照他的解题步骤读了一遍。

题根本不是她自己做的，也不知道缘由，甚至连抄写都没抄写过，她读得磕磕绊绊，全班听得一头雾水。

老刘没揭穿，挥挥手掌让她坐下，只说："把柳溪川叫醒。"

等课堂秩序恢复正常，他把压轴题又详细讲了一遍，但一下课就把芷卉叫着同行，去了数学办公室。

溪川被搅得没了瞌睡，闲得无聊，拿出鱿鱼干吃了一会儿，想起来揶揄谢井原："哎，你知道吗？今天早上有个男生和芷卉手牵手……"

谢井原低头做题，甚至顽强地继续写了几个字。

溪川直接推推他的胳膊肘："别装了，早上我都看见了。"

男生放下笔："突发情况，迫不得已。"

"哪种突发？"

"她被小偷尾随。"

"哦，可我看你们手拉手迎着旭日奔跑的时候，没见后面有小偷。"

"惯性。"

"我看是舍不得放吧。她什么反应？"

"甩掉了小偷，挺高兴的。"

"她那是因为你们牵手才高兴，说明她也喜欢你，没跑了。"

谢井原笑了。柳溪川和京芷卉能成朋友，大概是因为在盲目乐观和跳跃思维上有共通点。平时他对她算命式的推理还要稍加思索才能推翻，但这次连半个脑细胞都用不上。

芷卉当时确实高兴，但几乎是一种条件反射。

"没你这样信口开河的。"

"吊桥效应懂不懂？遇到危险，心跳加速的时候最适合表白。"溪川惋惜地摇摇头，"你这人，毫无行动力，大好的机会浪费了吧。"

"我现在应付竞赛都很勉强，哪有行动力留给那些？"

溪川闻言正色，露出有点忧愁的表情："抱歉啊，保送名额的事，到最后我也没能帮上什么忙。"

"没事，反正我已经决定参加了。"

这时，有个他们不认识的其他班学生在门口喊谢井原，让他去数学办公室。估计是老刘走到半道想起来，在路上随便抓了个人跑腿。

话题就此打住了。

谢井原去的路上看见京芷卉慢吞吞地往回走，一副茫然若失的样子，眼睛没看路，也没注意到谢井原。

老刘找他是为了竞赛。

他从高一带几个学生参加数学竞赛，准确地说从正式选手到替补选手都是他一个个挑出来的，功劳苦劳只和他有关。但这几位同学争气，拿了奖项，让校领导们看见了新的可能。紧接着，招生时对生源有了特别筛选，再参赛也有了目标压力。

谢井原是他的得意门生，如果决定再走一程，他当然很高兴。

可这次摆明了是校方不地道，老刘心里也不太舒服，却又没立场反对，只能做些力所能及的辅助工作。

再让谢井原跟着高一来一遍系统集训没有必要，因此，他提出让谢井原放学后抽空去他家里，有针对性地训练薄弱环节。

老刘家离学校就500米，从前也经常给他们"开小灶"。

他心怀感激的同时松了口气，这样一来，不会浪费太多时间，也能兼顾高考复习。

出了办公室，途经西侧门前的小路，他看见有个女生身影像京芷卉，有点意外，她这么半天还没走回教室去。

因为地上雨迹未干，今天校园里没人在户外打闹。

他眯起眼往那方向望了望，确认是她，犹豫地站住了。

不知道老刘找她去说了什么，显然不是让人雀跃的话。女生看起来有些放空，像被关在监狱里的囚犯一样抓着侧门的栏杆，把脸卡在中间位置，姿势滑稽又古怪。

他最怵的就是这种劝慰别人的事。

[28] 即使对话艰难也一直没有结束

芷卉听见有人在身后叫自己，毫无戒备地回过头张望，在第一时间就与谢井原的视线撞个正着，愣了两秒，才意识到自己目前抓着栏杆的姿势太蠢了，迅速把手收回拍了拍。

男生站在几米开外，这距离交谈起来有点吃力，但他好像没有靠近的意思。

他稍稍把视线移开，显出精致柔和的下颌轮廓。

"你不回教室吗？"

芷卉刚想回答，被他身后捂嘴跑过的两个女生的身影转移了注意力，突然明白他为什么站那么远，毕竟早上那一出挺引人注目的。

回想起来，她莫名焦躁不安，渗出一身汗。

她走了神，半晌没答话，让气氛变得更尴尬。

男生把目光移回来，不知该往哪儿放，犹豫后落在她身侧的铁门上。

"之前让你把错题集上不会做的题圈出来……"

"哦，对。"

没想到他还记得这件事，芷卉吓了一跳，茫然地睁大眼睛。

"你好像忘了。昨天我擅自从你桌上拿来看，函数和圆锥曲线的问题……虽然总被归于难点范围，其实技巧性不强。所谓的粗心出错，用题海战术提高熟练度就能改善。做一千题有一千题的效果，做一万题有一万题的效果。"

她感到有股新鲜的暖流经过心里。

谢井原一脸认真的表情是常态，可是眼前的认真专属于她。

他说很长的句子时显得格外温柔，不急不躁，无论内容是什么，语气总让人觉得是征询和商量的。

她每次只听了开头两句，心就酥软下去，跟着犯晕，听不进后面他在说什么。

落叶在他脚边被风吹得打转。

"我帮你找些同类题型。不会做的，你可以问我。"

听起来像特别辅导。

女生的眼睛亮了一下。

把雀跃的心思按回去，努力舒展眉宇，好让自己看起来没那么喜形于色。

"不会耽误你的时间吗？"

"反正我也闲着没事，就当复习巩固。"他避嫌似的补充解释，"万一你考不上复旦，不是浪费自主招生名额了吗？"

"嗯，也对。"

那毕竟是他让给自己的名额，她想到。

谢井原没意识到他多说一句就像多泼一盆冷水。

芷卉紧紧盯着他的鞋面，似乎在思考对话这么难，问题是不是出在他的鞋上。

143

当她一言不发也没有动作的时候，他就乱了方寸，因为负责采取行动的人一向是京芷卉。

"你……"他想知道，为什么自己安慰过了，她却还是待在那儿不动，"不回教室吗？快上课了。"

听到具体的问题，芷卉才从尴尬的氛围中解脱出来，抬头看向他的眼睛："我叫了杯奶茶。"

男生困惑地微微蹙眉，像没听懂似的重复了一遍："奶茶？"

但他立刻就反应过来，啊，原来她在这里上演"铁窗泪"的主因不是情绪低落，而是在等外卖。

"来得及吗？"他下意识地看看手机，替她担心。

"这是大课间，还有眼保健操。"

对了，这是第二节课后，因为下过雨，地面潮湿，广播操取消了，而且她说得没错，眼保健操的时间也可以计算在内，值周班级的同学几乎很少上高三这栋楼来检查。

一想到自己误以为她是为了逃避什么才待在这里，他就忍俊不禁，打算在笑场前尽快撤退，正要转身，动作又被女生的声音止住了。

"你要陪我一起等吗？我可以分你一杯。"

男生看回来："你买了多少？"

"三杯。一杯不够起送费。我本来想，就算没商量过，但溪川和云萱肯定会喝。"

"那我帮你拿上去，你还是给她俩喝吧，否则剩下一杯也不好分。"

说话间奶茶店的电话就打了进来，对方道歉说外送小哥已经走了，店里却发现他少拿了一杯，询问是让他返回取还是退款。

快上课了，当然选后者。

等到奶茶送到，难点又回到了"如何把一杯奶茶分给两个女生"。

"可以去老师办公室借个一次性纸杯让她们分着喝。"男生从她手里接过一杯奶茶，提议道。

"不。"她已经决定好了，"你喝吧。"

反正溪川和云萱几乎每天都要喝奶茶，喝完又要嚷着减肥，多一事不如少一事。

她自我说服着，加快步伐往前走去，快速经过男生身边，解放了似的松一口气。

但男生又从身后叫住她："京芷卉。"

预备铃响起来。

"不如干脆在这儿喝完再回去吧。"他说。

虽然其中有"避免更多解释"的考虑，但也可以理解为他并不排斥和她多相处一会儿。

芷卉努力吸了两口奶茶，心情好了很多："谢谢。"

关于早上的救场，关于他主动提供这些学业上的帮助。

关于即使对话艰难，也一直没有结束。

所有的一切。

他们回教室时，眼保健操音乐刚停，钟季柏和溪川正孩子气地拉锯式抢试卷。

"怎么了？"芷卉坐下问。

溪川趁对方走神把试卷抢了回来："我让他自己做。"

男生嬉皮笑脸道："我要是知道怎么做，还借你考卷？这么小气……"说着把目光又投向芷卉桌上的试卷。

溪川朝身边使使眼色，芷卉立刻会意，用笔袋把考卷上那道题遮住："你找我们教你做题？找错人了吧？"

钟季柏纳闷："怎么了？我就抄一下解题过程。"

"脸皮太厚了，一边欺负我们闺密，一边问我们借考卷？"

男生终于抓到重点，困惑道："闺密？谁？我欺负谁了？"

云萱在一旁尴尬地挺直腰背，装作什么也没听见。

芷卉把男生往后排拎过来，压低声音："你好好回忆一下，运动会上你是怎么欺负云萱的。"

"云萱？"虽然愤愤不平，但他也把音量降到最低，"不就拒绝她告白了吗？这也叫欺负？至于吗？难道所有对我告白的女生，我都必须接受？"

"但没必要用那种愚弄人的方式拒绝吧。"芷卉说。

"怎么叫愚弄呢？开个玩笑嘛，算是……用轻松的方式拒绝吧。"

"被开玩笑的人也能笑出来，那才叫玩笑。"

钟季柏满脸困惑地望着她，眨巴眨巴眼睛，好像在努力理解这句话的意思。

溪川拽了拽芷卉的手肘："算了，渣男是听不懂的。"

芷卉把试卷从桌上抽走，藏进抽屉，白了他一眼："渣男也学不会的，这种智商还是告别数学吧。"

虽然他们三个人已经把声音压低到只剩气声，但云萱还是听得一清二楚。

心里是什么感受，她说不上来。

像是湖泊上腾起了水雾，分辨不出清晰的线索，弥漫着令人不安的混沌。

朋友们的谴责都是出于好意，她知道，但这么说个不停也让人挺焦躁的，好像什么霸凌小团体在逼迫他非得喜欢她，让她更加难堪。

挨到下课后，云萱跑出教室在走廊上截住芷卉和溪川，表达了不想让她们再为难钟季柏的希望。

"你傻啊，现在还帮他说话。"芷卉说。

溪川也依然不爽："他那么过分，不治治他说不过去。"

"他不喜欢我，又不是他的错。"

"可他在你表白的时候还捉弄你，他根本不尊重你的感情。"

云萱无奈地耸耸肩："对他表白的人太多了，他本来就很烦这种事情，是我明知故犯。"

"你别把什么锅都往自己身上揽。"

"可他如果真那么差劲，能看上他也是我眼神不好，这总说得通吧？"

芷卉反驳："不对，是他太善于伪装。"

"好吧好吧，我知道我没错了，但我现在只想和他恢复到正常的同学关系。"云萱情绪有点低落，"你们再这样下去，也只是反复提醒我表白失败的事情，我和他还要做一年的同桌，抬头不见低头见的……"

这才是问题所在。

他们是同桌。

芷卉瞬间体会到云萱焦灼的感受，幸好她表现出来的热情都经过了稀释，虽然已经有点招人烦，但不至于和谢井原陷入这种尴尬。

"唉，我不应该怂恿你。"她有点懊恼，"要不我去挽回一下？就说是我俩打赌，你才去告白的。"

也算是个办法。

可是，已成定局的失败告白真的没有意义吗？知道能有收回可能性的时候，她才意识到并非如此。

只要由朋友去澄清不过是个闹剧就能挽回颜面，但她不太想这么做。

能让对方明白心意是件好事，对她来说。

告白失败之后，虽然她深受打击，但也平静下来，盘踞在心里悬而未决的事情告一段落，向前看，有轻装上阵的姿态。

喜欢你是个玩笑，和朋友以此为赌注，谁认真谁就输了——这不是事实，违心的话她不愿说，并不仅仅因为显得情义很轻易，更因为现实不是橙光游戏，储

146

存进度后重来的机会有时反而让人无措。

如果可以重来，难道就会不选择告白吗？

有过这样的心理活动，该怎么处理眼下的局面，她很容易就得出了结论。

[29] 你为什么会知道公主的名字？

云萱以前没看过钟季柏训练，心里存了点别扭，想在喜欢他的女生中显得与众不同，不爱在里面扎堆。

这倒好像意外地达到了效果，让钟季柏觉得她的确与众不同。

一个从来没越过界表达过度热情的朋友突然告白是怎么回事。钟季柏的第一感想是：恶作剧？

再加上他是被京芷卉叫来的，京芷卉还在不远处探头探脑。想必两个女生之间有什么赌约，输了拿自己开涮。

他想都没想就拒绝了。

拒绝后才觉出点不对劲儿，云萱没有如预料的那样洒脱疯笑，难过的表情分外真实。回想起来，她告白时的忐忑也分外真实。

意识到对方有认真的可能，钟季柏的反应其实近乎落荒而逃。

过了几个小时，他冷静下来，有什么可逃的？

他自我宽慰：反正本来也不喜欢云萱，拒绝了是好事。

可是后肩和胳膊受伤的地方火辣辣地痛着，很难被忽略。

云萱进了球场，很快从场上乱窜的人群中辨认出他，走到距离近一点的看台。

不过钟季柏没给她坐下的时间，往那方向瞟一眼，就径直跑了过去，盯着云萱手里的矿泉水："是给我的吗？"

不是。云萱怕自己话多，把嗓子说干了，来的路上在小卖部买的，谁知对方主动要了。

见女生没有反应，男生催促道："拿来，我喝一口。"

云萱勉为其难递过去，趁他喝水从看台上钻出来。

钟季柏倚在场边栏杆上，朝着球场方向，好像还在关注其他队员的投球情况，只分了一半心思来和她说话，显得有点漫不经心。

云萱气得瞪他："我知道我们现在关系有点尴尬，但正因为这样才更应该聊聊。"

钟季柏的目光没完全在她身上，但也能感受到她在瞪人，心里有点恼火，这尴尬是谁造成的啊。

"有什么你就说吧。"

"那天我跟你说的话，你不要觉得有什么负担。"

"我这人最大的优点就是忘性大，别人不提，我就不会有什么负担。你倒是应该去跟京芷卉和柳溪川聊一聊。"

"对不起啊，她们只是为我抱不平。我已经跟她们说清楚了，她们以后不会再跟你较劲儿。"

两人沉默了几秒。

钟季柏重新开口："所以你到底是怎么……"

他话没说完，就被飞过来的篮球打断了。等他已经轻易地把快砸到她后脑勺的篮球拂开，她才注意到这个球的存在。

而这恰恰提醒了云萱，自己和其他人正是被他平时这些无意之举扰乱了心智，产生了错觉。

"我到底是怎么？"

男生见她脸红，决定还是不问为妙："没什么，如果没别的事，我去接着训练了。"

云萱点点头，从他面前让开。

"那个……"

钟季柏回头，询问的眼神看向云萱。

"我们还可以做回朋友吗？"

本来就是朋友，是你非要折腾这么一出……

男生无奈地点点头，感觉云萱并没有那么与众不同，和其他女生差不多，也变成了他不能理解的生物。

谢井原放学后直接去老刘家补课，回到家已经晚上十一点多。客厅沙发上反常地少了个人，倒让他有点不习惯。

进卧室看见床头一张蓝色的脸，他吓了一跳。

开灯后钟季柏还嫌刺眼，抬手遮了几秒，嘴角一高一低，得意地笑了起来。

谢井原无奈地歪过头："你干吗睡我这儿？"

"我还以为你夜不归宿了。"

"夜不归宿去干吗？"

"私奔了呗。"钟季柏半天手忙脚乱地抄作业，半天在体育馆训练，一整天没和他照面，挨到这时候好不容易逮着机会嘲笑他，"今天早上听到三个版本的故事，都以'手拉手在细雨中奔跑'开头，以'天长地久'结束。"

谢井原故作淡然，走到书桌前放下书包："说明这个班编故事没什么创意。"

"那——是。"钟季柏笑眯眯盯着他，"想的还不如做的有创意。"

"早上就是发生了点意外。"

"意外之喜吧。那晚上又发生了什么？"

谢井原诧异地回过头："我不是给你发微信了吗？"

钟季柏蹙眉挠挠头，摆弄手机："哦，我登了网页微信没退，它不提醒。去老刘家？你还需要补什么课？"

竞赛保送这些事现在已经不太让人郁结了，没必要再议，他岔开话题："我给你报备你都能漏看，你不是真的关心我。"

"被伤了心怎么关心？"钟季柏飞快地捂着胸口入戏。

"去你的。"这边冷着脸漠不关心。

"为了补偿我，今晚换你睡沙发。我已经和你的床锁了。"

"行，睡你的吧。"

谢井原从书包拿出笔记本在桌上摊开。

"你怎么开始用乐佩公主的本子了？"

"什么公主？"

钟季柏无言地指了指他手里朝向自己的粉紫色笔记本封面。

"京芷卉的错题集，我帮她找点练习题。"

"牵手牵出感情了，是不是？花心！"

"给她补补数学就花心，那老刘给多少人补数学？"

"你怎么不给我也补补数学？"

"你和数学没什么缘分。"

"我和你有缘分不就行了？"

"你再满嘴跑火车，今晚别睡了。"

钟季柏笑着靠向枕头继续玩手机。

过了半晌，房间另一端重新响起一句："你为什么会知道公主的名字？"

给京芷卉做题型梳理持续了几天，谢井原从她的错题集里挑出题来，去题库里找同类，排版好打印出来，就这种粗陋的试卷，制作起来也很花时间。

再等她做完题返回试卷，批改更正解题步骤，如果她不明白，还得给她讲解，时间又成倍地耗费。

结果老刘辅导自己避过集训所节约的时间，都花在辅导京芷卉这儿了。

谢井原不禁有点哑然失笑。

意见最大的人是钟季柏。半夜两三点，他频繁被打印机运作的声音吵醒，嚷着再也待不下去了，却又只是动动嘴皮，真不知道一个赖在别人家赶都赶不走的家伙，有什么资格抱怨环境不如意。

不过他倒是理直气壮地嫉恨起了京芷卉。

早自修前，谢井原找出头一天的试卷递给京芷卉，女生刚转过身，试卷就被钟季柏一把抽走。

"让我看看是什么真情批注。"他越过后桌质问谢井原，"这就是你影响我睡眠的成果？"

溪川还没来上学，错过了她热爱的八卦环节。

云萱飞速回头填补这个空缺，追问："他怎么会影响你睡眠？"

"他老给笨京打印东西，我睡不着啊。"

云萱好像知道了什么不得了的事，瞪大眼睛看向谢井原："你们住一起吗？"

谢井原没听出她的言外之意，攻击点还在钟季柏那边："鸠占鹊巢。"

钟季柏反击："平时兄弟兄弟叫得挺亲切，到关键时刻就成了麻雀，麻雀搭窝各顾各，是吧？"

又文盲了。

谢井原不讲情面地指出："是喜鹊。"

云萱和芷卉互相使了个眼色，从座位上退开，靠在窗边观战。

钟季柏不依不饶："你现在添口彩已经没用了，前两天是谁说我跟数学没缘分的？裸眼鉴缘分，不要太无情！"

"讲道理，我才帮了她两天，已经帮了你两年。"

"所以才说'只见新人笑，不闻旧人哭'。"

谢井原好脾气地笑起来："你跟女生争什么宠？"

窗边，云萱小声对芷卉耳语："这话听着不太对啊，意思是应该跟男生争宠？"

芷卉回以耳语："我现在不觉得谢井原喜欢柳溪川了。"

钟季柏还想缠斗，余光瞥见吴女士从窗边走过去，"嗖"一下转身坐正。

云萱和芷卉比他反应慢半拍，也以最快速度赶在吴女士进门之前回位坐好了。

此时此刻，每个人心里都在惋惜：柳溪川倒霉了。

第一节英语课，吴女士提早过来，连带占了语文早自习讲昨天的一套题，溪川赶在这节骨眼上迟到，无疑是自作孽往枪口上撞。

芷卉留了一只耳朵听课，坐立不安地焦虑着，给溪川发了条提醒微信。

不过溪川没回复，也许在路上没顾上看手机。

要是到门口前都没看见就糟了。

女生又一次垂眼看向抽屉里的手机，确认有没有回复，吴女士突然一拍黑板，在讲台上大喝一声："谢井原！"

气势令人胆寒。

芷卉一哆嗦，手机从手里滑在地上，发出不小声响。

偏偏右边隔着走廊的梁涉还闻声转头看向这边地面，几乎给吴女士指明了视线落点。

芷卉不敢弯腰去捡，也不知吴女士有没有看见，低着头紧紧攥着面前的教辅书，全身僵硬。

身后响起男生起立时拖动座椅的声音。

吴女士的视线转向后面："你来说，这句怎么译。"

隔了几秒，谢井原连一个单词都没说。

以他的水平不至于啊……芷卉心里寻思，难道他也在走神，不知道讲到哪儿了？

芷卉往左边挪了挪身体，把试卷推到右侧，在估计他能看见的范围，用手点了点讲到的题。

"Keep calm in an emergency,or it can bring out serious consequences.（在紧急情况下要保持冷静，否则会带来严重的后果。）"男生流畅地说出标准答案。

芷卉正暗自窃喜还有点默契，没想到吴女士掉转了矛头："京芷卉，不需要你这么乐于助人。"

女生老实把头埋下去。

认罪态度良好。

吴女士没再为难她，回去继续打击谢井原："高枕无忧了是吧？哪个大学给你寄录取通知书了？"

谢井原没有上课睡觉被批评的经验，不知道该做什么反应才能让她满意，只好面无表情地站着。

场面僵在这里，吴女士也逐渐觉得下不来台，怒气积累到峰值，张口正准备说什么，前门口突然又传来一声巨响。

溪川平时从来不走前门，因为后门直接面朝校门，她绝不可能绕远路。

然而，睡过头造成的后果，在溪川眼里，迟到事小，没吃早饭性命攸关。所以她进校后没直接到教室，而是先绕道去反方向的小卖部了。

平时她也习惯手机支付，只要在付钱时拿出手机就能看见那条重要提醒。

偏偏小卖部老板娘对这位漂亮妹妹充满怜爱，在付款之前把她推出店去："赶紧去上课吧，都迟到了，下午一起付。"

反正每天下午第二个课间，她都会像上班打卡一样再出现。

没有人能理解为什么会同时出现这些致命的巧合。

柳溪川同学就这样，带着好心人的温暖，捧着一只肉松饭团，开心地奔向了教室，这扇前门像惊险小说里的"死亡之门"一样向她敞开。

其实没那么严重。

她当然没有被吴女士提刀杀掉，只是迟到进门看见的第一张脸是吴女士，着实有些惊悚。

她不过是冲得太急又刹不住车，一个趔趄，失去重心，膝盖着地，跪倒在讲台下。为了保护饭团不落地，她占用了双手，而没办法抢救从书包侧袋飞出去落在吴女士脚边的手机。

教室寂静两秒。

前排有人忍不住嗤笑，又被吴女士瞪到无声。

溪川举着饭团拍拍膝盖站起来。

吴女士弯腰捡起她的手机，看见了那条新消息提示——

"京京：溪川你先去医务室装个病吧，吴女士来占……"

后面缩略了什么内容，其实已经不重要了。

反正人固有一死，或死于助人为乐，或死于开门见山。

[30] 我的聪明才智不应该浪费在写检讨上

谢井原正准备从操场回教室，在草坪上踢球的男生喊着"嗨"，朝他跑过来。

出于礼貌，他原地等待，并看清了那是一年级的竞赛班后辈，长着张可以随意招蜂引蝶的脸，是位混世小魔王。

谢井原有点应付不来他那种低龄粉丝般的过度热情，总被尴尬得不知所措。

祁寒确实是粉丝，谢井原虽然不常出入竞赛班，开学以来只有两次被竞赛班老师叫去帮忙批改测试卷，但依然是传说中的神人，地位不可撼动的那种。

"没想到学长挺爱运动的。"他跑近后说。

"不爱。"

"可最近老看见你来跑步。"

"罚跑。"

"为什么？又转班让表？"

这次谢井原干脆没有回答，冷淡地看着他，眼神中写着"没什么事我要走了"。

热场寒暄变成了冷场寒暄。

祁寒人生中第一次觉得聊天这么困难，只好言归正传。

"听说你这次准备参赛……"

"别紧张，明年集训我不会去。"男生有点厌烦，手抄着口袋，随时准备走的架势。

祁寒愣了愣，反应过来："啊，你误会了，我不是把你当作竞争对手，其实我……"

话说到一半，也不知他余光瞥见什么，突然侧过脸压低声音："快假装在跟我说正经事。"

话题进行到这个转折，才让谢井原起了点好奇。

"难道我跟你说过什么不正经的？"虽然不知道突发状况因何而起，但谢井原还是无奈地道，"证明两圆相切后对三个圆用根心定理可知三线共点，结合那个直角可知四点共圆，最后得出结论。"

三五个女生嘻嘻哈哈吃着冷饮从身边经过。

祁寒蹙眉，又很快舒展："哦——我上次证不出的题？"

"嗯。"

他的眉毛又重新拧起来，那已经是上周，还是上上周的事了。

当时谢井原只是在他和其他同学为两种解题思路争得面红耳赤时，路过并轻笑了一声。

现在回想起来，他笑大概是因为两种都不对，而他们还吵得那么认真。

"你记得我不会做的每一题？"祁寒错愕道。

谢井原十分后悔三分钟之前当他喊自己的时候，没有更快地逃走。

见女生们走远，祁寒松了口气，终于回归主线剧情，开始解释紧急局面的起因。

"暑假我和朋友一起吃饭，有个隔壁桌女生过来要我微信，当面不好拒绝，我加了她，回家后拉黑了。没想到是一个学校的。"

"她可能来找你叙旧吗？'真巧啊，我是被你拉黑的女同学。'"谢井原面无表情地嘲讽。

"哦，有道理。"男生恍然大悟地点点头。

"别把自己想得太重要，虽然被女生要一次微信是你人生的华彩，但人家也许每天都在要新微信。"

谢井原说完转身走了，留下低年级小朋友原地感叹——

毕业班的人果然是准大学生，心智这么成熟！

盲目崇拜就是这么来的。

与此同时，吴女士回到办公室还觉得不解气。两年来，K班已经几乎被她收拾得服服帖帖，虽只是阳奉阴违，但至少表面上尊敬老师、遵守纪律，即便是吊车尾的，也有个市重点高中生的样子。

如今倒好，世风日下，没想到不仅差生难管，成绩好的学生毛病更多。

她正在生闷气，年级主任凑过来问："小吴老师，你们班的谢井原数学竞赛报名了吗？"

"报了。"

年级主任欣慰地点点头："报了就行，也能拿个奖回来。"

吴女士思索片刻，提醒道："我们的要求是不拿到一等奖就不给他保送名额。"

"小吴老师。"年级主任本来没当回事，乐起来，"不说严重点，这些孩子不当回事，谢井原表现一向不错的，敲打敲打就可以了。"

吴女士加重语气："规矩制定了，就要去遵守，否则没有人会把规矩当回事。"

"好歹是年级第一，不给保送有点说不过去啊。"

"能力不是能拥有特权的理由，能力和责任成正比，他们反而更应该守规矩，承担起给其他人做榜样的责任来。"

年级主任没弄明白她怎么突然变本加厉地较真。

估摸着K班大概又惹她烦了，年级主任打着哈哈出了门："好好，小吴老师，听你的，听你的。我先去上课。"

早自习时吴女士大发雷霆，虽然骂的是柳溪川和京芷卉，但也有杀鸡儆猴之效，全班都瑟瑟发抖。

第二节课后有人带话让孟冬去英语组，吴女士找她。

她就知道要大难临头，不过，展开有点出人意料。

吴女士数落了一通她开学至今因为叫外卖被值日生逮住扣分，还有晚自习在外闲逛扣分的记录，敲敲办公桌："我说过，纪律分扣到一定程度，不能给你发毕业证。"

孟冬一贯讨厌班主任拿腔拿调的做派，不以为意地盯着她。

"不过呢，你从现在开始能够收敛一点，老师还是保证你能拿到毕业证的。"

"好的，我知道了，老师，那我走了。"孟冬敷衍地点点头，准备脚底抹油。

"只有一点额外要求。"吴女士慢条斯理地说，"老师需要你帮忙监督一下K班其他同学，特别是京芷卉、柳溪川、谢井原。"

孟冬困惑地眨眨眼，猛地笑出声："我监督他们？怎么监督？"

"有违反纪律的现象出现，我希望我能第一时间知道。"

"意思是让我打小报告吗？"

"是协助老师工作。"

"那要是没有违纪现象呢？"

"可能吗？"

"可能啊，没有的话让我报告什么？"

"没有的话只能是你观察不仔细。"

孟冬垂眼思索，继而抬眼微笑："吴老师，你说的那三个人，其实我也讨厌他们。"

"这检讨怎么写啊？"溪川撑着头，半天没下笔，光嘴上抱怨了，"就迟个到，能写出1000字心得？吴女士自己怎么不写写看？"

芷卉白她一眼："你何止是迟到，还贪吃，你不去买饭团就没这么多事了。"

"作为一个成长期青少年，我没吃早饭补吃早饭，这不叫贪吃。我吃过早饭再吃100包牛肉干才叫贪吃。我贪吃吗？我没有。"

"你写呗，你把这些都写检讨上，就可以像冰箱一样去跑步了。"

"那还是算了。"溪川撇撇嘴。

提到谢井原，芷卉又有点不安。

听吴女士骂人时的意思，他是睡着了才被叫起来。而课前钟季柏才提过他晚上在帮她打印试卷。会不会是这才导致他睡眠不足？这种可能性让她心里有种沉甸甸的负罪感。

可她又想不通，他每天课间就把作业做完了，她这点事情不至于他从放学回家忙到半夜吧？还是先别自作多情，什么都往身上揽。

乐观地想想，谢井原说不定还要辅导其他五六个女生呢。

不可能吧？

不可能不可能。

"你怎么构思个检讨也有那么丰富的表情变化。"溪川一边撕着牛肉干，一边盯着她观察。

芷卉回过神，睨她一眼："你这就是贪吃，诚恳地写检讨吧。"

"我写不出来。"

芷卉把牛肉干从她手中抽走，放进自己抽屉："写完才能吃。"

"我的聪明才智不应该浪费在写检讨上。"

"对，你应该实现意识数据化，上传云端，再租一只机械臂，帮你写检讨，行动起来吧。"芷卉讽刺道。

溪川笑起来，伸长腿踢了踢前排钟季柏的椅子："今天的英语作业借你抄，你帮我写个检讨。"

"免谈。"钟季柏拨浪鼓式摇头，"英语作业你自己本来也要做，检讨是我的额外劳动。不公平交易。"

"世界上没有绝对的公平交易呢。"溪川捧着脸冲他坏笑。

"不抄你的，我可以抄笨京、冰箱或者全班随便谁的，反正大家自己都必须做作业。"

"除了我，你抄任何人的，我就去向吴女士举报。"

"你不会的……"

"我一定会的。而且我会每天举报一次，你没有哪天不抄作业。"

钟季柏被她的"无耻"惊得说不出话。

"但是我主动借你抄就不一样了。我不能举报我自己，对吧？"

钟季柏沉默三秒。

"好吧，帮你写。"

"双赢。"溪川高兴地在胸前小幅鼓掌，侧身向看得目瞪口呆的芷卉伸出手，"检讨解决了。"

"这也行？"芷卉摇着头把牛肉干还给她，踢踢钟季柏的椅子，"要不……你也帮我写一个？"

"不行，你连你自己都会举报，谁知道你什么时候耍赖，交易不存在。"

"我什么时候举报我自己了？"

"在校会上，'我是三年K班的京芷卉，同样参与了此次事件，我自愿接受处分。'"钟季柏快速模仿完毕，无情地转了回去。

"那是溪川的主意啊！"芷卉嚷嚷。

"但那是你干的啊！"钟季柏没回头。

芷卉噘着嘴继续写自己的检讨。

下午的班会课又被吴女士征用成了英语课，全班士气大减，一天内整整120分钟和吴女士同处一室，简直是种精神酷刑。

课前有个小插曲，吴女士给孟冬换了寝室，两个人还为此争论了几句。

孟冬以前住单人间，交的住宿费也是单人间的住宿费。她家境挺好的，只不过因为家在别的区才住宿，明年想报名参加女团选秀，需要经常在寝室拉筋练舞。

吴女士非说学校有新规定，同一个班要住一起，让她搬到云萱、顾钦钦她们那个六人间，这对她来说不太方便。

孟冬自然抗议了两句，声称自己有睡眠障碍。

吴女士让她有病去看病，拿病假条回来说话。

其间只有柳溪川帮着质问："既然是学校的新规定，后勤处应该下了文件，学校官网上也应该有通知，为什么没看见呢？"又遭了吴女士一个白眼。

病假条是开不来的，后勤通知也是没有的。

吴女士以一句"不搬就走读"单方面宣布结束争论。

云萱和顾钦钦算是间接受害者，原本住的寝室虽说是六人间，但实际上只住了三个人，人人都分到一张空床堆杂物，孟冬搬过来相当于挤占了每个人的空间。

其余所有人因为想到接下去还有一节漫长的英语课就气息奄奄，争辩全没过耳。

当时谁也没想到这些琐事会和自己产生联系。

[31] 再过几个月你可以去打大四的

唱山歌还有回声呢，芷卉在讲台上喊了四遍"有没有人需要申请贫困生补助，今天课间可以来找我拿表"，大部分人连眼皮都没抬一次。

在吴女士的日常施压所造成的后果中，最明显的就是这点：大家秉着多一事不如少一事的原则，尽量以最低限度参与集体事务，不关心、不好奇、不多嘴，几乎不使用思考能力来分辨该如何响应。

做这个班长，芷卉感到挺头疼的。

吴女士交代任务时，拿出了新下发的申请表。还给了张去年的申请表作为填表范本，去年的助学金申请人是梁涉。芷卉觉得纳闷，这本该是保密信息，吴女士就这样给出来了。

按理说一个班也该有两三个人同时申请，不知是不是因为默认那该是梁涉的名额，班里其余人对此置若罔闻。

梁涉和几个男生一起踩着预备铃声进了门。

芷卉为了顾及他的面子没有直接询问，故意又公开喊话一遍。

马超揽过梁涉的肩："领了助学金，下次轮到你买水可别逃了啊。"

芷卉有点诧异，看来梁涉领助学金在班里不是什么秘密。

梁涉皱着眉，挥开他的手，低气压地回了座位。

钟季柏跟在后面用篮球敲了敲马超的头："我不是替他买了吗？话怎么那么多。"

芷卉觉得气氛古怪，但没当回事，从讲台上下来回座位后，直接把一张空白申请表放在梁涉桌上。

梁涉气急败坏地挥开表格："你给我干吗？"

"申请补助啊。"芷卉深感莫名其妙。

梁涉不耐烦地抓起申请表扔回芷卉桌上："不需要！"

这不是好心当成驴肝肺吗？

芷卉一边坐回自己座位一边小声嘀咕："不要就不要，这么凶干吗？"

反常透顶了，这个班，居然和钱过不去。

反常的还有谢井原，最近几天隔三岔五上课被老师点名提问，都是因为在打瞌睡，简直成了违反纪律课代表。

连云萱都觉得不对劲儿："我想问他借作业抄，可他每个课间都在睡觉。他和钟季柏每天晚上在家干吗啊？"

溪川笑着解释："他每天下课要先去老刘家补课，还要辅导芷卉，当然会累啊。"

最后一节课测验，芷卉被梁涉凶得心里郁结，提前交卷后就一直在花坛边揪草解气。

云萱和溪川被走廊栏杆挡着视线看不见她，可她们说的话她倒是句句听得清晰，尤其是带有自己名字的部分。

"他这水平还需要老刘开小灶？"

"别提了，学校非逼他去参加数学竞赛，我为了这件事还跟吴女士吵了一架。"

这就难怪了，动员大会那天提到数学竞赛，谢井原的态度突然就变得冷淡，她什么都不知道，还跟着瞎高兴。

溪川却什么都知情，她说的"为了这件事跟吴女士吵架"是怎么回事？帮谢井原吗？

芷卉有些心烦意乱。

"这节骨眼上芷卉干吗缠着他补课呀，那不是给他增加负担吗？"

溪川捂着嘴笑："能一样吗？他每天说不定就指着这补课的片刻过呢。"

云萱立刻了然于胸："哦……"

差不多到了食堂开饭的点，溪川陪她提前去排队。八卦声渐行渐远。

于是谢井原从办公室回来准备收拾东西回家时，只看见京芷卉一个人坐在花坛边吃草的奇异景象。

男生拧着眉犹豫了十来秒，还是忍不住叫了她："京芷卉。"

"哎，嗯？"

女生回过神，发现正在想着的人突兀地出现在她面前，满脸疑惑。

这不是幻觉。

疑惑的点大概在于，她发呆时下意识地叼着根草。

她飞快地把草扔掉，站起身，幻想立刻抹去对方脑海中关于自己古怪行为的记忆，掩饰性地傻笑起来。

谢井原想笑，憋得辛苦："放学了，你不回家？"坐这儿吃草？

"哦，是吗？我漏听了下课铃。考完了吗？"她故作自然地探头向教室张望。

这也不是对你坐这儿吃草的合理解释。

男生侧过脸，用咳嗽掩盖了绷不住的笑意。

芷卉看见他抬起的手中卷着的竞赛教辅，突然就冷静下来，暂时忘了自己出的糗。

"我听溪川说你晚上还要去老刘家补课……"

男生回看过来，愣了愣："今天不用。"

因为提早交卷，时间绰绰有余，他已经去数学办公室做完了今天的题。

"我不是说今天，对不起啊，我之前都不知道，还耽误了你那么多时间……"女生绞着手指说。

"不耽误。"

"你要是忙不过来就不用管我了，不会做的题我可以问溪川的。"

"柳溪川自己也要复习，别去麻烦人家。"

芷卉被他绕晕了，到溪川那儿是"麻烦人家"，到他自己这儿又成了"不耽误"，简直强词夺理。

女生局促地挠挠头："你这么说，我都不知道该怎么……"

"你要谢我很简单——"男生打断道，"唱首歌吧。"

"啊？唱歌？什么歌？"

"去年校庆演出上唱的那首。"他记得这是京芷卉自编自弹自唱的。

"等一下……你不是讨厌那首歌吗？"

谢井原蹙眉："什么时候讨厌了？"

"我刚唱了两句，你掉头就走……也太不给面子了。"现在说起来，芷卉还是不由自主地埋怨。

男生的眉头困扰地皱起来。

台上看台下这么清楚？

"我看身边有人录视频才发现手机没带，等我找手机回来，你都已经唱完了。"

竟然是这样。

原来他并不是讨厌自己。

她心里好像有个小人摇起了小旗帜，五颜六色的。

芷卉咬着下唇笑起来，环顾四周，三三两两的学生背着书包从旁边经过。

"可是这里……人有点多。"光是和他站这里说话，接受的注目礼都让她不太自在，更别说唱歌了，"我手机里有自己录的，发给你？"

男生点点头，接着问："你怎么发给我？"

"当然是……"

男生循循善诱道："通过脑电波吗？"

这是溪川迟到那天，经过吴女士劈头盖脸发一通飙，才被注意到的事。

所有人都两两互加过微信，只有谢井原和京芷卉没有。

第一次正式对话发生在交通事故现场，他们又急着赶考，似乎不是交换联系方式的最佳时机。

第二次是转班当日，气氛不太合适，接着自主招生的纠纷接踵而来，状况百出，令人眼花缭乱，应接不暇。

到现在终于有些交集了，却又早不是第一天认识，好像没有什么理由能够再提起而不显得刻意。

虽然世界上有一些人可以随心所欲拉黑前来搭讪的女生，但有一些人还是觉得要个微信太难了。

钟季柏推着两辆自行车在操场通往校门口那条路上等谢井原，像个望夫石。这又是二年级放学必经之路，一群群学妹从他面前走过去，看一眼一个人两辆车就开始饶有深意地微笑，搞不懂她们想出了什么东西。

他遭遇这种微笑第十九次之后，谢井原终于从高三教学楼跑了出来。

钟季柏没等他跑到跟前就开始抱怨："你怎么这么磨叽，我从篮球馆过来都比你快。"

谢井原事先没想好说辞，顺口胡扯道："呃……去看跳舞耽搁了。"

"跳舞？谁跳舞？"

"嗯……A班男生，你不认识。"

钟季柏满腹狐疑地盯着他："A班男生干吗跳舞？"

谢井原骑上车："想跳就跳。"

"你别跟我撒谎，你的撒谎水平我还没数吗？一听就假。"

"谁撒谎了，没撒谎。"

"不会是去听我们班女生唱歌了吧？"

谢井原用脚撑了地，没说话。

周围行人太多，骑不起来，两个人只能坐在车上用腿划着地跟人群走。

他俩的自行车是一起买的，同品牌同系列，只有颜色不同，一看就是成套的。

露出那种微笑的女生更多了。

钟季柏很想揪住一个采访一下这会儿又在笑什么鬼。

这边气还没理顺，前面突然传来一声口哨，钟季柏抬头一看，爆出一句粗口。

"你文明点。"谢井原一边劝，一边看清了局面。

圣华是个历史悠久的学校，校址这片是挺繁华的老城区，所以正门外这条马路不太宽，马路对面喊一声，校门口这边不难听见。

眼前就有个没穿校服的男生靠坐在自行车上，脸长什么样暂时看不清，身高和钟季柏差不多，坐姿挺嚣张，口哨就是他吹的。

钟季柏虽然脸小可爱，但还没到被男生追着吹口哨的地步。

谢井原在他前后左右找了找真正招人的那位，人群中就一个女生满脸错愕地停住了脚步。

黎静颖，高二的，京芷卉去准备表演节目的时候一般换她上场主持。

谢井原这边刚认出人，钟季柏那边已经扣着人家手腕拖到身边来了。

偶像剧一样的展开。

"你男朋友？"钟季柏问。

女生飞快地摇头："不认识。"

身边的高个小姐妹告状道："跟她四五天了。"

"好嘞！看我不捶扁他。"钟季柏兴奋地一推，把学妹扔出三米远，蹬车蹿了出去。

谢井原一听这调调，赶紧把他揪住："你认识那人吗，就打架？"

"阳明高一那个啊，打高二学长，追高二学姐，当我们全校是死的。"

钟季柏对本校有点莫名其妙的归属感。以前阳明和圣华一贯和平相处，但他跟其他区重点普高的打过，不能保证每次都赢，不过很勇猛。

谢井原看那高一的小孩不像小孩，体格不比钟季柏弱，前有一对十几的战绩，他这一下冲上去可能要吃亏。

没想到打架没轮到钟季柏，两人距离缩短到一半的时候，还在过人行横道，对面就冒出个穿圣华校服的男生，对着阳明高一那位当胸蹬了一脚，直接将他从自行车上踹翻下去。

"哎呀，这是谁啊？"钟季柏震惊得突然刹车，脚点地撑着。

谢井原眯眼从打起来的一团混乱中辨出人："一年级的。"

也在竞赛班。

"很可以啊，我要收编进篮球队。"

谢井原瞥他一眼，冷笑："人家学霸。"

"学霸也可以打篮球啊，你以为谁都跟你一样。"

谢井原被说得没话了，专心骑车。

两个高一小孩极其野蛮，又是放学时间，很快造成了交通堵塞，估计马上就要把警察和保安都招来拉架了。

钟季柏路过时没停，毕竟没什么立场上手，难道二打一吗？

沉默着骑了一段，钟季柏说："我有点惆怅，感觉长江后浪推前浪，一上高三就像退休了似的，这学校不是我的了。"

"你还有过霸占学校的野心？"谢井原安慰道，"再过几个月，你可以去打大四的，让他们感受一下退休。"

钟季柏马上笑开了花："有道理！暑假我要去少林寺进修！"

[32] 震惊！谢井原的朋友圈全是女孩！

谢井原的"朋友圈"，没和他加上微信好友之前，芷卉猜要么是空的，要么是转发学业相关的内容。她甚至怀疑过谢井原有没有注册微信。

互加了好友，把录的歌发过去后，芷卉第一时间翻开他的"朋友圈"，里面的内容完全出人意料，居然全是羽毛球相关内容，不知情的还以为他多么爱好运动。

仔细看了才发现，更新频率并不高，平均一两个月才发一条。他爱好的也不是羽毛球，而是个打羽毛球的女孩，其中有几张赛后领奖照片，证明这小姑娘是阳明高中的。

几乎每条有这姑娘出现的"朋友圈"下边，都有钟季柏在评论中疯狂呼喊："麦麦最棒了！""麦麦加油！"

而她的全名，在开学不久后他发的一张照片下的评论中有了答案。

柳溪川："麦芒是你妹妹？"

谢井原回复柳溪川："嗯。"

云萱："她好可爱啊。"

钟季柏回复云萱："有其兄必有其妹。"

顾钦钦："可冰箱一点都不可爱。"

江寒回复顾钦钦："冰箱挺可爱的。"

顾钦钦回复江寒："没你可爱。"

钟季柏："没我可爱。"

时唯回复江寒："你这条评论是不是收钱发的？图上哪儿有冰箱？"

江寒回复时唯："被掐住喉咙发的。照片是他妹妹，可爱吗？"

谢井原回复江寒："谁掐你了？"

江寒回复谢井原："命运。"

时唯回复江寒："可爱的。"

贝逸铭回复钟季柏一个"呕吐"的表情。

钟季柏回复贝逸铭："我是说冰箱没我可爱，没说麦麦没我可爱。"

贝逸铭回复钟季柏："你有什么出息，跟谢井原比可爱？"

时唯回复贝逸铭："你不是说雅思没过8分不上网吗？"

贝逸铭回复时唯："这次题目难。"

谢井原回复时唯："那他可能要终生断网。"

时唯回复谢井原："真要考交大？"

谢井原回复时唯："私聊。"

贝逸铭："上海交大，地处闵行，距市中心30公里，距世界一流大学1250公里。"

时唯回复贝逸铭："你再说一遍？"

贝逸铭回复时唯："上海交大，世界一流大学。"

芷卉心里不是滋味，在K班连顾钦钦都早就加他为好友了，他也并没有拒绝，为什么自己就没有早点落落大方地直接问他要微信号？

K班的、A班的，很多人都知道他有个妹妹。她却一直误以为自己是最关注最了解他的人。

他竟然有个妹妹。

做他的妹妹该有多幸福。

芷卉再往回翻时，觉得这妹妹加上"谢井原妹妹"的头衔，看起来都比刚才更甜美漂亮了。

从最后翻到最前也没花两分钟时间，就这寥寥几十条动态中，没想到还有一条和她有关，时隔两年，她面对这张照片，指尖还是微微颤动。

那是高一竞选班长时的计票记录，最终黑板上的战果是：京芷卉16票，时唯19票。但在这之前有两次平票记录，谢井原大概是觉得印象深刻才会拍下来，他配的文字只是：有趣。

对芷卉来说，那却不是什么有趣记忆。

从小到大，她没有在人气方面输过。

还不仅仅是好胜心的问题。

竞选班长在开学后第二个月，此前芷卉一直是代班长，从第一天起记住全班的名字，关心每一个同学，最后换来这样的结果，让她觉得自己所有的付出都被辜负了，比起受挫，更多是委屈。

放学时应景地下了雨，她在回家的公交车上哭了一路，车上的热心阿姨们围着她开导，她说不出原因。在高中竞选班长失败怎么看都是小事一桩，可对她而言并非如此，她边哭边下定决心以后再不对别人好了，要做个像谢井原那样冷漠无情的独行侠。

不过，这决心没坚持过24小时。

第二天上学时有人把昨天投票的一些纸条放在她的抽屉里，每三张叠在一起。一开始她不明所以，一次次展开，直到发现每三张是相同的字迹，写着"京芷卉"。

这班级有13个人每一次投票都坚定地支持自己。

意识到这件事后，她又被感动了，说起来都是些鸡毛蒜皮，一个人为此哭哭笑笑，回想起来也难为情。

放纸条的人应该是时唯，她不像芷卉这么活泼热情，但是个温柔细腻的人。

后来两人成了朋友，都没再提过竞选班长的事。每次组织活动，芷卉还帮着时唯做动员，相当于半个班长。

谁也没想到在她已经不在乎这个头衔及其背后一切意义的高三，她会被吴女士硬逼着当了K班班长。

但时过境迁，热情和初心好像也消逝了，在成绩、名次、日益激烈的竞争面前，为别人付出和收获感激都显得无足轻重。

她觉得自己变得不像自己。

想起刚才敷衍地去英语组向吴女士回话，说没有人申请助学金，她有点惭愧。

难道以京芷卉的双商，她真的发现不了其中的蹊跷吗？往年申请过助学金的同学对此反感到不愿提起。据观察，他们的家境并没有一夜好转，作为班长就这样视而不见，最对不起的人是从前在公交车上哭了一路的自己。

芷卉放下手机，从抽屉里拿出那张忘了交回去的往年申请表。

直系亲属关系那栏只有母亲的名字。

家庭情况说明陈述清晰，父亲早逝，上有老人，舅舅患有精神疾病，全家依靠母亲做环卫工人的微薄收入生活。

这样的情况，为什么要拒绝贫困生补助？

芷卉困惑不已，视线停留在他的家庭住址上。

距离学校不到一站路，走过去看看又能耽误多少时间？

历史课，画考点到"雍正设立军机处"时，前排有女生激动地接嘴："雍正可帅了。"

老师停下来饶有兴趣地追问："你是觉得雍正帅还是扮演他的演员帅？"

女生们没回答，只是嘻嘻笑着。

"一提到雍正，有些女生的眼睛都亮了。"历史老师向教室里环视了一周，笑着打趣，"少看点偶像剧，历史上的雍正可不是你们看到的痴情美男……"

溪川有一搭没一搭地听讲，只想着下课借别人的书画画重点就好，正偷偷翻看抽屉里从钟季柏那儿抢来的漫画。

老师看过来，她听见教室里有笑声，正好抬头，赶紧合上漫画正襟危坐，被逮住的却是她埋头做数学题的同桌。

"京芷卉。"

溪川扯扯芷卉的衣角。芷卉愣了愣，回神看向前方后迅速起立。

"我刚才在讲什么？"历史老师笑眯眯地看着芷卉。

历史课氛围一直很好，老师业余是个美妆博主，班里好多女生男生还日常蹲守她出的视频，她和学生没什么距离，弊端是没什么学生怕她，课堂氛围非常休闲，干什么的都有。

芷卉迎着老师期待的目光半张开嘴，在桌下猛踢溪川救急。

溪川压根也没比她多听几句，只能从头脑中搜寻语音碎片信息，不确定地小声说："痴情美男？"

"痴情美男？"芷卉被这个答案吓了一跳，一时没有控制住音量，惊讶地反问。

教室里响起一阵哄笑声。

芷卉脸上发烫，有点难为情。

历史老师无奈地摇摇头："你们不要因为我好说话就欺负我呀，不然我转变风格走小吴老师路线了。"

"不要尝试，吴皇'秒杀'全场。"马超说。

"悦姐你出个吴女士仿妆是可以的。"钟季柏翘着椅子笑。

历史老师笑着白了他一眼，看见他身后的芷卉还老实站着，一边招招手让她坐下，一边闲扯："芷卉唇色挺好看的，用的什么唇膏？"

"嗯？"芷卉如获大赦地坐回位置，眨眨眼，"我没涂唇膏。"

"青春的颜色啊，羡慕不来。"老师感慨了一句，回过神，赶紧把话题拉回课堂，"来来来，全体认真上课，今天不把这章考点讲完，下周考试你们又一片哀号……"

芷卉侧头笑嘻嘻地拧溪川："又被你坑死。"

谢井原不经意地一抬眼，目光短暂定格，又赶紧垂下眼睑。

涂没涂唇膏，男生当然不太懂得欣赏。印象中芷卉的五官，无论单看哪个部位都很精致，眼睛圆圆的，嘴小小的，就连生气不说话时脸鼓鼓的都非常可爱。

但具体是哪里最可爱……还是别推敲了。

下课后芷卉找不到钟季柏，转身对谢井原展开话痨攻击："钟季柏回家了吗？"

谢井原从习题上抬起头，一时没反应过来，钟季柏回没回家干吗追着我问？

视线落点又稍低，猝不及防对上她的眼睛。

近在咫尺，他略微有点慌神："哦，谁？"

"我问钟季柏，他人呢？书包还在，人不见了。"芷卉无奈地叹口气，下意识地舔了舔嘴唇，"我有事问他。"

看哪里都不对，谢井原如今非常后悔让"京芷卉哪里长得可爱"这问题过了脑。

他生硬地把目光闪开："书包在就是人没回家，下午一般在打篮球吧，怎么了？"

芷卉左右看看，虽然现在教室里学生不多，注意力也都不在这里，但毕竟关乎其他同学的隐私，最后传出是非就不好了。

她凑近一点压低声音："你知道梁涉的情况吗？"

男生本来就心猿意马，被她突然拉近的距离吓得全身都绷直了。

女生洗发水的清香几乎就在他鼻尖下打转。

他表情有些不自在，冷着脸："不、不清楚。"

女生没有离开的意思，苦恼地撑过头："大家都知道他家很困难，可他又坚决不肯申请补助，感觉好奇怪，你知道是怎么回事吗？"

这件事已经困扰了她一个周末，想来钟季柏平时和他关系不错，他或许知道点内幕。

此时此刻，谢井原真没法和她感同身受，反而有点如坐针毡，迅速在脑海里搜索逃离方案。

芷卉见他没反应，用手在他眼前晃晃。

"我听见了，我不知道。"

"算了，除了做题，你还能知道什么。"见谢井原一副心不在焉的样子，芷卉也放弃了向他求助，转而关心起了他本人，"脸怎么这么红？生病了？"

何止生病，他本人感觉灵魂已逝。

"天热。"

谢井原保持面瘫，拿起笔记本欲盖弥彰地扇了几下，借机拉开距离。

芷卉用怀疑的眼神看了一眼他们身上的秋季校服。

气温适宜。

哪里热了？

幸好钟季柏及时打完篮球回到教室，客观上救了他一命。

[33] 我不能一边拿钱，一边又拒绝承担责任

芷卉见钟季柏进门，立刻扔下谢井原跑过去，把他拽到一边："你回来得正好，问你个事。"

男生漫不经心地转着球："准没好事。"

芷卉断了他的球藏在身后："梁涉干吗要拒绝申请助学金，你知道吗？"

"你管那么宽干吗？"钟季柏左右探了两下手，没办法在不碰到她的前提下抢到球，只好站在原地挑起眉，"他欠你钱了？"

"我上礼拜跟去过他家偷偷望了一眼，感觉他没理由拒绝。"

"名侦探笨京，你怎么精力这么旺盛呢？"

"你说不说？"芷卉作势要把篮球往窗外扔。

钟季柏怕捡球麻烦，连忙举手告饶："为什么拒绝，我不清楚，但是他不想要，自然有不想要的道理，反正他有其他收入来源。"

"打工吗？"

"就在学校旁边那个网红奶茶店，每天下课后过去轮个晚班。"

芷卉把球扔回他手里："是我们平时经常叫外卖那家？"

男生接住球，点点头。

芷卉飞快地拿起书包冲出教室。

钟季柏慢吞吞踱回后排，敲敲谢井原的课桌："想什么呢，一脸烦恼？"

谢井原抬起眼："你不觉得前后排距离太近了吗？"

"你才觉得啊！我平时腿都伸不直！"男生开始了他的激情控诉，"看看这课桌，像高中生的课桌吗？不！明明是小学生课桌！我每次抱怨，云萱都骂我不要脸炫耀腿长！错的不是我！是这个世界！"

谢井原沉默地看着他手舞足蹈，觉得自己跟他虽然在讨论同一个话题，但并没有共同语言。

梁涉打工的奶茶店一直生意火爆。对待这份工作，他很认真。店里十几种奶茶的配方背得滚瓜烂熟，常来的客人喜欢喝哪种也不需要开口。

班里云萱她们几个住校的女生在店里遇见过他，都不再叫外卖，放学后专门走过来从他手里买，这样提成就算他的。

托大家照顾生意，虽然暑假过得惨淡点，但几个月来攒的钱也把这学期的学费凑齐了。自力更生比领救济腰杆硬多了，他本打算再打几个月的工，把下学期学费和生活费也攒够。

可似乎因为客源稳定了，老板觉得没必要再雇学生兼职招揽学生，全职员工压一压还能榨出一段免费的加班时间。

排队的客人刚刚减少一些，他就把梁涉叫到一边，把结款的信封递到他手里。

"干完今天，你就不用来了。"

信封只有薄薄的一片，摸一摸就知道里面没装几张。

"为什么？"梁涉没接信封，有些惊讶。

"你未成年，这不是害我吗？"老板不耐烦地摆摆手，"你拿了工钱不用来了，咱们两不相欠。"

"我年满16岁了，不算童工。"梁涉有些着急，他需要钱，要在学校附近另找份兼职并不容易。现在突然因为这样的理由就被辞退，他实在无法接受。

他苦苦恳求："再说我来的时候，你知道我是高中生的，你不能以这个理由让我走。"

老板铁了心，语气变得凶狠："让你走就让你走，哪来那么多理由？你不是要高考了吗？好好回去念书吧。"

梁涉想了想，无奈地接过信封打开朝里看。

信封里的内容同样不可观，几张20元、50元钞票，连数都用不着数。

这更让人无法接受了："这里只有基本工时费，提成呢？"

"哪儿来的提成？"老板抱臂用鼻孔看他。

梁涉指着排队的队伍，语气有点激动："招聘的时候说好按客人人数来提成，前几个月打折算也就算了，这个月这么多客人，怎么可能提成一分都没有？"

芷卉在旁边看了好一会儿，起初不知前因后果，一头雾水，听到这句才追上剧情。

原来梁涉惨遭辞退，看样子还拿不到当初许诺的提成。

"你以为真有这么多客人啊，都是我花钱雇来的。都没客人，哪儿来的提成？"他不耐烦地挥手，"赶紧走赶紧走。给你工资就不错了，赶紧走吧。"

说着，他已经亲自动手把梁涉往店外推："还愣在这儿干吗？快走吧，别戳在这儿影响我做生意……"

梁涉低着头，眼睛有些湿润，捏了捏拳头。

芷卉看不过去，举着手机蹿到两人面前。

"'行业内幕，老板坦言网红店雇人排队'，老板你想不想上热搜？"女生用手机从店门转向对准了老板的脸。

梁涉被这突发状况闹蒙了，困惑多于愤怒。

芷卉朝他递了个狡黠的眼神，他也没明白什么意思。

"哪儿来的小姑娘？我们店里的事你少管。"老板虽然嘴上凶悍，但心里有点虚。

网络时代信息泛滥，负面新闻传播最快。

更何况店里还要借品牌融资套现，品牌口碑垮了可要命。

"你亲口承认雇人排队，我都拍下来了，你不把该给的都给他，我就把视频满世界发，你猜猜会怎么样？"

老板被戳中痛点，猛地伸手想要抢夺手机，声音也拔高了些："你威胁我？"

芷卉闪到梁涉身后，老板想抢手机，又越不过身材高大的男生，急得跳脚。

"我不仅要发视频，还要圈一堆工商局、消防局，要他们来看看你这店还没有别的问题……"

"别别，等等，一切都好说，都好说……"老板心里暗叫祖宗。

芷卉乘胜追击，绷着脸问："怎么说？"

老板环顾四周，闹得动静有点大，附近已有些人驻足围观，甚至还有掏出手机的。

"我们坐下来好好商量，好不好？"

想使缓兵之计？

芷卉没理他，拿起手机佯装操作："我发了……"

"我都答应你，我给，我给！"

"现在给！"

老板眼珠一转，试图垂死挣扎："我没现金。"

芷卉又扬起手机给他播放刚拍的小视频。

老板泄了气，惊慌失措地双手下压，急急忙忙掏出钱包抽出几张百元纸币递到她手里。

芷卉看也没看就接过钱，交给梁涉："数数，看有没有少？"

梁涉没认真数，他也不清楚营业额到底有多少，提成到底该有多少。他本身老实，一般都是人家给多少算多少，眼下这些钱显然不少了，他胡乱点点头。

事件算告一段落。

几分钟后，回想起这混乱的局面，梁涉才忍不住笑起来，怎么感觉有点像雌雄大盗打劫。

"刚才谢谢你。"

芷卉摆摆手，笑道："不用客气，奸商实在太可恶了。"

"你怎么知道我在那儿的？"

虽说奶茶店离学校不远，偶遇也不是不可能，但说起来为了聊贫困补助一路追过来，显得她莫名有点像变态跟踪狂。

芷卉被问得有点心虚。

路见不平拔刀相助就像做任务跟着地图走，都是自然而然，条件反射。

她含糊其词地一带而过："我有我的办法呗……"紧接着转移话题，"你一天要工作多长时间呀？"

"四五个小时，放假的时候就长点。"

学校五点半放学，四五个小时，差不多工作到晚上十点店铺关门，回家再开始做题备考，挺辛苦的。

"现在学习这么紧张，你还要抽这么多时间打工。"芷卉顿了顿，再次试探道，"还不如申请学校的补助金，可以减轻些负担。"

梁涉瞬间收敛笑容，回答简短强硬："我不愿意。"

"申请手续也不麻烦，有什么可担心的呢？就算申请手续麻烦，也总比每天耽误几个小时的时间强吧？"芷卉不知道他为什么如此抗拒，循循善诱。

"我以前申请过，跟你说也没关系。"面对帮助过自己的女生，梁涉放下戒心叹了口气，"每次申请下来，学校就会把我领补助的照片贴在布告栏里，来来往往的人都能看见，我觉得很难受。"

在那张照片被其他通知覆盖之前，他甚至都不敢往布告栏边上走，生怕有人认出自己就是照片上那个被领导们围着嘘寒问暖的贫困生。

为了不再体验这种感觉，他宁愿靠自己去赚钱。

芷卉一时跟不上他的思路，不痛不痒地安慰："学校可能只是没考虑周到，其实没有什么人注意的。"

"怎么会没人注意！"梁涉有些恼火，但马上又把自己的不满情绪压了下去，"算了，说了你也不明白。"

她想说的是，她就从来不会注意照片上都是些什么人。

不过换位思考，当事人也许很在意。

"对不起，我没别的意思。"芷卉心里过意不去，小心翼翼地说。

"你没必要道歉。"

"你真介意的话，不妨跟吴女士沟通一下，我觉得也不是非要拍照的嘛。"

梁涉苦笑起来："你以为我没找过她吗？我去找吴女士，她说我领了补助，成绩还这么差，本来就已经辜负了别人的帮助，如果连最基本的感恩都不懂表达，那就是个过河拆桥的白眼狼。她还让我又写了一封感谢信一并贴在布告栏上。"

"她怎么能这么说啊……"

"其实她说得也有道理，我不能一边拿钱，一边又拒绝承担责任，要想得到别人的尊重就应该自力更生。"

"那天，我也不该当着其他同学的面把表给你……"

"反正你给之前大家也都知道了。"

女生很快又元气满满地开始提议，"我们一起想想办法，看怎么解决这个问题。"

"这闲事你就别管了。"梁涉笑起来，感觉她像个漫画人物，喜怒哀乐都有点被放大，"今天你已经帮了我很多。你看，你都帮我要到工钱了。"

那也没多少，加起来总共也就几百。

下学期的学费、近一年的生活费，三四千总归需要吧，这些远远不够。

芷卉忧心忡忡："你以后也不能再到那家店打工了，又该怎么办呢？"

"你的心意我领了，钱的事我自己解决。"男生明显已经不想再多聊这个话题，冲她摆摆手，"天色不早了，你快回家吧。"

[34]　除了学习连呼吸都是错的

对学生而言，钱并不是什么说来就来的东西。梁涉性格独立又自尊心强，就更麻烦了。

芷卉想，靠他是肯定不行的，只能自己来想办法。

她的办法却又简单粗暴了点，第二天直接带了个自制的募捐箱去学校。刚走进校门，就被头疼到底的梁涉堵截到隔壁楼梯口。

"你干吗呢？"

"帮你找同学捐款啊。"女生眨眨眼睛。

梁涉望天，闭眼，就猜到这破箱子和自己有关。前有谢井原，后有京芷卉，他现在很怀疑本校A班是个情商特困班。

"你这样做和吴女士有什么区别？"还更大张旗鼓。

"但我们自己班同学肯定没有不想帮你的，也不会要求你拍照、写感谢信来回报啊。"

"同学是没问题，你想想吴女士知道了会怎样。"

芷卉沉默几秒，把带有"募捐箱"三个字的那边转向了内侧。

男生烦躁地挠挠头："你别老管我，先担心自己吧。"

"什么意思？"女生愣了愣。

梁涉没有马上说话，而是警觉地向四周张望了一圈，确认附近没有本班的同学才低声说道："吴女士在班里安插了眼线，叮嘱要特别留意你、柳溪川和谢井原。"

"不意外呀，是她会干的事。"她对此倒是接受度良好，看了看面前的男生，对他的情报源产生了好奇，"但，你怎么知道的？"

梁涉没说，拽着她走进教室放下书包，拿出他总在摆弄的"电报机"，分了一只耳机给她："你听听看。"

女生戴上耳机凝神听着，刚开机，耳机里先是一阵"嗞啦嗞啦"的电流音，但很快就清晰地响起了人声。年级主任的声音从里面传出来，似乎正在和什么人谈话："肖老师，你也不要有什么情绪，调休是校长决定的，和你跟陈老师谈恋爱绝对没有关系，现在时间紧张……"

"陈老师？哪个陈老师？"她扭头问梁涉。

"B班的物理老师。"梁涉明显对这些内幕信息已经了如指掌。

女生瞪大眼睛："他都谢顶了，得有50岁了吧，肖老师怎么看都只有25岁。"

"其实她30岁。"

"掌握着这么多惊天八卦，你不怕被灭口啊？"

"谁能发现啊。"

班里有好几个学生都知情，可要说K班有什么共同敌人，那肯定是老师，没人会去打小报告的。不过最近这个"小耳朵"却让梁涉有点忐忑，他不敢把"电报机"明目张胆拿出来用，又怕漏听了"小耳朵"去告状。话又说回来，京芷卉、柳溪川、谢井原这三个人起码被排除了。他想着京芷卉看来精力过剩，还不如让她劲儿往别处使。

"你放哪儿了？"芷卉问。

梁涉指指桌下："就算被发现了，也没证据证明是我放进去的。"

"声音很清晰啊，连翻书都能听见。"芷卉边听边赞叹，忽然又心生一计，"哎，有了，你去申请专利把专利卖了，不就什么都有了吗？"

"这哪行呀，不过是个小玩意儿，还差得远呢。"

"我看过报道，国外一个学生弄出的五花肉花纹的行李箱套都申请了专利。"芷卉坚定地拍拍梁涉的肩膀，"你的比那个强多了。"

"日本的吗？"梁涉笑着嘲讽。

芷卉没听出嘲讽，再次拍拍他的肩："相信我，真的很棒。"

就算申请专利也不代表专利能变现。梁涉成绩一般，可智力没有问题，懒得和天真派班长继续纠缠，只好佯装备受鼓舞："行！我试试。"

下课铃响过后几分钟，前排何琳的座位边已经聚集了一小堆女生叽叽喳喳聊八卦。

芷卉在后排远远观望，笔杆支着下巴。

按梁涉的说法，吴女士的眼线是个女生，但他不知道具体是谁，一来对方进办公室没自我介绍，他对女生的声音也不那么熟悉；二来话说到一半就响起眼保健操音乐，彻底听不清了。

会是谁呢？

顾钦钦在人群中不知说了什么，大家笑得前仰后合。

芷卉低下头，用铅笔在攻略手册上画掉了顾钦钦的名字。

别的不提，顾钦钦天真迷糊，头脑简单，做小耳朵就算心有余也力不足。

吴女士又不傻，该有多想不开才会找她。

芷卉将视线转向她身边的孟冬。

是她吗？

芷卉眯起眼睛。她与大家一起玩闹着，看起来没什么不自然。孟冬有自己的小团体，而且够讲义气。

能完全排除她吗？好像不行。

何琳呢？

看上去更心机一点，会是她吗？

芷卉很快发现，除了顾钦钦，她谁也排除不掉。

溪川咬着冷饮的吸管从后门跑进来，见芷卉又呆头呆脑，像个机器人似的左右四顾："东张西望的干吗呢？"

"正找你呢，凑近点……"芷卉神秘兮兮地拉拉她，压低声音："吴女士在班里安插了眼线监视我们。"

"眼线？谁告诉你的？"溪川警惕起来。

芷卉用眼神示意了一下梁涉的方向，溪川追问："他的消息可靠吗？"

"绝对可靠，他亲耳听到的。"芷卉坚定地点点头。

梁涉算是大家公认的老实人，不太可能无中生有。

溪川决定信了。

芷卉倒不像个受害者，表情兴奋不已："你觉得可能是谁？"

"我觉得可能是钟季柏……"溪川也莫名激动起来，两个女生头顶头地八卦着，叽叽咕咕的声音微弱细密。

后排谢井原在两张试卷间抬头换口气，正碰上这副魔性画面。

芷卉眼睛空前闪亮，表情生动。

男生起初只觉得好笑，不由自主地盯着看一会儿，时间却好像因此变慢了，周围的嘈杂声音开始消失，她的每个神色的变化都成了慢镜头。

她忽然有一种被盯着看的奇怪感觉，回过头，正遇上男生的目光，他直勾勾盯着她。她愣了愣："你听到了？"

"嗯？"谢井原有点懊恼，最近对京芷卉的"搭讪突袭"，闪避不太敏捷。

芷卉想起谢井原也是吴女士的重点监视对象之一，顿时产生惺惺相惜的感觉，冲他眨眨眼，故弄玄虚地嘱咐："你要保密啊。"

谢井原回过神，胡乱点了点头。

虽然还没弄清要为什么保密，但好像已经上了贼船。

吃晚饭时爸爸难得在家，芷卉话多几句。他问学校有什么新鲜事，她就把梁涉的小发明说给他听，总结道："我感觉能申请专利了。"

没想到这也能引来妈妈的不满："快高考了，还搞这种偷听办公室的发明，家长也不管管？"

也不是谁家都有你这样让人窒息的家长啊。

芷卉顿时没了兴致，随口叙述："没人管他，他爸去世了，妈妈是环卫工人，家里还有残疾人要照顾，挺困难的。"

妈妈说："就这样的家庭出身还不好好读书，真是死到临头都没有危机感。"

"你怎么知道别人没好好读书？"

"不是在K班吗？"妈妈又来了，这种吴女士拜把姐妹一样的论调。

"我也在K班。"

"你就没好好读书。"

芷卉停下筷子较真道："妈，每个人生来智商不同，学习能力不同，学习条件也有差别，不要想当然唯结果论，看人家成绩不好就说人家不努力。我们班这男生被班主任为难得不想申请助学金，每天要打工四五个小时才能勉强赚到学费。之前被克扣工资还是我帮他要回来的，现在不知道再找什么工作……"

妈妈对那些悲惨故事毫无兴趣，直接打断："你都高三了，还忙着帮人讨薪？"

芷卉一时语塞。

"我高三，也不至于每天24小时学习，除了学习连呼吸都是错的。"

"第一次月考33名，第二次月考35名，下次你准备考第几？别找什么考试迟到的借口，按你现在的成绩，早就没资格进A班了。还'不至于24小时学习'？我要是你，饭不吃、觉不睡都要把成绩追回来，你倒好，把时间都浪费在不相干的人身上。"

芷卉嘟囔："是你们问我的，我说了又怪我。还不是你叫我和同学搞好关系……"

"我叫你跟他们搞好关系去争取20分加分，你这分心分得退步了40分不止。"

芷卉不吱声，爸爸见吃饭气氛不佳只好出面打圆场："行了行了，吃饭时不谈正事，一两次没考好也不要心理负担太重。"

"教育孩子的时候你就不要不分是非做好人了，平时没看她对哪个人特别上心……"妈妈转过头继续对芷卉说，"我跟你说，这时候千万不要有什么不该有的心思，要是被我知道……"

这简直算得上奇耻大辱了吧！

妈妈连梁涉的面都没见过，一听说是男生，就这么疑神疑鬼的。

"妈！我就是想帮帮同学，不要什么事都想到那上面去好吗？"

她这一嚷嚷又激怒了妈妈。

"你看你，我刚说你两句，你就跟我顶起来了，平时会这样吗？不是我戳中要害，你虚张声势叫这么响干什么？你自己想想……"

芷卉心烦意乱叹口气，扔下碗筷准备进房间，被爸爸拉回饭桌前："别说了，孩子想帮助同学不是坏事。"说着又给妈妈夹了些菜，"来来来，吃饭吃饭。"

算给爸爸面子，在低气压中把饭吃完了，芷卉振奋不起来。

就算没有人提，成绩逐渐退步也是真实存在的，因为喜欢某人而分心也是真实存在的。

[35] 我想倒带再听一遍

芷卉妈妈虽然一直是家庭主妇，但她有自己的社交圈，生活重心并不全在女儿身上。从前对女儿严格中带着宽松，犹如一份日常工作，做母亲的下发精准计划，做孩子的在计划框架范围内自由地实施。

但分班考失利就像第一片雪，引发了往后每个节点都出人意料的雪崩。妈妈很想再把计划拉回正轨，却错过每一个时机，不可避免地逐渐焦虑。她开始反常地增加投入，无心关注女儿学业外的任何事，忧愁地度日，芷卉在她面前神采飞扬是不合时宜的。

可芷卉不是青春期叛逆心很重、伪装演技娴熟的那种女孩子，明明在校没什么特别不开心的经历，在家却要装作苦大仇深，这就已经够难为她了。

吃早饭时又激发了新一轮矛盾，妈妈提出要亲自开车接送她上学。

芷卉家离学校很远，但胜在方便，每天一出小区侧门就能到公交车始发站，坐14站直接在距离学校大门40米处下车。

车上这四五十分钟时间是她的小小自留地，现在妈妈连这么点喘息时间也要剥夺。

“在公交车上我每天还能背单词，你坐我旁边，我什么也记不住。”

“你和我有什么仇？我坐旁边，你就记不住？我怕你哪次害怕考试又去碰瓷出车祸。”

芷卉咬着牛奶吸管给爸爸使了个“评评理”的眼色。

爸爸想了想，转头对妈妈说：“你开车，她不是要天天迟到？”

妈妈瞪他一眼。

爸爸接续道：“上下班高峰，还是公交车开得最快吧。”

这倒是客观事实。

对这个议题，妈妈暂时偃旗息鼓，但芷卉知道往后还有更多鸡毛蒜皮的烦扰在等着自己，妈妈一天也不会让她好过。

归根结底是成绩让她不满意，框架都垮了，里面的自由也跟着没了，得照她设想的每个生活细节来实施。

这份细节清单上，肯定没有友情的位置。

要是知道芷卉和云萱又做回了闺密，她第一个要奓毛。芷卉没敢提，偶尔被她问起来就顺着说几句云萱的坏话，批评她不求上进，暂时没有引起怀疑。

芷卉心里觉得挺没劲儿的，活得像双面人。

下午大课间，云萱蹭到她身边来问数学题，芷卉给她解决了第一小问，求了个三棱锥体积，然后两个人双双在第二问卡住了。

听她们鸡同鸭讲了五分钟，谢井原终于确定，努力想教会云萱的京芷卉同学自己也不会证明。

“我说……”男生无奈地抬头看向她，“这道题我给你印的第一张试卷上就有。”

"有吗？"芷卉愣了。

谢井原没说话，只看着她。

芷卉找出装订好的试卷，翻了又翻："没有。"

"这不就是？"点了点其中一题。

芷卉把两道题搁一起对比，音量都大了点："根本不一样。"

"你……想象一下，把这个棱锥顺时针转90度，再看。"

芷卉盯着图，半晌没出声。

云萱伸过头看了眼："是一样的。"

"哪儿一样啊？"芷卉小声问云萱。

"那道题的图就是这道题的图的背面，那道题的E点朝外，这道题的E点在里面，这个F在右边，这个F在左边，都一样。"

经过云萱的讲解，芷卉彻底蒙了。

谢井原撑着额角，脑子里闪过一系列宇宙毁火的画面。

京芷卉的空间想象能力为零。

这就意味着给别人做一千题能熟练的题海战术，换她做一万题都不行。因为在京芷卉眼里，几何体转30度，一个新题型；转45度，一个新题型；转60度，一个新题型……

"其实这一点就是这一点，这个点在这条线上移动，这个点也在这条线上移动，也就是说这条线就是这条线。"云萱细致地解释了一遍，芷卉的表情显示她"将信将疑"。

"所以这道题的平面PAB就是这道题的平面PBC，知道了吧？"

芷卉"将信将疑"地点点头。

"知道什么啊！"云萱挥手把她脑袋戳飞出去，"是这道题的平面PCD！"

谢井原憋笑憋得辛苦。

"你干吗讲个题还要诈啊！"芷卉捂着脑袋委屈。

"因为你没听懂还点头啊！"云萱一嗓子吼得把半个班都吓回头了。

谢井原笑着把云萱拉开："你会做了，你回去吧，我教她。"

云萱朝天花板翻了个白眼，抄起自己的试卷，从柳溪川的座位回到前排。

钟季柏看着她乐："得亏笨京不是你女儿，要是遗传了你的智商又碰上你这脾气，怕不是要常住ICU。你看人家冰箱，天天辅导笨京，一次也没打过人。"

"冰箱好，你去跟他坐啊，去去去，最后一排去。"云萱逮着人出气了。

芷卉委屈巴巴地拿了自己的试卷重新转过身来。

谢井原把椅子往后拖开一点，重心靠着椅背，严肃地问："哪儿没懂？"

"就是……为什么说是……转90度？"

那就是一句都没懂。

男生不经意地叹了口气，当新题教吧。

他换了个坐姿方向，把草稿纸翻个面，边说边写给她看。

"因为PA垂直于平面ABCD，所以PA垂直于BC，又因为BC垂直于AB，所以BC垂直于平面PAB，所以BC垂直于AF。在三角形PAB中，PA等于PB，点F是PB中点，所以AF垂直于PB，所以AF垂直于平面PBC。所以无论点E在BC上何处，都有AF垂直于PE。"

她聚精会神听着。

"证完了就觉得挺简单的，可我不太容易想到去证BC垂直于AF。"

"哦。"男生转开头想了想，"我的错。"

他把草稿纸又上下转了个方向，挑空白处重画了图。

她忽然觉得心里暖暖的。

有了云萱这样的暴躁伙伴反衬，她才认识到谢井原是个相当有耐性的人。

"结论要证明两线垂直，但这个点保持移动，所以意思是，要证明线面垂直。没问题吧？"

"嗯。"芷卉应着。

"要证明AF垂直于平面PBC，得在这个面上找两条线，你觉得应该是哪两条？"

"PB和PE。"

"PE在题干里。"男生提醒。

"哦，PB和PA。"

"好证吗？"

"PA和……"她盯着他的眼睛试探道，"BC？"

"你这是盲猜。"男生脸上浮现出无奈的笑。

近在咫尺。

芷卉一直都觉得，他笑起来很犯规。

明明是夏末秋初的教室，她却感到周遭花香四溢，草种飞扬。

"我们要选两条直线证明和它垂直，尽量考虑已知条件里频繁提到的，这样来看，你选的PB没错，但BC是不是会比PC好一点？"

有一搭没一搭地听他说下去，她感到自己的脸正微微发烫，条件反射地点头。

平常的解题思路，普通语气。

换他来说，因为以"我们"开头，依然会像个软绵绵的陷阱。

"证明AF垂直PB很容易。"

她从侧面注视他半垂的眼睑，等它抬起来转向自己的那个瞬间。

一个认真对视的定格，他眼里流露出无声的询问。

她机械地点头。

"那我们现在只需要证明这条线垂直于这条线，根据题面条件，可以证得这条线垂直于底面，而BC在底面上，这就不难得出结论了。"

默数两秒。

他抬起眼，转头看过来。

在男生暂时忘了的这几秒里，芷卉意识到了，前后桌距离太近。

他将重心支在自己的桌面，对她说话时，呼吸扫过了她的耳际："这下……"

心脏被温暖的血液包裹起来。

思绪抽丝剥茧延伸向无限远。

"明白了吗？"

大概是思维短路的火花赋予人别样的勇气，她剑走偏锋地摇了摇头，落下一着险棋。

那宽容的、温和的、真实的、清晰的声音……

我想倒带再听一遍。

再听许多遍。

近在耳畔的低语，专注于她一人的眼神，都是可以反复咀嚼的美好细节。

一点都不想明白。

一秒，两秒，三秒……

谢井原宛如一尊凝固的雕塑，最后深呼吸，还算平静地得出结论，只不过语气有点冷："你根本就没有认真听。"

以京芷卉的智商，就算空间想象力欠佳，联想不到做过的题型，一道崭新的证明题，顺推一遍，逆推一遍，说听不懂，谁信？

刚进教室回座位拿钱包的溪川，正赶上这有点剑拔弩张的场面，伸出手蹙起眉批判谢井原："你这么凶干吗？会做题了不起啊？"

半个班同学闻言又回过头来。

没有云萱的热场节目，确实显得有点凶。

谢井原认输，把草稿纸转过去朝向芷卉，在先前的图上画出坐标系："换个方法。"

芷卉坐直了，低头看他指节修长的手利落地执笔拉出线条，认真了两秒。

脸颊上突如其来的触感轻而清晰，被谁轻轻碰过。

白驹过隙。

像被燃着火花的引线撩过皮肤，全身每一寸毛孔瞬间炸开，血管里电流乱窜。

她的余光只捕捉到溪川恶作剧后狂乱逃离的残影，以及男生先一步反应过来就拍案而起追出去的动作。

"柳溪川！"

和刚才那句比起来，这句才算真的凶。

芷卉定定地保持半侧向后排的坐姿，抬起手，用冷的指节背面冰了冰滚烫的脸颊，刚才他碰过的落点。

别说当事人此刻头脑一片空白，就连她身后半个班的围观群众都目瞪口呆。

溪川爹毛那一声喊和按头动作之间几乎没时间差，大家一时做不出反应，起哄慢了长长的几秒。

但也有人思路清奇，据钟季柏分析："溪川肯定是看冰箱给笨京讲题吃醋才按他的脑袋，只不过没注意方向。"

云萱难以置信地扭头盯着他："你跟我看的是同一个剧吗？"

"你看他那么紧张地追出去解释。"他自以为找到了证据。

[36] 我就是好奇，从来没见过你发火

往后两节是自习课，老刘先来布置作业，拿了两摞考卷过来下发。等他在黑板上写完教辅书需要做的那几页，回过头，发现教室后排有个座位古古怪怪的。

京芷卉的书包摆在桌面上，仔细一看，她人还趴在课桌上，脑袋整个塞在书包里。

老刘诧异了，歪着头问："班长怎么了，是不是不舒服？"

发生"按头事件"后，芷卉转过身第一反应就是把自己的头埋进书包，因为不想见人，此后再也没有露过面。

周围学生光是笑着，却没人给个答案。

何琳小声多嘴一句："这要问谢井原了。"

老刘马上把目光抛向谢井原："吵架了？"

谢井原无奈地摇头，顺便又用带有杀伤力的眼神斜了柳溪川一眼。

溪川捂嘴，笑得像只松鼠。

云萱庆幸钟季柏回头慢了半拍，没有直击到这个瞬间，不然肯定要心满意足地继续播报进展："他们和好了。"

马超拿腔拿调地一扬手："刘老师您就别管他们了，年轻人有年轻人的活法。"

老刘还是一头雾水，笑着踱步出了教室。

谢井原卷着书从后门跟出去，表达了想去竞赛班额外集训一天的想法。他怕自己一直在教室待下去，京芷卉就躲在书包里不打算出来了。

老刘走后过了十来分钟，历史老师又过来发了套新影印的练习卷，进教室的架势像搬家似的。

"月考前有时间的同学尽量把黄浦、长宁、嘉定、徐汇、金山的题都做一遍，没时间至少看一遍，最低限度至少把黄浦、长宁、徐汇的题做一遍，京芷卉怎么回事？"

因为老师语速太快，京芷卉的名字和长宁、徐汇几乎连在一起，大部分同学还没反应过来。

梁涉抢在嗤笑声再次扩散之前以一句"生病，畏光"结束了对答。

历史老师："哦——"

出门前还是忍不住想了想，生什么病会产生畏光症状。

值得庆幸的是英语作业一大早课后已经布置过了，否则吴女士出现，云萱都不知道该怎么把芷卉的头从书包里掏出来。

成功挨到放学时分，无事发生，云萱回头敲敲她的桌面："芷卉，走啦。"

溪川补充道："谢井原已经去竞赛班了。"

芷卉半晌毫无反应。

云萱拨开书包一角，戳戳她的脸颊，依旧没有反应。

"睡着了？"溪川问。

云萱点头。

"啧，神经也太粗了吧！"

两人陷入了是立刻提供叫醒服务还是容她再睡会儿的选择困难。

踌躇几分钟，云萱提议道："我去买便当，你去不去？如果回来她还没醒再说。"

溪川哪有受到邀约后拒绝去逛超市的前史？

谢井原本来只想去竞赛班蹭个没存在感的后排，默默做两节课题，没想到一进教室就被带班的许老师逮住，被命令在讲台上负责计时，许老师本人倒是乐得回办公室去了。

按照留的题量，两小时做不完的也就没必要参赛了，解题速度的快慢意味着水平的高低。竞赛班老师让谢井原负责计时，潜台词是把他当半个助教，这让他有点惭愧。

做完题后，谢井原正在草稿纸上百无聊赖地画圈等人交作业。

钟季柏背着书包在教室后门探了个头："还不回家？"

谢井原抬头："你先回。"

钟季柏赖着不走："干吗？你不敢回教室？躲谁呢？"

因为两人一前一后，他们的对话声不得已穿越整个教室，为了不影响其他同学，谢井原做了个手势示意他移驾到前门来。

"没躲谁，还有题没做完。"

已经有同学受了影响，祁寒全程顶着张八卦脸盯着钟季柏从后门到前门。

钟季柏倚在门边笑："什么题在班里不能做，回家也不能做？我看看。"他作势伸手，"有多神奇。"

谢井原把草稿纸掩得更严实些："给你看你也不懂。"

钟季柏笑着在前排坐下："我是不太懂了，你是怕回去碰见京芷卉还是柳溪川？"

他身后的两个学妹听见京芷卉、柳溪川的名字顿时露出神秘莫测的微笑。

谢井原只好逮住祁寒转移话题："计着时呢。"

学弟冲他眨眨眼："做完了，我等皓子。"

谭皓抬头蹙眉看过来："你有病吧？我在等你。"

损友二人组从座位上站起来互骂有病，把试卷交掉出了教室。

谢井原无奈地对钟季柏小声求饶："你高抬贵手，放我一马。"

"你太没用了你。"钟季柏笑着走了，"如果是柳溪川，她已经回家了；如果是京芷卉，你最好再躲一会儿。"

谢井原想了想，重新摊开草稿纸画圈，教室里传来嗤笑声。

男生抬起眼，静待下文。

学妹中的一个对他用手比着三角形："京芷卉、柳溪川，三年级的金三角啊。"

谢井原有点无奈："做你的题。"

"早做完了，就等着吃个瓜。"

这届高一，太散漫了，谢井原不禁想。

谢井原没想到，自己拖拖拉拉在放学后半小时才回教室，竟正好碰上京芷卉一个人蒙着书包睡觉而全班走光的局面。

这个人平时不是有很多朋友吗？

友情这么脆弱？

他正经考虑一下，她就这么睡到晚自习等人发现可能会着凉。

男生进退维谷，环顾四周，确定不会有救世主及时出现后，只好亲自推了推她的胳膊肘。

睡得还挺沉。

他又推了推。

芷卉这才醒，从书包里把自己脑袋刨出来，一抬头，静电作用下，头发飞成了蒲公英。

为了给她留点面子，谢井原忍着没笑。

女生并没有意识到自己形象受损，双眼迷离，见对方盯着自己，还没搞清状况："啊，是你……有事吗？"注意到班里过分安静，她环顾周围，"他们人呢？"

"放学了。"

"放学了？"

芷卉回神想起了下午的事，尴尬地笑笑："哦，那你怎么还在？"

他也想知道。

他顿了一下，走到自己座位边："从竞赛班回来拿书包。你也别在这儿睡觉了，回家吧。"

教室静下来，只剩女生在前排窸窸窣窣收拾书包的声音，过半晌，连收拾书包的声音也消失了。

谢井原猜她是不是准备开点什么轻松玩笑来化解这个尴尬危机，停下动作等着。

"那个……我的模考卷在你那儿。"

"模考卷"三个字吓得他差点一哆嗦，也算是和事件相关的核心道具，绕不过去。

芷卉光顾着把头藏书包里，试卷落在谢井原桌上忘了拿，偏是他回来以后也心不在焉，随手把桌上课本、练习册、试卷一股脑收拾了，夹在哪里毫无印象，要找出来还挺费劲儿。

男生把抽屉里的所有练习册和试卷都搬到桌面上翻找。

"是那个……"女生没动手，乖巧地坐在一边出谋划策，并发表感慨，"你连草稿都写得这么整齐。"

谢井原有点紧张，没说话。

"可能混在这一堆，都是卷子。"

他按她的指点一张张翻过去，没找到。

"是不是夹在《灿烂在六月》里面？那本比较大。"

他又按新的指点翻出试卷集。

"我听懂了。"

突然来这么一句题外话，他的动作停了下来。

芷卉抬头笑了笑："我就是好奇，从来没见过你发火。"

这就是你在危险边缘试探的原因？

男生被她弄得没脾气，退了半步倚着隔壁桌。

"其实你的脾气真挺好的，就连说溪川的时候听起来也……"

纸老虎。

女生笑着没说下去。

以前还误以为他不好相处。

男生无奈地强调："我已经教育过她了。"

芷卉收起笑，点点头故作严肃："是应该好好教育，尽胡闹。"

"你别介意，她脑子不怎么正常。"

"我怎么会跟她计较，不正常已久了。这次是你还好，她要是今天按这个头，明天按那个头，到处捣蛋就不好了。"

京芷卉这思维也是够呛。

谢井原决定还是强行失忆，专心找试卷。

到家时天色已经晚了。钟季柏坐在客厅对着电视玩游戏，忙着跟队友连麦："啊，不行不行，他有枪，走走走走，我们回去，快跑快跑。"

谢井原到了他面前，他才抽出空抬头问："怎么这么晚回来？"

"车坏了。"

钟季柏揶揄："我看是人坏了吧？"

下午特地跑到竞赛班还没完？

谢井原睨他一眼："够了啊，不提下午的事还能做朋友。"

"行行行。"钟季柏又转头继续撩队友，"小哥哥你的枪没子弹了吗？没了吗？你干吗不说话呀？"

谢井原觉得奇怪，他父母虽然经常晚回家，但钟季柏一般还顾忌着点，没这么嚣张在客厅打游戏。

他去厨房倒了杯水，找到了冰箱上的便签留言，爸爸一出差，妈妈就溜回外婆家住了。中间跨越一个双休日，住校的麦芒会回家，还有个非亲非故的大男生横在屋里，他们也放心得下。

也是不太正常的家长。

横在屋里那位就更不正常了。

"对面有枪吗？哇，指望你了，小哥哥，射他射他射他！"

谢井原抬眼看屏幕，这才发现这位同学过分撒娇。

"你又开变声器骗人？"

"落地没枪，我有什么办法？只能撒娇求生。"

谢井原喝了口水："没用的，你的队友是个女生。"

"你怎么知道的？"

"女生才会这么搭衣服。"看款式配色，还属于审美挺好的那种。

"真的吗？"钟季柏半信半疑地转过去换方式撒娇，"小姐姐你能说句话吗？我男朋友说你是小姐姐。"

谢井原被水呛得滚一边咳嗽去了。

钟季柏继续讨好队友："小姐姐你来开，我缠绷带。"

谢井原又折返回来，还是决定和他谈谈："跟你商量件事。"

"说。"

"双休日你能不能回自己家住？我妹每周回来，你都睡沙发，她进出不方便。"

钟季柏专注看屏幕打游戏："为什么不方便？"

"你这么大人了，怎么就没有性别意识？"

谢井原这边话音没落，游戏那边战况突然紧急，钟季柏嚷起来："帮我挡一下子弹！帮我挡一下子弹，小姐姐！"

玩个游戏都让女生挡子弹的家伙，指望他有性别意识显然是要求略高。

队友终于忍不住冷淡地开了腔："知道了，你闭嘴。"

钟季柏转头闪烁着膜拜的眼神："果然是女生！"

谢井原头疼。

第
四
话

Reset in July

替我仔细看看棉花糖，好不好？

[37] 老师，请注意你的言辞

振奋人心的广播操音乐循环着，大家精神萎靡地往操场走，毫不踩点。

溪川没完没了地玩手机，一路上不断用脸撞人。

昨晚九点，吴女士突然去寝室查房，九点一刻走了，这种情况意味着她当晚不可能再出现。她前脚走，云萱后脚就溜到教室打游戏，凌晨两点才回寝室，现在顶着两个黑眼圈，一边打哈欠，一边举着气垫粉底努力遮瑕。

芷卉和她们并排走着，也没说话，下楼时看见谢井原走在前面不远处，有意无意地往那方向瞟一眼。

昨天她只觉得难堪，后来在书包里待久了犯困，什么也没细想。

晚上回家后回忆起来，她才发现这事后劲挺大的。主要是谢井原从竞赛班回来的反应太不合理，明明恶作剧的人是溪川，他却表现得好像是他犯了错。让他翻哪本书，他就翻哪本书；让他拿哪张纸，他就拿哪张纸。听她说话时，他乖乖靠在一边。

芷卉早就习惯了像今天这样在人群中找他的背影，只看个后脑勺都能认出他，这也算特异功能。一个人沿着另一个人的足迹走过很长的路，就很容易体会其中的反常。

她熟悉一脸冷淡对人避之不及的谢井原，昨天他像变了个人，她很难不多想是为什么。

也许谢井原总是躲人并不是厌烦自己，他只是和女生这个群体没法相处，不是听说有那种障碍吗？不喝酒就没法和异性说话。他第一次跟自己正常说话是因为撞车，再到昨天这一出，越来越能正常交流了，有过肢体接触后逐渐克服了心理障碍？这么一想，好像全部都能解释通了！

非常科学的解释。

云萱路过每块玻璃窗都要照一照，弄弄刘海。芷卉不得不停下等她，和前面那谁的距离就逐渐拉远了。

第三次，芷卉终于忍不住问："你的气垫粉底盒子上不是有镜子吗？"

"嗯，太小。"

溪川停住，从手机上移开目光，抬头看她："今天没洗刘海啊。"

"睡过头了。"

三个女生停在人群中，梁涉跟上来拍了下芷卉的肩："班长，等会儿做完操要开除顾钦钦。"

"啊？"芷卉突然精神了。

"为什么？"溪川追问。

"昨晚江寒送她回寝室被吴女士逮了个正着。"

具体是怎么回事，梁涉也没来得及细说，只起个头反而生了悬念。提前得到消息的三位广播操都做不安稳，体转运动更是成了茶话会。

"抓早恋吗？"溪川问。

云萱蹙眉："我校没这传统啊。"

"也许他们不一般呢？"溪川说。

"你的路子别那么野……"

"很正常啊。晚归，送回寝室，你和你男朋友不会在宿舍楼下缠绵一小下吗？"

"我没有男朋友。"云萱提醒道。

"不过这就开除是不是太过分了？"芷卉皱眉说。

"都习惯了，你没觉得我们班开除的人特别多吗？"

"有吗？"芷卉想了想，"没太注意。"

"两三个月就上一次校会，你居然没注意？"

她有点思维定式，在A班时觉得K班就算经常开人也是理所当然的，一群差生嘛。和自己八竿子打不着的事，甚至连开除原因也不会认真听。

"吴女士图什么啊？"

"早点把成绩差的弄走，免得拉低升学率，还有就是杀鸡儆猴。"

"好阴险！"溪川愤愤不平，"没人抗议吗？"

189

"抗议什么？"

"因为一点小事就被开除的人，就没一个跟吴女士杠到底？"

"谁敢？"

"其他人也没有打抱不平的？"

"争夺下一个被开除名额吗？"

"你们这是个什么班！"溪川听着都觉得无比心塞。

"反正已经是常态了。吴女士还偏心，明明男生麻烦更多，她还是讨厌女生，尤其是成绩差、脑子笨、长得漂亮、家里没背景的女生，钦钦凑齐了所有要素。"

芷卉问："那你这样的怎么还没被开？"

"姐妹你怎么说话呢，什么叫'我这样的'？"

"你成绩比钦钦差，家里也没背景，还搞小团体，比钦钦麻烦多了。"

"干吗把长相省了不说？"

"长相不重要。"

"长相是关键。"

"你都没被开除，凭什么钦钦被开除？不公平。"

"你以为她不想开我？高一我就因为跟孟冬打架要被开除，我妈带着我大舅、二舅、六叔堵办公室，说要拖吴女士去教育局理论，哈哈哈，吴女士吓得不敢出门，最后老马出面和和稀泥把我俩的处分撤了。这两年吴女士也没少给我穿小鞋。"

"等一下。"溪川把云萱整理运动的动作按住，"你先别整理。"她对转过来的芷卉使个眼色，"说没人跟吴女士杠，这不就是一个？"

"感觉没人是因为……"芷卉会意点头，"没被开除。"

"你俩又在密谋什么？"云萱没跟上思路。

广播操音乐结束，大家顺着人流向前靠拢。芷卉眼尖，看见江寒候在观礼台边等着念检讨，更确定梁涉的消息源没错了。

但有点奇怪，没见顾钦钦，她既没在队列里做操，也没在观礼台附近。

年级主任拿腔拿调地开了腔："各位同学，现在做个紧急通报。昨夜，我校教师在巡查时发现有学生公然在校内约会。经学校慎重考虑，决定对三年A班的江寒和三年K班的顾钦钦，分别给出严重警告处分和开除处分。"

台下学生交头接耳，根本没什么人在听。

"接下来请由江寒同学做检讨……"年级主任把话筒前的位置让出来，江寒拧着眉头迟疑地往前走了两步，低头看着手里的检讨书，却一直没说话。

因为沉默的时长让人觉得诧异，这才陆续有人抬头看观礼台。

江寒拿检讨书的手反而放了下去，回头问道："马老师，为什么给我和她的处分不一样？"

这才知道吗？

芷卉向溪川递了个"有阴谋"的眼神。

溪川回了个"不简单"的眼神。

年级主任说："顾钦钦作为住校生，晚上擅自离校，严重违纪。你是走读生，课余时间不在学校的管辖范围。"

"那根据校规也不至于被开除，我要求学校给出公平处罚。"

"学校并没有偏袒哪个同学，完全是按照规章制度办事。"

两人离话筒都不远，他们的对话全校都听得清，台下发出一阵不屑的"嘁——"声。

"江寒还是不错的嘛，护成这样。"溪川又露出八卦脸。

"钦钦呢？"云萱东张西望，终于发现当事人没在。

K班前后左右的女生被她一问，都开始张望，队列被扯得歪歪扭扭，还是没见顾钦钦人影。

"我搞不懂了……"溪川说。

云萱回过头等她下文。

"一个有江寒存在的学校，为什么会轮到钟季柏做校草？"她接着说。

云萱无语。

年级主任认识到台下的嘘声充分表明了当代年轻人对权威的不屑，义正词严试图抓住教育机会："顾钦钦作为女生，做出这种不检点的行为……"

"说什么屁话！"芷卉扭头看向观礼台，只感到脑子里炸了团火，掀开站在她前面的啾啾。

云萱眼明手快拽住她手肘。

整个队列里气氛都变了。

年级主任絮絮叨叨的批斗词被男生冷冰冰的声音打断。

"老师，请注意你的言辞。"

一瞬间，全校安静。

芷卉克制住往前蹿的冲动，抬头看观礼台上的江寒，感觉和往常有什么不同了。

记忆中这个男生简直就该改名叫"矛盾"。理科强到可以和谢井原比肩，文科弱到每篇作文都要用"啊，光明——"来凑字数。眉目清秀非常帅，也常跳跳

191

地四下看，一笑却两个小梨窝，可爱得让无数为之倾倒的少女心彻底粉碎。

为什么一个有江寒存在的学校会轮到钟季柏做校草呢？

答案也显而易见。

虽然表面拉风，但本质上他是位搞笑艺人。高二时他还住校，半夜翻墙出校去网吧，被学校保安逮住，被要求在升旗仪式后读检讨书。结果"在一个月黑风高之夜，我锦衣夜行，不幸马失前蹄"的严肃检讨，把队列笑得像水蛇一样扭起来，他算是一"战"成名。虽然事后大家知道了那是时唯起草的，不过真在全校集会上把它朗诵出来也是够不一般了。

在芷卉眼里他完全是没长大的模样，再加上这可怜的男生被时唯强行认作弟弟，说直接点，芷卉在潜意识中都没拿他当同辈。

所以就可以理解此时在他身上看见谢井原式的凛冽，她是多么震惊了。

不是孩子气的顶撞，不是火冒三丈的咒骂，而是冷静得好似寒意渗入骨髓的"请求"。

——请，注意你的言辞。

用"请"这种字眼和"不检点"对比，老师和学生的地位仿佛倒置。

是什么时候开始的呢？

在周围所有人都熟视无睹的年岁里，从"锦衣夜行马失前蹄"的男孩长成了"请注意你的言辞"的男生。

像是一棵水杉在眨眼间从树苗被拔高直上云霄，过渡都不知道哪儿去了。

连年级主任也一时语塞，僵在台上半晌没接上话。

直到整片足球场上响起一致叫好的喧哗，他才知道自己彻底失去了控场的时机，虚张声势地咋呼几句"吵什么吵！赶紧回教室上课！上课去！"把学生们打发走了。

溪川在散场的人群中有些怅然，没有家长的介入，老师根本不会把学生的几声喧哗放在眼里。

她严肃地问云萱："钦钦妈妈和你妈妈比起来，战斗力强吗？"

"钦钦妈妈和钦钦一个样。"

"江寒妈妈呢？"

"和江寒一个样。"芷卉说。

"那完了。"溪川长叹口气，"我方阵营相当于没有成年人。"

"不会就这么完了。"芷卉坚定地说着，踮脚张望，穿过人群锁定目标招了招手，"江寒！江寒！"

[38] 那你试试，看谁预言准一点

江寒往这边跑的同时，芷卉她们也往他的方向走了一段。

"钦钦人呢？"芷卉问。

"没在你们班吗？我也一早上没见她。"

梁涉在回教室的路上，从他们旁边经过时又扔下关键信息："早自修前直接被吴女士带到办公室了。"

"你和钦钦昨晚干吗被逮了？"

"她说数学作业多，不会做，我陪她在麦当劳做完，送她回学校，灭绝师太就守在她楼底下。"

"在楼下没干点什么吗？"云萱关心细节。

"干点什么？"男生一脸茫然。

云萱和溪川双双看向芷卉。

芷卉耿直地问了："就……亲亲抱抱什么的。"

男生愣了两秒："京芷卉你怎么满脑子黄色废料？"

"不是我，是柳……"她涨红脸，停顿一下，对上溪川天真纯洁的大眼睛，感觉自己辩解起来相当缺乏说服力。

算了，现在这不是重点。

"又没干什么，马德堡怎么话那么难听？"

"他怀疑我跟钦钦谈恋爱，旁敲侧击过好几次，叫我跟她分手，我都还没表白，怎么分手？简直莫名其妙了，我这儿成绩一波动，他就觉得钦钦是红颜祸水……"

"不不不""你话慢点""一句句来"。

一时间女生们七嘴八舌吵得听不清，云萱揪住江寒的校服前襟，抢得第一个提问机会："什么叫'怀疑谈恋爱'？所以你和钦钦没恋爱？"

"没。"

"你还没跟她表白？"

"没。"

"没有牵过手？"

"没。"

"更没有亲亲抱抱？"

"没有！"

全场安静三秒。

193

这不成了"贷款开除"吗？

大概能入选圣华建校以来乌龙事件的前三名。

芷卉顿时觉得，"请注意言辞"的江寒走了，"马失前蹄"的江寒又回来了。

她尝试理清思路："可你俩老出双入对。"

"我俩一块儿长大，关系好，小学就是同桌，父母都是朋友。"

芷卉转头对云萱说："他俩要算公然约会，那我俩也算公然约会。"

两人开始互骂"不检点"。

"问题是看着挺像那么回事，全校都觉得你们在恋爱，是不是应该找机会解释清楚？"溪川向江寒提议。

云萱摆摆手，回到主线剧情："没用的，吴女士哪会听人解释。"

"马德堡呢？"

"我解释过好多遍了，他不信。"江寒耸耸肩。

操场上人走得差不多了，秋风一吹有点冷，芷卉拽拽大家："先回教室想想对策。"

"不先找找钦钦吗？"江寒说。

几个人这才想起冤死的女主角还下落不明。

云萱往反方向跑："我去寝室看看在不在。"

眼保健操做到按晴明穴的时候，云萱回来了："她在寝室哭哭啼啼给妈妈打电话呢。"

溪川还沉浸在深深的震惊中："谁能想到，唯一看起来'双箭头'的一对竟是假情侣，圣华真是一片神奇的土地。"

"哦，冰箱想到了，以前说过。"芷卉回忆起来。

三个女生齐刷刷看向谢井原。

"你一直知道？"云萱问。

谢井原说："一看就不像。"

"能分享一下是怎么看的吗？"溪川采访道。

"感觉……氛围不对。"他其实也说不清楚。

溪川白眼翻得带着脑袋转了180度："青梅竹马的氛围不对，债户债主的氛围才对？整天想讨债又怕恩断义绝的样子。"

谢井原不敢当着芷卉的面争辩，怕溪川甩出更多猛词。

云萱撑着脸感慨："真是六月飞雪，如果他们这样的要被开除，那冰箱、阿京更应该被开除，至少手拉过。"

哪壶不开提哪壶。

两位当事人弹簧一样改变坐姿，拉开物理距离，望天望地，假装什么也没听见。

"现在怎么办？"芷卉岔开话题，"钦钦妈妈指望不上，要不我们给教育局写封信去说明情况？"

溪川笑起来："别搞那么大吧，教育局都不知道顾钦钦是谁。"

"那能压住吴女士的人还有谁？马德堡又不会帮钦钦。"

溪川转转眼睛："你们校长人挺好的。"

芷卉想了想，为数不多的接触中，她感觉校长是个很宽和的长者："就他了，校长。我们以全班的名义给校长写封信。"

"全班的名义？"

"就是，先把情况说明，然后让全班同学签上名。这样分量重，说服力强，肯定能行。"芷卉斩钉截铁地说。

"行不通。"谢井原接嘴道。

"为什么？"

"没人给你签名。"谢井原实话实说，"别看现在班级氛围还好，但大部分人还是不敢招惹吴女士，毕竟事不关己。"

"怎么能说事不关己？这次学校能这么对钦钦，下次同样的委屈可能落在K班每个人身上。我们只有团结起来，才能避免后患无穷。"

芷卉突然又热血起来了。

谢井原眼里有笑意："那你试试，看谁预言准一点。"

"要是我赢了怎么办？"

"听你的。"

"这样，谁输了谁请全班喝奶茶。"

"可以。"

"那我先替全班谢你了。"芷卉志在必得。

云萱依然撑着脸："我打断一下提前庆祝胜利的活动，这信谁来写，怎么写？"

"怎么写？"芷卉听话只记后半句，"就写'根本没有早恋'呗，全班同学都可以做证。"

"但钦钦不是因为早恋被处分的。"溪川强调。

"啊？不是吗？"

"不是。"云萱也注意到马德堡的措辞都很模糊，"虽然谁都知道是因为早恋，但明面说是因为钦钦违反住宿规定。"

"为什么不明说早恋？"芷卉一头雾水。

"学校避讳这个，高一换过一次校规，唯独把'严禁谈情说爱'这条删了。"谢井原说。

"为什么？"

"哦——"溪川一拍脑袋想起来，"那可能是因为我们学校，我们高一的时候高三有个学姐和任课老师吵架，老师用早恋当罪名骂她，骂得很难听，小视频把我校送上了热搜，争议挺大的。后来学区专门开会纠正教育导向，要与时俱进、因材施教、正确疏导，全区学校都不再提'早恋'了。"

"明面上不提。"云萱补充道，"很多老师还是反对。"

"那我们现在怎么办……钦钦确实违反了住宿规定。"芷卉愁眉不展。

"她没有，违反校规的是江寒。"谢井原说。

"啊？"芷卉看过来。

谢井原面无表情地开始背书："校规说'住宿生不准外宿'，顾钦钦没外宿。校规说'走读生放学时要按时离校，直接回家，不得深夜逗留在外'，江寒逗留在外。按马德堡的标准和逻辑，应该被开除的其实是江寒。"

"马德堡记岔了吗？"

真厉害，圣华建校以来乌龙事件前三名，江寒一人能占两个名额。

云萱想起了上次自己被停学时拉A班下水的前车之鉴："二选一，你决定。可以赌一把，马德堡舍不得开除江寒。"

芷卉的思路还搁浅在上一个疑惑中，扭头问谢井原："马德堡都不背校规，你干吗背校规？"

谢井原内心无力："我没有背，我看过的东西懂了就不会忘。"

"那你为什么要去看校规？"太匪夷所思了。

第一版校规，你发的。

第二版校规，你帮时唯发的。

你自己发的东西，自己从来不看吗？

谢井原气得胃疼，退出群聊。

对冰箱突然甩脸的小插曲，京芷卉同学一如既往地感到人心叵测、不可理喻。

"到这个地步，想了想还是觉得不要钻牛角尖死抠字眼。"溪川言归正传，"既然我们都知道归根结底是因为早恋，那校长可能也知道，而且他年纪大，理念可能很传统，论证'已成年的高中生能不能恋爱'不是我们这次的主要任务。

恋爱是子虚乌有的事，我们就先把恋爱嫌疑排除掉。接下来是处分的书面措辞'公然约会'，没有恋爱，何谈约会？这就解释清楚了。最后是关于住宿的校规，我们钦钦并没有违反，至于江寒有没有违反不用提，我们是K班人，为自己班同学求情，不需要提别班同学，也没必要落井下石。"她转而问谢井原，"你感觉校规中最不对劲儿的一条是什么？"

"要虚心接受教师的批评教育，不得以任何借口顶撞教师。"

"这条不行，换一条。校长如果是传统派，可能会觉得这条很合理。"

"积极参加'两操'，不准缺席或迟到，不准无故不参加集会、劳动、运动会等集体活动。"

"对，就这条。连你、我、冰箱都违反过。"溪川对芷卉说，"我们现在面临的局面是，只要学生违反过任意一条校规，学校就可以决定开除。"

"开除的处罚确实重了，应该在信里举这个例子指出荒谬性，一违反校规就上升到开除层面，难道做广播操迟到一次也要被开除吗？"

溪川点点头，默契地与她达成共识。

云萱听得云里雾里："大方向已定，谁执笔啊？"

"当然是谢井原。"芷卉说。

谢井原诧异地挑眉。

"他都已经因为不参加集体活动，有被开除的危险了。"芷卉接着说。

他敢确定"不得不参加集体活动"是校规最后一条，前面还有"进办公室必须喊报告"这条，按顺序轮遍，开除全校都轮不到自己。

"而且溪川的字能看吗？"芷卉一锤定音。

但难道只有两个选项？

你为什么不优先考虑自己呢？

谢井原生无可恋地从抽屉抽出张空白的A4稿纸。

这边刚尘埃落定，那边吴女士已经踩着眼保健操音乐尾音，趾高气扬地站上了讲台。

"看看校会上的动人表演，男生帮你顶撞老师，认识不到错误，还在全体师生面前秀恩爱，顾钦钦呢，站起来！"

没人理她。

顾钦钦本人压根不在教室。

"顾钦钦哪儿去了？"吴女士蹙眉质问。

"被您开除了。"马超阴阳怪气地嘲讽道。

吴女士当然没忘记顾钦钦的处分，只是没想到她会当天就不来班里，有点下不来台。

她已经处于快动怒的边缘。

啾啾正经答了一句："钦钦在寝室收拾东西。"

吴女士顺势下了台阶，并开始新一轮思想教育："她也知道没脸再踏进这个教室了。我们学校的办学理念是个性与多元，但不是鼓励学生把违纪违规当个性。平时老师对你们睁只眼闭只眼，有的同学就得意忘形，高调违纪出风头，带坏整个学校的风气……"

溪川给芷卉传了个小纸条：

"个性与多元？"

芷卉把原来的五个字划掉，改成"傲慢与偏见"五个字推回去。

两人相视一笑。

[39] 被框住的自己，传奇的你

"不过……我们现在有颗定时炸弹——"下课后溪川转过来小声提醒，"班里有吴女士的小耳朵。如果我们找班里每个同学签名，势必会惊动这位'小耳朵'，吴女士就会在我们把信交给校长之前，甚至凑齐签名之前，听到风声，她肯定要拦下来。"

"现在最紧急的其实是揪出这个叛徒。"芷卉边说边转身，因为上次和溪川分析敌情时意外收编了谢井原，这次自然也把他圈进队友名单。

谢井原上次根本没听见两个女生的对话内容，此刻芷卉说着"叛徒"就看向自己，他没弄明白，猛地一僵。

"我觉得钦钦这件事本身就很蹊跷，吴女士九点一刻查房离开，九点五十分守在楼下逮住钦钦。这半小时左右，难道她一直等在楼下吗？肯定不可能呀，她怎么确定一定能等到钦钦？万一钦钦真的夜不归宿呢？她守到半夜吗？"溪川说。

"有道理，一定有知道钦钦详细行踪的人告诉她准确时间，她才会逮得那么正好。"

"哪些人知道钦钦的详细行踪？"

"梁涉。"芷卉转念一想又自我否定，"小耳朵的事是梁涉告诉我的，他怎么可能举报自己？"

"那不一定啊，有利于撇清自己。"

芷卉考虑片刻："没那么复杂，梁涉讨厌吴女士到钱都不要的地步，肯定跟我们是一边的。”

“那就是——”溪川拖着长音虚晃一枪，“全班都有嫌疑。”她耸耸肩，“没办法，钦钦人缘挺好的，班里没人讨厌她，谁都可能知道她什么时候出校回校。”

“所以嘛，这个告密的家伙才尤其可恶，连钦钦这么可爱的人都要出卖。”

不是商量如何找内鬼吗？

怎么又开始骂人，不解决问题啊。

男生听了半天，大致了解了来龙去脉：“你们可以故意违纪，看谁去告密。”

“这样好！我们可以在教室光明正大地违纪，然后让梁涉帮忙听着。”芷卉说。

溪川想了想：“万一人家告密的方法只是给吴女士发条短信呢？”

“那我们制造不同的违纪行为给不同的人看，根据被举报内容锁定目标。”

“全班能像羊群一样任凭我们分到不同的‘违纪观看区域’吗？”感觉工作量大、难度高，溪川已经开始犯懒了。

“用二分法。”谢井原插嘴。

溪川反应过来，对芷卉进一步说明：“我们找个教室里剩差不多一半人的课间，表演违纪，如果被吴女士批评了，告密的就在教室里；如果没有，告密的就在另一半人里。”

“你太聪明了。”芷卉由衷感叹。

谢井原想说这主意好像是自己出的……

“怎么违纪才一定会被吴女士立刻批评？”

“抄英语作业……”

“但问题又来了……我们仨谁抄谁的英语作业能有点可信度啊？”

“就……让云萱来，反正吴女士也不敢开除云萱。”

溪川伸长胳膊用笔戳了戳云萱的后背：“做游戏了。”

听说违纪目的是捉内鬼，云萱演得非常卖力，冲佯装在走廊上和溪川聊天的芷卉高喊“芷卉，我要抄你英语作业”之后，生怕被小耳朵漏听，还安排了加长剧情，举起一本练习册继续高喊：“这本是你的《新高考》吗？”

芷卉在外面唱歌似的喊回来：“不是呀！”

云萱又换一本：“那这本是你的《新高考》吗？”

谢井原心想，这也太蠢了。

反复到第三次，坐第二排的马超被吵得手抖，回头对云萱发牢骚：“行了，别喊了，金高考、银高考、新高考都给你了。"

谢井原"扑哧"一声笑出来。

云萱扭头低声问："很假吗？"

男生违心地摇头鼓励她。

至少能保证如果小耳朵在教室，一定注意到了。

截止到下午第一节英语课时，吴女士没什么动静。

这样一来，已经排除了一大半，只剩十来个人。

"其实我有几个重点怀疑对象。和钦钦经常一起玩的两个女生，林舟妃和褚文君，对她的动向肯定特别了解。"

溪川点点头："经常一起玩也比较容易有矛盾，这样的同学比两年说不上一句话的那种同学可能性大。我再提名一个，孟冬。她刚被调到她们寝室，钦钦就被抓了，时间有点凑巧。"

"这回我们先分别试探她们。"

"我有个主意！"溪川说着，激动不已地看向谢井原挑挑眉。

男生近乎本能地感到不妙。

可怜的谢井原说明信写了一半，被溪川硬拖到小树林边去"非礼"芷卉。溪川说她要拍下照片去诱惑那三个重点怀疑对象，要告密的小耳朵一定会问她要走照片作为证据。谢井原听完，感觉她假公济私的企图心占比更大。

"我们班女生这么八卦，可能三个人都会要。"他说。

"那我就给三个不同角度的，最后验证是谁手里的照片就行了。"

芷卉在一旁举手发言："万一吴女士要开除我和冰箱怎么办？"

"我的学籍没转过来，冰箱和你是我们班第一名和第三名，吴女士要发疯，学校也不会让啊。"

"但是……吴女士可能会把我妈叫来学校。"

"你妈很可怕吗？"

"和吴女士差不多。"

"你妈呢？"溪川问谢井原。

男生想了想可能产生的后果，笑了："和你差不多。"

"那就好办。"摄影师溪川对芷卉说，"你不要露脸。吴女士问你就打死不承认。"

"可是……"芷卉十分纠结，小声说，"既然不用露脸，那他……和其他人演也可以吧。"

"京芷卉同学。"溪川生气地看了眼手机，"还有五分钟就上课了，我到哪儿去给你找个发型、身高一致的替身？"

芷卉只好退到墙边，心一横，往后一靠。

谢井原没太懂她为什么一副英勇就义的表情，之前和云萱演"金高考、银高考"的时候不是戏挺多吗？

直到被溪川抓着胳膊摆好造型，他才明白过来——摆拍是假的，距离是真的。

男生一垂眼，女孩子长长直直的眼睫毛，颧骨上两三颗淡得几不可见的小雀斑，唇线勾勒出的倔强的弧度，发尾零星的小分叉，都是琐碎的美好，光彩熠熠，让人不由自主地把视线转开。

而溪川在身后指挥："谢井原，头不要乱转。"

不过五分钟，忍忍就过去。

偏偏摄影师吹毛求疵，精益求精，不断增添要求："你过去一点。""你往这边来一点。""你再给点侧脸。"

周遭的空气逐渐稀薄。

女生端平了脸，往他投下的阴影里藏了藏，不需要露脸，可无法自控的表情还是会直接暴露在他眼前，更不用提维持平稳的呼吸节律有多难。

刚进校军训时，教官把同学们形容为螺丝钉，千篇一律的螺丝钉，她待在其中尽最大努力把自己往一个方向拧。

而那时的谢井原就决定绕开人群，不随波逐流，不理会规矩。

他的背影像柄锋利的剑，刺进螺丝钉的眼里。

刺破的缺口于是有了感知，虚无的憧憬在此聚合，茧中蛾由此向外张望，沉溺在幻想的海，波澜起伏的心声一夕明一夕暗，温暖又忧郁。

被框住的自己，传奇的你。

当时的遥不可及，变成今天的触手可及。

仿佛夏天的一场阵雨，云自由落体，冰晶化成温柔的水。

杂乱无章的，措手不及的，却开始流光溢彩的——

不是梦境。

五分钟，比五分钟更长的时间里，回教室后很久，芷卉一言不发，一动不动，木讷地趴在课桌上，疯狂的念头满脑子乱窜乱撞，屠杀了所有脑细胞。

既然谢井原也能说话，也有微信，还会发朋友圈，甚至愿意担任团支书，在学业上帮助别人参加班级请愿什么的……排除开玩笑的成分，有没有万分之一的可能性，他能正常到，喜欢一个女生？

而在这万分之一的可能性中，有没有万分之一的可能……

妄想撕开口，思绪就决了堤，记忆一点点重新成形，倒带回两个月前的起点，很久以前。

考砸英语后她没去食堂吃饭，麻木地待在空无一人的考场发呆，谢井原来找过她，一脸不耐烦，不声不响地把塑料袋扔桌上就走了。

她怏怏地把东西依次拿出来，酒精棉片、敷料、外伤喷雾、止痛片、便利店饭团、一张手写纸条……两道题，一道是解析几何，一道是数列。

她的思维停顿了几秒。

还真是个奇怪的人。

正常人不是应该写点药品使用小贴士吗？

学神道歉的方式就是请你做题？

以当时的情绪，她完全提不起兴致去揣测事关男生的"是什么""为什么"，把纸条塞回袋子里，撕开了饭团外包装。

很久以后，他说："这次是许老师出卷，他们每个人出题都有偏好套路，我能猜个大概。"她也没注意到意味着什么。

又过了很久，此时此刻，她才想起翻开错题集，从分班考开始的败绩，第一道数列题，第二道解析几何题——求间公差、求取值范围、证间等比数列，求轨迹方程、证三点共线、证等差数列，你明明见过的。

她下意识掩住了嘴。

其实他一点都不奇怪。

是她后知后觉。

可他为什么对她这个后知后觉的傻子这么好？远离后折返不止一次，一次又一次。

有没有亿分之一的可能，是她想的那样？

[40] 和吴女士一模一样的无趣

果然如谢井原的预料，被重点怀疑的三个女生都要走了照片。可又过了一节自习加一个课间，吴女士依然毫无反应，中途还来发了一次作业，扔下考卷就走了。

溪川备受打击，怀疑作战计划哪里出了漏洞。

"是我们演得太做作暴露了，还是小耳朵反侦察能力太强？"她转过头问芷卉。

芷卉没有反应，专心致志地誊抄着历史考点笔记。

但谁都知道，抄中文笔记这事根本不需要动脑筋，拿她自己来说，只有等人回消息静不下心做事时才去抄中文笔记。

从拍照回来，芷卉就没说过话，特别认真地学习，很深沉。

溪川担心是不是自己玩得太过火，她有点生气。

芷卉和她不一样，是那种特别正统的优等生、乖乖女，不见得开得起玩笑。溪川感觉她应该也喜欢谢井原，可不一定会把感情放在第一位。

她略带同情地往后排看一眼，谢井原却不在座位上。

谢井原把做完的竞赛题交给老刘，在回教室途中被云萱截住，她一下把他推到楼梯口。按说以男生的身高，不至于被个一米六五的小姑娘制住，但他实在是没见识过这种彪悍阵仗。

云萱一手压着他，一手向他展示手机里的照片："这是不是你？"

这就是溪川拍的照片，因为气氛有点微妙，事后他连看都没看就回班级上课了，现在看来——柳溪川很有做娱乐记者的潜质，他只能勉强分辨出两人头在哪儿，手在哪儿，当然，任凭她说，退路也应有尽有。

"是我。"他说。

"那这个女生是？"

"京芷卉。"

云萱瞳孔散大的同时松了手，为了缓解尴尬，随手抚了一下男生的制服。

女生中传得有声有色，男主角谢井原，女主角京芷卉，有模糊到不知是人是鬼的照片为证。

云萱觉得绝对不可能是芷卉，若两人真的在交往，芷卉不会是现在那种表情，抄笔记时头顶好像有朵专属乌云。

"和你借作业抄是一个性质。"谢井原继续解释，"为了找出打小报告的人。"

云萱皱了皱眉："什么意思？"

"摆拍。给了三个重点怀疑对象不一样的照片。"

云萱顿时有点明白了："可是现在基本上全年级女生都在传啊。"

"是吗……效率这么高。"

"本来是哪三个怀疑对象？"

"孟冬，什么妃和脸很黑、眼睛一条线那个。"

"你什么情况？记得住没人看的校规，记不住同班同学叫什么？"

"名字很难理解，容易忘。两个字的名字相对来说还好些。"

"所以不能理解的东西，你也就二字节记忆力？"

"六到八字节。"

云萱没听懂。

言归正传，云萱问："所以为什么怀疑孟冬、林舟妃、褚文君她们？"

"因为她们和钦钦关系最近，比较了解她的行踪。"

"这和钦钦有什么关系？"

"柳溪川分析吴女士逮钦钦那么准是因为有内线。"

"呃……这个，好像是我的原因，吴女士应该是听了我说她一般九点三刻到熄灯前回来。"

"等等。"男生追问道，"你原话怎么说的？"

"吴女士问钦钦去哪儿了，我们说去洗澡了，一般查寝不在的人，我们都说她在洗澡。吴女士接着问几点回来，我就说了九点三刻。"

"所以你跟吴女士说，钦钦去洗澡了，保证九点三刻到十点之间回来？"

"嗯。"

"从九点洗到九点三刻？"

"要解释也解释得通嘛，有的女生洗澡也会很慢，再加上吹干头发的时间……"云萱自己也越说越底气不足。

男生把她带回教室"自首"。

芷卉的注意力终于回到现实："也不能怪云萱，听吴女士的意思，问几点回来时就猜到钦钦不是去洗澡了。"她叹了口气，"折腾了大半天全是无用功，如果小耳朵和钦钦事件扯不上关系，那我们现在就一点线索也没有了。"

"别丧气嘛。"溪川越过芷卉，小声叫来梁涉问，"你有没有确切听见过小耳朵去向吴女士打小报告？"

"没有，我又不是24小时监听。"

"你听见的那次，只听见吴女士的声音，没听见小耳朵声音？"

"听见了，她也说话了。"

"有什么特征？"

"没说两句，眼保健操音乐就响起来，听不见了，哪听得出什么特征。只听她说她也讨厌你们仨。"

"讨厌我？"溪川难以置信地捂着胸口，"竟然会有人讨厌我？那肯定是钟季柏了。"

"不是钟季柏。"梁涉笑起来，"是女生。"

"啊？"溪川愣住，"我以为打小报告的肯定是个男生呢。是女生，你怎么不早说？”

"我跟班长说了是女生啊。"

"你没有说。"芷卉说。

"我说了！"

芷卉认真想了想："哦，对，他说过。"

"啊！"溪川气得猛摇她脑袋，"你早说啊。我们也不至于先怀疑钟季柏，又怀疑梁涉，浪费这么多时间。"

"为什么怀疑我？"梁涉好奇地插问。

溪川转头看芷卉："对啊，怎么还能怀疑他呢？"

"啊，对不起……"芷卉抱着头解释道，"和钦钦关系好的，我们都怀疑了一遍。"

谢井原一直没说话，默默在后排旁观，听到这里，感觉受了内伤。

他明明记得，早上坚持怀疑梁涉的人是柳溪川，京芷卉在帮忙排除嫌疑。

在语言类问答混战中，京芷卉同学的心理素质和临场发挥令人瞠目结舌，他从未见过背锅道歉一条龙服务如此周到之人。

溪川轻描淡写地滑过这个话题，接着追问梁涉："钦钦事件，英语组现在怎么处理？"

"冷处理。马德堡说让江寒停几天课，等风头过了再回学校。"

溪川摇摇头叹气，"少了个队友。事不宜迟，我们得行动起来找大家签名了，既然男生没嫌疑，先让男生签。"她掌心向上对谢井原说，"信？"

"还差一点。"

"太慢了。"

谢井原笑起来："换你的话，能边摆拍边写信，边上课边写信，还是边做竞赛题边写信？"

好在最后一个课间前，他及时完成任务。男生们也挺好说话，两个女生去求助，听说是全班集体行动，责任均摊，多半直接签了。

个别同学犹豫着，怕吴女士事后清算，芷卉吓唬他："的确有可能清算，学校既然能随便开除钦钦，说不准哪天也能随便开除你。"

男生挠挠头："开除我总得有理由吧，我又不违纪。"

溪川有备而来，笑嘻嘻地读着手里的校规："严禁在教学区、寝室区、后操场吃零食，你违纪了。"

"帮她就是在帮自己，为了不至于吃个烤串就被开除，签了吧。"芷卉补充道。

男生略尴尬，把刚叫的烤串外卖放回包装袋里，接过溪川递来的纸笔。

到最后一节自习课，除了钟季柏出校打球不在场，其他男生差不多都签过了。至于女生，溪川提议先从和钦钦关系密切的同学入手，没想到第一个就碰钉子。

孟冬果断拒绝："我不签。"

这态度……溪川有点诧异："你和她三年同学，现在还是室友啊。"

"那又怎么样，签了对我又没什么好处。"

"就当帮钦钦一个忙。"芷卉说。

"这活动是钦钦发起的吗？钦钦又没让我帮忙。"

"是为了钦钦发起的嘛，那就算帮我的忙。"话是如此，芷卉其实也没弄明白有什么区别。

"我为什么要帮你？为了你而开罪吴女士，和为了吴女士而开罪你有什么区别？你不就是翻版的吴女士吗？"

"啊？"芷卉愣了愣。

"你没来的时候，这两年我们班也过得好好的，你一来就爱给我们立新规，集体活动要参加，体育运动要争先，拜托，这是K班，又不是道德标兵班。你是真心和我们打成一片吗？你考试作弊吗？挂过科吗？受过处分吗？那你怎么也不可能和我们是同类，随时转身又能在老师们跟前做'三好学生'。你现在做这些有的没的，也不过就是为了满足自己的控制欲，把这个班每个人引上你所认为的正轨，让你特别地自我感动。"

芷卉哑口无言，动作只剩下眨眼。

孟冬笑起来："好巧，前不久吴女士还拉拢我来对付你们。你猜我当时怎么对她说的？我说，吴老师，我也很讨厌他们，这种没有同理心只有控制欲、自以为高人一等的优等生，十年后不就成了你吗？"

"京芷卉，你一点都不酷，又懦弱，又规矩，和吴女士一样无趣，还是别来跟我们做姐妹了。"她说着，一甩马尾走了。

留下两个女生面面相觑好一会儿。

"她真有个性……"芷卉说。

"从好的方面考虑……我们班现在没有小耳朵了，吴女士找的就是她，因为她顶撞了吴女士，吴女士才给她穿小鞋换寝室的。"

芷卉的眉头困扰地皱起来："我真的很像吴女士？"

溪川憋不住笑："她不说我还没发现。"

芷卉也笑了，追着她打进教室。

这事对她冲击太大，以至她都忘了自己和谢井原还处在尴尬期，一坐下就转头问："你觉得我无趣吗？"

"不会。"男生不明所以，实事求是地道。

"孟冬说我十年后就成了吴女士。"一副告状的语气。

谢井原认真地想了想，吴女士之于本校教师，其实真有那么几分像京芷卉之于学生群体，名校毕业的优等生，年轻漂亮，头顶有光环，不太普通……

他不出声，芷卉也没等他开口："算了，我干吗问你，你比我还无趣。"

谢井原想怎么这也能扫射，他和吴女士起码男女有别。

溪川笑着安慰："孟冬说什么，你也别太当真。云萱本来和她玩得好，你一来把云萱拐来跟我们混，她不讨厌你都不正常。"

云萱在前排听见被点名，回过头问芷卉："孟冬跟你杠上了？"

"她说我无趣，长大后就成了吴女士！"还在告状。

"怎么可能？"云萱佯装正经，"吴女士是北大的，你考不上。"说完整句才笑起来。

"啊！"芷卉气炸了，"云萱！"

[41] 骑车带人违反交通规则

笑闹够了，云萱认真地趴过来帮忙出谋划策："你想让孟冬喜欢你，做点有意思的事就行了。她这个人别看长得凶，其实没心机，你搞这些合理合规的请愿啊联名啊，完全踩中她的雷区，她理解不了，觉得像宫斗手段，特别俗气。"

"她觉得什么有意思？"

"简单点，幼稚点。比起吴女士，她更喜欢悦悦姐。"指的是历史老师，"悦悦姐会化妆，做直播，和女生都有的聊，课讲得好玩，人也没什么功利心。吴女士嘛……她说就连在老师中也想做管理层，功利心写在脸上。"

芷卉最后一点微笑都僵住了，想起自己还有个重要任务是笼络同学，赢得优秀学生干部的举手表决。

在场的人，谁也没注意。

云萱讲了些关于孟冬的陈年旧事。

她高一刚进校时和孟冬互相看不顺眼，但还没蠢到在教室里公然打架。找了个周五放学后的时间，等学校里的人都走光，她们在自行车棚那边互扯头花，把话说开，撕扯完就回家过周末了，根本没让班里人知道。

当时孟冬最要好的朋友葛善玲是K班第一学霸，也是在分班考试中意外考砸了，以她的成绩，本应至少进D班。

那个周一考试时，孟冬意外发现她在用历史小抄作弊，两人在考场上对视，考完葛善玲就一直哭着说后悔。

孟冬安慰她说打小抄又不是人生污点，过了也就过了，谁还没点这样那样的毛病，换位思考，自己上周五还打架来着。

谁知葛善玲来了一招谁也看不懂的操作，转头就去向吴女士自首检讨，顺便还提了孟冬和云萱约架的事。

"结果你们也知道了。"云萱说，"要不是我妈闹得凶，我和孟冬都得被开除。"

"这就有点过分了……她能得到什么好处啊？"溪川问。

"她是我们高一时的班长，而且第一学年可以算吴女士'唯二'看得顺眼的得意门生之一。"

"唯二？"

"还有个钟季柏。"

"吴女士喜欢的全是我讨厌的。"溪川嘲讽地耸耸肩，"那女的现在哪个班？"

"她选了化学，在C班。"

芷卉有点唏嘘："真是小人得志。"

"我倒是更理解孟冬了。"溪川说，"大家都搞错了重点，她讨厌的不是优等生，而是两面三刀的人。"

说者无心，芷卉的表情略微变化，半垂着眼有点安静。

钟季柏是踩着放学铃声从后门一瘸一拐回座位的，动静太大了。

谢井原抬头，将他从下到上扫一遍，他不仅脚踝红肿，颧骨也擦伤了，明显不太像打球摔伤。

"赛后打架？"

"嗯。"

"你一把年纪了，又是队长，不能稳重点？"

钟季柏愣了愣，反应过来，笑："嗨，不是我打架，谭皓打张磊，我拉架被误伤了。"

"哦。"谢井原低头想继续做题，又停住了，"自己学校的人也打？张磊怎么老被高一的人打？上次也是他吧，被阳明的……"

钟季柏没心没肺地笑："是啊，他打球动作大。"

"说这么好听，就是犯规。"

"是爱犯规。"钟季柏迁就地顺着说，"谁知道现在小朋友这么目无尊长呢。"

"那是他自己全责。谭皓在竞赛班挺有礼貌的。"

"礼貌？当街踹人？"

"你当时不也想上去揍人吗？"

"我是校篮球队的啊，那小孩之前打我们的人，我揍他合情合理，但是谭皓那时候又没进校篮球队。"

谢井原一想也对，先后顺序很重要。

"说不定他喜欢那女生。"

指的是黎静颖，不过他这会儿一时想不起名字了。

"我后来问过，他连黎静颖的名字都不知道。"

"那为什么？"

"猜不到。我最近深刻体会到了什么是'三年一代沟'，高一小孩集体脑子有坑，不分学校。"

"我觉得还好，你得找找自己的原因，为什么身边尽是熊小孩。"

要考虑近墨者黑的因素。

"等会儿你骑车带我回去。"

"我带不动你，你自己乘公交。"

"喊——"非常不满的一个长音。

想到把车扔在学校过夜有被偷的可能性，谢井原提醒道："你的车放哪儿？"

"我求吴女士让我放在她办公室了。"

"吴女士？"谢井原难以置信地再次抬起头，一字一顿地确认，"让你把车放她办公室？"

钟季柏压根没领悟谢井原反问一遍的重点所在，答得理所当然："对啊，放车棚里过夜容易被偷。"

谢井原顿了一下："你拿到了什么集万千宠爱于一身的剧本？"

"集万千宠爱于一身，却只在乎你。"

谢井原点点头："那还行。"

谢井原取了车出校门特地盯着公交车站台的方向望一眼，谁知没看见钟季

209

柏，倒看见芷卉了，她面前还站着个男生，两人说着话。

过马路时，他看清了脸，是梁涉。

芷卉背对这边，也不知道是因为天冷还是高兴，一边说话，一边不时跳两下。

放学时校门口人多，车骑不起来，谢井原走得慢，视线没移开过，死盯着看，想弄清她为什么蹦来蹦去。

有辆公交车快到站，但被放学人群截停在校门口，发出轰鸣声，芷卉回头看一眼，不是自己要等的车。

就这一回头，让谢井原看清了她脸上的表情，笑呵呵的，是高兴。

因为梁涉站在站台边缘，这时候车要过去，她下意识伸手把他往自行车道那边拽。

谢井原眼睛眯了眯，转过弯去。

梁涉面朝这边先看见他，也就抬了个下巴表示打过招呼，没耽误听女生说话。

芷卉注意到对方的神情变化，随便一回头，看见是他，没心没肺地打招呼："哎，谢井原！你能不能帮我个忙？"

谢井原长腿支地停住车，表情是淡淡的阴冷，好像电影里一个慢镜头，衬得她的高兴十分不合时宜。

太明显了，不可能察觉不到。

不知道他为什么又变得冷淡。

女生的心空了一下，语调没之前高："高二上机教过写程序，我忘了怎么写，不知道……你还记不记得。"

怎么会问记不记得这种傻问题。

"你要怎么写？"他侧过头用眼神给了个示意，"上车边走边说。"

语气像道声"早上好"一样自然。

芷卉错愕须臾，由失落转为慌张，眼神含混闪烁起来。

"上、上车？"

谢井原没追加什么说辞，近乎傲慢地"嗯"了一声。

女生瞥了眼车后座，迅速把目光移开，像做贼被抓似的，转向别处的视线没有焦点，千变万化的情绪扫过脸上。

梁涉看不懂这诡异的僵持是怎么回事，但真实地感觉出了不对劲儿，一个漠然直视，一个慌乱躲闪，眼神来来回回，却一样都是试探。

"我说……"梁涉刚想打破沉默。

女生的话就突兀地接上来，说得又急又快。

"骑车带人违反交通规则……"

"嗯。"谢井原不紧不慢地垂眼又抬眼，换成带点不屑的语气，"这不就无趣了吗？"

梁涉也不知道就这么平常的半句话，怎么会激得女生飞快地跳上了车后座，看见谢井原脸上闪过早有预谋的短促笑意后，他更是一头雾水。

不管是运动会上还是平时课间进出教室，谢井原都是和柳溪川走一起的时候多，他还以为他们是一对。而京芷卉跟钟季柏打闹拌嘴明显更频繁。

今天这组合有点怪。

梁涉疑惑地向远去的自行车瞄了两眼，朝反方向回了家。

秋天的傍晚已起了风，何况他骑得太快，坐自行车后座其实不是太舒适的体验。

她小心翼翼揪住他制服的一角，又怕揪太紧弄出折痕。

风在耳畔吹哨，耳郭冷得发疼。

让他帮忙的具体需求在两个路口的距离内就说完了，但男生似乎毫无就近找个公交车站把她放下的意思，反而微侧过头问："家在什么路？"

"浦明路！"她条件反射般抬头，看见他小半个侧脸和线条锐利的下颌，一阵慌。

这和他记忆中她填过的邮寄地址有点出入，大概因为小区有朝不同路开的门。

他再次侧过头："浦明路张杨路？"

"是的，啊，看路！"

也不知道是他转过脸还是不看路让她更慌。

"你家离学校挺远的。"这次终于没回头。

"嗯，14站路。"

进入有一搭没一搭的闲聊状态，紧张的气氛稍稍得以缓解。

转弯处有幢高楼，风更加张扬，头发被吹得满脸飞。处理这团凌乱时，她下意识脱了手，重心不稳后又随意抓了点什么救急。等她意识到发生了什么，窘迫得再也不知该把手放在哪里，脑海里滚过一大片死亡弹幕。

从男生的角度，他只感受到突然环过腰际的借力，以及制服上一粒纽扣被揪下来的反作用力。

他一低头，女生的手还攥着扣子悬在半空。

他调用了全部意志力才忍着没笑出声，轻描淡写地说："坐稳。"

"嗯。"女生调用了全部智力思考也没想好该如何妥善处置这颗扣子。

本着"哪儿来的，回哪儿去"原则，她把手放回意外发生那一瞬间的位置，扣子也回归了它本应待的地方。

这次，谢井原非常生动地获知了一条生命科学领域的经验——

人笑的时候，腹肌会震动，就算不笑出声也会。

他松开一侧车把，从她手里拿走那粒纽扣塞进自己外套口袋里。

顺风而来的声音还带着无奈的笑腔："你再怎么按，断了的线也长不回去。"

"嗯。"女生生无可恋地表示赞同。

后来她的手就一直松松地揽着，没敢动过位置。

很奇怪，坐自行车比平时坐公交车还早五分钟到家，也许是一路上没遇到几个红灯的缘故。她应该庆幸省了编瞎话解释晚回家的原因。

芷卉在家门口深呼吸两次，整理好情绪，以泰然自若的状态进了门。

没想到今天爸爸到家早，在客厅摆弄手机，见她回来招招手："你来帮我看看这个音响的二维码怎么扫。"

女生不疑有他，把书包扔沙发上跑去接过手机。

她正摆弄着，爸爸慢悠悠开了口："送你回来的男孩是你同学？"

[42] 吴女士一年有230天带炸药包上班

芷卉紧张得一哆嗦，差点把爸爸的手机摔地上。

"哦，对。"她心率加速，语气伪装得十分平静，"我们年级第一，放学后我问他题，他说路上边走边说，就顺便捎我回来了。"

"哦，年级第一啊。"爸爸漫不经心地翻弄着手里的音响说明书，重复道。

"是那种书呆子，话都说不清，满脑子只有数学。"

"怪不得。"爸爸想了想，点头，"我看他长得也一般，白白净净像个女孩，一点都不结实。"

什么审美？

"现在谁喜欢结实的。"她忍不住嘀咕。

"都喜欢白净的，是吧？"

这还是个谍战剧……

大魔王妈妈此刻正在厨房里指挥阿姨备菜，门都没关，距离对峙现场不到十米，芷卉都能听见厨房的炒菜声。

她大气不敢出，佯装没听见反问，极其认真地研究着音响二维码，生怕爸爸下一句就要开始探讨"脸红什么""怎么又黄了"。

"他家住哪儿啊？"还好是个正常问题。

"不太清楚，应该是桃林路那边。"

家住桃林路，"顺便捎你"回杨家渡，你也不想想是因为道德的沦丧还是人性的扭曲。

爸爸停顿了一会儿接着问："独生子女？"

"好像有个妹妹。"

"他打算考哪个学校啊？"

"交大。"

"哦，他就是那个……"线索串了起来，"把复旦自招名额让给你的年级第一？"

女生点点头，爸爸又沉默许久。

她一边扫码安装APP，一边寻思该说点什么打消爸爸的怀疑。

但爸爸好像念在谢井原让表帮过忙，也不打算追究了，最后只说："学习要紧，其他事情以后再想。"

"嗯，二维码扫好了，我写作业去。"她唯唯诺诺站起来。

走出几步，她还是觉得有点不踏实，从房门口探出头："爸，今天看见的，你可千万千万不能告诉我妈，不然她至少像唐僧一样唠叨半个月。"

爸爸向芷卉无声地比了个"OK"手势。

芷卉关上卧室门，长舒了一口气。

芷卉虽然按时到家，但谢井原送完她再返回，花了四倍于平时的时间。

从站台上把京芷卉劫走送回家，大概算他近期做过的最奇怪的事，让表都没这奇怪。

也许是因为梁涉招人烦，这么大个男生，自己一点破事都解决不好，老跟着女生蹦蹦跳跳，还不如钟季柏。

但钟季柏也不是省油的灯。

谢井原这边刚进门，就见他抱臂坐在沙发上质问："你干吗去了？"

一副占领道德高地的姿态。

屋主也不是太明白这种蹭吃蹭喝的家伙哪来的底气。

213

谢井原一愣，边换鞋边说："没干吗啊。"

"别演了！我都看到了。"

谢井原疑惑："看到什么？"

"我在公交车上看见你骑车载京芷卉！"

"哦，我送她回家。"

"你不是说你的后座只留给我吗？"

谢井原记得自己并没有这么说过，装后座本来只是为了带东西，当时钟季柏还说后座丑来着。

他有点心累，这人怎么学龄前儿童似的争宠。

谢井原不想说太细，随口敷衍："特殊情况。"

"什么特殊情况？生理期？"

"也许吧。"

钟季柏当场变性："那我也生理期了，明天你载我上学。"

"你这有点……反人类。"

"过分！我腿断了你都不载我，她能跑能跳的，用得着坐车吗？"

"你腿没断，你是个男子汉，走哪儿也没人敢劫财劫色，要什么自行车。"

"我不管，笨京有的，我也要有。"

"她没有的你也有。"

"我有什么了？你说。"钟季柏不依不饶。

"这位客人，你有半个月没回自己家了，而且你现在穿着谁的衣服？"衣食住都有了，还好意思要自行车。

钟季柏低头看一眼自己身上的T恤，笑起来："不好意思，拿错了。"

谢井原懒得跟他扯皮："还吃不吃饭了？"

钟季柏早饿了："吃！"

比起应付需求较低的钟季柏，谢井原头疼的是，京芷卉求他写的小程序，他并不会写。

京芷卉实属在小事上满脑袋糨糊，计算机课教C++的那个学期，谢井原正暗无天日地为IMO备战，根本没正常上课。

但如今她突然下订单，他总不能回话说因为缺勤无法完成任务。

没关系，我们不会，我们可以学。

临时找网上资料看了半小时，谢井原决定放弃C++。Python（一种计算机程序设计语言）语法简单。反正京芷卉自称全忘光了，用什么写她也看不懂，只要达到效果即可。

当初他获奖后没选择直升大学，还有个重要原因是当时特招的专业只有计算机，他不太感兴趣。

没想到几个月后他在此突击补习计算机知识，自学成才，可谓计划赶不上变化。

晚上他做完作业花了点时间把逻辑语法看了个大概，没来得及动手写，第二天早自修前直接在讲桌上的教学电脑里写。

芷卉靠在讲台下跟溪川闲聊，监工之余，溪川吃着微波炉爆米花。

本来话题一直局限在"好羡慕你怎么吃都不胖""我胖""你还胖""肚子胖了不信你摸"以内。

也不知为什么，芷卉刚摸到溪川的肚子就获得了灵感，突然想起点重要机密，用告状的语气告诉谢井原："我听梁涉说，其实之前马德堡想要再给你一张自主招生表的，但是被吴女士阻止了。"

话题跳太远，他需要反应一下。

又是梁涉，他怎么话那么多呢，他想。

"谢天谢地！幸好阻止了。"溪川说。

芷卉诧异地转头看她。

溪川进一步解释："不然我们不就多了个强劲的竞争对手吗？"

芷卉蒙蒙地点头："有道理。"

谢井原打错了一行命令，边逐字删除边提醒两位同学："我听得见。"

刚提到吴女士，吴女士就突然驾到。

孟冬和啾啾在门外翻跳个什么舞，没留神周围的动静，一转身不小心撞在吴女士身上，这开启了吴女士一整天的坏心情。

她白了一眼飞速逃窜的俩女生："疯疯癫癫。"

芷卉推推谢井原的胳膊肘，小声提醒："吴女士来了。"

他在保存进度，一时走不开，导致吴女士进教室前大家都没成功逃跑。

"你们几个，一大早用教学电脑干什么？"

溪川急中生智："找古诗词题库。"

语文早自习，十分合情合理。

吴女士收了收脾气："换英语课了，拿出《固学案》，把昨天没讲完的阅读题讲一下。柳溪川把爆米花放下，说过多少次，不要在教室吃东西，C班都发现

215

老鼠窝了。"

趁她唠叨，谢井原打了个时间差，顺利保存完毕，几个人迅速跑回座位。

溪川小声说："我又没去C班吃过。"

所有学生从抽屉或者书包中拿出教辅书，云萱翻找的时间过长，又身为爆米花的前桌，成功代替爆米花吸引到吴女士的火力。

"云萱，你的书呢？"说着走过去。

"哦，我……书忘在寝室了。"

"来读书，忘带书，你坐教室里干什么？吃爆米花吗？"

溪川也不知今天爆米花怎么惹到她了。

云萱争辩道："本来英语课在下午，我想午休的时候回……"

吴女士怀疑她在影射自己随意占课，更加恼火，打断道："英语课在下午，我挑什么时候讲题还要经过你的同意？我看你是根本没有做。"

"我做了，那我下早读就去拿。"

"我题都讲完了，你拿来还有什么用？你跟钟季柏……"吴女士话说一半突然中断，发现钟季柏也还在书包里翻找，"你也没带？"

"找到了，找到了。"危急时刻，钟季柏幸运地翻出了书，松了口气。

吴女士一低头，看封面上赫然写着谢井原的名字，拿起来打开翻看，又气得扔回桌上："你拿了谢井原的书，他看什么？"

谢井原从自己书包上方茫然抬起头。

吴女士气不打一处来："大清早的，我看一个个都没带脑子来上学。"

钟季柏把书从芷卉头上扔还给谢井原，用埋怨撇清自己的抄作业嫌疑："干吗把你的书塞我书包里，真是的……"

谢井原无话可说。

吴女士追问钟季柏："你自己的书呢？"

钟季柏突然清醒过来，想起前天晚上本来是打算抄英语作业，抄一半想打个游戏换心情，后一半就忘抄了。昨天英语课，他已经发现后面没做，打算晚上补上，结果到晚上又忘了。

现在没带书是死路一条。

找到书，当着吴女士面翻开，也是死路一条。

他决定死痛快点，抬头讪笑道："要不……我下了早读也回家一趟？"

吴女士竟无言以对，抓起芷卉面前的书扔到钟季柏和云萱中间，对芷卉、溪川说："你俩合看，借他们一本。"想想还是不满，又转头去骂云萱，"书还能借，脑子是借不了的。"

等吴女士终于回讲台讲题去了，芷卉有点犯怵，问溪川："要不要取消计划？吴女士今天是带着炸药包上班的。"

溪川摇摇头："吴女士一年有230天带炸药包上班，我们要让她笑一笑十年少，燃起对工作的热情。"

芷卉笑起来："不太可能。"

课间，谢井原回去用教学电脑把剩下的写完，芷卉和溪川问梁涉要来改装好的红外线发射器和接收器，分别固定在孟冬和啾啾的课桌腿上。

孟冬好奇地探头："这是在干什么？"

芷卉抬头冲她眨眨眼："到英语课你就知道了。"

[43] 既然要联名，那也算我一个

英语课，吴女士按计划用20分钟进行翻译题测验，题目也照例打在PPT里投影在幕布上。

测验的时候，她习惯在教室里转，经过孟冬和啾啾的座位之间也是必然。

芷卉早早做完了题，盯着吴女士，看她走过了红外线却什么也没发生，有点急了，扭头瞪大眼睛看着谢井原，眼神说：是不是出问题了？

谢井原没有放过这个故弄玄虚的机会，用手指数"三""二""一"给她看。

教室里突然响起了喜庆的圆号、长号、小号声。《婚礼进行曲》？吴女士纳闷地东张西望，好半天才发现是电脑在播放音乐，自动弹出的音乐播放器连PPT都遮住了。

她赶紧跑回讲台关了播放器："所以我是怎么说的？不上课的时候，你们不要乱动教学电脑。"

只是个小插曲，全班很快又投入英语测验。

但吴女士的轻微强迫症使她无法控制自己在测验时待在讲台上，每次经过孟冬课桌边的触发点，音乐播放器都再次弹出来，演奏《婚礼进行曲》。吴女士被折腾得来来回回跑个没完，到第三次，她终于想到应该直接把音量关掉，但静音按钮无法被选中。

吴女士恼羞成怒地叫钟季柏："你过来看看怎么回事！"

钟季柏课间看见谢井原他们围在电脑边，猜到是他们弄的，也没打算帮忙解决问题，随便划拉两下鼠标说："是中毒了。"

"好好的，怎么会中毒？"

吴女士刚想训人用教学电脑上不正经网站，钟季柏就接了话。

"PPT有毒。"

吴女士的话都被噎了回去。

教室里全体憋笑。

钟季柏把播放器关掉，打开控制面板，从硬件与声音里调整系统音量，设置为静音。

吴女士忍不住多嘴："中毒了，你只静个音？"

"杀毒要花很长时间，只能等午休。"

吴女士看看时间，烦躁地说："也到点了，把本子传上来，这PPT也不用了，干脆关机。"

钟季柏照办后回到了座位。

吴女士让大家拿出昨天的作业开始讲题，刚讲了没几句又经过了一次孟冬身边。

背对讲台的吴女士看不见，但全班都能看见投影幕布，电脑自己开机了，无声地出现启动画面、桌面，弹出"控制面板-硬件与声音-调整系统音量"，音量全自动调到最大，音乐播放器再次弹出。

大家兴奋地互相挤眉弄眼。

当喜庆的音乐以最大音量再次响起时，只有吴女士一个人被吓了一跳，回过头，心态崩了，半晌没走回去处理。

年级主任还来插一杠子，从后门探了个头："小吴老师，你们在搞联欢吗？"

差点没把吴女士气死。

下了课，芷卉往孟冬身边的窗台上一坐，问："酷吗？"

孟冬笑着说："都是人家谢井原的才华。"

"我是总策划，主犯呢！"这么自豪的主犯还是第一次见。

芷卉把请愿信拍到孟冬面前，正色道，"重点是，我可不会和大家一起搞事，转身又去自首去出卖大家，签名我签在第一个。别因为遇见一个令人无语的就以为全世界都这样。我想让钦钦回来是因为我喜欢她，不喜欢她受委屈，现在你和我，是谁没有同理心？"

孟冬垂眼看了看信，找空地签了。

芷卉觉得自己说服得很成功，正高兴。

孟冬来了句："信也是谢井原的字。"

算了，因为谁签的不重要，签了就行。

孟冬签了，何琳和啾啾就跟风签了，进展好像有了质的飞跃，但很快又在钉子户文樱那儿卡住了。

芷卉走到跟前，对方头都没有抬，继续做题。

"文樱，能帮忙签一下你的名字吗？"

文樱恍若未闻。

"如果你签了名字，顾钦钦她就可以回来上课了。"

文樱还是没有反应。

芷卉察言观色，试探着哄："你也希望她回来上课，对吧？"

文樱直接把数学书放进抽屉，起身走人，动作一气呵成。

芷卉泄气地回座位。

溪川看见了全过程，追问："文樱攻克不了吗？"

芷卉说："文樱，一位K班谢井原。"

谢井原听见自己的名字抬起头来。

云萱在一旁笑，说："让文樱签名是不可能的。"

"为什么？"

"我都已经一年没听见她说话了，也没见过她参加任何班级活动。"

芷卉诧异："她这是受过什么创伤吗？"

"别管了，操那么多心，你又帮不了她。"

"老师也不管吗？"

"大家都习惯了，而且在吴女士眼里，不说话的反而很省心呢。"

谢井原突然插话："但我在老刘家见过她，她和师母一起下厨房，看起来很活泼啊。"

"文樱？活泼？"溪川不太相信，"你不会看错人了吧？"

"我对文樱有什么特殊情结导致看别人都像她？"

芷卉发现，自己以前对谢井原似乎有些误解，他是沉默寡言，但动真格地说起话来相当厉害啊。

小花园翘会后被叫到办公室那次也好，眼前也好，他总能以最快的速度、最难以反驳的方式，澄清误会、打消顾虑、反驳质疑，简直可以算伶牙俐齿了，连她都比不上。

他真是令人刮目相看。

之后一节就是数学课，钟季柏在请愿信上签完名，想直接传给旁边那排的女生，老刘刚好写完板书回过头，这么高个，这么大动作幅度，很难不被看见。

钟季柏飞快地把信塞回自己的抽屉，也没躲过。

老刘从讲台上走下来："传什么呢？"

教室里瞬间安静，谁都知道钟季柏在传的是什么，芷卉是最紧张的。

钟季柏嬉皮笑脸道："一点暗物质，刘老师。"

老刘也笑："暗物质不可见，你那个我明明看见了。"他伸伸手，"给我。"

钟季柏觍着脸胡扯："是京芷卉给我的情书，不太好看。"

芷卉差点没从椅子上翻下去。

老刘敲敲桌子："那更要看了。"

钟季柏不情不愿地把请愿信交了出去。

老刘翻着，扫了两眼："这是要做什么？"

钟季柏严肃起来："顾钦钦被开除了，我们联名给校长写了封请愿信帮她求情。"

老刘在认真看信的内容，半晌没说话，字迹他太熟了，他抬头向谢井原看了一眼。

芷卉惊出一身冷汗，直接站起来认错："刘老师，这是我的主意。"

"嗯？"老刘看看她，"课堂上传这个也是你的主意？"

不，那是钟季柏这位猪队友的自主发挥。

芷卉语塞。

溪川赶紧接话，把重点拉回去，强调初衷："我们只是想让顾钦钦回来上课，顺利高考。"

钟季柏探过头来商量："刘老师，能不能还给我们？"

老刘又看看钟季柏，还是没收了请愿信，回了讲台，边走边说："团结起来帮助同学没问题，但上课不应该开小差。"

芷卉坐下，血压都跟着往上升。

溪川小声问："你觉得他会不会转交给吴女士？"

老刘回到讲桌前，拿起笔在请愿信后面加了个签名："既然要联名，那也算我一个。"

整个教室凝固的气氛重新活跃起来。

钟季柏劫后余生，拍着胸口："说话别这么大喘气啊。"

"不过这个……"老刘扬了扬手里的信，"我要帮你们保管到下课，上课应该好好听讲。"

全班正襟危坐，课堂纪律前所未有地好。

课后，芷卉数数签名人数："除了文樱都已经签了，应该够了，校长又不会真数，数了也够，有老刘凑数。"

云萱问："那现在就去找校长？"

芷卉想了想："我觉得还是应该把顾钦钦本人叫回来，明天一起去。"

"是啊，她本人都不在，我们替谁说情？"溪川附和。

"等会儿放学，你们谁跟我去找她？"

云萱摇摇头："最近风头紧，不敢出去，怕吴女士又突击查寝。"

芷卉又看向溪川。

溪川也摇头："有太多东西束缚着我。"

"你就是懒。"

芷卉正打算开口胁迫她，话头被谢井原截住了。

男生在后排插了句嘴："我跟你一起去。"

有点意外，芷卉愣着没接上话。

溪川兴高采烈地把签名纸塞进芷卉怀里，把芷卉往谢井原的方向推了推："交给你了。"

下一个课间，谢井原才跟钟季柏说上话，男生从后门进来打他身边经过，他做题之余抬头瞄一眼："你的腿怎么样了？"

"好了，活蹦乱跳。"钟季柏边跳边说。

"那你放学骑我的车回去，把你自己的车放在英语办公室。"

"你不回家？"

"先去找顾钦钦再回家。"

钟季柏一听是正事，多问两句："我的小钦钦能回来吗？"

"让她明天就回来。"

"爱你。"钟季柏比了个心，顿了一秒，进入下一个话题，"为什么不骑车去？"

"跟京芷卉一起去，你不是不让她坐后座吗？"

只要战胜了京芷卉，钟季柏就十分开心，立刻大度起来："这么乖？原谅你了，骑车去吧。"

"不骑，太远。"谢井原说出了真相。

"那我直接把你的车放英语办公室不就好了，干吗换车？"

"你觉得……"谢井原抬起头，"除了你，吴女士还能接收别人的自行车？"

"她就是嘴不饶人，其实人挺好的。"

"赞同半句。"谢井原说。

"那天我把车放办公室，她嘴上还嚷着要把车扔出去，不也没扔？"

谢井原放下笔，直视钟季柏："你有没有发现……"

"什么……"

"吴女士跟你说话是这么说的。"

很正常，钟季柏没看出端倪："有什么问题？"

谢井原换了个鄙视的眼神居高临下："她跟我们说话是这么说的。"

模仿非常到位，钟季柏注意到了区别："哈哈，这是为什么？"

谢井原低头做题："你比较能激发别人的母爱。"

"我不要母爱，我要你爱。"他又开启了恶心模式。

谢井原被恶心到无力做题，撑着脸说："你妈就是因为信了你这种鬼话才跑去生二胎。"

[44] 考上一个好大学，那还不是终点

直接登门拜访显得有点过于正式，芷卉把顾钦钦约到她家附近的咖啡馆见面。

"大家做了一个联名请愿书，是写给校长的信，我们是为你求情，我觉得你作为当事人也应该一起去。事情就是这样……"三言两语就把来龙去脉说清了。

顾钦钦眨巴眨巴眼睛。

"可是我不想回去，回去还要看吴女士和马德堡的脸色，我在家看综艺挺开心的。"

芷卉耐心地问："那你不上课不高考了吗？"

"先玩两年。"

这孩子想什么呢？

芷卉重整旗鼓，哄道："你不去学校，就不能和江寒一起吃饭上学了……"

"什么江寒不江寒的，都是屁。"顾钦钦温温柔柔地说。

哦，这是什么意外剧情？

芷卉尴尬地笑了笑。

顾钦钦泄气道："没有我影响他，他能考更好的大学。"

谢井原发现了问题的关键："你是不是被马德堡洗脑了？"

芷卉循循善诱："你被开除了，他每天担心你，能学得进去吗？"

"他在A班学不学得进去，我不知道。"顾钦钦可爱的小眉毛拧起来了，"可是我自己在K班每天都学不进去，好不容易解脱了。阿京你啊，老是拉着我们干这干那；冰箱你呢，眼神凶得像黑社会；吴女士没有一天不骂人，云萱没有一天不挨骂；柳柳是个消耗零食的生化人，梁涉说每句话都戏那么多，文樱总是不理人。这种奇奇怪怪的班级，天天上学也考不上大学，有什么不得了的理由非得要我回去？"

啊，没想到我们天真可爱的小钦钦内心竟藏了这么多不满。

芷卉暂时丧失了语言功能。

谢井原绷不住笑了，转头对芷卉说："我觉得她在唱Rap。"

节奏感非常好。

芷卉在桌下偷偷踢他一脚，劝他把高智商用在正道上。

谢井原正色："你是不是觉得挺麻烦大家的？"

顾钦钦垂下眼："既麻烦，又没意义。"

"有意义啊，当然有。"谢井原说，"反正学费也交了，说不定运气好能拿到毕业证呢？高中文凭看起来有文化。"

运气好才能拿到毕业证？看起来有文化？什么样的情商能这么说话？

芷卉惊了，瞪着谢井原。

但是这话对顾钦钦好像是奏效的，她陷入了片刻沉思。

"那……"钦钦想好了，抬起头威胁谢井原，"冰箱，是你让我回去的，我要是拿不到毕业证，我就把你揍到钟季柏都不认识你。"

谢井原不信她有这个能耐，点点头："可以。"

这样的说服也可以？

小钦钦你不觉得你才是全班最奇怪的吗？

芷卉觉得自己太正常了，根本配不上这个奇怪的班。

校长室里，所有人对峙着。

裁决人捧着那张请愿书坐在办公桌后一语不发，仿佛在仔细研读。

年级主任、班主任自然都被叫了过来了解情况。

整个班级集体写信，人人有份，吴女士事先没得到任何风声，信后唯一的老师签名也不是她，从进门那一刻，她就蹙着眉紧抿着嘴，脸色煞白。

芷卉突然觉得有一点点对不起她，感觉她快哭了。大部分话是马德堡在回，吴女士偶尔跟着补充两句，都很简短，能听出哽着喉咙。

气氛过于凝重。

芷卉想起高一时跟着A班同学"大闹校长室"那件事。起因不过是最喜欢的老师以"工作需要"为名被调去别的班，这就惹来学生们异常过激的抗议示威行径，大家宣称要"上天入地踏平校长室"，把老师留下。任性至此，现在想着还有点可笑，特别像小孩子的胡闹。最后还是校长大人笑眯眯地安抚两句，把学生们打发了。

所以说，联名上书这种事，即使在A班身先士卒的情况下，也从没有成功的先例，芷卉心里没底。

校长抬起头慢吞吞地对年级主任说："老马啊，都高三了，就不要开除学生了，影响不好，让他们都顺顺利利毕业吧。"

"啊？可是……"

"在处理违纪学生的时候也应该以教育为主，达到警示效果，让他们改正错误。"老校长重新响起的声音让人再次紧张起来，"不过顾钦钦啊，你们两个学生深夜在校内校外乱逛，容易出意外，老师并没有批评错。考上一个好大学，那还不是终点，要有更高的理想，希望你以后能做个有担当的女孩，对自己负责，对他人负责。"

顾钦钦从上高中起就一直蜗居K班，常听吴女士说大家："学习已经是不行了，大学就更别多想了，我对你们要求很低，别影响其他要考大学的人，给学校添乱……"每次听着这些话，她就觉得是指自己。

她和江寒从小学到高中都是同学。高中在最优最差班，习惯了什么都问问江寒，什么都听江寒的，跟在他身后。江寒是注定考大学的，她呢，可千万别影响了他。

幻想早被埋葬在水泥地面下。

从来没有人像这样对她说过要"考个大学""好大学""那还不是终点"。

是"理想"，不是"幻想"。

女生愣了两秒，鼻子不争气地一酸，重重点了点头。

芷卉一口气飞奔回班里，冲上讲台报喜："同学们，现在让我们欢迎顾钦钦回家！"嘴瓢了，"回班！"

教室里其他同学捧场地鼓掌，钦钦被门外的小伙伴推进来，有点害羞，甜甜一笑："谢谢大家。"

芷卉跳回座位，催谢井原："请客，奶茶。"

客是要请，他就是看她高兴，想逗逗她。

谢井原漫不经心地说："我怎么记得，请愿信上少了个签名，文樱没有签吧？"

"可我们多了一个刘老师的签名啊！"

"那不算，说好了是让全班都签名的。"

"怎么不算，人数上是对的！"

谢井原笑："你这是狡辩。"

"怎么狡辩了，老师难道不是班级的一分子吗？而且请愿也成功了。"

"你在偷换概念。"

"你不请，我就告诉全班你要赖！"

这边正有来有往，有个不识趣的钟季柏突然插嘴："老刘参与进来也是我的功劳啊。"他对谢井原说，"班长对这件事一点贡献也没有，没资格喝奶茶。"

芷卉立刻回头呛他："你不提这个也就算了，是谁上课传张纸都传不好？"

"但是我随机应变将功补过了。"

"说我写情书，我还没找你算账。"

是啊，写情书这账没算，你还又终结了京芷卉的撒娇。

被晾一边的谢井原用白眼看他："让你多喝一杯能不能结束话题？"

钟季柏心满意足地跑向教室前排："冰箱请客喝奶茶，全班有份，来我这儿登记想要的口味啊。"

芷卉不开心，回头抱怨："干吗答应他就那么痛快？你这是溺爱！"

"你也两杯。"

其实两位学龄前儿童对奶茶没什么执念，只对战胜对方有执念。最后真的喝了两杯的人只有柳溪川。

正值全班都喝上奶茶其乐融融之际，吴女士突然出现在了教室门口，面色不愉。

整个教室瞬间安静，众人以光速各就各位。

吴女士好像很累，冷着脸叹了口气，有气无力，没了平日的气势："昨天我才说过不要在教室吃吃喝喝，没有一个人听进去。柳溪川你还喝两杯。"

溪川默默把奶茶推到桌角，已经万分确定自己是全班最招吴女士讨厌的人，毕竟连C班老鼠的账都要算在她头上。

吴女士支着讲台："今天谁值日？黑板也没有人擦。"

是顾钦钦和云萱。

云萱被吓出一身冷汗，刚想起身，钟季柏拽了她一下，自己站起来，去前面把黑板擦了。

"你们写的信能说服校长，只是因为写信的同学辩论水平比较高。"吴女士往谢井原的方向扫了一眼，"但辩论的胜利并不意味着观点的正确。规定教学区不能吃东西是为了维护教学环境卫生，我们的教学电脑、仪器线路和实验楼各种设备，总是因为被老鼠啃坏而毫无意义地损耗，大量教育经费浪费在这些方面，可不可笑？有那么饿吗，就不能忍受短短五个小时不吃东西？有那么懒吗，就不能走远点去生活区吃？

"有些规则在你们看来是小题大做，你们花样百出地动脑筋钻空子，怎么就不动脑筋思考一下这些规则为什么被制定？住宿规定是为了保证学生的人身安全。课堂纪律是为了保证教学质量。一个上了高中进办公室都不喊报告的人，上了大学也不会突然拥有与室友和谐相处的礼貌。一个连对自己身心有益的'两操'都频繁缺勤的人，有了工作能不能做到按时上班，我很怀疑。

"在看到这些规则的第一眼，你们心里已经有了自己的判断，哪些鸡毛蒜皮的不用遵守。那么将来呢？你们看见法条，是不是也要判断一下，有哪些看起来小题大做的法律可以违反。你们的抗议在预设情境，违反了这样小题大做的校规也可能被开除。为什么你们预设的情境里从来没有遵守规则的可能性。很难吗？谁能给我找出一条会因为失误不小心违反的校规？

"今天，我对你们很失望。你们中有一半人已经成年，有一半人即将成年，我一贯把你们当成年人对待，以为大家已经具备了基本的理性。可是你们竟然没有一丁点规则概念，自以为一腔热血，为了一己私欲，集体破坏秩序，这就是你们心目中'团结的力量'？说到底不过是为了享受抱团践踏规则的快感。

"今天你们很高兴，但愿你们没有因此产生什么错觉，以为将来和同事抱团就能被允许集体违反工作制度。社会上没人会惯着你们，社会需要的是符合它的运转规律的零部件，破坏规则的人注定被淘汰，早晚变成没价值的废品。成年人肆意妄为，你们以为能影响谁，只会让自己的生活变得艰难。

"今天，我对我自己也很失望。我从小到大都在争做最优秀，工作后，对自己的要求也是不只教书，更要育人。三年K班，这是我带你们的第三年。"她停下来扫视讲台下的一张张脸，"在你们身上我看不到任何'前程似锦、人生顺利'的迹象。"

[45] 替我仔细看看棉花糖，好不好？

下午放学难得云萱能出校，参加个补习班，她妈专门给吴女士打过电话。

女生们在校门口便利店买关东煮，云萱怂恿着："一起去吧，是押题的班呢。上届学姐分享的，听说很灵。"

"押题你还不如问我。"溪川说。

"去嘛，去年的文理科状元都在那儿听过课，状元的选择你总得相信吧。"

芷卉实话实说："听过课不代表起决定性作用，你看溪川，她明年要是成了状元，也不会是因为哪天听了一节神奇的课呀。"

"对。"溪川咬着贡丸说，"但我成不了状元。"

云萱还不放弃，继续替补习班义务拉客，压低声音："你们没懂这个班为什么押题这么准，他们这位老师以前就是出题的，据说高考命题组有一半都是他的学生。"

"每个押题大师都这么说，命题组老师知道自己有那么多老师吗？"溪川说。

"我这个肯定是真的，为了避免被人举报泄题，他一年只招15个学生。"

"只招15个，我们就能占3个？"

"我有关系嘛，你们要去，我就打个招呼。17个和15个，也没有什么区别吧。"

溪川笑了："这不太好吧？"

云萱又道："哎呀！芷卉，你不是偏科吗？数学没戏，那还不在语文上多捞点分，一分也是分啊，万一押中了作文题呢？"

芷卉歪着头问溪川："去看看？"

"不是吧，你连这也信！这种骗局简直是一万个漏洞组成的啊，本体就是漏洞。"

云萱机智地顺着说："那就去看看嘛，你就一点也不好奇骗子是怎么行骗的？"见溪川的表情略有松动，她趁热打铁，"陪我们一起去吧，万一我和芷卉看不穿骗子被骗了怎么办？"

于是，一小时后，柳溪川坐在一个起码挤了100人的破教室深思，自己和芷卉这么高的智商，是怎么被云萱忽悠瘸的。

芷卉倒是很容易满足，帮着云萱找台阶下："题押得准就行了，人多点就多点。"

就这个阵仗，怎么可能押得准？

溪川很快在呛骗子的过程中找到了乐趣。

老师吹牛说和高考命题老师吃饭。

她就举手询问命题老师为什么没有按规定被关小黑屋。

老师讲《滕王阁序》。

她又举手纠正老师"序属三秋"里念错的字。

骗子老师被气到对她的举手视而不见，云萱居然转过头小声问："你们在说什么，我都听不懂，这老师很厉害吧？"

溪川真不知道自己哪句话让云萱产生了骗子老师和自己棋逢对手的感觉，明明处处被揭穿。

她叹了口气："不用听懂。《滕王阁序》去年考过，三年内考过的课内古诗根本不可能再考。"

失去了打假的乐趣，她无聊得开始发微信骚扰谢井原："猜猜我现在跟谁在一起？"

男生根本不猜，直接发了个问号过来。

"和芷卉一起补课，羡慕吗？"

"在哪儿补课？"

溪川给他发了个定位。

男生回："晚上不好打车。"

"我们坐地铁回，放心，我会看好她。"

课讲得实在无趣，芷卉也在东张西望，不经意扫见溪川手机的微信聊天界面。座位距离不近，她看不清对话内容，却记得谢井原的头像，远远扫一眼，看色块都知道是他。

有那么多话能聊……

芷卉有点郁闷，在笔记本上乱画也缓解不了烦躁，转头看看另一边的云萱，已经头一点一点地打瞌睡了。

她推推云萱："我们走吧，讲得太差了，听不下去。"

云萱睡眼惺忪地醒过来，立刻同意。

两人开始收拾文具，溪川注意到这边的动静，问："怎么了？"

芷卉没答话，云萱隔着她说："太无聊，回家吧。"

溪川也跟着站起来："是吧，我就说嘛。"

回去的路上，溪川注意到了芷卉的闷闷不乐，却没多想，以为她只是对骗子补习班过于失望。

进地铁安检，芷卉就心不在焉，差点把手机掉进传送带的缝隙里，检票进站时又傻乎乎地刷不过闸机。

扫了半天还是禁止通行。

溪川、云萱见她没跟上才折回来，发现也不完全是情绪问题，她连刷卡操作的位置都不懂，逮着个二维码小广告在刷。

溪川帮她过了闸机，问："你该不会没坐过地铁吧？"

"平时家和学校两点一线，都是公交车。我上一次坐地铁，上海还只有两条线。"

溪川觉得有点不妙，自己和云萱是一条线路，芷卉是另一条线路，她不太乘地铁，人又迷糊，怕她走丢。

"不会走丢的。"芷卉自信满满地拍拍胸口，"实在不行看手机地图呗。"

等等……在地铁里看手机地图找路？

溪川走出十几米才反应过来，一转身，她已经没影了。

这是个换乘站。

芷卉靠着栏杆研究头顶的各种指示，不知眼前的三个通道应该选哪个。手机里有微信进来，她低头一看，居然是谢井原。

她紧张地站直了。

上次两人发微信还是为了传那首歌，对话就停在那里，准确地说，对话留在现实里，聊天记录就只有那首歌。

谢井原说："听说你不会坐地铁。"

听谁说的？

除了溪川还能是谁！

他都没有用个问号确认一下。

芷卉炸毛："谁说我不会！"

放下手机回到现实，一堆乱七八糟的标识又在她眼前绕起来。

没事，鼻子底下就是路，我们可以问。

因为是换乘站，这时候人还不少，她连续问了几个热心群众，跟着指示，成功回到了原地。怎么能瞎指挥呢！自己不认路就不要给别人指路了！

手机又振动了。

谢井原说："你看地上的路标找10号线。"

芷卉低下头，10号线。

又一条微信："坐往江湾方向的车。"

10号线，往江湾，很简单嘛，这次直到进地铁车厢都比较顺利。

刚进车厢就收到一条："上车了吗？"

女生回了个开心的表情包。

对方没理这茬，过一会儿继续交代："记住不要在南京东路站换乘，天潼路人会少一些。"

她回复："那还有三站就到了。"

仔细一看，发现看岔了，又急忙更正："错了，还有两站。"

但这两条消息对方都没再回复。

芷卉有点失落，只好自力更生，在天潼路站出了车厢，随着大部队走下去，在分岔路口停住看标识，脑子却乱糟糟的，没思考正事的空间。

为什么他不回微信？

为什么他和溪川就能有来有往一直聊下去？

他是不是觉得我……挺蠢的？

她心里五味杂陈。

一个刚结束加班的上班族从标识前匆匆走过，一个小跑着的女孩在短短十秒内两次抬起手腕看表，两个本来手拉手的年轻人在前方岔路依依不舍地挥手道别，一闪而过的景象不断阻断她对方向的判断，荧光绿、荧光黄的纷乱指示朝着各处。

转身，人群中一张张匆忙黯然的脸。

再回头，视界破了个口，他挺拔的身姿，义无反顾地加速与每个人的擦肩而过，正向她走来。

她定定地站着，从恍惚到喜悦，笑容逐渐生动。

地铁通道中晚风回响——

告诉她这不是梦境。

"你怎么来了？我还以为……"以为你嫌我烦。

男生看起来真的挺烦，冷着脸皱着眉，好像面对一个棘手的学术难关："我怕在手机里说不清，反而把你绕晕了。"

"你这是从哪儿来？"

"老刘家。"

从浦东来，再回浦东去。

这位导航真是个认真负责的人。

她有点感动，刚想开口，对方看了眼手机催促："得快点走，最后两班车了。"

气氛突然切换成竞走模式。

跟着他紧赶慢赶地上了车，她也不知道是不是末班地铁，只知道车厢里人越来越少，四站后，空位到处都是。

芷卉坐下了，明明同一侧也有空位他却没坐，站了许久才坐在对面那排。

直到所有人都陆续下车，她才确定他没有一丁点想换过来的意思。

整节车厢都空了，两人面对面坐着，不说点什么，场面好像有不共戴天之仇的对手在决战前冷却技能。

芷卉斟酌半天抬起头："你明天……"

刚起了头，她才意识到对方和自己同时发出声音，她停下来。

"你先说吧。"这次，则是完美的异口同声。

谢井原笑了，先开口："女士优先。"

"你明天有个竞赛？"

"嗯，本市。"

"那你是不是……觉得很简单？"

男生摇摇头："不是，一样的题型和难度，三道题。只有全国联赛一二试有范围区别。"

"有信心吗？"

"没有，你借我一点。"

女生笑起来，朝他摊摊手："我只有这么点，都拿走。"

过了一会儿，她收起玩笑，认真说："我好像一直搞错了，以为你是那种天生学神、世外高人、独孤求败，可能是因为，对你来说很平常的生活，CMO、IMO之类，我连见识的机会都没有。"

你并非不是天才，只是天才不只有你，天才和天才之间也有较量。

男生一言不发看着她。

"我不知道，竞赛对你来说意味着什么……"

"有意思。"他接嘴道，"每一题都有意思。"

"我却以为是胜利是荣誉。"她苦笑一下，两手不自在地绞在一起，"两岁开始，我就跟爸妈出门旅游，飞机坐过无数次，一开始很兴奋，拍过很多照片，后来习以为常，我都不太爱坐靠窗边的座位。直到最近一次坐飞机，我才突然发现，飞机下面的云像棉花，可是飞机上方的云是絮状的，像棉花糖。"

男生有些困惑地看着她。

"可能你没有体会，不同高度看见的风景不一样。你懂我的意思吗？"

谢井原缓慢点点头。

"我是个从小到大没有得过第一名的人，哪怕英语竞赛一等奖有十几个，我也不是排第一的那个。会当凌绝顶，那样的风景我没见过。"芷卉抬起头直视他的眼睛，"替我仔细看看棉花糖，好不好？"

[46] 怎么亲生的姐妹还打架呢

谢井原到家时，钟季柏在客厅茶几上写作业，听见他进门的动静："今天怎么这么晚？"

"地铁坐反了方向。"

听起来不像谢井原会犯的错，钟季柏笑起来："坐反方向可还行？"

"你在干吗？"

"尝试自己做作业。"

谢井原在旁边地上坐下，拿起他面前的教辅书扫了一眼："挺好，对了一题。"

趁他认真看题，钟季柏往身后沙发一靠："明天有竞赛？我其实有点不太想让你得奖。"

"为什么？"谢井原眼皮没抬，猜他又有疯言疯语。

"你得奖保送了就不用高考了，我以后抄谁的数学作业去。"他认真又委屈地埋怨。

谢井原有点意外地挑眉，没想到钟季柏还有这么多愁善感的一面，不过半小时前京芷卉也在表达同样的意思，感慨的是"好像从这里开始分了赛道，以后就离得远了"。

他向她许诺就算保送了也还是会每天去学校，她才露出笑容："那到时候你可要被全校嫉妒的眼神包围了。"

但很快她的神色又黯淡下去，嘟嘟囔囔："但是也没有几个月……7月……拿了通知书之后，可能就再也见不了面了，要是算上同学聚会，可能一年还能见上一次……可看我们班这懒懒散散的样子也很难组织，总之也许……"

谢井原好一会儿才明白过来："交大也没那么偏远吧。"

怎么听起来只是见个面，还得计算头七、三七、五七、七七似的。

"啊，对，也在上海。"

钟季柏问："你笑什么？"

他回过神："答应你保送了，也带你做作业，行吗？"

"行。"钟季柏的优点是非常好哄，"去拿奖吧，别给我们圣华丢脸。"

"给你报仇，你输给阳明的，都给你赢回来。"

"滚蛋！"

芷卉早上从后门一进教室就看见奇怪的一幕，溪川正以一个舒展的姿势，伸长胳膊用笔指着谢井原的脑袋点来点去。

什么情况？

走近点听见她说："Crucio！Reducto！（钻心咒！粉碎咒！）给你一点得奖魔法。"

男生面无表情："这是钻心咒和粉碎咒。"

"真的吗？"

男生点点头。

溪川看见芷卉走近，微笑着扯扯她的胳膊："昨天晚上，我们分开以后，还顺利吧？"

可芷卉没像预料中那样脸红，很冷淡地"嗯"了一声，放下书包就拿起杯子去饮水机边冲咖啡了。

她和昨晚一样闷闷不乐，溪川发现不对劲儿，指指芷卉的背影，小声问谢井原："怎么了？"

男生一脸不解："什么怎么了？"

没等溪川继续说，钟季柏从后门跑进来路过他的座位问道："抽签结果出了吗？竞赛考场在不在本校？"

"不在，整个学区的考场都在东泾。"

"还挺近，放学前能回来吗？"

"应该没问题。"

"我等你一起回？"

溪川急于接上刚才的话题，打断他俩："谢井原，出来一下，我有话问你。"

两人齐齐地把脑袋转过来看她。

等了三秒，谢井原催道："问啊。"

溪川无奈了："非得让我在这里说……不怕人听见？"

钟季柏还在一边天真无邪地追问："什么事这么神秘，不能让人听见？"

"感情话题，你不懂。"

谁知钟季柏恍然大悟一副吃瓜的表情："哦——我懂！"

溪川蹙眉嫌弃地看向他："怎么你也知道了？"

"放心，我嘴巴很严的。"他做了个拉链手势，"绝对不会说出去。"

溪川只好嘱咐："千万保密。"

"嗯，不会让第四个人知道的，你们就放心地去吧。"钟季柏好像接受了什么重托。

谢井原全程一头雾水："你们到底在聊什么？"

溪川拖着他出了教室："你跟我来。"

芷卉回来，只见钟季柏堵在自己座位边傻笑，其余两人都不见了。

"你笑什么？"

"保密。"钟季柏笑嘻嘻地说。

"神经。"女生心情不好，掀开他坐下。

此时，溪川在门外逼谢井原回忆："昨晚没吵架？你是不是惹她生气了？"

"绝对没有，对天发誓。"

"可是她不开心啊，你看不出来吗？"

说实话，他没仔细看。

她进教室前后也就不到五分钟，还去冲了咖啡。

"好好想想，有没有做什么'把人晾在马路边'或者'把人推到汽车前'的事。"

男生十分无奈。

芷卉那边本来就不高兴，这会儿还正好听见吴女士在后门口大喝一声："谢井原、柳溪川，上课了！"

哼，就你俩有的聊，还得背着人聊。

到下午体育课时，连云萱也觉出芷卉黑脸半天了，一边跑步一边问她怎么回事。两人拖拖拉拉到队尾，芷卉才说："你觉不觉得冰箱和溪川跟以前不太一样了。"

云萱挠挠脑袋："互换灵魂了？"

"不是！我是说他俩的关系。"

"怎么不一样？"

"昨晚在补习班，溪川不是一直玩手机吗？我瞄见是在和冰箱发微信，聊了一晚上。今天一大早还又是对暗号，又是单独跑到门外聊天。"

"有这么黏？"

芷卉"千真万确"地点点头："他俩该不会……"

云萱拨浪鼓式摇头："我觉得不可能，你先别多心，再观察观察。就算冰箱喜欢溪川，溪川也看不上他啊。"

"他哪儿不好了？"

话题已成功被云萱带偏。

"除了你，谁会喜欢制冷电器啊。"

"很多女生都喜欢，排着队往储物柜里塞告白信呢！"

"你在自豪个什么鬼？"

跑完步在草坪上休息，芷卉就开始"观察"，操场上不见谢井原的人影，准确说是不见全班男生人影，他们大概在体育馆或篮球场上课。溪川在看台上和同样因生理期没跑步的啾啾说笑。

她拿出手机偷偷看。

翻翻谢井原的微信朋友圈，他最近没发什么。

再翻翻溪川的朋友圈，她果然发现了蛛丝马迹，立刻把云萱拽过来："你快看！冰箱居然还给她的朋友圈点了赞！你什么时候见冰箱给别人点过赞？"

图是溪川举着冰激凌的自拍照，配的文字是：明天可以去泡温泉啦！

"太过分了吧。"云萱气愤地把手机扔回芷卉怀里，"明明是你先跟冰箱传绯闻的，她凭什么插一杠子？而且这朋友圈一股子绿茶味！图文相关吗？泡温泉和她的脸有什么关系？就是为了发自拍！"

体育老师从身边走过去，刚想吹哨集合就被云萱叫住："老师，柳溪川逃避跑步，她装的生理期。"

体育老师愣了愣，招手把溪川喊到面前："别的同学跟我说你谎报生理期。"

溪川当场捂着肚子开始装痛："不可能啊，老师，我肚子疼死了。生理期碰上体育课，我也很对不起老师。"

这个痛经发作时机，太假了。

可是柳溪川同学教科书般的演技，看起来又很真实。

体育老师将信将疑。

就连芷卉也在一旁惊呆了，随时能流泪的演员挺常见，随时能疼出汗的演员真是天赋异禀。

云萱跳上前来加码："老师你不要相信她，她上周、上上周连续请假好几次了。"

溪川一边表演一边可怜地争辩："身体情况特殊，不稳定嘛。"

云萱当场掏出手机打开了朋友圈向老师展示："老师你看，她今天早上还发朋友圈说明天要去泡温泉呢！今天下午还不能上体育课，明天就铁定能泡温泉了！"

无法反驳了，溪川停止表演，瞪了云萱一眼。

老师指了指操场："去，跑800米。"回头又叫云萱，"你，罚跑400米，上体育课带手机。"

云萱傻了。

杀敌一千，自损八百，脑子呢？

下了课回了教室，云萱还在义愤填膺："最讨厌这种绿茶了。我玩的那个游戏里也有个'婊婊女孩'，更绝，整天发嗲撒娇问队友要装备，恶心得我鸡皮疙瘩掉一地。"

"她开麦你也开啊，知道你是女生，她还撒什么娇？"芷卉说。

"知道我是女生，她照样撒娇！"

"脸皮真厚。"

钟季柏零星听见一点，到这儿起了兴趣：世界上还有另一个我？

"要装备就算了。她还特别弱，每次打不过就跪地求饶，做她的队友太丢人了。"

芷卉笑："求饶管用吗？"

云萱无奈："居然管用，每一把都在非法组队，我们两个女生，后面跟一堆来路不明的男生，好好的竞技游戏玩成了乙女游戏。"

钟季柏一听这做派，心想这不是世界上另一个我，而是我本人。

他在心里偷笑，难怪他总觉得队友小姐姐的声音听着耳熟，早觉得像云萱，性格也像云萱，经不起逗，一逗就跳脚骂人，特别好玩。

没想到真是云萱，这是怎样一种缘分。

他支着头，笑着插嘴："讨厌人家还老跟人玩，你真虚伪。"

云萱还没来得及争辩，溪川回了座位，看见她就拍桌子："我怎么得罪你了，打小报告，你是小学生吗？"

云萱漫不经心："没怎么得罪，就是看不惯你偷懒。"

"我偷我的懒，碍你什么事了？当面一套背后一套。"

"到底谁当面一套背后一套，谁自己心里清楚。"云萱又较上劲儿了。

"我心里不清楚，我怎么了？"

"怎么了？表面上跟谁都好，暗地里连朋友都算计。"

"我怎么算计朋友了，你明说！"溪川说着推搡她一下。

云萱的火"噌"地蹿起来，但还没碰到溪川就被钟季柏架开了。

"嘿，你这小暴脾气，怎么亲生的姐妹还打架呢……"

"谁跟她是亲生姐妹！"

那边和钟季柏同时出手的是谢井原，但他没使什么劲儿，伸手带了一下，女生重心不稳一屁股坐下了。

溪川推了云萱，云萱没成功还手，溪川得了便宜，在心里单方面宣布胜利，撂下句"热死了，懒得跟你吵"，溜得贼快。

云萱气得捶钟季柏："你拉我干吗？"又捶了反应迟钝的芷卉，"你也不知道顶上！"

[47] 姐妹的友情就像一盘沙

溪川跑完800米，脸上的红色还没褪去，又差点和云萱打起来，满脸是汗，跑去女厕所水龙头下捧水冲了把脸，顺便洗了个刘海。

现在回去，搞不好云萱还要追杀。

她掏出手机靠着洗手池东看看西看看消磨时间，翻到上午发的朋友圈。

嗯？谢井原点赞？

真相大白了。

溪川冲出来四处找，谢井原往校门方向走了一半被她截住。

"你给我朋友圈点赞干吗？"

"什么点赞？"

溪川拿出手机："你自己看。"

"我不记得这条，可能不小心按到的吧。"

"我说云萱没事找什么碴儿，芷卉又怪怪的，肯定是芷卉看你给我点赞生气了！"

"不至于，她没那么小气，又不是钟季柏，天天监控谁赞了别人没赞他。"

"那根本不是一回事！你换位思考一下，你要是看见芷卉赞了钟季柏没赞

237

你，你什么想法？"

"这种事每天都在发生。"

溪川抱头崩溃："反正你听我的，快去解释解释，手滑也得说清楚。"

"回来再说，你再揪着，我赶不上车了。"男生从她手里挣脱，加速走远。

苦情溪川抹着眼泪说："等你回来，我都被云萱打死了。"也没能停住他离去的脚步。

但她没有被云萱打死，因为回教室时吴女士已经意外出现了，明明下面两节都是历史课。

吴女士抱着一沓试卷喜气洋洋地宣布："今天顾老师请病假了，这节课做个测验，考完形填空和阅读理解，把英语书都收进去。"

"啊，悦悦姐——你为什么要请假——"云萱发出微小音量的哀号。

马超立刻上B站给顾老师留了个言："悦姐你病几天？想你。"

想也没用，考卷还是无情地传了下来。

芷卉刚做了几题，一抬头，发现同桌居然睡着了。

她往吴女士的方向偷瞄一眼，吴女士没看这边，赶紧推推溪川，可惜她睡太沉没醒。

芷卉往外抽一点她的考卷，根本没动过笔。

事实上溪川同学跑完800米太累，吴女士说话又像念经，一个字没动，她就已经睡了。

芷卉急得戳她脑袋，她还是没醒，正想加大动作幅度，被吴女士一声喝住："京芷卉，你在干什么？考试不要做小动作。"

"我……"芷卉紧张得肌肉僵硬，想尽量挡一下溪川，可惜没成功。

吴女士径直走到跟前，从芷卉桌上抄起她的一本书，拍在溪川的桌面上。

巨响震得溪川跳起来："哎呀哎呀！放学了？"

她缓过神，看见眼前吴女士无语的表情。

吴女士说："你还想放学？要是不想考试，到外面站着去。"

溪川刚睡醒没跟上思路，听见"站着去"的指令就直接照做，没注意前面"要是不想考试"的前提，游魂似的飘了出去。

芷卉想帮着解释："哦，她上节体育课……"

吴女士一个威胁的眼神递过来："你也想跟她一起出去？"

芷卉闭嘴做题。

吴女士转身对剩下的人说："看什么看？时间很多吗？"

一堆脑袋重新埋下去。

溪川在走廊里待了一小会儿，醒过神来。跑完步肚子也容易饿，逛着逛着就去了小卖部，又买了上午那种冰激凌。

自从上次吴女士发表失望感言，溪川有点被说服了，没在教室吃过东西。

所以，她决定在花坛边吃完再回去。

竞赛班带队的许老师清点完人数，发现自己忘了带手机想回办公室取，嘱咐大家等五分钟别下车。

谢井原坐第一排，往窗外随便那么一看，就看见溪川一个人坐在花坛边吃冰激凌的画面。

谢井原拿起手机打过去。

溪川从外套口袋掏出手机接听。

"你在干什么？不用上课吗？"

"嗯？你看得见我？你不是走了吗？"溪川起身东张西望。

"我在大巴上。"

她看见那辆大巴，朝那边跑过去："我考试睡觉，被吴女士赶出来了。"

女生"噌"地上了车，挤到他身边坐下："带上我，让我蹭个座。"

"你去干吗？"

"给你的竞争对手加油打气。"

谢井原笑起来："行啊，你去给他念点钻心咒、粉碎咒。"

没到五分钟，许老师回来了，上车就喊开车，本着数学老师的自信，都没再数一遍人数。

此时此刻，吴女士觉得站这么一会儿，应该已经治够了她，冲门外叫道："柳溪川，进来。"

没有应答，也没人进门。

吴女士纳闷地走到门口，前看后看，走廊里空无一人，恼火地冲班里说："你们谁看到柳溪川哪儿去了？"

整个班内心无语，您逛来逛去都没看见，我们做题的头顶又没长眼。

后面两节是数学课，吴女士每个课间都祥林嫂似的来问一遍："柳溪川还没回来？"每次看一堆人摇头，她都更恼火一点。

最后一节是地理课，下课铃刚响，吴女士又堵在门口："柳溪川还没回来？"

正问着，就看见谢井原和柳溪川一起往这边走过来，她劈头盖脸就喊过去："你们两个站住。谢井原，你干什么去了？"

两个人真的站住了。

谢井原说："数学竞赛。"

吴女士被噎得没话，问柳溪川："那你呢？他去竞赛，你也去竞赛了？"

柳溪川说："是啊。"

吴女士再次被噎得没话："你跟我来办公室。"

溪川跟着走了。梁涉担心她有去无回，回教室开了"电报机"偷听，刚塞上耳机又扔下来："吴女士这骂人的音量，耳朵都要聋了。"

芷卉觉得有点内疚，要不是因为朋友圈点赞，云萱也不会举报她去跑步，溪川也就不会考试睡觉，被赶出教室，被吴女士修理了。

云萱看她的表情就知道她在想什么，用胳膊碰碰她："不用担心，吴女士骂十句，她能听进去一句就好了。"

梁涉把"电报机"收拾起来，随口说："还好谢井原是竞赛去了，不然也得在那儿挨骂。"

不，芷卉想，你不了解谢井原，他不仅不会挨骂，还可能话顶话把吴女士气成高血压。

她转头问："对了，竞赛感觉怎么样？"

"一般。"

她宽慰道："你一定没问题，放松放松。"

"今天是可以放松一下，你们说的押题很准的补习班还在吗？想去看看。"

"好啊。"

芷卉刚开心，钟季柏就凑过来问谢井原："你都要保送了，去什么押题补习班啊？"

"保送是八字没一撇的事。"

钟季柏指着芷卉："她一边说你没问题，一边又带你去补习班，逻辑还能不能自洽了？"

两人无言以对。

芷卉此地无银地辩解："也不是只有我一个人啊，溪川和云萱也在那个补习班。"

"所以啊……"钟季柏说，"知道柳溪川去，你和云萱还凑什么热闹？去一起发光发热吗？"

他这话，芷卉一头雾水明白不了。

谢井原勾着钟季柏的肩把他拽出教室小声说："这件事你就别插手了，回家打游戏，好吧？"

"笨京太没有觉悟了，她怎么从来不知道给你和柳溪川留点空间啊？"

这时候没法否认，以钟季柏的直线逻辑，一否认又给你带回两个月前开始重新讨论，没完没了。

他只好顺着话说："是啊，没办法，我会找机会甩开她的，相信我。"

"加油。"钟季柏冲他握了握拳。

一小时后，芷卉无比尴尬地独自和谢井原一起坐在骗子补习班最后排，骗子老师浮夸的讲课声加重了空气中的诈骗气息。

她委屈地嘟哝："我可没骗你，云萱和溪川明明说好都要来的。"

男生平静地看她一眼："我没说你骗我。"

很好，这看起来像主动自首了，跳进黄河也洗不清。

"我……打个电话问问。"女生拨通溪川的号码。

溪川说："押题我比他准多了，我还会算塔罗牌。"

芷卉有点急："补习费都交了……"

迟到早退也就算了，说不来就不来，简直缺乏社会责任意识。

"那我也不能花了钱还受罪啊。"溪川说，"你让云萱陪你。我这儿信号不好，啊？喂？你说什么？喂喂？"

挂了。

这演技有点敷衍。

芷卉又无奈地拨通云萱的电话："云萱，你今天还来补习班吗？"

"打游戏呢，反正也听不懂。"

"溪川也没来。"

"你一个人？"

芷卉有点心虚地看看隔壁："还有谢井原。"

"冰箱在啊？那不是更好吗？你们好好讨论一下人生理想，我就不打扰了，拜拜。"说着就挂了。

京芷卉同学透心凉。

姐妹的友情就像一盘沙，风一吹就散了。

云萱挂了电话继续打她的游戏。

"婊婊女孩"今天话更多了："小姐姐你有喜欢的人吗？"

云萱刚拿起可乐喝了一口，突然被戳中伤心往事，呛住了，咳嗽半天："你问这干吗？"

"婊婊女孩"说："好奇啊，你们为什么无缘无故地要喜欢别人？"

这是什么问法？

云萱拧着眉："你是小学生吧？"

"婊婊女孩"说："我是高中生。"

"高中生能问出这么弱智的问题？你肯定是小学生！难怪呢！我说你的行为怎么这么傻！哎，你后面有人！"

"婊婊女孩"解决掉了这个人，正经地问："你还有饮料吗？"

"我就一个，已经给你了。"

"哇，你为什么对我这么好，你人真好，爱你！""婊婊女孩"只正经了一句话又开始撒娇。

你这同性小学生的爱并不能让人高兴，好吗？

云萱翻了个白眼。

[48] 硬币有两面，她能让人专注于积极的那面

谢井原没参加过这么浮夸的补习班，感觉挺新鲜。他坐在教室后排望着黑压压的后脑勺，想这些病急乱投医的人来之前抱着怎样的幻想，而此刻又因此如何失望。

偶然知道了高考题，从而改变人生，怎么可能呢？

但很多人即使到了现在，依然仰着虔诚的脸在听这节课，和信星座、风水占卜的人一样，靠不了自己，只能找点玄学来靠。

偶然改变人生并不稀奇，只不过他根据以往的经验发现，大多数时候是负面的偶然对生活带来灾难性冲击。

就好比开学前的那场车祸，最直接的后果是京芷卉从A班掉进K班，还顺带丢了自招名额，这绝不是件好事，其实玄学已经结束了。

到今天虽然谈不上转败为胜，但至少回到了车祸前的状态，还有点拨云见日的迹象。他本来觉得很神奇，经过昨天晚上地铁里的对话才理解，因为她是京芷卉，换个人根本做不到这样。

关于竞赛，他以前没多想，天赋他3岁就有，想做什么都比一般人更快上手，无非是在能做的千千万万种事情中找了件还算有意思的，计算机他就觉得没

意思，也说不出为什么。

任何事都有利有弊，过目不忘也不例外，记忆并不只针对令人愉快、对人有益的情节，还有更多想要删除的记忆总是如影随形。

六年前他曾亲眼见证亲人死于非命。

浓重的血腥气，灵堂里的沉香，女孩轻微的啜泣，白花圈，金箔纸，挽联上的每个字……历历在目。

同样忘不了。

长久以来，他都觉得这种天分是弊大于利的，直到现在，原本只是有意思的事开始有了意义，让他觉得天分也没那么糟糕，他能看见不一样的风景。

京芷卉就是有这种能力，硬币有两面，她能让人专注于积极的那面。

不过她自己一晚上都在纠结"并没有骗人来补课"，谢井原都没能跟她说起正常话题。

回去的路程较于前一天顺利不少，她只需要跟着走，不用动脑。

男生买车票时直接选了两张，但没给到她手里，在闸机口刷好让她先过，连出错的机会都没给她留。

中途他接了一个电话，听了一会儿，对那边语气温柔："我和同学在一块儿，同学带伞了。你晚上别出门。"

芷卉估摸着自己就是那个带伞的同学，好像也跟自己有点关系，等他挂了电话问："麦芒妹妹？"

"嗯。外面下雨了，她说要来送伞。不能让她来，黑灯瞎火又下雨，路上掉沟里还得捞她。"

这人就没两句好话。

"是亲妹妹？"

"表妹。"

问到这里，芷卉就停了，表妹一直住在他家里肯定有特殊原因，那是别人的家事。

男生倒是琢磨起来，她是怎么知道麦芒的？自己没提过，谁会去告诉她这个？难道是……看朋友圈？

她还真会认真看朋友圈……

和钟季柏没差，还挺……小女生。

男生往她那边不经意扫一眼，对她做了个"过来"的手势。

女生就一脸好奇地绕开中间的栏杆过来了，在他身边站了一会儿，见他没说话的意思，更加诧异："嗯？"

他被盯得反而愣了，想了想说："别靠门。"

话音刚落，又像验证什么似的，之前一直开启另一侧门，现在换到了这一侧。周围一些乘客下了车，空间变得宽敞，男生又下意识往远处移动一步。

芷卉突然想起车祸时他对公交车班次的神预言，笑起来。

两人并肩站着，能从面前玻璃的反光中看见对方。

男生一挑眉，侧过脸："怎么？"

"就觉得你有时候其实是好心，却因为黑着脸挺吓人的。"

"黑脸？没有吧。"他眉头紧锁。

"你看你现在。"芷卉笑着打开手机相机给他当镜子。

男生无奈地面对自己一张看起来相当不爽的脸："天生的……"

她还在笑："分班考那天也是，明明你撞了我，后来过来送药却凶得要命。"

我敢凶你？

"我连话都没说。"

"就是因为不说话，显得很凶。"

谢井原认真回忆一下，当时午休时间不多，自行车又坏了，他顶着40度高温徒步往返于药店和学校之间。他本以为能趁着她去食堂吃饭的时间，把药放在她桌上就走，谁知她没吃午饭，他只好把自己买的饭团放袋子里一并给了她。校内便利店暑假期间没开，食堂过了餐点，再出校去便利店又来不及，下午空着肚子还得考试，换谁能兴高采烈？

但他又没法解释，解释也站不住脚，谁知道女生会不会心里嘀咕，给个饭团还要甩脸真小气。

太冤了，他在想当时怎么没八月飘雪。

雨一直没停。昨天她是乘地铁到浦东打车回家的，今天这天气估计很难打车，谢井原换了条线路送她到离家最近的地铁站，芷卉一路开开心心跟着，没看出区别。

虽说是最近，但离她家也有800多米的距离。

"家里有人能来接吗？"男生问。

女生嫌麻烦，见陆续有不少人从身边冒雨跑远："跑一下就到家了，两步路。"

他正在计算两步跑800米的可能性，卖伞的老奶奶到了近处，便转过头去问价格。

"小伞15元，大伞20元。"

男生随手拿起一把伞试着撑开。

老奶奶在旁解说："你看这伞是不是够大，肯定淋不到。"

他还以为这是"小伞"，愣了愣。

芷卉看见一对情侣一起披着外套冲进雨幕，有点羡慕，回过神，看他换了一把小的撑开试，她问："刚才那把不好吗？"

"伞面大，骨架轻，容易被吹翻。"他把手里这把放下去又换了一把。

她的好奇心起来了："这把又怎么了？"

"没怎么。"他把手里的伞递给她，"这把更好。"

是把小伞，也就意味着，一起撑距离更近。

她的心瞬间提到嗓子眼。

但也只高兴了一秒，就听男生在一旁对老奶奶说："两把伞30元，对吧。"

她转头看他自己手里拿着的第二把伞，正付款。

只多10元，买与你距离最远，这解题思路真出人意料，要不怎么说是理科奇才呢。

吃晚饭时妈妈端菜途中，腿被晾在客厅撑开的伞勾了一下，有点埋怨："我们家哪来一把这么难看的伞。"用脚往旁边踢了踢，"飘轻。"

"我买的。"芷卉说，"回家的时候下雨，在地铁站口买的。"

"你们小孩不会买东西，地铁站口的伞质量差，基本是一次性的，乱花钱。你就不知道打个电话回家叫我去接，一脚油门就回来了。"

"算了，一次性就一次性，一把伞能有多贵，吃饭吧。"爸爸帮着说话。

妈妈刚吃了两口又问："补习班怎么样？"

"一般。押题肯定不行，只是跟着把重要知识点梳理一遍而已。"

"谁给你推荐的班？"妈妈眉头蹙起来。

芷卉不敢说是云萱："语文老师。"

"可能收回扣了。"妈妈分析道。

芷卉讪笑着。

"你们班就你一个人去？"

她又不能说云萱，说溪川吧，妈妈又不认识，随口一提："还有谢井原。"

没想到爸爸突然紧张："就你俩？"

倒忘了上次爸爸目击他送自己回家的事了，芷卉恨自己多说多错。

"还有个女生，说了你们也不认识，从阳明转来的。"芷卉努力找补。

"怎么还有高三转学的？"

"我们校长挖来冲状元。"

"那她比你成绩好？"妈妈的尖子生小雷达又开始工作了。

"嗯，年级第一，和谢井原总分并列。"芷卉实话实说。

"这么厉害……"妈妈神色凝重起来，K班有两个年级第一，也就是说……他们不就是当初排在芷卉前面拿了复旦推荐名额的那两个吗？残存的记忆从脑海中涌现出来，她语出惊人，"她和谢井原在谈恋爱吧？"

"啊？"

"拿复旦推荐表的时候在办公室拉着手呢。"

其实也就是溪川为了让谢井原把推荐表收起来，拽了拽他。

芷卉想象了一下，在英语组当着吴女士的面手拉手是何等刺激，感觉……太离奇了："你看错了吧。"

妈妈就是认定了，并以这个认定的假象为基础展开了说教："你可别学他们，你没那个资本。"

"哦。"

"上次那个贫困生，你没再去管闲事吧？"妈妈不放心，继续追问。

"也没我能帮上的忙。他那小发明可以申请专利，说不定能卖出去。"

妈妈嗤之以鼻："成绩那么差，理论基础不足，搞得成什么东西。"

芷卉没话了，低头吃饭。

妈妈接着说："要不我们去找小吴老师，一对一捐点钱给他。"

芷卉着急打断："千万别。他不会要的，自尊心强，连学校的贫困补助都没要，搞什么一对一捐助，到时候双方都很难堪。"

"那他也不能老影响你，让你分心啊！"妈妈的嗓音尖厉起来。

爸爸给她使了使眼色，饭桌上终于没人说话了。

"溪川昨晚给我打电话……"周一早上出晨会，溪川称病没下楼，去操场的路上，云萱挽着芷卉说，"朋友圈点赞纯属冰箱手滑误戳，我们背后把他骂了一顿，然后和好了，跟你说一声。"

"骂他不用问过我。"

云萱这火来得快去得也快，解释过点赞是个误会，连带发图文无关的自拍也不"绿茶"了。

芷卉着急追问："你没把我的事告诉她吧？"

"没有，她不知道吗？我以为她多少知道一点。星期五晚上她也没去吧。"

"她只是不爱听那个课。"

"那冰箱和你在一块儿时有没有老和她发微信？"

芷卉愣了愣："那倒没有。"

"那可能是你想多了，溪川老发消息的人不是冰箱，只不过正好给冰箱发的时候被你看见了。"云萱边说边拿着手机随意翻翻，"哎？冰箱给你的朋友圈点赞了。"

芷卉诧异地伸头去看她手机，又拿出自己的，她的朋友圈动态有52个新点赞，都是谢井原。

这人……在搞什么？

"手滑吧。"芷卉把手机放回外套口袋。

云萱坏笑着凑过来揶揄："手滑到赞了50多条啊，这手打了多少肥皂啊。"

[49] 那你还真是舍己为人

早晨云萱冲进教室，组与组之间平移了位置，换到教室中间，她还是准确无误地找到了芷卉："数学作业借我抄一下，昨晚打游戏直接睡过去了。"

"我自己都不知道做得对不对。"

"我又不用抄到全对，写满就行。"

"你直接抄溪川的嘛。"

"她的解题过程都超跳跃，没几个步骤，没法抄啊。"

"那我先跟她对一下答案再给你。"

溪川一直趴桌上睡觉，没给她们半点反应。芷卉从她桌上摞的教辅书里找出数学那本翻开，的确好几道大题只有一两个关键步骤就直接得出了答案。

"你看吧。"云萱说，"和写'过程略'的参考答案没什么区别。"

芷卉笑着开始对答案。

"哎？这题我错了，你等等，我改一下。"

云萱见她拿出磨砂橡皮笨拙地擦步骤，瞬间窒息："天啊，你等会儿再改啊，先让我把别的抄了，我还有四页空着呢。"

"我很快的。"

云萱只好一边等一边另谋出路。

正好谢井原从后门进了教室，径直走向自己靠窗的座位，却看见位置上已经有人，这人他还不认识，以为进错了班级，掉头就往外走。

这个转身就发生在云萱眼前，她急忙跳起来招手："冰箱，这里这里。"

谢井原停住，愣了愣，又往窗边看一眼，发现这人还算眼熟，应该是K班人，不过他不记得名字。

"《数学零距离》借我抄一下。"

谢井原拉开椅子放下书包，开始擦课桌，用下巴点点钟季柏的背影："在他那儿。"

云萱一回头，钟季柏也正抄作业，专注得如入无人之境。

她把谢井原的卷子往自己这边拽一点："一起抄。"

钟季柏被吓一跳，抬起头："你怎么也抄数学？"

云萱低下头去："睡过了。"

芷卉改完题，起身想把书递给云萱，发现她已经抄上了，坐回座位："你俩小心点，今天英语早自修，吴女士随时会来。"

"你帮我们望个风，来了就踢我凳子。"钟季柏说。

"好。"芷卉收拾着书本，听见身后动静，回头见他在擦课桌，"我这儿有湿巾。"

男生接了她递过来的湿巾，平时这组座位最后一排没人坐，打扫起来有点麻烦。

"我听钟季柏说你是第一名，满分。"

男生没什么表情："他嘴够快的。"

"好事当然要到处说。"她停顿片刻，"后面的考试在什么时候？"

"月考后。不在上海。"

"要去、要去很久吗？"她的声音突然紧张起来。

男生抬起眼睑，心里觉得好笑，又不是被妖怪抓走。

"一个礼拜。"

"这么久……"含路上往返时间，已经很快了吧。

男生蹙着眉耐心解释："考试就两天，后三天时间是高校招生宣讲。"

"可你不都打定主意考交大了吗？"

男生愣了愣，不明白她的意思："嗯。"

"没必要在那儿听宣讲啊。"

男生坐下来："但是得等出分。再说，我急着回来做什么？"

芷卉被问住了，低头焦灼地挠挠脑门。

结果，吴女士都走到钟季柏身边，芷卉也没发现。倒是钟季柏自己看见作业上落下阴影，先探知敌情，缓慢而平静地抬头说："吴老师早。"

偏是身边有个不淡定的云萱，闻言一秒暴露目标，用自己的试卷去覆盖谢井原的试卷的动作幅度过大。

吴女士动作敏捷，伸手一抽，气势像个刺客。

钟季柏认输。

"成绩差，该做的作业还不做。"吴女士看了看试卷集封面上的名字，扔到谢井原面前，"保送稳了吗？保持不了学习状态就别来学校了，免得影响其他人。"

钟季柏如今深谙独宠运用之法，四处挡枪："他没影响我，作业是我抢来的。"

"早自习聊天也是别人逼的？"吴女士把视线从谢井原身上移向芷卉，"人家有保送，你有什么？也不掂量掂量自己，有没有开小差的时间。"

谢井原帮着解围："我们只是在商量考虑到'十一'放假，高考也提前放假，两个月换一次座位对开学就坐在边上那排的同学不公平，应该降低换座频率。"

语气之严肃，让芷卉不禁怀疑自己刚才是不是真的在跟他讨论这个。

吴女士拿不出更有力的训斥，只说："这些事轮不到你们操心。"

溪川被吴女士扔书吵醒了，一醒来就听见她到处打击，心里恼火，趁机插嘴："他们不是您任命的班长、团支书吗？"

吴女士噎住，无语片刻，视线扫过抱团的五人组，一句句话赶话地顶嘴，显得挺能是吧。

"好，要公平就给你们公平。"吴女士转身快步走回讲台，对全班道，"今天就打乱座位根据成绩重排，班长第二节课间到我办公室拿座位表。"

芷卉想了想，转头对溪川说："那还好，按成绩排，我们应该还坐一起。"

溪川点点头。

谁知就有这么不巧，在吴女士给定的座位表上，她们正好被过道隔开了。吴女士按成绩优劣由远及近来排位的，对溪川影响不大，她只是往后移了一排，但云萱就惨了，从倒数第三排移到了第一排。

一下课，芷卉就跑前面去找云萱嘟嘟囔囔地抱怨："换什么座位，现在想说个话都费劲儿。"

"她就是拿成绩做借口，故意把我们五个人分开。"

芷卉往后排瞄一眼，越发闷闷不乐："可他俩就没分开。"

云萱顺着回头看，原来是谢井原和溪川，现在成了同桌。

溪川坐的是原先芷卉的座位,她人懒,课间老趴在座位上不动。谢井原坐的是溪川的老座位,又不像她那么身材娇小,能从靠窗那边窄过道挤来挤去,进出不方便,只好也待在座位上。

眼下两人闲着无聊,溪川在问他竞赛题中的一道是怎么做的。

远看,不知道他们在聊什么,只觉聊得投机。

云萱转过头:"这么看,其实吴女士也蛮公正的,主观上她肯定不希望那两人坐一起,但按成绩排一起了,该怎么来就怎么来。"

芷卉气不打一处来:"好好说话,干吗夸吴女士啊。"

没有共同语言了。

芷卉去钟季柏前排坐下,小声商量:"咱俩换下座位好不好?"

男生疑惑地往她座位瞥一眼:"为什么?"

总不能说讨厌现在的座位是因为和谢井原中间隔着溪川。

她随便找了个借口:"刘奕翔太高了,我坐在后面看不见黑板。"

钟季柏倒是没听出端倪,摇摇头指着斜后方的谢井原:"不行,我坐这儿方便抄冰箱作业,你那边太远了。"

谢井原虽然被指着,但这会儿在专心做题没察觉。

芷卉把钟季柏的手扳回来:"能有多远?不就是抄个作业吗?又不用黏着他抄。"

"麻烦,你找别人换吧。看得见黑板的座位嘛,满教室都是。"

芷卉气得瞪他,顾钦钦回到座位边准备进去,正好听见,插进话来:"换座位吗?我可以跟你换啊。"

芷卉喜出望外回过头:"真的吗?"

"正好我不喜欢和男生同桌,江寒看见了总要问东问西地打听。"

"你们到底什么关系啊?太腻歪了吧!"钟季柏听了在旁边笑,一脸的"受不了"。

"没你和冰箱腻歪。"芷卉扔下一个白眼,拉着顾钦钦走去了英语组。

吴女士听完来意,把批试卷的红笔扔了老远,不满道:"你怎么又来了!我说过全班座位按成绩排,你就非要做个另类?"

"可我和钦钦现在的位置确实都不方便……"

芷卉还没说完,话头就被班主任截了:"你就是把小聪明都用在歪门邪道上了,成绩才会掉得那么厉害。"

芷卉一时语塞。

吴女士转头看向顾钦钦："你又怎么了？什么理由要换座位？"

"我不喜欢和男生同桌。"

"你比京芷卉矮，她嫌前面的人高看不见黑板，你还想着跟她换。"

"反正我看见黑板也听不懂，京芷卉比我更需要看清黑板吧。"钦钦实话实说。

吴女士皮笑肉不笑嘲讽道："那你还真是舍己为人。"

钦钦以为自己被夸，害羞地笑："嘿嘿。"

吴女士冷下脸，厉声道："顾钦钦，这才几天，你是不是就忘了自己被处分的事？"

钦钦被吓一跳："没、没忘。"

吴女士感觉跟她这种笨蛋多说无益，不耐烦地挥挥手："回去回去，少来胡搅蛮缠。"

顾钦钦迅速逃离办公室，芷卉刚转身又被叫住。

"为什么全班只有你总是不守规矩，什么事都喜欢唱反调？"吴女士一眼就能看出谁是主谋。

"我没有，我只是……觉得有问题应该及时提出，不然会影响学习。"芷卉支支吾吾。

"按以前的座位，你成绩也没有进步过啊。你为了达到自己的目的，去煽动其他同学，被你煽动的人是愚蠢，而你的行为是自私。"

"我……不是自私，只是意见代表，其实大家都想换回原座位。"

"那为什么没有其他人来找我？"吴女士重新拿起笔，懒得再看她，"你走吧。"

芷卉可不打算善罢甘休，吴女士不是说没人来找过她吗，这就去搜寻同盟。

她不信隔三岔五来两个人要求换座位不把吴女士烦死。

[50] 你们班奇葩这么多，不会三个三个一起消失吗？

回教室途中，她就看见孟冬她们趴在走廊上"开会"，孟冬现在和马超坐一起，嫌他香水味呛人。

"你那儿好歹是香味。"何琳说。

"脂粉味。"孟冬强调。

"脂粉味也是香的吧。你看看我，坐杨昊旁边，他没事就打球，整天脚臭，

251

我都快被他熏死了。"

啾啾附和道："没错没错，那个味道整整辐射了三排。"

"上节课我实在忍不住了，委婉地提醒他，你们猜怎么着？"

女生们好奇。

何琳说："他淡定地脱下了袜子……"

女生们皱眉。

"换上一双新的，然后，把旧的那双……塞进了一个矿泉水瓶里。"

啾啾惊呼："啊？"

"那个瓶子里已经塞了有五六双。"

"呃——"

"是要制造生化武器吗？"

"好恶心！"

何琳往孟冬身上趴过去："谁来救救我，我好想换回你们身边去。"

"就是就是。"啾啾附和道，"我们三个还坐一块儿多好。"

芷卉见机插嘴："大家都不想换座位，为什么不去找吴女士说说？"

"别折腾，没用。"孟冬摆摆手。

啾啾说："就是就是，枪打出头鸟，最好别去。"

"想有什么用，吴女士本来就是借着由头拆散我们。"孟冬说。

啾啾这才恍然大悟："哦，对。"

何琳思索："所以去说也是白费力气。"

芷卉说："不一定，我估计班里很多人都不满意新座位，我们可以再找几个人一起去，提议让吴女士把座位换回来。"

"不满意是一回事，敢说又是另一回事，谁敢去？"孟冬问。

"我刚去过，不过没成功。"

孟冬说："我就知道。"

"可是如果有更多的人，她可能就会同意。"芷卉说，"她不是说少数服从多数吗？又那么讲原则，总不会打破自己宣布的班规吧。"

孟冬几人面面相觑，思考着。

啾啾看向孟冬："好像也蛮有道理的。"

孟冬问："有多少人愿意表态？"

芷卉往教室里扫一眼："我先打探打探。"

吃过饭午休时，班里男生打完球在小卖部买饮料，芷卉装作偶遇靠近游说：

"刚才和孟冬她们聊天，发现女生大部分不喜欢换座位，你们男生没问题吗？"

没想到钟季柏反应最大："当然有问题啊，我被小钦钦烦得要死。"

"你上午不还挺满意吗？"芷卉诧异。

"那时候还没发现问题。小钦钦啊……"钟季柏摇着头翻白眼，"傻白甜，十句话九句离不开江寒，不是恋爱，胜似恋爱，我怕她再这样下去，我都要爱上江寒了。以前还能跟云萱一起抄作业，现在后面坐俩人工智能，身边坐个吹彩虹屁的，我常常因为不够变态而感到和大家格格不入。"

"得了吧，别跟我比惨。"马超拿腔拿调地扭着，"你知道坐窗边多可怕吗？一抬头吴皇就在身边跟你大眼瞪小眼，不要太刺激啊。"

孟冬不说，芷卉还没注意，这会儿真闻到了香水味。

"吴女士只是偶尔出现，我旁边的何琳可是无时无刻不找碴儿，电子警察一样。"杨昊喝着水，"说我脚臭，我都把袜子换了，她还一脸便秘的表情。"

芷卉忍不住说句公道话："那是因为你把袜子塞矿泉水瓶子里了吧。"

"晾在外面不臭吗？"杨昊反问道。

芷卉语塞。

"你看，何琳这个人就是不爱干净，没有卫生意识。"

芷卉彻底无言以对。

杨昊继续抱怨："她头发掉了一桌子都不知道打扫一下。"

"女生掉头发很正常，又不是自愿的。"芷卉帮着辩解，想来她自己也老掉头发。

"那我出脚汗也不是自愿的啊。"杨昊说。

芷卉无奈："那你想让她怎么打扫？"

"至少要找个瓶子收起来吧，不能到处都是。"

连隔壁班跟一起打球的男生都笑起来："你们班奇葩这么多，不会三个三个一起消掉吗？"

钟季柏说："只会同极相斥。"

"既然现在大家都不适应——"女生眼里充满期盼，"不如我们一起找吴女士商量，调回原来的座位吧。"

"挑战吴皇的权威？"马超摇头，"还是算了吧，我宁愿坐在窗边。"

杨昊也说："按照吴女士的性格，她决定的事情就不能改了，咱们还是不要以卵击石了。"

"怕什么，大不了挨顿骂呗。"钟季柏帮着芷卉劝。

"吴皇可记仇了，比起跟她叫板，我还是坐窗边被她盯着吧。"

芷卉说："她也没你想的那么小心眼，云萱和钦钦的事，我那么折腾不也没事？"

杨昊说："那是因为你成绩好。"

"这跟成绩没关系，重要的是我提出了自己的想法。"

男生们有点犹豫，都陷入沉默。

芷卉接着催："趁现在刚换座位时间不长还有余地。"

钟季柏不耐烦了："磨叽什么？去不去一句话。"

"我再想想。"

"我也是。"

预备铃响了，男生们顺势快步往教室方向去。

芷卉摇头感慨："男生怎么都这么没用。"

"江寒就不一样。"顾钦钦不知从哪儿冒出来。

钟季柏一声长叹："唉——"

下午历史课连老师也被绕晕了，习惯性地找第一排的课代表发试卷，课代表却从第四排站了起来，上课时她点顾钦钦发言，目光所及的却是文樱，而钦钦从另一个方向站了起来。

请病假几天，她还以为自己烧糊涂了。钟季柏友情提醒她全班都换了座位。

轻度脸盲的顾老师感受到自己面临极大挑战："你们班真能折腾，都高三了还洗牌式换座位。"

哪是K班折腾，就吴女士一个人爱折腾。

"连老师都觉得不方便，所以才更应该去找吴女士商量把座位换回来。"芷卉还在继续合理化自己的提议。

而隔了一条过道的溪川早已看穿一切，正笑嘻嘻地往这边看。

云萱靠在她前排的课桌边站着，面露难色："你去吧，我就不去了。"

"为什么？"

"我想拿上师大的自主招生推荐，最近不敢得罪吴女士。"

芷卉想了想："这样，那你还是先别去了。"

钟季柏打旁边过，听见两人对话，刚坐回座位又站起来对芷卉说："我和你一起去，你和吴女士都那么一根筋，怕你们打起来。"

他那表情明显是生怕她们打不起来。

"你就是唯恐天下不乱。"

钟季柏还吆喝别人："梁涉，走啊，去英语组。"

场面变得像要去打群架，芷卉拽了拽他，无效。

"找吴女士换座位吗？"梁涉问。

"对啊，一起吗？"

好在梁涉尚有理智："我在办公室门口等你们吧，去太多人，吴女士看了就不会高兴。"

芷卉赶紧点头："对对对。"

由于吴女士已经不想第二次听芷卉支支吾吾阐述理由，进办公室扫过来一眼就下了封口令，钟季柏的厚脸皮及时发挥了作用："吴老师，您也得偶尔听听群众的心声吧。"

吴女士白了他一眼："说。"

"您是不知道，我的新同桌特别影响我听课，我现在已经决心奋发图强了，可她在我旁边，我根本没法静心学习。"

吴女士皱眉："你旁边坐的是谁？"

"顾钦钦，她是我进步的绊脚石。"

"有什么问题？"

"她是一个笨蛋，您让她坐我旁边……您也知道，我长得是有那么一点点帅，她万一喜欢上我怎么办？"

吴女士从认真倾听到感觉荒唐："胡闹。"

"我说真的！上节课她看我的眼神都不对了……"

此时此刻，芷卉心中对钦钦充满了同情。

"你够了没有？"吴女士问。

"没够啊，她这种行为严重降低了我的学习效率。"

"那你把座位换回去，难道就能考全班第一吗？"

"这个，吴老师……全班第一是我兄弟，我不能跟他相爱相杀。"

吴女士没耐心听他满嘴跑火车："按成绩分配座位就是让你们认清自己，有点压力。你们倒好，换着法编理由就为了坐回一起，学校是让你们来交朋友的吗？"

"吴老师。"芷卉认真道，"我们理解您的用心，但成绩和座位不是一回事。"

吴女士看向芷卉："考试有分数，成绩有排名，按成绩安排座位，不就是你们想要的公平吗？"

"但成绩并不能定义我们每个人孰高孰低。就像老师您虽然教K班，但教学能力在年级内都数一数二，不是吗？"

吴女士张了嘴却一时找不到话反驳。

"而且，大考前突然换座位容易扰乱心态。"

"说这么漂亮也只不过是花式找借口。"她略作思考，"可以啊，我给你们机会，你们自己用实力来争取。这次月考，K班平均分不再是倒数第一，就让你们换回原来的座位。"

芷卉点头："我们会努力的。"

"不过……"吴女士停顿片刻，"我也有个条件，失败的话需要付出相应代价。如果本月月考再次垫底，全班，包括全体走读生，都必须上晚自习。"

芷卉斩钉截铁道："没问题。"

钟季柏悄悄拽拽芷卉的胳膊，低声道："有点问题。"

[51] 你和他们不一样

钟季柏和等在英语组门外的云萱、梁涉一起给芷卉洗脑："你也要知己知彼再接受挑战啊，你了解过我们班的实际情况吗？从进校起，没有一次月考不是垫底。"

"没有一次？"女生惊讶地瞪大眼睛，片刻后镇定下来，"但这是我们赢回原来座位的唯一机会。"

"赢，你也说得太容易了。"梁涉叹了口气。

云萱提醒道："我们上次月考离倒数第二的J班均分差了13分，不是总分。"

"所以我们很可能不仅换不了座位，还得上晚自习，得不偿失啊！"钟季柏严正警告道。

"我刚找了份晚上送餐的散工，要是上晚自习就又泡汤了。"

"不要这么悲观，我们大家再努力一把，提升空间大，每个人多考13分不难，也许还能考更多分。"芷卉说。

钟季柏说："我觉得还是不要赌了，比起上晚自习，我宁愿接受现状。"

云萱和梁涉也点头。

意见领袖起了内讧，芷卉只好先施个缓兵之计："这样吧，我去问问全班同学的意见。"

不出意料，全班同学第一反应都是放弃。

芷卉拍了拍讲桌桌面："我能不能说说自己的想法？"

教室里议论声小了一些。

她接着说下去："我们还有两周时间，互相帮助、一起复习的话，不是没有可能成功的。"

马超撑着头插嘴道："亲爱的，你知道K班的K是哪个K吗？字母表排十一的K，不是King那个K。"

"但我们的目标也没有很高，只要拿倒数第二……"

"两年都这么垫底过了，两个星期怎么可能实现飞跃？"

"就是就是，来不及的。"

"文科班倒数二十名都在K班。"钟季柏拿出了更实际的数据，"与其把希望寄托于一口吃个……"

话刚说到这里，后排突然传来一声巨响。

所有人转过头去。

溪川拿着大包装"上好佳"准备出门，却不小心带倒了座椅，但辅以钟季柏刚谈到"吃"的旁白，她有点尴尬，把膨化食品放回桌上，转移话题道："不就差倒数第二的班级十来分吗，用得着如临大敌一般吗？数学每人多对一道题，英语多对几个选择，轻轻松松就解决了。芷卉可以给大家补英语，谢井原补数学……"

她的新同桌眼皮都没抬："我没时间。"

场面冷得非常彻底，一点回暖的余地都没有了。

后一个课间，谢井原把做完的题册送回数学组，刚走了没多远就被芷卉扯住衣摆。

虽然知道她想说什么，但他还是靠着走廊停下来听。

芷卉呵呵笑着，无意识地一遍遍捋着自己头发："没时间……是因为要准备竞赛吗？"

明知故问，他就懒得做出反应了，只是看着她，就让女生更局促了些。

"有多少人能获得保送资格？"女生紧张地抓着自己胳膊。

"60个。"

女生的眼睛一下亮起来："那你完全不用担心，还有60名的退步空间呀！"

怎么这么孩子气？

他想说不是这么算的，刚开口就忍不住笑起来。

"所以你是要劝我放下正事帮忙'拖飞机'？"他用下巴示意了一下K班教

257

室方向。

女生双手合十："拜托。"

走廊上隔壁班男生追闹过来，他怕撞到她，伸手把她往走廊外侧拽了一下。

女生回头去看动静时，男生们风风火火地跑了过去。

等到四周重新安静下来，他才说："我不是不愿帮忙，而是想劝你也别浪费时间。"

"帮助同学，怎么能说是浪费时间呢？你不是也帮过我？"

"你和他们不一样。"

"怎么不一样？"

"基础不一样。"

"但是乐观地看，基础差，提高相同的分数反而更容易。"

"他们的主观意愿就是不太想学习。"

"以前不愿学习可能是因为缺乏动力，现在有目标有压力，不可同日而语。"

"月考而已，多几分少几分有什么区别？这次帮了他们，高考能帮吗？"

女生小声嘀咕："我们的目标是换座位，又不是高考。"

"为什么这么执着要换座位？"

"不是我执着，想换的人很多。"

"你可不可以……别头脑发热，先听我一句友情建议？高考当前，多考虑自己。"

芷卉沉默了。

也许你没有注意，以前在A班，我们的座位离得最近的时候，就是现在这种格局，中间隔了一条过道一个人。

乍一看不算太远的距离，却刚好是说话不能听清的距离，刚好是视线被阻断的距离。

想看你时要往椅背上靠过去，非常刻意。

匆匆一瞥，却只能收获四分之一的背影，非常模糊。

不想回到过去。

等她回过神，男生已经走远了。说服没成功，局面还成了反向说服，她有点懊恼，但没打算就此放弃。

溪川吃完零食逛回来，被芷卉一把揪住："我们班除了谢井原，你数学最好，要不你来？"

"啊，你放了我吧，我的解题思路太跳跃，不会教人。"

"能做对题的就是好思路。不会教人就多教几遍，总能听懂的。"

溪川想了想："这样吧，你去找一道不会的题问我，看我能不能把你讲懂。"

芷卉跑回教室从书包里掏出前一天的作业，翻到背面，把倒数第二题指给她："这道。"

"先把椭圆方程求出来，然后根据K的值分三种情况讨论。"

"不知道直线AF的方程，怎么求出椭圆方程？"

"直线方程不用单独解，可以和椭圆方程联立。"

芷卉看她在稿纸上写写画画，皱着眉头指出："这个根本不是高三的数学公式吧。"

"微积分嘛。"

芷卉呆住。

溪川摊手道："就说了我不会教，连你都听不懂，他们更不可能听懂。"

芷卉嘴硬："我听懂了！"

溪川无奈，看来自己不出手是不行了，这两位根本不能自力更生。

于是谢井原在回教室的路上又被溪川截住："集体活动，参加一下嘛。"

男生没停下，边走边说："集体犯蠢？"

"打赌，不是很有意思吗？"

"赌注根本没有意义。"

"只是你没有看到意义，但这对芷卉很重要。"溪川换成幼儿园老师般亲切的语气，"赢了，她就能坐回你前面了，你不想让她坐你前桌吗？"

男生蹙眉放慢了脚步："也就是说……"

"难道你其实对钟季柏坐你前桌挺满意的？"

钟季柏自己倒是挺满意的，因为误会了后排两人的关系，自换座位起，频频回头展露"我很懂"的神色。

谢井原只好采取"不给眼神"战术，溪川也一时没看懂缘由，但估计钟季柏被获悉真相的溪川打死指日可待。

谢井原笑起来："怎么可能？"

钟季柏从篮球场回教室，跟着偷听半晌，这才嚷出声："我哪里得罪你了！"

谢井原无视他，继续往前走。

钟季柏跟在后面喋喋不休："你也不去打听打听，多少怀春少女想坐我后面！"

"去找你的少女。"谢井原加快步伐。

"你这个人！无情！"

进教室时芷卉正在讲台上说着："如果大家同意的话，我的计划是这样，这段时间英语主要复习的句型和用法，我会帮大家画一下重点。数学就是圆锥曲线这一章难度比较大，由溪川带着我们巩固。"

云萱回头望了一眼刚落座的溪川，担忧道："真让溪川来啊……"

前排女生玩着手机说："溪川的思路靠不住。"

啾啾附和："就是就是，平时就很脱线了。"

芷卉硬着头皮说下去："大家不要看溪川贪玩，她是给我们补数学的最佳人选……"

溪川自己笑着打断："我不是啊，谢井原才是，而且他已经答应了。"

谢井原无奈地抬头看她，想自己什么时候答应了，有点下不来台。

"就算答应也没用啊。"钟季柏笑着说，"你们一个英语不如吴女士，一个数学不如老刘，他们都没把我们教会，你们怎么就能把我们教会了？"

这话……好像问到点上了。

芷卉挠着脑袋一时不知该怎么回答。

谢井原放下笔，大步流星跨上讲台，指着黑板上遗留的板书，问钟季柏："这题老刘上节课刚讲过，听懂了吗？"

钟季柏微怔："没……"

男生把解题步骤擦干净，找了支新粉笔，画出图："求出C2的方程，设A、B、C、D的坐标后，我们设直线l的斜率为k，则l的方程为$y=kx+1$，然后就得出这个方程的根，听懂了吗？"

钟季柏其实依然一知半解，但迫于他自带杀气的眼神，只好连连点头。

谢井原一手撑着讲桌："还需要证明什么？"

钟季柏飞快地摇头。

平心而论，谢井原提纲挈领废话少，讲得比较清楚，大部分同学确实听懂了，但少部分没听懂的也没敢发出声音。谢井原将此视为都听懂了，把粉笔放回盒里拍拍手回了座位。

芷卉清清嗓子接着说："这道题大家用心听了就能懂，说明我们潜力很大。

这三个礼拜我们一起努力，肯定还能学会更多的题目，这样就很有希望了呀。"

全班仍沉浸在刚才的肃杀气氛中。

"既能恢复座位，又能提高成绩，不是一举两得吗？"芷卉顿了顿，"不如我们举手表决，愿意接受挑战的人表个态。"

溪川和钟季柏率先举手。

其他人一边环顾四周一边陆续跟着举手，人数明显过了大半。

芷卉松了口气："那现在按照惯例，少数服从多数，补课的事就说定了。"

后一个课间，溪川趴在抱枕上睡觉，视线阻隔消失了，芷卉才找到机会道谢。

没想到谢井原面无表情地反问："怎么谢？"

芷卉愣了愣："别让我唱歌了，请你吃冰激凌吧。"

不知道为什么，溪川睡着觉还对食物留了只耳朵，"噌"地坐起来："冰激凌，我也要吃冰激凌！"

芷卉笑："行啊，要是这次赢了，我就请全班一起吃。"

谢井原把溪川的头按回抱枕，对芷卉说："是我帮你，为什么要请全班吃冰激凌？"

芷卉立刻妥协："好吧，那就请你一个。"

溪川又抬起头挡住她的视线："我好歹也出了力，就没我的份？"

"嗯……"

谢井原说："你就干了点说客的活，下次再邀功吧。"

"媒人也不亲自结婚，还有18个蹄髈做谢礼呢，不能过河拆桥吧。"溪川反驳。

"你想要蹄髈？"

"我想要冰激凌。"

男生从口袋里抽出张百元纸币给她："不用等了，现在就去吃。"

"你是原始人吗？还用纸币……"溪川一边揶揄他一边笑嘻嘻地拿钱飞跑出门，"多的找给你啊！"

"应该……多不了……"了解她有多少吃多少的秉性，芷卉合理推断。

闹腾的人走了，四周一下安静下来。

芷卉问："你之前不是不想帮忙吗，怎么突然又同意了？"

谢井原不好意思说自己根本没同意，只是被逼上梁山，只好避重就轻找个理由："让柳溪川教数学是误人子弟。"

芷卉的情绪顿时回落大半，喃喃低语："因为她啊……"

芷卉不知道溪川把谢井原拉进来的原因是热心班级工作还是方便甩锅，她不愿把人往坏处想。可她磨破嘴皮，谢井原都无动于衷，溪川一开口他就答应，难免让人心中不悦。

不管怎么说，只能用结果达成目标来安慰自己了。

英语课上完吴女士正准备离开。

芷卉起身问："吴老师，请等一下，您之前说的赌约还算数吗？"

吴女士停下看过来，饶有兴趣地勾起嘴角："当然算数。"

"我们商量好了。我现在代表全班接受这个挑战。"

吴女士扫一眼全班："看来都清楚输掉的后果了。"

"这次我们会认真复习，不一定会输，如果我们赢了，也请您能兑现承诺，换回之前的座位。"

"没问题，我倒是挺期待你们努力的成果。"吴女士开心地耸耸肩，抱起书本下了讲台，刚走到教室门口又停下，"对了，忘了告诉你们，这次月考是八校联考，考试范围不只是本月复习内容，整个高中学过的内容都要考。"

全班面面相觑。

吴女士把食指、中指交叉举到脸边，笑着一歪头："Good luck！（祝你们好运！）"

【未完待续】

图书在版编目（CIP）数据

三年十一班 : 全 2 册 / 夏茗悠著 . — 南京 : 江苏
凤凰文艺出版社，2020.10（2025.4 重印）
ISBN 978-7-5594-5143-9

Ⅰ . ①三… Ⅱ . ①夏… Ⅲ . ①长篇小说 – 中国 – 当代
Ⅳ . ① I247.5

中国版本图书馆 CIP 数据核字 (2020) 第 164830 号

三年十一班：全2册

夏茗悠 著

策　　划	北京记忆坊文化
特约策划	暖　暖
特约编辑	朱　雀卡　啾
责任编辑	白　涵
营销统筹	杨　迎
封面绘图	DionHiogGia
封面设计	80 零·小贾
版式设计	天　缈
出版发行	江苏凤凰文艺出版社
	南京市中央路 165 号，邮编：210009
网　　址	http://www.jswenyi.com
印　　刷	环球东方（北京）印务有限公司
开　　本	670 毫米 ×970 毫米 1/16
印　　张	32
字　　数	638 千字
版　　次	2020 年 10 月第 1 版
印　　次	2025 年 4 月第 5 次印刷
书　　号	ISBN 978-7-5594-5143-9
定　　价	78.00 元（全二册）

江苏凤凰文艺版图书凡印刷、装订错误，可向出版社调换，联系电话 025-83280257

MEMORY HOUSE

记忆坊文化

三年
十班

Reset
in July

夏茗悠

著

/

全二册

/

下

江苏凤凰文艺出版社
JIANGSU PHOENIX LITERATURE AND
ART PUBLISHING

蜻蜓振翅腾空，

悬停两秒，

横扫过人群头顶，

消失在走廊尽头。

我认识你的第149小时，

一只蜻蜓起死回生。

Contents

目录

形成像宇宙星云一样退散不了的瑰丽。

又在心里当即炸开，

是什么种下去，

第
五
话

Reset in July

无法用科学解释的部分，用玄学

[52] 你不要总给他们当保姆

"大致就是这样，离月考只剩15天，我们用12天的时间梳理半个学期的考点，最后3天统筹复习。大家有什么问题吗？"

芷卉放下手中的纸质版复习计划。

教室里，全体同学面对布满整个黑板的补课计划表陷入沉默。

"完全没有听懂，却感到头都大了。"云萱抱着头说。

"每天从早到晚，日程排太满，学不进去啊。"

"就是就是，又不是机器人。"

其他女生也开始嘟嘟囔囔地抱怨。

钟季柏在后排翘着椅子笑："笨京就是机器人啊，她经常面带微笑，眼睛不转，你们没发现吗？"

芷卉瞪着他，回以皮笑肉不笑。

"哦，真的！"顾钦钦转头对钟季柏表示赞同。

芷卉对全班继续说："其实不会太满。数学每天按计划复习两章内容，早读拿来背单词。本来也没有太多时间能利用，只有课间、自习、大课间和放学后，所以提高效率比较重要。"

顾钦钦这才抓住重点："啊？放学后还要学习吗？"

钟季柏说："机器人嘛，制订的当然是人性灭绝计划。"

谢井原在后排咳嗽，钟季柏回过头。

"我制订的。"男生摆出张"有什么意见请直言"的脸。

"回味一下……"钟季柏靦着脸笑，"发现计划很棒。"

"芷卉严格起来比吴女士还狠，我对换座的欲望没那么强烈了。"何琳经过深思熟虑，决定忍受同桌的毒气弹。

孟冬跟着说："反正我们住校生本来就要上晚自习。"

其余住校生忽然清醒，对啊，为什么我们要跟着掺和？

溪川一语扭转大局："别啊，救救我们走读生，而且你们输了也相当于没有损失嘛。"

钦钦一想，好像又很有道理。

"这次的补习确实会影响大家的作息，但如果我们不战而败，吴女士以后肯定更趾高气扬地打击人。为了证明我们能行，我们就拼这一次，大家一起加油，好不好？"芷卉哄着大家。

暂时没人提出异议，整个上午课间也保持了高效的小组互助学习。

午饭时核心智囊团在食堂坐一桌。

"真没想到我们班学习起来还挺用功的。"芷卉说。

溪川嫌弃地用筷子扒拉餐盘："连K班都开始热爱学习了，食堂的菜还是那么难吃。"

"接下来的问题是晚上我们去哪儿补课？"云萱提醒。

溪川诧异："教室不行吗？反正有人上晚自习。"

"晚自习会有值周生巡视，讲话会扣纪律分，整个班级不安静，肯定会马上被吴女士叫停，还要挨顿批。"

"在校外找个地方吧。"钟季柏说。

云萱问："那我们住校生怎么办？"

芷卉想起来："不是有个洞吗？钻出来。"

云萱无奈："钦钦事件之后被堵上了。"

"混出来嘛。反正我看放学时人一多，走读证门卫查得也不严。"溪川说。

"一两个混出来还行，这么多人呢。"云萱说。

"简单。"溪川小手一挥，指派任务，"钟季柏你带几个男生去跟门卫搭讪，转移一下他们的注意力。"

"保证完成任务。"钟季柏非常兴奋。

"那就得找一个营业时间晚、人又少的店。"芷卉接着说。

溪川眼睛一亮："我知道一家店，就是有点简陋，在阳明附近……"

谢井原全程没说话，听到这里头微微一侧，这个"有点简陋"怎么听起来怪可疑的？

事实证明他的预感没有错。

首先，这家串串店不在阳明附近，完全是另一个方向，也许在柳溪川心目中，好吃的距离她10公里以内都算附近。好在离圣华其实不远，在老刘家那边。

其次，这环境根本不是简陋的问题，明明是油腻。

芷卉用餐巾纸擦了三遍桌子，摸下去还是一手油。

溪川不好意思地满脸堆笑："凑合一下嘛，这家串串还是很正宗的。你看，正宗的四川串串才这样，一根签只有一块肉。"

芷卉捂着脸，想说今晚的主题并不是聚餐。

她很快知道了这家店为什么人这么少，口味对本地人来说太辣，不过优点是因为辣得提神，大家边学边吃，也没太犯困。

梁涉只晚了半小时到，搬了张椅子挤上桌来。

芷卉觉得奇怪："这就收工了？"

"不用打工了，今天去结了工资。我一提交专利申请就有家公司找上门要买，钱不多，不过学费够了。"

"我就说你一定行嘛。"芷卉跟着开心，"什么公司这么有眼光？"

"一家医疗器械公司，好像叫什么普慧医疗的。"

"普慧医疗？"芷卉愣了愣。

是爸爸的公司。

世界上有这么巧的事吗？

听了女儿的推荐，公司正好需要？

云萱凑过来打断了她的思绪："帮我看下这道题。"

芷卉回过神，接过试卷："这是个固定搭配，burst into sth.（突然做某事。）"

云萱回自己座位在试卷上做着笔记。

芷卉顺势望过去，钟季柏转着笔在发呆："钟季柏，你在干吗？"

"我要慢慢消化一下，不用管我，不懂的，我可以问云萱。"

云萱正对着手机一个接一个单词查过去。

芷卉无语。

谢井原很快察觉她老是死盯着一处忧心忡忡："怎么了？"

"上次英语考试，云萱比钟季柏低30多分，现在钟季柏让云萱教他英语。"

"算了，你不要总给他们当保姆，他们爱怎么样就怎么样吧。"

芷卉无奈地点头，把事先印好的资料传给大家，把普遍掌握不佳的要点讲了一遍。

到了九点三刻，钟季柏坐不住了，打着哈欠伸懒腰："今天就到这儿吧，很累了。"

芷卉看看时间："你平时玩游戏到半夜两点都不嫌累，现在还不到十点怎么就累了？"

"你怎么知道我平时玩游戏到两点？"他立刻用仇视的目光看向谢井原。

芷卉说："兵不厌诈，现在知道了。"

钟季柏瞪回来。

顾钦钦在一旁插嘴道："我也想回家，都学了两个多小时了，我在这里效率也不高，还不如回去打电话问江寒。"

芷卉说："江寒英语差我20分，你把粉丝滤镜摘一下。"

"可是，他讲题我比较容易听懂。"

"问题是他自己还不一定会呢。"

"两个人都不会就……"钦钦挠挠头，继而笑起来，"很有默契啊。"

芷卉头疼得望向夜空叹息。

几个同学已经开始收东西。

"要不就散了吧。"

"就是呀，大家都没什么心思了呢。"

"学那么多根本消化不了，在这儿耗着也没用。"

芷卉语塞，有点犹豫。

溪川终于放下手中的竹签："要不停下来吃点东西吧，劳逸结合，效率更高，隔壁甜品店还没关门，蛋糕可好吃了，你们要不要试试……"

顾钦钦不吃辣，一直光闻着香味，听说有蛋糕立刻打起了精神："真的吗？我饿了。"

芷卉无奈："那先休息一会儿吧。"

刚才收拾东西的几个同学这才放下东西跟溪川去了隔壁，没想到她这种不着调的选址思路，有时候竟能歪打正着。

后来又坚持了一小时，让住宿生们赶在零点前从没有门卫值班的侧门溜回了学校。

第二天语文早读，大家又紧锣密鼓地互相抽背古文，学习氛围浓厚，就是没想到预备铃一响，吴女士就从教室门口冒出来兴师问罪："昨天晚自习，住校生去哪儿了？"

还是被发现了。

云萱冥冥之中有不祥预感，把脑袋往竖起的课本后躲了躲。

"云萱，你说。"吴女士点名。

云萱慢吞吞站起来，恨自己一个人坐在前排，附近连个互相照应的人都没有。

"就你这个样子，晚自习都不上，还想上师大？"

"吴……"芷卉刚发出一个字的音想站起来，见老刘拿着教案到了门口，又坐了回去。

"这是怎么了，发这么大脾气？"老刘问吴女士。

"这群学生是越来越不像话，学习垫底就算了，现在竟然还逃晚自习，简直无法无天，根本不把校规校纪放眼里！"吴女士说着说着又扭头训斥全班，"做事一点不顾后果，你们要是出了什么事，就是学校跟老师的责任，知道吗？！"

"不好意思不好意思，是我忘了跟你打招呼了。"老刘乐呵呵地摇着手表示抱歉。

吴女士诧异地回过头。

"昨晚我叫他们去我家补课了。"

吴女士有点不知所措："为什么突然给他们补起课来了？"

"他们最近啊，学习积极性特别高，每节课后我都被缠着提问。昨天嘛，发了两份新试卷，所以我就干脆占用了他们晚自习的时间。你别生气，孩子们肯学习，那都是你带班带得好啊，是好现象。"

吴女士的脸由青转白，由白转红，最后捋了捋刘海："补课没问题，您下次提前跟我说，教务处那边问起来，我也好交代。"

"对不住啊，确实是我欠考虑，下不为例。"老刘笑着作揖。

吴女士也不好再发火，往教室扫了一眼走了。

云萱这才抬起头："谢谢刘老师。"

全班同学估摸着吴女士走远了，长吁一口气。

钟季柏笑："老刘您真是见义勇为啊。"

第一排女生接嘴："还是刘老师好，不像吴女士只会教训人。"

老刘走上讲台："你们也不要埋怨小吴老师，她也是出于职责，担心你们的安全。"

"我们逃自习干的可是正事。"钟季柏说。

"我知道，昨晚上我路过看见了，怎么突然开始认真学习了？"

芷卉解释道："我们和吴女士打赌，如果这次月考我们不是倒数第一，就能换回原来的座位。如果输了，以后全班就都得上晚自习。"

老刘笑起来："这次月考范围广，复习起来不容易吧？"

芷卉点头："虽然谢井原帮大家制订了复习计划，但实施起来还是……"

钟季柏打断："现在吴女士发现我们逃自习，以后再想溜出去就没那么容易了。"

老刘想了想："你们要愿意，真可以来我家补习，这样小吴老师也放心，我还能给你们讲讲题。"

"太棒了。串串店真不是人待的，门口老聚着混混，桌子还油腻。"何琳露出像嘀咕同桌脚臭一样的表情。

啾啾跟着附和："就是就是，还要花钱买吃的，老板才让留下来。"

众人七嘴八舌开始议论小吃店。

溪川气得在后排嚷嚷："你们吃的时候不挺开心吗？"

前排同学转头冲她笑。

一片混乱中，芷卉想起来问老刘："这样会不会耽误您休息啊？"

"没事，反正我晚上又没别的事，放学后到九点半，你们抓紧时间来。还是要赶在熄灯前回校，注意安全，保证睡眠。"

全班高呼万岁。

"好了好了，我把昨天那两套试卷大题讲一遍，不会做的多吗？"

晚上补课的事就这么定下了，老刘帮忙跟吴女士和教务打过招呼，毕业班开个小灶也不算大事。

溪川一躺进沙发又找到了新的安逸区，因为她本人没什么可补习的，做完题就在一边吃起了自热小火锅，一脸餍足："在老刘家补习，条件太好了。"

但是有些不该安逸的人也跟着安逸起来。

桌对面谢井原问正在玩消消乐的钟季柏："还有时间玩游戏，这张试卷上的题你都会做了？"

"不会的我问云萱了，她说需要想一下，我就开了一局等等她。"

谢井原看过去，云萱正抓耳挠腮。

他深呼吸，心一横，保姆就保姆，伸手把钟季柏的试卷拽过来："完形填空有什么需要想的。哪儿不会？"

[53]　可能吗？

学完英语中场休息，师母还给大家端了果盘，一时满室欢笑，其乐融融，只有云萱一个人在其中唉声叹气格格不入。

溪川推推她："干吗？不会做题？"

"我就是觉得自己肯定拿不到师大的推荐表了。"

芷卉听见凑过来："为什么啊？"

"明明所有住宿生都逃了晚自习，吴女士却只训我一个，肯定是盯上我了。"

"你别想这么多，这次你争取考好一点，会有希望的。"

"我的成绩本来就不好，再临阵磨枪，效果也不大。我就想着平时表现乖巧一点，说不定吴女士能放我一马，可是现在……"女生说着泄气地趴在桌上，"估计只能拿水产大学的表了。"

乖巧？你对自己有什么误解？

你整个人和乖巧的笔画都沾不上边，并不是昨天突然不乖巧的啊！

芷卉平复着内心的呐喊，亲切地微笑安慰："有总比没有好啊。"

溪川托着下巴："不过，水产大学，这名字听起来怎么都像……菜市场卖海鲜的。"

云萱郁闷："被你这么一说，我更不想去水产大学了，可我又考不上师大。"

"考呀，想考就去考。"钟季柏一把揽过她的肩，贴在她耳边笑，"这样我们可以做校友了。我都有信心能考上，你也可以的。"

云萱的大脑沟壑较少，立刻元气满满地坐直了。

溪川对钟季柏说："你能考上难道不是因为体育生降70分？"

云萱再次趴了下去。

老刘在隔壁桌像教智障儿童一样，一步一步给顾钦钦讲题。钟季柏偷听了一会儿，感觉自己都懂了，顾钦钦还没懂，不禁感慨江寒人生艰辛。

拿出消消乐玩了五分钟，他居然听见顾钦钦不耐烦了："刘老师，这题已经讲好久了，赶紧讲下一题吧。"

这题已经讲好久了，可你一直"嗯？嗯？嗯？"的，并没有听懂啊，小姐！

老刘好脾气："不要嫌学得慢，吃透一道题比囫囵吞枣十道题的收获大。"

不愧是经验丰富的优秀教师，这要换云萱来教，在你问"真的吗？"的时候已经被捶死了。

说到经验丰富……

钟季柏突获灵感，扔下手机转头问："老刘，八校联考的数学不会是你出题吧？"

客厅随即安静下来。

老刘笑起来："我可不会泄题啊。这次题目有点难度。"

在钟季柏扑过去，摇晃老师手臂哀求"画个重点总可以吧"的同时，芷卉的星星眼已经转向了谢井原。

男生面无表情地看着她，装作看不懂的样子。

女生甜甜地假笑，并用力眨了两下眼睛。

谢井原憋着笑说："别幻想……"

甜甜的假笑瞬间垮了。

晚上散场后，芷卉准备打车回家，但老刘家又不像串串店就在马路边，离大路还有一段距离，谢井原和钟季柏一起骑车，提议推着车陪她走一段，把她送上车。

　　到了路边，他又有些担心："最近……女孩子打车出事的新闻很多……"

　　钟季柏说："笨京打车是司机出事的可能性比较大吧，哈哈哈。"

　　芷卉冷冷睨他一眼："钟季柏，你不要恃宠而骄。"

　　"大哥我错了，我帮你拦车。"说着，他麻利地招手拦下一辆出租车。

　　芷卉上车不到一秒又下来了，钟季柏刚想开口问为什么，面目狰狞的光头司机降下车窗大声问："走不走？"

　　钟季柏离得近，被吓一跳。

　　芷卉小声说："不好意思，师傅，我不坐了。"

　　司机一边把车窗升上去，一边骂骂咧咧地把车开走了。

　　"山外有山。"钟季柏讪笑着，"不过说不定只是个长得凶的好人，长得不凶不敢开夜车啊。"

　　谢井原问芷卉："要不我骑车载你回去？"

　　"不行！"钟季柏脱口而出。

　　"为什么？"芷卉莫名其妙。

　　"要载也是载我。"

　　"你是女生吗？"

　　"你这气势像女生吗？"

　　谢井原打断两人的争吵，对钟季柏说："也可以你骑我的车载她。"

　　"我载不动。"

　　芷卉作势要打他："我才90斤！"

　　钟季柏指着女生对谢井原说："你看她，一言不合就打人。你还同情心泛滥。"

　　芷卉脸上挂不住，把手收回去，咬牙切齿道："那你到底想怎样？今晚还能不能回家了？"

　　钟季柏想了想："这样吧，你骑我的车。"指谢井原，"他带我。"

　　女生瞪他："你开什么玩笑？"

　　谢井原主持公道："你的车太高，她骑不了。"

　　"她人高马大的，有什么骑不了？你要对她有信心啊！"

　　芷卉揪住钟季柏的衣服："你今天不挨顿揍，是不是不舒坦？"

　　钟季柏顺势撒手把自行车推到她身上："接好。"

　　芷卉接住车把，钟季柏蹿到谢井原后座："快跑。"

　　谢井原转头问芷卉："会骑车吗？骑得快吗？"

"会，我试试。"女生自力更生，跨上车顺利向前骑去。

钟季柏坐在后座美滋滋："我就说她没问题吧，别说男生的车了，给她坦克，她都能开。"

谢井原观察了一会儿说："她是没问题，你有问题，后座承重100斤，坐稳了。"

"啊？我不信，怎么可能有承重100斤的后座？"

"它只是个货架。"

"怎么不早说？"

"货架也不会说话。"

钟季柏放开车，往前招着手跑去："卉卉！亲爱的卉卉！你先停一下！"

芷卉没听过这个称呼，过了好几秒才反应过来是在叫自己，蹙眉放慢速度刚想回头，男生的单车从面前飞速闪过，顺便伸手扶正她的车，把她往前带了一段。

"别停。"

等看清是谢井原，芷卉还一头雾水，边全速骑车边回头看了看一路小跑的钟季柏。

"他需要体能训练。"谢井原淡淡地说。

经此一役，大局已定，之后近两周，晚上回家的路上钟季柏都二话不说，主动骑谢井原的车载芷卉送她，毕竟是体育生，他不出力谁出力。

月考前一天，英语课后吴女士离开前抱起教案说："提醒一下各位，离全班上晚自习只剩三天了。"

钟季柏拍拍胸脯："我们最近才努力了，肯定不会倒数第一。"

"最近？别人已经快冲到终点了，你们才想起来起跑，光靠一腔热血是没用的，而且没成功之前千万不要轻下断言，事后被打脸就尴尬了。"吴女士笑着说完走出教室。

钟季柏一手搭在后座说："她怎么那么幼稚？你不觉得她和我们斗得起劲儿，心情愉悦到步履轻盈吗？"

溪川点点头："感觉到了，开心得不得了。能被你评价幼稚也真是出类拔萃。"
焦虑情绪在教室里弥漫开来。

杨昊无意识地来回翻词汇手册，一个单词都看不进去。

"我还有好多词组没背完，怎么考啊？"

何琳跟着崩溃："我连数学公式都没记全。"

钟季柏提议道："不如我们去偷试卷吧，提前做一遍，肯定能得高分。"

啾啾兴奋地附和："对啊，这个办法好。"

"不要了吧……万一被逮住了……"顾钦钦算是理智尚存。

刚聚过来的刘奕翔说："以吴女士的性格，最低也是个处分。"

"何止，万一再来个开除以观后效，我们就完了。"

钟季柏往后排扫一眼，谢井原起身收拾东西，准备去老刘那儿交作业。他又生一计："可以让冰箱去，他成绩好又经常去办公室，老师肯定不会怀疑他。而且他快有保送名额了，被逮住也不怕。"

说着，他走回座位，撑着谢井原的课桌，郑重地商量道："兄弟能不能帮个忙？"

谢井原停住动作，警惕地看过来："干什么？"

"去办公室偷考卷。"

空气凝固了三秒。

看热闹的芷卉和溪川率先笑出声。

谢井原冷静询问："你是不是疯了？"

"不是天天说喜欢我吗？就当为了我，做点小小的牺牲嘛。"钟季柏说。

"好啊，我去偷考卷，题可以给你看。"谢井原笑起来，扫一眼他身后其余的围观群众，"但是他们不能看。"

钟季柏一愣："为什么？"

谢井原笑："我又不喜欢他们。"

钟季柏立刻遭到群殴。

"过分！"

闹够了安静下来，孟冬说："正经点啊，有没有什么靠谱的办法？"

溪川转转眼睛，又出馊主意："考试不就是看平均分吗，让班里成绩最差的几个人请假缺考不就好了？"

谢井原想说她对靠谱有些误解。

其余同学却当了真，杨昊转着脑袋四下看："上次考试谁最差？"

大部分同学的目光一致指向云萱。

云萱疯狂摆手："我不请假。"

"别那么快拒绝啊，你考虑考虑，为了我们班的集体荣誉。"

"现在是我拿师大自主招生表的关键时刻，得罪谁也不能得罪吴女士。"

何琳突然惊讶起来："啊，云萱，脸色那么差，是不是生病了？赶紧回家休息吧，硬撑着可不好。"

云萱无语。

"我精神好得很，再说你也不比我高多少分，你干吗不请假？"

"我的总分比你多20分呢。"

云萱提醒道："倒数第三。"

何琳噎住。

孟冬说：“还是算了吧，我们班想提高平均分，除非就前三名考试，其他人全缺考，不然谁请假都是一回事。”

啾啾点点头：“说得也是。”

溪川懒洋洋地撑着脸说：“又不是要超越A班，至于这么紧张吗？”

“放心吧，我们补课这段时间做了很多题，大家都有明显进步，至少英语前面的语法题不会轻易丢分，数学也是……”芷卉边说边看向谢井原。

谢井原一本正经地接话：“昨晚数学卷我算了算，大家均分比上次月考高12分。”

芷卉开心地转头对大家：“这一门课就提高了十几分！”

“我们这么强吗？走走走，回去学习。”一群人欢呼着各回各位。

芷卉乐了半天才想起问：“真的吗？”

溪川不禁感慨她过分天真，用同情的目光注视她：“可能吗？”

谢井原补了个刀：“我是有多闲，去算这个？”

[54] 能被感化的还叫铜墙铁壁吗？

这次月考不仅范围广，难度大，而且学校把考试时间挤在一天安排完，这一天从早考到晚，交最后一科的考卷时大多数人都觉得胸闷。

芷卉花了太多时间在数学试卷前三页的基础题上，导致最后四道大题都做得仓促，出了考场就知道没发挥好。

K班同学一反常态，在对答案。

她慢慢走过走廊，零星听进一点。

“肯定选C。”

“我本来选C，后来改成了B！”

孟冬努力回想：“第一大题答案是不是1？”

钦钦点点头：“我也是1，我们都是1，那答案肯定是1了。”

芷卉拧起了眉，她记得这题答案是个分数，孟冬和钦钦答案一样，也不一定就正确，但她的心情已经丧到底了。

经过隔壁班时，她正遇上谢井原走出教室，同方向同行，不说点什么又显得古怪，就问了他压轴题的答案。

谢井原不假思索：“二分之根号二。”

芷卉半晌没说话，停下来回头在附近寻觅：“溪川，你最后一题的答案也是二分之根号二吗？我怎么算出来是根号三？”

"我是根号三。"女生跟近了说道。

芷卉松了口气,转念又想,谢井原怎么可能错呢?

男生追问溪川:"我的答案是二分之根号二,你是怎么算的?"

溪川趁芷卉没注意,给他使了个眼色。

可男生并没有会意,继续追问:"不是正弦定理?"

芷卉脸色一变,正弦定理?最后一题似乎完全没用到。

"哎呀,不说了,考完了还对什么答案啊!明天分数就出来了!"溪川推着两人离开。

谢井原在楼梯口和她们分开,往车棚去,取了两辆自行车,钟季柏刚好跟女生们过了几题的答案,沮丧地走出来。

他到谢井原面前就没头没脑问:"你的答案也是1?"

谢井原一愣:"第一题?"

"我还会做哪题?她们都说是1,可我算出来带根号。"

谢井原想了想:"乐观地想,可能平行宇宙的某个你做对了。"

"啊……又是我错了,心态崩了。"

谢井原边走边说:"心态崩了更有助于你理解平行宇宙。本身暴胀宇宙理论就建立在宇宙爆炸后没有立刻开始膨胀的前提下,宇宙先等物质和能量在一个极小空间混合才开始剧烈膨胀,时间大概是零后35位的秒数。这次膨胀就像你现在的心态崩溃,虽然只有一瞬间,但是宇宙膨胀了10的26次方级。暴胀场能量转化的粒子构成了你,因为粒子的同源性和相似性,世界上其他空间肯定存在一模一样的你做了相对正确的选择,比如算出了1。"

"你这是……"钟季柏瞠目结舌,"在安慰我吗?"

谢井原点头:"当然这个理论不是很有说服力,如果你在高二物理课上好好做过双缝实验,或许还能理解哥本哈根解释。双缝实验记得吗?"

"什么缝?"

"我就知道。"

钟季柏感受到了智商碾压:"你的安慰我心领了,不过我还是希望来点实际的。"

谢井原无奈:"你又想吃什么?你没发现你最近都长胖了吗?每天胡吃海喝,哪像个运动员?"

"长胖是因为压力大,是一种辛苦胖。"

"明明是幸福肥。"

"好啊,你说啥是啥。因为有你,所以幸福。"

"受不了,你这家伙诡辩力突飞猛进。"

"跟你学的啊。"

"干吗不学点好的?"

"你就没有好的。"

"呃——你消停会儿。"

"停不下来,这一切都是从你贴完检讨说喜欢我开始的。"钟季柏得意地跨上车,蹬一脚蹿出去,"先撩者贱,懂不懂?"

吃过晚饭,谢井原用五种不同方法算了压轴题,答案都是一致的,忍不住直接拨通柳溪川的电话:"最后一题就是二分之根号二。"

"我知道啊。"女生说。

谢井原迟疑了:"那你怎么……说是根号三?"

沉默几秒,手机里传来溪川的叹气声:"你是不是有点傻?"

"我怎么……"

溪川打断道:"刚交卷五分钟,你就要让芷卉知道她做错了?她多重视这次考试,你心里没数吗?"

谢井原愣住,想了想:"那也不能骗她啊。"

"反正她早晚都会知道的,就让她先开心一会儿吧。"

她说得不无道理。

谢井原挂了电话,拿出那条猫头鹰手链看了看,想起高二那次全班换座位也是差不多的起因。自习课上有两个男生用教学电脑打游戏,还有几个女生叽叽喳喳聊天,隔壁B班老师向马老师告了状,马老师为整顿纪律把座位打乱重排一遍。

第二天放学后,谢井原最后一个离开教室,到了楼梯口才发现京芷卉和时唯还没走,两人靠在半层楼下的窗边说话。京芷卉背对他这边,但听声音和看她不断抬手的动作,知道她在哭,时唯面朝他的方向,他能看得清泛红的眼眶。

这阵仗让他不敢走下去,他不知所措地停在了台阶上。

他听见她对时唯说:"你虽然坐得远,但和李悦、娜娜她们都不算远,只有我一个人被流放了,身边都是些连话都不爱说的学霸。"

男生感觉膝盖中箭,虽然不算离她最近——中间还隔着别的同学,但自己肯定是最不爱说话的。

时唯抽着鼻子:"你看看我前后左右,不也是铜墙铁壁一样吗?"

A班含学霸率本来就高,大家周围总要坐人吧。

"我昨天跟我妈抱怨,我妈还让我去感化铜墙铁壁。能被感化的还叫铜墙铁壁吗?"时唯说着翻了个白眼,突然看见半层楼上的谢井原。

非常不凑巧，男生听到"感化铜墙铁壁"的时候笑了，只是觉得时唯妈妈挺逗的。但场面客观上好像成了路过的男生目击两个女生哭哭啼啼，幸灾乐祸起来。

时唯狠狠地盯着他几秒，气鼓鼓地把脸转向窗外。

雪上加霜。

谢井原看她这反应就知道自己是很标准的"铜墙铁壁"。

多说多错。长久以来，他都尽量避免和同班同学进行语言交流，尤其是京芷卉。

他还是第一次知道只是不爱说话能给人造成这么严重的心理阴影，识趣地退了两步回到教室所在的楼层，从走廊另一侧楼梯下楼回了家。

本来谢井原还有点担心她的情绪一直低落，不过事实证明他浪费感情了。不到两周，课间和午休的局面又回到从前，芷卉的座位周围总是聚着人，别说她以前座位附近的朋友，铜墙铁壁也不复存在。

换位后坐她后排的陈舒艺，平时也算是个"高冷酷女孩"吧。有一天，谢井原走进教室看见了相当魔幻的一幕：京芷卉坐在陈舒艺腿上开开心心地听讲题，一手拿个鸡翅自己啃，一手拿个鸡翅喂陈舒艺。陈舒艺专心致志地写解题过程给她看，手不沾油，抽空咬一口。而这鸡翅的来源，结合午休前听见的碎片信息，应该是贝逸铭叫的麦当劳外卖，不知为什么，以京芷卉为中心的前后左右都吃上了，连谢井原桌上都放着一个派。

很好，我们学霸虽然不爱说话，但我们安安静静地实现了共享。

两个多月前，她钻牛角尖地拼命想转回A班，如今让她回A班，估计她要反过来闹一顿不肯走。别看她遭遇突变时反应最大，其实适应新环境的能力比她自己想的要好。

八校联考的确考题太难，失败概率大，即使挑战失败，再过一两周，她也能习惯新座位，这倒不让人担心。

听见门口响起了窸窸窣窣的脚步声，谢井原赶紧把手链塞回书包侧袋。

钟季柏撑着房门框调笑："你在跟谁对答案？我好像听见女生的声音了。"

"柳溪川。"

"哈哈哈，被我逮个正着吧。"

男生回过头："你觉得，在我们班，我不跟柳溪川对答案还能跟谁对答案？"

"不就是'非她莫属'的意思吗？懂了懂了。"钟季柏八卦地笑着退出去。

什么平行宇宙？

谢井原觉得他幻想出一个新宇宙都没问题。

拜诚实的冰箱所赐，芷卉确实情绪低落了，按记忆把题算了好几遍，却越算越乱，每次答案都不一样，连根号三都算不出来了。

妈妈喊吃饭时，电视里正在播高考新闻："报考外省市普通高校的本市生源继续实行5项优惠政策，包括入学不迁户口或毕业后户口可迁回……"

如果考不上复旦，第一志愿报浙大或者南大说不定还行。上海生源一般不愿去外地，即使有优惠政策也不爱离家，所以同档次学校的录取线总会低一点。

那就浙大吧，离交大近，还不堵车，说不定比复旦到交大更方便。

她的胡思乱想被妈妈打断了："月考怎么样？什么时候出成绩？"

实话实说就要从今晚开始挨骂。

芷卉决定得过且过："我觉得考得挺好的。过两天吧，老师批卷子哪有那么快。"

"每次问你，你都说挺好的，成绩一出来都是粗心丢的分。"

"哪有。"芷卉心虚，岔开话题，"爸，你们公司买了梁涉的发明？"

"嗯。"

"你们做医疗的，买这个干吗啊？"

爸爸说："我了解了一下他那发明，原理很巧，运用面广，正好公司最近做智慧医疗方面，能借鉴，我就顺水推舟，也算是帮你同学一把。"

芷卉听得似懂非懂，跟着瞎高兴："我早就说过他可以的。"

她也没高兴多久，复习到深夜出卧室找吃的，经过父母卧室，听见妈妈在里面和爸爸聊天："还是你有办法，这次她能收心了。"

芷卉在门口停下来。

爸爸说："小孩子的玩意儿，也没花几个钱。重要的是让她安心学习，咱们别的也做不了什么，只能给她扫扫障碍。"

"还有几天就高考了，整天想帮这个，想帮那个，也不知道最后谁能帮她？不还得咱们出面解决。"

"你也别老批评她，她这个年纪会有逆反心理，你把她逼急了，还指望她能跟我们说什么。"

芷卉有些按捺不住，抬起手来想要推门，又确实想不出推了门能说什么。

责怪父母出于善意"曲线救国"吗？

是自己太理想主义在先。

犹豫了几秒，她放下手转身走开了。

数学组的效率十分惊人，早上大多数同学还没到教室，批改好的考卷就已经摆在第一排第一座的桌上了，K班这个位置目前坐的是云萱，她又是住宿生。

芷卉算到得早的，先看见的是课桌上摊开的试卷最后一页，两道压轴题几乎没得分，往前翻一页，连前面的大题都错了两道。她哆嗦着把试卷翻到第一页，117分，史上最低。

芷卉定了定神，挪到旁边那桌，先翻看溪川的试卷，138分？柳溪川没上140分？

她手忙脚乱地又去翻看谢井原的试卷，146分？

谢井原不是满分比溪川没上140分还让人震惊。

印象中他除了发生车祸的那次分班考，因为受伤而没得满分，没有哪次数学考试不拿满分。要知道他可是国际竞赛选手，考学校里这种数学题是降维打击。

难道是因为"拖飞机"，大家都受到了影响？

这次文理科不分数学卷，题是一样的。芷卉赶紧四下搜寻钦钦，跑过去拉着她问："江寒数学考了几分？"

钦钦还没问，不过正在和江寒发信息交流表情包，就顺便问了："他126分，他说他粗心错好几题。"

江寒也才126分，芷卉稍稍松了口气，又催钦钦帮忙打听："你问问他们A班第一多少分？"

"他说时唯142分，接下去没有上140分的了。"

原来是刘老师制造的大规模惨案。

芷卉最后才想起来问钦钦本人，她却考得不错，101分，基于她前两次月考数学徘徊在及格边缘，这已经算突飞猛进。

四周转转，其他女生似乎也有点进步，何琳和啾啾这次考了七八十分，虽然还是没及格，但相较于以前的成绩也高了二十来分。

发完考卷回来的云萱说："这次考试真奇怪，高分的都退步了，低分的却进步了，谁能想到，钦钦和江寒的差距也就25分？我们班平均分说不定有戏。"

过了午休时间，各门课的试卷都已经发了下来。芷卉英语只有作文扣了一分，语文、历史正常发挥。她的心情较上午缓过来一些。

梁涉他们几个男生兴致勃勃地去J班打探消息，回来变得垂头丧气，原以为是自己班级前一阵突击补课颇有成效，谁知J班数学也普遍考得不错。

"我们差吗？"芷卉和云萱迎上去问。

"我们差他们班5.5分。"

[55] 那么，就不要松手吧

整个下午，教室里都没什么人发出声音，班里气氛压抑，课间也只见人影沿着满是涂鸦的墙面走。

芷卉有种回到开学第一天的错觉，只不过那天的冷是因为空调温度低，而今天的冷是因为冬天已经来临。

同桌的文樱一如既往不说话，她数学考了112分，按理说是超常发挥，应该喜出望外，但脸色和全班一样黯然。

芷卉有点意外，原来她也在意班级名次，是心里藏着温度，还是仅仅排斥留下来上晚自习？看见她订正时用透明胶带不小心把错题本弄破了，芷卉把自己的磨砂橡皮往她那边推了推。但文樱稍稍侧目，没有对这块橡皮做出任何反应，继续用透明胶带粘字迹。

最后一节课，广播通知三年级开高考动员大会。

去演播厅的路上，云萱担心地问："数学这个成绩，你妈那关过不去吧？"

"不一定今天跟她说，得找个我爸在场的机会。"芷卉把手插在外套口袋里，低头看路。

溪川落在后面几米，吹着泡泡糖，听钟季柏喋喋不休："要是没打赌的事，今天本来心情应该挺好的，大部分人都考得比以往好。"

"没打赌没压力，说不定你们就考不了这么好了。"

"J班没打赌，也考得很好。"

"J班是物理班，考一样的数学卷，当然比文科班有优势。"

钟季柏没话说，想想也已经尽了最大努力，只是各方面运气不佳，谋事在人，成事在天。班里多数人闷闷不乐，也是出于类似的原因，不服气又找不到出口。

主席台上，年级主任喜上眉梢："在刚刚过去的八校联考中，经过老师和同学们的不懈努力，我们圣华取得了不错的成绩，超过了阳明中学。"

一个泡泡响亮地爆在溪川脸上，吴女士闻声蹙眉回头张望。

"更可喜的是，这次联考的第一名也在我们圣华。"

溪川又吹爆一次，被吴女士逮个正着，狠狠瞪了一眼。

"这是多么光荣的一件事。我相信，这对大家接下来的学习能有个很好的启发，也希望大家再接再厉，戒焦戒躁，取得更加辉煌的成绩……"

接着他开始顺次报每个班的名次和平均分，从第一名开始就有点出人意料，B班、C班居然比A班平均分高，G班超过F班其实挺常见，关键是……

年级主任用平平无奇的语气报道："第九、十名是J班和K班，差距较小……"

K班反应慢了两秒，每个人脸上都写着"不可思议"。

大家突然集体从座位上跳起来击掌相庆，欢呼声把年级主任接下去报的平均分和最末一班的成绩一并淹没。

平地而起的波澜跃上顶端，短暂停滞后飞流直下，撞散了那些黏稠的沉默，去吻合一厢期待的心跳。

轰轰烈烈，难以言表。

前排一位其他班的班主任不禁疑惑地问身边的同事："他们班怎么回事？"

同事也是一头雾水："不知道啊，不就是倒数第二吗？"

吴女士觉得又好气又好笑，摇摇头随他们去了。

年级大会结束的时间比平时放学还晚半小时，云萱头一回毫无怨言，一路跳着回教室拿书包："这次全靠你了，不仅考得好，还能换回座位。"

芷卉还沉浸在自己数学考糊的沮丧里。说题目难，空口无凭，她还没想好回家怎么跟妈妈解释，此时情绪恹恹，淡淡说着："你们都是数学考得好，那是冰箱的功劳。"

"是你发起的啊。"

"京京，你看了你的名次吗？"溪川在后面高声喊，"你第三。"

经过了榜单，她却没敢抬头。

感觉是废话，她回过头勉强笑笑："我想做第二也没希望啊。"

"我不是说班级名次，是文科第三，年级总排名二十八。"

芷卉一头雾水。

年级名次不知为何进步了七名，难道是其他人考得更差？

从教学楼出来，谢井原见芷卉和云萱逗留在花坛边说话，转向校门去。钟季柏继续往自行车棚方向走了几步才发现他没跟上来。

"哎，你往哪儿去？"

"今天有事，不骑车了，你帮我安置一下。"谢井原边走边说。

"什么事啊？"

"回去再说。"谢井原快步追过去，"京芷卉！"

钟季柏听他喊人就猜到怎么回事，在身后嚷嚷："谢井原我诅咒你！放我鸽子会遭报应的！"

这边动静太大，芷卉回过头看见了他："嗯？"

"冰激凌。"谢井原说。

芷卉愣了两秒，反应过来："现在吃吗？"

"有一家离这里三站路，你想走过去还是坐公交？"

芷卉往对面站台瞥一眼："走过去吧。"

云萱目击这突如其来的"约会"，比当事人先反应过来，一把把她拽回来对谢井原说："等一下，我借用她一分钟。"

她也没等男生点头，直接拉着芷卉飞奔回教学楼，藏在楼梯后用气垫粉扑把她满脸拍了一遍，最后终于满意："很好。"并冲她握握拳，"加油，该出手时就出手。"

芷卉稀里糊涂地被推远，借着惯性走回去。

谢井原觉得她除了眉头拧起来，和刚才毫无二致，怀疑云萱搞了什么恶作剧："她说什么？"

芷卉这才反应过来"该出手时就出手"是什么意思，红着脸飞快地摇头："没、没什么。"

换谢井原拧起了眉，看她这反应，云萱肯定在挑拨离间。

两人各自想着心事低头走路，随放学人潮出了校门，她一抬头——哎？谢井原不见了。

正东张西望，男生已经无奈地折返回来："这边。"

芷卉跟上来，自己找台阶下："告诉我店名，免得等会儿又走散了。"

谢井原心想，首先，这不是走散，而是你掉队。

其次，以你在地铁里原地转圈的前科来看，告诉你店名，你也找不到。

他面无表情地把店名告诉了她。

她打开高德地图，输入了店名，顺利找到了路线。

真是令人意外的智慧。

不过弊端随之而生，接下来的一路，她就始终盯着手机沉迷于"走迷宫"，话不说，路不看。

谢井原随她去了，只在她快撞到人时顺手带一下，过马路前提醒一声。

在路口等绿灯时她才抬起头来，兴致也不算太高。

他完全能理解，换谁数学考这点分能高兴一路？没心没肺也没到这个境界。也就是怕她太抑郁，他才找借口把她拖出来换个心情，可惜他不怎么会安慰，怕说错什么反而弄巧成拙。

想半天，他憋出一句："这次数学不是正常的高考难度。"

"嗯，我知道。"她突然想起来问，"你是不是考试的时候就知道？"

他愣了愣，不明白提问的重点："题做完了才知道。"

"可我考完只觉得时间紧张没发挥好，直到问过钦钦，打听了A班大家的分数，才知道原来题目很难。我完全没有概念，脑子糊糊的，本质上和云萱、钦钦她们没什么区别，说不定我就……不是学理科的料，再怎么努力也不可能学好。"

"是这样。"男生条件反射般接话，随之反应过来，"哦，不，不努力肯定更差……我的、我的意思是……"

"我们先别纠结这件事。"女生善解人意地笑着摆摆手，接着说，"我是担心，考前填志愿对我来说就像更高风险的赌局——不知道难度也没有参照系，感觉……输不起。"

"要用心智的全部力量，来选择应该遵循的路。"他在脑海中随机搜索了一句感觉很励志的话。

女生微怔，若有所思地点头。

"笛卡尔说的。"他加上注脚。

难怪像句人话。

"乐观地看……"男生说，"你就算考砸了数学，只要不对答案就不知道考砸，反而不会影响后续科目的发挥。"

"好吧……"

这么想也有道理。

经过这么一番句句扎心的安慰，她的心情居然好一点了。

"不过这次我们班进步了，还是挺开心的。"

"也不算进步吧。"男生如实说，"我们班都像你一样考完数学没感觉，历史反而考得不错，以心态取胜。"

她不禁又开始怀疑，谢井原对自己的厌烦从来没有消失。

此后一路沉默，好在吃到冰激凌后，女生愉快地恢复了话痨，而且作为请客的人，她自己连吃了三盒。

比起柳溪川以种类取胜，京芷卉完全是以数量取胜。

他笑着说："奇怪的是，你们女生这么爱吃冰激凌，都不考察离学校最近的店在哪儿。"

"奇怪的是你吧，一盒都吃不完，居然知道离学校最近的店在哪儿。"

"我刚才开会无聊，用大众点评搜的。"

女生咬着小勺，双手竖起大拇指："聪明！"

谢井原没想过第一次得到她的直接好评，居然是因为会使用大众点评，这几乎是他做过的最不聪明的事了。

送她回家时，他深刻体会到她的天生乐天。前一秒她还愁眉不展，不知该怎么向家长汇报考试成绩，他还在帮忙想说辞，下一秒看见暖黄的路灯顺次亮起来，她又开心地飞奔到前面去和灯光赛跑，他不得不接住她的书包帮忙减负，追她有点难度。

错过了两班公交车，都是因为太挤，他们主动放弃，第三辆稍好点，只好硬着头皮上了，赶上下班高峰没余地挑三拣四。

男生有点后悔，应该骑车来。

暖烘烘的车厢里，女生的脸被熏得又红又烫，仰头向男生望去，他正无动于衷地注视着车窗外，视线几乎没有焦点，散漫地在马路上游弋。

芷卉很奇怪为什么他就不觉得热？好像那些热气碰上他便立刻结成了霜。

她为自己的古怪想象感到可笑。

天空已从浅灰过渡到深黑，目光所及之处华灯初上，灯光循序渐进地亮起，这是个有感染力的过程。

觉察到身边女生动了动的谢井原收回视线，发现她的手没抓住任何东西，原本拽住了一旁的扶手，挡在面前那女的死死地挤过来几次之后，她只好松手作罢，不像身高足够的男生能轻松拉住头顶的吊环。

虽然车厢里现在已经挤得塞不下再多一个人，前后左右都在与别人反复验证牛顿第三定律的存在，动弹不得，但如果什么都不抓着的话，一旦刹车就会摔倒。

"你拉住我或者书包吧。"男生说着抬了抬拎着女生书包的左手。

芷卉恍恍惚惚，心里某一块松动下去，迅速被四周泛滥的噪音泡涨了。

"嗯。"也就是在低头那一瞬，她不知从哪里借来了勇气。

她伸出的手并没有扶住男生的手臂，也错过了自己的书包带，而是穿过与他人的间隙，向更远的地方伸去，在视野不及之处双手交叠，环成圈，完全脱离了正常范围。

她的脸贴在他挺括的藏青色制服上，和自己身上相同的布料，却是完全不同的气息，身高差异让她明显听见了鼓点一样的心跳。

如同被设计般，四面被堵得死死的，没有任何出路。无法往后躲开，也不可能将她推开，不知所措的男生只好怔怔地被圈在女生突如其来的拥抱里。

听见她对自己说：

"井原，我……"

——这样叫出来，也不是很肉麻吧？

——怀着特别自私的心，暂时把一切都忘掉。

——只是想留在你身边。

——我……

她懊恼得事后直想揪自己头发。

在那么浪漫的场景中，女主角突发性地撞进男主角怀里，在拥挤的公交车上形成定格，直视他的眼睛，对他吐露心声，那样就完美了啊！

她偏偏在已经说出三个字的情况下怯场，所谓想象中的画面，于是变成了——

"井原，我……好冷。"

意识到自己说出了什么的女生当场蒙了。

勇气像电流一样突然窜出又莫名其妙地消失，一系列动作的属性从脱轨变成了脱线。

在懊恼的视线中，她自下而上地看见男生利落的脸部线条松了下来。他极力想恢复常态却再次失败，笑意从隐约在头发后的瞳仁里漾开，跳跃过光线栖息的颧骨，这次连嘴角也被牵动起来，下颌处断面锐利的线条也一起被拉出了柔和的弧度，他甚至笑出了声音。

懊恼的女生呆呆望着他这种"连小卖部老板娘看了都会给他打对折"的必杀笑容，自己脸上的表情大概只能用"茫然若失"来描述。

她像等待宣判般，他笑过之后总该回答些什么吧。

是什么种下去，又在心里当即炸开，形成像宇宙里的星云一样退散不了的瑰丽。

是接下去那句——

"那么，就不要松手吧。"

冬日沉闷的空气里，拥挤得像沙丁鱼罐头的公交车上，某些真实又细微的感情在酝酿，呼吸实体化成看得见的白色雾气，悬浮在清晰度所剩无几的视野里。

那些字连成句，那些语气与音调起伏成潮汐，暖入骨髓的温柔声音无边无际地朝她蔓延过来，微微刺痛了她的耳膜。

男生脸上现出了微笑。

女生看见自己的影子挂在他墨黑的眼眸里，成为唯一的高光。

无限温柔的声音。

——那么，就不要松手吧。

[56] 远到语言无法抵达之域

话音刚落，她就因重心不稳松了手。

车在羽山路急转弯，把她朝侧面甩出去，与他错过一个身位，她险些擦着肩摔倒，幸好他及时空出拉着吊环的那只手拦了她一下。

碰到她的指节，如触电般刹那就收回蜷了起来。

女生站定后缓慢地仰起脸。

街道一侧的大型体育场里正举行一场赛事，蓝色、绿色、橙色的灯光顺次扫过她的侧脸，喧嚣声由远及近再及远，她脸上的表情只有错愕。

眼睫在她脸上投下了阴影。

他顺着她的目光，终于看清她摊开在自己面前的掌心。

棕色的猫头鹰手链被她白皙的掌心衬得格外鲜明。

"这不是我的手链吗？"

她的视线在男生的脸和自己的手之间游弋一个来回，确认道："没错，这就是我的。怎么会在你那儿？"

他全身神经绷紧，却一个字也答不上来。

漫长的沉默后，她接着开口："我错过考试，掉进K班，回不了A班，申请不了补考，拿不到推荐名额，考试不理想，被云萱挤对……全是因为你拿走了我的手链。"

"对不起，我不知道……"

她打断他说下去："你知道那段时间我有多难过吗？我妈不理解我，大家都嘲笑我。我为了找它，一个人在外面走到半夜……"

在陌生班级提到护身符的时候，同学们轻声哄笑着回头看她，吴女士说"你已经不是天之骄子，却还念念不忘护身符"，当时她脑子里只有一个念头，如果能找到它，补考回A班，这些困难都不会存在了。但没有这个"如果"，她一件事一件事地忍了过来，能忍过来不代表回忆的时候可以一笑而过。

女生滚烫的眼泪突兀地落下来，把他仅剩的辩白都吓了回去。

"谢井原，我从来都搞不懂你在想什么。"

到站了，不是她的站，她却从他手里接过自己的书包，转身挤下车。

在四周乘客诧异的目光中，他闭上眼几秒，希望刚才发生的一切如梦般消失。

睁眼时，一切都真实得更让人绝望，这辆车在驶往背离他家的方向。

他没法再笑着告诉她，自己在想什么。

大扫除时她随口问一声还有没有多余的报纸，他就立刻转身满教室去找，等回到原处，她却早已离开。

她唱歌时发现手机没带，他就立刻离场去教室取，等回到会场，歌舞都落了幕。

看她在体育课上投中三分球，看她在教室后面画黑板报，看她圣诞节时往玻璃上喷花。总在看她，却又总在她转过头跑来说话的时候，慌张地别过脸去。

在事故现场捡起她的手链没有归还，因为他预测不到后来的交集，以为是一个句号。

被要求为这些细枝末节附加情绪，都显得小题大做，他会无所谓地说"这种事每天都在发生"，非要记录下来也是毫无意义的流水账，告诉你独行侠的时间都去了哪里而已。

只要有足够时间斟词酌句，他是个应试作文能得满分的人。

可对你的喜欢……远到语言无法抵达之域。

站在她的角度，委屈得顺理成章，却忽略了其中有些关键点，他并不在场。

站在他的角度，完全没法把那些支离破碎的情节按因果关系拼接起来，为什么掉进K班和被云萱挤对，都神秘地与一根手链产生了联系，这真是世界十大未解之谜之一。

他唯一觉得说不过去的，是自己的确有根脑筋搭错了。好好去学校，好好去考试，路上不小心撞了人，该帮的忙都帮了，捡什么手链，搞出这么夸张的事情来。

所以即便有个未解之谜横亘眼前，他还是决定应该绕过去，先道歉。

晚上回到家，他给她发了条信息："手链是分班考那天捡到的。"

十一点，她大概已经没那么生气了，回了条："那你当时怎么不还给我？"

"我想事后还你却忘了。""忘"是个对他而言丝毫站不住脚的借口，输入后发送前，他又把这句话删掉从头再来，"我不确定是谁的。"

没想到反而留下口实。

她的质问很快一条接一条追过来：

"那天路边就我们两个人。"

"你捡到女性化的手链。"

"猜不到我就是失主吗？"

又回到了这个没有出口的问题，死循环。

耗了20分钟，他解不出答案，只回过去一条"对不起"，倍感无力。

也不知她看没看见，之后她再没回复。

他仓皇得静不下心做题，反复看过分安静的手机，下意识拨出柳溪川的电话，等待音响三声就接通了。

她听起来有点不耐烦："干吗？"

"我惹京芷卉生气了。"他言简意赅。

对方的语气立刻跟着紧张起来："怎么回事？"

男生把来龙去脉和她当时控诉的原话简述一遍。

溪川沉默了片刻，确认道："你知道手链是她的吧！"

"不是她的，我捡来干吗？"

"哦……想不到你……"她笑了两声，"还挺可爱的。不过你没头没脑地说出来，确实容易被当成奇怪的人。"

"但我不知道这东西对她那么重要。"男生补充道。

"我也不太理解，我听说过是护身符，但也就个手链，又不是手机，还能押题不成？不用这么大动干戈吧。"溪川说，"你确定她是因为手链才生气，不是因为别的？"

男生沉默了，按以往的经验，总是因为别的。

"快想想，有没有其他事让她不开心了，说不定手链只是个借口。"

他垂下眼想了想："我可能……冒犯了她吧。"

"什么什么什么？怎么个冒犯法！你把话说清楚！"电话那头明显开心地惊呼出声。

"当时在公交车上，有个急转弯，她差点摔倒，我扶了她一下。"他没好意思说前情。

对面是万分失望的语气："你就扶了她一下，值得发起一轮'午夜凶铃'吗？"

男生看了眼书桌上的钟，的确刚过零点，嘴硬道："你也不可能这么早就睡了吧。"

"我头发上的泡泡还没冲干净，从浴室跑出来接电话，不是为了听你说这个的。"

男生笑了笑。

"谢井原，我警告你，不管你想到什么画面，给我从脑子里删干净。"

"删掉了。"

"我想想明天怎么问她吧。"溪川最后这么说，终于使他如芒刺在身般的焦躁暂停了。

可溪川没想到他第二天根本没来，他不在场，这让人怎么调解？

话题只好从手链开始，她说："手链挺可爱的。"

"就是之前弄丢的护身符，找到了。"芷卉一边誊抄错题，一边淡淡地说。

看起来情绪稳定没生气啊。

没了继续进一步追问的根基。

溪川也困惑了，心里骂了一百遍谢井原。

因为吴女士履约宣布换回原座位，几个男生兴奋到自发把墙面上特丑的涂鸦刷白了，整间教室焕然一新，一副准备迎接流动红旗的架势，就连后面的黑板报都多了点漂亮贴纸，大概是住校女孩们的杰作。

吴女士从教室后门进来，经过顾钦钦身侧，顺手抽出她垫在语文书下的小说，轻蔑地瞥一眼封面："青春幻想？你就幻想去吧。"说着把书扔回她桌上，登上讲台。

"倒数第二。"她支着讲桌问全班，"觉得很了不起吗？"

"云萱、马超、何琳、杨昊……你们连总分的一半都没考到，有什么资格跟着其他人骄傲？人类历史300万年，表示你们每个人能活300万岁吗？"

被点名的几个人低下头。

"这次考试说明一个问题，当题目难度特别大，高分段被压的时候，心态稳定的人会有意外的机会。前提是基础题你们要会做，基础分能扎扎实实拿到。我很欣慰，我们班是这次几乎全军覆没的文科班中唯一的幸存者，但希望你们不要对自己有什么错误认识，这种成绩远远不上自满的资本。这只是一次特殊的考试，它指明了低分段的你们接下来应该往哪个方向努力，而不是停止努力。"

她把视线抛向后排："柳溪川，你为什么来我们学校，是为了过来考138分的吗？"

溪川觉得有点冤，她抽屉里有包薯片都没拆，怎么还能成重点关注对象？

"京芷卉，你手里那张全是错题的数学卷能送你去复旦吗？"

芷卉咬着下唇无意识地折着试卷边，不敢抬头。

"下周末就是复旦的自主招生考试了，你俩是不是打算一轮游？话我要说清楚，参加自招的机会是往届学长学姐以优异的成绩为我们学校争取来的，现在责任在你们身上，想一想因你们不够优秀，明年学校自招名额缩减，你们有没有脸去面对二年级的学弟学妹。"

老盯着月考，芷卉都快忘了自主招生考试。

吴女士走后，溪川推推她的手肘问："你的参考书看完没？"

"一本都还没看完，你呢？"

溪川没回答，快速滑动着手机："现在看书时间不是很充裕，我们先把前几届的考题做一遍，熟悉熟悉类型，有时间再回去看书。谢井原要是在这儿还能帮忙出个科学复习计划……"她不满地回头扫了一眼空座位，"这人死哪儿去了。"

"他应该是去外地竞赛了。"芷卉小声说。

"还有四天才竞赛。"

[57] 我有点想你

到周五，已经三天没见到谢井原了，芷卉才确定竞赛前不可能再见到他，接下去还会有许多天见不到他。

手机里的对话截止在"对不起"，她不知该怎么回复。

回家时她哭过又吹了冷风，一整晚头昏脑涨，胸口被难以定义的情绪沉沉压住，不完全是委屈，不完全是恼怒，是高三以来所有的不顺利融在一起，终于找到个出口涌出去。

她记得外公去世的时候，妈妈在医院的走廊里大哭着控诉无良医护。外公明明是因为一点小病，自己精神抖擞地走进医院，为什么最后会不断恶化直至离世，为什么自从进了ICU就失去了意识，一定是医护没有照顾好他，偷偷在用药上做了手脚。如果家人能时刻陪在身边，绝不会是这种结果。爸爸一直抱着她解释ICU是这样的工作机制，其实以外公的高龄，产生并发症并不鲜见。人在遭遇无法承受的不幸时，总想找个归因做容器，好盛下无处安置的负面情绪。

正因为心知肚明，护身符是个错的归因，她才不知道怎么回复他这个"对不起"。

他有什么错呢？以他一贯糟糕的情商和洞察力，完全有可能想不到"这是女生的手链""是京芷卉的护身符""应该还给她"中的任何一个环节。

这又算什么错？

更何况他还是那么高冷的一个人，连自己错在哪儿都想不明白就低声下气来道歉，肯定是她吓到他了。

和分班考撞车怪他骑车慢如出一辙，她发的是没道理的脾气，老这么冲动。

她懊恼又不知所措，久久发着呆，最后不小心趴在书桌上睡了一夜。

第二天，她的头疼得像被雷神之锤抢过，发现他没来，第一反应是庆幸，暂且不用再绞尽脑汁想如何应对了。

第三天，她和溪川双双感冒，也不知是谁传染了谁，她心里还在庆幸，他要是来了一起生病，肯定会影响竞赛发挥。

星期五，溪川也请病假没来上学。她的失落感在放学时才占了上风。

其实高一、高二时，因为他参加竞赛，她经常一个学期也见不了他几面。他总是突然地消失，过些日子又突然地出现。他当然不会向谁报备，平时存在感就不强，其他人很少能察觉他不在。

芷卉知道怎么推测他的行踪，他和蒋璃一起消失的时候是参加数学竞赛，和江寒、贝逸铭一起消失的时候是参加物理竞赛，和陈舒艺一起消失的时候是参加化学、生物竞赛……除了考试还有集训。有时"参考系"同学回来了，他没回来，意味着他一个人去了下一轮，市级奖项对他来说就像闹着玩似的。升级打怪到后续关卡，集训时间越来越长，连不同学科之间都常有冲突，听说他不得不放弃一些，要见他自然就更难了。

还有个奇怪的现象是，经常获奖的喜报已经悄然出现在布告栏，他人还没回来。她因此偷偷怀疑过，其实谢井原也会翘课。

眼下算是得到证实了，他不仅考后会翘课，考前也会。本来她觉得一周时间已经很漫长，在此基础上还要延长，十多天见不到他，在以前根本不值一提，如今她却不太习惯。也许是因为两个月的朝夕相处让人变贪心了。

从前她对他的了解更多建立于旁人的叙述，这两个月，她比过去两年更喜欢他。直到这两天失联才让人清醒，他还是他，没有变，随时可以放下一切专注起来。

她想给他发个信息，可有个未回复的"对不起"挡在前面，新话题怎么都不好开启。

云萱背起书包，回头见她正出神地转着手腕上的小猫头鹰："怎么又戴上这个了？"

芷卉回过神："谢井原捡到还给我了。"

云萱困惑地蹙眉："之前丢了吗？"

芷卉愣了愣："我到K班第一天不就说护身符丢了吗？"

"你说的是这个？"

"我哪还有别的护身符？"

"那谁知道？"云萱憋着笑，"你还有很多别的闺密呢。"

芷卉佯装生气地白了她一眼，跟着起身收拾书包。

云萱伸手去捏她的脸："谢井原捡到又是怎么回事？不是开学就已经丢了吗？"

"就是分班考撞车那时他捡的，吃冰激凌之后才发现在他那儿。"

"你发现的，还是他主动还的？"

"他根本不知道是我的。"

"扯淡吧，他不知道是你的，从开学留到现在？他是雕刻爱好者、手工艺收藏家、猫头鹰全球后援会会长？"

芷卉愣了愣。

云萱一脸坏笑。

"你别这样……"

一旦确定谢井原去比赛，不会出现，芷卉连日常形象也没那么在意了。周一正好气温骤降，她换了那套最丑的紫色冬季校服，咬着大包子冲进教室。

云萱一身秋季制服加短裙，配剪裁良好的名牌便装小外套，一见她就笑："什么人会穿冬季校服啊！不能因为冰箱不在，你就自暴自弃吧。"

"我还在感冒呢。"芷卉嘴里有包子，含含糊糊道。

正说着，另一位"重症患者"进了教室，虽然没有校服，但穿了和秋季校服相仿的一套，黑制服、百褶裙、中筒靴，高马尾里还编了细麻花。

溪川看见她反而先笑："你干吗穿成俄罗斯套娃？"

"是校服好吗！你们真讨厌！"芷卉从书包里翻出昨晚的试卷，指给溪川看，"这道题我算了几十遍都算不出来，帮我看下。"

溪川扫了眼题目："印错了呀，这里少句条件。"

"本来是什么样的？"

"你别纠结了，函数题你都做了多少同类型的。"

"可万一正好考到呢？"

"去年考过差不多一样的,今年不会再考了。"

"说不定出题老师就是抓我们这种心理漏洞。"

"你做了五年真题,做到过一模一样的吗?"

"溪川你别吓我,本来就是围绕着真题卷展开复习的,不会完全没用吧?我是不是应该再做一些预测卷?"

"你以为是高考?谁给你预测?"溪川哭笑不得地按住芷卉的双肩,"深呼吸,告诉自己,你已经准备得很充分了。"

芷卉沮丧:"可你就比我准备得更充分。"

云萱边吃巧克力边插嘴:"你的英语比溪川强啊。"

溪川从她手里抢过巧克力递给芷卉:"吃点零食,可以刺激多巴胺分泌,产生愉悦感,做题会更有灵感的。"

芷卉勉强吃了一口。

"怎么样?是不是没那么焦虑了?"

"好像是好了点……"她停顿片刻,"但这道题本来是什么样的?"

溪川无语。

云萱淡定地又拆了块巧克力:"她从小就这样,一到大考就不顶用。"

偏是家里还有人嫌她不够紧张,妈妈整个星期几乎每天晚饭时都免不了重复唠叨。

"这周末就自主招生考试了,考试用具事先都准备好,笔多带几支;考场也一定要提前去探探,看好教室和厕所位置;记得千万千万要保管好准考证,一楼的哥哥你知道吧,就是高考没带准考证,当时闹了多大麻烦;考试那天让你爸送你去。"她又对芷卉爸爸说,"不要走新建路隧道,早高峰堵得要命。"

爸爸说:"早高峰哪个隧道不堵?"

"也是……"妈妈忧心忡忡,拧着眉想了会儿,"那就提前一天晚上住到旁边酒店去。"

"太夸张了吧,妈。"

"啧,你这孩子怎么一点紧迫感都没有!这么重要的考试,你还一副松松垮垮的样子,哪里夸张了?"

芷卉机械地吃饭,不知道自己哪里松松垮垮了。

"马老师以前就说,你考复旦不难,难的是进好专业,新闻学院每个专业年年招生计划就那么四五个人,去年专业线离北大录取线只差8分,没有线上加分,你就坐等被调剂吧。"

这些话她都听得耳朵长茧了,捂着脸长叹一口气。

爸爸劝道："行了，别说了，孩子吃饭呢。"

妈妈马上转移战火，连爸爸一起扫射："我在教育孩子的时候，你为什么总要跳出来做好人，父母在孩子跟前争宠对她能有什么好处？"

爸爸也不吱声了。

妈妈转过头看了看埋头苦吃的芷卉："你少吃点，八分饱就够了。"

"我同学说多吃点能缓解焦虑。"

"但你也吃太多了，吃太多，血液都去帮助消化，所以你每天吃完晚饭就犯困，晚上能有几个小时复习啊？"

她睡觉的时间已经从长久以来习惯的十二点推迟到一点、两点，甚至是天色微微泛白。陪伴她的是大杯大杯的咖啡。

她往往感到才躺下闭上眼，闹钟就响了。

进入冬季后，醒来时周遭常是一片漆黑。

临近自主招生考试这个礼拜，她的生物钟越发混乱。

她梦见考试路上堵车，到校门口时门卫刚关上门，已经不让进了。惊醒后一看闹钟，才四点。

梦见考场上拿出铅笔涂答题卡，笔尖却断了，笔袋里每支铅笔试过去都是断的，拿出小刀削笔，一直削，一直断。惊醒后看看闹钟，才四点半。

梦见答题卡涂到最后一题才发现多个空格，不知从哪儿开始错位了，老师已经来收卷，她还在拿着橡皮猛擦。惊醒时也才五点。

从梦里到梦外听见妈妈暴怒地叫着自己的全名："京！芷！卉！都几点了，还在睡！心怎么这么大啊，你这孩子！"

芷卉从被掀开的被子里直接翻身下床，先站后坐再睁眼，六点三刻。

上了公交车，世界才安静下来，她用手机搜了搜周公解梦，周公对这些梦也毫无头绪，可能他老人家没经历过大考吧。

从K班窗口望出去，对面的白色教学楼都变得灰蒙蒙了。

冬天自带一种寂寥。

做题的间隙，她在"对不起"下面写"我有点想你"，再一个字一个字删掉。

[58] 眼睛只看着你的目标

课间，云萱侧坐着跟溪川聊校内新闻，星期三下午一年A班上生物课后忘了锁两道门，一夜间，全实验室的小白鼠都跑光了。

"还好我明年就要毕业了，要不然宿舍区小灰鼠泛滥，我可住不下去。"

溪川说："小白鼠从出生到能生也不过就三个月，下学期你还是能喜迎小灰鼠的。"

"不会吧！"

"截止到你离校平均差不多能……"溪川心算了一下，"一只小白鼠变180只小灰鼠。"

"为什么那么多？"云萱目瞪口呆。

"一代小灰鼠已经能生二代小灰鼠了，指数级增长。"

云萱抱着头倒抽一口冷气："我要去屠杀一年A班。"

芷卉对此灾害不闻不问，专心致志削铅笔。

比将来的小灰鼠泛滥更迫在眉睫的好像是铅笔泛滥，溪川一转头笑起来："干吗削这么多？"

"涂卡啊。"她答得理所当然。

"那我不准备了，到时候你给我一支。"

"你考试用具都还没开始准备？"

"急什么，不是明天才考吗？"

"你心态也太好了……我下午三点去复旦附中看考场，你和我一起吧。"

云萱诧异插问："吴女士居然准假？"

"吴女士不在办公室，我跟老马说的，正好A班人都在请假。"

"别跟我提A班。"她又想起小灰鼠天团。

溪川从芷卉桌上抽出张A4纸："真服了你，文具用品还能列张清单。"

"正好你帮我看看还有什么遗漏。"

溪川只是觉得打开了新世界的大门："为什么还要带眼药水？而且是两瓶？"

"缓解眼疲劳。"芷卉说。

"一共才考三小时，能考着考着就瞎了吗？"

"以防万一嘛。"

溪川摇摇头："我觉得当场失明的概率很小，眼药水没盖好，计算器进水失灵的概率比这大，两瓶就是双倍风险。"

芷卉无言以对，从清单上画掉了眼药水，又一惊一乍："对了，云萱，明天早上你一定要六点给我打电话，一直要打到我醒了接听为止。"

"你两天内跟我说了16遍，搞得我都紧张得要死。"

"你少夸张。"

云萱指指钟季柏空位右边的墙壁上的三个"正"字："我记了。"

这种神经质是芷卉没法自控的，大半是因为心虚。溪川的淡定是建立在胸有成竹的基础上，即使是现在，随便拿张物理、化学、生物试卷，她也能轻松考个一百三四十分。

芷卉没底气，因为一早就决定选文，对理科她几乎是放弃状态，又常年待在A班，不会做的题找选那科的同学问问抄抄，日子也就混过去了。

自主招生考十科，想要在短时间内突击回来，完全是妄想。

云萱宽慰她："全能选手整个学校也就两个，其他都半斤八两，你让江寒来考历史，说不定比钦钦都菜。"

芷卉才露出久违的笑容："那倒是真的。"

下午她看考场时，远远看见江寒，两只偏科"菜鸡"还隔空招了招手。

吃过晚饭，芷卉看着时政新闻发呆，爸爸说要去给车加油，叫她一起出门，她把询问的眼神递给妈妈。

妈妈白她一眼："去吧去吧，你坐这儿根本什么都没听进去。"

上了车刚系上安全带，爸爸从她手里把书抽走扔到后座去："坐车别看书，会晕车。"

"不就家门口加个油吗？"

爸爸冲她眨眨眼："带你去个地方。"

晚上的隧道一路畅通无阻。自主招生考试的场地在复旦附中，芷卉其实没去过复旦。爸爸带她看了新闻学院，又绕着主校区转了一圈，问她感觉怎么样。

"嗯……平平无奇。"她实话实说，"好像不如交大。"

她在招生网经常看见复旦的照片，搁在现实中，还是晚上，校园外观谈不上任何吸引力。

"你这就叫，爱屋及乌。"

过了两秒，她反应过来，嚷嚷："才不是。"

爸爸继续往前开，绕着江湾校区转了一圈，她说："这边还不错。"

"你以后会慢慢喜欢上这里的。"爸爸找地方停下车。

芷卉苦笑了一下。

"你没有信心能考上吗？"

她摇摇头："我觉得考不上。去年考题简单，分数都拉不开，今年难度肯定增加。"

"你难，别人也难。你现在要做的就是把脑子放空好好睡一觉，准备好明天迎战。"

"如果我根本没有那个实力呢？怎么准备都是徒劳。"

爸爸沉吟片刻："你知道爸爸大学毕业是被分到机关工作吧？"

女生点点头。

"下海的时候你妈特别反对，高风险，不稳定，一切都从零开始，没做过生意，怎么会做生意？结果一转眼，也走到今天了。"

"很辛苦吗？"

"不，奋斗的过程比起自我怀疑的心理斗争，反而要轻松得多。你需要先说服自己。"

芷卉沉默着。

"我们体内真正储蓄的能量往往要比自己想象的大，只是很多人还没遇到爆发的机缘。你问问自己，这里是你向往的目标吗？"

她又往远处灯火通明的校园望了眼："是。"

"那就用尽全力，认真去考。什么都不用想，眼睛只看着你的目标。"

爸爸拿出个小盒子递给她："打开看看。"

是枚很小的复旦大学金属纪念章。

"爸爸先预祝你成为一名复旦学子。"

芷卉合上这个装满梦想的小盒子，给了爸爸一个大大的拥抱。

但是有一说一，非常客观地说，明明就是交大更好看。

从杨浦回家，她又静下心看了会儿书，然后收拾东西。吸取分班考的教训，这次把护身符直接放进了笔袋中，到考场再戴就不会丢三落四了。

手链掮在手里，难免想起谢井原。

他的考试已经结束了吧？不知道发挥得如何。

以往这时候，她就会开始每天在布告栏上找来找去，有没有和他有关的信息。

高二有一天放学后轮到她值日，三楼的女厕所从里面反锁了门，她不得不下到一楼去拎水，布告栏就在女厕所正对面。

是舒艺和谢井原双双失踪最久的那次，她支着拖把柄傻乎乎地在布告栏前仰得脖子都发酸了，有点意外，喜报上只有"陈舒艺"，没有"谢井原"。

和自己完全无关，她心里却有莫名的酸涩在蔓延。

明明听江寒说，他们俩理论一般差零点几分，但实验是谢井原一骑绝尘。难道不是哪个环节搞错了吗？评分老师、评判标准，或者影印这张喜报时……把他漏掉了？

她闷闷不乐地转过身，视线刚聚焦，有个眼熟的藏青色人影就在几步之外登上了教学楼台阶，神出鬼没得吓人一跳。

男生手里拿了个薄薄的牛皮纸袋，脸侧向她这边，仍是一贯的淡漠表情，步速没变化，只有目光在她和布告栏之前往复了一个来回。

女生特别此地无银三百两地招了招手："Hello，谢井原。"

所谓做贼心虚。

话一出口，连她自己都尴尬发作。

Hello？什么鬼？

男生精致的眉头困惑地拧起来，把纸袋从右手换到左手，一言不发地从她面前把水桶拎走了。

她滞后好几秒，才匆匆忙忙提着拖把跟上去，也没敢跟得太紧，两人保持了两米距离，一前一后毫无交流地上楼。

二楼、三楼的走廊被树影稀稀松松遮挡着，一部分暮色被筛出来，光影在他校服背后含混暧昧地交错。

到了四楼，耀眼的夕阳一瞬间燃过整个视界，像"哗啦"一声翻倒了罐子，糖果滚了满地。

仰视的刹那，她心里喧嚣四溢。

他逆着光的身影在楼梯口转身，眼角余光往后看她有没有跟着，步履慢下来，像电影里悠长又朦胧的升格镜头。

事后才知道，他和舒艺参加的根本不是同一个竞赛。

那些戏剧化的懊恼和失落都变得荒唐可笑。

可是有什么办法呢？

分析和推理是她最不擅长的事，他给她的线索还这么少。

不知为什么突然恐慌，有个可怕的念头窜过脑海：他该不会已经把我拉黑了吧？

脑内剧场中悲剧已经演了好几幕，为了保证自己考前的充足睡眠，她决定必须要排除这个怀疑。

要想验证很简单，给他发条消息就行。但又回到原始问题，那个"对不起"悬而未决，后续话题无法展开。

不过谁说发消息一定要对方看见，只要立刻撤回，发什么就无所谓了。事后就算被问起来还可以谎称发错人，简直完美。

芷卉写道：

"谢井原同学，你好吗？我好得不得了。我早就不生气了，只是不想理你，因为按照国际公约'重要的事说三遍'，给人道歉低于三次实属毫无诚意。而且，你这种招呼都不打一声就跑掉的行为看起来特别懦弱。不过我心胸宽广，念及你曾经把复旦推荐名额让给我，我已经提前原谅你了。虽然你看不上复旦，但今天晚上我去看了复旦，比你们交大漂亮一万倍，你将来一定会后悔的！"

点击发送。

多虑了，没被拉黑。

选中。

一条新信息让整个界面错了位。

他说："我知道了，抱歉。"

这条突如其来的回信导致本来想选"撤回"的手指意外戳中了"翻译"，接着又戳中"收藏"，最后是"删除"。

女生把手机扔到一尺外，当场宣布自己死亡。

死得太冤了，她敢对天发誓，这速度说秒回都埋汰人，根本连1皮秒都没有。

他还是人吗？

有人能在1皮秒内读完以上全部文字吗？

过了大概有两分钟，手机再次振动。

她把它捡回来划开屏保，远远瞄了一眼，居然是条语音。

她战战兢兢地点开。

男生波澜不惊的声音掺了笑腔："嗯，对不起。这是真心诚意的第三次，刚才是聊天机器人。"

她更想死了。

饶是京芷卉这么甜美的少女，都忍不住凭空说了个F开头、K结尾的单词。

芷卉深呼吸数次，才保持大方得体地发了语音："怎么会有聊天机器人呀？"

"我怕我考试的时候你继续骂我，而我没及时回复，让你更生气。"男生又换了文字信息，一副社交恐惧的样子。

这人还真实在，令人无言以对。

芷卉心有余悸，有点怀疑又是机器人。

对方又发了一条过来："明天考试顺利。"

她冷静下来，认真回复："嗯"

"早点出门，注意安全，别又被车撞了。"他嘱咐道。

这次毫无疑问是谢井原本人了。

芷卉虽然很想杠他一句"全世界还有几个人年纪轻轻就盲目把车往人身上骑"，但是介于前面那段话太脱线，目前当务之急是挽回形象，她平静地回复："嗯嗯，明天我爸送我去，和溪川一起回。"

"那就好。"他说。

这肯定也是谢井原本人，不给人留接话的可能性。

"晚安。"他接着说。

反常地甜，可能是机器人。

[59] 人和人的遇见是种奇迹

考试当天路上没出岔子，但节外生枝永远不会缺席，凭证进校后，芷卉把铅笔分给溪川时，两人才同时发现，她削的24支铅笔全是HB。

"你等我一下，我去找江寒。"

没等溪川说上话，芷卉就跑远了。

因为不确定江寒具体在哪个考场，只知道大致区域，男生手机又已经关机，她只好一个一个教室找过去，好不容易找到人借到两支铅笔，再送到溪川所在的考场。

溪川无奈地说："前后桌随便都能借到啊，你干吗跑那么快？"

她这才醒过神，谁也没规定借铅笔非要找同校同学。

开考前六神无主地在考场间百米冲刺稍稍影响状态，幸好没有更倒霉的事发生。戴上护身符考试，她觉得无论如何都能调整过来。

在考场上，她的精神保持高度紧张，走出教室才觉出疲惫感已经堆积在身体里，稍感乏力。

在一致往校门口涌的人群里找人不是件易事，芷卉边走边从书包里翻出手机开机，并筹划着出了校门找块人少的空地等溪川。

溪川穿着红色毛衣配黑色围巾，戴着红色蝴蝶结顶夹，在灰暗的冬日着装色调中异常醒目。因此她一出校门，芷卉就一眼从人群中认出了她。

临近中午，热烈的阳光穿过行道树的枝叶，垂直落在她肩上，女生微卷的高马尾随着风过，发尾飘扬，微侧过头，笑容甜美。

站在她面前的男生从头到脚一身黑，连书包都是全黑的，原本隐约糅在灰蒙蒙的冬景里，却因为离她最近而从背景里跳出来。

红与黑。

冲突感把视界撕成两半，与他们无关的一半是庸庸碌碌的灰，与他们有关那一半是风驰电掣的快意，世界被浓烈鲜明的色块拆分，油画般质感，你我只是暗淡的边界。

看见芷卉后，溪川兴奋地踮起脚远远挥手："这里这里！"

男生顺势转过头来。

镜头推拉摇移，最后定格在他毫无温度的脸上。

一瞬间，地表消失在脚下。

差点有什么夺眶而出。

长长的几秒里，谢井原什么表情变化也没有，似是而非地看着她。

她好半天才挤出一个勉强的笑，走到跟前，只有借着左右环顾的机会才和他的目光接在一起。

"我先走了。"溪川说着，蹦蹦跳跳跑了，"拜拜！"

芷卉没反应过来，又怔了须臾才想起发问："她去哪儿？"

"不知道。"男生说。

芷卉又花了点时间整理思路，问："那你为什么在这里？"

男生想不通她为什么不太欢迎自己，一头雾水地皱着眉："下了飞机，准备回家。"

但是复旦附中压根不在从虹桥机场回他家的路上啊。

他贯穿城市走出个"7"字，溪川又挥挥衣袖跑掉了，到底什么情况？

十分费解。

她也不敢问，走出几步发现对方跟在侧后方亦步亦趋，满腹狐疑地停下来问："乘地铁？"

男生露出比她更困惑的神色："难不成还有任意门？"

这都……什么驴唇不对马嘴的对话。

也许是她想多了。

他出现在这里和溪川在这里根本没直接联系，不过是碰巧而已。

上了地铁，人不多，到处都是空座，两人在同一侧先后坐下，但谢井原坐的位置和她还隔了一个人的距离，看起来像是他们之间有个不可见生物。

她也不敢挪过去，闹过别扭又和解，之前在公交车上暂存的记忆重新凸显出来，让人免不了难为情。

他会怎么看自己那种唐突的举动？

虽然当时他没太大反应，但事后回想起来会察觉到其中古怪吧。

她没说什么，对方也没做什么，但总觉得有什么变了，好不容易取得能自然交谈的进展不复存在，又回到比赛沉默的僵局里，可是双方都不开口又尴尬得无以复加。

左右为难的不适，像无形的斥力横亘在他们之间。

只过了一站，上车的人群中有个胖阿姨一屁股坐下来，山一样挡在他们之间不动弹了。

这位阿姨，芷卉无奈地想，别的阿姨在您这年纪都开始帮助年轻人相对象了，您怎么能这么掉队呢？

这下连余光也扫不见人了，彻底断了念想，反而放松了。

手机振动一下，是新信息。

他发过来的："你饿吗？"

说实话，她早饿了，因为妈妈说吃多了犯困，考前她只喝了点粥。

她正在暗忖为什么要使用流量进行这种无聊的寒暄，后一条消息就追进来了："去我家吃饭？"

她的手突然吃不住力，手机顺着膝盖滑下去，还在鞋上磕了一下才落地。

谢井原看见她手忙脚乱地俯身前倾，满地捡手机，憋笑失败，只好把头往左边侧过去。

她真是一点事都藏不住。

等手机捡回来，她发现又多了一条信息："没别人，就钟季柏在家。"

芷卉发现了，他发信息像做证明题，一句只有一个条件，新条件要另开一句。

这边还在心里嘀咕，她身旁胖阿姨压过来的胳膊肘突然松挪了位置，她茫然抬起头，看见两人换了座，男生起身走过来重新挨着自己坐定。

吓得她抬头挺胸抱紧了右边扶手。

"还是你觉得把他打走更好点？"他认真征求意见。

"不不不不。"女生像只翻不过身的仓鼠似的疯狂摆手，"有他在挺好的。"

她以前的猜测没错，他家住桃林路，到阳明中学步行五分钟可达。

舍近求远就有些奇怪了。

"为什么高中没考阳明啊？"

男生指了指不远处阳明的教学楼："我妈说新学校太漂亮，感觉浮躁，不可靠。"

"但麦芒妹妹不就在阳明？"

"嗯，她人就浮躁，正合适。"

不过阳明确实总因为校园太美被误以为是贵族私立学校，再加上不到十年的建校历史，遭到质疑也是难免的事。

可每年还是有不少学生反而因校园美观而报考阳明中学。

芷卉也有过这样的念头，但最终由于爸爸的强烈反对，只好作罢。阳明为扩大生源，每年会组织重点初中的前50名学生和家长，到校方引以为豪的校园参观。不承想这一参观倒让芷卉爸爸痛下决心，坚决不让她报阳明。理由是——阴气太重。

建筑设计上唯一的败笔便是图书馆采光不好，大白天也需要开灯。颇信此道的爸爸由此得出阴气太重的结论。

这就和芷卉家因爸爸坚信"红色楼房离婚率高"而辗转搬家，是一个原理。

其实最终敲定让她报考圣华的是妈妈。

由于加班错过了集体组织的参观活动，妈妈不甘心，第二天自己一人开着车去学校看看。没想到门口的保安态度出奇地恶劣，不仅不让她将车开进去，而且连门口都不让停。

"保安素质都这么差，学校一定好不到哪儿去！"妈妈说。

什么逻辑？

于是，芷卉的命运就这样由"采光差的图书馆"和"态度差的门卫"决定了。

成人们也常会被最幼稚的思维左右。

她朝沉默不语的谢井原仰起脸："如果……"

"什么？"男生诧异地侧过来。

"没事……"

如果，阳明不那么漂亮，或者图书馆设计得更好一些，门卫再彬彬有礼一些，我们是不是根本不会认识？

人和人的遇见是种奇迹。

"但又是为什么打定主意要考交大？"她边走边问，"我以为像你们这些竞赛国手肯定都去北大、清华。"

"我妈是二医大校友，算有情结吧。"

女生想了想："二医大是2005年并入交大的。"

"嗯。"

"那她都不是交大校友。"

"这么说也没错……"

"你有什么情结？"

"呃……"

谢井原发现，京芷卉和柳溪川待久了，变得不太好糊弄。

得转移一下话题。

"有件事要告诉你。"男生垂下眼，"之前答应你的，看来要食言。"

"什么？"

"竞赛没结束，所以我还得参加集训。"

女生半晌没有说出话，低着头一心一意走着台阶，许久才呵出白色的气团："是好事啊。"

这个话题似乎更不怎么样。

男生跟在旁边，进了她视野的边界，又出去了。

两人安静地进了楼道，进出电梯，在玄关处俯身换鞋。

坐在客厅电视前打游戏的钟季柏听见动静，抬起头一嗓子喊出来："谢井原你胆子挺大，竟然带女孩子回家？"

芷卉这才露出点笑："你能来，我怎么不能来？你像个男孩子吗？"

气氛被救了回来。

谢井原第一次觉得钟季柏在家还有点好处，跟在后面解释："顺路回家，就正好叫来一起吃饭了。"说着看向女生，"你先跟他聊会儿。"

"我跟他无话可说。"

"我、也、是。"

谢井原拿他俩没辙，懒得管了，放下书包进了厨房。

芷卉跟进来卷起袖子洗手："菜我不会做，帮着打打下手还行。"

他从冰箱里拿出食材，回头看见她白皙手腕上的猫头鹰手链，忍不住笑："护身符，这次管用了吗？"

提起这个，她反而有点不好意思："对不起啊，对你发那么大火。一直戴着，考试都没出什么差错，丢了之后事事不顺，不过也不能怪你，是我自己弄掉的。你肯定觉得我这火发得莫名其妙吧。"

"习惯了。"

"啊？"这话说得，听着像她总无理取闹，她刚想较真，他又接着问了。

"是哪儿来的？"

"云萱做的。"

谢井原有点怀疑人生，自己干吗要收藏个云萱做的手链留作纪念？

芷卉笑起来："她想刻的是Hello Kitty，我说像猫头鹰，她说那好吧，猫头鹰就猫头鹰。"

"如假包换的猫头鹰。"

"本来是她的护身符，开学典礼她推我上台时送我的。"

谢井原明白了，她东拉西扯那么一大堆，居然是"云萱就不会挤对我"这句听上去最扯的才是真的。

"我很迷信的，非要戴着护身符考试才踏实，认定只有赶上六点一刻的130路车才不会迟到，还有个跟你有关……"

男生诧异地侧过头看向她。

她盯住手腕上的猫头鹰，下意识地不断拨着转。

"如果哪天上学在公交车上能看见你，这天就是幸运日。因为……"女生抬头朝他遗憾地笑笑，"要见你实在太难了。"

[60] 你可真是太普通了

一年有365天，除去双休日和寒暑假最多200天上学，谢井原参加竞赛加集训，至少一半时间不在学校，剩下100天有四成可能性下雨。

"最后60天里，有时你出门早了，有时你出门晚了，我们仅有的六站路的交集内正好不在我这辆车的窗外。"

男生安静地听着。

"你数学那么好，也不可能算得出这种幸运日的概率。"

就这么几次，还分了一次给分班考。

但她至今也没觉得分班考这天不幸运。

高二下学期，舒艺竞赛获奖后被清华直接录取，她本来还没什么感觉，后知后觉到7月下旬，在校园网上看见谢井原获奖的喜报，稀里糊涂跟着高兴了两天才猛地回过神。

如果舒艺能被直接录取，那谢井原不是更可能？

这意味着，开学就不能再见到他了，而且五年内他们一南一北，他还成了学长。

做梦都被吓醒。

从7月20号到8月20号之间，她每天早上睁眼第一件事就是打开圣华官网刷一遍新闻。舒艺被直接录取时就出过新闻，可那是学期中，也不知道暑假里有没有人会更新消息。

存了谢井原的手机号，但从来没打过，因为她不确定是不是真的。

而且又有什么理由去拨通呢？

平时就懒得搭理还有点嫌烦的同班同学，突然打电话问他是不是已经被保送了，任谁都会觉得奇怪吧。

特地问钟季柏也显得刻意，说不定反过来被他追问骚扰。

就这么忐忑了一个月，分班考那天早上，她一转头看见他骑车经过，狂喜得差点哭起来。

这些事，就算你再怎么聪明，也不可能知晓。

"你是我们同学里最特别的一个，是出去和阿姨们吃饭可以吹牛'我们班有个同学参加国际竞赛随随便便就能拿奖'，阿姨们会很捧场说'哦，这么厉害啊'这种。"

也没那么随便。

男生哑然失笑。

这就是你关注我的原因？

"但是我也知道，那么厉害的人其实和我根本不熟，连面都没见过几次，说到底有什么关系呢？"

她心里好像有根弓弦突然崩断了。

"是不是挺矛盾的啊？希望你越来越好，又不甘心眼睁睁看距离越来越远，可能归根结底是因为我自己太普通了吧。"

他记得入学前军训时有一天迎来久盼的雨，所有人跑进教学楼里小憩，三三两两聚着聊天，或者低头玩手机。她穿过湿漉漉的走廊找到干燥桌面，开始做精密的外科手术。绿头蜻蜓的翅膀撞断在她身上，她以为用透明胶粘回去就好。

他盯着看了好一会儿，想劝她有点生物常识，可雨水落向地面，粼粼波光在她认真固执的脸上闪，世界好像拧开了什么按钮，即将变得梦幻奇妙，太现实的话反而不适合这个维度。

她仰起脸迎向天光，把漂亮昆虫举高，满意地咧嘴笑。

二楼教室的两扇玻璃窗把阳光精准地折下来，一道彩色的光在她起身时飞快地晃过这张明媚的脸。

松开手，蜻蜓振翅腾空，悬停两秒，横扫过人群头顶，消失在走廊尽头。

原本漫不经心靠着墙的男生惊诧得站直了，大脑短暂地一片空白。

我认识你的第149小时，一只蜻蜓起死回生，这件事在你眼里就相当普通，五分钟以后你转身就忘。

你可真是太普通了。

男生忍不住笑，撑着台面俯下身，平视她的眼睛。

"那今年7月以后，你可以跟阿姨们说了，'这个同学能摘金都是因为我'。"

芷卉眨眨眼，从那点小情绪中恢复过来。

"是因为答应你去看棉花糖，才决定再走远一点。"

女生才想起这件事，眼眸里漾起愉悦的波澜，不好意思地抬起手背擦了擦鼻尖冒的汗。

她也是最近两个月才更加了解，他是个在其他方面也很特别的人。

比如，非常非常温柔。

"谢井原，我可不要再吃面了。"钟季柏边说边突然出现在厨房门边，却看见两个人朝相反方向别过头的一幕，而朝向自己这边的芷卉不仅涨红了脸，眼睫还亮晶晶的。

他被惊得虎躯一震，小心询问："你怎么回事啊？两分钟就能把人气哭？冲刺吉尼斯纪录？"

谢井原毫无表情地撑着台面垂着眼。

芷卉任由钟季柏把自己拉到外面去。

"别理他，我们去打游戏。"

人都走后，谢井原才喘过一口气来，人生中第二次，同一天内，觉得有钟季柏存在太好了。

吃冰激凌那天，他才想到这种可能性，说不定京芷卉有点喜欢自己。

虽然她活泼外向，但也不至于见人就抱吧。

这个结论让他又惊又慌，怀疑她哪里出了问题。如客观事实所示，在撞车事故发生之前他没跟她说过话，连面都很少见，她更不能开了天眼知道他其实喜欢她。更何况喜欢她的人全校没有上百个，也有几十个，排除掉跟风的，至少有十几个是真情实感的，她都没高看一眼。

她怎么就看上了自己？

他不知所措到对她避之不及，生怕不小心做错了什么又引起她的情绪起伏，反而影响她的自主招生考试。

他诚惶诚恐地从外地赶回来，又搞不懂她为什么失落。

到此刻，他才终于明白一点，她对他盲目崇拜的成分更多。本来就是懵懂小女生，好好读书，崇拜一个在学生时代有最大光环的人也很正常，分不清究竟是被传说还是本人打动，误以为喜欢，到最后自相矛盾地纠结起来。

这么想通了，他其实有点高兴，她可不是精神上受过什么创伤，有什么受虐倾向。

他又有点担忧，很清醒地知道学生时代的光环在学生时代会结束，总有那么一天吧，她能发现身边这个人其实并没有那么精彩。

但在所有的不确定中，只有一件事非常确定。

她忽略了一个关键因素，100天中那四成下雨天，他绝大多数时间和她在同一辆车上，放学时这种概率几乎百分百。

更何况四成也不该按100天算，众所周知，上海梅雨季很长，与寒暑假不交叠。

所有和京芷卉有关的记忆都与雨水相连，像雨一样模糊，又让人经久不忘。

车窗掠过发散光晕的路灯，五彩斑斓的霓虹掠过她的脸。

他见过她听一个路人阿姨聊人生疾苦而坐过站，当然她自己也有不开心的时候，还很爱哭，不过这种时候轮不到他，热心阿姨都爱第一时间围过去嘘寒问暖。

这要是在童话故事里，阿姨们能停在她肩头唱歌。

早上六点一刻那班公交车，他没乘过太多次，却有一次听司机师傅和别的乘客提起靠垫是圣华中学那小姑娘送的。

那天她迟到了，不在车上。

她也挺经常迟到，他们的同行概率低，她负主要责任。

常常是马老师已经在讲台上唠叨五分钟，她还在走廊里挠着头徘徊，很担心她把自己挠秃了。

对白没几句，大多数时候不在一个频道上，但是——

我对你的喜欢听起来最扯，却是真的。

好在将来有的是时间，多的是办法弥补回来。

芷卉怔怔地坐在沙发上看钟季柏打游戏，脑子里却在反复琢磨，刚才钟季柏出现前的气氛是怎么回事。

大概因为四目相对时有些暧昧，一瞬间令她有了种冲动。冲动归冲动，大脑在尽职尽责地发出叫停指令，在更离奇的幻想中，她觉得似乎对方也有相同的意思，于是局面僵在那儿，直到钟季柏来打破。

可真是疯了。

她的思路被钟季柏连麦的声音打断："小姐姐，我想要你的这把枪，让给我吧，小姐姐你最好了。"

芷卉不禁困惑地皱眉："你干吗说话这么恶心？"

"他开变音器装萝莉骗装备。"谢井原拿了个方盒子包装走出来，指挥钟季柏，"帮我拿把剪刀拆一下，剪刀在茶几抽屉里。"

"没空没空。"钟季柏无情拒绝。

"我帮你拿。"芷卉已经打开抽屉拿出了剪刀，一转身，剪刀尖却直接扎进男生手心里。

谢井原抽着气把手收回去。

怎么还有刀尖冲人的传递方式？

女生抱歉地傻笑，把剪包装的动作继续下去，她是想直接剪开来着。

默契呢？

钟季柏没注意到这边的凶案，在一旁狡辩："什么'骗'啊？这是战术，我技术好，多给我点装备怎么了，这样才能胜啊。"

"云萱就老碰到这种队友，脸皮太厚。"芷卉回头说。

钟季柏狡黠地笑起来，指指屏幕上的角色：“看见没？这就是云萱。”

“你干吗装成女生骗她啊……”

“就是想逗她玩呗。”

芷卉觉得自己可能不是这个房间里最疯的。

但最正常的肯定是谢井原，他很迅速地弄了一桌像模像样的菜，没多放油，没少放盐。所以她想刚才厨房那个氛围应该纯属她自己臆想出来的，人家压根没什么情绪波动，哪像自己这样慌到用剪刀扎人。

“这么多菜，我们怎么吃得完？”她感慨一下午餐丰盛。

钟季柏说：“你吃不完就去旁边靠墙站着去，我吃得完。平时我天天求他，他也就给我做两三个菜，真偏心。”

谢井原淡淡地客气着：“不知道你能不能吃得惯。”

“我不怎么挑食。”

钟季柏又义愤填膺地告状：“我这么说的时候他会让我吃泡面。”

谢井原有点凶的眼神递过去：“到底要几个菜才能堵住你的嘴？”

“我不说了。”钟季柏举手投降，转头攻击芷卉，“冰箱是上得厅堂，下得厨房。看看你自己，是不是自惭形秽？”

“你比我强不到哪儿去。”

“你俩现在怎么这么爱吵，以前主持节目不还挺和谐吗？”谢井原说。

“最近才关系破裂的，她以前可温柔了，整天‘帅哥长帅哥短’追着我，还老跟我打听你的事……”

钟季柏话没说完，被芷卉猛烈的咳嗽打断了。

谢井原撑过头眯起眼：“我，什么事？”

芷卉抢答：“就是问问他，你平时学习到几点，都做了哪些参考书。”

“不是啊，你问的是……”因为在桌下被踢了一脚，他没能说完。

“就是这个。”女生微笑着点点头，自我肯定道，“我有点热，想喝点开水，你家有吗？”

谢井原憋着笑，重复一遍：“你有点热，想喝开水？”

芷卉保持微笑：“有点冷，想喝热水。”

男生好脾气地起身去给她倒。

“可你都冒汗了。”钟季柏指出。

“不许告诉谢井原。”女生扯过他的衣领。

“为什么？”

“不许问为什么，你要是告诉他，我就……”芷卉做了个抹脖子的动作。

[61] 无法用科学解释的部分，用玄学

晚上抽空陪钟季柏打游戏时，谢井原才想起来逼问详情。

"我不能说，我怕死。虽然云萱整天在打人，但都是花拳绣腿，她绝对打不过京芷卉。"钟季柏说，"京芷卉能打死我。"

谢井原不问了，专心打游戏。

"哎呀哎呀，你别打她！"钟季柏嚷起来，"啧，你打她干吗？自己人！"

谢井原冷冷瞥他一眼："你和我，双排。你跟我说那是自己人？"

"你不觉得看起来很面善吗？"

谢井原摇了摇头。

"那是云萱啊。"

"我就知道。"谢井原轻描淡写地说，"人家根本不爱跟你玩，知道为什么吗？"

"为什么？"

"你不仗义，你把我的事往外说的时候已经不仗义了。"

原来在这儿等着呢，钟季柏无语。

"不仗义我也不会说。反正云萱已经被你打死了。"

谢井原直接对钟季柏射击。

钟季柏秒跪："对不起，哥，我错了，我错了。"

"嗯？怎么了？不是我打你啊，你看看你周围是不是有埋伏。"

"打我的是小狗。啊——对不起对不起——你过分了啊，这真的过分了，怎么能杀队友呢！"钟季柏生无可恋地把手柄一扔，知道自己输了，他一个人能想玩多久玩多久。

谢井原换了个更舒服的姿势靠在沙发另一边，一副"论持久战"的架势。

"我不是不想告诉你。"钟季柏讨饶道，"是笨京问的都是些鸡毛蒜皮的事，我也记不清啊。其实问什么不重要，重要的是问的频率。"

谢井原睨他一眼，没说话。

"这件事我告诉你，你打死也不要说出去，包括对京芷卉本人。"

谢井原合上电脑，喝了口可乐，静待下文。

钟季柏故弄玄虚地环顾四周，小声说："我感觉，京芷卉有一阵子应该喜欢我。"

谢井原差点被可乐呛死，咳嗽了两分钟才停下来。

"哪儿来的感觉？"

"你想啊，你俩都在A班，她想知道什么，不能直接问你？非要跑来问我这个K班人，不是属于没话找话吗？她还不让我告诉你，你说为什么？"

"为什么？"

"因为你聪明，一眼就能看穿。你说我分析得对不对？"

这分析居然在逻辑上十分合理。

谢井原哭笑不得："多久以前的事？"

"高一。你可千万别再提了，要不笨京觉得不好意思，大家连朋友做不成。好不容易才把她对我的好感扼杀在摇篮里。"

"真是辛苦你了。"谢井原笑了笑。

"可不是嘛！"

知道关心的人在很久以前就已经关注自己，是种奇异体验，谢井原很想给京芷卉发点什么消息，最终却还是无从谈起。

眼下于她而言没有什么比高考更重要，其他的应该暂搁一边。

他对自己有数，却对她没底。据他观察，同一个知识水平，同一套题，京芷卉上午心情好能考130分，下午心情不好能考110分。

虽然她考上什么学校都不影响他喜欢她，但对她自己的心境肯定有影响。

又不能替她去考试，他一时也毫无头绪。

这时候她的信息突然发过来，问的是："你的手没事吧？"

不只手，整个人都有事。

他试着蜷起伸展一下，手心还隐隐作痛，没有外伤，可是不知道她扎中哪根经脉了。

因为她明示了六点一刻的公交车，第二天谢井原出门时还特地算了算时间，没想到她本人……迟到。

这个女人没有心。

早自修开始，教室里安静下来，谢井原不经意往窗外望一眼，年级主任正顺着走廊往这边走。

他果断从座位上站起来，藏进后门后面。

年级主任在前门探了探头，又往走廊里张望过去，看见芷卉刚登上最后一级台阶冒出头来："京芷卉，迟到，扣分啊。"

溪川闻声回过头，却先看见门后的谢井原，惊讶地瞪大眼睛。

男生冲她做了个噤声的手势。

年级主任在外面问："你们班谢井原哪儿去了？"

"死了。"门外芷卉回答。

年级主任"啧"了一声："你这孩子，说话没个轻重！等会儿看见他，你让他来找我。"

芷卉转身从后门进了教室，谢井原把门关上，跟在后面回了座位。

溪川笑着问："马德堡找他干吗？"

"企图让他在晨会上领奖。"芷卉卸下书包。

"圣华这次成绩挺好吧？"溪川回头问谢井原，"我第一次见校长早上在门口迎接学生进校，笑得像朵牡丹。"

"两个一等奖，两个二等奖。"

谢井原没打算参加晨会，刚一下课，广播操音乐还没响就溜了。偏是东躲西藏的正好遇上四处闲逛的，他在花坛边被校长逮住，校长还跟他郑重地握手。

溪川看见乐得够呛，在楼上嘀嘀咕咕给他们配音："小谢同志，感谢你对革命事业无私的贡献，你就放心地去吧，我们学校已经后继有人了。"

芷卉也趴在二楼走廊边笑，笑的意义不太一样。

他说是因为她。

这秘密只有两个人知道。

谢井原被迫握完手，尴尬地低头站一旁听校长说话，场面又变得像他挨批评。

溪川继续配音："校长同志，我愧对组织，身为三年K班团支书，没有做好本职工作，总共三个团员还退了一个……"

芷卉好奇地转过头："谁退团了？"

溪川无奈捂脸："怎么别人说什么，你就信什么呀。"

芷卉怔怔地把笑容收起来，感觉脖颈有点冷，下意识往领子里缩了缩。

说什么信什么啊。

自上而下看不清他的脸，只见深黑的头发像个固定标记。人群像电流，缓慢绕过他，分开，又会合。人影从他藏青色的制服上闪过，又闪过。

穿一模一样的制服，他却显得那么与众不同。

为什么不信呢？他可是说话时会俯下身平视你的人。

他的瞳孔深褐色，迎着光的时候，像藏了太阳。

起伏的心声一点一点成形，许个愿。

如果你……

男生兀地抬起头，仰起张平静拘谨的脸，阳光指向二楼走廊，惊心动魄地正中靶心。

芷卉忘了呼吸，慌张地背过身。

溪川落落大方地笑着把他挥走："快跑快跑，马德堡下去了。"

——如果你在想我，看看我。

无法用科学解释的部分，用玄学。

命运多舛的护身符又丢了。

每个课间，芷卉都在教学楼上上下下满地找，溪川也陪她转了两圈，都空手而归。

"上次断的接口一直就有点松。"芷卉懊恼地撑着脸，"早知道应该加固一下。"

"说不定已经被人捡到，交给失物招领处了，午休时你去看看。"溪川安慰道。

还有个问题更严重的人，芷卉注意到，自己只是丢了护身符，云萱好像丢了魂。

去晨会时，芷卉本来想告诉她，钟季柏就是"婊婊女孩"，可那时就已经气氛不对了，没找到机会说。

芷卉推推她："你怎么了？"

"我妈来了，在英语组。"云萱连眼神都是飘的。

"你又闯祸了？"

云萱无奈地白她一眼："我妈是去找吴女士要师大自主招生名额的。"

"能给吗？"

"不好说。"

云萱左右看看，把她招到跟前，悄悄说："她买了点购物卡去送吴女士。"

溪川虽然没被招呼，但也挤过去听了，皱着眉："怪不得晨会没看见吴女士，但是那时候开始谈，到这会儿还没谈完？不会和吴女士打起来了吧？"

"怎么可能？"

芷卉怂恿道："打个电话问一下。"

"我哪敢。"

"没让你打给吴女士，让你打给你妈。"溪川急死了。

云萱拨通电话，只说了两个支离破碎的问句，大多数时候在听，越听越丧，最后支支吾吾"拜拜"了，耸耸肩："没成，卡也没收。"

芷卉说不出话，跟着叹气。

"没成就没成，不是还有高考吗？"溪川拍拍她，"95%的人都没加分呢。中午我们叫个好吃的外卖……"

这一整天云萱都没缓过来，芷卉和溪川也跟着情绪低落，谢井原平时就没有声音，钟季柏下午咋呼了两句，被芷卉一脚踹闷了，后排变成了一潭死水。

芷卉跑了趟失物招领处，护身符还是不知去向。放学时她才想起来，也许是晨会时掉的，去操场转了几圈，果然，手链掉在草坪里，猫头鹰掉在跑道上。

芷卉把坏掉的护身符零件放进口袋，如释重负地直起身，不经意地远眺，目光捕捉到一个熟悉的身影，可是……

她困惑地揉揉眼睛，又揉揉眼睛。

她的脑海里腾起一朵蘑菇云，以百米冲刺的速度蹿回教室，叫着云萱的名字，还忍不住说了脏话。

云萱已经去吃饭了，教室里只剩谢井原和突然冲进后门的她大眼瞪小眼。

一瞬间，世界安静。

男生虽然没什么表情，眼神却似乎在说"麻烦你把刚才那些优美的中国话重复一遍"。

芷卉讪笑着挠挠头，试图解释自己的失控事出有因："溪、溪川在双杠、双杠那边，拉钩。"

"你这反应让我以为她在双杠上吊了。"他淡淡地说。

芷卉整理好思路，重新强调了重点："她和一个男生。"

"这么高？"男生抬手在自己头顶的高度比画了一下，"笑嘻嘻不怀好意的男生？"

女生又很焦灼地挠起了头，恨自己跑太快："没看见脸，但是感觉到一种很帅的氛围。"

"那是她喜欢的人。"

谢井原好像失去了兴趣，开始收拾书包。

"她有喜欢的人？"芷卉震惊地追过去，回到自己的座位，"而且你还知道？你什么时候知道的？"

男生完全无法理解她如此激动的点在哪里。

"高一，演讲竞赛，你眼睛受伤缺席那次。"

"那你为什么不告诉我呢？"

面对这灵魂发问，他抬起头，失去了语言能力。

京芷卉同学，你不觉得我们能正常说话的机会很少吗？

我为什么要浪费时间，跟你聊"你同桌关注的远在五公里外的男生"这种话题？

他长叹一口气。

"我上一次提起这个场合，你用班牌打了我。"

芷卉愣了愣，恢复了一点记忆。

说起来有点不好意思，又是一次迁怒于他的乱发脾气。

她堆着笑容温温柔柔地纠正道："你记错了，我只是把班牌轻轻地，塞进你怀里。"

"轻得我肋骨都快断了。"男生背着书包起身。

哪壶不开提哪壶，真讨厌。

女生别过脸："你怎么这么晚还不走？"

他单手把椅子推进桌下。

"等你。"

[62] 你不是有夏新旬吗？

做溪川这样的女生真幸福。

出完操追闹着上楼，芷卉抬头看见她的短裙裙摆飞扬起来的瞬间，心里又像充气似的忽然涨满羡慕。

和帅气的男生交朋友，每天随心所欲地打扮漂亮，精致到头发丝、睫毛尖。

她早就被妈妈硬逼着穿上校裤、棉毛裤，裹得像个年货猪肘子，灰头土脸。

落在溪川身后的时候，特别容易捕捉到男生们与她擦肩后再回头的画面。

云萱连跨三级台阶追到前面去："再给我看看，没看清。"

"看一眼没够了呀！"

溪川体力不支跑不过她，手机被抢了。

云萱转过身把手机里的照片给芷卉看，发出土拨鼠般的尖叫："好帅啊！我的妈呀，太好看了吧，这张脸！简直不堪入目！"

芷卉想提醒她"不堪入目"不是这么用的。

她回身去打溪川："叫你藏！叫你藏！"

"我没藏啊，冰箱认识。"溪川抱着头，"他们去竞赛，睡过一张床。"

"我竟然有点嫉妒冰箱！"云萱又捶了捶芷卉，"冰箱怎么老跟男生不清不楚。"

"这个没有不清不楚。"溪川从她手里夺回手机，继续往上跑。

刚跑了没两步，撞上楼上下来的女生，她重心不稳地往后倒去。

幸好跟在后面的男生及时腾出手揽了她一下，缓冲的时间留给芷卉，芷卉拽住了她的手肘没让她掉下去，只是扭了脚。

几个人从惊魂一刻中恢复镇定，认出伸出援手的是A班林峰，芷卉刚想开口道谢，溪川先看清对方手里提了六杯奶茶，因为刚才一换手洒了些，她竟然抢了一杯就跑："见者有份！"

芷卉呆滞了一秒。

这什么情况？

林峰却一点也不生气，往楼上喊过去："柳溪川！别跑了！换这杯有珍珠的给你。"

回到教室门口走廊上，云萱才想起来问："你怎么和林峰那么熟？一想起他和我们班抢地盘，我就来气。"

"就是因为抢地盘认识的，后来等外卖经常遇到，他每次做题都输给我。"溪川一边喝着有珍珠的奶茶一边说。

"可是……"芷卉蹙着眉停下来，挺严肃地问，"那夏新旬呢？"

如此一来，就不要撞在其他男生身上。

不要从他们手里抢饮料。

不要对他们笑。

好吗？

你已经够得天独厚了。

溪川一头雾水地回头看向她，而芷卉回过头去看云萱，云萱却好像被粉尘迷了眼似的，和溪川一样满脸不解。

一开始，在争议现场成为焦点的路人是林峰，甚至都不是谢井原，也难怪连溪川都没能领悟。

直到上午第四节课，云萱已经八卦地翻遍了夏新旬全网的周边视频，不管多晃多糊的镜头里都三百六十度无死角。学生干部工作演说关掉声音后，看着更像演唱会，女生们不间断地上台送花，到最后他根本抱不过来。追溯到最早的竞选现场，只说了四句话，四句话燃爆全场，笑起来潇洒不羁。

云萱捂住心口："啊——我们学校怎么就没有这种当场宣布散会的男神！不过，这不是你吗？"她指着屏幕上一个小人，问溪川。

溪川点点头，冲她眨眨眼："我也不错吧。"

"第一次觉得你这么碍眼。"云萱白了她一眼，"讨厌，你居然和男神做朋友。"她把芷卉从座位上拉起来，"走走走，吃饭，男神说按时吃饭才是正经事。"

"云萱平时那些墙头也太惨了吧，谁经得起她这么脱粉回踩？"溪川跟在后面出门。

在侧门边等了20分钟，溪川接到电话，店家说点的菜卖光了送不了，气得她直嚷嚷："送不了你早说啊！"

云萱扯扯她劝道："算了，食堂应该还有。"

溪川挂了电话："人为财死，鸟为食亡，我坚决不要吃食堂！"

芷卉笑起来："任性也没用，你现在点，送来还要半小时。"

外卖员把其他同学的外卖从栏杆缝里递进来，溪川盯着："我们可以抢。"

"不不不。"云萱把她挡回去，"做人还是得有点社会公德。"

"那我翻墙出去吃。"说着，她已经开始低头寻找适合踩的高地。

芷卉跟着："但我和云萱都翻不过去。"

溪川抬起头："翻墙不是当代高中生的体育必修吗？"

"没有这种必修！"

"在我们阳明有。"

鬼才信你。

"那我吃完给你们打包回来。"

"你别折腾了。"云萱一时没拦住，还是让她一脚蹿上去了。

溪川也就得意了四分之一秒，又从墙上掉了下来，"嗷"了一声："我忘了早上扭了脚。"

这下好了吧，腿不能动了。

"让你胡闹！"云萱先揍了她两下，跑回教室去喊人帮忙。

芷卉留下来陪她，这里按按，那里按按："疼吗？疼吗？"

吴女士被叫来医务室的时候，一进门就带着杀气，所有人主动往两边让开，预感大事不妙。

她问校医："伤了哪里？"

"看样子可能骨折了，得送医院拍片才能确定。"

吴女士叹了口气，对女生说："京芷卉、云萱，你们去叫门卫招一辆出租车开到天井。"又对男生说，"谢井原、钟季柏、梁涉帮忙把柳溪川抬出去。"

话音没落，钟季柏轻松随意地把溪川打横抱起来。

谢井原和梁涉动都没动。

事实上，溪川本来也是钟季柏一个人抱过来的。

谢井原和梁涉至今没懂自己被叫来意义何在，只是跟着到处走了一圈。

吴女士愣了愣，回过神推推他："走吧。"

送溪川去医院回来，吴女士在英语课前大杀四方："你们是不是一天不违纪就难受？虽然每天把纪律挂在嘴边的人是我，但首先要保障的是你们的安全，如果连这一点都不能理解，说明你们从幼儿园开始就没有守好规矩……"

钟季柏在底下小声嘀咕："为什么我也要挨骂啊？今天我还做了好人好事呢。"

"你迟到不该骂？"吴女士不得不中断训话，朝他扔了个粉笔头。

钟季柏闭了嘴。

重拾先前的话题，吴女士的语气稍微缓和一点："幼儿园小朋友也不理解，尚且能做到听指挥、有秩序。你们一个个已经成年的人，每时每刻只想着扰乱秩序，岂不是连幼儿园小朋友都不如？"

前排几个女生没忍住笑。

吴女士冷冷地说："我不认为这很好笑。"

大家赶紧低下头。

"你们不要误把叛逆当个性，合理地表现个性应该以'不给别人添麻烦'为前提。今天柳溪川一人违纪，影响了我的备课进度，造成了我们班持续一整节课的骚乱，直到现在，还有些同学因这件事兴奋而静不下心学习。这不是个性。"她顿了顿，"云萱，站起来回答问题。"

吴女士是云萱通知来的，她就知道这账要算到自己头上。

"你们违反校规叫外卖前有没有考虑过后果？"

虽然校规不允许叫外卖，但学校里哪有学生不叫外卖？

云萱低头不吱声。

"学校对食堂的卫生标准负责，校外食品却很难保证卫生达标。一旦大家点外卖发生大规模的食物中毒或者细菌超标送医事件，会干扰整个学校的正常工作，更不用说还可能上新闻、影响学校的声誉。你们负得了这个责任吗？"

云萱摇摇头。

"成熟的重要标准是知道'三思而后行'，懂得对自己的行为造成的后果负责。希望你们以后能吸取教训，不要虚长年龄、任性妄为。"吴女士走回讲台，"坐下，上课。"

芷卉被吴女士算在了"来帮忙的同学"那个范围里，侥幸逃过一劫。

也许是这个原因，她竟然比较赞同吴女士——溪川确实挺没分寸的。

也许不是这个原因。

她在教室里吃零食，和老师为进餐时间吵架，翻墙出去找外卖，都是些琐碎小事，本来没必要上纲上线。包括一大群人在食堂坐一起吃饭，她总是往左往右转来转去，芷卉半开玩笑地说过："一般这种情况，我妈的筷子已经往我脑袋上敲过来了，会骂我屁股长钉子。"溪川却故作遗憾地笑笑："怎么办呢？根本没人管我。"语气意味深长。

从那时就已经变味了。

她每天精心卷过的发尾，她若有似无的透明指甲油，她在整齐划一的校服中间变着法地换便装打扮自己，她拉着这个男生那个男生比试，有意无意地四处收集宠溺。全都变味了。

有意思吗？

这有什么值得炫耀的?

早自修前,云萱还在惦记溪川:"去了医院就没消息了,微信也不回。"

"昨晚我给她打电话也没接。"芷卉低头抄着历史笔记,并不怎么担心。

溪川不就那样吗?什么都不放在心上,最大的可能性是,回家找到什么好玩的就把全世界都忘了。说不定她因为受伤而成为焦点人物,探望的人络绎不绝。

"她也不像一生病就会静养的人啊,不会因为受伤顺便检查出什么绝症了吧?"

芷卉抬头笑起来:"你是不是韩剧看多了?"

"在哪个医院你知道吗?"

"钟季柏知道吧,等他来了你问他。"

"钟季柏昨天迟到两节课都不止。"

那可能是因为……谢井原昨天提前出门乘公交了。

芷卉停住笔,小心翼翼地藏好笑意。

"哦,说曹操,曹操到!"云萱放下手机,目光落在后门口。

芷卉顺着她的视线毫无防备地回过头,正好看见谢井原把背着的溪川放到地面,女生拖着打了石膏的腿可爱地跳了两步,接过顾钦钦随后帮忙递过来的拐杖和书包。

如果记忆没出错,谢井原十分钟前和芷卉同时进了教室。

专门下楼去接,可真有心。

[63] 没想到你居然心机这么重

时间倒回五分钟以前,这还是平淡日常的一天。

顾钦钦吃过早饭走出食堂,一眼就看见挂着拐杖刚从校门进来的溪川,飞快地跑过去扶她,问过受伤程度,掺着她一起走到教学楼下,已经累得冒了一头汗。

虽然溪川跃跃欲试,但钦钦还是觉得这样上楼太勉强了,万一再摔一跤,另一条腿也断了怎么办?

得找个英雄救美,她拿出手机给谢井原发了条信息:冰箱,下楼来帮个忙。

为什么找的人必须是谢井原呢?

这得回溯到第一次月考后发考卷那天,钟季柏曾对大半个班的同学言之凿凿:"谢井原喜欢柳溪川。"

如果不是钦钦,换孟冬、何琳、杨昊、梁涉这些人中的任何一个人来,也会做同样的选择。他们也许没有谢井原的微信，但肯定能找到给他带话喊他下来的办法。

难道不是天经地义的吗？

他喜欢的女生受了伤。

谢井原虽然不太明白这种事怎么找上自己的，但到了一楼发现也不是能袖手旁观的局面，最多蹙眉抱怨一句："都这样了，你来上什么学？"

许多巧合推着转折抵达这个终点。

可在芷卉看来，这终点来得没那么顺理成章。

原来自以为独一无二的起点只是个可以无限复制的突发事件。

你为我做的这些事，也可以为别的女生做，甚至更加刻意和贴心。

似曾相识的世界突然褪尽阳光，八月时滚烫的路面，擦破的腿和掌心，快要碰到又缩回的手，少年不容置疑地说"我背你"，那之后我才知道一个人背着另一个人，触点都在哪里。夏天过去了，如果血液和汗水也流失了它独特的质感，还谈什么心心相印。

她无法控制心里翻天覆地的沙尘暴，仓促地低头转身，在掉落的眼泪被人看见之前出了教室。

一直没有方向地乱走，她想不出要去哪里。

我和你的联系……

不着边际地说话，放学早就同路回家，元气满满的鼓励和词不达意的委屈。

心中很多幻想，又总是反复对自己强调只是幻想。

想想也没关系，却非要执拗地当作种子种进现实，这才会出现问题。

心动的原始模样，本来只是你英气的脸，修长的指节，温柔的声音。

后来变成你看向我的眼，朝我伸出的手，不经意直击人心的话语。

离现实越来越近，越近越失控，想变成走在你身边的女孩，可那些位置早就有了本来适合的聪明美女，我是能发 *Nature* 还是拿常青藤大学的录取通知书？世界不只你家到我家之间14站路的距离，世界上也不止我一个女生。

如果在心跳回忆里都不能得到"唯一"标记，我还剩下什么？

大学里那么多优秀的女孩，和她们聊聊学术，做做实验，泡泡图书馆，你肯定更得心应手，她们也不至于像我这样硬找话题。

睁开眼看看现实，实在是太勉强了。

回教室的时候，溪川还被女生们围在中间。云萱说："你干吗不在家待着，不是说伤筋动骨一百天吗？"

"上班的上班，上学的上学，家里就我一个人，吃饭都困难。"溪川说着把画满乱七八糟涂鸦的石膏腿搬到椅子上给大家展示，"而且太无聊了。"

那可是我的椅子，芷卉恹恹地想。

事先定义了她是可爱的女生，就是因为诸如石膏上画画这类可爱细节的一点点累积。但她明明既有优点也有缺点，缺点也是细节，却不被累积。就算有人指出，也会被回旋镖击中——"何必小题大做？"有了先入为主的前提，她是可爱的女孩子啊，把可爱的石膏放在别人椅子上算什么错呢？

我讨厌你，横竖都是我的错。

"有什么要帮忙的就跟我们说。"钦钦说。

溪川看见芷卉走向这边，把腿放下去："放心，有京京呢。"她用手画出座位范围，"这一片都是她罩的。"

芷卉无力地扯扯嘴角："嗯。"

到了中午，气氛才恢复正常化。芷卉走得晚一点，劝溪川待在教室别折腾，她吃完饭带一份回来，确认道："两荤一素？"

"再加杯奶茶。"

"也只能买食堂奶茶了，云萱因为叫外卖差点被吴女士骂成灰。"

"食堂奶茶也行。"

芷卉拿了饭卡边走边说："你先吃点零食垫一垫，免得饿了。"刚到门边听见一声巨响，回头一看，是溪川低头找零食，脑袋撞到桌子，抽屉里的东西掉了一地。

匆匆吃完饭又买了奶茶，芷卉还算回来早的，教室里没什么人。

她把吃的一样样从袋子里拿出来："奶茶洒出来一点，但愿它这个盒子结实，不然饭都甜了。"

溪川坐着半天没反应，不接东西也不接话。

芷卉诧异地停下来，推推她："发什么呆。"

"京芷卉，你能告诉我这是什么吗？"

她把那个本子摊开在桌面上，摊开的那页写着"作战计划"。

芷卉的瞳孔瞬间收紧。

这本来是平淡日常的一天。

该怎么解释呢？

刚开学的时候决定要笼络人心，可她并没有那么良好的记忆力，能对整个班的新同学了如指掌。顾钦钦的那一页写着"思维单纯""什么都听江寒的"和"对江寒的朋友天然有好感"，梁涉的那一页写着"自尊心强，需要被肯定""要先解决经济困难"和随手记下的内心感受"看见他妈妈觉得好辛酸啊"，以及柳溪川……

柳溪川的那一页除了记着很多零食，还有不少突发的灵感"最爱出风头""太爱抢话了""聊粮事话题比较安全""她说自己胖都不是真心的，千万不能表示赞同"。

就像看完美妆视频随手记的笔记一样杂乱无章。起初事无巨细，后来懒到三五天才加点随感，成了手账。

无从解释。

"什么叫作战计划？

"难道我们都是你的攻略目标？

"你和每个人相处都这么处心积虑吗？"

芷卉嗫嚅着："我只是……"

"只是交朋友前喜欢先做好背景调查？"她真的很爱抢话。

"不是你想的这样。"

"那你给我解释啊。"

芷卉张了张嘴，辩解自己和大家结交的动机非常单纯吗？辩解这些字不是自己亲手写的吗？辩解这些不是自己对他们真实的想法吗？

溪川说："我知道你不是傻白甜，但没想到你居然心机这么重。"

"对不起。"

"把虚情假意收拾一下吧，要笼络这么多人挺忙的，心思不用浪费在我这里。"溪川冷淡地说。

女生们叽叽喳喳进了教室，溪川把本子合上扔给芷卉。

云萱先看见两个人都站着不动，又见桌上筷子都没拆："不吃饭站着干吗呢？"

溪川撑住桌面把腿摆回去，芷卉想帮忙，手被她甩开，溪川的声音传过来："离我远点。"

芷卉尴尬地坐下，把本子收进抽屉，把桌上的饭菜往溪川那边推推，溪川全给推了回来。

直到午休结束，她什么也没吃，双方连个声响都没有。

下午第一节自习课，溪川坐不住了，开始收拾书包，砸书的动静有点大。云萱和钟季柏同时回过头来。

钟季柏问："你干吗啊？"

"回家。"

"现在？"

"对。"

"为什么？"

芷卉停下手上做题的笔，大气不敢出。

溪川头都不抬，继续收拾东西："这里空气太差。"

钟季柏猛吸了一口气："还好啊。"

"都是虚伪的味道。"

"厉害了，腿受伤能让呼吸道都变敏感。"钟季柏笑起来，"谁虚伪啊？"

芷卉紧张地把余光递到左边去。

"不说了，没意思。"溪川飞快地背上书包，拿起拐杖从后门蹿了出去。

钟季柏问芷卉："她怎么了啊？"

芷卉没说话。

"小姑奶奶真能折腾。"钟季柏无奈地追出去抱她下楼。

云萱发现桌上塑料袋里的饭菜、饮料还是没动："不得了啊，柳溪川能气到绝食。"

芷卉还是没接话。

这场突变发生时，谢井原去了数学组，晚上回到家才听钟季柏转述："柳溪川突然'噌'地站起来，拄起拐杖健步如飞地回家了。我怀疑她的身体里装了电池。"

"你怀疑每个人都装了电池。"

"没有，我只怀疑坐我身后的三个人。"

谢井原有点累，神情淡漠地说："大惊小怪。柳溪川不是一向我行我素吗？想吃好的，回家了；上副课不耐烦，回家了；和马超吵架输了，回家了。跟麦芒一样任性。"

"是啊，那你为什么喜欢性格像自己妹妹的女生啊？是不是变态？"

谢井原长叹了口气："这可能是我第1001遍在你面前否认喜欢她吧。"他诚恳讨教，"你到底是通过什么迹象看出我喜欢她了？"

"无数迹象，我随时随地回头看，只要你没在做题，要么在看她说话，要么在跟她说话。"

谢井原皱着眉冥思苦想，这种局面到底是怎么造成的？

仔细回忆起来……

他随时随地抬头看，好像只要钟季柏转过身，也是要么在看她说话，要么在跟她说话。

这能说明什么？

柳溪川话太多了。

读书轻松，又爱八卦，要陪她消耗掉闲聊时间，得六个普通人或八个高三生或十二个谢井原轮班才行。

钟季柏误解了也不奇怪。

不过，他有点担心，京芷卉该不会也这么想吧？

这会是她刚才回家时闹情绪的原因吗？

这两天他没骑车，算着时间坐公交，其实早晚高峰人太多，说话很难听清，跟她同路大部分时候只是各自沉默，可是能看得出她挺开心的。

早晨进教室时还挺开心，一整天忙得没说上话，到了下午放学时她突然来一句："我先走了。"

男生被晾在教室里长长的几秒，感觉不妙，跟了出去。

她到了站台却没上车，还继续往前走。

谢井原也只好跟着走，不知道她是不是决定步行七公里。

明显是心情不好。

过了两个路口，她停下来回头说："你不要跟着我。"

"没有跟着你，我也走这条路回家。"男生理直气壮。

无法反驳。

"那你……你走前面。"

走前面就走前面。

男生走到前面去，没走出五米，脚后跟被她踢来的石子击中，又好气又好笑，回过头看着她，等她经过面前再跟上去："确认一下，你是在生我的气吗？"

她不想说话，走得更快一点。

"你生气，你说出来呀。"

根本说不出口。

我讨厌人见人爱的女生，说出来，只能惹人讨厌。

我讨厌你把给我的特别照顾分给别人，说出来，你只会觉得莫名其妙。

他跟紧了点："我做错了什么？你说我才能改。"

大概是好好的冰箱不做，改做中央空调吧。

可你算我的什么人？

我能命令你不许对别的女生好？

她只是憋着一股劲儿，越走越快。

男生被落在两步之遥的身后。

"如果是我能改的，选1；不能改的，选0。"

"0。"

终于发出了声音，交流取得重大进展。

"那好，你可以不说了。下一个问题，我道歉三次能不能被原谅？可以选1，不可以选0。"

前面重归静默。

又走了几步，女生才停下来回过身。

她的表情却不是生气，而是悲伤，导致他差点踉跄一步，愣住了。

"对不起。"她说。

暗黄色的路灯下，他看清她抬起手背从脸上抹走什么，可接下去动作又在不断重复，即使这样也没法阻止越来越多的眼泪从指缝里外溢。

男生的肩线条件反射地硬起来。

像小时候和表妹玩着玩着不知怎么磕到碰到，她就突然爆哭的场面，一般这种情况，双方母亲会立刻杀出来对他一顿痛揍。

童年阴影。

左右四顾，没什么热心路人能帮忙安慰。

倒是街边几家小排档门口站着店长、店员，他们纷纷朝他投来谴责的目光。

不知她哭了多久，感觉有几个世纪。

他硬着头皮把纸巾递到她面前，女生没接。

她一直孩子气拼命地揉眼睛，好像这么做能把眼泪弄回去似的。

"我说……哭不累吗？"

男生捧起她的脸颊，认真地轻轻擦拭。

"你老把时间花在跟我生气上，太浪费了。"

她怔怔地看着他。

"比之你的整个人生，我算什么？"他说，"以后有人这么误事，你一眼都不要再看他。"

哪有人这么说自己的？

她本来想笑来着，但眼睛里的水龙头开关失灵。

第六话

Reset in July

死神放下了他的镰刀

[64] 不是良性关系，应该放弃

但是谢井原没猜对，溪川第二天没有再来上学，第三天也没有，一周又一周都没有，直到大家从吴女士处得到证实，她请了长假。

对芷卉而言，称得上劫后余生。和溪川一起消失的还有"作战计划"的秘密，她多一个月不回学校，意味着多一个月她不被揭穿。

只有她一个人知道溪川不来学校的真实原因，她大概对人性很失望。

有时看着溪川桌上堆的空白试卷越来越多，芷卉又有点想她，她在的时候太吵吵闹闹了，安静之后反差特别明显。

"作战计划"里属于她的那一页字特别多，后来芷卉数了数，是八比二的褒贬。80%的喜欢，20%的讨厌，做朋友为什么会这么失败？

最难受的那一天，她在放学路上大哭了一顿，后来谢井原的一些话好像解释了这个症结。

如果两个人之间的关系给你的负面影响多于正面影响，那就不是良性关系，应该放弃。

"拿不定主意，就用张A4纸把正负面感受列出来。那个人本身是好人，但让你变得不好，也应该远离，直接从交往名单上删除。"他其实是让她判断和他的关系。

但换到和溪川关系的判断上，同样适用。

溪川的过分优秀无疑让她变得不好，她忍不住跟她比较，和影子打架，和风

车作战，把自己驾上永远没有胜算的赛道，陷入挑剔、计较、猜忌，被痛苦压得喘不过气。

只要把溪川从交往名单上删除，烦恼瞬间减少70%。

如果连谢井原也删除，还能再少30%。

还是算了，常言道"乐极生悲"。

当时芷卉的第一反应是问："你是不是把身边绝大多数人都删了？"

他无言以对，看来是真的。

"那我呢？你会删掉我吗？"

"在考虑。"见她脸色陡变，他笑着说，"这么哭是恐怖分子啊。"

从侧面也能踢中他，技术不错。

"别人还以为我怎么你了。"

女生"扑哧"一声笑起来。

他诧异地看过去，目光跟着她在路沿上上下下。

"还用我哭了才以为？你这张脸，一看就是把小姑娘肚子搞大了，给人家两块钱，让人家自己坐公交车去黑诊所回来还得给你做饭的大渣男。"

男生无法否认，刚才她哭得停不下来，小排档店员们想象出来的应该就是这种剧情。毕竟从年龄上看，怎么也不可能是因为他抢了她的奇多三国卡。

"我这张脸一看就是老实人。"

她不屑地"哼"了一声，从没见过老实人能搞出这么多事。

哭过了，终于想开了，她的话多起来："你和钟季柏这个笨蛋待久了，别跟他学，他自己做人还没做明白。"

"这倒是。"

"如果是关心的女生，对她好一点不要紧，但对不熟悉的女生，对她就一点好也不要给。"

听起来像绕口令，他拧起了眉。

注意到他困惑的表情，女生转过身举例比画："比如你给了一个女生五元钱，给了另一个女生十元钱，那个五元女生又不知道还有十元选项存在，就容易产生错觉，'五元啊，一笔巨款，你对我真好'。"

五元怎么也不能算一笔巨款吧，谢井原不解地点点头。

"我们女生很贪心，不要比较级，也不要最高级，要的是限定。对所有人都适当地好，最后会变成对大家都不好，包括你喜欢的人。"

"嗯。"他有点紧张，喜欢的人？她这是泛指还是特指？

"所以啊，如果不小心撞到不喜欢的女生，应该让交警来处理。"

并没有几个女生会突然跳车。

"不想要推荐名额，还是交还给老师重新分配。"

也没有那么多名额。

"更别说什么'摘金是因为你'。"

怎么可能因为别人？

"不用为了给人指路特地出现在地铁通道，迷路她总能自己找到。哭了就让她哭去，过两天她就不伤心了。对人太好，反而让人反复伤心。"

"还有吗？"

这么多条款，像吴女士定的班规。

但好在听起来要遵守没有障碍。

"还有啊……"她死死地咬着下唇说，"不喜欢的女生，不要背她。"

他突然怔住，困惑地看向她，察觉她突然脸红。

"会碰到不该碰到的地方。"她自己都没注意到，她转过身去之前无意识地扯了扯校服的前襟，他看见了。

"嗯？"

他以为像京芷卉这种……未成年人，不大可能这么……敏感，当时应该根本没注意到这样……微妙的细节才对。

然而她就这样明明白白地说了出来。

盛夏时芒刺在身的感觉死灰复燃。这事她要不提都已经被他扔进病毒隔离区了，她又来恢复文件。

谁能想到，在眼泪暴击之后还有羞耻暴击。

人生为何如此艰难？

IMO算什么？IMO的棘手程度不及女生的万分之一。

早上他背柳溪川上楼后留意过，京芷卉并不在教室啊，是事后谁告诉她的？云萱？

别人冬天穿得厚，而且没你贴得那么紧。可这些绝不是适合在马路边继续深入讨论的差别。

不要紧，面对这种处理不了的问题，我们可以假装不存在。

刚才无事发生。

大家什么都不记得。

"京芷卉。"男生叫住还在一个劲儿往前走的她，平静地指指刚到站的130路车，"上车。"

为什么挺日常的一句话听起来也突然有了歧义？

回到家，他感觉整个人都快虚脱。但是晚上听钟季柏道出误会的起因，他有点担忧，并突然发现女生的"约法三章"在前提条件不同的情况下，竟然每句都是拒绝。

她不是在要求他别对其他女生做这些事，而是在要求他别对她做这些事啊。

哭之前还闷着不说话，哭之后又这么多话。这哪是突然想通，是突然想歪了吧。

麻烦。

他又不能去广播台对全校宣告自己不喜欢柳溪川。

头疼。

"而且你自己不也经常说漏嘴吗？什么'只对校花感兴趣'。"钟季柏接着说。

"不，你记错了，我只说过'对校草不感兴趣'，后面那句是你说的。"

谢井原把打开的罐装可乐递给他："那你平心而论，京芷卉和柳溪川站一起，光从视觉上看，谁比较像校花？"

"柳溪川。"钟季柏迅速又果断地回答。

"好吧……"

发现柳溪川短期内不会来上学之后，他感到一丝解脱，京芷卉的胡思乱想应该可以告一段落了。

这么想想，柳溪川其实挺惨的，缺席这段时间，班里竟没一个人盼着小可爱早点回来。

最后连老刘都看不下去了，课后发周测试卷时，瞄见柳溪川桌上堆的空白试卷又摞高了不少。

"我说你们啊，每次月考都吊车尾，周测就超常发挥，团结不是用在这种地方的。"周测没人监考，老刘心里有数是怎么回事，"柳溪川摔伤腿回家有一个多月了吧，你们也不去探望探望她，给她带一下试卷。"

大家这才同时望向了这个后排空位。

谢井原猜这差事落不到别人身上，下了数学课就开始帮着整理试卷："我跟你一起去。"

"嗯……"芷卉停下了动作。

她想一个人去，毕竟最后一天和溪川闹翻了，两个女生说说话也许能和解，谢井原在旁边就没法开口。

可是他要求一起去，好像没什么借口能拒绝。之前劝顾钦钦回学校时，他也一起去了，是差不多性质的"公差"。

"嗯……可以啊，要、要不等试卷攒多一点再去吧。"

按圣华的作业量，一个月的试卷，他搬起来已经觉得沉："不少了。"

"今天，今天不行，我妈给我报了个冲刺班。"

"明天？"

"明、明天云萱让我留下来给她讲题。"

"那你定个时间。"

"我……我最近都……"她支支吾吾。

钟季柏从后门蹿进来："笨京，吴女士找你。"

女生如释重负，对谢井原说："等会儿再商量吧。"

芷卉出了门，钟季柏回头一看，谢井原在整理柳溪川的试卷，又嘲起来："哦——一边说不喜欢人家，一边又给人送考卷。"

"京芷卉也去。"

钟季柏摇了摇头："她怎么什么事都要凑热闹？太不识趣了。"

"你怎么什么事都要跟她过不去？"

"什么叫我跟她过不去，我是为她好。王子去探望公主，海的女儿跟着，虐不虐？我都觉得虐死了。不如带我一起去？"

这人就是爱凑热闹。

"你去就不虐了？"

"我可以演杂技、变魔术、说相声，活跃气氛，缓解虐的程度。"

谢井原忽然想到，以京芷卉目前对三个人关系的理解，好像的确不合适，万一她又哭起来……

钟季柏在场也不错，京芷卉会沉迷于和他掐架，不容易变得感性。

"行啊，不过她还没定好时间，到时候再说吧。"

芷卉进了英语组。说是"吴女士找"，一直滔滔不绝的人却是年级主任。吴女士漫不经心地跷腿坐在旁边的工位上，见芷卉进办公室看了一眼，没什么表情。

A班的二十来个人挤在办公室里，其余十几人是前六个班的熟面孔。

芷卉没明白这阵仗怎么回事，一头雾水地站在外围跟着听。

"面试时间在3月份，你们自己要抓紧时间做好准备。平常多关注民生、政治、社会方面的新闻，面试中可能都会涉及。你们还有什么问题？"年级主任说完振奋地拍拍手，"回吧，祝你们成功！"

所有人一致转身出门，芷卉站着没动，犹豫着该向吴女士还是年级主任提问。

吴女士终于起身从桌上拿过信封递给她："自主招生的面试通知，你的。"

女生愣了一秒，才猛地反应过来。

她木然走到门口，又折回来问："柳溪川呢？她那份我可以帮忙带过去。"

"她没发挥好，没进面试。"年级主任说。

已经下定决心要退出比赛，是因为知道不可能赢，可响起来的掌声突然属于了自己，一根神经跳断在太阳穴里。

说不清道不明的情绪急速发酵。

她从办公室到教室的一路，地面不断分开，河道里温暖的水在推着她走。

十几岁的心思其实非常简单，上升不到嫉妒、虚伪、阴暗，路边捡到一点点肯定，只多那么一两克重量，就能找回友谊和善良，又变得心胸宽广。

被笑与泪裹挟着，悲伤就失去了根基。

她回到教室时把云萱吓了一跳。她头也没抬直接抱过去，扯开哭腔："我进了面试，就我一个。"这时候就能充分理解为什么溪川不在会更好。她顺利接过成为话题中心的棒，被叽叽喳喳的女孩子们团团围住："班长请客吧！""低调点啦！""溪川没有吗？""这个考试很难吧？"

她在中间又哭又笑，带入溪川在这种场合让她一贯讨厌的语气："不难啊。"

[65] 她是我最重要的朋友，没有之一

谢井原又在放学时被晾在教室了，这次还不太好跟着。

云萱和京芷卉几乎是互相抱着出门的，看来她果然还是比较喜欢云萱。

"你想怎么庆祝？"

"我想吃关东煮。"

"你就没点新创意？"

"你有什么创意？"

云萱想了半天："换我也就打一晚上游戏。"

"说到游戏……我怎么忘了把这事告诉你，钟季柏就是那个骗你装备的'婊婊女孩'！"

云萱没反应过来："什么？"

"你跟我说的游戏里那个'婊婊女孩'，其实是钟季柏，他开了变音器在调戏你。"

"不会吧？"

"我上次去谢井原家亲眼看他打游戏，他还把屏幕上的你指给我看。"芷卉

一脸嫌弃，"太恶趣味了。"

虽然也知道钟季柏长期没个正经，但疯到这个地步还是出人意料。

云萱沉默半晌，发表不出什么高级评价。

"他……是有多幼稚啊。"

芷卉想了想："他老是故意调戏你。"

云萱摇摇头："他就是单纯的幼稚。他还在打游戏时问过我，问我怎么想的要喜欢人。"

"不喜欢人难道喜欢动物吗？"芷卉无语，"他啊，感觉个子一直在长，心智还停留在小学。"

"其实我一直就怀疑'婊婊女孩'是小学生，直觉太准了。"

"不过……"芷卉又眯起眼睛，"喜欢你就欺负你，这不就是小学男生的套路？"

"他就没那根神经。但凡情商高一点，能和冰箱做朋友吗？"

"冰箱的情商没他那么低。"

穿过中心广场，看见常年不作为的学生会终于出门营业，校园各高点都挂上了"圣华70周年校庆暨元旦联欢"的红色横幅，花坛前正在搭建临时舞台。

云萱想起每一年这时候的盛景，有点感慨："跨年晚会又快到了。"

"是啊。"芷卉回头看着舞台，微笑起来，"最后一年了。"

学校里节庆气氛日渐浓厚，气温下降，校园却越来越热闹，最近几天课间的话题总是围绕跨年晚会展开。

云萱又得到了小道消息，兴奋地跑回座位："听说这次除了知名校友，还请了很多明星，可能有我偶像。"

钟季柏插问："你偶像是谁？"

云萱白他一眼："不告诉你。"

钟季柏又问芷卉："她偶像是谁？"

"她偶像三天一换，我不知道来的是哪个。"

钟季柏回去呛云萱："咱们学校这么抠门，哪有钱请大牌，顶多18线小明星。"

"18线里也有我偶像。"

钟季柏没话说了。

芷卉笑："不一定啊，今年的晚会和校庆一起办，十年一次，没准还真有惊喜。"

顾钦钦隔着座位伸出头问芷卉和钟季柏："今年还是你们主持吗？"

芷卉摇摇头："听说是高二的两个小孩，外加两个主持人校友。"

钟季柏好奇："高二的谁？"

"风间、小静。"

"黎静颖就算了吧。"钟季柏冷笑一声，"那小白花的台风，主持70周年校庆？"

芷卉瞪他一眼："总比你强。"

"是比我强，但不如你啊。"

钟季柏突然的谦虚让她接不上话。

云萱跟着对芷卉说："我也觉得，跟你相比，黎静颖有点沉闷。这么大活动怎么不换你上啊？"

"小静控场很稳的。"芷卉说。

"但也就是稳啊，她的搭档又不像我。"钟季柏难得正经，向云萱透露内幕，"其实我老背错词，笨京每次都是持续四小时无限循环救场，而且除了主持，她还得表演节目。"

"我说怎么你的主持词老那么烂呢，怀疑你遭到文艺部霸凌。"云萱笑起来，"终于解开了三年来的迷思。"

钦钦说："但我还是喜欢看阿京和钟季柏搭档，更有亲切感，钟季柏正装一穿，说什么也不重要了。"

钟季柏什么也没说，起身走过去给她一个拥抱。

芷卉笑着问他："文艺部上上周没找过你吗？"

钟季柏摇摇头，反问："找过你吗？"

芷卉点点头："我给推了。"

"我受到了伤害。"钟季柏捂住胸口，"她们是觉得你不在，没人带得动我吗？"

芷卉安慰他："应该只是觉得风间和小静更有默契。"

"干吗推了呀？"钦钦露出很遗憾的表情。

"要每天去练走台和彩排的，没时间学习了。"芷卉解释道。

"那你们等会儿留下来看晚会吗？"云萱问。

"我就不看了。"芷卉说。

钟季柏越过芷卉的脑袋问谢井原："看吗？"

谢井原毫不犹豫地摇摇头。

钟季柏说："那我也不看了。"

云萱有点失落地说："到了高三，跨年也没人看，有种人走茶凉各奔东西的感觉。"

梁涉进教室喊了一声："班长，有人找。"

有个清秀的小姑娘在后门口探了个头，冲芷卉招招手："学姐，我又来了。"

钟季柏认出她，大喊："不找我吗？"

女生不好意思地笑着摇头："不找。"

钟季柏被气得不轻。

云萱打听："谁啊？"

"文艺部的许欢。"

云萱一听文艺部，飞速追了出去，正赶上听见许欢对芷卉说："原本跳压轴舞的领舞把脚扭伤了，但是晚上就要表演，现在临时根本找不到人顶替，所以我才想到来找学姐帮忙。"

"可是这么临时通知，神仙也来不及准备啊。"

"不用准备！学姐只要表演去年的压轴节目就好了。"

云萱回想起来："对啊，去年跳得挺好。"

芷卉尴尬地摆摆手："不好意思啊，我现在已经高三了，没时间搞这些。"

"我们可以把节目挪到开场。和开场舞对调一下。这样你的节目一结束，你就可以早早回家了。"

"这样倒好。"云萱推推她。

"你们应该也有其他备选节目可以替换吧，不能找别人吗？"

"这次跨年和校庆一起办，又有很多知名校友要回来参加活动，所以学校特别重视，所有节目包括备选，都是经过校领导审核通过才能表演的。因为被毙掉太多节目，时长本来就有些不够，现在我们手上哪还有能用的备选。"

"那我们的节目也没被审核过啊。"

"去年看过演出的所有老师都点头了。"

"但是我……"

云萱抢在前面代她答应："行啊，没问题，就这么说定了。"

"云萱！"

许欢没给她改口的机会，一秒都没等就跑远了："那我去回话了，谢谢两位学姐！学姐晚上见！"

"你怎么能瞎答应啊？"

"你怎么那么磨叽啊？最后一次晚会了，我也想再看一遍嘛，毕了业我们不在一个学校，想看也看不到了。"

芷卉苦恼地捂着脸叹了口气："这舞是我和李悦她们一起跳的。"

云萱一愣："哦，我没注意过别人，只看你了。"

居然是那个混账三人组。

面对突然找上门发出跳舞邀请的京芷卉，李悦愣了十来秒，确定不是什么整蛊游戏之后，表情才松弛下来："阿京你是不是傻？高三了，哪有时间跳舞？"

"我们是开场，跳完就能走。"

"我连动作都记不清了。"

"我还记得，我可以教你。"

"你看，这不算时间吗？"

"底子都在，半小时最多了。"

娜娜小声劝李悦："我也还有印象，要不再跳一次吧。"

小雅也跟着点头。

盟友的反水让李悦脸上有点挂不住："要跳你们跳吧，我晚上还有补习班。"

"就算你偿还欠我的，怎么样？"

芷卉的一句话停住她回教室的脚步。

"我欠你什么了？"

"欠我一个A班的座位。"

空气凝固。

李悦能猜到，这件事瞒不住，总会有人告诉芷卉的，所以她才尽量绕着她走，一方面是心里有愧，另一方面也是避免尴尬。但追到面前来打脸，是京芷卉的一项重要特长。

许久，她才慢慢开口："意思是，跳了这个舞，这事就过了？"

芷卉点头。

"这舞有这么重要吗？"

跳个舞和被挤出A班这两件事，无论怎么看都不可能分量等同吧。

"重要。为了它一帧一帧扒视频编动作，每天练到晚自习后才各自回家，到处去找更便宜的录音棚录歌，周末去逛街挑合适的演出服……那些经历对我来说很重要，一起经历的人更重要。"

我们曾经是很好的朋友。

李悦垂下眼："对不起，是我自私了。"

"嗯，真自私。"芷卉说。

李悦看了看表，笑起来："离开场不到一小时，你怎么老让我们挑战极限呢？"

云萱注意到，转折出现在听说芷卉跳开场舞的那一刻，所有声称不留下来看晚会的K班同学都留了下来，就连谢井原都不例外。

不过他没去前排找座位，只是远远倚着教学楼的楼梯，应该是打算看完开场就走。

云萱下了台阶靠在另一侧，故意揭穿他："不是斩钉截铁地表示不看吗？"

"没看过跨年，好奇。"男生注视着舞台淡淡地说。

往年这时候他一般在各种竞赛的冬令营。

梦幻的灯光中女生们摆好造型，小幅度地跟着节奏开始左右摇动，看起来很可爱。

"我看过，很多遍，网上能找到同学拍的。我最喜欢十秒之后的亮相。"

舞台上她开始点翻。

五，四，三，二。

前面两个女生并肩把她挡住了，她突然腾空越过她们，一个侧空翻，从天而降到台前，落地时一束彩色强光追到她身上，全场惊呼。

再看多少遍还是这么漂亮。

云萱笑着一转头，却见谢井原惊慌地站直了，不知所措地问自己："这么高危？"

"她4岁就开始学舞了。"

好像这么说也没能缓解男生的紧张。

云萱因为他的神色，笑得更深了："你很关注她对不对？"

这么明显。

男生回过神，把关切的目光收回来一点："啊，对，但希望你能暂时保密，她很容易分心。"

台上高难度动作一个接着一个，和不断掀起声浪的其他观众不同，他焦灼地犹豫着看还是不看。

"她没问题。"云萱笑着劝他，"我们从幼儿园就认识，班里27个人，我学号26，她学号27。放学时全班要按学号两两拉手排队下楼等家长接。是因为我选择了和她做朋友，学号1的同学才不得不去和老师拉手。"

听她说这些琐事，他再看台上好像没那么紧张了。

云萱很了解她吧。

"3岁的她就有了粉丝，经常被遗憾于没生女儿的男生妈妈追着叫'小公主'。

"4岁的时候，她变得不听话，她妈每天放学都满幼儿园抓她穿外套，她不穿，第二天就会听说她又因为疑似流感去儿童医院报到了，害得我们班老被全校隔离，只能走一个边角楼梯。但是没有一个人会怪她，大家会在她确诊咽峡炎的消息传来时欢呼起来。"

男生笑了。

"5岁，我们都不太听话，总爱把图书室没看完的绘本偷运回班级。但我不喜欢跟她一起做这件事，只要路上遇见老师，她就心虚，忍不住主动打招呼。"

可不是嘛，她十几年以后还在"Hello，谢井原"呢，没点长进。

"她的蠢事可多着呢。每周会有一天，幼儿园举办集市，大家用代币交易，她老是随便把钱借给不认识的同学，用光了又随便找个同学借，凭一己之力破坏货币系统。"

难怪到现在数学还学得马马虎虎。

"6岁，她掉了第一颗牙。"她指着自己下面中间往右第一颗，"这颗，从早上八点一刻哭到下午四点半。"

男生倒抽一口冷气："这么能哭？"

她点点头，笑着递来同情的目光。

"这个可爱叛逆，又虎又萌，杀伤力却很大的女生……"她重新看向舞台，"她是我最重要的朋友，没有之一。"

她在舞台上发光。

"她从小就不怎么自信，春游要看我选座才能做决定。你可以喜欢她或者不再喜欢她，也要接受她可能不再喜欢你，万一感觉变了，请坦坦荡荡把话说清楚，不要让她自我怀疑。"

谢井原有些意外地转头看向云萱。

她问："像你这样的天才，应该从小一帆风顺吧？"

"一般。"

她说："但是如果你故意挫败她，我敢保证，不会再顺了。"

男生怔了一秒，朝她笑起来："你这是恐吓吗？"

"嗯，是恐吓。"她有恃无恐地点着头，"因为她不是你一个人的公主。"

[66] 好好学习，少想别的

本来，芷卉参加了跨年晚会跳完舞也就比平时晚一个多小时回家。

但是，到家后聆听妈妈骂人又耽误了两小时。

真是人算不如天算，谁能想到圣华官方微信当天推送的封面图就是她开场舞的造型，她找的借口是拖堂，结果人还没到家，妈妈已经看见了推送，气炸了。这天爸爸还去外地出差了，家里连个后援都没有。

"搞晚会、搞活动，不把心思放在正事上，你天天这样，分数上得去吗？"

"主要是文艺部她们……"

妈妈一下一下戳着她太阳穴："这都什么时候了！知道你现在的首要任务是什么吗？"

"高考。"

"那学生干部加分有没有把握？班里同学支持你吗？"

她想了想："大部分同学和我关系都挺好的，只有……只有一个女生怪怪的。她从来不参与班级活动，也不表态，甚至连话也不说。"

"那你就去问她能不能选你，实在不行就商量一下，投票的那天让她请假不去学校。宁可让她弃权，也不能让她投反对票。"

芷卉犹豫着点头："我试试。"

妈妈着急："不只是试试，要确保她不出问题，不然不是功亏一篑了吗？"

"知道了。"

怎么老给人指派这种不可能完成的任务？

都说了从来没说过话，难道走过去和她握握手："文樱你好，我要竞选个优秀学生干部，麻烦你帮我举一下手，或者麻烦你请一天假。"

连着几天课间，芷卉都呆滞地咬着笔遥遥凝望沉默的文樱。

云萱在她眼前晃了晃手："你干吗老盯着文樱？移情别恋了？"

"你和文樱熟吗？"

"她根本不说话，怎么熟？"

说得也对，谁能跟她熟啊。

云萱岔开话题："你觉得我去参加艺考怎么样？"

"艺考也是一条路，你想考什么？"

"还没想好。"

"画画怎么样？"

云萱立刻摇摇头："画画这种需要功底，突击起来有点难。"

"那……唱歌，声乐呢？"

云萱想了想，还是摇头："平时唱唱还行，考专业都是我们学校合唱团那种级别的……比不了。"

"那还有什么能报的呢？"

两人撑着脸陷入冥思苦想。

云萱没拿到推荐名额，得另辟蹊径，这更棘手一点，她都没顾得上打游戏，自然也忘了找钟季柏算账。

预备铃一响，老刘和谢井原从前后门同时进教室。

芷卉心里还有点唏嘘，谁能想到，自己竟然有一天会爱上数学课。

现在除了数学课，都见不到谢井原，平时他和老刘在一起，老刘上课，他才回来蹭个数学课休息一下。

老刘把卷子往第一排一摆："周测，看看本周的复习成效。"

收回前言，不爱这节课。

因为无人监考，班里完全没有自觉性，老刘这两周都亲自监考。

但是……芷卉皱眉用余光看看身后，谢井原居然通过数学考试来休息？这人有什么毛病？不能像溪川那样去买个冰激凌坐花坛边舔舔吗？

云萱看谢井原专门回来考试，感觉有点被腻到，也皱了皱眉。

很可惜，芷卉考得不太好，交了卷趴在桌上丧着，不宜搭讪，谢井原只好又跟着老刘走了。

压轴题死都做不出来，她却死都要做出来，一直到历史课还在死磕。

历史老师盯她很久，毫无效果，最后只好把她叫起来："京芷卉，罗斯福新政的影响有哪些？"

"让美国从经济危机的阴影中走出来，缓和了社会矛盾，遏制美国法西斯势力，开创了国家干预经济的新时代。"

"那你对特朗普新政怎么看？"

"啊？特朗普新政？"

"特朗普新政对中国有什么影响？"

"顾老师，这不是政治问题吗……"

"你不是要参加复旦面试吗？面试要考时政的。"

芷卉愣住："我……"

"你这可要抓紧。"历史老师摆手示意让她坐下，"坐下吧，上课不要搞其他事。"

很好，数学焦虑没解决，时政焦虑又出现了。

体育课做准备活动时，云萱劝她："考完不要再想了呀。压轴题本来就是全世界也没几个人会的，想想你压轴的舞又有几个人会跳，对不对？"

"下学期开学就要面试了，我还什么都没准备。"

"你再想想我，马上就要艺术统考了，我连该准备什么都不知道。"

云萱帮她压腿，她边做仰卧起坐边聊："你想好报什么了没有？"

"播音怎么样？我觉得那些主持人都特有气质，好像也不用苦练很多年的基本功，看起来挺简单的。"

"你的临场反应能力怎么样？听说考播音的不但要背稿子，还要现场即兴主持。"

"那我不太行，还是选其他的吧，乐器也不行，人家都是从小练的，起码要几年工夫。"

"你小时候不是想去上戏吗？可以报表演啊。"

"上戏的竞争太激烈，没戏。"

"还没开始就打退堂鼓，不试试怎么知道？"

"我还是有自知之明的。"

"什么呀，你没看新闻吗？经常有明星去陪朋友考试，结果自己考上了，说明表演还是要靠天分的嘛。"

"那些都是靠长相的，你没发现吗？"

"你明明就很好看。"

"不是神颜不可能开挂，考表演还要学好多内容，什么形体、诗朗诵、唱歌，我都不擅长。"

"谁说的？形体，你小时候也学过舞蹈啊，你有功底。"

"7岁就放弃的舞蹈功底。"

"有基础，恢复起来不难。"

"那还有其他要考的呢……"

芷卉停下仰卧起坐，拿出手机查表演考试项目："你看，舞蹈首先就没问题了，语言你肯定能过关，我帮你找找合适的诗朗诵，从现在起就开始训练，唱歌你也算唱得好，根本不用担心。"

云萱一拍脑袋："你这么一说，我也觉得自己希望挺大的。"

"嗯，相比其他专业，你考表演成功的可能性最大。"

"好，那我就报表演了，看看报名时间。"她拿起手机查询艺考报名相关信息，惊呼出声，"哦，不是吧，统考报名今天截止！我得去报名。"

体育老师望着她飞奔而去的背影愣了几秒，一脸无奈地转向芷卉："上课玩手机就算了，还当场逃课？"

芷卉"嘿嘿"傻笑："她赶着去高考报名。"

"合着你们班……连高考报名都需要体育课上突发灵感？"

是这样，没错。

云萱的问题解决了，她自己的问题还没解决。下午放学到公交车站，眼见着开走一辆没追上，更加烦躁。她正在用后脑勺撞广告牌，一转眼，看见谢井原，红着脸坐直。

谢井原并没有表现出羡慕她脑袋的质量，很平常地问："数学没考好？"

女生点点头。

习惯了。他倚着广告牌另一边没再说话，一起等车。

过了会儿她问："特朗普新政，你怎么看？"

他诧异地转过头来。

"悦悦姐上课随口问我的，说这种题面试可能碰到。"

"你考虑一下特朗普上任后的各种动作，对应每一条分析分析对联合国、对东欧、对我们可能产生的影响，能聊很多，和做历史题一个思路。"

但问题是……她不知道特朗普的各种动作。

"你为什么知道这么多？"

"常识。"

这更让人泄气。

女生垂着眼嘟嘟囔囔："热点又多又杂，我平时都不怎么关注。快期末了，本来数学一门课不扎实就够我焦头烂额的了，要准备面试，又是一大摊子事，更别提……"妈妈还整天唠叨什么优秀学生干部。

"你需要一个复习计划。"

她仰起脸："帮我定一个。"

"好。"

对话终止。过半晌她才觉出点不对劲儿，这求助和接收求助的回合像条件反射似的，淘宝客服也没他这么好说话。

她挠挠头，有点不好意思，怕又耽误他时间："你集训在几月？"

"也在3月。"

"哦，那还早。可是最近感觉你比任何时候都忙，不是被许杨抓走就是被老刘抓走，从早到晚见不着人。"

他淡淡笑了笑："今年竞争激烈，他俩比较紧张，怕我连二轮集训都进不了。"

"这样啊……"她纠结该说点什么，想说鼓励的话，说过了，重复太多次又怕反而增添别人的压力。反正她自己是很怕大考前没完没了地听人说"放轻松"，越听越焦虑。

"所以这几天应该抽不出什么时间去给柳溪川送考卷，你等我一下，放假再去吧。"

"嗯？"话题怎么突然到这儿来了？

溪川的名字冒出来，让她的脸僵了僵："哦，不急，我本来也说放假去比较好。"

"你可能认为我喜欢柳溪川。"

她的瞳孔倏地放大。

"我不喜欢她。"

她停顿两秒才喘过一口气，但又瞪圆了迷茫的眼。

他语气随便地继续说，没盯着她看："我和夏新旬的关系非常好，可能有你和云萱这么好。"

她脑海中浮现出两个男生搂搂抱抱的画面。

"虽然不会像你们女生整天黏在一起。"他帮忙把画面扫开。

"两个学校也只是平时竞争，从走出学区开始就成了一体，变成数字去代表区、市、国家，虽然竞赛是个人赛，可到最后阶段总是无论自己成败都希望对方赢下去，感觉很像运动员。运动员之间的友情什么样，近的你看看钟季柏和他们篮球队的队员。是这种朋友，得有多爱凑热闹才非要喜欢同一个人？"

她笑起来。

他没在开玩笑，绷着脸，心里一阵紧一阵慌。

不喜欢一个人的理由可能有千千万万。

他不愿意为了让京芷卉信服就去列举柳溪川的许多缺点，柳溪川又没做错什么，他干吗要背后说人坏话？

但光是轻描淡写一句声明会显得无力又敷衍，可能反而令人生疑。

想了好几天，他才找到这么个迂回却说得过去的解题思路，心里来回掂量，犹豫着找机会告诉她，然后忐忑地在她眼睛里寻找迹象——有没有相信？

"我想给她送考卷没别的意思，像老刘提醒的，她是我们班一员。"

女生认真点点头。

周遭空气苏醒过来，她感觉终于松下一根弦。

"不过你说得也对，我不喜欢她就不该去背她，可当时顾钦钦叫我下楼，到了一楼我才知道是这个情况，我能当场说'不行，你自己飞上去'吗？"

女生又笑，笑过反而开始慌乱："突然跟我说这么多干吗？"

大概是因为他被恐吓了，害怕余生不顺吧。

"你不想听？"

"没、没有啊，就是觉得……"她焦急地辩解，"你误会我的意思了。"

男生好奇地视线一转，等她的下文。

也就是在刚才他说话的时候，她才觉得无地自容。本质是对手，他"无论自己成败都希望对方赢下去"，自己对溪川的心理却总是"无论自己成败更希望对方输掉"。

她嗫嚅着找补："我的意思，不是让你别对溪川好，是让你别对我好。"

又来嘴硬。

男生佯装恍然大悟，点点头："好吧，那复习计划你自己定。"

"啊，这个不行！"

虽有预谋，但见她傻乎乎的反应，他还是憋不住笑，瞥向她的眼神也随之变得宠溺。

"好好学习，少想别的。"

[67] 没到动摇你人生理想的地步

以"作战计划"为例，芷卉平时做事没什么条理，刚开始有些雄心壮志，搭了很大的框架，却往往越弄越走样，名叫计划，实践起来却变成了日常弹幕。

谢井原将一份真正的计划发过来，给她的感觉不是踏实，而是焦虑。要做的功课一项项列出来才知道有这么多，每个单项所需时间相加才知道，以她一贯磨磨蹭蹭的学习进度，时间根本不够用。

而她的另一个缺点是，越焦虑越废物。

周六一睁眼收到他发的文件，她整个上午坐在桌前没看进去一个字，而对应计划目标，意味着又有两项内容被拖延。

妈妈来通知她出门吃饭时，她正烦得要命。

"吃什么饭？"她的语气不太好，"没空。"

"张姨的儿子在读复旦哲学系，就是前两年通过自主招生被录取的，我特地帮你约出来吃饭，跟人取取经，不要闭门造车。"

她不认识那个张姨，但推不掉。

去酒店吃饭至少一个半小时。来回路上再加一个半小时。她一个长发女生，出门前总要洗头吹发稍加打理，一个小时。

四小时凭空消失，又有两项内容被拖延。

落座时她脑子里只剩下计划表上的内容，脸色不太好看。妈妈嫌她话少，在一旁催："赵经哥哥是当年自主招生考试第三名，你还不快点请教？"

芷卉没来得及开口，被夸赞的学长已经在对面抢先摆摆手："阿姨，虽然我是第三，但我跟第一就差了五分，要不是我那天感冒了，第一肯定是我。"

乍一听还以为他要谦虚，怎么听起来怪怪的呢？

芷卉妈妈客气地对冲张阿姨笑："孩子真是优秀，感冒了成绩都这么好，不像我们芷卉，临场发挥总有意外。芷卉，要好好学学。"

芷卉没说话，勉强笑笑。

"学妹为什么想考复旦呢？"学长看起来还算友善。

"谁不想考？"

"OK，这个我理解，毕竟复旦是很多学生的梦想，但我一般不会随便建议别人选择复旦。人嘛，定位要准确。"

对方的调调让她有点烦，她想赶紧结束对话，催问："学长，面试是怎样的流程啊？"

"流程网上一搜就知道，但今天我想跟你强调的重点是……"

芷卉妈妈示意正要上菜的服务员噤声止步。

"能考上的人身上都有一种共同的特质。"

芷卉妈妈催道："别光听啊，还不快记下来？"

芷卉假装用手机认真记录。

赵经接着说："我们复旦挑人有自己的原则，是否能独立思考，有没有领袖精神等。我呢，这些特点就非常明显嘛，所以在众多考生中自然就脱颖而出了。"

芷卉不太热情地附和："啊，是啊是啊。"

妈妈和张阿姨寒暄道："孩子真不错，你们真是教导有方。"

"当时填志愿时我们也很纠结，清华、北大、复旦不知道挑哪个好。"

当事人补充说："是啊，我可是有选择困难症的。最后心想还是复旦吧，离家近。"

芷卉尴尬到头皮发麻，干笑两声，程式化地夹了点菜。

妈妈又来骚扰她："你快问些具体的问题。"

"嗯嗯，那面试会问哪方面的题，我们老师说……"

赵经打断道："这个还用我说吗？以前考过的题都有题库汇总。"

"我看了题库，没摸着什么套路，每年的变化都很大。"

对方比画着："嗯，虽然题库对一般人来说已经很难了，但我觉得也是皮毛。不夸张啊，上知天文，下晓地理，还不足够，你得面面俱到。就像我吧，从小对军事、政治、美术、音乐、国学都很感兴趣，最近我还在学法语。"

芷卉没接话，妈妈转过头说："看看人家再看看你，就学校里那点东西还掌握不好。"

"阿姨，您别这么说，学妹虽然以前没有这个意识，但现在恶补嘛……也许还有救。"

妈妈居然点头附和："对，是得恶补。"

毫无疑问，这人不靠谱。

芷卉如坐针毡，对妈妈耳语："我想走了。"

妈妈瞪她一眼，然后微笑着转向赵经，芷卉只好继续埋头吃菜。

"阿姨，你和学妹也别太紧张，其实想上我们复旦也没那么难。"

眼见着妈妈立刻精神起来，芷卉竟有种恨铁不成钢的无力感。

那位学长说："我们复旦也得保证生源数量的，金字塔顶端的人才是不少，但更多的是资质平庸的人。学妹嘛，应该是处在中间地带的，算安全……"

芷卉打断道："学长，您别光顾着说，吃菜啊。"

妈妈却对人家依然十分崇拜："能喝酒吗？阿姨敬你一杯，谢谢你给我们芷卉传授经验。"

"阿姨您客气。"

妈妈还瞪她一眼，她只好也跟着举杯表示感谢。

赵经放下酒杯继续说："我上次去附近财大图书馆，拿着我的学生证，人家硬是不让我进去。真是，难不成我一个复旦学子还能偷他们的书不成！"

芷卉抬手捂住半张脸，以免五味杂陈的表情过于嚣张。

妈妈居然找出了崭新的角度夸赞："走到哪儿都愿意看书，真是个好习惯。"

"还有上次，学校里面来了交流生，我们系也是我当代表……"

芷卉连菜都吃不下了，反胃，白白浪费四小时。

她本来以为妈妈只是客套，没想到和人家道别后一路走到车上还在夸，她终于爆发了和妈妈有史以来最激烈的一场争吵。

"他说的那些一点实质性的建议都没有，就顾着吹自己。"

"我托了这么多关系把人请来给你传授经验，你那是什么态度！"妈妈早憋了一肚子不满，暴躁地拧着车钥匙。

"你那是先入为主，觉得考上复旦就很厉害，说什么都是对的。"

"人家不对，就你对。"

"吃了顿饭，百分之八十的时间他都在夸自己，每句话的开头都是'我们复旦'，复旦是他家开的啊！"

"你要是考上复旦，你也可以这么说，我也能在别人面前脸上有光。"

"我认识的学霸没一个是这样的，他们不会净说些虚的，往自己脸上贴金。"

"那你认识那些学霸哪个考上复旦了？"

"陈舒艺保送清华了，谢井原能去清华都没去。"

"但他们能帮你考复旦吗？"

芷卉突然噎住。

"妈妈就这点能量,只能找到这种人来帮忙!"一瞬间,她眼眶都红了。

战火从车里一直烧到晚餐桌上,妈妈又忍不住向爸爸控诉:"我带她去请教前年有经验的赵经,心想让她学学人家,她还不虚心,各种挑人家的不是。"

芷卉争辩:"他一点有用的都没说,只知道吹牛。"

"人家是有那个实力的,你管他说什么,参考资料拿来后,你可要给我认真地看啊。"

"前年的资料能有什么参考价值,都说了每年考的方向不一样,除了专业问题,还要考时事热点,前年的热点能叫热点吗?"

"说到考时政,我早跟你打过招呼,让你每天看新闻记笔记,你做到了吗?现在着急了。"

到了翻旧账环节,芷卉没话说,只觉得浑身脱力。

"你说你能干什么啊,今天这个没搞定,明天那个出问题,成事不足,败事有余。你要是把自己的本分做好,别总掉链子,我会一直管着你吗?都这么大的人了,还总让父母为你操心。"

这场白热化战争最终以芷卉的沉默和爸爸的圆场结束。

"哎,吃饭,不说这些了。"

真是最糟糕的一天,芷卉躺在床上睡不着。

不知道为什么,她特别特别想谢井原,距离上次跟他说话才过去30个小时,明明以前断联的时间比这长得多。

为什么想他?他就是有种让人非常舒适的感觉,话一个字一个字数着说,眼神大部分时候拒人千里,却意外地让人舒适,也许是因为在想象的边际内他总有解决办法,你随便问他什么都能得到预期的答案,让人很安心。他也从来不吹嘘什么,毕竟跟人话都不说,怎么吹嘘?

躲在被子里给他发了条信息:"你睡了吗?"

回复神速,但就一个问号。

她说:"我有点后悔了,我想考交大。"

她在等着信息回复,突然有电话打过来,是她存的那个不确定是不是谢井原却起了谢井原名字的号,接通后传来他的声音:"怎么了?"

她一时有点惊慌,往被子里缩了缩,喉咙是哑的:"今天过得特别不顺。"

做题忘了时间,他看了眼闹钟,一点二十三分,她指的是昨天。

明显是织物摩擦产生的小噪音,说话时异样的回声,格外清晰的呼吸……很醒神的感官刺激。

应该改掉这个一着急就"午夜凶铃"的毛病。

"怎么个不顺法？"冷淡的语气。

冷淡到让她觉得委屈，告状似的絮絮叨叨一大堆："遇到一个奇葩，和妈妈吵了一下午一晚上，落下复习进度，荒废了一整天。"

"嗯，然后呢？"

然后呢？

难道这还不值得同情？

她被迫继续卖惨："可能感冒了，浑身都痛，从早到晚没吃什么，感觉特别累，心里也乱七八糟的，静不下来。"

虽然是卖惨，说的却是实话。

"心不静，我可以给你找个佛经听听。"

女生愣了一秒笑起来："谢井原……"

"你笑了。"听声音，他也在笑，笑声像羽毛一样轻，擦着心脏飞过去。

她以深夜所允许的最大音量抗议："你怎么这么没人性？"

他温柔的声音焐热了她听电话的那侧耳朵："我也没有过高考经验，不过我猜，拼了半年，精神、体力大概都到了极限，再加上天气坏、气压低，是最难的时候，等天暖和自然会过去的。"

"嗯。"

她心里嘈杂的噪音消失了一半。

"你有亲生哥哥姐姐吗？"挺突兀的提问。

"嗯？没有。"

"那你妈妈也是第一次做考生家长，这半年她过得不会比你轻松，对她来说也是最难的时候，说什么你不用太较真。"

她安静了好几秒，很意外他能从自己那堆七零八碎的抱怨中准确挑中最关键的。

心跳变得缓慢。

"我妈以前其实不这样，虽然对我要求严格，但是通情达理，而且各方面都很有判断力，让人很有安全感，就像你。"

"嗯……你是在说，我像你妈妈？"

"像爸爸妈妈，可以放心依靠的人。"

"我谢谢你。"

"但现在妈妈先乱了阵脚，家里好像天塌了，爸爸只能说些安慰话，那又有什么用。做决定的人都没了。"她听见自己的声音因为相对密闭的空间被无限放大，和争吵时的铿锵不同，迷茫和失措流露出来。

"你可以自己做决定。"

"我又不是你。"

男生长叹一口气："你说你要考交大，你是喜欢菁菁堂、文治堂还是相辉堂？"

"相辉堂。"

他的声音又因为带了笑变得柔软："你不是真的爱交大，甚至连复旦也不爱，怎么考虑的志愿？"

中午吃饭时奇葩学长也问过，她只是觉得没必要跟他说，并不是没有原因。

"我从小学开始就想长大后当个记者。"

"嗯，适合你。"谢井原说。

"不想去外地，就应该去复旦新闻啊。"

"难道考华师大中文系影响你当记者吗？"

"好像……也行。"

"所以啊，复旦根本不是必须的，3月那次也就是一场普通考试，没到动摇你人生理想的地步，对不对？"

"对。"

她眨眨眼睛，然后闭上，眼前是一望无际的海和消失在云端的桅杆，原本纵横交织的水运网出现了其他维度的航道。

"复习计划上关于数学的部分优先，高考你避不过去，自主招生那部分往后推一推，量力而为。好一点没有？"

"好一点了。"

云上的世界静谧而开阔。

你的声音，像温柔的风，把什么翻了页。

"睡吧。"

[68] 那又关我什么事呢？

周一是个阴雨天，没赶上六点一刻的130路公交车。

上周周测的试卷一早就发了下来。

芷卉又是117分，可是这次题目难度赶不上八校联考那次，因此她的心情更差。其实考试的时候她就有预感，不仅压轴题没做出来，前面也有大题错了。

吃过午饭，老刘开始把人一个个叫到办公室去分析试卷。

谢井原没在教室，他满分的考卷被扔在桌上，芷卉未经允许擅自借过来订正错题。

顾钦钦刚从老刘那儿回来，何琳马上迎上去："怎么样？"

顾钦钦吐了下舌头拍拍胸口："没被骂。他只说了句'以后自己做'就开始讲题了。"

"你胆子也太大了，居然130分。"

"我不是胆子太大，我是脑子太小。"

芷卉诧异地抬头问："钦钦130分？"

"抄的啦。"女生不好意思地挠头，"不小心抄多了。"

"不是老刘亲自监考吗，怎么还能抄？"

"群里抄的啊。哦，对，你好像不在群里，去年我们班建了个QQ群，小测验经常在里面传答案，主要是数学，英语是不敢抄的，吴女士会开除人。"

何琳笑着补充："所以才没人敢拉你进来吧。"

杨昊在门口叫："班长，老刘找。他让你把这学期几次月考加周测卷都带上。"

"全部吗？"芷卉一头雾水。

"是这么说的。"

老刘拿着她的考卷翻看："立体几何还是有点薄弱。其实这次题目不难，相对上次来说成绩是下降了。"

芷卉嘟囔："还不是因为别人都作弊？"

"嗯？"老刘抬起头。

"您不是知道吗？这次考试大家都作弊，不然怎么可能那么多高分，连顾钦钦都130分……"

老刘平静打断："你的意思是，因为大家都作弊，你成绩才下滑吗？"

芷卉不说话了。

老刘从抽屉里拿出一张表："我去找吴老师要了你入学以来的成绩单。高一到高二上学期，你的成绩挺稳定的，但从高二下学期学习立体几何开始，你的数学成绩就经常上不了120分，但是刚上高三时几次考试，成绩又有所回升，为什么呢？"

女生不解。

老刘拿过她这学期的所有考卷翻给她看："你考得好的时候，前四道大题中没有立体几何。你的成绩现在可以说是基本取决于立体几何出现的概率。一到立体几何题，你做不出来，心态就崩溃了，最后不仅这道立体几何题扣分，后续大题也几乎道道出错。看看这个压轴题，你是不会做吗？以你的水平至少应该做对两问，可你从第一问就看错了条件。现在知道你为什么考不好了吧？"

她咬着下唇："我考不好明明是因为考题难，他们作弊……"

"你管别人干什么？立体几何是你的漏洞，别人不能造成你的漏洞。"

她鼓着脸不再说话。

"你是个极其聪明的孩子，讲新内容，你的眼睛亮得最快，我要是高一就开始教你，会叫你进竞赛班。但是你也有特别明显的短板，心智不够成熟，学会了，三天不见又成新人，巩固知识不扎实，考场心态又不稳定。要扬长避短啊。"

"老师你干吗光说我，难道他们就一点错都没有吗？"

"这不是谁错谁对的问题，他们承认自己作弊了，你的分数就会提高吗？"

芷卉愣了愣，语气弱下来："不会。"

已经钻了牛角尖的女生没注意到，从一开始，老刘在谈的话题和她在想的话题就已经分道扬镳，两人一边闷头往前走，一边极力想把对方拽到自己这条路上来，都没有成功。

她气冲冲地回到教室，把试卷甩到桌子上。

云萱凑过来："怎么了？"

"老刘太偏心了！放着那么多作弊的人不管，偏偏来教训我，什么意思啊？"

"他说你什么？"

"还能说什么，成绩下降，找自己的问题呗，说我把考得不好的错推到了别人的身上。我没考好我承认，钦钦她们抄答案，他为什么又那么和蔼地一笑而过，要批评一起批评啊，没见过这么双重标准的！"芷卉越说越气，嚷嚷开了。

"别气了别气了，刘老师也是为你好，不然也不会给你讲试卷了。"

"讲什么试卷啊！让我把考卷全带去，一题也没讲，从头到尾只批评我，烦死了。"

教室中间响起了个清晰的声音："自己考不好，骂老师算什么本事。"

一时全场寂静，连此前的一点轻声细语都瞬间蒸发。

说话的人是文樱。

芷卉在气头上，只愣了一秒，从顾钦钦座位后跨过去，瞥一眼文樱桌上的试卷成绩："总比作弊的人有本事，你考这分数自己信吗，还有脸说我？"

"我只是让你别骂老师。"

"我说实话而已，他本来就双重标准，我是没考好，但至少这个分数我问心无愧！"

文樱也拔高了音调："你也承认没考好，老师说你两句怎么了？"

"我不过是说老刘偏心，你又怎么了？得了老刘什么偏心这么兴奋？"

"京芷卉你说话放尊重点。"

"我怎么说话轮不到你教育，见过瞎子指挥聋子捉迷藏吗？这个班里你尊重谁了？同学跟你说话，你斜眼看人，这就是你表达尊重的方式？平时大家让着你是懒得计较，你以为你是老弱病残孕专座终生用户啊？"

全班鸦雀无声的围观中，马超突然鼓掌叫了声"好！"把前半场气氛带活跃了。

"你！"文樱青着脸，又羞又恼，伸手推她。

是迎面而来的动作，芷卉看出意图却没处躲，踩着钦钦的椅子边缘借力飞身上了桌。文樱的动作突然没了落点，本来也使了点劲儿，没想到这么窄的空间里她还能凭空消失，一时失去重心栽下去。而钦钦的椅子被蹬了起来，椅背顺势后推，正好撞到摔倒的文樱，看起来差不多是眼睛位置。

芷卉吓得心跳暂停，没想到这一让能让出这么大动静，赶紧跳下去扶她："你没事吧？"

不幸中的万幸，文樱只是额角被磕破渗了点血。她抬起头愤愤地甩开芷卉的手，跑出教室时差点又撞到正好进门的谢井原。

男生回头看了一眼，走到无措的芷卉面前："怎么回事？我看文樱好像受伤了，你们……在吵架？"

"嗯。"

"为什……"

"你能不能别再问了！"女生一嗓子又把准备退场的观众们引了回来。

于是，大家目睹了发生在这个教室里最具观看价值的一场吵架。

芷卉说："都怪你！"

"嗯？"

"你为什么要把考卷给那么多人抄？！"

云萱想插嘴："芷卉。"

谢井原又一头雾水地开口："我……"

刚发了一个字音就被芷卉打断："你到底图什么回来考这个试？万年第一的优越感还不够吗？就因为你把答案给全班抄，我的努力都白费了。"

"你……"

"你什么你？你不是冰箱吗？你现在也太热情了吧！还帮大家作弊，你这是助人为乐吗？你这是三观不正！"

"可我……"

"你不是口才挺好吗，怎么支支吾吾了？因为你根本没有正当理由，想法极其诡异！"

谢井原忍不住笑起来，退后半步，举双手投降。

芷卉狠狠瞪他一眼，从教室后门跑了出去。

云萱跟在后面，但因为笑岔了气，跑半天没追上。

两个女生消失在后门外的瞬间，教室里掀起九级地震般的爆笑，甚至有人捶桌。

追上时，芷卉已经在花坛里揪了一大把草了。

云萱还在捂着肚子笑："我真服了你俩。作为你闺密，我都忍不住想踢开他，替他吵架。攻击一个0.5倍语速的可怜人，你的良心不会痛吗？"

"谁让他作弊？"

"不是冰箱发的答案，你冤枉他了。"

"不是他还能有谁，现在班里除了他，谁能给大家发正确答案？"溪川又不在。

云萱掏出手机，打开"3K友谊群"，点开群成员后硬塞进芷卉手里："你看，冰箱根本不在群里。发答案的是文樱。每次数学小测，文樱做完都会把答案传到群里。"

"文樱？不会吧，月考排名K班前十都没她，她的数学能有142分？"

"她只有数学特别好，其他科目都不及格。"

芷卉花了点时间消化这个信息。看来自己还是对同学关注少了，连班里还有个数学成绩一梯队的都没发现。这也不完全是她的责任，文樱实在太孤僻，别人提起时只剩"不说话"这个最大特征，不太可能再追加一句"数学好"。

"就算她数学好，她那个性格，跟班里人……不是一向连话都不说的吗？"

"不说话不影响用手机啊。"

芷卉拧着眉，下意识地咬着草茎："这人怎么这么怪？"

"高一的时候我跟她同寝，那时候她还挺开朗，后来好像她爸妈离婚各自重组了家庭吧，她整个人性格就变了，话越来越少，最后基本就独来独往了。"

"既然她跟大家都没什么交情，干吗给你们发答案？"

"因为老刘。她帮大家作弊，是想让老刘以为自己教得好，其实老刘心里有数。"

芷卉诧异："为什么？她跟老刘到底什么关系？"

"老刘关心她呗。去年过年，她妈和后爸带着弟弟回老家，她无家可归，寝室也不能住，是老刘和师母把她领回家吃的年夜饭。他们平时也很照顾她，所以文樱对老刘极其维护，你是正好踩到她的雷区了。"

芷卉陷入沉默，半晌冒出一句："那……谢井原应该把话说清楚。"

一提谢井原，云萱又开始狂笑："他根本切不进你的节奏啊，都快被你逼退出地球了。"

下午这出好戏发生时钟季柏不在教室，晚上到家就开始补档："放学听小钦钦说你被笨京骂了。"

谢井原十分无奈："往事不要再提。"

"怎么回事？都说发现了冰箱的致命漏洞。"

"我不是致命在不会吵架。"他十分无奈，"我是根本没搞清状况，一进教室看见文樱受伤，好像有什么冲突，我多问了那么一句，就突然打开了新世界的大门。"

"等等，她跟文樱又为什么打架？"

"是吧，你也想知道，你问你也被骂。"

"怪了。文樱平时连话都不说，怎么会跟她起冲突？"

"不说话不代表不会打架。"

"她打得过笨京？"

谢井原想了想："不知道，反正她受伤了，京芷卉没受伤。"

"我就说嘛，挑战不可能。"

"我怎么觉得你有点唯恐天下不乱啊。"

"我早说过谁将来娶了她就等着被家暴吧，你看。"

"嘴别那么毒，她看着也像是无意的。"

"当然是无意的，不然文樱早没命了。"

谢井原无语。

"话说回来，你也就是个误入的无辜路人？"

"不完全是，听她的意思，好像是怪我给全班抄考卷。"

钟季柏一拍手："难怪呢！是文樱参与作弊。"

"什么时候的事？"

"一直以来啊，每次数学周测她做完就会往群里发答案，不然我怎么考那么高分？"

"那又关我什么事呢？我都不在你们那什么'小抄群'里。我有不在场证明啊！"

钟季柏笑："跟我说有什么用？跟笨京说去。"

"插不上话。"

钟季柏幸灾乐祸："还是我好吧？我多温柔贤良善解人意！"

谢井原真被他无穷无尽的自夸烦死了："你这么爱跟她比高低，有种去打一架。"

钟季柏故作深情："那不行，我死了你会伤心的。"

[69] 我应该去跟他道个歉吗？

芷卉觉得班里同学最大的特点，就是任性。

文樱只是额头擦破那么一点点，就像溪川一样请长假不来学校了。

"至于吗？要不是现场目击者这么多，不知道的还以为我怎么欺负她了呢！"听闻消息的芷卉拉着云萱评理，"明明是她想推我没推着，你看见了，对吧？"

"行了行了，你已经说八百遍了。没准人家就是想借机逃个期末考。你没有欺负她，你只欺负了谢冰箱，哈哈哈！"

芷卉苦恼地双手撑脸："能别笑了吗？你这人，缺乏同情心。"

"我很同情冰箱啊，哈哈哈！"

"这也不单单是我的错，当时那个情况下我只能以为是他。"

"对，冰箱也有错，错在网速太卡急死观众。"

女生鼓着脸垂下眼："那你觉得我应该去跟他道个歉吗？"

道歉是不至于，想想也知道，谢井原怎么可能因为这种搞笑事件生气。

但云萱露出姨母般的笑，点点头："应该去。"

基于以上原因，她找了个课间穿过中心广场去了另一幢教学楼，竞赛班在三楼一个朝南的教室，十几个人零零散散地坐着安静做题。

学校里没几个学生不认识她，她就这么突兀地出现在教室前门口，一张张困惑的脸陆续支了起来。

谢井原喜欢坐靠窗的位置，她把两侧靠窗座位上的脸依次看过去，又把剩下的座位通通扫一遍。

他不在，她迷茫地和已经全部停止做题的同学们面面相觑了几秒。

终于，坐中间的一个男生说了句："谢井原在数学组。"

冷淡的态度相当有冰箱风范。

她愣愣地点头："哦，谢谢。"

回去的路上，她的脸才渐渐热起来，那一屋子学神，十几个"谢井原"，自己一个傻子戳在门口光顾着找人，是不是太莫名其妙了一点？

话说回来，他们怎么知道她是找谢井原？

大概就他一个人不在。

既然在数学组，那就没必要再找过去了，本来也不算急事，等他什么时候回教室再说也行。

谢井原一出办公室就看见芷卉了。她从教室的反方向过来，想着心事又晕晕乎乎的样子，途中被瞎跑的男生撞了一下，她还给人道歉。他有点理解云萱为什么总爱拧她的脸了。

靠在墙边等她经过自己面前，他故意咳嗽一声，看她转过来的眼睛从失焦到聚焦，她傻笑着不打自招："我刚去竞赛班找你了。"

男生没有表情，目光移向竞赛班方向，又移回来："千里追凶？"

"不是……想跟你道歉解释。"

"嗯。"男生用眼神示意她边走边说。

"昨天我数学没考好，这你知道。但是后来老刘找每个人分析考卷，对作弊的同学都乐呵呵，只批评了我一个人，所以心情更加不好。"

"批你什么？"

"说我小聪明，学得快，忘得快。"

"又没说错。"

"哼。"女生赌气上了两级台阶，接着说，"他也说了，要是高一就开始教我不会这样。再加上只批评我一个，我当然只能想了——他在竞赛班教了你三年，在K班教了其他人三年，大家都是亲生的，就我是捡来的，被区别对待了。"

男生笑了，在几级台阶上停下来等她："被区别对待的时候，你怎么从来没想过有可能是自己比较被偏爱呢？"

她站定想了想："怎么可能？老刘连题都没给我讲，他都给顾钦钦讲题了。"

"早上发的考卷，标准答案在你后座，到下午你都没拿过来订正？"

"我订正了。"

"那么详细的步骤，你抄一遍还不会做？"

"会做了。"

"那你要他讲什么题？"

"我……可老刘不知道我会做啊。"

"已知，你聪明；已知，你身后有答案。我都能想到，老刘想不到？"

"这……一般人还真想不到你们能想到。"

"我才想不通你们女生呢。一个因为老师请吃饭打了鸡血成学霸，一个因为老师没给自己讲题液化气爆炸。老刘就算真的不喜欢你又怎样？高考能少100分？不可能每个人都喜欢你的，你在乎这个干吗？”

“我也没有在乎每个人啊。”

换男生沉默起来。

原来是她喜欢的老师偏爱别人。更早的时候，她在马路边哭或者在走廊里吵架，是因为他。为什么他没能早一点察觉？

他心虚得不敢看她的眼睛。

她还没明白这突如其来的沉默是怎么回事，习惯性地一脸蒙。

一般这种时候，如果对方是他妹妹，他已经走下去摸她的头了。

理智把动作硬停下来，却又没有发出下一步指令。

两人静止在楼梯两端，学生们藏青色的身影从中间上上下下流过，视线被频繁阻断。

她看见，他张口出现一小团白雾。

她听见——“对不起”。

不知为什么，来道歉的她得到了一句道歉。

她心里突然发慌，以至脚没抬到预定高度，往台阶上跪了一步，手撑住了，没摔。这画面谢井原没看见，他转过去继续上楼了。

等他再转过头时，女生只是在拍手上的灰。

“你寒假有什么安排？”

“就是上补习班，每周半天语文，两天数学，两天历史。”

“我要是叫你出来，你有时间吗？”

“你要干吗？”

他也想知道。

需要个正当理由。

“给柳溪川送考卷。”

“哦，好，哦，不行。”

男生诧异地看过来，脸上写着“这个问题不是解决了吗”“为什么不行”。

但“作战计划”的纠纷还没解决。

她抓耳挠腮：“因为、因为、因为我想和云萱一起去！云萱也想去！”

男生半晌没说出话。

他好生气地叹了口气：“一起去。”

“可是、可是、可是云萱她最近心情不太好！她想找溪川聊天，你在场，她不好意思说。"

他心想那不是正好吗？云萱和柳溪川聊天，我们完成任务可以走了。

走到教室后门口，还没进门就听见云萱在里面嘹亮爽朗的笑声，谢井原顿了一下，看向身边的女生："心情不好？"

"强颜欢笑。"她强行解释。

男生让她先进门，跟在后面强调一遍："一起去。"

云萱真是个拆台的女人。

但现在只能求助于这个拆台的女人。

下一个课间，芷卉借口到小卖部买东西，把云萱拖出了教室。

"我想给溪川送考卷，可我不想让谢井原去，就跟他说你跟我一起去。你帮我劝劝，让他别去了，就说我们都是女生，他一个男生跟着不方便。"

她说得像绕口令，难为云萱听懂了。

"为什么要我说？你不能自己说吗？"

"我已经说过了，他不听劝。你再表达一下你也不想带他。"

云萱想了想，皱起眉："但他干吗这么坚持，非要见溪川？"

"不知道，可能就是固执。"

"亲爱的。"云萱穿过货架跑来揽住芷卉的肩，"面对这种一根筋的男生，我们通常采取的战术是'别跟他废话'。"

"别跟他废话？"

"你自己挑个日子带着卷子去给溪川送了，回头对他撒个娇，'呀，不好意思，忘了叫你'。他能再去一趟吗？不能。"

"云萱你太聪明了！"

可问题是，芷卉跑回教室没找到卷子，溪川的抽屉空了。

这是什么世道啊？居然有人偷考卷？

她正对着空抽屉发呆，谢井原进了教室，问："你在找试卷？"

"嗯，试卷呢？"

"我收好了。"

"挺、挺快。"

到底是怎样一种动力让他如此积极？她百思不得其解。

云萱没在座位上，芷卉病急乱投医盯上了钟季柏："帮个忙。"

"可以啊。"男生爽快答应，把手摊开，"按难度收费。"

芷卉打开他的手，小声说："你能不能劝谢井原别去柳溪川送试卷？"

"哦，原来是这件事！这件事吧……"他低头思考，"收费一个亿。"

"为什么？"有那么大难度？

"你听没听过这么一句话——宁拆十座庙，不毁一桩婚。"

听过，但没听懂。

钟季柏朝后排的谢井原看了一眼，拍拍她的肩："我劝你别去了，就让他自己去吧。"

越来越听不懂。

"你找点别的乐子吧，何必总给自己添堵呢？"

"什么叫'给自己添堵'？"

"你想啊……《梁祝》里，马文才是不是很多余？"

"嗯，是啊。"

"《白蛇传》里，法海是不是很多余？"

"嗯，是啊。"

"人家谢井原想和柳溪川见个面说说话，你硬要跟在旁边，不就成法海、马文才了吗？"

谢井原做题做到一半，被前排突然爆发的战争吓得一激灵。

昨天还在说这事。

没想到一语成谶了。

京芷卉举着书追着钟季柏从教室里打到教室外："钟季柏你什么意思啊？你站哪边的？"

"我当然站谢井原这边了，啊，我错了，我错了，我错了。"

关我什么事呢？

钟季柏看见云萱，一把将她扯过来做人肉盾牌。

女生叫起来："哎哎，干吗啊？奶茶都洒了。你俩又打什么？"

"他……"芷卉指着钟季柏刚想控诉，突然想起正事，把钟季柏扔下，把云萱拽到走廊尽头，"我叫他帮忙劝谢井原别去看溪川，他说我破坏婚姻。"

云萱找到重点："怎么还在搞这事？"

"谢井原把考卷拿走收好了。"

"还真是固执。可你干吗也跟着固执？他要看，让他去看呗，就谢井原那死鱼眼，看一眼能让人怀孕吗？你也太拿他当个宝了！"

"不是这个原因。"芷卉绞着手垂着眼睑，"溪川走之前发现了我干的坏事，我怕她跟谢井原说。"

云萱不屑地眯起眼："你能干出什么正经坏事？"

她挠了挠脑袋："我……有那么一个笔记本。"

"你写她的名字了？"

"写了全班的名字。"

"你够狠的。"云萱咬着吸管笑起来。

[70] 死神放下了他的镰刀

但她也很快注意到，芷卉没有笑。

"不仅有名字，还有每个人的基本信息。"

"有诅咒吗？"

"没有。"

云萱一脸无奈，继续喝奶茶："这有什么？不过，你收集这个干什么？"

"我想……和K班每个人拉近关系。"

"我没懂，意思是……你有一本全班同学攻略手册？"

"差不多。"

云萱更加费解了："图什么啊？"

长长的沉默后，她低声说："吴女士说只有举手表决全票通过，我才有可能拿到优秀学生干部的高考加分。"

笑容从云萱脸上消失，逐渐被错愕替代。

"你对大家好，是为了加分？"

芷卉无意识地反复掐着自己的手指："你是不是也觉得我……很差劲儿？"

云萱怔了几秒，有点艰难地发出声音："那个本子上，我是说……有我吗？"

她无声地点点头。

"哦，京芷卉！"云萱一掌把她从面前推开，掉头就走。芷卉看着她的背影，她抬手擦了擦眼睛。

芷卉的背撞在墙上，两秒后痛觉从肩胛骨窜过脊椎。

钟季柏是到第二天上午的历史课才发现不对劲儿的。悦悦姐讲了个笑话，全班都在笑，他边笑边习惯性地看云萱，云萱却面无表情。

他回过头想问京芷卉，云萱怎么了，发现了第二个面无表情的人。

完蛋，一种世界末日的前兆。

中午吃饭时，他发现了更多前兆，京芷卉一个人坐在食堂角落，像高三开学那天一样，云萱不在吗？怪就怪在她在，坐得很远很远，和大部分住宿生坐一起。

下午放学铃一响，他就直奔竞赛班，把谢井原拖走了。

"你干吗？"

"拯救你的生命。今天不要跟笨京说话，不要跟她对视，最好不要见面。"

"她怎么了？"

"和云萱吵架了。我一整天坐那儿都能感受到死亡的倒计时。"

谢井原笑起来："女生本来就会吵架，她们又不是没吵过架。"

"不一样！今天的气氛，让我看见了死神拿着镰刀站在前门后面。"

"那里放了扫帚。"

"死神是超现实的，你这人怎么没点想象力？"

芷卉收拾好书包，低头顺着人流走到校门口，听见熟悉的声音近在耳畔，懒洋洋地说："你动作慢死了。"

她抬起头，云萱手里拿着两杯关东煮，把其中一杯递过来。

她愣了愣，不知所措地接住，没吃。

云萱也没吃，低着头用竹签不停地扎贡丸："我今天一整天都在想你那个本子，一想到你又一次利用了我，我就生气。"

"对不起……"

她截断她的尾音："可我又觉得没什么可生气的。"

芷卉茫然地眨了眨眼。

"就算动机不纯，你为大家的付出也是真的。一开始是为了加分，到现在也不可能全是为了加分，我不相信。"

一瞬间，芷卉红了眼眶："云萱……"

云萱抬起头，眼里也隐约有雾："明明没脑子，装什么心机女。"

芷卉笑的同时，眼泪却掉了下来。

云萱还是那么凶："我教教你，利用的要点是，不能做朋友，不能管闲事，不能真心实意，你懂不懂啊？"

她上前一步抱住云萱，躲在她颈窝里继续哭。

云萱打她后脑勺："笨死了。"

"对不起。"

"脑内剧场就藏在脑子里啊，干吗写在本子上自找麻烦？"

"对不起。"

"就算被抓到了，也别那么快坦白啊。知道吗？"

"对不起。"

云萱摸摸她的脑袋："我不是从小就告诉你不要写日记，一定会被你妈看见吗？我长这么大还没见过写日记不被偷看的人。"

有个动作更慢的人这时候刚走到校门口，看了一眼，一把拽住钟季柏，指着俩女生抱在一起的画面："这就是你说的'死神拿镰刀'？"

钟季柏呆立了数十秒，最后尴尬地笑笑："不知道为什么，死神放下了他的镰刀。"

"溪川知道高考加分的事吗？"云萱边吃关东煮边问。

"不知道，没来得及说。"

"幸亏没说！那她现在还在生气吗？"

"也不知道，没好意思联系。"

"我联系过她，她没提到你。"

"那是因为已经原谅了呢，还是气到不想提？"

云萱也判断不了。

"但确实不能让谢井原和她见面吧？"

云萱想了想："你那本子呢？"

"我放家里了。"

"不得了，智商短期内突飞猛进。你明天带过来。"

"带过来干吗？"

"我去买个同款笔记本，抄个一模一样的，放书包里带着。如果溪川要揭穿这件事，我可以反驳说本子是我的，当场翻开展示，字迹是我的。"

"这怎么行？她不会信的。"

"要她信干吗？谢井原信不就行了？我一口咬定就是溪川看错了，她也没办法。"

芷卉含了个魔芋结忘了嚼："怎么还有这种操作？"

"反正我又不需要在意冰箱的看法，我就是爱写日记，他拿我怎么样？"

"总觉得……"

"说不定溪川早忘了，带点吃的去看她吧。"

万万没想到，第二天云萱看了本子之后从一早笑到了午休："你怎么什么事都要发表点感想？你是弹幕成精吗？马超这页还画了彩虹，这让我抄都抄不下手，太文艺的少女根本不符合我的形象。"

"嘲笑别人是不好的行为。"芷卉想知道她何时才能笑完。

"没嘲笑别人，就嘲笑你。"云萱又往后翻了几页，"为什么冰箱这页什么都没有？"

芷卉抬眼想了想，又垂眼继续做题："一开始就觉得，不管我做什么，他都不可能喜欢我。"

云萱忘了自己本来想说什么，突然哽住，不笑了，好半天才说出一句："珍惜谢井原吧。"

"嗯？"芷卉茫然地从作业上抬起头。

如果没有他，你这种没心没肺没自信的傻女孩，还不知道将来会碰上什么渣男，被骗得骨灰不剩。

谢井原虽然缺点那么多，但至少人品没问题，不会利用她，云萱想。

"珍惜什么？"

"放假就见不到了。"云萱笑着说。

芷卉往后排空座位看一眼，现在也见不到。

"习惯了，他一参加竞赛，我就觉得自己和他是两个班的。"

"我发现你这个人真是重色轻友，你和谢冰箱相当于两个班同学的时候，你不还是喜欢他吗？为什么跟我分在两个班就立刻甩了我？"

"我习惯了跟你天天在一起啊。"芷卉说得理直气壮。

云萱想想，好像的确是这么回事。

期末考又是一模，芷卉这次是文科第五，总分排年级第二十九名。云萱帮着对照招生计划算分："复旦有希望吗？"

"悬。每年北大、清华、复旦、交大在圣华的录取人数就三十来个，有时候三十多一点，有时候三十个不到。"

"基本是A班的意思？其他班一点希望都没有？"

"BCEF班都有希望。"这几个是理化史政1班，"A班也经常会有人掉下来。"

"稳住。"云萱拍拍她的肩，"我们K班也很有希望。我们K班至少保了一个交大吧，不过……冰箱为什么不去清华呢？"

"不理解。"

"哦！"因为事先掌握了内幕信息，云萱突然理解了，笑容僵在脸上，又皱起了眉。

愚蠢的女主角还在一旁揪着头发郁闷："新闻系是没什么希望了。"

"为什么？"

"这专业在上海文科只招四个人，光我们学校就有四个人排我前面。"

"朋友，那四个人的志愿也不一定就是复旦新闻啊。"

"哦，对，是的。"

"打起精神来，要有信心，二模我们要再进步，一个考不上复旦的女孩是没资格和一个交大男孩做朋友的。"

"冰箱说我考华师大也可以。"

"他放屁。"

虽然云萱对芷卉信心满满，但轮到她自己就不太行。也能理解，对艺考的准备，她确实动手太晚，寒假里报的只能是冲刺班，和同班同学相形见绌。

芷卉每天补课结束去培训机构找她一起吃饭，然后各自回家。云萱天天一脸不爽："学艺术的女生真是太贱了，我是基础差点，怎么了，笑什么笑啊，她们生下来就会跳舞吗？"

芷卉笑着提醒："你也是学艺术的女生。"

"我不想去这个班了，感觉跟不上，现在老师也懒得看我，前台还跟我说明年再报班半价。"

"我明天没有补习，我们溜回学校去用舞蹈房，我会跳舞，给你开小灶。"

"寒假期间大门不开。"

"去了自然有办法。"

"可你明天没补习，出得来吗？"

这倒是个非常现实的问题。妈妈不让她和云萱多往来，说浪费时间。之前她老实提到去看云萱艺考培训，被骂得狗血淋头，后来每天只能偷偷摸摸私会，宛如罗密欧与朱丽叶。

上补习班前后打个时间差还好说，没课的日子她要特地出门总得有借口，不能提云萱。

纠结到晚饭时，机会居然自己出现了。

"明天你琪琪姐姐结婚，我和你爸爸要去帮着张罗婚礼，你高三，就不要去了，中午自己在家吃，好吧？"

芷卉装作很遗憾的样子："那好吧，祝琪琪姐姐结婚快乐。"

她用手握了握护身符，心里放起烟花，真是幸运日。

第二天早上等父母出门后，她收买阿姨，耽误了点时间。

云萱比芷卉先到，绕着学校走了整整两圈，没找到什么能钻的缝，侧门门卫又盯得紧，她刚拿出手机想给芷卉发消息说另寻去处，就听见有人叫自己，一回头，钟季柏跟她隔着墙，在里面篮球场。

"你怎么在这里？"

云萱有点惊喜："哎？你是怎么进去的？"

"竞赛班和体育生能进学校，就那么几个人，门卫都认识。"

原来人家都有正当理由，她又泄了气："可我现在进不去。"

"你要进来干吗？"

"用舞蹈房，芷卉陪我练舞。"

"她人呢？"

"在来的路上。"

"哦……"钟季柏简单判断了一下形势，"这还不简单，你翻过来。"

"翻？"云萱讪笑着，"你还记得柳溪川同学在哪儿吗？"

"全世界有几个人协调性像她那么差？听我的。"他指着位置，"你踩这儿，再快一点踩这儿，一下就上去了。"

云萱没细想就跟着动作指导轻松上了墙："然后呢？"

"直接跳下来，我接你。"

"跳？"她的脸色突变。

男生伸出手臂，阳光把这张孩子气的笑脸打亮。

"相信我。"

一瞬间，她心里有什么满涨，似风似海，席卷了所有与青春有关的记忆，化作潮汐，推着漫天覆地的声浪破光而来。

[71] 你没这个天分

钟季柏，平时不说话的时候就很帅，认真打篮球的时候特别帅，笑着看人的时候让人觉得有砂糖筛进心涧，可是他一旦开口，很容易让人变暴力，通常帅不过三秒。

比如眼下，轻松接住云萱后，他顺势抱着她转了半圈，他说："你长胖了。"

女生反手就是一个肘击："我只是穿得多。"

他随意地揉着经常被击中的肋骨："舞蹈房在哪儿？"

"体育馆二楼。"

正说着话，男生突然拉起她的手开始狂奔："不好不好，门卫来了。"

到体育馆二楼，他们才喘着停下。

"带钥匙了吗？"

"要什么钥匙。"云萱从头上摘了两个发卡，朝他眨眨眼，随便捣鼓两下，门就开了。

"厉害啊！"男生惊叹着跟她进去。

"我和阿京5岁就会这个了。"

"她什么时候来？"

云萱看看手机："还有20分钟吧。"

"那我先去训练，等笨京到了，她翻不过墙的话，你来篮球场叫我。"

她可能翻不过墙吗？她飞过来空中转体三周半都不成问题。所以这事没轮上钟季柏。

芷卉到了之后在舞蹈房帮云萱纠正了一些标准动作，开始坐下帮她分析："我上网查了点资料，大家都很强调对作品的表达能力和肢体协调能力，你练习的时间不多，所以我们要重点攻克你最薄弱的地方。"

"现在整容还来得及吗？"

芷卉一个白眼翻过来："你哪儿不好看？你属于那种好看还有辨识度的非传统美女。你最大的弱点是基本功薄弱，老胳膊老腿的一时半会儿想练出高难度动作来惊艳全场，不太可能。那我们就尽量避开它，把重点放在展示你表演方面的才华上。"

"我还有这方面才华？"

芷卉沉默着用眼神谴责她。

"没才华也要假装有才华！你说吧。"

"为了不暴露你的缺陷，在设计编排上不一定要追求完整性，尽量做到短小精悍，在最短的时间内抓人眼球。"

"短一点好啊。"云萱撑着脸说。

"你小时候平衡力很好，转多少圈都不会头晕，现在还能转吗？"

云萱起身随便转了个几十圈，淡定道："这样吗？"

芷卉竖起大拇指："这样就好办了，练串翻当卖点吧。最后就是……"她看看手里的小抄，"作品要有共鸣。"

"就是你刚才说的表达能力？"

芷卉点点头："你不只是在完成动作，也需要表达情绪，善用你的眼神传达作品的感情。"

"眼睛太小，表达不了。"

"眼睛越小越聚光。"

练了两个多小时，云萱体力不支，提议歇一会儿，两人下楼去小卖部买速溶奶茶。在货架前，云萱又忍住了："还是算了，奶茶发胖，钟季柏说我胖了。"

"他自己才胖呢。"

"他不胖。刚才他接我翻墙，经过一番混乱的操作，我摸到了他的腹肌。"

"他是个体育生，有腹肌很正常吧。"

"当时我就好美慕啊，我想要有一个同款。"

芷卉没明白这个逻辑，钟季柏好歹是你喜欢过的男生，你摸到他的腹肌居然是想要一个同款？

"每个人都有腹肌，只是有些人不太明显。"她伸手按了按云萱的肚子，"又没有脂肪，线条嘛，练一个月就出来了。"

于是两人还是乐观地一起喝着奶茶返回舞蹈房。

钟季柏训练结束后抄了条近路绕到室内体育馆去，这条小路平时就没什么人走，没想到途中能碰上闲逛的云萱和芷卉。

他遥遥望见一些迷惑行为，云萱在摸芷卉的肚子，芷卉边喝奶茶边伸手摸了摸云萱的胸，两人神情平常得仿佛那只手穿越去了其他时空。她们站着说了两句话，云萱又反过来摸了摸芷卉。

钟季柏顿时觉得，他和谢井原日常打嘴炮的行为，简直是哲学垃圾。

不太懂她们女生的友谊。

"笨京！"

钟季柏从远处跑过来，终止了这个奇妙景象，到近处问芷卉："你自己能翻墙进来？保安没拦着你？"

"我腿长，翻墙不在话下。"

"哈哈，难怪云萱翻不过来。"

云萱狠狠瞪他一眼："你是在影射我腿短吗？"

"不敢不敢。"钟季柏马上认输，"特地过来看我打球？"

"呸，谁要看你。舞蹈房太闷，我又练累了，出来转一圈。"

"练得怎么样？"

云萱也不谦虚："当然很有效果啊，我都快赶上专业的了。"

"这么自信，那我一定要去观摩学习。"

"你没这个天分。"

芷卉揶揄道："现在打篮球对肢体要求这么高了吗？还得学跳舞？"

钟季柏大大咧咧伸手抢芷卉的奶茶："你管我呢，渴死了，奶茶给我喝一口。"

芷卉反应灵敏，让他抓了个空："我的快没了，你去喝云萱的。"

"你能不能别这么抠？"说话的同时，钟季柏抢过云萱的奶茶喝了起来。

云萱愣了愣，想抗议，还是算了。

他倒是喝得开心，完全没察觉不对。

芷卉看看手机："我们接着练吧，不然又要到吃饭时间了。"

"晚点吃饭吧，我根本不饿。"

两人继续往体育馆走，芷卉回头看见钟季柏跟在身后走："你还真来啊？"

"当然要来。"

“你是体育特长生，进师大没有问题吧？”云萱问。

钟季柏喝着奶茶点点头：“没问题，距离艺考没几天了，你要加油啊。”

“要你管。”云萱嫌弃地白他一眼。

走了一会儿，钟季柏回头问芷卉：“你那个……复旦面试怎么样了？”

芷卉正感慨自己的发光发热能力挺强的，讽刺道：“你才想到关心我啊？”

“那是因为你厉害，根本用不着我瞎操心。”

芷卉冲他展露了一个假笑。她想不通他为什么会拒绝云萱，他们相处起来明明拌嘴掐架自然甜，云萱练舞时他还老鼓掌叫好，这哪像不喜欢的样子？

到最后云萱自己都不太好意思了，停下动作，把他支走：“阿京在准备面试题，需要有人提问，你去帮她。”

“哦。”钟季柏也没提出异议，顺势过来抓起芷卉面前的资料，“笔尖上的行星指的是哪颗？”

芷卉回过神：“海王星。”

“东施效颦的典故出自？”

“《庄子》。”

“下一题，林黛玉从贾宝玉送的手帕中悟出一种深情，这属于……”他蹙着眉，“A实用态度，B认知……”

“认知态度。”

“恭喜你抢答成功。”钟季柏又盯着手中的资料，努力找出他认为最难的题，“将鲁迅的《药》《祝福》《狂人日记》《阿Q正传》按照时间排序。”

“《狂人日记》《药》《阿Q正传》《祝福》。”

男生懒得问了，把纸一扔：“这种事鲁迅都不一定记得住啊。要是这样都通不过面试，我就怀疑老师有问题。说实话，我连题干都看不太懂。”

芷卉说：“你挑的都是最简单的。”正因为他看不懂。

这时谢井原的信息正好进来：“一起回？”

钟季柏如实回复：“我和云萱、笨京在舞蹈房，来找我。”

作为一个傻男生，谢井原肯定也不知道学校里还有舞蹈房这种场所，钟季柏也不太确定他能不能找到。

那边，芷卉在认真矫正云萱的动作：“注意你的视线，斜下方，直到翻转后腰的时候，视线才转上去。不对不对，跳步在转腰之前，这时候眼睛不要动。”

“跳步在转腰之后啊。”

“转腰之前右脚跳步，转腰之后左脚跳步。你注意看我的眼睛。”她拆分动作演示给云萱看。

视线向下，下前腰，双臂平展，右脚跳步时转到侧旁腰，双臂垂直，至后腰双臂平展，视线上挑，左脚跳步。

镜头被放慢时，所有内容都成倍地细腻。

冬日的阳光穿过她的指缝，指尖变成透明的绯红，舒展的手臂被描了金色的边，一同被勾勒的还有少女的胸、腰部曲线，隐约的，并不夸张。

暖色调包裹她的轮廓，目光沿着冷色调的阴影轨迹移动。

她旋转时长发滑下，露出白皙的肩颈，一秒后忽然向阳仰起的脸像上了层光亮的釉。

回到原点，再来一遍。

视线向下，视线向上，因为视野里出现的意外，她没能完成这个练过上千遍的"立圆"，不太自在地收了势："你怎么来了？"

一秒的回应空白。

谢井原把视线移向窗外一无所有处："来找他回家。"

被提到的"他"，钟季柏，也才回过神，但还有点沉浸在刚才的困惑中。

谢井原一进门，他就想说话，但对方的眼神不知道为什么像造了个结界把自己弹开一样，他愣是没能发出声音。

钟季柏顺着视线看过去，谢井原在看云萱，还是在看京芷卉？在看什么？

无比漫长的一个舞蹈基本动作的用时中，钟季柏的脑袋在两个方向之间来回转了十几次，有点晕。

"哦，对，我、我叫他来的。"钟季柏转过头，"你怎么这么快就找到了？"

"问人。"

云萱接话："既然冰箱来了，让他考你面试的临场发挥好了，钟季柏过来帮我切音乐，我自己再练会儿。"

芷卉飞快地摆手："不行不行。"

云萱把她从自己身边推开："你跟钟季柏太熟了，一点紧张感都没有。"

钟季柏难得配合一次："对，考官哪有我这种亲和力，让他问。"

紧张感已经有了，芷卉焦灼地挠着头。

谢井原什么也没说，放下书包，从钟季柏手里接过打印的题库，走向窗边的过程中对她做了个"过来"的手势。

她只好乖乖跟过去。

席地坐下后，他垂眼认真看了会儿纸上的题目。

开口时她以为要提问了，严阵以待，听见的却是过期话题。

"跳得挺好看。"

[72] 毫无随机应变能力

没等芷卉做出反应，他正襟危坐，接着问道："你如何看待上海的城市发展？"

女生一时没反应过来："呃，我……城市，城市发展……"

"十秒钟思考时间。"

这位考官要求还真严格。

"评判一个城市的发展应该从城市的经济水平、居民幸福指数、发展前景等几个方面入手，但经济发展水平是最重要的评判标准，经济水平是、是……"

男生面无表情看着她，不给一点提示。

她只好承认："我还没准备到这题。"

他又往前翻了两页："你的人生规划是什么？"

"短期规划是给高中三年画个圆满的句号，考上喜欢的大学……"不知道为什么，被他这样盯着，她完全不知道自己在说什么了，"但规划又不是定了就能实现，实现了也不一定是自己期望的样子，而且自己也可能改变主意……"

声音越来越小。

"跑题了。"他无奈地笑起来。

她回过神："有这题吗？我感觉没看见过。"

他把题库翻过来指给她看，白纸黑字的存在。

继续。

"说说你从父母身上继承了哪些优秀品质。"

"父母……等等，优秀品质？"

"嗯。"

"意思是让我夸爸妈，还要自夸？"

"差不多。"

"这种问题……有点太个人了，又没有标准答案。"

"是没有，所以应该自由发挥。"

芷卉愣了愣。

远处，云萱下了个腰，并不标准，钟季柏还在傻乎乎地拍手叫好。

这就是云萱说的紧张感吧。

"钟季柏问我的时候，我都感觉准备挺充分的，你一提问，心里又完全没了底。"

男生放下纸页："不是赶鸭子上架通常有效吗？发挥你的特长啊。"

"照你这么说，我还准备什么？"

"提高随机应变能力，做些知识储备，被问到意料之外的题也能即兴发挥。

没有标准答案，但有合适的答案。有一半的概率，问的题你没见过，大学又不是为了招背书机器。"

女生若有所悟地点点头："感觉有了点方向。"

他准备重新拿起题库，听见她忽然问："你当时帮我填的推荐表，申请小作文那部分都写什么了？"

"为什么问这个？"

"面试的时候考官可能会问到上面的细节，我怕我答不出来。"

他抱歉地笑笑："网上抄的，真不记得了。"

"你不是过目不忘吗？"他居然也有掉链子的时候。

"这种千篇一律没代入感的东西，又看了好几篇，印象很混乱。"

"为什么要看好几篇？"

"不仔细看看，万一连性别都抄错怎么办？"居然是为了不掉链子，反而掉了链子。

她苦恼地叹口气："还能找到网页的历史记录吗？"

"时间太长了。要我说，被问到也自由发挥吧，就算是自己写的也不一定全记得。老师不会较真的。"

"你说得轻松。"

他笑起来："紧张什么？一年没跳过的舞只准备十几分钟，你也能上台。"

"那不一样，音乐有情绪，舞蹈是对它的条件反射，答题是需要动脑筋的。"

他还想说什么，云萱和钟季柏在那边又吵了起来，钟季柏吵得非常认真，云萱吵得有点敷衍。

"你就考师大嘛，考什么上戏？"

"不要，我就想考上戏。"

"师大怎么你了，你这么嫌弃它，我也考师大啊。"

"你考不考师大跟我有什么关系。"

"你就那么不想跟我一个学校？"

"我干吗要跟你一个学校啊！"

"哎，小孩子一样。"芷卉哭笑不得。

谢井原回看一眼，心想你还好意思说别人，起身收拾东西，打断钟季柏："回家了。"

芷卉看看手机时间："哦，我也得赶紧回去了，溜出来的。"

回家时两个女生还是翻墙出门，钟季柏也陪着翻墙，谢井原没跟着他们疯，在马路对面等着会合。快到站台了，钟季柏才寻思不对："你说门卫今天只见我进去，没见我出来，会不会产生什么疑问？"

"谁整天记得你啊？"云萱白了他一眼。

"我这么帅，谁不记得啊？"

没有人对这句话做出回应，芷卉直接开启了别的话题："我们三个是顺路的，云萱你怎么回去？"

"我打车好了。"

谢井原指挥钟季柏："你送送云萱吧，女生路上一个人不安全。"

钟季柏记了前面互吵的仇，冷笑着问："她打车，能怎么个不安全？"

谢井原转向云萱："你家住哪儿？"

云萱报了个地标，在郊区。

谢井原回头给钟季柏分析："她家到这里的距离是你家到这里的20倍，按上海市各区县百万车公里事故率分段计算，云萱有高于你大约35倍的概率死在路上。"

云萱本人叫起来："冰箱你能不能说句人话？"

另一个落了剧情的人跟着傻笑，问云萱："要不你跟我回家住吧？"

"别了，你妈看我的眼神就像看蝗虫。"

"我妈只是不许我跑出来跟你玩，借住一天又不耽误我时间。"

"那就是不耽误时间的蝗虫。"

"要不干脆让冰箱送你回去算了，他这么担心你。"被35倍概率震惊到现在的钟季柏终于发出了声音。

换谢井原短暂地丧失语言功能。

他强打起精神想了想："你是她同桌。"

"哪条校规上写了必须送同桌回家啊？"

"校规没说，但你的时间比较多，回家也是打游戏。"

"去吧去吧。"芷卉帮着劝说，"你个子高，又是练体育的，你陪着云萱比较有安全感。你让冰箱去送，遇到歹徒，他也打不过啊。"

谢井原叹了口气。

被夸的钟季柏立刻积极起来，转头拽走云萱："好吧，我送你回去。"

云萱虽然很想把钟季柏一脚踹到机动车道去，但十分理解谢井原想支开他的心意，把人领走了，对芷卉招招手："那我们走了。"

"嗯，到家跟我说一声。"

谢井原有点累。

不是上下班高峰期，学校又在放寒假，公交车上还有座位。芷卉体谅男生挤来挤去不方便，先选了双人座位中靠窗的空位，她后排靠走廊那边还有个空位，但他没坐过去，靠在旁边站了。

他给手机插上耳机，戴上一只，另一只递给芷卉："听歌吗？"

芷卉仰起脸，接过来戴上。

耳机线不太长，以他们的位置，一起听有点勉强，他一手撑着扶手俯下身，一手操作手机找着歌。

留给她的空间过于狭窄，留给她的空气也过于稀薄。

女生顿时全身僵硬一动不敢动。

坐旁边那位路人诧异地观看，三秒后幡然醒悟，从座位上弹起来笑着对男生说"你坐吧"，换到后排那个空位去了。

男生道着谢坐下，全程没发现有什么不对劲儿。

终于，他找到了他的歌，芷卉喘过了她的气。

"你听这首歌是什么感觉？"过了一会儿他问。

芷卉清理掉满脑子的胡思乱想，用心听："振奋和自信。"

他把歌曲链接直接发给她："你面试前可以听听。"

"嗯？"

"音乐里有情绪，也许听见它，你就能条件反射地振奋和自信。"

微怔后，她心里涌起一阵暖意。

她随口说的话，他好认真对待。

"那你又是为什么存了这首歌？"

他困惑地转过头看她，不得不承认，她的思路挺奇异，经常提出这种他没想过的问题，考随机应变。

芷卉解释道："我是觉得……你好像做什么都得心应手，从来没有不擅长的事，没有处理不了的问题，看起来根本不会受情绪影响，你也会有紧张不自信的时候吗？"

"当然会有。"

"我有点好奇，那是什么时候？"

现在。

当你近在咫尺，看着我的眼睛提问的时候。

选真心话还是大冒险？

他只是条件反射地移开视线，毫无随机应变能力。

"云萱家也太远了！"钟季柏到家时已经是晚上九点多，还没吃饭，"你知道我中途用导航一搜，她家定位在哪里吗？"

"哪里？"

"海里啊！"他拿出手机控诉，"我搜给你看。"

谢井原边喝饮料边笑："地图没更新而已。"

他放下手机继续控诉："是啊！你也知道，是地图都没更新到的地方。"

"你想吃什么？"那位淡定地打开冰箱问。

"随便了。"钟季柏瘫在沙发上挥挥手。

另一个房间传来声音："我想吃卤鸡爪。"

"你不是吃过饭了吗？"谢井原朝那边问。

"我又饿了。"

"饿了吃饭。"

"她想吃卤鸡爪，干吗不做啊？"钟季柏替人抗议。

"做好你得饿死。"

"那我还是随便吧。"钟季柏难受，翻了个身，"我收回以前的话，笨京不是海的女儿，云萱才是。"

谢井原一边用微波炉热吃的，一边笑着起哄："可你因为护送她回家，整个人的形象都变得高大了。"

"我本来就比你高大，你怎么不送送她，给自己加持一下？"

"你怎么就没点牺牲精神。"

"你有，那你怎么不把两个都送了？"

"这样……"谢井原想了想，"没效率。"

"那下次我送笨京，你去送云萱。"

"你清醒一点……"

"明明你自己也想偷懒，还说我。"

"我……和云萱没那么熟，路上没话说。"

"我跟她也……"一路上隔三岔五吵架十分愉快，司机最后建议他们可以以相声组合出道，"好吧，但那也不能抵消她家在海里的事实，我已经三年没坐过这么久的汽车了。"

谢井原把饭菜端过来，在他身边坐下："恭喜你增长了经验，像我，出生以来都没坐过这么久的汽车。"

钟季柏狠狠瞪他："我还晕车。"

"运动员，不应该啊。"谢井原觉得确实有点对不起他，"那晚上你睡床吧，我睡沙发。"

“真的吗？”

　　“我亲自示范牺牲精神。”

　　“别找借口了，你就是想对我好。”

　　可见不能对他太好，容易被恶心到。

第七话

Reset in July

他也有很多表情，这些你不会知道

[73] 从根基开始，一点点松弛到顶

芷卉躺床上辗转反侧，睡不着。最近她陷入了类似"出门时到底有没有锁门"的反复怀疑，谢井原到底关不关心她？把这问题在脑海里默读一遍都觉得：哇，人有多大胆，地有多大产。

虽然他每次都把理由解释得明明白白——

为什么转班？因为李悦她们在A班挤对他，他撞了人应该负责。

为什么让表？因为他要考交大，不需要复旦的推荐名额，而她在替补席顺位第一。

为什么教她做题？因为不能浪费他让的表。

为什么一起回家？因为顺路。

为什么又是宽慰又是鼓励？因为她也鼓励他了。可她鼓励他不是因为喜欢他吗？不喜欢他，谁管他？逻辑进入了死循环。

每一个解释听起来都合情合理，可问题就在于，为什么解释的数量这么多？

这么多解释搅一块儿，我们女孩子感性的大脑已经停止工作了，只剩一个部门在加班，那就是"神棍部门"，又名第六感。

第六感指导我们无视现象看本质，珍惜时间的人把许多时间分给了你。

谢井原喜欢她？

可第六感出过错，她以为他喜欢溪川，最后他斩钉截铁地否认了。

还有没有一点能切实攥在手心的东西，特别的羁绊，只有两个人知道的秘密？"棉花糖"和"因为你"。

可很明显他和别人也有秘密。朋友圈平平无奇的一些对话中夹杂两个字"私聊"。

意思是，有些话不能让别人听见，只能对你说。

结合种种客观现实来看，是她妄想的可能性更大。她对他的喜欢过于强烈，反射到自己身上产生了幻觉。

简而言之，她被下蛊了。

好在这种白天见、晚上想的日子不多，日历翻过了农历年，他们没再见过面，手机里多了几条约定时间去给溪川送考卷的信息，不带什么感情色彩。

芷卉的面试并非迫在眉睫，云萱的艺考成了整个寒假的主题，重中之重。

不像芷卉时常把焦虑挂在嘴边念叨，云萱平时心态良好，稍有踌躇时也很会给自己打气，但要不怎么说"有些人平时不感冒，一来就绝症"呢？她有个比较致命的弱点，紧张情绪直接反映在生理上。

艺考当天早上，她胃绞痛。

"我觉得我应该去医院。"

"不，你不需要医院。"芷卉只好把她拖进考场旁的咖啡馆猛灌热水，"幼儿园升小学、小学升初中的考试当天，你都生病，因为你命令自己生病，好逃避掉这些事。停止命令。停！"

云萱长叹一口气："但我不知道还有什么好考的，你看看她们。"

她用下巴示意整个店里花枝招展的女生。

芷卉看了一圈，知道云萱没化妆这件事，她应该负主要责任。

云萱家离市中心实在太远，考前一天是住芷卉家的。原以为住在同龄闺密家什么都更方便些，谁知芷卉家要什么没什么。唯一的气垫粉底因为长期没用，早就干了。芷卉自己有眉毛，没买过眉笔，更不用提从来不存在的眼线笔、眼影、睫毛膏。

等云萱意识到自己这位姐妹其实和兄弟没什么区别时，已经过了商场的营业时间。芷卉妈妈也只有比她肤色深两个号的粉底和一堆中年妇女爱用的砖红色唇膏。

芷卉把打印好的考试要求指给她看："规定不许化妆啊。"

两个女生就这么乐观地互相洗脑，坚定信念，安安稳稳地睡了一觉，第二天一早来到考场外，傻眼。

周围没有一个女生不化妆。

云萱本来就胃疼，路上被狂风一吹，脸色更加蜡黄，突然配上了芷卉妈妈的粉底，早知道带在身边还能救个急。

"没事的，这是艺考，考才艺，又不是选美比赛。"芷卉嘴硬。

"你的潜台词就是'不美得很明显了'。"

"说不定考官偏要选比较老实，按照要求没化妆的人呢？"芷卉还抱有一丝侥幸。

云萱喝着热水勉强点点头，知道这就是个"用煮熟的种子测试诚实度"的童话故事。

芷卉的手机响了，她接起来听见谢井原的声音，还有点困惑。

"你们到哪儿了？"男生说。

"到考场了。"

对方短暂沉默，确认道："不是约了今天？"

一瞬间，她的全身毛孔都炸开了。

云萱晃了晃瞠目结舌的闺密："怎么回事？"

芷卉捂住手机说："我跟谢井原约的是今天去看溪川。"

"你的脑子怎么长的？"

"你的考试通知上写的都是日期，他是按星期几约的，一般人谁能注意到是同一天？"

云萱被刺激得胃都不疼了，有气无力地教："快跟他改约。"

芷卉拿开手，对男生说："那个……今天云萱艺考，我们改天再去吧。"

"可我现在在柳溪川家楼下，哦，她下来了。"

芷卉把手机拉开点距离看了眼时间。

"那，只能这样了。"

她说不出什么话，也不知道是怎么挂断的。

"服了你，你快去吧。"云萱说。

"不去了，就我一个人也解释不清。"万一吵起来，场面该有多难看。

"解释不清也比不解释强吧。"

云萱这么重大的考试，等她出来有个人分享或安慰才好。

而谢井原那边，比起可能发生的当面对质，说不定事后解释反而更合适。

思路清晰的时候，二选一其实不难。

"管他呢，要是冰箱只信一面之词，那、那……"芷卉挥挥手，"那就让他们白头偕老吧。"

云萱笑起来。

"而且我说好要陪你考试的，不陪到底怎么行？"

"别给我压力啊，你牺牲这么大，我却感觉考不过。"

"练得这么用功，绝对能行的。不管结果是好是坏，我在这儿等你。"

云萱深呼吸，从位子上站起来："有点底气了。"

芷卉抱了抱她："去吧，打败他们。"

只剩一个人，芷卉才感觉所有力气都顺着地面流走了。一早上的紧张、忐忑、慌乱措手不及，汹涌而来。

心态就像雪崩，从根基开始，一点点松弛到顶。

咖啡握在手里一直没喝。

她身边坐着一对母女，谈话有一搭没一搭地漏进她的耳朵。

她们是特地从外地到上海来赶考的。都不容易。

而此时此刻，溪川在说什么，谢井原在听什么？

她的思绪被陌生人的叫声打断："打扰一下，您好。"

芷卉回过神。

对方递上名片："我是彗星传媒的星探，觉得您的气质非常好，想邀请您参加我们一个广告的试镜。"

"广告？"

"对，电视广告。"

芷卉指着自己一筹莫展的脸："你看我这表情，能把东西卖出去吗？"

其实想多了，溪川有溪川的生活，她自己要操心的事一大堆，"发现同桌心机重"这件排不进前十。谢井原来送考卷让她挺惊喜的，云萱和芷卉没来，她也没多心，倒是被云萱参加艺考的消息转移了注意力。

"她一点口风都没漏过啊。"

"好像是临时起意吧。"谢井原也觉得艺考这个词是在最近一两个月突然频繁出现的。

溪川下了楼，顺便去小区门口便利店买零食，拽着他一起去。大概是因为长期没人理，她憋得慌，一路兴奋得蹦蹦跳跳，说话的内容也天马行空。

谢井原不免觉得好笑："腿都好成这样了，还不来上学？"

"腿好成这样，已经可以出门玩了。"溪川说，"不过最意外的是，吴女士打了好几个电话催我回去，没想到她这么惦记我，是不是找不到人骂了？"

"不至于，云萱上学，还住校。不过我最近没怎么见过吴女士。"

他在货架前挑饮料，一转身，溪川已经坐窗边吃着关东煮拿着模拟考试卷做起来了。

还和以前一样，完全没什么考试胜负心，这就可以理解，为什么自主招生没进面试，她还这么乐颠颠的。

"你的自主招生考试是怎么回事？出什么意外了吗？"

"不知道啊，考完我还感觉挺好的。"她停顿一下，"没过就没过吧，想那么多干吗？"

"你考了多少分？"

女生大大咧咧地报了个高分。

谢井原算算她丢的分数里能塞进的人，竞争这么激烈？

怎么都觉得不太现实。

"听吴女士说芷卉过了，她考了多少分？"

"不清楚，我没问过。"

"她这次很厉害啊。"溪川吃着东西，头也没抬。

谢井原往她那边看一眼，疑虑更深。

每个人的考分只有自己知道，但要认真打听别人的分数也不难，入了围的同学不觉得这算什么隐私，早就互相交流过。

他回家给江寒打了个电话，A班入围面试的所有同学的分数几乎都清楚了，只有一个人比柳溪川高。

柳溪川……被漏掉了？

云萱出了考场，心情反而没进去前那么糟，没想到教室门口有老师拿着卸妆水见脸就擦，最后谁也没比谁美貌多少，可是考才艺，她还是心虚。有些知名艺考培训机构出来的考生互相熟悉，考场外爱扎堆很抢眼，考场内专业度确实不一样。

她不觉得自己表现特差，也不觉得表现特好，归根结底，没底。

到查询结果那天，她自己连操作电脑都没勇气，抓着芷卉代劳。

芷卉也紧张，准考证号连续输错两遍，气得云萱又想打人。

页面跳转的同时，云萱捂住了眼睛："我不敢看，你看吧。"

芷卉滚了滚鼠标："云萱……"

"过了吗？"

她没吱声。

"没过是吗？"

云萱放下手，看见了网页上清晰的"未合格"三个字。

[74] 天黑了，你早点回家

空气凝成一团，云萱的目光像是被焊在了电脑屏幕上。

芷卉安慰她的声音沉闷又含糊，像从一堵水泥墙里说话："没关系的，还有其他路。不是还能报考各个大学的艺术特长生吗？特长生对才艺的要求会稍微低一点……"

云萱打断道："可我好累，撑不下去了。"

她放弃了卡在墙里挣扎，抱着膝盖在一边。

"前两年日子混着过，本来高三象征性地用功一点，进个差不多的学校也就算了。然后你来了，给了我很多想象，我觉得自己是不是还有机会创造一点奇迹。

"像没头苍蝇一样到处碰运气，这条路试试，那条路试试。其实行动前就知道希望渺茫，还是努力给自己增加信心，加一点，再加一点，造一个七彩的泡泡把自己裹起来，往外看，世界变得很美好，未来可期。直到这个泡泡破掉，想起前一阵高喊口号的自己，觉得又辛酸又可笑，失败后人能回到起点吗？只能跌到比起点更低的地方。

"然后再造一个泡泡，直到破掉。一次又一次地破掉，再这样下去真要自杀了。

"在高三开学第一天，我还是个无知无畏、盲目自信的快乐女孩，现在我知道了，我是个一无是处的人。我和你不一样，芷卉，我根本没有什么实力。

"所有事都有它本来的规则，只是这些规则我们之前不知道，才那么乐观。我今天是个什么人，该去什么地方，从高一分班考那天起就已经注定了，但到高三才自己发现了一些规则的蛛丝马迹。

"高一的时候没有人告诉我高考原来有这么多条路，一上高三，自招、艺考、特长生、推免突然就展开在面前。就连这时候也只有人告诉你，你没有资格做这个，没有资格做那个。资格的取得却需要从高一开始累积。

"想想高一的我在做什么。爸爸生意做砸了，卖了家里的房子，从江边搬到海边，妈妈在跟他闹离婚，天天吵架，你也不在我身边，新朋友不是笨就是坏，住校，没人管，自由散漫，为了考试打小抄没被抓而高兴。没有人告诉我'云萱你不是读书的料，应该开始准备艺考'，我连艺考都没听过，每天很盲目地跟不会做的作业死磕，什么都不懂。

"其实你也不懂，你只不过正好聪明适合读书，随大流走常规路也能成为佼佼者。你也没有'为中华崛起而读书'那种觉悟，只不过又正好，被妈妈逼着一个台阶都没有漏踩。"

芷卉认真听着没说话，如果能发出声音，她可能会附和，她这么稀里糊涂的人还能在高三挣扎挣扎，确实是因为妈妈盯得紧，有点侥幸色彩。

但就因为"盯得紧"，她也不知道和妈妈吵过多少架。印象深刻的是，去年大年初一她还在为了做不做作业大哭，一个人在淋浴间戏剧化地演雨中泪，"世界上不会有人像我这么悲惨，在大年初一做作业"。而妈妈冷漠地坚持"昨天除夕你已经玩了一整天了"。

云萱就没有一个在她分到K班后，把她的书包从19楼扔下去的妈妈。

她妈妈也尽心尽力，为了给她争取推荐名额去低声下气，只是没想到在很早很早以前就落下了距离。

"事到如今，我还能做什么啊？"云萱垂眼缩在椅子里。

且不论当事人此刻什么心情，就连芷卉心里也全是不可压抑的无力感。

不能简单用沮丧或者泄气来定义的无力。

不是抬眼看见透着光的树叶想踮脚去够一够的温暖画面。

不是能摘下留念的小向往，也不是错手而过的小遗憾。

没那么文艺。

"吴女士说得没错，对生活抱着不切实际的幻想，眼高手低，才会产生难以承受的失望。就像告白，如果当时没有一时冲动，我可能到现在还可以自我感觉良好地想想，说不定钟季柏也喜欢我。"

"那你还喜欢钟季柏吗？"突然的插问。

"啊？"

没想到说了那么多，她最后对这句产生了回应。

"现在还喜欢他吗？"

云萱掐了半天手指才承认："这种事不可能说停就停。"

"考师大的特长生吧。"

云萱愣了一下。

"最后一次，如果这次都不成功，我们马上放弃。"

"为什么？"

"在我听过的传说里，要是喜欢的人出现，奇迹还没有出现，那就只剩巫术了。"

很多年后芷卉再回想起高考，还是会有点生气，高三那年学校开过五次高考动员会，几乎毫无意义。为什么不把这五次机会放一次在高一，从进校就明明白白告诉学生和家长，你们将来会有这些选择，可以选择的每条路有哪些规则。

云萱比她更早看清，规则从一开始就存在，唯一参加过这个游戏无数次的角色却把所有人玩到了最后一刻。

就连优秀学生干部有原始分加分这种事，都是在某个偶然时机，吴女士单独对妈妈提的，像海底世界里某个头皮屑魔法一样神秘，全年级300多人至少有200个直到毕业都不知情。

眼睛盯着眼前的题，手里整天拿着笔，谁能那么容易刚好注意到布告栏里最后出现的一小张通知？

同样的道理，在高一毫无警戒的环境里，很多学生根本不可能主动去发现那些早已设定好的路线。只有不到五分之一的人从一开始就目标明确或侥幸歪打正着，更多的"云萱"只是在毕业倒计时中突然被一个结果砸中，无论是金高考、银高考，都已经不属于你。

但那时的芷卉也不过是个没见过地图的小玩家。

视野只有往前五步那么远。

坐井观天。

　　新学期开学第一天不像上个学期那么冲突激烈，和大部分日子一样琐碎得远离主题。妈妈看芷卉被馒头噎得直翻白眼，絮絮叨叨地埋怨阿姨："早上最好就只喝点汤汤水水，刚起来哪吃得下这么干的东西。"

　　阿姨的理由也很站得住脚："我怕她第一天又起晚了，吃不上饭就得出门，干粮好歹能带着走。"

　　连决定早饭吃什么这种鸡毛蒜皮的事都能弄出两难的困局。

　　妈妈的焦躁又转移到别的事上："开学就差不多要决定推优了，你上次说的那个不参加班级活动的同学，现在她和你的关系怎么样了？"

　　芷卉愣了愣才反应过来妈妈指的是文樱。

　　"哦，那个同学请了病假，上学期到期末都没来，不知道这学期来不来。"

　　妈妈皱着眉叹气："能不来是最好的了。来了的话……你还是得想想办法。"

　　"知道了。"

　　早读预备铃响过，文樱还没有出现在座位上，芷卉松了口气。

　　可是心还悬着，总觉得哪里都不对劲儿，"作战计划"的目标就这样顺利消失了，"作战计划"造成的影响却没有消失。

　　她心里忐忑，不知溪川有没有把"作战计划"告诉谢井原，艺考当天她就给他发过消息。

　　"溪川还好吗？"

　　他回："还好。"

　　这话没法接。

　　怎么会有人这样回答问题？这个"还好"存在的意义在哪里？

　　几节课小心翼翼地观察，告败。

　　这个人一贯没表情，对他察言观色太难了。

　　被不经意地回头加余光扫视第十几遍后，谢井原终于忍不住主动问："怎么了？"

　　"没事。"

　　他想起什么蹊跷，新话题开得很突然："京芷卉，你的自主招生笔试分数多少？"

　　"778分，怎么了？"

这个分数他听过两遍，江寒说过："蒋璃这次意外失误，和潘新玥一样的分，778分。"又说，"不清楚入围线，应该比783低，比778高，在这五分范围里吧。"

"没事……"他说。

一定有事！

芷卉脑子里顿时警钟长鸣，一下课就把云萱直接拖进了女厕所："他知道了，绝对知道。被问'怎么了'的时候，他一直是回答'没怎么'，这次他回答'没事'。"

"我觉得你有点……神经衰弱。"云萱抄着手看她，"你太纠结这个了，不如直接问他。"

"如果他不像你一样原谅我怎么办？如果溪川没提，是我自己提了，可是他不能原谅怎么办？你看过《德伯家的苔丝》吗？"

"我跟你一起看的。但是写小日记和未婚先孕好像不是一个重量级。他们男生大脑很简单，这个女生是否漂亮，性格是否合拍，相处开不开心，就这些，哪会有道德评判？二年级那个傅蕊就喜欢抢别人喜欢的人，在男生中不还是公认的小美女？"

"感觉你说的'男生'，特指钟季柏这类。"

"好吧……"

云萱无法反驳，因为傅蕊是男生公认的小美女就是钟季柏告诉她的。

两人在盥洗台前沉默片刻。

云萱在考虑要不要先从走出厕所做起，听见芷卉突兀地问："你知道文樱家住哪儿吗？"

"知道啊，你要干吗？"

"找她回来。"

云萱也注意到开学了，有人还是没回学校。

"可是，文樱性格很古怪的，你把她找回来，她也可能会投你反对票。你加分还要不要了？"

"我不知道，我想做对的事，但这些对的事总和我的目标是反方向的，那是不是说明目标本身不对？"

云萱抱着她脑袋晃了晃："你要高考，去争取一个加分，有什么不对？"

"但这个加分项目的名字叫'优秀学生干部'，我能去争取这个加分的前提是，我是班长，现在这个班，东一个空位，西一个空位，都是我造成的，我这个班长就假装看不见。"

"啧"了一声，云萱开始揉自己的太阳穴。

"不对，你不要什么都往自己身上揽，你只是跟文樱吵了架，但她一直都跟所有人处不好，她那个空位不是你造成的。"

"云萱你不是说过吗？她家关系紧张，所以她才往外面逃，住校，住老刘家。现在这个人被逼得回了家，我们给她造成的心理压力该有多大。没错，我只是跟她吵了一架，但是吵架时让她看见了大家都对她不友好。我们真的想孤立她吗？不是吧。应该有个人去告诉她。"

云萱低着头想了半天，最后抬起头。

"好吧……你去。她要是回来投你反对票，我就打她。"

芷卉笑起来。

文樱对同学找上门第一反应首先是恐慌，其次才感到意外。

芷卉可怜兮兮地扒着她家防盗门问"能聊聊吗"，终于打消了她对"找上门打架"的怀疑。

小区里没椅子能坐，不知道她想聊多久，站着又很尴尬，两人找了个面对面的秋千，谁知坐下来更尴尬，有一种奇怪的恋爱气氛。

芷卉说："之前骂老刘是我不对，对你也太凶了，对不起。"

文樱茫然无措，点点头。

她顺势从书包里拿出些试卷递过去："这些是最近发的卷子和老师印的知识点，你没参加一模，最好还是考一考，不然不容易选志愿。"

文樱无声地接过去。

"开学了，回学校上课好吗？复习挺紧张的，我怕你跟不上进度。"

文樱终于开了口："参不参加高考对我来说也没什么差别，毕业后都是回家里的工厂做事。而且你说得对，我是不尊重同学，态度不好，大家看着我也烦。"

"没那么严重，大家是同班同学，都没什么坏心，会惦记你。"

"毕业后谁记得谁。"

"我记得你啊，不记得你干吗来找你？"

文樱看了芷卉一眼，没接话。

"你平时太高冷了，大家都不怎么敢跟你说话，你稍微友好点也不会没朋友。"

文樱晃着秋千，苦笑一下："不高冷也要有共同话题。我的经历大家没有，说多了就像祥林嫂，没人能理解，只会讨人嫌。"

"怎么没人理解？虽然程度不同，但被家人无视的孤独我也有啊。"

文樱诧异地看过来。

"我爸生意很忙，小时候我总怀疑他不喜欢我，经常故意挑食不吃饭想引起他的关注；和所有人说话，就不跟他说话；在学校画画得了奖，感谢妈妈、爷爷、奶奶、外公、外婆，就不感谢他；在小区里玩到天黑还不回家，躲在绿化带看他会不会到游乐区来找我。"

好幼稚，文樱笑了笑："找过吗？"

"找过一次，还没开心一天，第二天他又出差了。我还从我妈钱包里偷过钱送给我爸想讨好他，结果换来一顿男女混合双打。"

文樱笑得更深一点："做你爸妈真难。"

"你看是吧，我怎么可能理解不了你，大家的烦恼大同小异啊。"

文樱不笑了，沉默了一会儿说："你爸出差还会回来。可我爸……"

她看向芷卉顿了顿："他去世了。"

芷卉脸上现出遭遇晴天霹雳的表情。

"对不起……我以为……我听说……你是父母离异。"

文樱苦笑："班长，情报有误啊。"

芷卉再度陷入沉默。

"你问过我得到了什么偏爱，刘老师对我来说是父亲一样的存在。但是当然，自己的父亲是不可替代的。失去了父亲，母亲重组新家庭，这种孤独反复说一万遍都不够表达，但如果听一万遍，什么样的朋友都会嫌烦。别人不可能完全感同身受。"

云投下的阴影交替着从两人身上走过。

许久许久，文樱从秋千上站起来："天黑了，你早点回家。"

[75] 他也有很多表情，这些你不会知道

开学第一天报到之后，好几天没看见谢井原，芷卉差点要认定他已经去外地竞赛了，仔细一想，还没到3月。

2月的天气乍暖还寒，大家去做广播操，一路上冷得缩手缩脚。

云萱和何琳她们几个女生在讨论娱乐圈八卦，芷卉听不太懂，慢吞吞跟在人群外围走。

经过另一栋教学楼时，右边忽然隐隐出现一阵骚动，几个原本同样在叽叽喳喳的低年级女生降低了音量，无一例外昂首挺胸做淑女状，让人好生奇怪。

芷卉好奇地四下张望。

楼梯上逆光往下走来的男生，视线散漫地游弋在其他地方，却让这边的女生全都不自觉地脊背僵直。

藏青色立领校服整齐挺括，眼神一如既往冷冽失焦，风拂过漠然的脸，额发动了动。

记录心率起伏的针尖拉出了一条直线。

只是恍恍神，一回头，同班同学就都不见了。

再往前走，听见几个耳熟的声音响在前面。

"时唯吗？放弃预录取？真的假的？"

"她自己是打定了主意，她妈妈强烈反对。"

"老马什么意思？"

"老马内心狂喜又不好表现出来，一句话不敢说错，怕担责任。"

"哦，时唯，那她当初干吗占个交大自主招生的名额啊，真的是！"

"当初她的成绩也没开始飙啊。"

"优秀学生干部肯定又是她，好事她一个人占尽了。"

"肯定的，贝逸铭要加分也没用吧，哈哈。"

A班女生们，也只有A班人，能举一反三把同学动向、加分政策研究得清清楚楚。

芷卉因为想偷听，没上前打招呼，走了没多远又追上了云萱。

"你跑哪儿去了，一眨眼就不见了。"

"我还在找你呢。刚才听见A班人在议论优秀学生干部肯定是时唯。"

"屁咧，谁规定优秀学生干部一定是给A班的？A班哪有我们班乱？时唯也就发发通知发发传单，和传达室爷爷有什么区别？"

芷卉笑着捂她的嘴："你不要激动好吗？我只是感慨一下，这么好的朋友也要成为直接的竞争对手了。"

"没那么多感慨，亲姐妹打架最带劲儿了，打完还是姐妹。"云萱说。

说曹操，曹操到，做完操回教室途中时唯主动叫着芷卉的名字从后面赶上来，云萱觉得她们应该能聊一会儿，先上了楼。

因为升入高三后被分在两个班，学习压力又大，她们才降低了联络频率。

如果是在以前，芷卉超过两星期没去时唯家，时唯妈妈准会开始怀疑"你和芷卉吵架了"。芷卉妈妈这边的情况是，时常抱怨"两个小女孩打电话能讲两小时""怎么有那么多话好讲""不知道还以为在谈朋友"。芷卉抓不住重点地争辩一句："时唯不在，是她妈妈。"妈妈就更加惊诧："我服了你，话费不要钱啊？"

时唯也想知道为什么她和自己妈妈都有那么多话好讲，芷卉笑着说："我不知道呀。"

她们是这样一种朋友。

在时唯家过夜的时候，她们洗完澡东倒西歪地躺床上，聊学校里别人的八卦，或揶揄对方喜欢的男生。这种时候，李悦就占尽优势了，她哪个男生都不喜欢，一会儿跟着芷卉嘲笑陈凛渣，一会儿跟着时唯嘲笑谢井原更渣，嘲到掀起一轮枕头大战，累倒时头发丝全部缠在一起，闻到彼此身上一样的沐浴露和洗发水味道。

是这样的朋友。

但她们从来不提高一进校时那次班长竞选，好像要小心翼翼地避开什么。

可是越想要避开越避不开，偏这么正好。

时唯拉她的手凉凉的："我、你、晓枫，又来了，有种时光倒流的错觉。"

三年前竞选班长，三年后竞选优秀学生干部。

A班班长，K班班长，C班班长。

其他班级的班委并没有那么突出的竞争力。

高一那年，A班选班长出现前所未有的胶着，投票三次才决出胜负。第一次投票，京芷卉和杨晓枫13比13，时唯9票。第二次，京芷卉和杨晓枫依然平票14比14，时唯7票。第三次，时唯19票，京芷卉16票。

最后结果让芷卉满心委屈，不算愉快的记忆，成了个心结。

也正因为对方是亲密的朋友，她才能说出甘拜下风的话，不是虚伪。

"三年前是你，三年后肯定还是你啦。"

时唯在楼梯上停了停，辨出她话里傻白甜的成分："阿京你该不会至今没想明白第三次投票前发生了什么吧？"

"啊？"

"晓枫让本来支持她自己的票全投了我。"

芷卉困惑地挠挠头："为什么呢？"

"因为就算她不当班长也不想让你当班长啊。"时唯笑起来，"策略虽然不错，但我不喜欢，我喜欢光明磊落，正面对决。"

原来如此。

居然还有这种操作。

不过……

"这些已经不重要了。"

芷卉从来不是那么执着地想争个输赢，委屈的点在于付出很多却不被认可，而这个误会在三年前就已经解开了。

"我只记得你把那39张选票留给我，对我来说，那就够了。你是个很好的班长。"

时唯仿佛听见积木塔底部松动的声音，目光都变得有点呆滞了："什么39张选票？"

芷卉微怔，局促地解释："三张三张套在一起……有13个人从头到尾每次都支持了我……你收集好留在我抽屉里的啊。"

时唯眨巴眨巴眼睛："这还需要收集吗？你16票，比起初始13票，你有3个支持者要么从我这里跑掉，要么从直接对手那里跑掉。这还说明不了谁才真的赢了吗？"

芷卉毫无数学天分，当场死机，没意识到对方和自己虽然在讨论同一件事，重点却完全不同。

她挠挠额头，又挠挠额头。

"问题是，那39张选票是谁给我的？"

时唯也紧蹙着眉。

此时此刻，时唯妈妈正在英语组，是被年级主任找去谈话的。谢井原去拿保送的纸质材料，拿了就走，和她打了个照面，但有点让人好奇的是进门前听见他们居然在谈论芷卉。因此出了门没走太快，他听见老马重拾因他出现而中断的话题："京芷卉和时唯构不成竞争，她就是考考复旦，又不报零志愿，没有竞争。"

时唯妈妈的声音传来："芷卉还是很厉害的。"

"厉害是家长厉害，唉，你懂的。孩子再怎么有主见，总归还是要听家长的。如果你们做家长的能更有魄力一点，我们学校肯定会无条件支持孩子，全力以赴。"

"我听说还有个柳溪川……"听起来，时唯妈妈犹犹豫豫的。

"时唯妈妈你放心，她也不可能跟时唯有竞争，最多是高考相遇，还分文理，不搭界的。"

谢井原困惑地拧起了眉，后续话题似乎不会再跟芷卉有关，他走了。

所有线索在眼前铺开，要得出结论还需要花点时间。

芷卉被三年前这39张选票扯住了神思，把身边每个好姐妹都考虑了一遍。事情只有是时唯做的才合情合理，她事后不提，有胜者身份尴尬的因素，好理解。除了她，谁这么爱做好事不留名？事后一次都没提过。

到下午快放学时她才想起，谢井原朋友圈发过一张照片，有图像说不定就有新线索，起码能知道拍照时选票是在讲桌上扔着还是已经被收走。

她拿出手机翻过去，看一次又被气到一次，他说"有趣"，有趣你个头。以前是输得不服气，现在是输得有点冤，但不管怎样，输了就是输了，输的人是我，你还那么开心。我们女生间的刀光剑影，你一个大男生跟着乐什么，居然还特地留下来拍照留念。哼。

拍照的时候，讲桌上的选票已经不在了。

谢井原可能看见了是谁收的吗？目击证人？

随意把放大的照片左右推推，还有没有蛛丝马迹。

哦？

冤枉谢井原了，原来他是值日生，留下来也没那么特意。

写着"京芷卉16票，时唯19票"的黑板上右下角还写着当天值日生"时唯，谢井原"。

等等……

用过作废的选票被值日生收了不是再正常不过的事吗？

又已知，不是时唯收的。

她放下手机，死死地咬着嘴唇。

你不会知道，他也想弄明白这个有趣的反转是怎么回事，他也很好奇为什么认定会赢到底的人突然落败，做值日的时候把选票看一遍，笑了。他把选票都留下来，说不清为什么，就像留下你的护身符，也许是想铭记一部分的你。

你不会知道，那天的雨有什么特别。你注意到了雨，觉得很贴合你的情绪，开始在公交车上哭哭啼啼，被热心阿姨们围着安慰，解释为什么哭，不是因为输不起。注意不到他一脸的"受不了"，到站就下车，去对面返校，把选票放回了你抽屉里。

你不会知道，他暗中观察到，你看懂了折叠选票的意义，一大早就坐在位置上又哭又笑。他一脸的"更加受不了"。

在你看不见的地方，他也有很多表情，这些你不会知道。

坚硬的壳粉碎于暖调的暮色，脚步在枯叶上踩出细碎的节律。

逆风奔跑的时候，空气在鼓动，哨声撩过长发，脸热得刺痛。

明明是荒寂的2月，整个校园却流光溢彩。

她第一次发现，一栋楼到另一栋楼的距离竟然这么长，一路上不知撞了多少人，登第一级台阶就踉跄一步，没停下。

在转角迎面撞上下楼的人，对方眼明手快抓住她，才避免了她跌下去。

她抬起头看清，是上次在竞赛班回答自己的那个男生，这次也是他让她心里的波澜平息。

"谢井原提前走了。"

钟季柏发现，他今天来叫他回家的时间格外早，而他的脸色也格外黯然，一边把篮球扔给队友，一边随口问："怎么了？"

他垂下的眼里浮着忧愤的神色。

"我发现，京芷卉顶替了柳溪川的自招面试资格。"

[76] 看眼神就知道

钟季柏愣了愣，压低声问："你确定？"

他点点头。

钟季柏的神情有点凝重，以极慢的速度套上外套收拾东西，往篮球馆外边走，走出50米才说出下一句话："信息量有点大，我得捋捋。"

谢井原跟在一旁，连思考方向的脑力都已经没了，走过无数遍的校园里的路突然变得陌生，仿佛降了大雾，灰蒙蒙，人影幢幢。

钟季柏中途停下，回头想问他什么。

静了几秒。

不知他是忘了要问什么还是放弃了问，继续往前走了。

他和自己刚产生怀疑时反应一样，谢井原想，频繁断片。

快到自行车棚时，钟季柏终于找到了正常思路："你怎么发现的？"

"分别问了两人的分数，柳溪川比芷卉高80分没入围，她入围了。板上钉钉的暗箱操作。再加上我上午在英语组听见马德堡提她，像是那个意思。难怪我想和她一起去给柳溪川送试卷，她一直找借口拦我。"

他尽可能言简意赅，钟季柏却还是显得不耐烦，几乎是掐着他的尾音在抢白："但以笨京的人品干不出这种事。"

"我也是这么想的，所以才想了很多天。可你有没有其他合理的猜测？"

钟季柏想了想："没有。"

但他突然想明白了谢井原反常的原因。

他说有很多天，以钟季柏的观察力却是近两天才注意到。

他对着题很长时间没有动笔。

他骑车时不注意看信号灯。

跟他说话，他先闭上眼，重新睁开后要求你再说一遍。

钟季柏回身猛地往他肩上捶了一拳，换成平时的嬉皮笑脸："都怪你！没事瞎琢磨什么？发现这种惊天内幕是要掉脑袋的。"

理解他的用意，谢井原领情地点头。

空气流通性好像比先前好一些了。

钟季柏聒噪起来，接二连三地追问。

"你打算怎么办？"

"不知道。"

"这事柳溪川自己知道吗？"

"她不知道。"

"那你要不要告诉她？"

"不知道。"

"你觉得如果你找京芷卉谈谈，她能把面试资格还给柳溪川吗？"

"不能。"

"这你又知道了？"

他长叹一口气："牵涉学校和家长。"

"也是。你去告诉柳溪川，再去逼京芷卉，京芷卉和你决裂，柳溪川和京芷卉决裂，柳溪川因为你不好站队，再和你决裂。你就跟我相依为命吧，哦，不对，你怎么可能还有命？笨京爸妈肯定要找你拼命。要我说，什么也别做，装没发现吧。真是的你干吗要告诉我啊？"

他也是实在想不到还能和谁商量。下午老刘找他谈话，说他最近老心不在焉，做了一个多小时的考前心理辅导，他差一点就要说出来了，调用了全部自制力才忍住。

他无法预估自己一个字出口，让学校里一位老师知情，可能把事件升级到什么地步，将造成多大地震，又会对京芷卉造成什么影响。

钟季柏至少和两个当事女生一样关系亲近，跟自己感受接近。

而他把"装没发现"理直气壮地嚷嚷出来，很大程度上，驱散了一些令人窒息的压抑感。

"不过话说回来……"钟季柏开自行车锁时正色问，"你站谁那边？"

"这件事肯定是京芷卉做得不对……"

"她对复旦也太执着了。不过你也知道她妈那种高压政策，她可能也是万不得已。"

无解。

就算明知谁对谁错，这也不是一个学生能处理的局面，学神都不能。

钟季柏最后说："拖着吧，很多烦恼拖着拖着就没了。"

可谢井原的感受并非如此。

拖到第二天下午，脑子里尖锐的蜂鸣声已经让他没办法看进任何文字。目力所及之处，所有实物都变得含混，好像集体卷着包袱准备逃遁。

大概是有点感冒了，他全身一寸寸痛。

依此判断，他去医务室要了点药吃。医务室老师还想抓他量体温，没成功。

出门后倚墙站了会儿，吃的药至少算安慰剂，他感觉好一点，往K班方向转去。

他下了决心必须找京芷卉求证。

哪怕她的反应可能让他更措手不及，至少他要问问她心里到底怎么想的。

没想到刚上了一层楼就听见几级台阶上响着她的声音："不让化妆，那你应该去文个眉。"

他脚下一滞，慢慢跟在后面进了走廊。

"我怕痛。而且妆都不让化，文眉应该更不允许吧，都打医美擦边球了。"是云萱的声音。

"但是没有眉毛多影响观感啊，第一印象就输了。"

"确实也是。"

"上次考试那么多人化妆，老师也只是给卸掉，没因此打低分。老师又不能让你当场洗眉。其实我看好多艺考生眉毛都是文的，好看就行了，太实诚会吃亏的，非常时期应该不择手段。"

谢井原听不下去，从她们身边超到前面去，没想到云萱眼尖，说了声"冰箱回来了"。

他回头只看向芷卉，微眯了眼，又冷淡地把目光移开，脚步丝毫没有放慢。

芷卉脸上的笑容一瞬间无影无踪。

"但不知道文眉的恢复期要多久……"云萱继续叽叽喳喳，又往前走了几步，感到芷卉紧紧掐住自己的胳膊，诧异地停下来。

芷卉低着头，看不清表情，好几秒才说出话。

"等一下，等一下再进去。"

云萱胳膊有点疼，一头雾水："为什么？"

"他知道了，看眼神就知道。"

"他的眼神不一直这样吗？"

芷卉摇摇头。

云萱有些无语，提到谢井原的眼神，她能想起的关键词只有"目中无人""目空一切"和"暗藏杀机"，今天这已经算非常……怎么形容……非常虚弱了吧？

但芷卉这么慌乱，好像又增加了她如临大敌的砝码。

"那还站着干吗？进去解释啊。"

女生咬起嘴唇，又心烦意乱地摇摇头："他知道了，没想过找我求证一下，就在心里下了判断。"

听她的意思，"非常时期应该不择手段"，她心里怎么想的，已经这么明显，还有必要问吗？

谢井原后悔自己回来了，撑着头在座位上放空。

好半天，芷卉才踩着预备铃声和云萱一起进了教室。

吴女士紧跟着出现在门口，把前排几个还在走动的同学唠叨一遍，整顿了课堂氛围，走上讲台说："课前有件事，需要定申报优秀学生干部的人选。除了京芷卉，大家还有没有其他提名？"

她抬头看了看大家："看来没有别的人选。那我们现在就京芷卉申报优秀学生干部事宜举手投票。"

芷卉魂没在教室里，心里只有刚才他睐起的那一眼，除此之外一片空白。

她脑海中自然画出很多格子，情绪被割裂在不同的格子里，昨天冲去找他想问个究竟时雀跃的心情，和此刻魂不守舍的失落心情，在距离最远的对角线两端，没有交叠。

为什么不问他？

为什么不问我？

为什么？

吴女士扫视着教室，惊讶地扬了扬眉："看来还是有很多同学支持你的。不过班级内部没有全票通过，就说明平时工作还有一点欠缺……"

她没跟上现实剧情，只看见视野中所有同学都举着手在互相看，最后每个人都回头看向她。

又怔了须臾，她才意识到他们看着的人不是自己，而是自己身后的谢井原。

她稍稍侧一侧脸，余光就已经看见他没有举手，眼圈开始泛红。

"这样，我们班就没有申优的人选了，上课。"吴女士草草结束这个话题，也注意到了没人叫"起立"，但她不介意。

下课铃响后三秒内，全班男生已经像躲避核辐射一样全部撤空，女生们惴惴不安地端着八卦心，聚在靠前一点的位置默默望着，都不敢靠太近。

教室里静得出奇。

她能听见他的呼吸。

他也能听见她的呼吸。

即使没回头，小声说话也听得清晰。

"你就那么讨厌我吗？"

"我不讨厌你，只是觉得你最近没那么优秀。"谢井原平静地说，"我不想参与作弊，你自己说过作弊会让别人的努力付诸东流。"

芷卉没那么平静，猛地回身："我怎么作弊了？我这个班长难道当得不合格？格外用功就是作弊吗？"

"你知道我指的不是这件事，其实你心里很清楚，我不信不属于你的……"他看见围观的同学，换了隐晦的暗示小声说，"机会从天而降，你能用幸运解释了。那你的护身符还真是科幻。"

"和我的护身符有什么关系？你捡到我的护身符，大半个学期都没还给我，害我一直倒霉，难道我还不能抱怨两句吗？”

"跟护身符没关系。"他为难地看向其他同学，庆幸她这次留了足够的时间给他回答，但不幸的是这件事并不适合在教室公然讨论，他想把她拖到外面去，手刚碰到就被她甩开。

"那你到底想说什么？不属于我的机会只有一次从天而降，就是你把自主招生名额让给我。"

他无力地叹了口气："就是自主招生。"

芷卉愣了几秒："你不愿意，可以不给我，我也没有问你要过，何必给了我又反过来指责？这也太没风度了吧。"

他感到一丝不对劲儿，为什么提示到这份儿上，她还在东拉西扯。但大概是感冒药发挥了作用，更加减缓了他的思考速度，他追不上她声东击西的失控。

"参加考试的名额，我是自愿给你的，但柳溪川的名额呢？她没有想过让给你，因为那对她也很重要。"

"柳溪川的名额关我什么事？你的女神没进面试，所以你就后悔把机会让给我了？这也太霸道了，她自己没发挥好，还不准别人超常发挥，难道考得好还是我的错？"

"她根本没发挥失常，你不也承认自己发挥超常了吗？"

"谢井原，你这样云山雾罩的，到底在暗示什么？我设计她、算计她、给她下毒，才让她失误了？要说把话说清楚！"

"好吧，那你解释一下为什么她800多分没进面试，你700多分反而进了？"

"我……你说什么？"

这反应完全不对，谢井原也乱了阵脚。

"你是不是听错了？"

男生蹙着眉："没有啊，她860分。"

"不可能，我想不通。"女生扶着额头喃喃自语，"我不知道,这是怎么回事……"

男生撑着桌面俯下身，难以置信地低声询问："你怎么会……"

话音被突然冒出来的女声打断了，顾钦钦在不远处怯怯地说："我知道是怎么回事。"

两人同时向她看过去。

"我听梁涉说，芷卉你是没进线，但你妈妈来学校，跟马、吴他们商量过，让你顶替了溪川的名额。"

芷卉愣了愣，哑然失笑："不，不可能，吴女上那么讨厌我……"

"主要是溪川的学籍不在圣华，却占了圣华的初试名额。校方向招生办提请补录的，一个换一个。"钦钦紧张地看向谢井原，"梁涉让我发誓绝对不往外说。"

教室里恢复了密不透风的静谧。

长长的几秒内，一切像是被封印了，连呼吸声都几不可闻。

芷卉感到整个教室开始摇晃、旋转，不得不坐下哽咽："原来真是不属于我的机会啊。"

谢井原想安慰却组不出词语，一抬手，又被她突然汹涌的眼泪吓得缩回去。

芷卉并没有意识到自己在哭，怔怔地盯着眼前的模糊人影，熟悉又陌生。

他含笑的眼睛和温柔的声音，与自己的交集，从39张选票的肯定开始，到冷漠视线的否定终止，没有什么惊心动魄的浪漫，却缓慢悠长地绵延至此，像水安静地浸透了纸。

有过很多心悸和反复，很多话却没有说，以为来日方长，没想到没有说的就会烟消云散。

雀跃不会再有了，失落也终将随风而逝。

不知为什么她又在笑。

"我还以为，总算赢了一次。"

她拽起书包出了教室。

云萱跟着追出门之前顺手抄起谢井原的笔袋朝他砸了过去，他没有躲。

[77] 不用计算也知道这结果意味什么

芷卉被云萱送到公交车站，已经不再哭了，执意让她别再跟着走，上了车和她挥手道别，支着张恍恍惚惚的脸。

云萱走几步回一回头，直到车再也不见，担心她这样会不会下车后被车撞到。云萱心里堵着气，进门时和门卫吵了一架，去打饭又和食堂师傅吵了一架。

芷卉反而没那么澎湃的心潮，只觉得非常累，连眼皮都很沉重，走得慢，回家时间比平时晚了半小时。

进了家门。

妈妈过来接书包，顺口问："今天的优秀学生干部投票怎么样了？"

芷卉闪了一下，没把书包给她，也没说话，换了鞋提着书包直接往卧室去。

妈妈追上来："咦，怎么回事？我跟你说话呢，你没听见啊。"

"没拿到。"

"什么？"妈妈愣住。

"有人没给我投票。"

"怎么回事呢？我早就说让你好好准备，怎么会又没拿到？"

芷卉突然停下脚步，把书包扔在地上，把妈妈吓了一跳。

她回头冷冷地说："我的自招面试名额是我的吗？"

"你、你这孩子发什么疯，不是你的是谁的？"

"可为什么柳溪川860分没有进复试，我778分就能进？"

"那是学校的安排。"妈妈避开她的视线，"你只要安心备考就好了，管这么多干什么。"

"这到底是学校的安排，还是妈妈你在背后做了手脚？"

妈妈顿了顿，叹了口气："你们马老师打电话叫我去学校的，要给你一个机会，也是为了你好。"

芷卉感觉快要被疲惫感击到了，强打精神，慢慢说："我想靠自己的实力去考试，不用你插手。"

"我不插手你还想进复旦？"妈妈别过脸拔高音调，"怎么，我还做错了？"

"你这是在抢原本属于别人的东西。"

"什么别人的东西，谁能争取到就是谁的。谁规定这个名额就是柳溪川的？她都不是你们学校的学生，凭什么拿学校的推荐名额？就算你不去争取，这个资格一旦被质疑也回不到她手里。"

芷卉咽着喉咙说："可你这样做让同学都怎么看我。"

妈妈苦口婆心："你管别人怎么看你。你小学同学、初中同学，除了云萱，你还记得几个，又有几个还记得你？毕业了自然各过各的。你做好你自己，考上名牌大学，才能在社会上让人看得起。"

"但是抢名额这种事，怎么可能忘记？他们可能会忘记，我不会。"

"现在开始说硬气的话了？早知道自己成绩差，还不多努力，你要是有本事自己进复试上复旦，我用得着到处去求人帮帮我女儿？"妈妈红了眼眶。

芷卉长叹一口气："反正不管我考多少，你都不会满意。"

"你要是像那孩子那样考个800多分，我保证一句话都不说。"

"我考不到。"

"那就给我老老实实去准备面试，别整天想那些没用的事情。凭实力，你没实力。进了野鸡大学，你就什么也不是，只是个空空花瓶，将来有你哭的。"

女生沉默地站了一会儿，捡起书包回了房间。

京芷卉，他仔细回想起来，惊异地发现从认识的第一天开始，他对她的感觉就只有正向的叠加。也许在最初没到喜欢的地步，只能算好感，但肯定是正向加分。

对她的了解渐深，他也知道她并非十全十美，缺点其实很多，爱哭，乱猜忌，沉不住气，丢三落四，做事没条理，小脾气收不住，吵架之王。可缺点进了他眼里就成了可爱，他非常盲目。

总体而言，是个只要你在她身边坐一刻钟就能跟着她开心起来的小女生，没那么复杂。

但就两个高中生简简单单的生活，居然能遭到这样大是大非的冲击，这让他也始料未及。

他当然意识到了，如果不是因为太偏向她，其实根本不用挣扎，孰是孰非一目了然，顶替名额这件事怎么想也不可能自动转化成可爱的行为。

从一开始就束手无策、方寸大乱，最后走向什么结果都不奇怪。

半个月的挣扎终于在今天尘埃落定，药物作用没退尽，他觉得脑袋钝痛，无法准确地分析这结果意味什么。

钟季柏不敢亲眼见识下午这场对质，当时逃得最快。但K班女孩中不乏小道消息的超级传播者，路上他就听人分别提到几段不同剧情，中间有重叠的部分，偏是这部分最残忍。

回家见谢井原没什么反应，他想着还是应该尽快解决问题。

他说："我觉得这次挺好想办法的，你应该马上去道歉。"

谢井原朝他看过去："该怎么说？"

"我又不是女生，哄女生我也不擅长啊。"

谢井原没再说话。

"要不问问我云萱？正好打探打探敌情。"钟季柏异常熟练地开机进游戏，开了变音器邀请云萱。

此刻寝室里，是孟冬在用云萱的电脑下载作业，提示音响个没完没了，她只好把云萱从开水房叫回来。

钟季柏见云萱上线异常殷勤："小姐姐你好，我最近在学校好惨啊，遇到好多难题，你能不能帮我出出主意啊？"

那边十分冷淡："说。"

钟季柏对谢井原点点头，表示很有希望："是这样，我不小心误会了一个好朋友，当着同学的面让她很难堪，现在她好生我的气，我该怎么办啊？不想失去这个好朋友呢。"

对方依然冷淡："那你为什么要这么做呢？"

"我的情商是负分的，我也好后悔，有什么补救的办法吗？"

对面沉默许久。

钟季柏疑惑："小姐姐？你在吗？你掉线了吗？"

那边直接吼起来："钟季柏你别再装了！当人妖很好玩吗？还以为自己挺机智的，是吧？没有！烂透了！谢井原也在旁边吧！自己做事之前不过脑子，现在知道错了？伤害都已经造成了，道歉是没用的！竟然还用这种蹩脚的办法求原谅！芷卉为这20分付出了多少努力，现在都被你搞砸了！你们这些渣男自己过一辈子去吧！"

"等一下。"谢井原走过去拔了钟季柏的麦，"云萱，什么20分？"

"优秀学生干部加原始分20分。"

谢井原想了想："谁说的？"看向钟季柏。

钟季柏一脸茫然。

谢井原接着问："是我不在K班时吴女士通知的？"

"没有。"

"是我缺席校会时老马通知的？"

"也没有。"

"那你们怎么都知道？"

"我不知道啊。"钟季柏无辜地摊摊手。

云萱稍稍冷静下来："我是听芷卉说的，吴女士好像单独跟她说的。"

"原始分加20分的项目，不是'三好学生'吗？"谢井原问。

两位和什么项目都挨不上边的学渣无法给他答案。

云萱下线后，钟季柏恢了好一会儿才问："那接下去怎么办？好像有点严重。"

家里一片寂静。

现在，不用分析也知道这结果意味着什么了。

门锁响起，麦芒拖着行李箱进了门在玄关换鞋，抬头往里面看一眼被吓了一跳："怎么不开灯啊？"灯亮后看清两个人的表情又笑起来，"你们干吗？失恋了？"

[78] 怪不得她平时那么风光

蝴蝶效应。

事情因这场阴差阳错的意外对质而起，消息不胫而走。其实顾钦钦思路清晰，表达能力也好，问题出在最初一批听众大多理解力有点问题，那么绕的思路，他们的脑中央处理器处理不了，只记住了一句"一个换一个"。

大家震惊于这么重大的考试怎么能做到"一个换一个"，他们去向其他班成绩更好一点的朋友打听，这样合法合规吗？

这些朋友也没有这样的人生经验，又去向另一些成绩更好的朋友打听。

这"耸人听闻"的消息就像春天被吹散的蒲公英，仅在一个双休日内就传遍了三年级每一个角落，连其他年级都有所耳闻。

　　学校不得不在周一升旗仪式之前就迅速在布告栏贴出对这件事的公开说明。

　　如果一分为二地看这件事，其实逻辑很简单。

　　首先，柳溪川并不具备被圣华推荐参加初试的资格，因此取消她的资格。

　　学校也并不是特别针对她，非要较这个真，以柳溪川的成绩，北大、清华稳稳够线，如果她顺理成章地去参加复旦自招面试，以她的综合素质，极有可能被预录取——只要高考过一本线就能进复旦，前提是必须放弃填报北大、清华的志愿。

　　也许对柳溪川来说，预录取是不错的安全保险，但老师们见过太多被上了保险的学生在最后关头松下了那根弦，在高考中取得的成绩远不如平时。更何况只有极少数学生在获得预录取的情况下会选择放弃，去填报北大、清华的志愿。这比他们本应到达的高度差了一截，对学校来说升学率的含金量也不同。

　　这些事，他们是没办法公开对学生或家长说清楚的，谁也不能确定失去安全保险的学生，有没有万分之一的可能发挥失常到连保底学校都考不上。他们只能藏着掖着，把每个学生按经验安排安排。

　　吴老师不喜欢这种安排，用时唯的话来说，虽然策略很好，但她不喜欢。圣华是她的职场，她没有按是否喜欢来处理事情的话语权，只能不断给柳溪川打电话，明里暗里提醒，希望她自己能早点回校发现，无奈这傻孩子根本不上心。

　　最后京芷卉妈妈在英语组喜极而泣，让她彻底沉默了。

　　自从得知京芷卉卡位没进复试，她妈妈每天好几个电话四处恳求，做老师的只能敷衍"我们想想办法"，直到马老师真的"想出办法"把她叫来。

　　那位母亲在办公室中间当场哭了，感恩戴德地谢谢老师。

　　吴老师默然地立在一边，忽然鼻子发酸，想起当年高考时自己的妈妈，她还能反对什么呢？这条小鱼在乎，这条在乎，还有这一条，这一条，这一条……

　　京芷卉真是讨厌，再多考三分，你妈妈就不用这样了。你自己出的黑板报上明明写着"为了母亲的微笑"，为什么你就是做不到？

　　虽然京芷卉这么讨厌，但她这样的学生简直就是为自主招生而生的。

　　往前数十年，圣华一直是老牌应试强校，阳明自成立以来升学率始终被圣华吊打。局面逆转在自主招生形式改革那年，预录取人数阳明7个，圣华0个。

　　遭遇"灭顶之灾"之后，圣华才开始重视在中考招生时考察综合素质强的学生，可也度过了尴尬的两年。青黄不接的两年里放眼望去，全校只有一个京芷卉。

　　她可能成绩没那么过硬，在能不能考上复旦的边缘徘徊，获的奖没有像谢井原那样一锤定音的，可是五花八门什么都有，英文口语和演讲口才绝佳。除了

138

她，上哪儿去找第二个在面试中稳赢的选手。

一个预录取对柳溪川而言也许反而拖后腿，对京芷卉来说却极其珍贵。上了保险的这种学生，不乏在高考中直冲榜首的，他们最缺的可能只是无所畏惧的自信。

但坏就坏在，有补录资格的只有一人，有三个人是同样的分数。

特别是同样分数的人里还有个拿过数学竞赛奖项、离保送只有一步之遥的女生，她仅次于谢井原，历次月考排名都比京芷卉漂亮。

学校的选择其实不难理解。蒋璃非常内向，这次初试理科分数还普遍比文科分数高，她就算进了面试也毫无优势，不可能考上预录取，可能连加分都拿不到。

但学校给出的说明书上不可能附带对蒋璃性格和面试局面的分析，并不能让人信服，在张贴出来的第二天就被举报到教育局了。

很正常，圣华平时放学后补个课都会被家长举报叫停。

教育局复函很快也一并被张贴出来：自主招生中，各重点高中具有一定推荐自主性，因此不能判定圣华中学的做法在过程中违规。

看似给了所有人一个交代，其实什么也没有交代。

以学生们局限的视角根本理解不了老师们是怎么想的，他们所能理解的只有"一个换一个"，换的还不是成绩最好那个。

就连京芷卉本人也不例外。

知道溪川失去资格的合理性和知道名额分配的合规性，对她没有任何帮助，入她耳的只剩下风言风语。

为什么唯一的名额会落在京芷卉身上？

一瞬间，她得过的奖，唱过的歌，跳过的舞，在这个校园里做过的一切，一个女孩所有的优秀和骄傲，全部灰飞烟灭。

千言万语汇成了一句话——

有钱真好。

基于云萱这个病例的经验，芷卉一直判断胃疼只是心理作用，到下午大课间实在疼得受不了才去了医务室。

医务室老师警告她"不能再减肥节食"后给她冲了冲剂，又发了一个小面包。

她坐着吃吃喝喝，老师在一边记录班级、姓名。

"你们这些孩子，真是整天胡搞，谢井原也是你们班的吧？"

她停下动作，有点木讷地抬起头。

医务室老师从抽屉里拿出几种药，用剪刀剪出小剂量："你把药给他带过去，叫他不要再发着烧满学校瞎跑，有病上医务室、上医院。"

她想说谢井原并不在学校，却还是没说，提一提他的名字，她都觉得戳心。

她机械地接过刚剪好的药板，不小心被尖锐的角扎了一下。

血珠迅速从指尖冒出来。

她迟钝了两秒才回过神："老师你有创可贴吗？"

老师有点无奈，提供了创可贴，给她找了个小袋子装着。

本来对他离开、回来的每个日期都记得清晰，她原先觉得，九天，扳着手指过，实在漫长，没想到在他去竞赛之前发生了这样的事，她居然有点庆幸他不在。

学校里其他人说什么，她已经不怎么在意了，可她唯独不知道该用什么表情去面对他的注视。

想想挺可笑的，是自己的鼓励让他在竞赛中取得那么好的成绩，轻松拿回属于他的保送名额，而失去保送名额的蒋璃，在自主招生初试中发挥失常，变成了让她的资格遭受质疑的最强竞争对手。

资源这么紧缺，很容易就被回旋镖击中。

3月这段时间，学校生活很无聊，没什么新的爆点，"自招顶替"话题热度持续的时间比想象的更长。

真正值得庆幸的是溪川不在学校，让K班的同学们毫无心理压力地帮了偏架，几乎是条件反射地天天在外人面前替芷卉说话。

星期五那天连钦钦都在走廊上嚷着"能不能闭嘴"，用雨伞打江寒，被云萱硬拉进教室了。

这也同样证明，更广泛的大环境对芷卉有多不友好。

直到谢井原回校，这种处处存在的不友好都没有消失。

周一早上下过雨，整个校园到傍晚都阴沉沉的，天又黑得早，特别吻合老马的心情。谢井原去交保送的纸质材料时还听他失神地念叨："现在的孩子大脑是不是蜂窝状的，一个洞一个洞那种，好好的保送为什么要放弃呢？"

C班班主任一边批作业，一边笑着和他闲聊："时唯放弃预录取，你不还夸她有魄力吗，为什么到人家这儿就成了蜂窝状脑袋？"

老马无法反驳，看见谢井原又气不打一处来："你说你怎么就没这种魄力放弃保送呢？"

谢井原没搞懂自己怎么躺着还能中枪："谁放弃保送了？"

"阳明那个第一。他参加高考，其他人还玩什么？"

"难说啊，我还是看好我们时唯。你乐观点嘛，这样一来，柳溪川就不可能回阳明了呀，文科这儿，我们的胜算更大了。"

谢井原一出办公室就拨了"那个第一"的电话，直奔主题："你干吗突然决定放弃保送？"

"溪川她想报零志愿考北大，我就陪她了。"

谢井原无言以对。

放弃保送未必是大脑蜂窝状。

为这种原因放弃保送真的是大脑蜂窝状。

柳溪川是得了没人陪就不能在考场上写字的绝症吗？

无法理喻。

科幻，不，玄幻。

关键是邵老师为什么又说"这样一来，柳溪川就不可能回阳明了"？柳溪川疯成那样，干出什么来都不奇怪吧。每次他们这些老师在办公室分析来分析去，谢井原从来没听懂过，但分析也没用，这届孩子的大脑普遍是蜂窝状，隔三岔五总要给他们点惊吓惊喜。

他试图理清其中关系，不知不觉走到转弯处，思绪被女生们的声音打断。

"怪不得她平时那么风光。"

"有钱真好。"

谢井原抬起头，先看见两个穿藏青色制服的女生匆匆与自己擦肩，再看空荡荡的布告栏上两份引人瞩目的说明，最后才看见了反方向停在楼梯上背着书包准备回家的女生。

转角相遇，有时竟是个悲剧。

命运这种东西，也许就是因为你我都无法理解而越发显得玄秘。

光线昏暗的走廊里，男生转过头来，看向她的眼睛。

芷卉在楼梯上呆立，一步也无法再移动，迈出的一只脚同样无法收回。

时间一分一秒地流逝，就好像她的血液正在一点一滴地流逝。男生的脸，从未有过的线条凛冽，光线无法栖息，跌落万丈深渊。

壁灯因为无声而暗去。原本就不清晰的面容骤然幻灭在眼前。

一片寂静中，只剩下他和对方平静到几乎停滞的呼吸声。用心可以体会出的不寻常的温度，成为芷卉确定对方的视线在黑暗中依旧停留在自己身上的唯一证据。

而具体落在哪里，又不太确定。

几个身着一年级海蓝色制服的学生抱着书走过，"嗒嗒"的脚步声使声控壁灯重新亮起。少年清秀冷峻的脸重新出现在几步之外。

依稀还能听见路过者细碎繁杂的小声议论："就是她吧？"另一个人快速地瞥了芷卉一眼，压低声说："就是她。"

这下知道了，他是在看着她的眼睛。

嘈杂之后，灯再次灭了下去。

两个人依旧僵在原地。

黑暗中男生理应伫立的地方，在女生的视野里形成一个模糊的幻象。

又有几个学生路过。

对视在壁灯的明暗变幻里。

壁灯第无数次亮起的时候，男生张了张口，却一个音节也没能发出，解释还是道歉，不知从何说起。

女生的脸上出现一点苦笑，随着在脸上敛出越来越大的弧度，心如刀绞。

最终是她先迈了那一步，没有任何言语，只往他手里塞了点什么就转身离开。

直到她的背影远得看不见了，他才低头看她给了自己什么。

一小袋药。他不明所以。

解开其他谜题的线索似乎更简单一些，男生认真看过布告栏之后给溪川打了个电话："我听说你要报零志愿考北大。"

"嗯。"对方的回应有点冷淡，但他没注意。

"是因为复旦自招没进面试吗？"

"不是。"

"如果现在告诉你有复试资格了，你会改变决定吗？"

"不会。"

"你是有资格的，只是学校把这个资格给了京芷卉。"

"所以你现在告诉我想干吗呢？"

"她现在处境非常不好，而且以为会影响你升学，很内疚，你能不能去跟她解释解释？"

"我是受害者，你居然叫我去宽慰既得利益者。"

"我知道……"

溪川打断道："谢井原你还是个人吗？"

他没想到对面的声音中突然带出了哭腔。

"十天过去了，你才想起来要告诉我？何况你更早就知道了！我以为我和大家都是朋友。可是十天了，K班没有一个人打电话告诉我，我居然是听A班人说的。真是没想到，站队能站得这么一边倒。现在我明白了，朋友和朋友也有亲疏之分。在所有人里，最让我失望的就是你，你很清楚我为什么没在第一时间把学籍转来圣华。"她平静下来，恢复了冷冰冰的语气，"以后你不要再给我打电话了。"

[79] 她说她学会了接受现实

这天早上，谢井原不在K班教室。

芷卉进教室时也没有一个同学觉得奇怪。这是个平常的日子，天有点冷，班长照常来上学了，虽然最近过得很难，但她没有缺过一天课，坚强得令人佩服。随着时间消逝，那些流言蜚语总会翻页，你看，她今天甚至面带微笑，看起来很好。

云萱从抽屉里拿出菜园小饼递给她，她吃了一块。

钟季柏转过身狂拍后桌："快点快点，英语作业。"

芷卉找出前一天的英语作业给他："你小心点，英语早读。"

没过两分钟，吴女士就走上讲台，倒是没注意到钟季柏抄作业，她陡然一怔，瞪圆了眼睛："京芷卉？你怎么在这里？"

芷卉停下笔抬起头，看着老师没有说话。

脸像被漂白了似的，罩着薄薄的雾。

吴女士追问："你不是今天考试吗？"

"我放弃了。"她说。

全班都回过头来。

吴女士被噎得半晌没说出话。

"你疯了吗？你妈妈那么辛苦争取来的考试资格，你说放弃就放弃？"

"反正我去了也考不上。'非要挤进自己力所不及的考场，很快也会淘汰出局'，这不是您说的吗？"

"你是在跟我较劲儿吗？"

女生平静地摇摇头："我只是终于学会了进K班的第一课，接受现实。"

吴女士无言以对，翻着白眼苦笑一声，看了看手表，冲出教室崴了脚。

"你怎么了？"云萱在所有回头用震惊的眼神看着芷卉的人中第一个问出话来，"学校这下要炸了吧。"

"不会的。"芷卉低头继续做题，"我不去，自然有别人去。"

她猜得没错。潘新玥去了，依然不是蒋璃，因为是临时决定的人选，她最后在自主招生考试中取得线上加5分的成绩已实属不易。如果换了蒋璃，以她的语言表达能力肯定拿不到这5分。老师们就连"最后一分钟营救"都还在寻找最佳策略。

回到此时此刻，谢井原正好不经意地从竞赛班窗口往下望了一眼，就看见吴女士匆匆忙忙跑过教学区的中心广场。

在忙什么呢？

因为上上周五晚上给吴女士打过那个唐突的电话，他至今不太好意思出现在她的视野里，太尴尬了。

以往他回K班只需要考虑京芷卉是否在，现在回K班还得考虑吴女士是否在，难度大幅提升。

得知自己一个人不举手直接影响到京芷卉的加分之后，他知道这已经不是道歉所能解决的问题。他能想到的补救方式，只有直接给吴女士打电话解释，自己因为关于自主招生资格的一些误会没举手，其实是支持她的。

吴女士反问："所以呢？"

"补票不能上车吗？"距离下午的表决也才过了几个小时。

"谢井原你很聪明，我就跟你直说了，这个加分从一开始就不会是京芷卉的。"吴女士用她一贯冷的语调、快的语速说，"一开始，它是贝逸铭的，谁能想到贝逸铭铁了心要出国？假如柳溪川学籍及时转过来，学校按她在阳明的学生会工作经历直接给她挂一个学生会副主席的名头，也不是没可能。中间有一阵可能是你的，如果你参加高考。现在，这个加分准备给时唯。我还需要说得更明白一点？原始分加分从来只属于第一梯队。"

"那您……"男生迟疑着，"是骗了京芷卉吗？"

"我怎么知道会有这么多人举手？你也知道K班的情况。那时候她妈妈非要把她转回A班，老大把这个皮球踢给我，我还能怎么说？"

谢井原沉默半晌，语气放软了些："辛苦您了。"

但是吴女士没打算放过他。

"谢井原你不会是在谈恋爱吧？"

"没有……"

"你半夜十二点给老师打电话不是因为谈恋爱吗？"

"我没注意……"

"你半夜十二点还在回想关于自招资格的误会不是因为谈恋爱吗？"

"对不起……"

"谢井原，我警告你，你有保送名额了，你不要影响柳溪川。"

"好的……"

这就十分尴尬了，为什么每个人都觉得他在和柳溪川谈恋爱，感觉他很像个破坏"状元冲刺计划"的极端恐怖分子？

有了这些前提，一天一夜过去后，他才想明白为什么邵老师说"柳溪川不可能回阳明"。

今年原始分加20分的项目在圣华叫"优秀学生干部"，在阳明叫"市三好学生"，有些年份正好相反。名叫什么不重要，优秀不优秀好不好都不重要，像圣华、阳明这样的重点中学每年也就一个名额，给的是最有可能冲刺状元的学生。

夏新句突然决定陪她高考，看似很浪漫，但也就意味着阳明"三好学生"的加分已经尘埃落定。而阳明也就失去了挽留溪川的最重要筹码。

吴女士一大早穿越校园奔跑，看起来是又受到了惊喜或者惊吓。

会是什么呢？

好在今天谢井原并没有困惑多久。

午餐时间，京芷卉放弃自主招生考试的消息已经在食堂上空爆炸了。

K班的同学迅速把消息传出去，其实有点扬眉吐气的心理，他们单纯地想让前些日子对芷卉说三道四的人通通闭嘴。

大部分人开始佩服她有骨气有勇气。

谢井原却不觉得这是件值得庆贺的事，京芷卉是因为什么放弃的？

午休时他去K班找她，云萱说她这会儿没在，忧心忡忡地代为回答："她说她学会了接受现实。"

他大概能猜到她这个壮举之后有颗多摇摇欲坠的心。

人品撑住了的京芷卉，人却垮了。

但吴女士从走廊另一端走过来，他不得不提前回避，没等到她回教室。

放学回家的路上，他的猜想就得到了证实。他骑着车看见了公交车上临窗而坐的芷卉，不由得慢了下来，一路走走停停地跟着。

那么爱哭的人没有哭，那么爱笑的人没有笑。

她的侧脸映在车窗上成了模糊的暗影，像在沉思什么，车窗外晚高峰的喧嚣与她无关，安静的种子环绕她缓缓悬浮，她是静止的，空气也跟着不再流动。

前方红灯，车速在十字路口放慢，她打开车窗扔了个东西出来，他还没来得及看清，自己的自行车就已经侧翻转着弯滑出去了。一个短暂的时间差，红灯转绿，司机又踩了油门。等他再抬头，那辆公交车早已不见了踪影。

摔得倒不严重，左手掌擦破了一点。他撑着路面稍坐了会儿，面对卡在前轮里的护身符发愁。

她这个护身符还真邪门，有点针对人。

芷卉进家门后，妈妈开口就质问："你今天去面试了吗？"

女生慢慢把书包从肩上卸下来："您不是已经知道了吗？"

妈妈冲上前给她一耳光，爸爸都迟钝了半秒没反应过来。

"我上次跟你说的，你都没听进去是不是？这个名额我弄来多不容易，你随随便便扔了，要不是你的班主任告诉我，你是不是还不打算说！"

她淡淡地说："我从来没说过我会去。"

"这名额我是给谁弄的，给我弄的吗？你不去谁去！"

爸爸努力想把妈妈拖远一点。

"弄？"她自嘲地笑笑，"干吗说得这么含糊？直说作弊不就好了。"

妈妈大口喘气，捂着胸口："作弊？这叫变通，现在但凡有点办法，谁不知道去找学校疏通疏通？你倒好，辛辛苦苦争来的名额，你说不去就不去……"

"去干吗呢？"她苦笑一下，"初试都过不了的人，复试就能过了？"

"笔试你不在行，面试总能应付吧？就口才好这么点特长还被你浪费，做事能不能动动脑子？"

"我没脑子。"

"没脑子？"妈妈一时无语，气得眼冒金星，"没脑子你早说啊，也免得我费这么多心血……"

"现在发现也不晚吧。"

妈妈也不知道她怎么了，骂她的句句话像捶在棉花上，又想抽她，这次被爸爸及时挡开了。

"怎么说着说着就打孩子了呢？好好说，好好说。"

爸爸给芷卉使眼色让她赶紧回房。

妈妈被爸爸拦下堵在玄关："你别走，给我认错！"转而对她爸爸说，"你还拦着我，她现在这个样子怎么进复旦，你就一点都不着急？"

爸爸做了个嘘声的动作，低声道："没看她精神状态不太正常吗？"

妈妈突然语塞，冷静下来。

"别逼得孩子抑郁了。"爸爸说，"我找她谈一谈。"

爸爸以为她会哭，没想到她只是安安静静在做作业，被扇了一耳光那边脸红红的。

爸爸走过去在床沿坐下，心疼地摸摸她脸："还疼吗？"

她摇摇头。

"你妈妈是个急性子，你别怪她。"

她沉默着。

"她啊……"爸爸叹了口气，"最近焦虑得整晚整晚睡不好，身体也出了问题，你体谅体谅她。"

"她怎么了？"

"血压高，老毛病，刚吃了药去躺着了。"

女生垂眼问："我是不是特别不懂事？"

"我相信你做事都有自己的理由，但妈妈也是为你好。"

"我知道，可我达不到她的要求……"

"我和你妈妈，心理素质也不一定比你好多少，有些方面可能还不如你。我们只是活了几十年，见识了各种各样的人生，才知道起个好头的重要性。她在开头把你往起跑线前推这几百米，也许能让你在以后的道路上赶超别人几千米。"

"别人家的父母也这样吗？"

爸爸点点头："方法也许不同，心情都是一样的，在你们成长的路上，都想送一段，再送一段，恨不能直接把你们带到终点。"

她有点哽咽："我很怕让她失望，可我还是总让她失望。"

爸爸笑起来："别说你怕，我都怕啊。"

她困惑地抬起眼睑。

爸爸抚着她的脑袋："怕没尽到丈夫和父亲的责任，让你俩失望。自主招生这件事过去了就让它过去吧，你放宽心，不要给自己那么大压力。马老师说你们学校每年有个'重点中学校长推荐'的保送名额，在选拔标准上主观性很强，这次让爸爸为你努力争取一下吧。"

听见这个名额那个名额，她开始觉得困倦，机械地点了点头。

芷卉的情绪总是直接写在脸上。

老刘上课时频频往她那个方向望，可没什么效果。她的目光那么空洞，显然没在听讲，给她递过去多少眼神，她也看不见，以她现在的情绪，老师不太适合当堂点名，只好随她去了。

下课后老刘交代课代表发作业，往这边走过来，点了点她的课桌，把作业本放下："京芷卉，昨天的作业，你是不是交错了本子？"

女生回过神，翻开作业本，发现是前天已经打过分数的作业，没有待批改的，俯身手忙脚乱在抽屉里翻找起来。

"不急，等会儿课间送到我办公室来就行。"老刘温和地说，视线转向谢井原就变了语气，"你又在这儿浪费时间，一轮集训你的状态还不如崔璨。"

芷卉没见过老刘这么严厉，惊诧得忘了找本子，回头飞快地瞄他一眼。

谢井原平时从来不迷信，也不得不怀疑自己最近得罪了哪路神仙，无奈地收拾东西跟着老刘走了。

下一个课间，她才找到作业送去数学组，本以为放下就能走，老刘却一边给钢笔灌墨水，一边喊她坐。

她坐着看了看吸墨水的过程，忍不住问："老师您为什么总用钢笔？很不方便。"

老刘看她一眼，笑起来："中性笔很难写出书法。现在的人啊，总是追求方便、快捷，不知道自己失去了什么。"

他把钢笔从墨水瓶里取出来，用纸巾擦干净："虽然费点事，但是钢笔也能写字，可能还写得更漂亮，和你们高考是一个道理。"

芷卉认真地听。

"听说你没参加自主招生面试，还有两个月就要高考了，不要再因为错过的捷径而分心，你要相信自己，没有加分可以考得更好。"

她微怔两秒，继而垂眼苦笑："我也不知道自己能考几分，能考什么大学了。"

"别老想着分数、排名，专注看题。"老刘掂掂她的作业本，"去把立体几何搞清楚就能考上复旦了。"

老师说得过于轻松，她都忍不住笑了，点点头准备回去上课。

"没有中性笔的时候，学会用钢笔写字。"

老刘把笔往她手里塞了塞："送给你。"

[80] 在她看来却像一个爆炸现场

艺术特长生考试的日子，学校还要上课，云萱一直没想好怎么跟吴女士请假领出门条，挨到当天只能祈祷吴女士不在，马德堡比较好说话。

但事不遂人愿，她偷偷去办公室门口瞄了三次，马德堡不在，偏偏每次都是吴女士坐在工位上批作业，眼看时间快到了，她只好硬着头皮喊了报告进门。

"小吴老师，我今天有特长生考试，想跟你请个假。"

吴女士没抬头："不行，下午我要讲评周测卷。"

"我去考完就回来，万一没赶上，不会的题，我问芷卉。"

"你何止一点不会，别耽误别人的时间。"

"那我借芷卉的试卷看看，自己消化。"

吴女士叹了口气，抬起头把笔一扔："云萱你不是参加了艺考吗？没考上为什么不能死心，还在整天瞎折腾？七八个学校都有艺术特长生考试呢，你今天考这个，明天考那个，天天缺课，你还读不读书，参加不参加高考了？"

"我保证，这是最后一次。"她站在一旁局促地说。

"云萱你是不是搞错了重点？"吴女士从刚批好的试卷中翻找出她那张，放在她面前，"原先你英语能考七八十分，我也就睁只眼闭只眼了，现在考出四十多分这种成绩，你考什么特长生能追回来啊！"

"老师，我这段时间一直为了准备艺考放松了学习，等我今天考完了就收回心追回来。但这是我考上师大的最后机会了，你就放我去吧。"

"我怎么说你才能懂事呢？你没有一丁点考进师大的机会，师大的分数线在这里……"她左手比画一下，右手在很远的下方比了比，"你的水平在这里，差得远。你要是踏踏实实把成绩再搞好一点，还能考海关或者立信中等偏上的专业，将来就业不比一本差。你现在扔下学业搞东搞西，最后只能把自己作到民办大学。"

云萱没再说什么，离开了英语组，闷闷不乐回到教室。

钟季柏看她情绪不对："你干吗这张脸？"

"我有艺术特长生考试，吴女士不准假。"

男生站起来："我帮你去求情，你考上了还能提高班级升学率，为什么不让你去？"

女生趴在桌上丧着："没用的，能说的我都说了。她只会觉得你胡搅蛮缠又把你训一顿，时间都来不及了。"

"那就不跟她说了，先斩后奏吧。"

她抬起头："怎么先斩后奏？"

"你翻墙出去，回来考也考完了，她还能杀了你？顶多不就被骂几句吗？"

云萱低头想想，有点动心。

钟季柏把她从座位上拖起来："走，别怕。我先翻过去接你。"

男生把她送到学校外面，跟她确认道："带钱带准考证了？"

"带了。"

"认识路吗？"

"认识。"

"那我回去了，英语课先帮你顶一顶。"

"嗯。"

云萱走出一段，忍不住回了一次头。

这个镜头永恒地定格在了她的记忆里。

天气已经转暖了，阳光在视野中像瀑布倾泻，男生的身影在光亮中心燃烧起来，往墙上蹬了一脚，大风鼓起他的运动服外套，他用手一撑，轻轻松松跃过去，不见了踪影。这对他来说是小事一桩。

在她看来却像一个爆炸现场，流窜的火星去每根血管里把每个细胞点燃。

这一刻她想起了芷卉说过的话——

喜欢的人出现了，奇迹会随之出现吗？

放学铃响之后谢井原才从竞赛班K班，教室里只剩四五个住校女生和值日生，芷卉还在做题。

这几天她的状态一直如此，无时无刻不在埋头苦干，意识不到外物存在和环境变化。老师们偶尔看一眼，可能会觉得她的注意力高度集中，是好事。但无论是云萱还是谢井原，都只感到担忧。

谢井原在走廊上转了两个来回，逮住刚从篮球场回来的钟季柏："你去提醒京芷卉一下，告诉她放学了，她在那儿做题忘了时间，云萱又不在。"

钟季柏往教室里看了一眼："你自己去提醒啊，你怎么不去？"

"我上一次企图跟她说话，她给我发了一把药。"

"哈哈哈，什么药？"

"不知道。"

"你吃了吗？"

"能不吃吗？"

"你活该，哈哈哈，你只是吃错点药，笨京可是损失了20分。"那20分的来龙去脉，他没跟任何人说，钟季柏只能认为他是罪魁祸首了。

"那……"钟季柏又动了歪脑筋，"作为交换条件，这周末你的房间让我给睡。"

"免谈。换我睡客厅，我妹一样进出不方便。"谢井原心有点累，无论他怎么解释，钟季柏好像就是理解不了有男生躺在客厅，一大早人家小姑娘穿着睡衣光着脚到处跑有多不合适。

"那我们俩一起睡房间，挤一下。"

"睡不着。"

"我又不是女生，你干吗睡不着？"

睡一张床的时候，钟季柏才知道男女有别了。谢井原扶额，无言以对。

"要不然你陪我住我家。"他提议。

谢井原想了想，勉为其难："好吧……我睡卧室，你睡客厅。"

钟季柏嚷嚷起来："凭什么在你家我睡沙发，到了我自己家，我还要睡沙发？不公平！我要睡床！一定要睡床！床上有你没你我不管，我一定要睡床！"

谢井原先看见走了一半僵在走廊上瞪大眼睛的顾钦钦，给钟季柏狂使眼色示意她的存在。

钟季柏才转头看见歪着脑袋头顶一个问号的女生。

三个人陷入沉默。

谢井原解释："呃，其实我们在……"

钟季柏接嘴："我们是在讨论……"

"正常，正常。"钦钦一副见过世面的样子，甜笑着做了个安抚的手势，倒退着从前门回了教室。

谢井原白他一眼，小声抱怨："让你话多。"

钟季柏笑着从后门走进教室，前排几个女生围着钦钦尖叫起来。

谢井原在外面看着他把芷卉叫醒，看着她把作业本夹进参考书里，边和钟季柏说话，边开始收拾书包。

三年同学听起来情谊深厚，其实大部分日子都是这种交集。

远远近近看两眼，一天结束了。

没想到今天的交集还没有到此结束。他和钟季柏去车棚取了车过了马路，芷卉还在站台上来回踱步。而鬼使神差地，在他们靠近时，她正好抬起头往这边看了一眼，没有再移开视线。

谢井原用脚撑了地。

他以前从来不敢盯着她的眼睛看，因为其中总有些奇异的光彩，带着像小动物一样毛茸茸的天真和星星般亮晶晶的向往，以及更多难以描述的丰富质地，对视时他能感到真实的电流从身体里穿过。

而现在，那里的高光不见了。

钟季柏发现他没有跟上，也停车回头，但没想到他居然突然掉转车头，朝反方向走远了。

留下芷卉和钟季柏面面相觑，一头雾水。

如果一道题答案不对，就应该从第一步开始纠错。

溪川可没芷卉那么好说话，通过单元楼对讲机跟他较劲儿："我说不要打电话的意思是别再联系，不是让你上门。"

男生再按铃，她就彻底不接了。

没辙。

他从台阶上下来，退到小区路边，朝楼上直接喊："柳溪川！"

喊到第四五声，溪川像只炸毛的猫似的从楼道蹿出来："谢井原你要脸吗？"

"要啊。"他十分坦然。

"那你在这儿瞎叫什么？"

"没瞎叫，叫你的名字，让邻居认识认识。反正我又不住这儿。"

溪川半晌无语，被气笑了："京芷卉知道你这德行吗？"

男生垂下眼，挑要紧的说："她没去复旦面试。"

"为什么？"

"她自己放弃的。"

"因为我？"溪川顿了顿，"其实也没必要，既然已经拿到名额了，那就去啊。"

"你还生她的气吗？"

"我没有生她的气，我是在生你的气。"

"我想也是。"男生斟酌开口，"我试着换位思考，如果是我的名额给了别人，顶多憋屈两天，不至于生气。所以你的重点是'那么彻底地一边倒'对吗？"

一提起，她还是生气，脸瞬间冷了。

"傻不傻？"

"你才傻。"

"我来告诉你为什么。"他观察她的表情，娓娓道来，"大家很喜欢京芷卉，也很喜欢你，你们又是好朋友，出了这种事，通知你就意味着马上会产生毁灭性的冲突。可能引发悲剧，怎么做都是错的时候，我们会自然地拖延，什么都不做，这是人性。A班人为什么能毫无负担地通知你，因为你和京芷卉争个你死我活，他们的良心不会痛。"

溪川眨巴眨巴眼睛，脸上又出现温暖的光泽。她挠了挠脸，好像又有一点不自在。

"回学校吧。班里没有你实在太安静了。"他说。

潜台词不就是说她吵吗？

溪川冲他翻了个白眼。

想了一会儿，她说："我感觉从来没能真正融入这个班，就像西部片里那些牛仔，短暂路过小镇村庄，惩恶扬善，最后还得一个人离开。"

"谁都有一个人赶路的时候，只是K班还没散，你就提前离场，这牛仔不太仗义吧。"

"你好意思跟我提仗义？"溪川狡黠地笑，"你别想躲在全班背后蒙混过关，你的性质特别恶劣，提前知道了就想把名额留给她，不要不承认。"

谢井原也跟着笑："你先问问你自己，我跟夏新旬每次参加数学竞赛，你希望谁拿第一？大家都一样，干吗戳穿？"笑够了男生又认真劝，"还有两个月就毕业了，别钻牛角尖留下遗憾，他们比你想的要更在乎你。"

溪川点点头，想起来问："阿京还好吗？"

"不可能好。"

"她才真傻。"

"嗯。"

"我们恶作剧闹吴女士那次，我把歌换成了《婚礼进行曲》，你知道为什么吗？"

总不可能是因为她想结婚，谢井原看着她摇摇头。

"因为一开头就是幸福的高潮。我真不喜欢中间这些曲折。"

第八话

Reset in July

我
想
和
你
上
同
一
所
大
学

[81] 绝交吧，不想和你做姐妹了

芷卉又交错了本子。这次何琳早上收作业把本子夹页时就发现了，跑回来提醒她。

又是一通翻箱倒柜地乱找。

谢井原在后座看了几秒，起身帮忙从昨天的教辅书里拿出她的本子给了何琳。

芷卉直起身，看过来。

他正纠结该怎么开口，她先提了问："你还走吗？"

他愣了愣，摇摇头。

芷卉有点惊慌地瞪大眼睛，不走了说明没取得下一轮集训的资格，该不会因为那场对质影响了他吧？

谢井原看她的表情才反应过来，急忙解释："二轮集训在上海。"

她松了口气，他果然还是让人放心。

沉默须臾，他小心翼翼地低声说："优秀学生干部的表决……对不起。"

芷卉回过神："没事，A班都没有表决。"

原来她这么聪明，早就自己想明白了，举手表决不过是让她死心而故意设置的门槛。

"但还是……对不起。"

他已经知道，不管透过什么柔光滤镜，她喜欢他。只有喜欢的人投了反对票，才会一换位思考就简直不能再自主呼吸。他真是高烧昏了头才没有举这个手。他以为她会恨他，她却依然这么好，在关心自己能不能走得更远，而这么好

的女孩，他伤了她的心。

凝结住的伤感氛围被顾钦钦一声热情洋溢的"柳柳"驱散了。

教室后门口，溪川笑着在把扑到身上的女生扒拉下去，又去拉拉其他同学伸过来的手。

唉，女生。

谢井原受不了这种姐妹相认抱头痛哭的场面，擦着她的肩出了教室。

芷卉呆呆地看着溪川走进教室，目光一直跟随，溪川到她面前时，她想起身让她过去，溪川却轻松地从座椅和课桌间的空隙钻了过去。

别说芷卉，就连云萱都屏住呼吸不敢眨眼。

溪川坐下后卸下书包，垂着眼，板着脸："知道我最气什么吗？"

芷卉微怔后意识到她是在对自己说话。

没等她回答，溪川抢先说："你看人太准了。"

"啊？"

"我胖这件事的确只有我能说，其他人不可以。"溪川一脸严肃。

芷卉愣了愣，露出十几天来第一个笑容："你真不胖。"

"最近还是在家吃胖了点，刚进校门前还吃掉一包苹果干。"

"苹果干太温柔了。"云萱说，"我都吃牛油自热小火锅当零食。"

溪川伸手揉揉她的刘海问："你多少斤了？"

"88斤。"

"绝交吧。"溪川一掌把她的脑袋推走，"不想和你做姐妹了。"

等云萱安心回去看书了，溪川才对芷卉开口："复旦面试的事我知道了。但你太傻，事关高考，怎么都应该先去考试再说。"

芷卉没吱声。

"这之前我参加复旦自主招生考试，不过是想留条退路，可是没退路也有没退路的好，反而更容易专注看前方。我已经决定要报北大了，再讨论有没有复旦自招机会就毫无意义了。这样吧，你请我吃顿自热小火锅，我俩就扯平了。"

"敲诈啊。"芷卉笑起来。

中午一群人没去食堂，以溪川为中心，集体在教室吃自热小火锅。吴女士看见都懒得骂了，只是说"真的是恐怖游轮"。

钟季柏边吃边跟她贫："前一阵柳溪川不在的时候，教室里已经出现老鼠了，不知道能不能安慰到您。"

云萱用讲台上的教学电脑查了分，一路喊着"过了过了过了"，范进中举似的从教室前面冲下来。钟季柏站起来准备跟她拥抱，被她无情地略过了。

芷卉和云萱抱着跳了半天，溪川还没跟上剧情："什么过了？"

"艺术特长生20分加分。"

溪川一知半解地也加入瞎跳行列。

吴女士对这种激情场面无动于衷，把她们赶到一边去："去那边跳，别在火锅边跳。"

未经允许翘课去考试的账，她还没来得及跟云萱算，看来也不必了。吴女士没好气地问她："这下能安心学习了吧？"

云萱开心地点点头。

吴女士又开始驱赶其他火锅群众："马上模考了，赶紧吃，吃完学习。"

钟季柏笑："听着瘆得慌，像吃顿好的赶紧上路。"

吴女士白了他一眼走了。

准备二模考试这段时间，整天暗无天日地做题，芷卉知道谢井原在上海也无济于事，集训在别的学校，一直不见人。

考完试之后的周六，三个女生约好去听个填报志愿的讲座，地点离芷卉家更近，所以其余两个先上门来找她。

芷卉妈看两人在吃饼干，把她们喊进门一块儿吃早饭："饼干怎么能当早饭呢？"

芷卉洗洗弄弄磨磨蹭蹭，迟迟出不了房间。

芷卉妈妈面对溪川有点尴尬，小心翼翼地开始闲聊。但等芷卉出来坐下吃饭时，餐桌上的话题她已经听不懂了。

妈妈兴奋得像个追星女孩："我还以为现在的孩子都只会听口水歌，看'小鲜肉'，没想到你对古典音乐了解这么深入。下次如果有何训田老师的新作品音乐会，你告诉阿姨一声，阿姨当年可喜欢《阿姐鼓》了。"溪川连连点头："我只要看到一定告诉芷卉。"

这是什么话题，芷卉暂时没搞懂，但"只听口水歌、看'小鲜肉'的现在的孩子"肯定是她了。芷卉诧异地开吃。

云萱插嘴说："我和芷卉小时候还一起学过古筝呢，《阿姐鼓》也不是古典音乐。"

"你们懂什么？你们那就是小打小闹，早就荒废了，不像溪川，人家是出身音乐世家，从小就熏陶得好。"

云萱闭嘴喝牛奶。

"不过我什么音乐都听，老的流行歌我也很喜欢。"

"什么老歌？"

"像蔚华、崔健、黑豹之类的，那样的歌现在再没有了。"

"你还知道蔚华呀，那是我们那个年代的歌手了！"

芷卉见她妈有与溪川结拜为姐妹的趋势，提醒道："妈，你让人家吃东西啊。"

"你吃你吃。"妈妈把一盘小馅饼从芷卉面前拿走，放溪川面前去了，"这个好吃。"

芷卉和云萱无声地交换了一下无奈的眼神。

"芷卉成绩不稳定。"妈妈接着说，"你学习好又有见识，你们是好朋友，要互相帮助、互相鼓励、互相支持。最后这段时间你可得多教教芷卉，她成天吊儿郎当的，不靠谱。"

"芷卉挺好的。"溪川说。

"平时看着不错，一到重大考试就掉链子。"妈妈说。

云萱感觉芷卉已经有点情绪低落了，催溪川："吃好了吗？早点去能占个好位子。"

溪川刚开始吃一块饼，直接全塞嘴里了，口齿不清地起身："阿姨，那我们走了，谢谢阿姨。"

"溪川你准备考哪个学校？填零志愿吗？"芷卉妈妈追着问。

溪川往跟出门的芷卉脸上扫一眼，飞快地说："我考上音。"

妈妈愣了愣："音乐学院啊？哦，音乐学院好，留在父母身边。爸爸妈妈肯定舍不得你走远。"

"阿姨再见。"

到了听讲座的学校找不到礼堂位置，溪川跑前面去问路。云萱和芷卉落在后面。

芷卉还有点恹恹的："感觉溪川才是我妈理想中的女儿。"

"不会的，女儿还是亲生的好。"

"溪川性格洒脱，见多识广，看着就机灵，我妈对她比对我热情多了。"

"她是客人嘛，客人上门总要热情一点。"

"你也是客人，怎么没见她这么对你？"

"我……我妈跟她有宿怨嘛，你就别多想了。"

溪川问到路了，在前面招手往一个方向指，两人往前跑去。

谢井原结束集训，回学校一趟，本来是办保送手续的，结果被年级主任逮住帮忙阅卷，成了免费劳动力。读卡机坏了，整个英语组在人工批改答题卡，怨声载道。

C班班主任在哀号："我眼睛都要瞎了。老马你想想办法啊。"

"那机器坏了，后勤又休息，我也没办法啊，我还想早点回家呢！"

吴女士把矛头指向了谢井原："谢井原你怎么不会修读卡机？"

"就是不会啊。"

"正常的男生不都应该会修点东西吗？"她十分不满。

"马老师也不会啊。"

"你这坏小子，老盯着我不放。"老马笑着笑着想起问，"有没有其他男生在学校？"

"篮球队在，钟季柏在。"

吴女士眼睛都亮了："你叫他过来看看。"

谢井原拿出手机开始给钟季柏发信息，耳朵里漏进几句老马和吴女士的对话。

"这次K班考得还不错啊。"

"你怎么知道是K班的？"

因为是人工批改，他们把答题卡也密封了。

"当然是因为批到京芷卉的试卷了。"老马听起来还挺为自己的机智而骄傲。

C班班主任问："又满分吗？"

老马摇摇头："错了道听力。"

吴女士回过头："第8题？"

"是啊，第8题怎么这么多人都错了？"

谢井原探头往老马手里的答题卡看一眼，听力题旁边有个她画的哭脸。

老马琢磨了一会儿："是不是磁带发音不标准？"

他回身找出磁带放在录音机里听了听，其他老师也都停下笔聚过去。

很快就破案了。

"还真是啊，含糊的那个单词正好是题眼，怪不得连京芷卉都要哭了。"

钟季柏跑进办公室，一屋子老师的注意力从磁带转到他身上，齐刷刷用殷切的目光注视着他，阵仗有点令人恐惧。他小心翼翼问人群中的吴女士："老师好，老师你怎么这么辛苦天天加班呢？"

吴女士不想听他献殷勤，指着年级主任那边的读卡机："读卡机坏了，影响阅卷进度，你会不会修？"

"我没修过啊。"他顿了顿，"但是，老师你这么看重我，我不会修也必须修好。"

吴女士不想跟他对话，直接转身回去阅卷了。

钟季柏跑到谢井原身边捣鼓机器，小声问："你不在家来这儿干吗？"

"马德堡骗我过来办手续，实际劫持我在这儿做苦力。"

"那你还拉我一起吃苦。"

"想和你一起尝遍生活的甜酸苦辣。"

"我只想要甜。"

过了一会儿，钟季柏从谢井原面前拆了一张答题卡放进机器试验："修好了。"

全办公室老师开始鼓掌，场面简直像要开唱《感恩的心》。

钟季柏沾沾自喜，问谢井原："怎么样？"

谢井原点点头："棒，回去打球吧。"

"不去了。"

"为什么？"

"我在这儿给你做精神支柱。"

没想到吴女士在后面说："谢井原你回家吧，机器读卡一会儿就读完了。"

钟季柏拍着他的肩领取功劳："看，我解救了你。"

老师们纷纷起身开始痛快地拆密封，老马一看见胜利曙光就开始飘："我们这次可能要考不过阳明了，题太简单，不适合我们。"

吴女士叫住收拾东西准备离开的男生们："哦，对，谢井原你催一下柳溪川赶紧把学籍转过来。"

"好……"吴女士不提，他都快忘记这份死亡尴尬了。

男生拿着手机划开锁屏，钟季柏在旁边伸头看见："这是什么？"

"京芷卉在答题卡上画的哭脸，可爱吗？"

"我还会修读卡器呢，我才可爱！"他又开始较上劲儿了。

讲座结束时已经到了中午。溪川要填什么志愿毫无悬念，只是听了会儿平行志愿政策，评估一下风险，她估计散场时周围学生很多，提前出门找了个能吃上饭的咖啡馆去占座了。

云萱和芷卉等散场才找过来，夸她相当有先见之明。

"我想报外语或者应用心理学，你们觉得有没有戏？"云萱边吃边琢磨她的志愿。

芷卉实话实说："这两个太热门了，你的分可能有点悬。"

溪川笑起来："外语？你怎么想的？被吴女士下降头了？"

"主要是别的专业我都看不懂是干什么的。"

溪川刚才等得无聊看了看师大历年分数线："文化产业管理和公共管理专业对分数的要求稍微低一点，就业也不难，回去和你妈商量一下吧。"

"跟我妈商量还不如跟你们商量，我都看不懂是干什么的专业，我妈绝对看不懂。"

芷卉也不知道文产和公管是干什么的，正在用手机搜索，突然切进一个电话，来电显示"谢井原"，她的手一抖，手机掉汤里了。

云萱站起来帮忙抢救，一看手机上的来电名字，边擦手机边笑个没完："你这心理素质也太差了。"

擦好手机，她直接接通了，想闹他一下："谢井原，你找我们芷卉干吗呀？"

紧接着，她的眉头困惑地拧起来，居然是钟季柏在说话："是钟季柏，找柳溪川。"

"啊？找我？"溪川一头雾水地接过电话，那边说话的人却又换成了谢井原，她被问怎么一直不接电话，才回身从沙发上摸出自己的手机，"刚才听讲座，手机调了静音。"

"吴女士催你去阳明转学籍。"

"哦，星期一去。"

溪川把电话挂了手机还给芷卉。

"什么事啊？"

"吴女士催我转学籍。"

"你怎么还没转啊？"

"刚上高三那会儿，爸妈出面请校长吃了饭，当时说好了，但不是拖着没办吗？到现在底下实际操作的老师又不想放了，今天推明天，明天推后天地拖手续，盖章找不到人，拿材料找不到人，都躲着不见，麻烦死了。"

云萱嘴里吃着饭含混地说："非要转吗？"

"我个人是觉得无所……"

芷卉插嘴："以溪川的成绩，不管哪个学校都会抢着要她，圣华没那么容易放弃的。"

云萱听明白了："所以你现在是因为被抢而发愁？说出来好欠打的感觉，不想和你做姐妹了。"

[82] 一直在后退，不断地后退

二模是用来给人建立信心的，各科试题都简单，考分普遍高，放眼望去，仿佛形势一片大好。但竞争不会因试题简单而消失，大家考分接近，名次倾轧严重。

芷卉文科第九，总分年级第三十七，并没有像云萱在一模时预期的那样进步。算上已退出考试的谢井原，其实退步得厉害。

可是她已经不会再像刚上高三考砸的时候那样沮丧许多天了，在五十名榜前面对自己的位置久久地反省。最近身边的人或多或少都有些好消息，云萱有了加分，溪川定了志愿，谢井原进了国家队，只有她看不见哪怕一丁点光，一直在后退，不断地后退。

一句"接受现实"说出来就好多了。

小时候寒暑假，她总是容易和云萱一起玩闹到忘形，最后三天又开始疯狂补作业，根本来不及，特别是数学，急得边哭边做题。云萱却游刃有余，很快能完成任务。芷卉哭着问云萱怎么能做那么快，云萱说假期作业老师不会批改，她所有数字都是乱写，把空格填满罢了。即使知道了有这种选择，芷卉还总是继续哭啼啼地把题认真做完。

直到现在，她才体会到"乱填些数字"能过得多轻松。剩下的时日不多了，就这样混混日子，在人群里为别人的成功鼓掌，转眼也能毕业了。至于将来要去哪儿，随便吧。

溪川周一上课前先去了阳明，果然还是被敷衍打发了，心里不爽，一进教室还被钟季柏喊擦黑板："今天你值日。"

值日生栏写着她和谢井原的名字，谢井原去竞赛班了。

"我才刚回来上课，你们就不能轮空我吗？"

"你不在的时候已经轮空好几次了。"

吴女士把志愿草表留给第一排的同学下发就离开了。溪川不情不愿擦完黑板回座位，发现只有常规志愿表，问芷卉："零志愿怎么填？填第一志愿里吗？"

"不可能吧，应该有专门的表，你去问问吴女士。"

钟季柏听着新鲜，回头问："什么叫零志愿？"

芷卉懒得废话："你不需要知道。"

"怎么你们去听了讲座也不回来传授点经验？这么冷漠。"他又转回去骚扰云萱，"什么叫零志愿？"

"你确实不需要知道。"云萱说。

不一会儿，溪川拿着零志愿表回来了，钟季柏又追着她问："什么叫零志愿？"

"报北大、清华的，你也可以去问吴女士要。"

"那我不要了。"钟季柏缩回去，"你损我。"

"没损你。"溪川拖着椅子坐下来，"是真的，人人都能要，不报白不报，报了也没什么损失，万一超常发挥考上了呢，人要有梦想嘛。"

钟季柏笑："我能考上会降低北大、清华的含金量的。"

溪川说："芷卉应该去要一张，ABC班的人都在要。"

"哦……不，算了吧。我爸妈不让我去太远的地方。"芷卉说。

"为什么啊？"溪川不能理解。

云萱回头帮着解释："从小她妈就说，只有一个女儿，千万不能出点什么事，以后不让她出国。"

"然而她妈没料到，这位女儿长成了一名悍妇，放出去容易伤人。"钟季柏接着说，被芷卉踢了一脚椅子，"你看，是不是悍妇？"

溪川笑着问钟季柏："你爸妈料到你嘴这么损吗？"

"他爸妈已经放弃他去生二胎了。"云萱想起来问，"生了吗？"

"生了，我叫他们不要回来了，我想要个妹妹，居然生了个弟弟。弟弟这种东西要来干吗？"

"说不定再过三四年，你弟弟的心理年龄就超过你了。"溪川说。

云萱说："自信点，把'说不定'去掉。"

钟季柏觉得最近风气非常不好，老被一圈女生合着损，肯定是因为谢井原不在。谢井原在场时虽然不爱说话，但气场强，阴盛阳衰的局势没有这么明显。

谢井原下午大课间回来了，还没进教室就被钦钦叫住："柳柳和你值日，她去拎水了，你去帮个忙。"

他放下书就出了门，到楼下转了一圈没看见溪川，又四处转转，发现她在布告栏前，手里拿着那张说明正在看。

完蛋！

谢井原预感不妙，在她冲出去前拽住她："你去干吗？"

"我去讨说法，这说明是什么意思，反倒把我说得像自招名额诈骗犯似的。"

谢井原劝道："你先别冲动。"

"冲动？你看过这份说明还劝我回学校，你这个大骗子！"

"行，我不好，你先冷静一下。"

"你让我怎么冷静？背后出这么一份指责我的说明，直到今天，学校还好意思一遍遍催我转学籍！我还为了这事一趟趟空跑。"

"这个时候跟学校闹掰，对你自己不好。"

"闹掰就闹掰，他们先撕破脸的。"

"能不能别感情用事？"

"谢井原你也有份帮着催我转学籍，我可要记仇了，你撒手，咱们就算了。"

谢井原不为所动，被她踹了一脚。

摆脱了谢井原，溪川直奔英语组。谢井原不用跟着，用脚趾都能想到她会闹成什么样，只能无奈地拎着水桶回了教室。

溪川把说明直接拍在老马桌上："一边催我转学籍，一边又拿我没学籍钻空子，这就是你们圣华对待学生的方式吗？"

老马有点心虚："这学籍问题啊，我催过你很多次，也提醒过你嘛，可这件事就一直没有解决……"

"所以就能对我泼脏水了？拿自主招生初试名额的时候，我也没打算不把学籍转来啊，吴老师让我别转，我还能厚着脸皮硬往这儿转吗？到现在怎么成了我的错？"

吴女士不在办公室，其他老师都安静地回过头看热闹。

老马招架不住："怎么能说是泼脏水呢……你理解错了。你看，你是要冲刺状元的，要面试资格也没多大用，对不对？就不用占着自主招生的资源了，可以让给更有需要的同学嘛……"

"对！所以我现在就回阳明考北大，不浪费你们圣华的资源。"

"哎呀哎呀……"老马立刻摆手示弱，"我不是这个意思，要不这样，你立刻把学籍问题解决了……"

"我不转了。"

溪川转身准备离开，老马上前拦住："我们再商量商量，万事都会有解决办法，你看我们也是有很多难处……"

"不用商量了。"

溪川夺门而出，吴女士差了一步，刚好进门，看见小姑娘气势汹汹的，问老马："她干吗？"

"她刚才看见声明来闹了一顿，说学籍不转了，要回阳明考北大，这下麻烦了，丢一个北大生。"

"校长知道这事吗？"

"不知道，不好交代啊。"

"我……去找她谈谈。"吴女士放下教案，赶紧出门往教室去。

谢井原还是有点不放心，寻思是不是该去看看，刚走到后门口，就跟像炮弹一样冲进来的溪川撞了个满怀。

溪川没拿正眼看他，直奔座位收拾书包。钟季柏、云萱、芷卉全在围观。

钟季柏问："小姐你又闹什么情绪？"

溪川只管收拾东西："回阳明了，拜拜。"

他又问谢井原："你惹她生气了？"

谢井原一脸惶恐地摇摇头。

溪川背上书包"噌"地蹿出去。

芷卉急了，埋怨谢井原："你也不拦她！"

谢井原才反应过来，追着出了门："柳溪川你不能回阳明！阳明的加分不可能是你的。"

溪川在楼梯口停住了脚步，回头问："什么加分？"

芷卉也跟着出了门，想看看怎么回事。三个人两两之间隔了三五米。

"原始分20分加分，每个学校只有一个名额，只给最有把握冲刺状元的人，阳明的名额肯定给夏新旬了，你来圣华和时唯还能有一争。"

"20分加分？"溪川歪着头想了想，粲然一笑，"好像我稀罕似的。"

谢井原无言以对。

她走下楼了，过了一会儿又掉头走回来，小声叮嘱谢井原："这事在高考前千万别告诉新旬。"他还以为是什么浪漫深情的戏码，没想到后一句急转直下，"他这个理科状元的含金量，我可以踩踩他了，嘻嘻。"

这个窃喜的土拨鼠嘴脸把谢井原也逗笑了："柳溪川你能有点正常嗜好吗？"

"没有。"女生感觉心情大好，跳着消失在楼梯尽头。

芷卉除了加分分配规则之外什么都没听懂，一头雾水问谢井原："到底怎么回事啊？"

谢井原边和她一起回教室边解释："她看到关于自招名额换人那个说明的措辞气炸了，气学校倒打一耙，刚冲到办公室去吵架，和学校闹翻了。"

又是因为自招，芷卉不知说什么才好，的确要不是妈妈去央求老师，老师也不会想方设法把溪川的资格取消。

吴女士刚走到教室前门，问后门外的谢井原："柳溪川呢？"

"回阳明了。"

"你怎么不拦着她啊？"

"拦不住。"

"没用！"吴女士跺着脚走了。

谢井原感到一丝无奈。

吴女士大概是气晕了，忘了下一节就是英语课，上课铃响后大家干坐了一刻钟，就开始吵吵闹闹各干各的。

"那我们现在怎么办？"芷卉和云萱商量，"自习？还是我去找她来？"

云萱想说自习，芷卉直接站起来了："我还是去看看情况吧。"

"你先偷听一会儿，判断一下形势，别往枪口上撞。"云萱嘱咐道。

"知道了。"

到办公室外，她靠墙站在门边，里面隐约传来年级主任的声音："那文科还剩下谁啊？联考和一二模第三名是谁？"

接着是吴女士的声音："联考第三是京芷卉。"

年级主任说："京芷卉不行，她要拿校长推荐。"

芷卉听见自己的名字有点意外，和"校长推荐"一起被提及更加意外，不知是不是爸爸已经做了不少工作。

"啊！老马！"有个不太熟悉的女声突然叫起来，"京芷卉拿校长推荐，那我们班孟佳宸怎么办？怎么能两个保送全给历史班？"

孟佳宸是化学班的，那大概是C班班主任。

年级主任答得很快："孟佳宸自己考吧，又不是考不上。京芷卉是考复旦最悬的那个。"

"凭什么她悬就把保送名额让给她？该是谁的就是谁的，按名次排队啊，我们化学班被年级开除了吗？第一名都不能保送。"

吴女士在一旁冷漠地接话："化学班第一去年就保送进清华了。"

她指的是竞赛直录的陈舒艺。

言外之意，孟佳宸的成绩还没过硬到非她莫属。

年级主任安抚C班班主任："你先别急，我们这不是用最稳妥的办法来保证名校录取率吗！"

吴女士再次冷漠地呛："闹什么脾气啊，又没规定校长推荐必须推荐成绩最好的。"

C班班主任沉默一会儿，轻哼了一声，语气放软不少，话里却夹枪带棒："小吴老师，你有什么立场来说我闹脾气？不是你天天拿着鸡毛当令箭，能把柳溪川气跑？这就不提了，你说京芷卉一个好好的名校苗子，清华、北大也不是完全没希望的，自从掉进K班，被你教得复旦都悬了，老师当得多失败啊。"

芷卉有点震惊，又有点感动。C班班主任印象中是个温柔可爱好脾气的女老师，竟然也会为了给自己的学生争取点什么而跟吴女士正面开战。学生们一届届毕业，能回校看老师的都很少，她们老师可还要在一个办公室里相处几年、十几年。

吴女士反唇相讥："孟佳宸高二期末考还作弊呢，人品有问题，哪里值得推荐了？作弊被抓，哭一顿就完事了？没原则的老师才当得失败。"

芷卉无声地笑了笑，本来还诧异吴女士为什么不讨厌她了，原来是她更讨厌别人。

"行了行了，都少说两句。"老马打着圆场，"我最失败，好吧？"

芷卉又等了一两分钟，里面彻底安静了，她才装作刚来，敲敲门喊了报告："小吴老师，这节是英语课。"

吴女士黑着脸没好气，扔了一堆考卷给她："先让他们做题，我马上就过去。"

吃晚饭时二模成绩已经不是重点了，芷卉把"校长推荐"的事转告父母："听马老师的意思是打算给我，C班班主任还为此和小吴老师吵架了。我在办公室门外亲耳听到的。"

妈妈立刻来了精神："这事可不能等。"又催促她爸爸，"你赶紧去给马老师打个电话约他吃饭，要问清楚具体情况，还需要我们家长做什么准备。"

"嗯，明天打。"

"怎么能明天打啊！这种保送名额抢得多厉害，你不知道？没听她说其他班还有学生盯着吗？现在就去打电话，越快越好。"

"你不能打啊？"

"我说话不如你有分量，谁买一个家庭妇女的账？"

爸爸只好放下碗筷，立刻去打电话了。

胁迫完了爸爸，她又转身紧逼女儿："上次自主招生的事，我就不跟你计较了，这次的机会我们要好好把握住。你就给我老实点，千万别再出什么幺蛾子。"

"嗯。"芷卉也放下碗筷，"吃好了，我进屋看书了。"

临进门时，她回头望一眼，妈妈有点拨云见日的感觉，满脸洋溢着幸福的微笑。

一起骑车回家，谢井原被钟季柏嘲笑了一路。

"我觉得你闲着没事应该去举铁。你看你今天多丢人，居然被柳溪川撞飞出去。"他指的是谢井原出教室，柳溪川进教室，撞个满怀那一下。

"没你说的那么夸张。"

"怎么没有？受力后倒退三步，那是武侠片里的重伤标志。"

"我只退了两步。"

"你打不过京芷卉也就算了，我看你大概连柳溪川都打不过。"

谢井原真想反问他为什么成天要设想自己和女生打架，换位思考一下就能理解了，他自己整天和云萱打架，提醒他："你装萝莉跟云萱打游戏的事还没解决吧，有工夫说我。"

钟季柏突然笑不出来："哦，对，她都不跟我打游戏了，你说她以后是不是再也不会和我打游戏了？"

"是。"谢井原斩钉截铁，"你不看看你的行为多奇葩。"

"我要不要道个歉啊？想跟她拥抱一下，她都不搭理我。"

不搭理你难道不正常？跟你拥抱才不正常，好吗？

"这样吧，游戏事，游戏毕。"

"什么意思？"

"你另外开个新号装别的萝莉去道歉。"

钟季柏琢磨了好一会儿："我感觉你在害我。"

"感觉真准。"谢井原笑，正色道，"要不就把你装萝莉占过她的那些便宜都加倍还给她。"

"我占她便宜？"钟季柏被击中要害，洒下一路狂躁的争辩，"我是装菜呢！一直带她吃鸡！你以为我是你？"

云萱被邀请申请骚扰了一晚上，最后让他成功了一次："干吗？你还好意思在游戏上找我？"

"我没有开变音器啊。"这位对自己要求有点低，没开变音器也能算个优点了，"我有点缅怀你。"

"我活得好好的，天天坐你旁边，你缅怀个鬼啊？"

"我想你，你不上线的时候我都没打游戏了。"

云萱反应过来："那你到底是想我还是想游戏？"

"游戏。"

云萱疲惫地叹了口气。

钟季柏认真问："你能不能像我一样，用我的装备，带我吃把鸡？"

云萱沉默半晌："那你先把衣服给我。"

"你为什么这么沉迷于衣服？你内心深处爱的是换装游戏吧？"

"你内心深处爱的是乙女游戏，没资格说我。"

[83] 你夸一夸她吧

溪川没再来圣华，课间云萱坐在她的座位上跟芷卉讨论志愿怎么填。吴女士这两天挨个找人单独去办公室谈志愿，双方互相折磨，她嫌学生笨到怎么解释也听不懂，学生嫌她老打击人。

"我都快烦死了。"云萱一缕一缕揪着头发，"我想干脆按去年的专业录取线倒序填上去拉倒。"

"你不是有20分加分吗？可以选自己比较喜欢的专业啊。"芷卉帮着理清思路，"分数低，但你不喜欢的专业不需要自己填，直接选服从调剂，一样的效果。"

"是这样的吗？"云萱好像排除了一些选项，"那我先挑一挑吧。"

芷卉蹙起眉："你现在只是愁专业，我连第一志愿的学校都还没决定。"

"为什么不考复旦？"云萱转头看向后排和自己异口同声的谢井原，心里笑了一声。

芷卉也向冷不防插问的人扫了一眼，犹豫着说："我二模考得不好。"

"一次考试说明不了什么问题。"云萱宽慰。

"但这种排名考复旦有点勉强了，我在想毕竟文科线能稍微低一点，要不然报交大算了。"

"交大不行，交大太远。"谢井原脱口而出。

芷卉诧异地转过头："大学不都住校吗？"

"交大……经常断网断水断电，快递柜不好用。"他已经完全不知道自己在说什么了，应该事先准备好100个不能考交大的正当理由才对。

芷卉非常艰难地尝试理解，没成功："可你不也在交大？"

"我是理科生，去交大顺理成章。"

"不……你是文科生。"

云萱没太听明白，把话题拉回起点，客观上将谢井原从死亡边缘救了回来："不能复旦、交大两个都报吗？为什么非要二选一？"

"亲爱的，你听讲座时干吗了？你看。"芷卉把草表指给云萱，开始耐心解释，"这里一个批次虽然有四个志愿，但是按规定必须要填一个外地志愿，相当于只剩三个志愿，但归根结底其实只有两个志愿。因为第一志愿填复旦和交大的报考人数都远远超过招生计划数，不仅复旦、交大是这样，同济、上财、上外、华师、华政、华理都是这样，它们只可能录取第一志愿填报自己学校的人。"

太绕了，云萱希望简单直接点："意思是如果你填报了复旦，差1分没考上……"

"也不可能被交大、同济、上财、上外、华师、华政、华理中间的任何一所录取。"她又指了指外地高校，"我们不想去外地的同学，经常在第二志愿填浙大、南大，因为从复旦、交大下来也不可能被录取。"

"那要去哪里？"

"只能去上海大学。"她指着第四志愿的空格说，"这就是唯一的保底志愿。上海大学算是海纳百川吧，里面有本来填报上海大学和所有一本排在前面的高校掉下来的学生。"

"一本最后一个学校？那和师大……"云萱歪着头考虑，"也没多大区别。"

芷卉简单类比："K班和L班的区别。"

"也就是说，掉出A班，直接只能进K班？"云萱讶异。

芷卉点点头。

云萱沉默半晌才组织出评价言论："这套规则是什么人发明的？这不是赌博吗？我都不太敢给你加油了。"又沉默了一会儿，她严肃地问，"去年我们总共有多少人考上复旦、交大？"

"32个。"

"你二模多少名？"

"第37名。"

"是有点冒险……"云萱低头翻开了招生指南，"除了复旦、交大，还有什么学校比较好呢？"

谢井原提议："可以考虑同济。"

"同济偏工科。"芷卉说。

"那就上财吧，离复旦近。"

主打财经类的学校，她简单地理解为需要很好的经济头脑，要数学好，她觉得自己不适合，反问道："你觉得上外怎么样？"

"离复旦太远了。"

芷卉纳闷的同时有点郁闷："我考不上复旦，还围着复旦选学校，不心塞吗？"

谢井原无言以对，觉得今天不太适合发表参考意见。

芷卉翻着自己那本招生指南，喃喃自语："其实华师应该可行。"

他没接话，找不出另外100个反对她考华师的正当理由。

女生们只能自己瞎纠结，到最后没讨论出什么结果，估计被吴女士叫去谈话也只有挨批的可能。

没想到局面很快有了转机，如芷卉妈妈所愿，第二天晚上他们请年级主任吃成了饭。

关于"校长推荐"保送，他的说法是："既然叫作'校长推荐'，决定权肯定在校长那儿了。但是你也知道，校长不可能了解我们毕业班每个学生，还是需要我们老师来提名。我当了京芷卉两年的班主任，她够不够资格，我最有发言权。她一天是我学生，就永远是我的学生，怎么能因为转了班，我就不管了呢？当然，小吴老师的意见同样重要，小吴老师现在也会支持她的。"

妈妈赶紧推了推芷卉："马老师一直这么照顾你，还不赶紧谢谢马老师！"

女生觉得这种场面有点尴尬，小声道谢："谢谢老师。"

"这孩子就是不懂人情世故。您这么说，我们做家长的就放心了，她能有今天，全靠老师们教得好。"

"不不不，主要还是她自己，有才华，肯努力，各方面都非常优秀。其实陶校长和吴校长都知道她。我们做老师的就喜欢她这种学生。能教出她这样的孩子，也是你们父母的功劳啊。"

"哎呀，老师真是太好了，辛苦您了，特别是我们家芷卉进了K班后，还不停地让您操心，给您添了那么多麻烦。"

老马多喝了两杯又飘了起来："分班的时候，芷卉掉进K班，我可是花了不少工夫想拉她回A班，但她们班主任不放人，优秀的学生谁不想要啊。你们呢，最后也决定留在K班，那我就不好说什么了，啊，你说对不对？"

芷卉差点笑场，点了点头。

这一套吴女士就完全不会，她对做好人毫无兴趣，把芷卉叫去办公室不是谈志愿，而是给芷卉拿保送信息表，她依然是那副"破学生烦透了"的表情。

"你把表拿回去填好，周末前交给我，这名额是邵老师勉强同意让出来的，现在给了你，其他学生知道了又要闹翻天，所以你低调点，暂时不要声张。"

"可是，保送总要向所有同学公示吧？"

"公示在成人仪式那天贴出来，走完仪式流程，所有人都回家备考了，不会太引人注目。"

"谢谢老师。"

"不用谢我，按名次，光文科班你前面就有八个人，还不提物理化学班有多少人盯着。我没发现你哪方面的优点独一无二，相反，平时违规违纪次数倒挺多的，同意推荐你只是因为我觉得不然有点可惜。你好自为之吧。"

午休过后，年级通知开高考动员大会，如今这项活动已经被当成课余消遣。这次拉的横幅是"圣华中学高考动员大会暨优秀校友经验分享会"。

优秀校友？

芷卉往台上看一眼乐了，不知道为什么总共两个优秀校友，赵经算一个。

学长学姐宣讲在1月快放寒假时其实有过一轮，这算是每年的传统，各个高校都会有人回来，旨在介绍高校情况，分享一些干货，复旦来的几位挺正常。

不知道赵经何德何能就入了年级主任的眼，成了官方认证的"优秀校友"。一想到年级主任也夸自己优秀，芷卉简直要怀疑自己也哪儿有毛病了。

赵经在台上一开口就拿腔拿调："各位学弟学妹好，我是来自复旦哲学系的赵经。我个人不推荐你们报考我这个专业，因为当年全圣华只有我一个人被录取，我们复旦对入校人才的筛选是极为严格的……"

台下已经有不少人开始窃笑。

连云萱都能听出不对劲儿了："我看全校也就他报了这个专业吧。请他来讲择校，一直劝人别报考是什么意思？"

"这就是我跟你提过的奇葩，我妈朋友那儿子。"芷卉说。

"那个跟你一起吃饭的？他这么自恋啊。"

"饭局完全是他的吹牛大会，我都没吃几口。他还说什么有一次喝醉了，听到路人说，天哪，路边怎么醉倒了一个复旦学子……"

云萱笑起来："那他可能定制了一个LED灯牌随身携带，上面有循环跑马灯'本人复旦学子'。"

此时此刻，台上的复旦学子正在说："其实我在上高三之前就收到了各大名校抛来的橄榄枝。所以在择校问题上，唯一的烦恼就是去清华还是去北大，但最终我还是选择了复旦，主要是因为北方雾霾比较严重。"

芷卉笑："我感觉他干得出来。"

云萱回头看了眼坐在后排，左手撑着下颔专注做题的谢井原："同样是学霸，冰箱正常多了。"

芷卉的笑容僵了一下，慢慢收敛了。

想起上次碰到赵经那天，她最烦躁焦虑的时候是谢井原在安慰她，他一本正经地说要给她找佛经，声音像温柔的风。她整个人躲在被子里，呼吸在方寸间慌张地冲撞，直到一切归于静谧。

但她依稀记得优秀学生干部评选前，他看向她的眼神和"没那么优秀"的评价，那种酸楚、刺痛、窒息的感觉，她这辈子都不想经历第二次。

她本身是个不够坚强的女孩子，于是自然有了取舍。选择逃避，不去期盼和他的任何联系，而是像普通同学一样平淡相处，到毕业自然减少交集，随着时间流逝就不会再想起。

虽然校长推荐保送还是让她心中又起了涟漪，但她没敢多想，只想了一点点，将来一旦遇见，他会用怎样的目光看待她这个开了外挂的作弊者。可如果刻意避免，应该不会再遇见了吧，毕竟复旦和交大离那么远。

中学时代默默喜欢一个人的感觉不过是镜花水月，只是自己对自己的慰藉。幻想总会遇见现实，那一刻也许我们道过再见，也许连再见也没有说出口，许多年后被问起情感经历，这都算不上一段恋情。

云萱注意到她脸色的变化，追问道："你和冰箱又吵架了？"

芷卉回过神："没有，只是我觉得，我应该已经不太喜欢他了。"

"啊？"

她自我肯定地点点头："就这样吧。"

动员大会占用一节半课的时间，本来是数学，等到回教室只剩下十几分钟，大课间意外地延长了，动员大会笑得太欢乐又消耗太多能量，全班难得聚在一起点奶茶。

孟冬把各人需求都统计了一半，梁涉才进教室，发现她们在点那家店时提醒道："你们换一家吧，这家后厨不卫生。"

"你怎么知道？"

"我之前在那里兼职打零工，操作间超级脏，设备从来不清洗。"

云萱将信将疑："不会吧，这家是网红店啊，好评率很高啊。"

"不信你可以问京芷卉，老板人品差，我在那里兼职还被克扣工资，是她帮我要回来的。"

谢井原和大家一起看向京芷卉。

芷卉不知所措，讪笑着摆摆手："就举手之劳。"

"怎么要的？"

梁涉想到又笑起来："她拍了老板亲口说雇人排队炒热度的视频，威胁他要发到网上，老板担心被爆料，刚掏出钱就被她抢跑了。"

芷卉有点不好意思地笑，想起自己还做过这种事，是挺悍妇的。

云萱一自豪，江湖气就来了："也不看看 K 班是谁罩的！敢欺负我们的人！"

哦，原来如此。

谢井原原先还以为她没心没肺，对贫困生过度关心，导致人家产生额外情愫，没想到居然是打黑除恶剧情，画风突变。

统计完换了店下了单，云萱负责收钱，和孟冬笑闹推搡，互损数学差，算不清账，靠在芷卉座位边，一个不小心差点把椅子推倒。芷卉反应快，稳住重心没摔，只有书包滑了下去，东西掉了一地。

谢井原伸手想帮忙捡，芷卉突然喝出一声："别动！"

四周同学全场静音，刚才聚众点奶茶的欢乐气氛消失无踪。

男生把手收回来，看着她。

芷卉也意识到自己刚才的失态，低声补了句："我自己捡就好。"

他心里有点慌，虽然最近一阵总是别别扭扭不咸不淡，但她这么直接的拒绝是第一次。

云萱出门拿外卖时，他跟了出去。

芷卉没注意周围气氛的变化，只是心存侥幸，刚才那一瞬书包里掉出的表格已经露出"保送"二字，他好像没看清。

梁涉把顾钦钦拉到走廊外说："你看，我让你别说吧，他们反目成仇了。"

钦钦无辜地摇摇头："我是在他们反目成仇之后才说的。"

"已经与京芷卉反目成仇"的谢井原打着帮云萱拎奶茶的旗号跟在一边，云萱对他的来意心知肚明："你跟着我没用，她不喜欢你了。"

"我知道。但她自己状态不对啊，你没发现吗？"

云萱停下来，叹了口气："我当然发现了。她好像什么都放弃了，想要考的大学，向往的专业，在乎的人……所有的一切。"

"处理和她有关的事情这方面，我是个很笨的人，你直接告诉我能做什么。"男生说。

云萱想了想，开始往前走："她都已经不喜欢你了，我不知道还能不能见效，但做了总比没做好，你夸一夸她吧。"

男生困惑地眯起眼："夸她？"

"我初中的时候英语成绩就一般，也没上进心，今天抄抄作业，明天打打小抄。直到有一天，我因为作业抄串行被留堂，我们班主任就是英语老师，我在办公室从五点半坐到六点半，等着挨批。"云萱从外送员手里接过奶茶，分一些递给男生。

回教室的路上，她边走边继续说："班主任处理完来来往往各种学生的琐事，最后终于抬起头，只对我说了一句'好学生要严格要求自己'就放我回家了。那时候我差点哭出来，往后发了疯一样学自己根本没天赋的英语，我记忆力不好，要不是这样哪能考上圣华。在那之前，我都不知道自己原来还是个'好学生'，成绩就在班级平均分上下，甚至怀疑过班主任是不是把我和谁弄混了。这都不能算一句严格意义上的夸奖，却很轻易地改变了一个学生的人生轨迹。夸人很难吗？说话而已，根本没付出什么吧。"

谢井原认真听着，一路沉默。

她的手指被塑料袋勒得有点痛，又停下脚步分给他几杯，垂眼问："一点代价都不用，为什么不夸夸她呢？不知道什么奇奇怪怪的原因，我觉得你真好——这种意思不会表达吗？"

[84] 我想和你上同一所大学

夸人，谢井原不是不会。

但他通常的夸奖对象是钟季柏，这种带有喜剧色彩的贫嘴肯定起不到什么正面作用。

和云萱不一样，京芷卉从小到大都知道自己是"好学生"吧，此路不通。

他边琢磨边往竞赛班去，刚进门发现忘带一套题，懒得再返回K班去拿，给钟季柏发了个信息让他送过来。

钟季柏也不在教室，但正在从篮球场回教室的路上，没废话，直接应下。谁知中途节外生枝，经过英语组门口时被云萱截住了。

"来来来，问你件事。"

"我去教室帮冰箱拿东西，等会儿下来找你。"

"我被吴女士叫来谈志愿，马上要进去了。你停一下，耽误不了两分钟。"

钟季柏无奈地倒回来几步："什么事？"

"你觉得我应该报什么专业？"

男生困惑地拧起眉："你想学什么专业不是自己更清楚吗？"

"我就是不清楚啊，你感觉我适合学什么？"

"感觉……"男生苦思冥想，"不出来。反正你就掌握一个原则，语、数、外、物、化、生、史、地、政这些已经学过学不好的别选呗，其他的看心情挑吧。"

"那你第一志愿专业选什么了？"

"经济啊。"

"经……你怎么想的？"

钟季柏说着就跑远了："你自己看着办吧。"

云萱觉得自己也是脑子不清楚，居然找钟季柏做参谋。她一转身，看见顾钦钦刚从英语组出来，江寒迎过去："怎么了？看起来迷迷糊糊的，灭绝师太怎么说？"

"我现在脑子晕晕的，有点不清醒，具体也记不太清了，反正感觉还是别考大学，直接去打工算了。"

"什么？这是班主任给你的建议？"

"她就说，考这种大学能有什么用啊，你还报表演，你平时不看电视吗？电视上的人都长什么样你没见过？你在学校里算长得还不错，但你可能当演员吗？你这个分数倒不如报个大专，掌握一门技术，至少也能自力更生了。"

江寒笑起来："这不每句话都记得很清楚吗？别理她，她看着就不像能理解艺术的人。你艺考都过了，干吗不考？"

"可是……我觉得她说得好像有那么一点点道理。"

"你这么容易动摇可不行。"说着，他用手指按了按她的眉心，"这里，'川'字都出来了。"

云萱看不下去，她宁愿进办公室跟吴女士进行思维的碰撞。

但吴女士的实力在于，她总有办法让人的沮丧更上一个台阶。

吴女士没跟云萱耗多久就赶她走了。

她回教室时钟季柏还没找到谢井原要的那套题，把抽屉里所有东西拿出来，一样样比对手机里谢井原发过来的提示翻找，因为看不懂题，还把芷卉拉来帮忙。

云萱回座位连摔了三遍英语书发泄。

芷卉回过头："你怎么了？"

"吴女士对我进行了人身攻击。"

"被她人身攻击不是家常便饭吗？"

"这也就算了，她不让我报应用心理学，说我就算考上师大也只可能是最冷门的专业，这种想都别想，填在那儿浪费一个机会。"

"爱浪费就浪费啊，留着又不能升值。"芷卉笑。

"就是！"

“那你怎么想？”

“我决定报英语，让那些认为我是笨蛋的人刮目相看。”

“不不不，这不能冲动。”

钟季柏在后排“哎”一声打断了这边的混乱，两个女生同时看向他。他举着个大大的信封向她们展示，面上写着“复旦大学”：“冰箱不是进交大的吗？为什么信封是复旦的？”

没等两个女生做出任何反应，他直接从里面抽出了一沓纸。他平时拿惯了谢井原的东西，压根没有隐私保护意识：“保送？保送复旦？为什么啊？”

他十分困惑地把第一页递给了云萱。

云萱看了看：“哦，是复旦，怎么突然换学校了？他的证件照比本人好看嘛。”

芷卉坐在中间焦急地左右来回探头，最后终于看清他们手中的表格上都有“复旦大学”的字样。

她第一次听他说要考交大是在训导室写检讨时，所有他想考交大的消息都源于他那张拒不认错的检讨书，一传十，十传百。

没有人怀疑过真实性，毕竟消息源是他本人。

但并非滴水不漏。

妈妈在第一天就反问：“选文科，考交大？”

时唯在得知他要考交大的第一时间恐慌到要转投复旦怀抱，而后来他们在朋友圈有过关于这话题的交流，谢井原说“私聊”，具体聊了什么不知道，只知道时唯最后还是参加了交大自招并且被预录取了。时唯早就知道了吗？

在讨论“马德堡想要再给你一张自主招生表，但被吴女士阻止了”这个小道消息时，溪川说漏嘴：“谢天谢地！幸好阻止了。不然我们不就多了个强劲的竞争对手吗？”交大自主招生怎么可能和复旦自主招生形成竞争？溪川早就知道了吗？

甚至连她自己也无意中质疑过：“你妈妈根本不算交大校友，你有什么情结？”只不过被他轻而易举转移了话题。

有那么多答案曾经呼之欲出，为什么她就是一错再错呢？

你说过一个谎言，需要用无数谎言来圆，只要这些谎言中的一个被推翻，就会像多米诺骨牌一样前功尽弃。

聪明如你，一直算得这么好。

可即使聪明如你，也控制不了第一块骨牌倒下，精密计算过的距离成了自缚的茧，第一块倒，全盘倾覆。

"哦！"云萱恍然大悟，对芷卉惊叹，"怪不得他一直动员你考复旦！"

"哦！"钟季柏跟着恍然大悟，"原来他是复旦招生办的小间谍！"

"啊？"云萱石化。

"你想啊，他这个保送名额，去年拿了全国第一就定了啊，他一直瞒着我们所有人，为什么？做贼心虚。他被复旦招生办收买了，'你去策反几个交大生源过来'那种，或者'你去发展几个下线'那种。"

云萱和芷卉目瞪口呆三秒后忍不住一起笑了。

"笑什么？"他推着云萱，"不然他为什么要单独辅导笨京数学？他又不是步步高学习机。"

云萱笑得直不起腰发不出声，任他怎么推也无法回答。

芷卉先停下，觉得这样随便看人待寄的材料不礼貌，叮嘱钟季柏放回信封。她把桌上乱七八糟的书也顺手整理好，找到那套题："我去拿给他。"

"那怎么行？"钟季柏以迅雷不及掩耳之势抢过来，"他指定让我送的。"

那套题又被云萱以迅雷不及掩耳之势抢走塞给芷卉："去吧。"

芷卉出了门，钟季柏还在嚷嚷："干吗啊？"

"你不懂，闭嘴。"云萱简单粗暴。

不像上次猜到选票的可能性，一路狂奔去追问，这次她刚走到一楼就清醒了些。

她能问谢井原什么呢？校友相认握个手吗？他的保送名额是竞赛第一踏踏实实换来的，她的保送却是投机取巧。怎么坦然和他继续做同学？有什么办法能不惭愧吗？

她甚至边走边拿出手机搜了搜复旦校园范围，估算着将来避而不见的可能性。

这学校好小好小。

她仿佛听见原本就已经摇摇欲坠的什么东西从朽坏的一角开始垮塌。

天气真好，竞赛班教室朝南，所在楼层的走廊上铺满温暖的阳光。有点意外，走廊栏杆上挂着个穿高一制服、戴眼镜的小女生在晒太阳，见芷卉远远走来，她直接回头冲教室里大声喊道："学长！京芷卉学姐来找你了！"

明显能听见教室里爆发出喧嚣的起哄声，还有人吹着口哨。

芷卉有点慌张，正踌躇不前，谢井原出来了。

"怎么了？"

芷卉把试题抬起来示意一下，塞到他手里。

不是叫钟季柏来的吗，怎么换了人？

"谢谢。"男生紧张又困惑着，刚想问点什么，许老师的声音从身后传来打断了。

"人家帮你把试题送过来，你是不是得把人送回班级再回来呀？"

芷卉把目光递到教室门口，看见一张揶揄的八卦的笑脸，连老师都在，她加倍慌乱，飞快地转身逃跑。

跑下两层楼，呼吸才平缓，心却还怦怦跳着，难以平静。

什么也没问，这样也好。

下午放学时，她刚背着书包走出教室，就在门口走廊被回班的谢井原拦下："京芷卉，你的第一志愿确定了吗？"

女生张了张口，不知该怎么答出真相，沉默了好一会儿，起了逆反心："你为什么这么关心我的志愿？"

男生微怔："不是之前一起讨论过吗？"

"是不是因为你被保送了复旦，所以想让我也报复旦？"质问的语气。

谢井原沉默。

"其实我不小心看见了你的保送材料。"

"那个是因为……"他紧张地支吾着。

她直视他的眼睛，继续逼问："你不是想上交大吗？怎么又改主意选了复旦？"

"突然发现复旦的数学系更适合我。"

这个骗子。

她笑了笑，点点头："也许……华师更适合我。"

她转过身准备走，被男生一把拽住。

"骗你说要考交大是为了让你拿表时不用有负担。"

女生转过身："骗我的只有这个吗？"

骗你的太多了，都不知该从何说起。他从乱毛线中随机拎出一个线头："转来K班是为了和你同班。"

"我……听不太懂……为什么非要做这么多奇怪的事？"

"因为我想和你上同一所大学。"他垂着眼靠向走廊栏杆，换了像读一封信那样郑重的语气。

女生怔住了，一时做不出反应。

你早知道的，他说长句时声音总是更加温柔："我叫京芷卉，是圣华中学的应届毕业生……"

他记得第一次的班会课，黑板上写着演说主题，那时她对比一大早换了个发型，在教室中间略带紧张和羞怯地开口——

"进圣华的第一天，老师让我们每人自我介绍的同时做个演说，主题是'今天我以圣华为荣，明天圣华以我为荣'。我很擅长演说，只对这个主题不太在行。圣华有70年历史，出过科学院士，怎么可能以我为荣？"

去年毕业季的一天，身边人突然惊呼着抬头，高三教学楼开始纷纷往下扔书，她向窗外仰望时脸上写满了对自己毕业那天的畅想。

"我只是这校园里的一个普通女生……日复一日地，随波逐流地上学、放学，乏善可陈。"

放学时，她总被一群叽叽喳喳的小女生簇拥着，兴奋地回身呼朋引伴。

上学时，她和时唯经常被值日生拦下，被指出校裙比别人短一截，在门口无奈地把腰间卷上去的长度扯回来。

"我也想在人群中闪耀，成为一个被看见、被记住的人。"

军训晚会上，她抱着吉他自弹自唱。

跨年晚会上，她一个侧空翻引爆全场。

还有更多大大小小的庆典舞台上，她一次次地帮爱忘词的主持搭档救场。

英语演讲比赛，全校只有她一个人只要上场就能所向披靡。

期中期末考后，全年级下发的灰色影印纸上的高分作文，署名十有八九是她。

"但最后连我自己记住的都不是那些闪耀的瞬间。我深深铭记的事情，有在春夏交接时，仰头看向第一朵花时的惊喜……"

春夏交接时，有个卡通氢气球被树杈卡住，她在底下跳着扔扫把，扫把落回来砸到她自己身上。路过的人看见很难不笑。

"也有和同学们约定未来的点点滴滴……"

她们女生总爱在新年许愿树上挂些奇怪愿望，那年她的许愿纸被李悦、温俏雅抢了，她追过三层楼的走廊，秘密险些就要曝光。

"进高中前就听说A班是学校里让人闻风丧胆的王牌，竞争激烈，连课间都没有人发出声音，唯一的消遣是在教室里散步偷看同学桌上教辅书的名字，以往十几届都是如此。"

"但到了我们班，却突然变得不同。明明是一样的题面，却有了标准之外的答案。"

她和时唯一起布置的黑板报，每个路过的别班同学总要回头再看一眼。

圣诞节，女生们给教室靠走廊的玻璃窗喷上白色窗花，电风扇上也挂满彩带。

每个同学都有戴生日帽被全班围着唱生日歌的机会，蛋糕大战是她最爱参与的环节。

"去认真布置教室，自创一半人跟不上调的班歌，运动会入场式上满操场抓不听话的鸽子，给每一个同学过生日……整个班级好像离奇地变蠢了……

"我不知道，究竟是我改变了大家，还是大家改变了我。唯一确定的，能记住我的不会是圣华，而是和我朝夕相伴的这些人。"

"在圣华，我找到了梦想与现实的联系。成为别人的美好记忆，记住带给自己温暖的那些人，就是我简单的梦想。"

如果你足够细心捡起她乱扔的许愿纸条，不必跑三层走廊就能知道，她的新年目标只是"梦想都实现"和一堆彩色荧光笔画的爱心。

简单可爱。

"将来，我也只想去向往的地方……在图书馆里占座，在光华草坪上放风筝，在假山喷泉前看彩虹，在学校就为校园增添色彩，给身边每个人都留下一点快乐的回忆。青春不该有张急功近利的脸。我想要慢慢成长，慢慢欣赏，做一个内心坚定的人，不在乎是否成就荣耀。"

像是比一生更漫长的慢镜头。

他抬起头专注地看向她的眼睛："你不是想知道推荐表上我帮你写的自荐书上写了什么吗？"

最后定格在一方坚定一方迷茫的对视中。

带着异样温度的声音在空气里绵延荡开。他心里留下一点淡色的墨迹，却因为重复一遍而终于加深更多，消散不去。

"我想和你上同一所大学，是因为有你在的地方总会变得更好一点。"

[85] 很高兴得知我是你欣赏的女孩

其实校园里哪有那么多轰轰烈烈的爱恨情仇，广播台里的一句公开祝福，国旗下几句邀请的话，值日生在顶楼天台扫出安全套外包装，男生和男生为某女生打一架……都可以让全校沸沸扬扬一两个礼拜，足见重点高中生活有多无聊。

喜欢一个人最大的奢望不过是多知道关于他的一点资讯，无形中感到与自己多一点联系，以及想被他看见。

在舞台上聚光灯下被全校看见，也不及他某个课间匆匆扫过的一眼。

当他经过身边，她和闺密说话都会不由自主地甜美一点、高声一点。

偏偏她喜欢的人谢井原毫不关心人间，不爱听也不爱看，对什么都没什么兴趣。

几经尝试，她想算了吧，自己去忙忙碌碌搞了一摊子其他东西。

没想到布置教室被他看见记住，搞垮的合唱被他看见记住，满操场抓鸽子被他看见记住，回溯到第一次班会，他记得主题，还记得她说了什么，那可是进校第一天。

原来在第一天她就走进过他的视线。

她有一些感动，但更多是被震惊得发不出声音。

她站在他的视线中紧紧咬住嘴唇，竭力制止自己做出什么发神经的反应，喜极而泣是夸张过度的，但她也不知道还能自控几秒，好像被不见边际的海吞噬，平静的海面下，鱼群正密集蜂拥着酝酿一场飓风般的旋涡。

意外是一颗不知哪儿来的鱼雷从海的深处炸开，人随着巨浪被掀到天上，思绪被从某一点突然爆发出来的欢呼声打断。

芷卉回过神，才看见K班几乎所有的同学都挤在前后门和窗口围观，到处是支着八卦脸的脑袋。

起初一个人听见，叫来一些人，一些人叫来另一些，部分人没有听全，但所有人都听见了最后一句。

炸了锅。

谢井原有点无奈，为什么每次想和京芷卉说点悄悄话，最后都会演变成公共事件，K班的风水有问题。

芷卉条件反射般先捂起脸，她都不知道现在自己脸上是多精彩纷呈的表情。

男生也目光涣散地把视线移到走廊另一侧，却突然看见，在全世界的欢呼雀跃中，有个人的神情例外。

谢井原下意识拽了拽身边的芷卉，示意她一起看过去。

自吵架之后就再也没来过学校的文樱孤零零地站在走廊里，她肿着眼睛："班长，刘老师去世了。"

"什么？"芷卉蹙着眉叫住仍在吵闹的K班同学，"停一下，你们停一下！"她又确认一遍，"文樱你说什么？"

"今天，刘老师因病去世了。"

这一次，所有人都听清了她在说什么。

从走廊到教室，极端的喧嚣到极端的寂静只用了几秒。

芷卉先稳住自己，再上前把脸色惨白的文樱领进教室，让她找座位坐下，询问具体情况。大家都跟进来围着。

文樱说："刘老师心脏一直不太好，昨天放学回家后就不怎么舒服，晚上叫了急救车，抢救到凌晨。我是快到中午才被师母通知了老师过世的消息。"

芷卉感到浑身脱力，冒着虚汗。

所有人沉默许久，渐渐有女生开始啜泣。

他们回忆起上午的数学课老师迟迟没来，课代表找去数学组，许老师说刘老师没来学校，让课代表安排自习。又回忆昨天的数学课，本可以上好最后一课，却被高考动员大会搅了局，当时大家还毫无意识地为能少上两节数学课而穷开心。回溯到前天的数学课，老师的最后一句话是什么？记忆已经那么模糊。

可每个人都能想起一点和老师的特殊交集。

梁涉记得刘老师上学期给他充过饭卡。

孟冬记得每年冬天临近期末，刘老师都会在晚自习时带好多水果点心来看住校生。

何琳记得她刚进校时有次忘带英语书，怕被吴女士骂，又不认识其他班同学，是刘老师替她去他任教的另一个班E班借了一本。

"刘老师对我们大家都很好，我希望最后大家都能去告别式上送一送刘老师。"文樱接着说，"不希望老师走的时候太孤单。"

芷卉揉揉眼睛："不管什么时候，我跟你一起去。"

云萱接嘴："我也去。"

芷卉对全班说："大家一起去吧。"

同学们几乎都在机械地点头，有个蒙蒙的声音问："那高考怎么办？"

芷卉愣了愣："高考还有两周半，不会撞到一起的。"

文樱说："告别式什么时候还没定，应该就在这两天。"

"所有任课老师里，他最关心我们，从学业到生活。人生中能遇到几个这样的好老师呢？我们不能留住他，那总该最后为他做点什么吧。"芷卉哽咽着说，"哪怕只是看他一眼，送他一程。"

大家纷纷认真点头，没有更多的话，语言很苍白。顾钦钦憋了很久还是哭出了声音，一个感染一个，最后所有女生都哭了。

谢井原没想到今天能有机会和她一起回家，骑了车，提议载她回家，她没什么心情。本来以为只能送她到公交站台，她说胸闷，他们又一起往前走了一站。

这一天经历大喜大悲，大哭一场，现在她有点精疲力竭。

"没想到刘老师会走得这么突然，我感觉他没有那么大年纪。"

谢井原推着车慢慢说："他是退休返聘的老师，年纪够做我们老师的老师，邵老师就是他的学生。"

"谁？"

"C班班主任。"

"我以为怎么也得是许老师……"

"英语老师上高中时也学数学。"

芷卉又走出一段，潮湿的眼睛转而看他："你肯定比我更难过。"

谢井原没说什么，长叹一口气。

老刘发现有个学生考试从不出错，去人堆里把他找出来，给一张这样的考卷做做，一张那样的考卷做做，很难考倒他，高数？会做一点。竞赛呢？不会。但是给他讲解一遍，他就触类旁通全懂了。这可怎么办啊？半路出家，圣华又不是竞赛强校，而数学是所有竞赛中专业选手最多的一条赛道。

老刘激动又忐忑地在办公室转了两圈问他："你喜欢数学吗？"

他没说什么，只点了点头。

回过神，他发现女生正隔着春季校服轻轻抚着自己的胳膊，眼里尽是温柔的担忧。

他摸摸她的后脑勺，继续往前走："我没事。"

"我一直很努力地想要考取复旦，让父母高兴，让老师高兴。现在连刘老师都走了，我突然没有方向，不知道什么才是正确的选择……"芷卉说不下去。

"不要这么想，老刘一定也不希望我们因为他而变得消沉。我不知道以后该怎么样，但是眼前我觉得，我们应该去送送老师，然后你打起精神全力备考，我去拿一块金牌回来，不要辜负他的期望。"

刘老师对她的期望是：相信自己，没有加分也可以考得更好。

而此刻，她书包里有一套还没有填写的保送信息表。

谢井原不会知道，她说的"失去方向"是指失去了什么。

现在的我有张急功近利的脸，经历高三一年，既没有成长，也没有欣赏，只在乎成就荣耀。

很高兴得知我是你欣赏的女孩，但可惜你欣赏的那部分我已经不在了。

谢井原进门时，钟季柏已经到家已久。

趁他换鞋，钟季柏问："你放学后怎么一眨眼就不见了？"

"京芷卉很难过，我陪她走了一段。"

"老刘去世，最难过的不是你吗？你俩谁陪谁？"

他还是说："我没事。"

钟季柏没心没肺，不像女生们那么沉溺于悲伤，又把注意力放回下午那极具冲击性的剧情上："早知道你们关系这么好，我才不会整天较劲儿。"

他扔下书包，往沙发里一倒，庆幸有个其他话题："有那么难发现吗？"

"但我真没想到。你怎么都不早说？害我弄错那么久。"

"告诉你相当于告诉全世界。"

"还不是你的行为让我误会，渣男。"

谢井原无语。

"不过你干吗想不开啊，京芷卉她像个女生吗？"

她明明就是很典型的女生，你自己没有性别意识怪谁？

谢井原叹气："就跟你只想和云萱打游戏一样吧。"

"你、你、你这话说的，好像我喜欢云萱一样！"

"那你除了云萱还有其他固定队友吗？"

"你啊。"

"我之外。"

钟季柏想了想："没……有？"

"是吧？"

钟季柏呆滞半晌，警惕地笑起来："你别跟我玩套路，我可不会喜欢女同学。"

谢井原轻描淡写地说："云萱也喜欢你。"

钟季柏更轻描淡写地说："这我知道。她跟我表白过，被我拒了，现在不喜欢了。"

谢井原愣了半晌："你就作死吧。"

"云萱喜欢我，你是怎么知道的？"

"我……"他努力回想，"好像是去年刚开学那时候听顾钦钦说的。"

钟季柏震惊："你去年就知道，从来没想过要告诉我？"

谢井原拎起书包准备进房间："我……觉得……你配不上云萱。"

钟季柏突然皱眉："等等，你说啥？"

芷卉一进家门，父母就发现她神色不对，肯定哭过，互相来来往往使了好多眼神没敢问。吃完饭时，她自己提起来："我们数学老师因病去世了。"

"去世了？"妈妈的第一反应有点跑偏，"那不会影响你们的数学复习吧？"

芷卉愣了愣，妈妈自己也意识到说错话："我的意思是说……你们安心学习，不要被负面情绪影响了。"

芷卉看了妈妈一眼："我们想去参加老师的告别式。"

妈妈皱起眉："你现在复习这么紧张，哪能再浪费时间，不行，你别分心了。"

"可刘老师是我们最喜欢最尊敬的老师。"

"你有这份心意就够了，告别式妈妈替你去。"

"但我们全班说好了大家一起去……"

妈妈打断道："全班全班，看看你进了这个差班以后，优秀学生干部加分没弄成，自主招生考试又不去面试，现在还跟他们瞎混在一起！你要混到再把保送名额折腾没了为止吗？这段时间你给我老老实实上学，别再找事，听到没有？"

芷卉现在脑子有点钝，怔了半晌才回神："保送名额已经给我了。"

妈妈错愕："什么？"

"吴老师让我填好信息表，离校之前交过去就好了。"

"你拿来给我看看。"

芷卉回房间从书包里拿来保送信息表。

妈妈看了又看，还不敢相信是真的："这个填完就有保送名额了？"

"填完交上去，学校盖章。"

妈妈长吁一口气，她坐下继续吃饭。

沉默了好一会儿，妈妈自己捡起了先前那个话题："老师的告别式，你应该去。去吧，毕竟是教了你一学年的老师。"

芷卉没什么表情，心里暗暗叹息，这一学年来都经历了些什么，妈妈比自己还迷茫动摇，爸爸几乎百分之八十的时间一头雾水。

想来觉得离奇的是，给自己最多帮助，一直在努力帮自己判断方向的人居然是谢井原。他还是自己的同龄人。

自荐书每个字都写进她心里，她理解的结尾多了一层意义。他就是那种内心坚定的人，她对他不仅仅是简单的喜欢，更多是想成为他那样的人。

回到空荡荡的书桌前，第一次没什么作业需要赶着做完。

她不断地想起刘老师。

第一次，老师在她课桌前坐下："你是入学典礼上作为新生代表演讲的那个学生吧？"

运动会上，老师吹着哨，笑着喊："京芷卉！严禁跑得比选手快！注意安全！"

在请愿书上签下自己的名字，老师说："既然要联名，那也算我一个。"

云萱挨骂时，他在吴女士面前袒护着大家："昨晚我叫他们去我家补课了。"

他翻过三年来她所有考试成绩："我要是高一就开始教你，会叫你进竞赛班。"

她想做他的学生，为什么没能早一点成为他的学生？

今天，谢井原失去了他最重要的老师。

三年前，她错过了这位老师。

[86] 你们特别需要一个振奋人心的仪式

早自修，吴女士来教室只干了一件事，下发正式志愿表，让大家把最后的决定誊抄好。虽然填志愿没什么必要，但芷卉为了不显得突兀，还是跟着大家一起填了交了。

吴女士一走，大家又聚在一起，继续早自修之前刚提了一句的讨论。

文樱带来消息，告别式就在明天，和成人仪式撞了车，部分同学有点犹豫了。

如果是平时上课，大家肯定都愿意去，可成人仪式是圣华的传统，每年毕业班高考离校前举行的仪式，学生穿全套毕业礼服，拍毕业照，家长也会受到邀请，有点高考誓师和告别母校的意味，很具有纪念意义。往年低年级生最羡慕这一天的毕业班，遥遥望去，好像真的跨越了未成年到成年的界限，充满憧憬。

两者时间冲突，但都已经不可能以K班意志为转移而改期。

"大家怎么考虑？"芷卉征求意见。

孟冬第一个把部分同学的心声说出来："成人仪式一辈子只有一次，我不想错过。"

文樱反驳："只不过是一个仪式。"

啾啾小声对文樱说："虽然对你只是个仪式，但我已经盼这天很久了，我爸妈离婚了，平时根本不见面，他们答应明天都来。"

文樱无言以对。

"同学们，我是这样想的。"芷卉说，"我知道18岁只有一次，成人仪式只有一次，但能证明我们迈向成年的，真是仪式上的宣言吗？"

大家沉默地听着。

"不是的。"她摇摇头，"真正教会我们成长的人是刘老师，他经常鼓励我们追求自己真正想要的东西，他让我们明白责任和担当，他启发我们思考要成为怎样的大人。对不对？"

同学们交换着眼神互相试探。

"刘老师没有孩子，我们就是他的孩子，教育我们变成熟的人离开了，我们应该去表达感激，这是一个成年人最起码的良心。我们站在草坪上穿着漂亮衣服举着手念过誓言，但我们失去了良心，这也不能证明我们已经成人。你们说呢？"

云萱说："我去参加告别式。"

钟季柏从课桌上跳下来："我也去参加告别式。"

越来越多的同学表态响应。

何琳还是有点担忧："可全班一起缺席成人仪式，吴女士那边肯定过不了关。"

啾啾附和道："就是就是，操场上整个班方阵消失，吴女士面子挂不住的。"

文樱说："不论大家怎么想，最后怎么决定，我都一定会去参加告别式。"

"吴女士这边交给我，我会去求得她的同意。"芷卉说，"我不逼迫大家，你们自己选择，是去参加成人仪式，还是去送刘老师最后一程。"

孟冬试探地看着何琳说："既然班长出面请假，那我们去参加告别式。"

何琳犹豫地点点头："好吧。"

第一二节本是数学课，又改了自习，发生了一些插曲，让整个班坚定了，再也没有人想参加成人仪式。

A班团支书和数学课代表两个男生帮忙搬来了山一样的考卷。

回家复习两周，老刘早就给全年级准备好了每天一张40分钟的试卷，让大家保持状态，一直能做到高考前夜。和前两年的长假作业一样，每张试卷的最后都印了一句励志的歌词，好像做完考卷就能唱起来似的。

以往看见这么多作业，全班早就夸张地开始鬼哭狼嚎。

但今天教室里没有人说话，只剩下试卷分发时纸页交叠的摩擦声，沉甸甸的心意换来了沉重的伤痛。

芷卉带着有些悲壮的坚决喊了"报告"，从英语组门口走向吴女士桌边。

"吴老师，刘老师的告别式在明天，我们全班请假参加。"

吴女士看了她一眼："你们都知道了。告别式你们不用去，刘老师的家人会办好的，安心参加成人仪式就好。"

"可是我们想去。"

"你们的心意我理解。成人仪式是在校最后一次集体活动，最好不要缺席。"

"成人仪式固然重要，但对我们来说，去老师的告别式更有意义。我们不想怀着对刘老师的不舍去强颜欢笑地参加成人仪式。说到底不就是个仪式吗？"

"告别式也就是个仪式。还有两个星期就要高考了，发生这样的意外，我们都很遗憾，这对你们冲击很大，很可能影响你们高考的状态。所以现在，你们特别需要一个振奋人心的仪式，而不是伤心难过的仪式。"

芷卉说："客观上，我们已经伤心难过了。"

"这个时候，你作为班长就应该想想如何帮助大家调整情绪，走出伤感，明白吗？"

"我……自己都做不到。"

吴女士心平气和地劝道："这就是成人的世界，个人情感需求的优先级会不断下降。学着理性地、目标明确地生活，才是成人仪式的教育意义所在。刘老师会很欣慰地看着你们长大的。"

芷卉想不出什么反驳的话，她只是忽然不太想长大了。

竞赛班比 K 班情绪还低落，许老师自己也无心讲课，哄不住低年级小女生哭，控不住场，中途把谢井原赶走了："你回班级吧，你还有比赛，不要受影响。"

谢井原回了教室，见全班安安静静坐着，只有芷卉不在，正奇怪，芷卉进了门，所有人自然向她聚过去。

云萱跑到她身边："怎么样，吴女士同意了吗？"

芷卉失落地摇摇头。

云萱又恨得开始摔书："缺德啊！"

钟季柏也无力摇着头："她也是老师，怎么就这么不近人情。别理她了，我们先斩后奏吧，直接去告别式。"

何琳还是有点胆小："吴女士会气得把教室拆了。可能我们人还没到目的地，就被家长打电话劝返了，你信不信？"

"又不是只有吴女士能批准请假，实在不行，我们去找能压住吴女士的人。"钟季柏说。

云萱点头："你跟我想到一块儿去了。"

两人交换眼神，异口异声。

"陶校长。"

"马德堡。"

钟季柏无奈："同桌三年，怎么一点默契没有！"

"只是请个假，没到惊动校长的地步吧。"云萱说。

"马德堡会帮我们吗？"

云萱看向芷卉。

芷卉说："他一直算挺好说话，这次也去试试吧。"

芷卉和时唯发微信，得到内部消息：这两节课A班在上英语课，马老师下了课就会回英语组。下课铃一响，芷卉和云萱就以百米冲刺速度跑去A班方向拦截马德堡。

"马老师！"芷卉眼看追不上，在上一层楼走廊里就冲对面喊，"您等下，我有事找您！"

年级主任在楼梯口等了她一会儿："怎么了？"

芷卉喘着："刘老师的告别式，我们全班都想参加，您……您会去吗？"

"当然了，你们有这份怀念老师的心意，我们老师之间也有啊。"

云萱嚷开了："可我们班吴老师就不参加。"

年级主任想了想："哦，对，那天是成人礼嘛，她肯定是想见证……哎？你们都去告别式，那小吴老师留下干吗？"

芷卉点题："吴老师不同意我们去参加告别式。"

年级主任蹙眉："这是为什么啊？"

云萱话里带刺："谁知道，莫名其妙地反对，说不定是嫉妒老刘受学生喜欢。"

芷卉急忙按住云萱："吴老师可能按常规思路想让我们遵守纪律，可现在不是在这上面较劲儿的时候。"

年级主任点点头："你们班学生重感情，也算懂事，要是我，肯定会让你们去的。"

云萱抢着问："您同意了？"

年级主任摊了摊手："我同意也没用啊，你们到底是K班学生，还是得听从自己班主任的安排。"

云萱失望泄气。

芷卉又追了几步："您是理解我们的，能不能帮我们劝劝吴老师？"

"她啊，固执起来，不是我劝……"年级主任笑了笑，无奈道，"你们可别因此分心，影响复习了。"

芷卉追着说："去参加个告别式分得了多少心？非要压着不让人参加，心里总委屈才影响复习。"

年级主任看着她嘟嘟脸圆圆眼撇着嘴，的确十分委屈的样子，不太忍心拒绝，过半晌叹口气："行了，先回去上课吧。话帮你们带到，劝不一定成功。"

两个女生又以百米冲刺速度跑回K班，人还没进教室就叫开了："梁涉，你那个偷听器还在吗？"

男生愣了愣："在啊。"

"开公放。"芷卉和云萱兵分两路从两条走道跑向他，"快点快点快点！"

全班又聚过来把梁涉团团围住。

梁涉一边开机器，一边困惑地问："什么情况？"

"马德堡对我们想去参加告别式的心情表示理解，但他说最好还是先征得吴女士的同意。现在去帮我们说服吴女士了，但他说不保证一定成功。"

"对付吴皇……"马超讽道，"他什么时候马到成功过？"

"真的。"孟冬苦着一张脸，"马德堡就是个老好人，耙耳朵。"

梁涉做了个噤声的手势："嘘——"

"小吴老师啊……"年级主任的声音，"你们班学生想去参加告别式就让他们去吧。"

吴女士的声音："他们又去骚扰你了？"

"毕竟孩子们有心嘛，有些事睁只眼闭只眼就过去了。"

"有心不如放在学习上，高考在即，不是搞这些事情的时机。"

年级主任说："正因为快高考了，我才觉得你们师生不要置这口气，不是什么大是大非的问题，学生也没有坏心。不如这次就遂了他们的愿，等事情过后再敲打提醒。"

吴女士说："遂了他们的愿，让他们误以为上学上到最后战胜了老师，将来还能有是非观吗？"

有个女声突然插进来："哦，什么都听你的，就有是非观了？"

大家面面相觑，芷卉提示："C班班主任邵老师。"

吴女士说："未成年的时候当然要有长辈来引路。"

C班班主任说："做个老师，还真把自己当指南针了？不是我说，做学生的都知道感恩，有些做老师的不近人情，还不如学生。"

吴女士又说："总之，这就是我的决定，我们班在毕业前都应该执行我的决定，这没错吧？"

年级主任说："小吴老师，规矩是人定的，大家对刘老师都是有感情的。适当变通一下，有什么不可以呢？"

吴女士说："现在他们越来越叛逆，整天蠢蠢欲动，正是浮躁的时候。一旦心思走偏了，拿什么去应对高考。"

年级主任说："但是去参加任课老师的告别式，挺合情合理的一件事，心思能偏到哪儿去呢？"

C班班主任嗤笑了一声，语气发了狠："吴老师你自己去世的时候不想有学生惦记吗？教人之前先做个人吧。"

年级主任劝C班班主任："知道你心情不好，小邵你出去转一圈散散心。"

C班班主任没走："本来也不关我什么事，现在看起来K班学生也不差，差劲儿的另有其人。"

吴女士说："你要是愿意带K班，下学期主动申请啊，又没人拦着。现在这是我的班，我有义务管教，你还是带好你自己的班，升学率和A班去比一比吧。"

年级主任只好出面收拾残局："好了好了，都别争了，大家说的都有道理。既然是K班的事，还是让小吴老师自己去定夺吧。"

K班这边集体爆了粗口，人群往四周散开，这回可不止云萱一个人在摔书发泄，半个班都开始撕英语书。

芷卉回过头把大家叫回来："别这么悲观，我们再想想办法。"

何琳道出更大的隐患："马德堡去劝吴女士，吴女士肯定能猜到是我们在作妖，我们要遭殃了吧。"

啾啾点头："就是就是。"

钟季柏提议："要不然再联名一次？上次小钦钦的事就联名成功了。"

"不行不行。"芷卉说，"校长不喜欢学生为了老师搞请愿，特别反对偶像崇拜，A班搞砸过。"

顾钦钦举手："啊，我想到了，我们可以集体装病……"

钟季柏打断："什么病能集体一块儿都得上？"

顾钦钦说："食物中毒呀，就说我们今天团购了某一家的奶茶，集体中毒了，都倒下了，明天不能出席成人礼了。"

钟季柏无奈道："小钦钦你疯了吗？忘了柳溪川摔断腿的时候，吴女士发多大火？还敢提外卖？还装'食物中毒'？你这是在自杀，我告诉你。"

顾钦钦吐吐舌头。

云萱说："实在没办法，只能先斩后奏了，集体逃了成人仪式。"

钟季柏点头："这还差不多。"

何琳继续露怯："我看还是算了吧，在毕业前给小吴这么大惊喜，万一她不让我们顺利领毕业证，到时候连哭都没有地方。"

啾啾附和："就是就是，不像你们优等生，高中毕业可能是我们最高的学历了，毕业证还是要领的。"

文樱着急了："大家不是都说好了全体出席告别式吗？"

孟冬说："那是因为班长负责请假，谁知道会变成这样？"

大家又集体转头看向芷卉。

谢井原都替她感到郁闷，进展不顺利时，自然开始互相埋怨，第一个被针对的总是班长。

[87] 谢谢你把选择权给我

最后一节历史课，老师努力活跃气氛，但很明显，整个班级意志消沉，她还以为是因为离别在即，正常范围内的伤感，顽强地坚持上好最后一课。但屋漏偏逢连夜雨，她又倒霉地点中了最不该点的人发言："文樱同学，好久不见啊，不如你来说说。"

文樱起立后低着头没有回答。

历史老师歪过头去观察表情："怎么了？哪里不舒服吗？"

谁知文樱突然哭了。

历史老师被吓得手忙脚乱："不会吗？没有为难你的意思，你先别哭啊。"

文樱哭到忘我。

芷卉起身替她向历史老师解释："我们想集体请假去参加刘老师的告别式，但因为时间和成人仪式撞了，小吴老师不准我们去，大家都很丧气。"

历史老师点点头，按着文樱的肩让她坐下，回到讲桌前把教辅书扔开，慢慢开口："我这个历史老师当得不算好，没把你们教得多渊博，这时候要举个史实做例子，你们都不一定听得懂，那让我们肤浅一下吧。小马过河的故事，你们小学一年级都学过，道理还是不变，每个人能给出的意见都是从他们自身出发所得出的，不算错，做决定的人必须根据自己的实际情况判断要不要过河。无论什么老师都不可能跟随你们一辈子，是选择出席成人仪式还是参加告别式，是你们自己的事，每个人的条件不同，立场不一，我希望你们能够从自身出发，做出属于自己的决定。"

文樱不再哭了，她带着歉意回头看了芷卉一眼，硬拉着全班去参加告别式对班长来说有点强人所难。

也对，不存在感同身受，何必在意别人，只要自己去就代表了自己对刘老师的心意。

下午放学前，吴女士来交代事情，见教室里气氛压抑，劝道："其他的我就不多说了，刘老师的离开确实对我们造成了不小的影响，但伤心归伤心，高考在即，你们更要全力以赴，化悲痛为力量，迎战高考，不要辜负刘老师的一片苦心。"

全班一大半人趴在课桌上，压根听不进她念经。

她接着强调："明早七点半，班长、团支书、体委去体育馆领我们班的毕业礼服，大家换上衣服，八点在操场集合。"

芷卉举手起立："吴老师，我提议全班同学为刘老师送行。"

一些同学又坐直了回头看班长。

吴女士不太想和她继续论战："我已经说了这事不要再讨论。"

"再考虑一下吧，这是全班同学的心愿。"

"不是你起哄，他们会想去吗？"

钟季柏插嘴："吴老师，我们都挺想去的，都很舍不得刘老师。"

云萱说："就让我们去吧，我们保证会认真复习，不影响高考。"

吴女士看着云萱："高考是你们的任务，又不是我的，干吗给我做这种没用的保证？"

云萱语塞。

芷卉还没坐下："我们是刘老师带的最后一届学生，我们想参加告别式，也是想向他的亲朋好友证明，刘老师作为老师是成功的、受学生爱戴的。"

换位思考，吴女士有点动摇，没说话。

芷卉继续说："刘老师走了，师母肯定很伤心，我们去了，能让师母心里有点安慰。"

文樱含泪："师母看不到学生去的话，会寒心的。"

"如果自己教的学生都不到场，刘老师肯定也很遗憾。"

"我们有良心。"

"吴老师让我们去吧。"

教室里嘈杂起来。

如果是芷卉一个人游说，说不定还有可能打动吴女士。

偏是全班这么七嘴八舌、同仇敌忾，反而激怒了她："给我停下！你们以为告别式是什么，展现你们爱老师的场合吗？什么时候不能感恩，非要挑成人仪式这天？"她顿了顿，"一时兴起害的只会是自己。"

芷卉冷静地说："您不是一直都提倡举手表决班级事务吗？那我们可以举手投票，来决定能不能去参加刘老师的告别仪式。"

谢井原在后排抬起了头："附议。"

芷卉转向大家："想去参加告别式的同学请举手，我们少数服从多数。"

文樱第一个举手，其他同学一个接一个都举起了手，人越来越多，全班无一例外。在这个教室里从来不曾发生，也被认定永远不可能发生的事发生了。

芷卉自己最后一个举起手，骄傲地对吴女士总结："全票通过。"

吴女士脸色铁青，看向举着手的文樱，又看向举着手的谢井原，沉默半晌才发出声音："不行，都给我放下！我作为你们的班主任，有一票否决权，明天你们照常参加成人仪式。"

一瞬间，所有人脸上同时浮现出失望和愤怒的表情。

芷卉放下手，语气令人不寒而栗："吴老师，我以前尊重您是个讲原则的人，没想到自己立的规矩也能推翻，以前的说教都成了虚伪，输的姿态还非常难看。"

吴女士正气不打一处来："京芷卉你给我到办公室来！"

芷卉没怎么犹豫就跟了出去。

教室里持续了十来秒的寂静。

钟季柏小声问云萱："是我的错觉吗？刚才笨京的气场压过了吴女士。"

云萱点点头。

钟季柏笑着回头揶揄谢井原："怕不怕？"

谢井原无声地对他做了个口型："我喜欢。"

吴女士进办公室，也顺手扔了几本书镇场："京芷卉，觉得自己特别英雄是不是？带领全班起来反抗，真让人大开眼界。"

"反抗不是我们的目的。"

"你还想不想要保送资格了？"

她没有回答。

吴女士接着说："校长推荐名额虽然定了给你，但我作为班主任在这件事上同样有一票否决权。别怪我没提醒你，再带着全班这么胡闹，你的保送名额就直接取消。"

她依然没有说话。

"这学期的几次考试，你的成绩一次比一次掉得厉害，早就降到了复旦历年分数线之下。校长推荐是你进复旦的最后机会，带头搞事自毁前途，自己掂量值不值吧。"

芷卉继续沉默。

吴女士缓和语气："你的保送信息表填好没有？"

"还没有。"

"抓紧时间，明天必须要交了。"

"好。"

"当务之急，先考虑好你自己。"

她点点头。

"回去通知所有人，明天的成人仪式，必须准时参加。"

她没回答。

吴女士催促："听见没有？"

"听见了。"

走到门口，芷卉回头说："吴老师，谢谢你把选择权给我。"

吴女士一时没反应过来她是什么意思。

因为想着心事，芷卉没走平时英语组到K班教室的常规路线，先上了楼，等回过神已经站在高二年级的二楼，不过也没关系，二三年级两栋楼间每层都有天桥。

但正因如此，等她上了二楼穿过走廊时，看见了对面毕业班集体撕卷扔书的壮观景象，雪片般的碎纸屑从楼上纷纷落下，漫天飞舞。

几乎全校师生都在驻足仰头围观。

二年级这边的学弟们趴在走廊上冲那边加油叫好，像在岸边为出海征伐的勇士送行。

一年一度的幼稚发泄，她看了一会儿就笑了起来。

天桥封了窗户，但走廊里充斥着阳光，她穿行其中，阳光和窗框形成的阴影在她的脸上交替，她越走越快，交替的速度也就越快。

一个转弯，K班教室朝北，还那么阴凉。

她从前门进教室，所有同学聚在教室后排，围在梁涉身边，等她一推门，全都看向她。

她愣了一秒，立刻看明白这局面的由来。

有梁涉的小工具，这个班级从来藏不住秘密。

她感到脸烧起来，血液直冲向头顶。

转折却出人意料。

云萱先从座位上站起来说："我们都听见了，保送对你那么重要，要不还是放弃吧，听吴女士的，去参加成人仪式。"

孟冬跟着站起来："你为了大家能去参加告别式已经做了很多了，我们心里都有数。你如果选择放弃，我们也不会有意见，我们听你的。"

何琳点头说："没错，班长，毕竟前途才是最重要的。"

啾啾附和："就算我们最终参加不了告别式，但我们对刘老师的怀念也不会变。"

其他同学虽然没说话，但都跟着点了头。

芷卉有些不知所措，沉默了片刻，视线从一张脸移到另一张脸，感动得一张口就哽咽："不要听我的，我们每个人都应该学会自己做决定。"

"悦悦姐不是刚说吗？不管出席成人仪式还是参加告别式，都是大家自己需要做的选择。每个人条件不同，立场不一，今后注定也会各奔东西。我们不得不独自权衡自己会付出的代价，去面对每一个人生抉择。保送只是我个人的事，要不要参加告别式是大家各自的事。你们不用考虑我，只要选对自己的路就好。"芷卉到回座位背起书包，"我这个班长虽然不是票选的，但当得很开心，结局也很圆满。我要卸任了。"

她说完走出教室。

"京芷卉！"谢井原追出来，比她下楼快，在几级台阶下转身把她拦住，"我知道你想干什么，不要这么做。吴女士是吓唬你的，不可能因为你劝不动全班，就取消你的保送，关键看你自己。也许你担心大家会因为保送的事，对你有看法，至少我不会。校长推荐的名额，你当之无愧，你要让出去就是对自己道德绑架，别犯傻。"

自下而上仰起一张着急的脸。

何曾见过他这种表情，不复冷静。

迎着光，终于又看清他时而藏在额发阴影后暧昧模糊的眼睛。

她明白他的意思，其实没太听清他说的话，摄人心魂的脸在眼前扰乱神思。

她的呼吸平缓了，心跳却在安静之下喧嚣。

最后她故作轻松地笑一笑："谢井原，你又在这儿浪费时间。"

台词选得不够好，一瞬间就把频道转向感伤，这是鲜明的异变。她感觉快要憋不住眼泪了，于是低着头从他身侧仓促地经过，下了楼。

男生愣了愣，想起这话老刘说过。

[88] 说句话鼓励鼓励我

云萱离开教室时无精打采，钟季柏跟在后面："你怎么了？看起来好像不开心？"

云萱蹙眉："你怎么了？看起来完全没有不开心？"

"晚上一起打游戏吗？"他发出了热情邀请。

女生目瞪口呆，停顿几秒："你、你还好吗？还有两周就高考了，最关心我们的刘老师刚去世，芷卉跟吴女士斗争，要放弃保送，你竟然还想着打游戏？"

"哦……你是因为这些……"他还以为自己又哪儿招惹她了。

"钟季柏，你也太不分轻重了。你脖子上面是枕头吗？"

钟季柏愣住。

云萱气得加快脚步跑了。

于是出现了午夜惊魂的一幕，谢井原在做题间隙出来喝水，看见钟季柏一个人坐在黑暗中睁着眼发呆，魂差点被他吓掉。

"你干吗？"

钟季柏怔怔地说："我果然不能没有队友。"

谢井原一时语塞："我真是高估你了，还以为你在考虑去成人仪式还是告别式呢。"

"那个我早就考虑好了，说实话，除了笨京……"他看向谢井原，"其他人还需要考虑吗？"

芷卉面对"保送信息表"上"用钢笔填写"的要求长久地发着呆，她只有一支钢笔，就是手里这支老刘送的。

凭自己考复旦，吴女士说不可能，老刘说没问题，两个声音在她脑海里打架。

无论你做什么选择，毫无疑问的是，明天会按时到来。

云萱带着住校女生们溜到她几次进出的墙边，观察四周，跳上墙去。没想到侧门居然有个保安眼尖看见，喊着"喂！哪个班的？给我下来！"朝这边追来。

她飞快地转身把孟冬拉上来，没有钟季柏在场，最后她学会了自己跳下围墙，这就是传说中的狗急跳墙吧。

桃林路上，谢井原骑着车往学校反向去，钟季柏稍后跟上："我感觉骑过去会累死。"

谢井原轻蔑地一笑："就这体力还运动员呢！"

钟季柏被激得从自行车上站起来："你根本追不上我。"

更多人选择在离圣华最近的那个路口集合，打着参加成人仪式的旗号来了学校，却在最近的路口结伴同行，浩浩荡荡去了远离学校的方向。

芷卉妈妈照例在她离家后一小时开始收拾房间，书桌却反常地整洁，除了一个信封什么也没放。她猜测大概因为确定保送，女儿已经把书都收起来了，没太放在心上，走过去打开信封却没摸到信，反过来倒一倒。

下一秒，迎着窗外异常明媚的阳光，她看见翻飞的碎纸片像雪一样落下，伸手接住一些，更多的碎片从指缝里漏下去。她伸手接住的几张，上面就有"保送"的字样。

不得不说，女儿气人的本事和四岁时相比，突飞猛进。

此时此刻，吴女士正遭遇人生最大的滑铁卢，脸色惨白地独自面对整整一个方阵的缺失，校领导和其他老师频频转头看她。

比起"C班没有班主任"，"K班只有班主任"才是更吸睛的景象。

不料过了一会儿，突然有个女生跑出来，直到第一排才停下，捡起了倒放在地上的"三年K班"班牌，站定了。

吴女士一时想不起她的名字，因为很拗口难记，同学们平时叫她的绰号"啾啾"，这绰号才格外配她，一点也不起眼。她不是跟在孟冬身后，就是跟在何琳身后，口头禅是"就是就是"。

无数次，其实她觉得班主任说的话有道理，但全班都讨厌的老师她不敢喜欢，只好跟在人堆里附和。

可是班长最后说，每个人都应该自己做决定。

所以她决定在高中最后一天，穿上毕业礼服，来和已经离婚的爸爸妈妈留一张全家福。

而文樱，当然会决定去参加像父亲一样的老师的告别式，虽然又一次告别了"父亲"，但这次她好像不再感到那么孤单。越来越多K班同学抵达告别式现场，大家和她一样在哭，因为他们都失去了最敬爱的人。

悲痛之余，有很多同学不敢相信班长没有到场的现实，不住地回头看谢井原。

谢井原在想这种局面是怎么回事，好像自己真成了京芷卉的家长，只好无奈地说："在路上。"

班长在路上，大家吃了定心丸，安心有序地列好队，继续依次在老师的遗像前献花。

虽然没跟芷卉联系过，但谢井原知道，她不可能不在路上，她这个人就是爱迟到。

溪川一如所料赖在家，也没去阳明上学，门一开愣住了。

芷卉身穿一套圣华制服，手拎一套圣华制服，站在门外："刘老师心脏病发去世了，今天是他的告别式，我们翘了成人仪式。帮你带了一套校服，你要不要跟我一起去？"

溪川看出她身上那套有点旧，胸围也显紧，大概是高一时的校服，把门开得更大一点，把她让进来："进来，我们换一套。"

告别式现场，年级主任刚开口发言："刘老师对学校的贡献大家有目共睹，今日他的离去，对圣华来说是巨大的……"就被云萱突然的叫声打断："芷卉、溪川！"

所有人闻声望向门口，芷卉和溪川走进了K班所在的区域。竞赛班也有学生来，有些没请到假，E班没有一个人到场，只有K班到得最齐。

师母一直没止住的眼泪一下又翻涌出来："老刘他这辈子都给了教育事业，今天他带的最后一班学生都来了，也说明他没白教几十年的书，走的时候还有学生记挂着，谢谢你们。"

年级主任决定不做教师代表发言了，把女生招到前面去："京芷卉，你来代表学生跟你们刘老师道个别。"

芷卉调整着情绪去了前面。

"在圣华这个鼓吹竞争的学习环境中，我们K班人对大多数老师来说，唯一的身份就是差生。

"只有刘老师对大家一视同仁，他教会了我们做人，支持我们追求、争取我们想要的，让我们学会相信自己，脚踏实地地去实现目标。在我们需要帮助时，刘老师总向我们伸出援手。

"可能我们自己当初也想不到，我们会变得为他人着想，会为梦想的大学努力，会团结在一起，以集体的形式站在这里。

"我们现在能做的，就是全力以赴迎接高考。我们 K 班，不会让刘老师失望！"
原本很悲痛的场合，忽然因为附加了对未来的憧憬而变得有点热血。

散场后年级主任把芷卉叫住："你们呀，还是没听小吴老师的话，擅自跑来了。"
钟季柏抢先开口："老师，是我们自己要来的。"
"我们都是分头跑来的。"云萱说。
年级主任没听明白他们在强调什么，怎么跑有什么区别："好了好了，知道了，都成年了，有自己的坚持，老师也理解。"
等其他人走远，年级主任小声嘱咐她："那个保送信息表，你待会儿别忘了交回学校，这几天就该定了。"
"马老师你得重新打印一套表了，我准备放弃保送。"
年级主任蹙眉："这是为什么？"
"我想凭自己的实力进复旦。"
年级主任愣了半晌，最后点头道："那行吧，你的成绩一直不差。你爸妈知道这件事吗？"
"现在应该已经知道了。"
年级主任说："那你好好考，明年高考动员大会，我等着你回来，给学弟学妹们分享经验。"
"嗯，谢谢马老师。"
没想到马老师一得意又开始飘："拿出你真正的实力来，你是我们 A 班人，不要给 A 班丢脸。"
这边话音刚落，就听见钟季柏在不远处高喊："班长！快来！"
芷卉转头看过去，K 班的同学们手搭手围成一圈，全都期待地看着她。
她笑着和老师道别："我是我们 K 班人，得回 K 班了。马老师再见。"

芷卉跑过去，够不到手的中心，只好搭在溪川手腕上，大家交换眼神，默契地一起喊出口号。
并不默契。
一些人喊了"K 班万岁"，一些人喊了"K 班必胜"，一些人喊了"K 班加油"。
太塌台了。

"你们怎么回事，都不统一一下口号？"

"怪你啊，谁是班长？"

"K班必胜。"芷卉笑。

"一、二、三，K班必胜！"

这种蠢得冒烟的活动，谢井原是不会参加的。溪川和云萱离开前看见他坐在远处台阶上，顺手把钟季柏一起拎走了。芷卉被她们推了推，折返回来。

他随随便便往地上一坐，长腿跨了五级台阶，本打算等她身边的人少一点再过去，谁知她突然就回视过来，视线相交时他愣了一秒。

喜欢的人一路盯着自己，再加上小跑过去，她到他面前时难免心跳加速。

男生先发问："真放弃了保送？"

她点点头。

他沉默一会儿，从制服口袋里掏出她的护身符："这个，还给你。"

芷卉怔了怔，因为意外，也因为陌生。

"猫头鹰耳朵被撞掉了一只，看着别扭，我干脆把另一只也磨掉了。变龙猫了，将就着用吧。"

他是怎样的一种强迫症？

为了避免他一直伸着手，她笑起来接过去。

"捡到的，不是偷的。"他补充强调。

女生不好意思地笑笑："其实它对我已经没那么重要了。"

他蹙眉换成略带遗憾的神情："真无情。"

她把手链重新戴回手腕，笑着冲他撒娇："借我点信心，说句话鼓励鼓励我。"

命题作文……

他撑着地起身，拍了拍手上的灰，珍惜地望向她熠熠生辉的眼睛。

她以为他会说出"在复旦等你"之类的约定。

线索那么多，很难注意不到。

她的微信头像是个卡通小女孩，眼睛太大，乍看有点吓人，可是看习惯了觉得还挺可爱，手支着脸，歪着头看着你，让人不忍心不回复。

她的错题集的封面也是同一张脸，钟季柏因为和麦芒亲密无间，自然知道公主的名字，他却是第一次听说。

其实故事的开头像极了一个童话，只不过这童话中没王子什么事，是一位公主想去看她憧憬的天灯。

可是当童话照进现实，发展就不太美好了。

现实中会刮风下雨，会电闪雷鸣，有天灾也有人祸。

飓风过境，所有的天灯都坠落，大火从地面燃烧到天边，所有曾经称她为公主的人都对她关上了门，魔法——消失，没有龙也没有骑士。

可是全世界光亮都熄灭了，她心里还剩一盏灯。

她虽然遍体鳞伤，却换了一张坚毅的脸。

天日重现时，出乎所有人意料，她独自举着火把，从漫天覆地的灰烬中走了出来。

结局是她自己写的，不知是喜是悲，写这种结局需要勇气。

仿佛一个命中注定的隐喻，她和她喜欢的公主做了相同的选择。

童话之外，你是我见过的唯一决定扔掉魔法的公主。

他垂眼再抬眼，目光中流露出一点宠溺——

"乐佩，你不需要魔法。"

[89] 但我相信我自己

做选择不难，面对选择的后果很难。

芷卉心里发怵，独自在马路边徘徊，看着手机上父母的无数个未接来电，担忧地叹着气，从白天走到了天黑。

在小区游戏区边的长椅上坐了很久，直到所有小朋友都回家吃饭，看见面前一双熟悉的鞋，她怔怔地抬头，是爸爸。

"爸爸，你怎么知道我在这儿？"

"碰碰运气，没想到你还像小时候一样。"

芷卉苦笑一下。

"怎么不回家？"

"在等我妈消气。"

"明知道你妈会生气，你还是做了。"

"你觉得我不该这么做吗？"

"理论上来说，保送名额来之不易，你不该随便放弃。但是站在父亲的角度，我支持你的一切决定。"芷卉蓦然抬头，他道，"明知道有风险还敢去承担，很有魄力，爸爸为你感到自豪。"

她有点愧疚："爸爸……对不起，我一直都不听话。"

"不用说对不起，这段时间爸爸也在反思，我们父母想为你做到一切我们能做的，想把最好的都给你，但从来没问过你是不是需要、愿不愿接受，我们之间没有足够的交流，所以也很难彼此理解。"爸爸接着说，"你也长大了，是成年人了。以后爸爸不会再干涉你的选择，只要你想清楚了，爸爸都支持你。"

她揉了揉眼睛，老实说："爸爸……虽然放话要自己凭实力去考，可我心里一点底都没有。"

爸爸摸摸她的头："高考是一次重要的挑战，但不是最重要的，考上复旦不意味着上天堂，考不上也不会下地狱。你现在还小，等你长大了就会发现人生还有更多重要时刻，高考根本不算什么，你没必要这么紧张，况且紧张也没用。"

"话是这么说，如果考不上，那我该怎么办，难道要复读吗？我不敢想。"

爸爸想了想："你有多大的把握？"

"百分之五十。"

"那你至少有一半的机会成功，不要还没有行动就考虑并且放大失败的后果，这样会让你束手束脚。"

芷卉静静地听着。

爸爸说："就拿我做生意来说，没有稳赚不赔的生意，难道有风险就不做了吗？不是。别说百分之五十了，就算赢面更少，爸爸都会去接受挑战。"

"可是，我印象中，爸爸好像做什么都很成功，一直很顺利。"

"没有谁会顺风顺水一辈子，我当然也失败过。那时候你还小，没什么记忆，好几次我们家不得不举债生活。失败一定会有失败的后果，你看看云萱的爸爸就知道，但他到现在也没有放弃努力，也在尝试新的路能不能走通。还好我坚持到了最后。"

"是什么让你坚持下来的？"

"家庭、责任，还有你，有一次我差点就想放弃了，回到家，你从自己的恒温壶里给我倒了杯水，那时候你才3岁。"

"就因为这个？"

"这就够了。要珍惜关键时刻不问选择、无条件支持你的人。"

芷卉眼里隐隐泛起泪光："爸爸，对不起，我长大了反而不懂事了。"

"我觉得你越来越懂事了。"他顿了顿，"既然我可以坚持下来，你是我的女儿，也一定可以在考场上咬牙坚持下来。"

芷卉吸了吸鼻子："嗯！"

"现在有多大的把握？"

芷卉展颜一笑："好像有百分之六十了。"

爸爸站起来，伸手拉起她："走吧，我们现在回去把你的想法告诉你妈妈。"

妈妈沉着脸陷在沙发里，等她进门走到她面前，她一把抓起信封扔到她脸上。

被信封扇了的芷卉鼓起勇气说："我知道我今天做错了，但我希望你先听我说为什么。"

妈妈克制住情绪，看了她一眼。

"从小你就让我自由发展兴趣爱好，不会只关心我的学习成绩，我想'唯成绩论'绝对不是你的本意……"

妈妈打断道："你清醒一点，现在是千军万马过独木桥。"

芷卉继续认真说："可我上高三以来，我们全家就变了，你变得神经紧张，为了能让我上复旦，什么招数都用了，爸爸也出了不少力，我也整天惶恐不安，这不是我们家该有的日子。"

"青春期的孩子多少会有逆反心理，这个我知道，但你现在是在拿自己的前途开玩笑！"

"我不认为没有那份保送信息表，我就没前途了。我不想凡事都走捷径。放弃保送对我来说也很难，我也很害怕。但不管我是考上，还是落榜，落到第二志愿或者复读，我都想参加高考来证明自己，不负我做学生12年的努力。"

"我知道你努力，但是关键时刻……"

芷卉真诚地说："高考这种关键时刻，我投机取巧绕了过去，将来每一个关键时刻都会想着绕过去，可是人生没有那么多捷径，不是所有挑战都能绕过去。"

妈妈沉默了。

爸爸劝道："好了好了，我们也不能一直为孩子保驾护航，她总要走自己的路，这次是个好机会。"

妈妈冷静地抬起眼："你想清楚了？"

芷卉笃定地点点头。

妈妈思忖着，叹了口气："反正木已成舟了，你别后悔。"

芷卉笃定地点点头："不后悔，这是我的选择，今天我虽然错过了成人仪式，但我也成人了，我清楚自己在做什么。能把这一年来的心里话都说出来，终于松了口气。"

妈妈点着她和爸爸："你俩一唱一和，真是的。"

爸爸笑起来："咱们女儿敢想敢干敢承担，我们应该高兴……"

妈妈瞪了爸爸一眼，摇摇头："这孩子没有一点像我，全像了你，两个冒险党，整天跟着心惊肉跳，我的寿命被你俩折腾得少了十年。"

"我的性格挺像你的。"芷卉有点小得意，"昨天和我们班主任吵架了，没有输。"

妈妈白她一眼："你怎么就没像点优点？好好准备考试吧。"

除了老刘留下的每天一张练习卷，芷卉把去年谢井原给她出的那20套题又翻出来做了一遍，时隔几个月完全成了新题。

谢井原震惊于她不如鱼的记忆，她问的这道题上次讲了一半，被溪川按了头，这她都没记住……他只好也装失忆，又给她讲一遍。

因为语音不方便描述辅助线做在哪儿，反正指望她能想出辅助线的位置也不太现实，他说："你建系吧，用向量算。"

"怎么建？"

他正考虑怎么描述，手机被钟季柏一把抢走，直接转了视频邀请。

芷卉那边没多想就接通了，因为正边做题边吃零食，脸鼓着，蒙蒙的。

谢井原一看她就忍俊不禁。

"视频多好，一目了然。"钟季柏对他摇摇头，走了。

他把自己这边的摄像头切换好，对着稿纸画图给她看。他从手机里能看见她穿件小花睡衣，扎一个低马尾，很乖巧很清新。

题讲完了，他准备挂断，钟季柏在旁边喊："还有不会的题再视频啊，性感冰箱在线解题……"

谢井原回头睨他一眼。

"你应该感谢我，刚才要不是我眼明手快开视频，你能在这个点见到笨京吗？会不会追女生？要多创造两个人相处的机会，你看我以前怎么带云萱吃鸡的……"

俗话说，言多必失。

谢井原支着头一言不发，眼见他把自己绕进去，笑着问："这跟云萱有什么关系？"

钟季柏自己也发现了漏洞，故作坦然："没关系啊，打个比方而已。"

"打比方是两种不同事物之间的相似之处做比较，云萱……"

钟季柏掩饰地打断道："哎呀，哪儿那么多歪理，你干吗老提云萱？"

"你提的。"谢井原揭穿。

钟季柏忽然黯然神伤："这云萱也不知道怎么回事，骂完我脖子上面是枕头之后就再没上过线。"

"还能怎么回事，当然是在冲刺高考了。"

"那你说她能考上师大吗？"

"不清楚。"

"万一考不上怎么办？"

"去别的大学。"

203

"哪里？"

"全世界都有可能。"

"那怎么行，她跑那么远，我怎么见她？"

"你跟她打游戏，见她干吗？"

钟季柏大声反驳："大家都是朋友，我见见她怎么了？又不代表我对她怎么怎么样。好歹我们也是三年的同学，不像你们这种只待了一年的无情空降兵。要是你去外地上大学，我也会打飞的来见你啊，我对朋友都一视同仁……"

谢井原停下手上的事盯着钟季柏，直到他不得不正视自己话太多的事实。

他把试卷扔到谢井原面前："不是讲题吗？我这题不会，你讲吧。"

考前最后一天，云萱和溪川来家里串门，芷卉帮忙给她们报了些听写，云萱也完成得不错。这样结束了所有的复习，各自都把书收起来，开始帮芷卉核对考试文具。

"你别又削24支HB铅笔了。"溪川说。

"我买了涂卡专用自动笔。你要吗？"芷卉起身去翻抽屉。

云萱吃醋了："我没有吗？"

"买了三套。"

云萱转头批评溪川："你说你，一个人要去北京，北京有什么好啊，我们三个一起在上海多好。"

"我不是一个人啊，和夏新旬一起。"

芷卉拿完笔笑着坐回来："原来是我们没有吸引力。"

"为什么就我是一个人？"云萱哀叹。

"我也是啊。"芷卉说。

云萱白她一眼："冰箱话都说到那份儿上了，你不会还听不懂吧。"

"他说想和我上同一所大学，没有说喜欢我啊。"

溪川接嘴道："他喜欢你，他跟我说了。"

云萱补充："他喜欢你，他跟我也说了。"

"可他为什么不跟我说呢？"

"不知道。"

"不知道，但不是表达了差不多的意思吗？"

"差很多啊……"芷卉有点纠结，"而且，我连靠近他都不敢。"

溪川拍拍芷卉的肩："先好好考试，考完试我叫他过来跟你把话说清楚。"

于是愉快地结束了这个话题。

芷卉问云萱："你定好去考场的出租车了吗？"

"定好了。"

溪川顺口说："那你顺便捎上我，反正不是要路过我家吗？"

另两人瞬间愣住。

"溪川，高考考场不在圣华。"

"而且你现在是阳明的考生。"

"阳明和圣华的考场也不在一个学校。"

溪川倒吸一口凉气，飞快地掏出手机："出租车怎么定来着？"

认真想想，芷卉就应该发现，把自己的终生幸福拜托给一个记错高考考场的人是多么不明智的决定。考完试，不出所料，溪川忘了提醒谢井原，准确地说，她差不多已经忘了谢井原这个人。

高考这天，爸爸亲自开车送芷卉到考场，妈妈也在车上。

交警给考生开辟了一条绿色通道，马路中间放着禁止鸣笛的指示牌，车辆缓行，在距离校门200米的地方被指定走向停车场。

芷卉在停车场和父母道别，妈妈很平常地唠叨："再核对一下准考证啊文具啊都带齐了没有。第一场语文你没问题，作文不要急着下笔，多琢磨琢磨磨题目，只要不偏题，肯定能写好。我们在车上等你，中午回家吃饭，我让阿姨给你炖了墨鱼排骨汤。去吧。"

爸爸从驾驶座上探出头插嘴："去酒店加餐吧，我请客。"

"爸爸你根本不知道我爱吃什么。"芷卉抱了抱妈妈，挥着手走了。

妈妈多愁善感地抹了抹眼泪："妈妈相信你一定能考好，加油。"

芷卉又回身挥了次手。

验过准考证，进了学校，校园里迎面挂着"预祝考生金榜题名"的横幅，芷卉很幸运地在教学楼前远远看见了云萱。

芷卉叫着她的名字跑过去，没想到云萱的老毛病又犯了，胃绞痛。

有点棘手，这附近一时也找不到热水，只能采取精神疗法，芷卉说："你都拿到特长生加分了，相当于一只脚已经迈进了师大的大门，怕什么？"

"可我文化课不行，我最大的弱点不是没文化吗？"

芷卉笑起来，把护身符从手上退下来，拉过云萱的手戴上："这护身符是你给我的，很灵的，现在我把它还给你。"

云萱往下看一眼，蹙起眉："这不是我给你那个吧，这滑稽的细耳朵，无神的小眼睛，怎么还能变样呢？"

"就是它。"芷卉笑着说，"之前被碰坏了，谢井原修复的。"

"我说怎么长得像谢井原呢！他干吗随意修改我的手工作品啊！"云萱忘了胃疼，站起来气鼓鼓地走了，"你通知他，我跟他结仇了。"

芷卉笑着和她挥挥手，目送她去了另一栋楼。

回过头，天高地阔，无数考生正从校门涌入，朝她这边走来，场面有些宏大，看得人心潮澎湃。

芷卉坚定地转身融入人海，走向了考场。

高考当天，一切都是未知数……

但她相信她自己，像其他900多万考生一样。

【全文完】

番外

Reset in July

——————————

———— 人的初心是一颗种子

[1]　高考却给她这样的回报

高考后网上很快就出了标准答案，芷卉对过一遍，感觉发挥正常，数学可能比平时稍好一点，两道立体几何大题都没出错，压轴题没有全对，不确定能拿到多少步骤分。

之后的两个礼拜，除了跟闺密们约着去逛了趟商场，大部分时间都躺在家里吃吃喝喝。

校长推荐的保送名额最后给了李悦，不过她倒是心态良好，没芷卉那些心理负担。在甜品店一起喝冷饮时，时唯问："最后报了什么专业？"

"肯定是新闻呀。"镀金当然要镀24K的。

时唯咬着吸管想了想，转而问芷卉："对你有影响吗？她们被保送占不占招生计划？"

"应该不会，我们招生指南上专指高考统招的计划人数吧。"芷卉看了眼李悦，猜想其实这也正是她坦然之处，虽然的确走了捷径，但没有挤占别人的道路。

"你估分够吗？"时唯关心芷卉。

"感觉够了，我估分怎么也得有550分吧。"芷卉说。（注：上海市高考总分满分630分，其中文综满分30分。）

"哦？考得可以嘛。"

没想到出分当晚，芷卉被电话中女声报出的第一个数字吓蒙了。

语文102分。

她甚至无力举笔往面前的稿纸上记下这个数字，整个高中阶段，她的语文分数从来没下过120分。

妈妈注意到她反常的神色，紧张地站在旁边催问："怎么了？"

后续的分数虽然过了耳，但她通通没听清，直到最后听见总分543分，才缓过来一点。

挂断电话，父母都不敢发出声音。

她说了"总分543分"让父母先安心，拿起听筒重播一遍。

语文102分，数学138分，英语150分，历史126分，文综27分，总分543分。成绩不算差，去年复旦新闻专业录取分数线是537分。

但语文102分是怎么回事？

妈妈也觉得纳闷："你对过客观题答案，正确率怎么样？"

"正常啊。"虽然语文是第一科，刚拿到试卷，她有点静不下心，但很快也进入了状态。关于作文，她看过专家老师们的破题分析，没有写偏。八股文的常规套路，连每段写什么都是固定的，能差到哪儿去？

数学分数比她估计的高几分，语文分数比她估计的少了20分。数学超常发挥的喜悦完全被语文意外考砸的困惑冲散了。

第二天她才想起给认识的同学打一遍电话，询问大家的情况。

溪川总分573分，正常发挥，不是状元，但北大应该稳了。

时唯总分577分，数学150分，正常发挥，不是状元，还有20分加分，北大应该也稳了。

但连K班也没有人像她这样爆冷门，拿到一个奇低的语文分数，语文低分的同学都是一贯差，很难爆冷门。连吴女士挨家打电话询问考试分数时，听到芷卉的情况都陷入了疑惑："怎么语文还能考砸？"

事实是，语文也会有人考砸，比如江寒。他居然没有及格，刚好卡在89分，全A班就他一个人有不及格科目。其实他平时语文也就90多分。有时100分出头的水平，89分不算意外，马德堡对此不予置评。不过他的数学、物理都接近满分，英语也过了140分，复旦还是稳进。

可问题是，京芷卉语文怎么可能考砸？比起江寒语文不及格，这才更让马德堡感到匪夷所思，这几乎可以算得上本届毕业班"黑天鹅事件"。

爸爸去找人打听一圈，回来提议："向教育考试院提出申请，可以要求复核成绩，你想复核吗？"

她自己又做了很多功课，查了一些资料，得知成绩复核只是复核各题得分相加是否无误，不能复核阅卷痕迹，更不可能质疑阅卷标准，重新阅卷。眼下的情况，客观题没出大错，只可能是作文被给了低分。复核没有任何意义。

虽然憋屈，但也只能算了。

出分后第三天是返校日，芷卉前一天晚上给全班打了电话，通知务必穿好制服，因为缺席成人仪式，K班没有毕业照，特地约了摄影师来补拍。溪川都答应来了，谢井原却来不了。

大家的任务都告一段落，就他一个人还没完成，最后的竞赛在7月下旬，现在正是备战紧张的时候。

芷卉虽觉得遗憾，但也没敢多搅扰。

临挂电话时，他突然主动提起："我听说你语文被压分了？"

芷卉愣了愣："是的。"

想来这奇谈已经传遍年级，他知道也正常，但是她很感动，他没说"考砸"而说"压分"。

"考完了就别再为这个郁闷了，放开玩吧。"

"嗯，你加油。"

当时装作云淡风轻地祝福，第二天到了学校，她却忍不住跟云萱、溪川嘟囔抱怨。

"三年了，没有一次班级合照他在场，之前A班运动会、校庆日也都合照过，他每次都出去竞赛了。没想到连毕业照都拍不了。"

云萱说："多大点事啊，拍不了用技术手段把他加上去好了，我来加。"

"那也得有素材啊，起码得让谢井原单独拍个素材发过来。"溪川挠挠头，"估计他不会配合。"

"有素材，他去年参加竞赛获奖时领奖的照片，圣华官网有，全身正装，换一下衣服应该不难吧？"芷卉说。

"这个容易。"云萱满口答应。

钟季柏蹙着眉转过头："云萱你怎么这么可怕，换装换到谢井原身上了？"

云萱白他一眼。

这时何琳在门外喊着"芷卉，有人找"，把她叫了出去。

溪川继续说："那我们把老刘也加上去。"

云萱迟疑片刻："这不要了吧。有的同学可能会觉得瘆得慌，我们记得老刘，但我们也得接受老刘走了的事实啊。"

溪川垂下眼沉默了，看不出在想什么。

钟季柏还在追加理由："而且你把老刘和谢井原一块儿加上去，显得谢井原好像也死了，怪怪的。"

门边突然掀起一阵起哄声。

三个人齐齐往外望去，钟季柏问顾钦钦："怎么了？"

女生笑嘻嘻说："有人对阿京表白。"

"啊！男的女的？"钟季柏从座位上蹿起来，又蹦又跳地跑去了后门边。

云萱和溪川慢了半拍，也跑了过去。

没什么悬念，芷卉过了一会儿就把人拒了，回到教室，被硬塞了一束花。

钟季柏竟有点意犹未尽："要是谢井原在就好了，我想把他推出去，看他能怎么办。"

"你就是唯恐天下不乱。"芷卉用花砸他脑袋。

没坐下片刻，座位靠门口的杨昊又叫："京芷卉，有人找。"

云萱笑着摇摇头："来点新意，去'绿'了谢井原。"

钟季柏惊恐地回头看她："你和谢井原什么仇？"

"他刮花了我手链上原来的脸。"云萱指着手腕控诉道。

回到家，钟季柏忍不住问："你怎么干得出这么幼稚的事？刮花别人手链上的脸？"

谢井原停下笔，有点无奈："能是我主动刮的吗？京芷卉把那个手链扔了，卷进我自行车车轴里了。"

"说到笨京，今天有46个人跟她表白了，不只有我们年级，还有其他年级的。她因为不停进出教室，忽冷忽热，回家时都感冒了。"

谢井原笑起来，频繁接受表白的副作用居然还有易感冒。

"你还笑得出来？你知道46个人是什么概念吗？将近三个班的男生喜欢她，我们整个学校才33个班，这是个什么比例！你就不觉得紧张吗？"

"我跟她一个大学，可以慢慢追。"谢井原说着，继续做题了。

"你还这么不急不慌，能追到她就见鬼了，追到了也会被绿的，我告诉你。"

谢井原一边做题一边笑着问："我们班没人表白吗？"

"我们班，老实说，我以前觉得梁涉和刘奕翔喜欢她，被你吓回去了吧。"

"所以你看，能看见我的都会被吓回去。"

"你只管吹，等着被'绿'啊。"

"吴女士今天有没有继续教训你们？"他倒是挺好奇，遭遇全员逃逸之后，吴女士会是什么反应？

"吴女士今天没怎么出现，毕业证让我和啾啾搬来发的，就拍毕业照时被三请四请，耗到摄影师的相机快没电了才露了个面，拉着脸还生着气呢。"

吴女士叫钟季柏干活不奇怪，却叫了啾啾。

难怪当时告别式上他感觉好像少了人："所以那天就储缤薁一个人参加了成

人仪式？"

"我的天！你不是记不住名字吗？你居然记得储缮薁！"

谢井原回忆了一下，除了钟季柏、柳溪川这些早就认识的，这大概是他进K班记住的第一个三个字的名字。

"因为京芷卉念太多遍了。"

运动会前后那会儿，京芷卉总把她错叫成"秋秋"，柳溪川在旁边纠正是"啾啾"，接着她就陷入纠结"为什么叫啾啾"，溪川的理解是"可能因为长得像鸟"。

钟季柏依然感到惊异："要不是今天听吴女士叫她全名，同学三年，我都以为她叫'猪啾奥'！"

终于真相大白。

谢井原笑笑："那你是文盲。"

芷卉这次感冒有点严重，都怪钟季柏喜欢把教室空调设置到18度。一冷一热，到下午她就已经不舒服了，浑身疼痛，抱了一堆花，回家就躺下了，晚上发烧到39度，之后四天每天晚上高烧。

她持续躺了一个礼拜。

临近康复这天，她睡了半个上午，迷糊间接了个电话，对面问："你还好吗？"

她睡眼惺忪地答："快好了。"

对方愣了愣："你记得今天是什么日子吗？"

什么日子？

第一批录取投档日！

芷卉从床上一跃而起，没顾得上别的，给电脑开机。在等待开机这短短几秒里，她才意识到和自己通话的那个声音是谢井原发出的。

感觉他……听起来不太高兴。

女生慌慌张张把手机捡回来，声音打着战："我落榜了吗？"

"没有。"

"你查过了？"

"我……不知道你总分多少。"

"我543分。"

"你还是自己查比较好。"

她下意识咬着指甲，有种不祥的预感，在搜索框输入关键词，点击搜索。

复旦大学新闻专业最低录取分数线544分。

再刷新一遍，没看错。

她长吁一口气，血液流不回心脏，大脑被无数蚂蚁围攻啃噬，而神经已经一寸寸碎断，无论怎么掐自己的手，都感觉不到疼痛了。

灭顶的绝望像海水一样把人淹没。

手机那边，谢井原还没挂断，语气格外冷静："不要哭，我查了一下，如果本专业绩点优异，大二可以申请转专业。"

她很感激这个时刻有他在电话那头陪着自己。

多么可笑，她破釜沉舟，把什么都扔掉，信誓旦旦要去高考考场上证明自己。高考却给她这样的回报。

果然是太理想主义了吗？

下定决心时她说过一万遍"凭实力"，如今回想起来才开始怀疑，高考能否百分之百代表实力。

[2] 没有问号，祈使句

芷卉被第二志愿中文系录取，专业最低线533分。让她分外郁结的是，自己没能进喜欢的专业并非因为努力不够，竟是因为语文被压分，人都极度需要自我合理化，这件事她怎么也无法合理化。

就连妈妈都花了好些天才勉强接受这个事实。

爸爸没放在心上，他说世界就是这样，谋事在人，成事在天，运气也是影响成败的关键。高考结束了，女儿那点青春期小委屈已非重中之重，他又转身投入了繁忙的工作。

妈妈带芷卉找了个海岛旅行散心。每天过着游游泳看看鱼喝喝饮料的休闲生活，也没见她多笑一笑。

到第四天，妈妈终于发现，问题并非出在专业不合心意上，这孩子整天魂不守舍盯着手机发呆，随便扫一眼，新消息4000多条未读，可见她对社交也毫无兴趣，十有八九是有指定对象了。

芷卉忍不住每天给谢井原发点消息，好看的风景拍给他看，即刻的心情说给他听，他一般都会回得很及时。有种似乎跳过了表白，直接进入交往状态的错觉，不过言辞间她还是不忘提起云萱和钟季柏，努力营造一种不太刻意的氛围——自己可不是只缠着他说话，和朋友们都有密切交流。但也不敢发太多，怕打扰他备战竞赛，几个来回的对话耗时几分钟，回味数小时。

据妈妈判断，这是相思病。

晚上在露天的海边吃西餐，妈妈一边切着餐盘里的食材，一边佯装漫不经心地随口问："芷卉你在谈恋爱吗？"

不需要回答，猝不及防的慌乱眼神已经将实情暴露无遗。

"是那个贫困生？梁涉？"

"不，不是。"

"谁啊？"

"谢井原……"怕妈妈不记得，她补充说明，"年级第一。"

"他不是和柳溪川一对吗？"

"没有的事，你看错了，怎么可能有人在班主任面前手拉手？再说人家溪川另有想要交往的对象的。"

"谢井原考上交大了吗？"

"他在复旦数学，竞赛保送。"

"你看，妈妈没说错吧，溪川说要考上音，结果考了北大；时唯说要考交大，结果考了北大；谢井原说要考交大，结果进了复旦。每个人都会打掩护，就你最傻，让你留个心眼，你只会跟我顶。"

她都不知道话题怎么突然到这儿了："谢井原说要考交大，是为了把复旦自主招生推荐名额让给我。"

"一上高三就谈恋爱了吗？你看，妈妈又说对了吧，你就是谈恋爱影响学习了。"

不得不说，妈妈是个逻辑鬼才。

"除了语文，我的其他科目已经没有进步空间了，尽力了。"

妈妈终于放她一马，转而打听方向："谢井原的父母是做什么的？"

"这我哪里知道？"

"当然要知道，做生意的人家不能找，在钱方面算得太精明。"

"可我们家就是做生意的啊！"

"我就算得很精明啊，不能两家人同时精明，将来会有很多矛盾的。"

芷卉真是服了妈妈。

"最好比我们家家境差一点，比我们家好太多，绝对容不下你这脾气；比我们家差一点，以后在我们家待的时间可以多点。"

"妈妈……我们这都还没开始交往，你怎么搞得像明天就要结婚一样？"

"这些事本来就应该在交往之前考虑好，等谈了四年恋爱，才发现对方家里做生意，让你分手，你分吗？"

"先等人家能看上我再说吧。"芷卉哭笑不得，"大学里那么多漂亮女生。"

妈妈火冒三丈："你长得也不差啊！怎么这么没志气！哦，他凭什么看不上你？"

芷卉笑个没完，高考过了，妈妈好像又找到了新的焦虑点。

芷卉回上海时正巧赶上谢井原去竞赛，他在飞机上有一段时间，她在飞机上有一段时间，算上时差，断联三天，估算他应该也结束比赛了，她发过去的消息还没有回音。

她一遍遍地刷新学校官网，好像自放假起就再也没人更新了。

一整天做什么都心神不宁，她本想一边刷新一边看剧，打开了视频，居然也没看懂故事情节，对着电脑一恍惚就出神。

到下午快吃晚饭时有电话进来，来电显示是云萱。

接通后那边像倒豆子一样问："怎么样，怎么样？你见到冰箱没有？有没有什么庆祝活动？"

芷卉愣了愣："庆祝什么？"

"你没看朋友圈吗？"

"没……"

"算了，你别看了，你在电脑附近吗？"

"在。"

"你搜'谢井原'吧。"

她小心翼翼地操作着鼠标，看见新闻类一列关联这名字的新消息，国际奥数金奖，满分。

"好帅。"

云萱说："我都没听见你打字的声音。"

这就不用揭穿了吧……

"但是他都没主动跟你联系吗？最后还是我来通知你？"

芷卉好像突然被冷风吹醒了一点，他在干什么呢？和家人朋友庆祝吗？

很讽刺，她和去年此时的她在做同一件事，不断在平时不会关注的学校官网上刷新他的消息。

这一年来，她好像离他很近，也许可以算离他最近的那个人，至少他对她有这种意义，在彼此生活中留下无数痕迹。

合唱一曲虽然默契，但只怕少了共同应对考试这个目标，未来无处落笔。

他对她，到底是喜欢，还是对同学的帮助和关怀？

而她对他传递的心意，除了崇拜和鼓励还有别的吗？

夜里躺在床上，她被心事压得烦闷，喘不过气，应该尽快弄清彼此的想法，这比妈妈说的去弄清别人家做不做生意重要得多，否则无法解释为什么他连个消息也不回，任自己像同校的路人一样去网络新闻里搜索他的近况。

她根本睡不着。心里在反复：也许他没看见？再给他发一条？太密集是不是不好？等明天再发？

手机振动一下，她还是报了一线幻想，希望是他。

没想到真是他，女生一下子紧张地坐起来。

发的是图片，没有缩略显示，划开屏保的手哆哆嗦嗦。

一张照片，蓝天上絮状的云，没有任何滤镜，却让人心旷神怡。

他的后一条信息跟进来："这就是你说的棉花糖？"

感觉有那种"不过如此"的调调隐藏其中，她一个人坐在黑暗里傻笑起来。

"你在飞机上？"

"嗯。"

太傻了，自己。

又没有任意门，他要回家当然赶飞机，收拾行李，办各种手续，登机，起飞，还记得拍照发过来，兑现一个承诺。

他接着说："我时差没倒过来，生物钟混乱，你早点休息，明天我落地放下行李去找你。"

嘻嘻。

她回他一个疯狂点头的表情包，心满意足地躺回被子里。

棉花糖是甜的。

她的心像被格式化一样清空了，变得很轻盈。

但一整夜还是没睡好，她盘算明天要穿哪件衣服，要早点起床洗头，用卷发棒打理一下，迷迷糊糊睡着了，做了个梦，梦见他，表情有点凶，又被惊醒了。睡睡醒醒，梦连着梦，潜意识强行要用支离破碎的章节拼出圆满大结局，天亮后她彻底放弃了，比通宵熬夜还累。

刚过九点，她就接到了他的电话："能出来吗？我在以前放你下车的地方等你。"

她对着镜子最后检查一遍着装，拿着手机和一小瓶矿泉水飞奔下楼。

远远望过去，他穿着随意，白T恤、黑牛仔裤，一样帅气，和穿正装领奖的他像两个人，帅的方向不太一样。

芷卉用尽全部自制力才按捺住雀跃的心情，没有失控地扑进他怀里，及时在他面前停下了，把矿泉水递给他。

不管他从哪儿过来，天气挺热的。

男生也不客气，接过去拧开就喝。

她仰着头仔细打量他，奔波疲惫让他明显地消瘦了："我们是不是有三个月没见面了？"

"两个月。"他拧上瓶盖，纠正道。

"为什么感觉这么久？"

他笑着说："确实很久。"被盯得不太好意思，他问，"怎么了？"

"现在知道为什么你在领奖照片上那么上镜了，生活中也太瘦了，脸快比我还小了。"

他顿了顿，发现了盲点："你怎么还见过领奖照片？我都没见过，给我看看。"

"学校公众号会推送啊。"芷卉很老实地操作手机准备找给他看，进度到一半突然停止，她把手机按灭了藏到身后，"你自己去找吧，我、我、我取关公众号了。"

"嗯。"他识趣地退了一步，又喝了口水，装作没看见她把跟他的聊天置顶了。

"你……吃早饭了吗？"

男生微怔，摇摇头。

"光喝水怎么行？要……去我家吗？不过……我妈在家。她可能会对你进行人口普查。"

他笑了笑："不麻烦了，在附近随便买点吃的吧。"

"我、我陪你去。"

没到十点，肯德基还有粥。

芷卉不好空坐着看他吃，也买了点吃的，没想到餐盘一端出来，她点得不比他少，她有点不好意思，此地无银三百两地声明："我起得太早，还只喝了杯豆浆。"

"有多早？"他漫不经心地找临窗位置坐下。

女生决定假装没听见他的发问，面对面坐下，开始絮絮叨叨跟他闲扯共同认识的同学谁考砸了，谁考好了，谁没填好志愿掉档了。

其中三分之二的人，他要么彻底不记得，要么名字对不上脸，按着太阳穴认真听着。

最后她自己意识到不对劲儿："怎么了？"

"头疼反胃。"他解释道，"时差倒不过来。"

女生长吁一口气："我还以为我这么大本事，能把你说得脸色惨白。"

他笑了："没有，不过挺像马德堡在向陶校长汇报工作。"

她瞪了他一眼："快点吃，吃完回去补觉。"

"倒是你自己，专业问题已经不郁闷了吧？"

"嗯，我找了中文系的教学大纲，比新闻系学的东西多，扎实一点。"

"其实第一专业是基础学科挺好的，高校很开放，有双学位，有辅修，还可以旁听，多了解一些，再决定以后往哪个方向转。我的专业研究生转金融比本科学金融的还有优势。"

"你会学金融吗？"

"不知道，我也不了解。"

女生突然笑起来："我们俩聊天，怎么不是工作模式就是学习模式？"

"我想聊的话题，你可能会想回避。"他撑着头垂下眼，慢条斯理地问，"听钟季柏说，返校日有46个人跟你表白都被你拒了，为什么？对工作和学习之外的模式不感兴趣？"

笑容凝结在她脸上。

为什么？当然是因为心里有喜欢的人。

喜欢的人还特别坏，坐这里直钩钓鱼。

她心慌别扭，赌气把脸转向窗外去看风景，听见他接着说"明天把时间空出来"，诧异地转头看回来。

他没什么表情看着她提议："一起逛逛街看看电影吧，两个人。"

是约会。

她的所有纠结都显得多此一举了。

没有问号，祈使句，水到渠成。

竟这么轻松就直接跳进了下一个状态——

恋爱模式。

[3] 到最后预言成了真

没想到谢井原第一次约会就放人鸽子，晚上他特地打来电话："实在抱歉，父母都请好了年假，准备全家出门旅行，虽然说是我的毕业旅行，但妹妹热情高涨，不太好打击她。"

听声音，他在走来走去，可能正收拾行李。

"没关系。你去吧，夏天还很长。"她也跟妈妈去旅行过，和家人完成一个仪式是应该的。

今天见过他，她内心某个充满忐忑的部分突然笃定。

她又不是没自己的生活，知道他心里有个只属于自己的位置，牵挂着，已经够了。

两个人好像互换了，换他每天发一点旅途中的照片和见闻给她。她受以前的刻板印象局限，觉得他理科强，肯定不解风情，可他是万年第一啊，文字功底怎么可能不强。三言两语就很有画面感，如梦如幻，她好像身临其境跟着他在旅行。

有一天大概他一直在车上，没到风景区，到晚上还没消息过来，她主动去讨关注："今天想我吗？"

他回了一条："每时每刻。"

京芷卉，你好幸福呀。她捂着脸偷笑。

　　通知书其实早寄到学校了，芷卉想等云萱一起去拿，拖到了8月。云萱被录取的是她的第一志愿，师大应用心理系，吴女士电话通知她去学校时，语气有点尴尬。但好在有擅长缓解尴尬的人同时在场，钟季柏不会让她们当场掐架的。

　　可吴女士回避了与云萱的交流，重点关注对象还是芷卉，把通知书递给她时说："知道这届高考总分第一是谁吗？"

　　"是时唯吧？"

　　吴女士微笑道："现在知道你和她的差距在哪儿了吧？"

　　芷卉怔了怔。

　　她接着说下去："在方方面面。学生干部加分那时候，老实说，我觉得你根本不够格跟她竞争。好在你最后参加了高考，否则我还会看轻你一点。"

　　芷卉无奈地笑笑："吴老师你对我有偏见吧？"

　　"当然有。英语科成绩好的学生，英语组都有耳闻，我从高一就不看好你，怎么说呢，毫无精英意识。"吴女士顿了顿，"网上作业通知，16页错成160页，长假后全年级只有时唯一个人完成了160页。而你呢，发现考题出错就骄傲到在考卷上写'God knows'，扬扬得意小聪明。包括柳溪川，从进校到高考，总分掉了十几分，不是没有原因。性格决定命运。"

　　"但客观来说，确实错的是题，不是我呀。"

　　"优秀的人会用最高标准要求自己，越不够优秀的，越喜欢甩锅……"

　　钟季柏插嘴打断："对了，吴老师，谢井原他去旅游了，让我帮他取一下通知书。"

　　"让他自己来拿，我开学前都在学校。"

　　钟季柏撒娇："不至于吧，让我代领一下不省事吗？"

　　"看来你们还是一点都没有听懂我说的话。我始终在对你们强调规则，还是被当成耳旁风。"她拿起谢井原的通知书，扬了扬，"就拿这件事来说吧，钟季柏，也许你帮人代领时没有坏心，可你打破了规则。明天张三、李四都会说，为什么钟季柏可以帮人代领录取通知，而我不能？这么一来，规则就形同虚设了。"

　　她把通知书放回抽屉，关起来："你去网上搜一搜，全国每年有多少无意或故意弄丢同学录取通知书的新闻，还不乏冒名顶替者，有的甚至涉及刑事犯罪。很多事情都是如此，开了一个看似无关痛痒的头，最后结局却出人意料地坏。"

　　"不……您就别教条了，我顶替谢井原去读复旦数学系也拿不到学位啊！"钟季柏嬉皮笑脸。

　　吴女士看向芷卉："不是我教条，你们每破坏一条规则，都可能引发蝴蝶效应。

今天 K 班因为参加老师的告别式集体出逃，明天低年级的学弟学妹就会找其他理由效仿。长此以往，全校性的活动，今天缺几个班，明天缺几个班，还能正常运转吗？"

原来真正的说教在这里等着呢，芷卉哭笑不得，也懒得反驳了。

"你们小朋友最不缺乏叛逆精神，我对这点还挺有信心的。"吴女士很高兴自己赢得了论战最终的胜利，靠向椅背，"但是社会是这样——精英总在遵守规则、追求卓越，'废柴'总在破坏规则、投机取巧。你们长大了，看好自己以后的路吧。"

最后芷卉也微笑起来，她知道吴女士的说教有七分道理，但很高兴以后终于不用再听了。

暑假的校园正在大兴土木推路修路。

钟季柏拖着云萱转了几个弯，好不容易离大型机械发出的噪音远了点。

云萱发出的小牢骚分贝却不小："哎呀！这么大力拽我干吗？芷卉都没跟上来。"

"我就是为了甩开她。"钟季柏转身停下，"你还记不记得这里？"

云萱看看四周，表情有微妙的变化："不记得。"

钟季柏抱怨："你怎么连这都能忘记？"

"我记性不好。"云萱冷淡地道。

"这是你跟我表白的地方。"

"好吧，这是我表白失败的地方，拉我到这儿来干吗？"

云萱直视钟季柏，等着他说话。

严肃起来，钟季柏就有点扛不住这种犀利的眼神，转开视线说："那个，也不用等一百年。"

云萱没听懂："什么不用等一百年？"

"交往啊，我想现在就开始。"

云萱愣了愣，冷笑道："你知道自己在胡说什么吗？又想寻开心？"

"这可是我第一次跟人表白，你不信算了。"

云萱收住笑："为什么突然表白？"

钟季柏擦了擦汗："哪有那么多为什么？"

"当然要问清楚，你整天不着调，出尔反尔的事情还少吗？"

"我什么时候出尔反尔了？"

云萱板起脸："说好一百年，少一天、一个时辰都不是一百年。"

钟季柏挠着头讨饶："对不起，我那时候不懂事，我怎么做你才能回头啊？"

云萱冷漠道："跪下道个歉，我就回头。"

"早说嘛，容易！"钟季柏直接拉起云萱的手，用手指在她掌心做下跪小人状，"我错了，以后再也不敢了。"

"没正经。"云萱笑着打开他的手，掉头就走。

钟季柏赶紧追上，重新拽住她手腕，正色道："我喜欢你很久了，从第一天走进K班开始，排座位分到和你同桌的时候，我就有种强烈的预感，一定能和你成为好哥们儿。"

云萱刚开始感动，又气得抄起通知书的信封打他。

钟季柏挡开通知书，继续说："真奇怪……我好像昏睡了整整两年，明明就坐在你身边，却从来没意识到你是女生，直到你在这里对我说那些话。"

云萱垂下眼睑抽出手，有点不自在。

"我这个人反射弧太长，后知后觉没概念，小女生有些麻烦要求让我觉得很头疼，不知道该怎么处理。"

"我对你也没那么些要求。"

"所以我以前觉得这是兄弟情。你突然来个真情告白，我就突然失去了一个兄弟，当然很生气。"

"啊？"

"可我现在知道不是什么兄弟情了，你这种女生也是有的……"

"什么叫我这种女生？"

"你这种随性、仗义又有趣的女生，不矫情、不纠结、不计较的女生，可以重新考虑一下笨头笨脑的我吗？"

哪有这种神经病一样的告白？

她的心情像过山车，不，像小矮人矿山车，幼稚是主基调。

云萱又好气又好笑，捶了他一下："狡猾！这么夸我，算准我没法拒绝。"

钟季柏咧嘴笑起来："今天时间还早，不如顺势约个会？"

"今天不行了，和阿京约好拿完通知书去唱歌。"

钟季柏不满："我昨天给你打电话时你们就在一起疯，怎么今天还玩？"

"憋了一整年，只是回到以前的状态而已啊。"

"那明天？"

"明天要和阿京去逛街，给李悦准备生日礼物。"

"什么时候才能跟我出去玩？"

"嗯……再约。"

钟季柏不开心地撇撇嘴，心里恨上了谢井原，这个人跑到外地旅游，把京芷卉扔在这里干扰别人恋爱，算什么事啊。

芷卉只差了一步转身，云萱和钟季柏就不见了踪影，她有点无奈，一边给云萱发短信，一边走去校门口等她。

高一、高二教学楼到校门的路全被挖开了，三辆夯土车正在驶来驶去砸坑。

芷卉的脚步不自觉地放慢，心中有些感慨，自己和圣华最初的那点联系就这么断了。

她正出神，听见有个粗犷的声音在叫"京芷卉"。

回头认出是后勤处的那位大叔。

他抽着烟，穿过夯土机的间隙朝这边走过来，已经看见了她手里的录取通知书的大信封："考上哪儿了？"

"复旦！"

"哦——不错！"大叔站定了，抽了口烟，"你们年级最帅那个男孩考去哪儿了？"

芷卉愣了愣，有点困惑："哪个？"

"我以为你们认识。"大叔也有点困惑。

只是不太确定他指的是钟季柏还是谢井原，芷卉问："最帅的男生，整天笑的还是整天不笑的？"

大叔斩钉截铁道："不笑的。"

"哦，认识。我跟他三年同班。他也在复旦，我们又是校友了。"

大叔叼着烟点了点头，若有所思："挺好。"

这位大叔记得她不奇怪，毕竟三年来她隔三岔五就去骚扰后勤处要东要西，可他怎么会记得谢井原，一年有300天不在学校的人，帅到这个地步了吗？

她感觉很好奇，在门口等云萱时给他发了个信息询问。

不一会儿，对方就回复了："我顶撞过他。"

她忍不住笑起来。

对女老师，他还留点面子，从全校男老师里找不出没被他顶撞过的人，他连后勤处都不放过。

进校第一天的班会课，每个人都老老实实努力说两句去贴合主题，有自信的，也有谦逊的，都不奇怪。最后轮到他，简单自我介绍后，他回头看一眼黑板上的"今天我以圣华为荣，明天圣华以我为荣"，撑着讲桌沉默片刻，抬头转向马老师说了句"对不起，今天我不以圣华为荣"就下了讲台。从那以后，马老师面对他时，脸上五味杂陈的表情持续了整整两年。

谢井原在那次班会上说了什么，应该是全班都记忆犹新。可芷卉说的其实并不出挑，想不通他怎么会记得。

但他不会注意到更多观众的反应。他走下讲台去后排时经过芷卉身边那条过道，她和大部分同学一起转身，作为千篇一律的螺丝钉中最努力拧着自己的那颗，她看着他的背影，像柄锋利的剑刺进眼里。

她感慨自己太矫情，自己和圣华的联系怎么可能只有门口一条路？连后勤处大叔都记得自己呢。

第一场演说虽然算不上成功，但到最后预言成了真——

能记住她的不会是圣华，而是和她朝夕相伴的这些人。

云萱从身后跳到她背上，打断了她的思绪："钟季柏跟我告白了。"

"真的假的？"芷卉惊喜地回头，"你接受了吗？"

"接受了，不过我打算至少晾他三天。"

"为什么？"

"报仇雪恨！"

此时此刻，英语组刚宣布了一些爆炸新闻。

"二年K班？"

四个简单干脆的音符，毫无怀疑的可能。

果然是一个噩耗，恰好用于回应两天前在庙里求到的下下签。当时的想法是，既然有下下签这种东西存在，就总有被人抽中的概率，但现在看来，迷信有时不可不信。

血压计的最上层水银面正顺着心中默念的字母表下滑，数到K，已经无可挽回地降下11个单位。

窗外空调主机箱渗出一线细流，蜿蜒过了略带铁锈的挡板，顺着窗框的路线"啪嗒"落下一颗又一颗水滴。

时间凝固在年轻女老师听见自己成为K班班主任的那一秒。

邵茹从座位上跳起来，追出门去："老马！你说什么？"

"Congratulations！（恭喜！）"刚被通知接手二年B班的吴女士优哉游哉地在工位上回头送祝福。

[4] 谢井原怎么不坏了？

钟季柏受不了了，每天给谢井原打两三个电话轮番催："你什么时候回上海？吴女士不让我帮你领通知书，非要你自己去。你不在，云萱又不上线，没人陪我打游戏。还有笨京你也不管了，她现在几乎24小时霸占着云萱，云萱都失联了！"

223

谢井原想，京芷卉可从来都没失联过，天知道你的云萱被谁24小时霸占了。

为免伤他的心，谢井原没有透露实情："人家闺密关系好，跟你有什么关系？"

"云萱现在已经是我女朋友了，你赶紧回来把笨京弄走。"

"云萱知道她是你女朋友？"

"谢井原你等着，我现在就去给笨京介绍帅哥！"

谢井原淡定道："你要是能联系上京芷卉，早联系上云萱了。"

挂了谢井原的电话，云萱的电话正好回过来："你打我手机了？蹦床公园太吵，我没听见。什么事啊？"

"啊——大小姐，你终于接电话了。"钟季柏松了口气，"明天去看电影吗？"

"可以啊。"她很干脆就答应了。

真是令人惊喜的进展。

挂断电话半天，他还对着对着空气傻笑，队友看不下去，把球扔过来砸醒他，被条件反射地接住。

钟季柏把篮球扣在怀里，把大家招过来："哥们儿给点建议，第一次带女朋友看电影有什么特别技巧？"

队友们集体把他捶了一顿，开始认真给他出招："你要提前到，别让女生等。"

"她迟到，你别生气，先买爆米花。"

"不能买两桶，买一桶，放中间一起吃，增加亲密度。"

"等她来了，甭管穿成啥样，先夸漂亮。"

"最好看恐怖片，你懂的，安抚她的时候不经意地进行肢体接触。"

"选座选后排，怎么交流都不会妨碍别人。"

钟季柏支着头皱着眉，一条条听过来，关键词"提前到""一起吃""亲密度""夸漂亮""肢体接触""坐后排"……

他最后反问："但这些和看电影有什么关系？平时天天都能做啊。"

一直靠着篮球架没说话的高一小屁孩突然发声："难道不是因为你平时太轻浮了吗？"

这腔调过于谢井原，钟季柏正愁没地方出气，顺手把篮球砸了过去。

看来约会也很简单嘛，和平时也没什么区别，没必要紧张。

钟季柏确实把事情想得太简单了，哪怕一切按照友情建议做，还总会有意外状况，这意外状况包括云萱无情地临场取消约会。

爆米花买好，看的电影已决定，3D眼镜都领完了，她还能在影厅门口看着手机转身："哦，芷卉叫我去陪她试镜。"

"试什么镜？"

"一个广告，她说没我不行。电影……改天吧？"

钟季柏又是卖惨又是撒娇，也没能留住云萱，最后只好勉强点点头，定下第二天的电影时间。

等云萱一走，他就给谢井原打电话："谢井原，你让麦芒接电话。"

换了个女孩子雀跃的声音："钟摆哥？"

"麦麦，现在十万火急的情况是，你哥哥再不回上海就没女朋友了。"

那边迟钝了几秒，问："他不是早就失恋了吗？"

"这说来话长……"

云萱紧赶慢赶跑到芷卉发过来定位的地址，才发现自己手里还捧着爆米花桶。

候场室里20多个年轻女孩，芷卉在里面最出挑，她一眼就看见了。

"这你还有什么可紧张的？"云萱坐她旁边吃爆米花。

"我不紧张啊。"芷卉笑着说。

正好助理小姐姐过来给女孩们发饮料，告诉大家前面还有几个人，需要等下一轮再进去。芷卉叫住她，小声说："我想换我朋友试镜可以吗？"

云萱惊得忘了咬爆米花。

"我朋友又瘦又高又英气，不是大众美女脸，更有辨识度。"她继续推销。

助理小姐姐打量了一下云萱，笑起来："可以啊，你也可以一起试镜，我们最后需要三个女生。"

芷卉腼腆地摆摆手："我就不了，我妈妈不让我进演艺圈。"

她人生唯一的上镜经历是7岁时，被老师推荐去教育频道课堂节目做听课女孩，妈妈没反对。8岁时被剧组挑去演小女儿，她就被妈妈硬搜着回家了，正好她自己演了两场戏，配合不同场景的拍摄，同一句台词要说好多遍，也觉得演戏很枯燥乏味。

助理小姐姐拿出试镜名单把京芷卉的名字画掉，问："你叫什么？"

"云萱。"芷卉干脆接过笔替她写上去。

助理小姐姐笑着说："名字真好听，你好好准备吧。"说完就走了。

云萱还没反应过来是怎么回事："什么情况？"

"是我陪你艺考的时候星探留了我的联系方式，通知说有个广告要试镜，我先来看看是不是骗子，毕竟这公司叫彗星传媒，什么正经公司会叫这种名字啊，那不是扫把星吗？捧红的人转瞬即逝？没想到还真是正经公司，给知名饮料拍广告。"

"可干吗要换我？"

"从小想当演员的是你。你妈反对的原因是这个职业不好找对象，现在你不是已经脱单了吗？试试嘛。"

试就试，没成功也不损失的机会，云萱才不怯场。

晚上她给钟季柏打电话道了个歉，也有好消息告诉他："芷卉把试镜机会让给我了，导演夸我特别有镜头感，下周去就直接拍广告了。"

"笨京真是人美心善，你也实力拔群。"钟季柏还情绪低落，像个没有感情的点赞机器人。

云萱哄道："别闹情绪嘛，电影明天就陪你看。"

"不是电影的问题，我觉得你已经不喜欢我了，伤心。"

"所以你感受到高三上学期我的伤心了吧。"

"不是……云萱，你这是在'以牙还牙'吗？"钟季柏刚反应过来。

"是啊。"

"你怎么能跟我学呢？"

"只有比你更过分才能战胜你啊。"

钟季柏深呼吸，没辙："那我现在债还完了吗？"

"哪有那么容易，你欠的都是高利贷。"云萱笑起来，"先上线陪我打会儿游戏。"

"遵命！"

星期五，芷卉、云萱在时唯家商量去李悦的生日舞会穿什么衣服，李悦过这个生日请了四五百人，圣华的学生来了三分之一，还有她初中、小学、幼儿园的同学。她爱玩，以往过生日虽然没办这么盛大，但都挺有趣的，一年搞科幻主题，一年搞哥特主题，今年弄了假面舞会，风格不限，要求着装夸张。

芷卉擅自理解："那就前两年衣服都可以重复利用了。"

李悦说："你要是穿前两年衣服来，我禁止你入场。"

云萱好奇："她前两年穿什么？"

时唯笑："第一年穿成了《星球大战》里的Leia。"

"白色的，从头包到脚。"李悦补充，"第二年哥特风，她穿得更多，也不嫌热。"

"但我符合主题啊。"芷卉争辩。

"一点娱乐精神都没有，谁要看你裹得像木乃伊啊！"

"她穿什么还不是重点。"云萱转头去问，"你有舞伴吗？"

"没有，他大概还赶不回来。"

"谁啊？"李悦没追上恋情新进展。

"谢井原。"云萱说。

"什么时候的事？你们谁表白的？"

芷卉傻笑着摇摇头："没有表白，就只是自然而然交往了。"

"什么叫自然而然？"时唯也听不懂了。

芷卉把来龙去脉讲了一遍，李悦听完直摇头叹气："亲爱的，这怎么能叫交往呢？谢井原在跟你玩暧昧呢，别被骗了。说的都是模棱两可的话，转头领着女朋友到你面前，说把你当妹妹，逛街看电影跟妹妹不也能做吗？到时候你怎么办？"

芷卉呆住了，挠了挠头。

时唯点点头，附和李悦："谢井原的朋友圈都没发过跟你有关的任何东西，他又不是不会发照片，明明经常发麦芒的。你说你们在交往了，你们有合照吗？难道女朋友不配拥有一个相册位置吗？"

芷卉眨眨眼睛，不作声。

"而且他获奖的消息还是我告诉你的，对吧？"云萱记仇时记忆力特别好。

"可第二天他下飞机就直接来找我了。"芷卉争辩。

云萱接着说："然后他晚上又放了你鸽子。"

李悦在旁边呵呵冷笑。

芷卉看了李悦一眼，小声说："可是溪川不也是自然而然就……"

云萱提醒道："他们亲亲了，不可能和妹妹亲亲的。话说回来，确实连钟季柏这么幼稚的人都知道要告白。谢井原倒不至于有多渣，他属于比较内敛的人吧。"

"谢井原怎么不坏了？"李悦从床上一跃而起，对云萱惊呼，"他坏的时候你还不认识他！以前对我们京京简直是PUA教科书（Pick-up Artist的简称，原指搭讪艺术家，现发展为对异性进行情感操控），今天不理她让她沮丧至极，明天帮个小忙拉近一下距离，后天又视而不见从她面前走过去。让你失望，再发你点糖，然后让你更加失望，再给你发更少点糖，不断开拓你的宽容阈，陈凛的坏跟他比起来都是小儿科。"

云萱感觉像是第一次认识这样的他，以前没发现原来还有这种解读："他高三时也这样。"

李悦推推芷卉："你叫他回来陪你参加舞会，我们要当场审问他。"

芷卉听教导发了微信，没一会儿有点失落地抬起头："他说他订了晚一天的机票。"

"你跟他说，他不来就不再理他了。"李悦嫌她慢，勾勾手指，"你拿过来我来发。"

芷卉乖乖把手机递过去。

李悦刚输入了几个字就停下动作，嗤笑一声，把手机还给她："他说他改签了。"

芷卉开心地捂嘴笑起来。

"别笑，我跟你打赌，到舞会当天他一定会放你的鸽子。"李悦严肃地说，"这就是谢井原，一手推拉，操作熟练。"

不会的，芷卉心里默念，一定不会的。

[5] 人的初心是一颗种子

虽然舞会晚上才开始，但一整天都是生日，中午刚吃过午饭，最要好的闺密基本都已经带着礼物上门了。

化妆师在帮李悦卷头发，时唯、于娜和温俏雅围着跟她聊天，没想到连云萱都先到了，芷卉还没到。

又等了一会儿，芷卉姗姗来迟，意兴阑珊，只穿了件很平常的连衣裙，眼罩也没戴，说不参加舞会，为寿星庆祝完生日吃过蛋糕就走。

寿星确实一语成谶，谢井原又一次爽约了。

早上九点二十，她就接到他的电话，他解释因为妹妹临出门在酒店门口的台阶上摔了一跤，处理膝盖伤口耽误了几分钟，没想到航班提前45分钟就停止办理值机了，没赶上十点那个航班，改签只有下午四点起飞的，到上海得晚上九点。机场到李悦家怎么也得一小时，只能尽量赶去接她。

芷卉坐一边嘟嘟囔囔地抱怨着："通知计划起飞时间前30到45分钟停止值机，它就取了个上限。45分钟就停，提前40多分钟到了都不让进。还建议提前90分钟到机场，干吗不建议住在机场算了？都是阴谋，骗改签费吧……"

姐妹们诡异地微笑，互相交换眼神，感觉这孩子已经没救了，第一次见没赶上航班怪航空公司按时值机的，对没赶上航班的人说不出半个"不"字。

更可笑的是，她还说一句偷瞄一下李悦，生怕她又提谢井原有多坏。

李悦被她气得没脾气，起身去衣帽间拿了件漂亮小礼服扔给她："行啊，我不骂他。但你得打扮漂亮来跳舞。这谈的什么恋爱啊，整天没有开开心心，反而战战兢兢。"

云萱跟着乐："给她重找一个舞伴。"

时唯表示赞成："对，谁让谢井原不及时宣示主权的，气气他。"

李悦开始翻手机联系人："得比谢井原帅一点。"

时唯提议："找贝逸铭。"

"贝逸铭哪有谢井原帅？"娜娜和小雅异口同声。

"照这么说，我们学校没人选了。"时唯说。

"贝逸铭不行，小英先找了他。"李悦犯愁，"比冰箱帅的还真不好找，低年级有吗？有没有人约祁寒？"

"祁寒有人早约好了。"娜娜说。

"才高一就这么受欢迎！二年级呢？易风间？"

"易风间有男同学约了。"小雅小声说。

"圣华没希望了……"李悦甩甩手机，朝天翻了个白眼。

"大学生更好啊。"云萱问时唯，"你帅帅的表哥呢？"

时唯笑着指李悦："被寿星借走了。"

"那你的舞伴是谁啊？"

时唯说："我不要舞伴，我自己啊。"

芷卉赶紧靠向时唯："那我也不要舞伴，我和时唯一起。"

"你和时唯一起，达不到气死谢井原的目的。"云萱笑得狡黠，"钟季柏追悔莫及的脸我已经见过了，想看看谢井原追悔莫及的脸，你满足我一下。"

芷卉睨着她："你被钟季柏带坏了，也唯恐天下不乱。"

讨论了一下午却没什么结果，在熟人圈找比谢井原帅又必须名草无主的，难于上青天。

晚上芷卉还是和时唯一起进场的，跟着分了蛋糕、跳了开场舞就找沙发坐着玩手机，没怎么下场。室内冷气足，坐久了更有点冷，所以她还把盘好的头发放下来披着了。李悦赞助的是件露背洋装，头发披着就彻底辜负了她的苦心，芷卉只好躲在她看不见的角落。

过了九点，时唯被贝逸铭叫去跳舞，换了战英坐芷卉身边，但她是贝逸铭和李悦的发小，读的是私立高中，跟芷卉不熟，坐一起也没什么话说，只能各自玩手机。不一会儿战英看见她们学校的熟人，也跟着走了。

剩芷卉一个人坐着，不时有同学过来叫跳舞，她都摆摆手没去。

换了一首节奏更快的舞曲，场子更热更闹了，有个男生坐过来找她说话，虽然戴着眼罩，但做了自我介绍，说是钟季柏的队友，二年级的张磊。

芷卉对钟季柏的日常逸事不太感兴趣，音乐又吵，并不能连贯听清他说什么，双方都戴着眼罩也不能看清神色，她只是出于礼貌才放下手机，偶尔冲他点点头表示在听。

就这么不知剧情地"聊"了大概有五分钟，对方突然俯身侧下脸好像要开始一个亲吻。芷卉被吓一跳，条件反射般别过头抬起胳膊杠在他们中间，另一只手想把他的肩推开，施加的力却凭空消失，对方纹丝不动，甚至更往这边压过来。

音乐喧嚣而灯光混乱，好像没人能注意到这个角落的突发情况。僵持了短短几秒，女生已经出了一身冷汗。

大脑一片空白时，压在她身上的重量消失了。

好像是个男生把他拉开："没看见人家女生不愿意吗？"

张磊回过头："你谁啊？"

那男生一甩眼罩，回答："你爹。"

没看清他俩谁先出手打的谁，昏暗的光线中也看不出谁占了上风。

芷卉慌张地从座位上弹起来，让到一边，被身边不知什么人拽了拽："学姐别看了，出去透口气。"

女生有点恍惚，被扳着肩扶到门外才喘过一口气，拉掉眼罩，有点想吐。

她回头看见把自己扶出门的男生也扔了眼罩，眼生的面孔，轮廓深得像混血。他身后还跟着两个男生，衣服一黑一白，先后摘了眼罩。

混血少年问："学姐你没事吧？学长在里面吗？"

芷卉说不出话，还控制不住地抖，摇摇头。

混血少年又问："他没来吗？"

芷卉点点头。

混血少年把她拉到喷泉边坐下，发现她的裙子露背，对白衣少年发号施令："衬衫脱给我。"

白衣少年脱了衬衫，里面还有一件白T恤。

给她披上衬衫，发现她一直抖着好像不是因为冷，白衣少年给她递了根烟："姐姐你抽根烟镇定一下。"

芷卉愣了愣，摇摇手："不会。"

混血少年又指挥他："你去帮她倒点酒。"

白衣少年走了，黑衣少年进了场又出来，把芷卉落下的手机递给她。

混血少年问："咱们要不要去帮忙？我怕他打不过。"

黑衣少年笑："肯定不能帮忙啊，单挑赢不了，他以后拿什么脸见甜甜？"

白衣少年很快出来，端着杯酒给芷卉："喝点放松一下就好了。"

芷卉刚喝了一口，被呛得眼泛泪光，差点连肺都咳出来。

混血少年接过杯子喝了一口："你有毛病，兑水！"

白衣少年又进去了。

黑衣少年继续聊天，笑着问："张磊的战斗力怎么样？感觉他快成为被我们全年级每个人打过的男人了。"

"战斗力扑朔迷离，反正我没打过。"混血少年笑，转头又问芷卉，"学长去哪儿了？"

芷卉低着头攥着手机不说话，她也不知道他去哪儿了，就连他是不是真的改签过，又是不是真的没赶上航班都不知道。

黑衣少年小声问："她男朋友是谁？"

混血少年小声说："谢井原。"

黑衣少年小声说："牛啊。"

白衣少年回来了，这回倒的酒喝起来像果汁，他说："我兑了水，还兑了点鲜橙多什么的。"

芷卉慢慢把饮料喝完了，感觉好一点，起码不再抖了。

混血少年起身，换白衣少年陪她坐着，混血少年又问了好几遍要不要进去帮忙打架，白衣少年仍说不用。

那么，需要担心的只剩眼前这个女生。

黑衣少年问："谢井原来接你吗？"

她也不知道，好几个小时不联系，不知他到了上海，还是飞机晚点，抑或根本都是说辞，根本没打算来。

见她不吱声，又莫名其妙地打着晃，有人觉出不对劲儿："学姐你喝过酒吗？"

"嗯，喝过啤酒。"她一边说着，一边把衬衫晃进了喷泉。幸好白衣少年一胳膊揽住她，人才没掉下去。

"要命了。学姐，你家住哪儿？"

"学姐，你有朋友在这儿吗？"

学姐已基本不省人事。

"李悦肯定是她朋友，去问李悦。"

"吃蛋糕之后，我就没见过李悦。"

"那只能找三年级的人一个个问过去了。"

他们正一筹莫展，突然有个高昂的声音传来："学长！这里这里这里！"

谢井原转了方向朝这边走来："你们干吗坐这儿？"

祁寒把突发事件简略叙述一遍："没什么，就是学姐她有点被吓到了，我们为了让她镇定，给她喝了点东西，没想到她一丁点酒都不能喝，直接晕了。"

"喝什么了？"谢井原问。

祁寒问周遇："喝什么了？"

周遇说："Yamazaki."

祁寒翻译道："威士忌。兑了水，还兑了鲜橙多。"

周遇的求生欲极强，直接把昏昏欲睡的女生从自己肩上推给谢井原，并当场坦言："我不喜欢女人，不喜欢学姐。"

局面有点棘手，连谢井原也不知道该如何处置，只好半抱着她走了。

以京芷卉目前这种状态，不适合直接将她送回家，不然肯定会遭到她爸妈的盘问。他不清楚她为什么喝多，也不知道她为什么穿得这么清凉，似乎没有能解答的问题。

谢井原过了马路觉得还是得缓冲一下，就近找了个KTV，开个包间把她放沙发上睡觉。

本打算让她睡一小时，还不醒就叫醒她，但她大概睡了40分钟就醒了，迷迷糊糊地问："啊，你怎么在这儿？这是哪里？"

"唱歌的地方，让你睡觉。"谢井原扔下手机上的连连看，支着头反问，"你知道自己喝了什么吗？"

女生一脸茫然，撑着沙发扶手爬起来。

他就知道她不知道："连别人给你喝什么都不知道，你压根没有一点安全意识。"

"哦。"她觉得脑子还有点钝。

他走过去给她开了瓶矿泉水喝："你已经成年了，就算是神仙也不可能24小时随身保护你。我不在这一会儿，你就犯了好多错。不是不可以社交，但是和闺密一起来，就得和闺密一起走，不能落单。陌生人给的饮料，不知道成分，也不要随便喝。刚才关照你的小孩都是好孩子，你才安然无恙，否则任何后果你都承受不起。"

芷卉放下水，乖乖点头："嗯，知道了。"

他回到沙发另一端："把你吓到的人是谁？"

芷卉蒙蒙的："他说他叫张磊。"

他觉得这名字好像听过。

她继续说："我以为自己力气算大的，可根本没办法抗衡，就那一会儿很恐慌。"

谢井原从脑海里搜索出这个人名："篮球队主力，你打不过很正常。男生也没几个打得过他。"

芷卉有点恹恹的："原来我不是什么怪力少女，平时都是钟季柏让着我。动真格的时候战斗力为零。"

她现在情绪低落的主因是认识到自己真实的战斗力？搞错重点了吧。

他借着暗室里一点光线看她许久，想笑，安慰道："人不对。"

本来意有所指，却让她理解成了接吻的对象不对。

女生垂下眼问："谁对？"

没等他反应过来，小委屈激发了逆反心，她飞快地亲了一下他的脸颊后闪到沙发另一端。

谢井原愣了愣，对她做了个"过来"的手势，她没反应。

又叫她："过来一下。"

她依然没反应。

最后他不禁轻笑一声："过来啊，我又不会打你。"

女生不为所动，抱膝坐在另一端，眨着眼睛警惕地观望。

实在没辙，男生走过去在最近的转角坐下，揽着她的腰把人捞过来，没废话，温柔地吻上去。

她瞪着眼睛，像个刚钻出洞一头雾水的小动物，完全不知道该怎么做，连呼吸都被他带着节奏，才知道自己以前所理解的亲吻都是小孩子的玩闹，在这方面动真格的战斗力也为零。

右手刚好乱放在他胸口，心跳传来的震动如此清晰。

短路的思绪刚找到重点，姿势有点糟糕，自己正跨坐在他腿上，而身体贴得太紧。

察觉到她忽然开始慌乱地躲，怕她滑下去，他拉了一下她膝盖后侧，没想到她敏感地颤了颤，直接把他逗笑场了。

他停下这个吻，笑着注视她的眼睛，忍不住捏了捏她的脸。

芷卉不好意思地傻笑起来，用说悄悄话的音量问："喜欢我吗？"

他轻轻亲她一下："喜欢。"

"什么时候开始的？"

他想了想，又轻轻亲她一下："说一见钟情不至于，但是从第一眼就留意了你。"

"骗人！"女生歪过头，露出怀疑的眼神，"你说，我第一天穿什么衣服？"

他再轻轻亲她一下："白裙子，麻花辫。"

芷卉怔住了。

麻花辫是走进学校前半天的限定发型，妈妈特地给她编的，说着"市重点中学哪有一个人像你这样披头散发"，开始还规规矩矩地编成了鱼骨造型。

结果到了学校，发现每个女生都披头散发。

她嫌土，很快就拆掉了，前后也就保持了三小时的发型，整个高中再也没梳过。

谢井原知道自己不会记错，轻轻亲她，反问："第一天你不记得我吧？"

女生嘴硬道："记得，你穿的是迷彩服。"

他笑起来，所有人从进校第一天下午到进校第十天不都穿着迷彩服吗？

他对这学校的第一印象不太好，在教学楼前被绊了个趔趄，低头一看，大概五厘米的路面沉降，目光往前丈量，在这里被绊倒，刚好能摔在前面的台阶上，简直是鬼斧神工的连环陷阱。

他正皱着眉，有个女老师叫他："同学，你来帮下忙。"

迷彩服从后门一推车一推车被运进后勤处，除了搬运卸载，还得重新按尺码分拣，以便各班新生领取。

老师叫了不少男生来帮忙，衣服堆了满地。

一片忙乱中，突然听见女孩子怯生生的声音响在办公室进门处："老师，一年级教学楼前的路上有条缝，有同学摔跤了，可以补一下吗？"

有条缝？这什么形容？

他忍不住抬头看过去，14岁的京芷卉站在阳光下，白裙子，麻花辫。

女老师愣了两秒，哑然失笑，有点刻薄地讽刺道："小公主，上高中了，没有人会因为你摔一跤就去修路的。我在学校工作10年了，还没见过提这种要求的学生。"

她倒没被吓住："我外公去世前就被这种缝绊倒过，因为年纪大骨折了不能做手术。圣华有60多年的历史，有多少年纪大的校友会回来啊，我们用这种校园欢迎他们吗？就算不考虑这些小概率的事情，10个同学中有4个在那里摔跤，活该吗？"

整个后勤处的办公室安静了，帮忙分拣的同学都停止了动作。

那位女老师答不上话，脸一阵青一阵白。

一直倚窗抽烟的处长大叔笑着回过头问女生："那你说怎么修啊？"

她害羞地笑了笑："我不知道，但你们是专业的，应该有什么办法吧。"

大叔更乐了，抖了抖烟灰："你知道吗？地壳是会运动的，那鬼东西修好了，过几天又会裂，没辙。"

"哦。"女生表示理解地点点头。

等她出了办公室，谢井原才冷着脸站起来："扯什么地壳运动，明明就是回填土偷工减料，做个小斜坡补一补费多少事？连这种小孩都骗，会遭报应的。"

大叔面子有些挂不住，刚走一个，又来一个不好骗的小孩，这届新生太难搞，当天晚上就去把缝填了。

第一天，他确实不以圣华为荣，看见的是错位和粗糙，遇见的是敷衍和推诿，幸好有她在的地方总会变得更好一点。

她解决问题的能力非常有限，但很擅长提出问题。

三年后她没考上新闻系，考上了中文系，但又过了四年，她还是成了一名记者。

人的初心是一颗种子，耐心等着它，总会长出些什么。

[6] 仍然在远方追我梦与想

谢井原算是见识到了，最疯狂的京芷卉诞生在迪士尼乐园。钟季柏好像挺能融入她们两个女生的过度兴奋，只有他一个人宛如刚刚从其他时空穿越过来，完全游离在剧情之外。

花车巡游还没开始，她就一字不差地跟着唱"快乐无边"，接着他知道了，小矮人还有属于小矮人的主题曲。

一些浑身绿色的人和她击掌，居然引起了她的尖叫，让人有点嫉妒。接着他又知道了，这还不算什么，连看起来像野人的跟她击掌，她也尖叫。

总算来了个他也认识的，乐佩，回头一看她唱着"I've got a dream"热泪盈眶，这也太夸张了。他转头一看，云萱也这样。

芷卉还很较真，正好园区里有人来做满意度调查，她投诉花车少了。工作人员解释说因为这些天刚刮过台风，连日下雨，游客少，花车数量是会根据客流量进行调整的。这点敏锐度，云萱就赶不上她，一脸茫然问钟季柏："花车少了吗？"

"我哪里知道啊。"钟季柏哭笑不得。

等芷卉做完调查跑过来，云萱问："少了什么花车？"

"木兰。"

另外三个人才恍然大悟，本来这位公主，谢井原还是能认识的。

虽然跟不上剧情，但跟她一起玩游乐项目还是乐趣多多。过山车之类的刺激项目她不怕，相对来说更怕黑暗中的一惊一乍。加勒比海盗她玩过还有点怵，刚到黑的区域，动效里的海盗"哈哈"一声明显把她吓了一跳。

听见她以极小的声音碎碎念着给自己壮胆："哈哈什么哈哈，你只不过是个动画。"

谢井原当场就憋不住笑，摸了摸她的脑袋，又揽过她的肩。

女生愣了，感觉谢井原好像有点不对劲儿。

第二次觉得他不对劲儿是在飞跃地平线那里。

谢井原从头到尾对视效错觉无动于衷，倒是她这个坐过无数遍的人依然每次都被骗得死死的。

发现每次转场她都要死要活，感觉要撞上之后，他笑着在下一次转场时伸手捂住了她的眼睛，一只手几乎盖了她整张脸。

不对劲儿状态达到巅峰是晚上出了园区回望灯光烟火时。

她笑着凭栏看完烟火，一回头，笑不出来了。

他也撑着栏杆，以一个把自己环在怀里的姿势。她的发梢正撩着他的脸，零距离。

问题就出在距离上。

谢井原又不是钟季柏，钟季柏做出这些事一点都不奇怪，可这是谢井原，要知道当初他可是连个靠墙拥抱一结束都要退开10米远的人。

她有种不祥的预感，李悦生日那天听爸妈说是他送自己回家的，过了午夜十二点，她又喝了酒，第二天被妈妈骂得狗血淋头。

但是她不知道自己具体是几点离开舞会现场的。目击证人她一个也不认识，线索只有大致的身高长相，仅凭黑衣、白衣这种特征是不可能找到人的，希望全寄托在剩下那个帅得特别出众的身上。

"眉骨高，眼睛深？"向李悦打听，据她判断，"是祁寒吧。"

可现在是暑假，找人不容易，再加上这位叫祁寒的小同学有个奇特的癖好，他把自己不想打交道的人一律拉黑，有他的联系方式的人极少，连李悦也没有。

长得帅真了不起。

她处心积虑找了一个礼拜，甚至有"京芷卉倒追祁寒"的谣言流出，依然无果。

时唯准备动身去北京，走之前组织A班吃了顿散伙饭，把芷卉和谢井原也叫了过来。但整顿饭吃得食不甘味，因为进酒店前班里有个女生叫住谢井原，要加他的微信，顺势就告白了。

谢井原尴尬之余十分诧异，他还以为自己追京芷卉的事全校都已经知道了，没想到A班还有人不知道。

为了避免以后再发生此类乌龙事件，他回家就把朋友圈的相册封面换成了在迪士尼乐园拍的京芷卉的照片。

时唯第一时间点赞了这个封面。

K班本来没打算吃散伙饭，就这么些人，几乎都在上海，隔三岔五地约着一起玩，根本散不了伙。不过为了给溪川送行，也聚着吃了顿烧烤。

溪川带了她男友，云萱拿了个本本非要问人家讨签名，男友看溪川没意见就给她签了，溪川也强行要签，云萱因为她破坏页面美感，捶了她几拳。

后来溪川出道成了一线女明星，一张签名限量海报，网上能拍上千元，谁能想到她曾经倒贴签名还挨了顿打。

这天晚上，芷卉有点过分安静了。

钟季柏坐过来替张磊解释，舞会后他听说了，本想去揍张磊，没想到张磊也挺冤的："他说当时跟你告白，你点头了。"

芷卉仔细回忆："我听不清他说什么。他刚坐下时聊的是有关你的事，我以为他一直在说的都是这个，所以礼貌性点头，表示在听。"

"你太有礼貌了。"钟季柏笑起来，揉了揉她的额发，"不过他确实冒失，活该被学弟揍一顿。你不用太放在心上。"

芷卉点点头。

钟季柏准备回自己的座位，一抬头遇上谢井原杀气腾腾的眼神，想想自己刚才干了什么，换成嬉皮笑脸的表情，双手合十开始讨饶："我错了，我错了，我错了。"

芷卉没明白怎么回事，诧异地转头看谢井原。

谢井原看起来挺正常的，只是目光转向她，右手搭在她椅背上，慢吞吞地开口问："听说，你想要祁寒的联系方式？"

芷卉感觉……笑不出来："是……啊，我……有点事……想问他。"

他把手机里祁寒的联系方式调出来放她面前。

芷卉硬着头皮把电话号码存进手机。

他还支着头，眯着眼，看着她："问啊。"

"回家再问，这、这、这里有点吵。"

"哦。"

大概也是做贼心虚，她总觉得他这个"哦"有点意味深长。

但一个小时后，相比起来这完全算不上需要担心的事了。

祁寒说："学长差不多……嗯……九点三刻左右把你接走的，不到十点。"

"这样啊……"芷卉冒着虚汗，"他、他要是问你，我在打听什么，你能不能帮我随便编个其他内容？"

这位学弟很机灵，也没多问："我说你不知道帮你打架的人是谁，让我帮忙道个谢吧。"

"好的，谢谢。"

她想不出能跟谁商量，失眠一晚，第二天一早把云萱从郊区家里喊来市区在肯德基碰面。

云萱一见她两个黑眼圈就笑起来："我以为我起早了脸色难看，谁知道你比我更难看。什么事啊？"

芷卉双目无神，从头说起："李悦生日那天，我喝酒了，我问了人，谢井原不到十点把我接走了，十二点多才送我回家，中间有两小时的时间空白。"

云萱皱着眉："你一点不记得干了什么吗？"

她摇摇头。

"那你为什么不直接问他？"

即使是男朋友，直接问，万一搞错了也挺难为情的，只好先侧面打听，没想到嫌疑没排除，到最后反而一锤定音。

"我生理期改期了。"

云萱做出了爱德华蒙克的呐喊动作："不会吧……你、你、你、你验了吗？"

她点点头。

"中奖了吗？"

她摇摇头。

"但我查了一下，大概15天才测得准。"

"你这过于刺激了，上大学直接当妈。光想一想，我都要心肌梗死了。那现在怎么办？"

"我还指望你告诉我。"

"肯定得跟谢井原商量啊，你又不可能瞒着他，让整件事消失。"

"嗯。"

"太可怕了，两个考150分的高才生能干出这么荒唐的事，真惊世骇俗。"

这就叫惊世骇俗了？

事实证明，云萱对芷卉惊世骇俗的能力水平预估有点低。

又纠结了几天，她终于下定决心跟谢井原讨论这件事，但又没注意时间地点。

于是在新学期新校园，开课第一天的早上，她把谢井原拦在了上学人群外。

"我有话要问你。"

看她少见严肃的表情，男生也莫名紧张。

"李悦过生日那天晚上，我们是不是做了什么？"

"做什么？"

内心挣扎了好几秒，她脱口而出："你是不是带我开了房？"

三五个路过的同学闻声回头来。

谢井原愣了愣，笑起来，做了个噤声的手势，低声问："你怎么会有这种错觉？"

"我好像怀孕了。"

又有三五个路过的同学闻声回过头来。

谢井原只好牵着她的手，把她拉到人少一点的教学楼后通道："从来没听说聊天能把人聊怀孕的，那真是生物学奇迹了。"

"什么也没做吗？只是聊天？"芷卉茫然无措地挠挠头。

"做没做你自己感觉不到吗？"

"我感觉到了啊，我肚子疼。"

他垂眼想了想妹妹喊肚子疼的原因。

"可能是生理期综合征。"

"我生理期没按时到。"

"那得看中医。"

芷卉不作声。

面对这张百思不得其解的脸，谢井原笑得停不下来："你是什么都不记得了吗？断片这么彻底？你最后记得的是什么？"

"我最后记得祁寒。"

难怪她四处寻找祁寒。

"那是我出现的部分都不记得了吗？佩服你。我还以为是你后来哭的时候酒劲儿才上来。"

枉费他辛苦一晚上，把她送回家，还是被她爸教育了，主题是不能让女朋友喝酒。他都没法否认，因为"我到的时候她已经喝多了"听起来让他像个甩锅渣男。

接着又被她妈妈盘问了，父母是做什么的，家里几口人，表妹因为什么住在他家里，最后莫名其妙地领了个红包。她妈妈说"给妹妹买零食"，她可能误以为麦芒是个小学生，不过都拿到红包了，大概是代表认可吧。

进展过于顺利，导致谢井原最近有点飘，但怎么也想不到最后掉链子的是京芷卉本人。

"我为什么哭？"好像重点已经偏了。

他笑容收了收："你想老刘。而且你喝多了话多，翻来覆去说了十几遍。"

"哦……"她红着脸低下头，"我就聊了两小时老刘。"

"你睡了 40 分钟，聊了天，哭了，把我手机里的连连看打过了一千关，要说做了什么，还是做了点什么，希望你这次别再失忆了。"他抬起她的下巴，吻住她。

风和日丽，光线充足。

他看得清她的瞳孔像被什么点亮，她的脸流过种种光彩。

上课铃响过后，整个校园归于寂静，听得见心跳声振聋发聩，心室里血液激烈沸腾。

他重新牵起她的手，领着她去上课，走了几步，回头温柔地笑起米："你是打算每年开学都拖我一起迟到吗？"

他的笑像极了从云层里一寸寸渗出来的阳光。

又一年开学时，竟然是这样的交集。

芷卉，加油。

[7] 芷卉给溪川的一封信（两年半后）

亲爱的柳柳：

想你想你。

239

又到考试周了，好不容易才腾出时间给你回信，但我昨天已经提前先给你寄了一箱低卡零食，你应该已经收到了。

我们学院一贯像个养老院，所以考试这方面还比较轻松。这几天报社的总编老师看了我写的订阅号推送，表扬了我。我还在继续琢磨剪辑，争取春节前把那个系列纪录片做完，到时候先传给你看。其实如果不是谢井原老拖我后腿，本来元旦假期就应该做完的。

真奇怪，明明时间是我们俩在一起浪费的，他该做的事却照样能按时完成，有时我真怀疑他已经暗地里搞出了什么时间穿越机器。

最近我们这边的生活发生了很多剧变，说是水深火热也不为过。

麦芒的闺密韩——在我们学校的理科实验班，同时修数学、经济、法律三个学位。由于课程冲突，她没法上数学习题课，申请开了特例。大家找了个活动室一起自习，谢井原也经常去给她补习题课。她是个大美女，可我从来没有吃过醋，大概是因为她的气质有点像云萱，很飒很酷很英气。

但我也怎么都想不到钟季柏和云萱分手后会和韩——在一起，这对我来说宛如晴天霹雳。虽然分手是云萱提的，我却一直没走出来，总觉得钟季柏应该留在原地等她回头，怎么能这么快就移情别恋了呢？我难以接受这段新恋情。

麦芒比我反应更激烈，用尽毕生功力来拆散他们，闹得全世界鸡飞狗跳。

谢井原本来不想管闲事，但迫于我们的压力也只好投了反对票。

如果你在，估计你也一定会和我们统一战线。

可谓世事难料，我还真有一天会像钟季柏说的那样，成为法海去棒打鸳鸯。

所以去北京看你回来以后，我们所有人都在玩命折腾这件事，最后每个人都心力交瘁、精疲力竭。还好你不在，不用把生命浪费在拆散情侣上。

上次见面时，你突然变得那么漂亮，是一种凌厉的刺眼的有攻击性的漂亮，和高中时的漂亮完全不同。我当时心里不禁唏嘘，原来这就是女明星！读书的时候你也很会打扮自己，但专业包装果然更出神入化。

站在你面前，我有点惊慌，更多的是距离感，去之前计划好见到你第一件事是和你拥抱，但那一刻怎么也没敢迈上前去。

直到你告诉我，自己的身世和经历；告诉我，你真实的名字，我才觉得那个我熟悉的你又回到了我身边。

我一直认为，叫什么名字能潜移默化改变一个人的气质。

比如我叫芷卉，就是个普普通通、热爱花花草草的小女生。

成为大明星的柳溪川，这名字正合适，有种汇溪成川要干一番事业的气魄。

而你的真名，感觉很柔软、温馨、宁静，是生活里的，是小时候和我同桌的朋友，是长大后可以拉着手邀请我当伴娘的好朋友，有种在似水流年中找到幸福的力量。

上周末我和麦芒又一起去你妈妈的店里陪她聊天，给她带了很多你的海报、手幅、灯牌之类的东西，她都装潢在店里。她听见顾客说你的队友唱歌更好听就要把人赶出去，被我们拦住了。

你通告太忙，一年见不了两面，她总是很想你，不过她现在认了麦芒做干女儿，已经不太想你了。你再红一点，麦芒可要取代你的位置了，希望你有点危机意识，唱完春晚上的歌早点回家。

但也希望你红遍全宇宙，有似锦前程！

溪川，加油！

你亲爱的京京

【番外完】

后记

Reset in July

让我们在高考考场上相遇

大家好，我是猪妞。

这是我出版的第16部长篇单行本，但又是我的第1部作品。

14年前我动笔写下《三年K班》（出版名《三年十一班》），当时年纪还没赶上书里的京芷卉。因为刚经历高考，对高考有一些强烈的情绪，所以就这么无知无畏、毫无章法地写了长篇。长大后再回头看，很惭愧，它不能算一个完整的作品，只是一些点状的情绪爆发。

生活中遇到了作文竞赛被顶替的事情，看见身边有同学花钱上大学，就很愤怒地记录下来，但这些事与我的人物成长弧有什么联系？好像都根本没融合起来。

人物塑造也做得比较随意，就连谢井原是个不爱说话的男生，也是作者强行给读者硬塞的概念，小说里他话这么多又这么会撩，为什么前两年没有追到京芷卉，非要等一个车祸呢？对不起大家，作者也百思不得其解。

这本书因为我小时候笔力不济，留下了很多遗憾。它其实是个悲剧，到结局京芷卉并没有任何成长，她心里所有的噪音直接因为得到一个男生的爱就自然消失了，可如果人生路上得不到男生的爱呢？而这个男生为什么爱她，解释不了。

所以4年前我开始重写这本书，追更新的读者说新版本增加了很多细节，其实有误解。我增加的不是细节，是骨架和血肉，用来穿以前这件散落着细节的衣服。

扎实地做了人物的成长弧和人物关系弧，这本书不会再依赖读者自发的想象，读者们终于可以很清晰地了解谢井原为什么喜欢京芷卉，什么时候因为什么开始喜欢，他们的关系遇到过什么阻力，又是怎么克服困难的。反之亦然。

读者们喜欢京芷卉，也不会再只因为她是女主人公。我们的公主这次要自己走出来，相信自己，去追求梦想。王子跟在她身后走，看着她做每一个决定。她是谁，要成为谁，不再由别人的爱来定义。

高考是我迄今所见最激烈又最光明的战场，让我们在高考考场上相遇吧，经历过高考和走了捷径的一定是两种人生。

这些年我又有了一些别的经历，我读研时高中教过我的一位老师去世了，小时候我在他家补课，他女儿是低我一年级的学妹，和我玩得很好。他去世的消息是他当时教的一个小学妹告诉我的，葬礼我去了，很遗憾没看见学生。回来我问学妹为什么没来，她说班主任不准假。

我藏了一些私心让整个K班去送别老刘，现实中留下的遗憾，我们用美好的故事来弥补。我想这就是小说存在的意义吧。

感谢我的老师David Howard对我最重要的这本书提出的宝贵意见，尽管因为文化差异，对他解释中国高考为什么压力这么大，非常难。老师给结局建议了解散，对这本书是支柱性的概念，他说芷卉光是把大家聚集起来，那只能证明她是社交皇后，只有把大家解散了才能完成所有人的成长。

感谢我的读者过去对我的包容，难为大家抱着这样一本逻辑混乱的小书，想象出一个精彩的世界。一些读者有雏鸟情结，觉得旧版本更好，也可以理解，大家家里的旧书是不会消失的，也许它不是一个好故事，但可能代表了你的一段好时光。

更感谢连载期间一路留下评论的读者们。你们不仅给了我很多实用的反馈，而且增加了文本的趣味性。像"考前填志愿""平行志愿不录"，我一直以为全国范围任何时候都如此，是大家告诉我，我才知道原来地狱模式只是我那几届的独家限定。比我更早几届的一个哥哥是上海中学名列前茅的优等生，就是高考差了两分没进交大，直接进了上大。当时身边所有人也都没有怀疑过，以为这是天经地义的，不知道其他省市、后面高考改革过的几届竟还有简单模式。

关于这本书的时代背景，和以前每本书一样，是当下。我不喜欢怀旧，觉得一部作品的共鸣感不应该建立在"怀旧时代物品""怀旧社会事件""怀旧流行歌曲"的基础上，相信文字本身的力量。所以这本书只有高考填志愿和录取模式用了我们当年那种，因为上海三五年一次高考改革，随时在变。不管怎么变，我们当年这种都是最难的地狱模式，选择这个是为了给学生更大压力，让他们获得更多成长。

有读者问，会不会随着《三年K班》的故事再重写《陪你到世界终结》？

可能会，可能不会。因为重写一本书是事倍功半的一件事，当初我表达要重写《三年K班》的愿望时，所有编辑都是反对的。现在大家看到了，这本书重写率百分之九十九，得把个别场面留下又得贴合主线，比写一本新书工作量更大，版税收入却是新书的一半，完全是用爱发电。只有自己最珍视、留下最大遗憾的作品才值得重写一次。《陪你到世界终结》因为写作年份晚，本身就是一本完成度较高的书。而且我自2017年以来存了完本还没有修改出版的新书已经有6本了，当务之急是这些。将来有时间会不会为了恢复故事连贯性去修改《陪你到世界终结》呢？我们等等看吧。

这本书的纸质版比网络版多了一封芷卉写给溪川的信，其中提到的一些情节在其他书中出现过，最重要的是后来大家还是朋友。还有一个番外《愒日惜时》过一阵可以随缘上网找找。

人的初心是一颗种子，这也是我对自己、对这本书说的话。

14年了，我还在写作，和我的初心在一起，耐心等着它，总会长出些什么。

再见，《天蓝海蓝》见。

图书在版编目（CIP）数据

三年十一班：全2册/夏茗悠著. — 南京：江苏
凤凰文艺出版社，2020.10（2025.4重印）
ISBN 978-7-5594-5143-9

Ⅰ.①三… Ⅱ.①夏… Ⅲ.①长篇小说－中国－当代
Ⅳ.① I247.5

中国版本图书馆 CIP 数据核字 (2020) 第 164830 号

三年十一班：全2册

夏茗悠 著

策　　划	北京记忆坊文化
特约策划	暖　暖
特约编辑	朱　雀卡　啾
责任编辑	白　涵
营销统筹	杨　迎
封面绘图	DionHiogGia
封面设计	80 零·小贾
版式设计	天　缈
出版发行	江苏凤凰文艺出版社
	南京市中央路 165 号，邮编：210009
网　　址	http://www.jswenyi.com
印　　刷	环球东方 (北京) 印务有限公司
开　　本	670 毫米 ×970 毫米 1/16
印　　张	32
字　　数	638 千字
版　　次	2020 年 10 月第 1 版
印　　次	2025 年 4 月第 5 次印刷
书　　号	ISBN 978-7-5594-5143-9
定　　价	78.00 元（全二册）

江苏凤凰文艺版图书凡印刷、装订错误，可向出版社调换，联系电话 025-83280257

MEMORY
HOUSE